猫腻 / 著

择天记

第六卷 战地黄花

图书在版编目（CIP）数据

择天记.第六卷,战地黄花/猫腻著.—北京:人民文学出版社,2017
ISBN 978-7-02-012728-3

Ⅰ.①择… Ⅱ.①猫… Ⅲ.①长篇小说—中国—当代 Ⅳ.①I247.5

中国版本图书馆 CIP 数据核字(2017)第 068676 号

责任编辑	胡玉萍
	涂俊杰
装帧设计	刘　静
责任校对	罗翠华
责任印制	苏文强

出版发行	人民文学出版社
社　　址	北京市朝内大街 166 号
邮政编码	100705
网　　址	http://www.rw-cn.com
印　　刷	三河市鑫金马印装有限公司
经　　销	全国新华书店等
字　　数	504 千字
开　　本	890 毫米×1290 毫米　1/32
印　　张	15.5　插页 3
印　　数	1—35000
版　　次	2017 年 5 月北京第 1 版
印　　次	2017 年 5 月第 1 次印刷
书　　号	978-7-02-012728-3
定　　价	39.00 元

如有印装质量问题，请与本社图书销售中心调换。电话:010-65233595

目 录

第一章 —— 001

离宫杀铁树的目的是为了保王破。王破来京都的目的是要杀周通。周通是皇宫一定要保的人。王破是皇宫一定要杀的人……

第二章 —— 089

魔君的血当然不是红色的,然而出乎意料的是,竟然也不是绿色的,而是金色的。

第三章 —— 253

平淡的一句话,却让陈长生觉得很伤感。或者是因为当年他也曾经无数次向星空祈求过生死的宽恕……

第四章 —— 323

放眼世间,能够同时瞒住陈家王爷和天海家的,还能有谁?必然是深居宫中的道尊商行舟。

第五章 —— 439

唐三十六已经走进了幔布里,脱了个精光。热雾蒸腾,隐见人影,水声清楚至极。城里的少女们羞红了脸……

第一章

离宫杀铁树的目的是为了保王破。王破来京都的目的要杀周通。周通是皇官一定要保的人。王破是皇官一定要杀的人……

1 · 秋有雨

时间流逝，秋意愈深，满天黄叶落尽，潭柘庙里的古树只剩下了光秃秃的树干与树枝。入山的道路上还铺着落叶，被昨夜开始的一场秋雨打湿后，不剩半点美丽，像湿透了的被褥般令人心烦。

湿漉的落叶，总归还是有些好处，那就是行走在上面，不会发出什么声音——借着阴暗天色与雨丝的遮掩，数十名大周军方高手，还有数量更多的清吏司刺客及密谍，踩着湿漉的落叶，悄无声息地穿过山道，潜入山腰间的秋林里。潭柘庙通往山外的通道，全部被控制住了，任谁都无法离开。

簌簌的声音响起，有些清脆、有些干燥的感觉，仿佛有人行走在数天前的金黄落叶上，踩碎了无数片枯叶。不是落叶破碎的声音，那是秋风穿过雨帘，不停拂动着纸张。

山道间走来了一个男人，脸上覆着一张白纸，遮住了口鼻，只是在眼睛的位置有两个黑洞，看着异常恐怖。他便是画甲肖张。

自天空落下的雨丝，来到他的身前便自动避开，那张白纸上没有半点水痕，干净并且干燥。

在这个野花盛开的年代，涌现出无数修道的天才，霸道的强者，他是当中最可怕、最强大的那一个。与荀梅相同，他这一生所向无敌，唯独没有胜过王破，一次都没有，无论是当年的煮石大会，还是逍遥榜，他都只能排在次席。但他并不害怕，更没有气馁，不停地向王破发起挑战，且败且战，哪怕走火入魔、险些身死，也没能让他的意志有丝毫的动摇。

一人之下，这似乎已经是很了不起的地位，但他不想接受。

今日秋雨凄迷，他从山道里走来，自然是要与王破再战上一场。他没有想过王破会不会接受,因为此时朝廷强者云集,包围了潭柘庙,王破想要活着离开,首先便必须战胜他。——再一次战胜他,或者,被他战胜。

秋风吹拂着白纸,发着枯叶破碎的声响。

秋雨落在山道上,湿漉漉的落叶哪里会发出声音。

肖张没有走到潭柘庙前,因为有个人出现在他身前。

那个人就这样悄无声息地穿过了山道上的数道封锁线,甚至就连肖张都没能提前感应到。

此人是谁,居然强到了这种程度?那个人一身黑衣,任由雨水打湿,给人一种极其冷硬的感觉。他的衣衫,他的眉眼,他的肩部线条,他负在身后的双手,都仿佛是铁铸的一般。他就这样站在山道前,便把秋雨与地面隔开,把秋风与白纸隔开,潭柘庙与四周的山野隔了开来。他就像是一面墙,而且不是普通的泥做的或者砖砌成的墙,是一面铁墙,绝不透风。

肖张知道这个人是谁,白纸上的两个黑洞显得更加幽深,隐隐可以看到狂热的意味。

"你想阻止我?"他看着那个铁墙一般的男人说道。

那人面无表情看着他,仿佛觉得肖张说的话极其愚蠢,根本不值得回答。

举世皆知,画甲肖张是个真正的疯子,行事风格异常暴烈嚣张,谁都不敢轻易得罪他,更不要说蔑视。此人却这样做了,而且令人震惊的是,肖张那双幽深眼睛里的战意虽然越来越浓,但最终……没有出手。

肖张想着那个传闻,以此人与大西洲的关系,没有任何道理为了王破出手,说道:"既然不是,那你为何要拦在我的身前?"

那人说道:"既然我来,你们自然要走,你不是他的对手,我不想你打草惊蛇。"

肖张极其愤怒,脸上的白纸哗啦哗啦响着。忽然间,秋风从他的脸上消失,他沉默了下来,因为他明白了此人的意思。

"这对他不公平。"肖张盯着他的眼睛说道。

那人明显是要去潭柘庙与王破战一场。

肖张说这对王破不公平。这说明在他看来,此人的境界实力远在王破之上,按道理来说,不应该自降身份与王破对上。

王破是逍遥榜首,更是世人心目中,神圣领域之下的最强者,世间有谁的境界实力可以说远胜他？如果真的有，那么必然是神圣领域里的那些大人物们，那些一双手都能数得出来的老怪物。

这人究竟是谁？八方风雨里的哪一位？还是哪位隐世多年的高人？肖张知道此人是谁，所以说不公平，但这并不意味着他怕对方。他仿佛看到稍后，王破倒在那棵古树下，浑身是血。这让他有些难以接受。就像荀梅一样，他这辈子都在试图超越王破，他无法接受，自己还没成功的时候，王破就被人杀死了。

在这一刻，他产生了强烈的阻止这个男人的想法。这人能杀死王破，王破比他强，他却想要阻止对方，无论怎么看，这都是个极为疯狂的想法。他本来就是一个很疯狂的人。

雨水落在铁枪上，打湿了手。那是肖张的手，很紧，很有力。

"你们，有什么资格与我说公平？"

那个男人看了肖张一眼，神情漠然，仿佛无物。如铁墙般的他的肩，被秋雨洗过，仿佛被打磨了无数次，散发出金属的光泽，然后，锋芒毕露。

一声闷哼，穿透白纸而出。秋雨洗铁枪，指间略白。肖张终究还是没有出枪。或者说，他没能出枪。

他只能看着那个男人，在秋雨里，向着潭柘庙走去。如铁墙般，一身寒光。

铁树，八方风雨之一。他生于大西洲，幼时因故堕海逃难，横渡汪洋，险些身死，幸被海岸上一人所救，那个人叫观星客。过往十年间，他在南海漂泊以悟天道，现在终于归来。

他悟的是天道，修的是肉身，无比强大。铁树开花，与别样红的那朵小红花齐名，但从来没有人亲眼看见过。

他来到潭柘庙里。古树的叶子已经落尽，地上残着些黄叶，在雨水里浸泡着。铁树走到那个石凳前，坐下，闭目。就像这些天的王破一样。

2·风有信

不知过了多长时间，铁树睁开了眼睛，闪过一抹厉色，然后是一丝惘然，显得情绪格外复杂。

在古树下、黄叶间、石凳上，他感受到了王破前些天留下的气息，他没有想到，王破的刀道，竟然更加精深了。

修行到了王破这种境界，想要再往前走一步，都无比艰难，然而，此人却能在如此短的时间里，提升如此之多……当初在浔阳城的时候，王破面对着朱洛，铁刀虽强，却寻觅不到任何机会，而在潭柘庙里静悟多日后，情形已然非昨。如果任由王破再继续提升下去，谁也不知道他会在什么时候迈过那道门槛。

铁树第一次感到了压力。然后，他的杀意变得更加浓烈。

无论是朝廷还是他，都不会允许王破有刀道大成的那一日。从石凳上起身，他望向潭柘庙，静静地感知着天地间的所有气息流动。

庙里有人，境界很高妙，距离他也只差了数线。他向那边走去，湿漉的黄叶在靴底片片碎裂，变成最细的丝缕，仿佛盛开的菊花一般。秋风破开雨帘，推开了潭柘庙的门，在他离庙槛还有十余丈的时候。

寒冷的秋风没能肆虐，被两道清新淡然的风冲抵，那两道风来自一双衣袖。庙里的人不是王破，是茅秋雨。

庙侧的篱笆被推开，白石道人从雨中走来。凌海之王与司源道人，自东西两面的山野里行来。秋雨里，还有很多红衣的影子在山林间若隐若现。

四位国教巨头，各执重宝，带着无数境界高深的红衣主教，把潭柘庙紧紧地围了起来。

这阵势真的很大。想要杀死一名神圣领域的强者，便必须要有这样的阵势。

铁树看着茅秋雨，眼睛缓慢地眯了起来，杀意未有丝毫减退，反而变得更加可怕。离宫果然出手了，是想要护住王破，还是真的趁着这个机会杀死自己？他很清楚，如果是后者，今天自己就算能够活着离开，也必然要付出极惨重的代价。他把双手伸向雨里，任由寒冷的雨水不停冲洗。

他看着缓步从庙里走出的茅秋雨，面无表情说道："这是教宗大人的旨意吗？"

茅秋雨没有直接回答他的问题，而是望向了更远处。铁树已经感知到了，所以才会问出这个问题。远处是群山，秋意带来的黄红浓艳之色，早被寒雨洗至极淡。

不知何时，一座王辇出现在那片山崖的边缘。

相王，亲自到场。这场朝廷对王破的杀局，有可能变成离宫对铁树的围杀。

如果山崖上没有出现那座王辇，如果山后没有隐隐传来大军如雷般的蹄声，事情可能还未见分晓。无论是对谁的杀局，至此，已变成了明局。

"陛下要我问你一句话。"茅秋雨看着铁树问道,"你们都忘了当初的星空之誓吗?"

很多年前,以教宗为首的神圣领域强者们,曾经以星空为引,立下过誓言。誓言的内容是,一切以人族的利益为先,绝不会主动对那些承载着人类将来与希望的修道天才动手。

王破,当然是那份名单里的首位。当初在浔阳城里,朱洛对他出剑,已经可以说是破誓,但他还可以找些借口。他的剑,刺的是苏离。只不过,王破非要站在苏离的身前。

今天呢?铁树带着一身秋雨来到潭柘庙,明显就是要杀王破,他能找到什么借口或者理由?

教宗陛下让茅秋雨问他这句话,他能如何回答?铁树没有回答。

茅秋雨看着他说道:"既然你无法回答,那么就不要动王破。"

铁树的目光更加寒冷,被雨水洗着的手变得更加洁白,仿佛莲花一般。这代表着他现在很生气。

人无百日好,花无千日红。他带着微讽之意笑了起来。教宗的日子已经不多了。

"陛下还要我对你说……"

茅秋雨仿佛知道他在想些什么,平静说道:"如果他回归星海之后,你还是坚持对王破动手,那么离宫会灭你全族。"

如果说离宫也是一种宗派的话,那么必然是世间最强大的那个,因为它就是国教。没有哪个修道者能够与国教正面抗衡。哪怕强大如铁树。哪怕曾经是八方风雨之首、拥有天机阁这样可怕组织的天机老人。

当然,一位神圣领域的强者,只要不像今天这样陷入重围,就算不敌离宫,也很难被杀死。

可是,修道虽然是孤单的,却很少有真正孤单的修道者。他会有家人、亲人、朋友、同窗、同族、同道。

茅秋雨说完话后,场间一片死寂。

灭你全族。这四个字就像铁树的人一样,很强硬,很冰冷,有一种令人生畏的金属味道。

铁树看着他说道:"你们应该很清楚,王破来京都是要杀人的。"

茅秋雨神情不变,说道:"他若杀人,触犯周律,自有朝廷官员惩办。"

很多人的视线落在远处那片山崖上的王辇。相王没有出辇。铁树笑了起来,带着讥诮与嘲弄。茅秋雨的说法,代表着离宫的态度。这种态度,很是冷漠。

"他要杀人,你们不管,我还没有杀人,为何教宗大人却要管?"

"因为你有心。"

"这不公平。"

茅秋雨没有回答铁树的话,转身向着山外走去。凌海之王等人,也随之而去。

教宗确实没有杀死铁树的意愿。就像当初在国教学院那样,离宫只是在展现自己的力量。所谓保驾,横刀在前便是,所谓护航,横舟在前便是,不需要出刀,也不需要真的去撞,便够了。

铁树看着在秋雨里离开的国教众人,眼角微微抽动。这些人都是国教里的大人物,但没一个人是他的对手,他却不敢出手。确实不公平。就像先前在山道上,他对肖张说的那样。在教宗与国教面前,他有什么资格谈公平?

黄叶落尽,寒意渐深。京都今年的冬天,仿佛比以往都要来得早一些,看日子还是深秋,却已经落了好几场雪。

北新桥的民众,对此感受更是真切,躲在家里,不停地搓着手,咒骂着天气。

没有人注意到,这般严寒与那口废井有关。寒风从井口不停地向外吹着,呜咽不停,像是吹箫,也像是哭泣,喜极而泣。

3 · 云无心

潭柘庙一役,没有发生真正的战斗,但其间隐藏着的凶险,要比世间绝大多数战斗更加可怕。

那个落着秋雨的日子里,朝廷与国教出动了太多高手,根本没有办法瞒住消息。

世人很快知道了铁树自南海归来的消息,并且知道他抵达京都,要杀王破。同时,也确定了王破的目的。他是来杀周通的。最重要的是,人们最终确认了,朝廷与国教之间的裂痕已经越来越深,随时可能出现大问题。

在"天书陵之变"里精诚合作的两大势力,没过多少日子便反目相向,这是很难理解的事情,但现在人们都很清楚为什么。

因为陈长生。没有人留意到北新桥那口井底里散发出来的寒风,也没有人知道现在的陈长生在想些什么。

他没有离开过国教学院,安静地坐在藏书楼的窗边看书,不看窗外的景,也不问窗外的事。

很多人都在猜测,圣后娘娘的遗体应该就被他葬在国教学院里,只是没有办法证实。林老公公这样的大人物都铩羽而归,离宫清楚地表明了自己的态度,谁还敢强行闯进国教学院查探?朝廷没有继续下旨要求国教学院交出圣后娘娘的遗体,但谁都知道,这件事情不可能就此结束。

很多人都不理解陈长生为什么要这样做,包括国教里的某些大人物,比如白石道人。如果只是为了国教的继承权,有了教宗的旨意,他只需要在合适的时机,向皇宫释放出自己的善意,对方一定会收回原先的打算。可他没有接旨,也没有请旨入宫,没有通过任何人传话给皇宫里的人,一直沉默着。现在整个世界都已经知道,他是遗族之后,身上流淌着陈氏的血,但与圣后娘娘并非母子。

往过去数年望去,他与圣后娘娘之间,也应该没有任何情意才对。他为什么要接二连三地抗旨?为什么要通过对周通的态度表达对朝廷的不屑?为什么要用沉默对抗自己的老师?

薛醒川已经入土安葬,薛河被捕回京,被关在周狱里,因为某些复杂的原因,暂时应该没有性命之忧。薛府重新回归宁静,但没有人会忘记前些天薛府设祭时的热闹,很多势力都派了代表,这是对旧朝的怀念,还是对新朝的仇视?这是对教宗的敬畏,还是对商行舟的挑战?如果还在天海朝,周通绝对会借此事掀起一场极大的风雨,但现在的他一反常态,表现得格外沉默。

任谁都知道像王破这样的人藏在京都里,随时有可能从街边的茶铺里走出来,向自己斩出一道刀光,大概也会如此沉默。颇有深意的是,最近这些天,周通没有像最开始那数日一样留在皇宫里,而是回到北兵马司胡同重新开始视事。

"铁树应该就在附近,他会一直守着周通。"

苏墨虞说道:"他会等着王破出刀,然后杀死他,这样并不违背星空之誓,无论教宗陛下还是谁都无法降罪于他。"

寒冷的秋风从窗外吹进来,翻动着书页,却无法让陈长生的表情有任何变化。看着坐在窗边沉默不语的他,苏墨虞在心里叹了口气,说道:"潭柘庙那日真是可惜了。"

如果那天离宫不惜一切代价，在秋雨里杀死铁树，现在的局面便不至于如此棘手。

陈长生视线在书上，说道："那天不好杀。"

苏墨虞明白他说的是山崖上那座王辇，说道："如果主事的是折袖，他一定还是会动手。"

既然不惜一切代价，哪里还需要顾忌那座王辇和山外的如雷蹄声。

"八方风雨哪里是这般好杀的，就算能够成事，离宫也要付出极大代价。"

如果那天铁树真的被杀死，那么从秋雨里走出来的四位国教巨头，又有谁能活着？

陈长生看着书页，说道："而且会天下大乱。"

苏墨虞说道："如果唐棠主事，他还是会坚持如此做，因为道尊想必也不愿意看到天下大乱，那么，杀便杀了。"

陈长生不认为事情会像他或唐三十六设想的那般发展。离宫杀铁树的目的是为了保王破。王破来京都的目要杀周通。周通是皇宫一定要保的人。王破是皇宫一定要杀的人。陈长生很清楚，就凭这错综复杂的关系，师父他便不惜天下大乱，而且……

"师叔不会这样做。"

他抬起头来，望向窗外的惨淡秋景说道："因为他不是这样的人。"

教宗陛下，是心怀天下的大人物。

但他不是豪杰，更不是枭雄。他看着星空的时候会有所敬畏，他想保护陈长生和王破。但他更不想天下大乱，生灵涂炭。他能够把京都的局势维持在还可控制的范围内，已经非常辛苦。

坐在棋枰对面的那个人呢？

皇宫很安静，很多人在殿前，看到过那个房间里商行舟被灯光映出来的侧影，却不知道他在做什么。商行舟应该是在做什么事，却没人知道那是什么事。就像"天书陵之变"，就像"雪老城之叛"，他的无声，往往是一道惊雷的前奏。

也没有人知道王破在哪里。整个世界都知道他在京都，他想要杀人，却找不到他。他消失了，而南城某家酒楼，多了一位来自汶水的账房先生。

京都秋意再深，更深，深至极处，寒意刺骨，好在处处张灯结彩，热闹非常，将那些寒意冲淡了数分。南北合流，这件万众期待的盛事，终于得到了正式宣告，庆典也即将举行。庆典前所未有地盛大，既是庆贺南北合流成功，又何尝不是新朝想要完全洗净天海圣后留下的气息。

来自白帝城的使团，提前数日便已抵京，白帝夫妇最终只来了一人。与魔君惊天一战，白帝也受了不轻的伤，来的是皇后，也是大西洲的长公主。

很多人的视线投向了国教学院。谁都知道，国教学院与妖族之间的关系向来极为亲近，陈长生更是落落殿下的老师。

那么妖族使团的到来，会对京都的局面造成怎样的影响？这个问题，陈长生自己都不知道答案。

使团抵京的那一天，他第一次放下了手里的书卷，沐浴更衣，然后等待着故人来访。来的果然是位故人，但不是落落，是金玉律。

"郡主正在破境的关键时刻，无法离开。轩辕破我是在路上遇着的，他受了不轻的伤，需要调养，所以我没有把他带回来。"

金玉律看着他说道，然后拍了拍他的肩膀，接着又叹了口气。无法离开，没有回来。陈长生有些难过。

4·不再见

当然是因为听明白了，才会难过。但陈长生难过不是因为明白的那些事情，而是随之而来的别离与再难相见。以他现在的身份地位，以他与落落之间的关系，大公主访京，理所当然应该与他见面，但没有。

这便是妖族的态度。

"陛下与你的那位老师是朋友。"

金玉律看着他叹了口气，说道："所以最开始的时候，陛下没有在意你与落落殿下之间的亲近，甚至乐见其成，然而陛下算到了一切，却没有算到，事后你的那位老师会另有想法，而你……也有想法。"

陈长生保持着沉默，没有对此做出解释。

金玉律继续说道："当然，就算你的老师生出新的想法，陛下也有办法帮你守住教宗继承者的位置。"

圣人之言，其威无界。陈长生想起了这句话。他的老师商行舟，现在当然是一位圣人。

但两位圣人说的话，终究要比一位圣人的话更有力量。如果白帝坚定地支持他，再加上教宗的指定，就算是商行舟也无法反对。白帝会不会支持他？在今日之前，这似乎是一个不需要考虑的问题。所有人都认为，这是理所当然的事情。

陈长生是落落的老师，与妖族向来亲近，由他继承教宗之位，怎么看，这都是对妖族来说最好的结果。

现在看来，白帝的态度很明显已经发生了变化。

"你的表现，太不成熟，陛下对此深感忧虑。"

金玉律说道："就算我们支持你，助你成为离宫之主，可是你有能力在那个位置上坐稳吗？如果不能，那我们为什么要支持你？"

陈长生的心神有些恍惚。他最近好像经常听到"成熟"这个词。十四岁入京，他有着远超同龄人的沉稳与稳重，很少有人会觉得他这方面有所欠缺。现在看来，原来还是不够，至少不够成为一位大人物。只是，什么是成熟呢？

陈长生明白，在很多人看来，在白帝夫妇看来，自己确实做了很多不成熟的事情。既然教宗师叔亲自替他说话，他只要认输、投降、伏低，老师便没有不重新接纳他的道理。

即便不能，他也应该表现得更成熟一些。比如最近这些天，他不应该在国教学院里，而应该在离宫，抓紧时间了解国教的一切。

比如前些天，他不应该去城门外，在官道旁替薛醒川收尸，去薛府拜祭。比如更早些的那一天，他在国教学院里没有接旨，而是用千把剑把林老公公砍得浑身是血。

比如那一天，他背着天海圣后的尸身从天书陵上走下来，与老师擦身而过，仿佛陌路。就像这些天，他一直在期待白帝城的使团到来。

他以为总会有人支持自己，就算没有人，还有妖族。现在看来，这种期待，真的很可笑。

他望向窗外，湖畔的大榕树都已经无法保有完全的青意，变得萧寒了很多，湖面上覆着薄冰，衰草上凝着浅浅的霜。

是的，这些都是不成熟的，天真的，幼稚的，热血的，冲动的，中二的，可怜的、可笑的。可总比这些寂清的、萧瑟的、没有热乎劲儿的世界要来得温暖吧？

大公主去了皇宫，又去了离宫，与商及寅相见。三位圣人说了什么，没有人知道，妖族与朝廷、国教之间达成了什么协议也没有人知道。人们只知道，她没有去国教学院，也没有请国教学院里的人去她居住的别宫。她没有见陈长生，这出乎了很多人的意料，也让京都里的局势再次变得清楚起来。

南方使团也陆续抵达，长生宗、秋山家等诸世家，圣女峰也派了人前来，就连槐院也派了代表。京都里的风向哪个方向在吹，谁都看得清楚，于是大公主的态度相同，南方使团没有一个人去国教学院。因为敏感，也是因为他们要向朝廷表明态度，而且做为南人，他们对天海圣后没有任何好感，自然也不会因此支持陈长生。

圣女峰也只是给国教学院里的南溪斋弟子们送去了一些书信与用具。

某天傍晚，国教学院的门被敲响了，有客来访。来访的客人是离山剑宗弟子关飞白。

国教学院中人与离山剑宗弟子相识已经三年，其间的故事很是复杂，可以说亦敌亦友，终究还是相熟了起来。因为双方是真正的同道中人。这却是离山剑宗弟子第一次走进国教学院。

关飞白跟在苏墨虞的身后，看着国教学院里的景物，显得很感兴趣，直到遇见几名以前便识得的南溪斋师妹，才收回了视线。在藏书楼里，陈长生与他见面。他是未来的教宗。关飞白虽然是神国七律之一，离山的天才弟子，身份地位也与他有很远的差距，不过双方的交谈没有变成所谓亲切的交谈、友好的会面，当然也没有像当年那般，充满着凌厉的剑意与敌意，只是简单的说话。这场对话真的很简单。

"离山就来了你一个人？"

"不过是走过场，来那么多人做什么。"

"为何会是你？"

"谁来都一样。"

"那你们不如派七间来。"

"要脸吗你？"

苏墨虞很及时地插话:"注意一下你的言辞。"

关飞白有些恼火地瞪了陈长生一眼,问道:"唐棠呢?"

"你找他做什么?"

"当然是打架。"

"试剑好听些。"

"都依你。"

"他不在。"

"去哪儿了?"

"回家了。"

"……那折袖呢?"

"……还是打架?"

"……试剑。"

"他不在。"

"去哪儿了?"

"不知道。"

听到陈长生的回答,关飞白沉默了下来。他这时候才知道,原来唐三十六和折袖都不在国教学院。他想象得出,这段时间陈长生在国教学院里有多辛苦。

"那我走了。"

"不送。"

既然想找的人都不在,想打的架也打不成,自然便应该离开,只是在离开之前,关飞白有个要求。

他对陈长生说道:"你送送我。"

陈长生摇头,说道:"不送。"

关飞白坚持说道:"你就送我到院门。"

陈长生说道:"不要。"

他送关飞白到院门前,会被很多人看见。关飞白就是想要人们看见。陈长生不想把离山拖进这滩浑水里,所以坚持。

关飞白想了想,说道:"那我走了。"

陈长生说道:"谢谢你。"

关飞白向院门走去,没有回头,摆手说道:"不客气。"

唐棠回了汶水，折袖去了哪里？没有人知道。

朝廷方面自然不会忘记这位狼族年轻强者，清吏司的密谍一直没有停止对他的搜捕，却始终一无所获，就像对王破一样。

北兵马司胡同里的那座庭院，已然修复如初，平整的地面覆着新鲜的泥土，只等明年春日植上一层草皮。

夜色最深的时候，地面上结了一层冰霜，泥土深处传出极轻微的摩擦声，仿佛蚕在啃食桑叶，仿佛是无数蚯蚓赶在寒冬之前拼命地向地底钻去。

秋意最深时，便是冬日至。

南北合流的庆典顺利地结束，各使团却没有离京的意思，因为教宗的病一天比一天更重。

庭院里，周通看着凋寒的海棠树，喃喃说道："到时候了。"

对有些人来说，是时候了。

城南茶楼里的那位账房先生与东家掌柜伙计一一告别，出门而去。短短十余日的相处，竟让整间茶楼的人，从东家、掌柜到最普通的伙计，都对他生出依依不舍之情。

陈长生把笔搁回砚台上，吹干纸上的笔迹，封好，递给苏墨虞，向藏书楼外走去。苏墨虞看着他的背影，心知今日一别，或者再难相见。

5·大人物

国教学院的师生们，目送陈长生走到院门处，眼神很是复杂，情绪很是感慨。南溪斋女弟子在院门处等着他。陈长生示意众弟子不用跟着自己，走了出去。

"这是斋主的命令。"叶小涟在他身后恼火喊道。

陈长生知道很难说服这些女弟子，对在院外迎着自己的辛教士说道："拜托了。"

辛教士叹了口气，挥手示意教枢处的教士和国教骑兵上前，把国教学院围了起来，自然也把那些南溪斋的女弟子拦在了里面。陈长生望向国教学院，默默做了告别。

从那年春天到现在，已经过去了三年半时间。不知何时再见，国教学院里的青藤以及人们。

他写了四封信交给了苏墨虞,就像苏离离开之前那样,把该交代的事情都交代清楚了。

北新桥井口的寒意越来越重,只需要再过两年时间,小黑龙便能够脱困。他对这个世界再无亏欠,肩上再没有担子,可以轻身前行。

看着消失在百花巷深处的他的背影,辛教士的情绪有些复杂。

没过多长时间,陈长生离开国教学院的消息便传遍了整座京都。

深秋后这些天,周通经常不在皇宫,而是在修葺一新的清吏司衙门里视事。这个消息传到北兵马司胡同时,他正坐在一把虽然崭新却被花了太大心力做旧的太师椅上喝茶。

他喝的茶还是最名贵的大红袍,穿的还是那件仿佛散发着血腥味的大红官袍。他的脸色很苍白,眼神漠然仿佛没有任何人类的情绪,看上去就像一个厉鬼。

"做好准备迎接身份尊贵的客人吧。"

他把手里的茶盏轻轻搁到桌上,看着院子里的下属们平静说道。官员们领命,面色匆匆开始奔走,周狱内外的气氛变得格外压抑肃杀。

远处的街上,那个浑身散发着生铁般阴冷气息的男子,在听到这个消息后,望了一眼天色。天越来越暗,不是因为时间的推移,而是因为云越来越厚,早已不是秋高气爽的时节,看来是快要落雪了。

最新的情报很快传到北兵马司胡同——陈长生进了离宫。

小院里,最忠诚也是最强力的数名下属,望向堂前那把太师椅,心想大人会不会是想多了?朝廷摆出了这样的阵势,就算那个人是陈长生,难道还敢来闯周狱不成?

"去了离宫,不代表他今天就不会去别的地方。"

周通看着手里的红泥茶壶,仿佛看着一件死物,漠然说道:"等他出来便是。"

离宫的最深处没有四季,自然也没有寒冷的冬意,那片被切割成方块的天空里,也看不到雪即将落下的征兆。就像那盆青叶依然充满了生命的气息,很嫩、很绿,随着清水的泻落轻轻地摆荡,展露着自己美好的腰身。

教宗的脸上看不到任何病色,只是皱纹多了很多,深了很多,看着苍老了很多。就像梅里砂死之前的那个秋天一样,老人在很短的时间里显露了自己的老态。看着教宗的脸,陈长生有些感伤,有些难过,有些不平,对这片大地的,对那片星空的。教宗比商行舟还要小两岁。他很清楚，师叔如果不是对自我的要求与这个世界的现状相抵触太多，以至于始终难以获得真正的宁静道心，何至于会提前老去。

教宗看表情便知道他在想什么，微笑说道："你是不是在想，好人不长命？"

陈长生沉默不语，点了点头。

"我并不是一个好人。"教宗说道，"当然，就算这句话是成立的，我们也不能因此就去做个坏人。"

陈长生很喜欢这样的话语，睁着明亮的眼睛，认真说道："是的。"

教宗擦干净青叶上沾着的水珠，又从他的手里接过手巾擦干净手，示意他坐下，问道："你师父这些天很安静，难道你不觉得奇怪吗？"

无论是国教学院抗旨，还是王破入京，对新朝来说都是大事，但商行舟没有对这些事情发表过任何意见，甚至在南北合流庆典上都没有说话。陈长生很清楚，这并不符合师父的性情，但他真的不关心这些事。

"他这些天一直在尝试让朝廷控制天机阁。"教宗说道，"现在看起来，应该快成功了。"

陈长生即便再不关心这些事情，听着这话也忍不住震惊起来。天机阁不是普通的组织，拥有难以想象的资源与力量，圣后娘娘执政期间，可以说是大周朝廷最重要的支柱力量，现在圣后娘娘与天机老人都死了，商行舟如果能够让朝廷继续控制住天机阁，真是非常了不起。从重要性上来说，这件事情怎么高估都不为过。

通过雪老城的叛乱，杀死人族千年来最强大的敌人，暂时解决魔族南侵的危险，接着，毫不犹豫全盘接受天海朝的谈判条件，极其稳妥谨慎地推动南北合流继续向前，直至双方签约，如果商行舟连天机阁都搞定了……哪怕他现在在皇宫那个小房间里看书，不怎么见人，但他依然会是世人心里的神明。

"对师兄来说，这并不完美。"

教宗看着陈长生说道："你知道他最开始的想法是什么。"

陈长生知道。对商行舟来说，最完美的局面，无过于，当教宗死后，他可以重新拥有国教的大权。只不过，他虽然是国教的正统传人，但毕竟当年发生了那么多事，而且他是教宗的师兄，无论怎么看，都没有可能由他继任教宗。

所以在天书陵那夜后，他第一时间推出牧酒诗，试图取代陈长生的位置，只是没能成功。正是因为没能顺利地夺取国教,他才会付出如此多的心力,确保天机阁会落在手里。

教宗忽然说道:"位置是相对的,重要性也是相对的。"

陈长生记得"位置是相对的"这句话,被王之策写在笔记的第一页。

"在位置与重要性之间获得某种平衡,从而避免整个世界随着我们这些人起舞,是我这些年一直想要做的事情。"

教宗看着他的眼睛,说道:"唯如此,生活在这个世界上的普通人,才能够稍微安稳一些地活着。"

陈长生明白了。先帝晚年,教宗会支持圣后娘娘,这一次他支持师父和陈氏皇族,现在,师父与朝廷势大,国教便要向相反的方向走去,越远越好。

这与情感、道感有关系,但也可以说没有关系,这是对世间万民无差别的仁爱,但在具体的某件事上,则往往会显得那般黏腻不爽。

他也明白师叔为什么要对自己说这些。这是教诲,是传承,是现任教宗对继承者的指点。

"懂,不代表能够做到。"

陈长生想着天书陵的风雨,官道旁的尸体,还有京都里的血与火,出了会儿神。

"可能,我还是没学会怎么做个大人物吧。"

6 · 小原则

"每个人生下来的时候都是个小人儿。"

教宗笑着用双手比画了一下长短:"但人都是会长大的,有些事情只要肯学,就一定能学会。"

陈长生通读道藏,无论剑道还是别的本事,向来都是一学就会,天赋与悟性都极佳,有什么是他不能学会的?听着教宗的话,他很自然地想起天书陵三日后,他与教宗在藏书楼里的那场谈话……只是世间书籍浩瀚如海,知识繁若星辰,木匠、种地、植药、裁剪、修院子,需要学的东西很多很多,何必一定要学怎样做一个大人物呢?

"不想学怎么办?"他看着教宗认真说道,"这是不是说明,我不是教宗的好人选?"

教宗微笑说道："这种推断自然有其道理，但即便你现在不肯学，只需要安静一段时间也好。"

陈长生没有经过任何思考，很直接地表示了拒绝："我做不到，因为这不可能是一段时间，师父需要我真正的服从。"

教宗静静看着他的眼睛，问道："你不愿意，哪怕只是表面上的？"

在如今的世人看来，师徒如父子，做学生的服从师长是天经地义的事情，做师长的不说让你做些事，让你沉默些时日，就算让你束手就擒甚至当场自尽，你都应该毫不犹豫地接受，如此才是做学生的本分。陈长生不如此想。

"是的，我不愿意。"

教宗问道："为什么？"

陈长生没有想过这个问题，只是那夜在天书陵，看到师父的第一眼起，知道了整件事情的内情后，他便有了自己的想法。

"或许……是因为师父做的事情我不喜欢吧。"

"如此说来，你喜欢娘娘的行事？"

陈长生摇了摇头。

教宗问道："那为什么你现在会如此选择？"

这里说的选择，指的是那天朝阳初升，他背着天海圣后的遗体走下天书陵。也指的是国教学院封门数日，抗旨不遵，直至今天，朝廷也拿他没有办法。

教宗的问题也是现在京都里无数人的问题，林老公公问过，苏墨虞问过，很多人都曾经问过陈长生。他从西宁镇来到京都后，一直是以国教的继承者、同时也是天海圣后的对立面而生活着。他与天海圣后之间并无情意。他不是昭明太子，那么自然也不是她的儿子。那么，为什么？

陈长生道："娘娘她被师父误导，弄错了我的身份，才会把我当作她的儿子，那夜的天书陵才会出那么多事。"

如果不是要替他逆天改命，圣后娘娘或者真的可以在这场大变里获得胜利，至少可以保住自己的性命。

教宗说道："既然是误会，她的付出是对你师兄的，而非你的，你不需要承担这份恩情。"

"我明白您的意思。但当时在天书陵上，至少有那么一段时间，她是真把我当成她的儿子在看待，在爱护。"

陈长生沉默了很长时间，说道："我不知道自己的父母是什么人，她既然曾经真的把我当儿子，我就把她当母亲看待。"

教宗叹了口气，没有再说什么。既然他把天海当成母亲看待，那么自然要替天海送终。谁都无法越过这一条去。

陈长生接着说道："至于师父……既然从一开始的时候，他就没有把我当徒弟看，那么我也不会认他做师父。"

教宗看着他微笑说道："有道理。"

把最想说的两句话说了出来，陈长生觉得由内而外一片清爽，便准备告辞。

教宗看了眼双檐之间的天空，说道："要下雪了，记得把伞带着。"

这句话有没有深意，陈长生不是很清楚，只是有些担心这位非常照顾自己的长辈因为自己的离开而心灰意冷。

他对教宗说道："师叔，离宫终究还是需要一个新主人的，您难道不觉得茅院长很合适？"

教宗看着他说道："如果合适便可以成事，我又怎会让你离开。"

陈长生说道："我不合适。"

教宗看着他似笑非笑说道："哪里不合适？"

说不出来，哪怕是陈长生的对手，现在都说不出来他哪里不适合继任教宗。他是国教正统传人，通读道藏，天赋极高，辈分更高，性情纯净宽仁，是教宗的最好人选。

以往可能还会有人拿他的年纪说事——他毕竟太过年轻——然而现在南方已经有了位比他还小的圣女。

"我太不成熟，年轻冲动，容易耽误大事。"

陈长生看着殿外阴暗的天空，想着稍后自己就要去做的那件年轻冲动的事情，有些紧张，又有些不安。

"这就是我选择你的原因啊。"

教宗感慨道："如果你正值青春，便成熟稳重得像块木头一样，将来最多也就是第二个我，对国教，对众生又有什么意义？"

陈长生听懂了，认真说道："不管我会不会留下来，我都会按照师叔您的要求努力修行。"

教宗知道他听懂了自己的意思，很是欣慰，说道："如果你要离开京都，记得把我的宝贝带走。"

陈长生顺着他的视线望去，才发现原来是那盆青叶。

陈长生出了离宫。这个消息再一次在极短的时间里传遍整座京都。北兵马司胡同的那方庭院，自然是最早收到消息的地方。

周通坐在太师椅里，左手平端着红泥茶壶，右手轻抚壶肚前端，看着地面，面无表情问道："他去了哪里？"

数名官员对视一眼，然后有些不确定地说道："三路都确定他进了魏府。"

周通听着这句话，抬起头来，眯着眼睛望向那些下属，声音微尖问道："魏府？"

官员们急忙应道："大人，绝对没有弄错。"

周通知道下属们不会弄错。他只是一时间没有想起来，魏府是哪家府上。而且他想不明白，陈长生离了国教学院、出了离宫，为何还没有来北兵马司胡同……杀自己。

魏府究竟是什么地方？清吏司没有反应过来，京都所有势力，相王、中山王、徐世绩，就连离宫也没有反应过来。陈长生已经来到了魏府深处。

天空里的雪终于落了下来，渐渐铺满草地。就像魏府男主人的脸，很是苍白。

陈长生看着此人说道："魏大人，你好。"

那位魏大人颤声说道："陈院长好，不知您来下官家有何贵干？"

陈长生的眼睛很明亮，态度很端正，声音很诚恳。

"我来杀你。"

7·初雪落

都知道陈长生今天要杀人，人们盯着京都很多地方，北兵马司胡同自然是重中之重，就连皇宫也没有放过。然而没有人能够想到，他走出离宫之后，没去北兵马司胡同，没去皇宫，而是去了魏府。

这让很多人都有些措手不及，然后生出与周通相同的疑惑。魏府是什么府？为什么陈长生先去了这里，难道在他心目中，这里的重要性还排在皇宫和周狱之前？紧接着，有些人想了起来，当朝礼部侍郎姓魏，刚刚被他休掉的妻子姓薛，是薛府的大小姐。

难道就是因为这个原因？陈长生去魏府做什么？替薛府出气？还是想要劝说魏侍郎与妻子重归于好？

魏侍郎刚认出陈长生的那一刻，便开始紧张地思考对方的来意，也得出过类似的结论。陈长生肯定是来替薛府出气的，或者，他是来"劝"自己与薛之华复合的。这里的劝字，当然是逼字。魏侍郎有些生气，但不敢表现出来。

如果他真把下堂妻接回来，魏府当然会失些面子，他肯定要受不少委屈，但……还能怎么办呢？陈长生是未来的教宗，权力地位远在他之上。他已经做好准备，当陈长生提出要求后，他应该怎样紧张愤怒却又不过于激动、勉强但依然不失风范地接受对方的要求。

便在这时，陈长生说出了自己的来意，眼睛明亮，态度端正，声音诚恳——我来杀你。

雪花飘飘，落在庭院里，天地间一片死寂。魏侍郎站在雪中，脸色苍白，微微张嘴，很长时间都没有说出话来。原来，不是来闹事的，也不是来逼婚的，而是，来杀人的。

他是礼部侍郎，在普通人的眼里，仿佛高山般不可攀爬，但这时站在他身前的年轻人，对他来说才是座真正的高山。未来的教宗要杀你，谁还愿意来救你？除了死亡，你不可能还有别的结局。你应该紧张愤怒却又不能过于激动、勉强但依然不失风范地接受对方的要求……去死。没有人想死。

"我虽然做了很错的事情，但并没有必须去死的道理。"

魏侍郎盯着陈长生的眼睛，眼神变得格外幽暗，呼吸变得极其急促。

"是的，无论周律还是教典，都没有说，逐妻下堂便要被处死，换作以前，我肯定不会杀你，但现在我的想法有所不同，矫枉并不需要一定过正，但做错事一定要付出代价，要被人看见，你忘恩负义，我要告诉世人与教徒，你这样做是错的。"

陈长生最后说道："而惩罚丑恶，便是歌颂美好。"

说这段话的时候，他的眼睛很明亮，语气非常认真。他不是在说假话，不是在刻意嘲弄对方，不是想要在临死之前羞辱一番对方，而是真这么想的。他来魏府杀人，就是希望在以后的世界里，像这样的事情能够少一些。

魏侍郎苍白的脸上现出两抹极不正常的红晕，身体开始战抖起来。他不知道该说些什么。在他这样的"正常人"看来，现在的陈长生就是个疯子。谁会因为休妻这样的事情付出死亡的代价？就算有些忘恩负义，薄情寡幸，郎心如铁……可是，为什么要死呢？他的妻族，还有被他休掉的妻子，如果不出意外，确实会被朝廷整死，可是……那与他又有什么关系呢？

如果这是杀人的借口倒也罢了。但不是，这就是陈长生杀人的理由。他的眼睛越明亮，语气越认真，在"正常人"看来，便越疯狂。

魏侍郎望向雪中的院墙，想要找到活下去的可能，发现只是徒劳，终生绝望，痛苦地哭出声来。

微雪落在纸上，发出很轻微的声音，很脆，就像美好的事物被撕毁时发生的呻吟。那是一张白如初雪的纸，上面有几个黑洞，看着异常恐怖。

一道声音从一个黑洞里传了出来："都说我是疯子……我看你比我还要疯。"

很多人都知道，画甲肖张的心性暴烈，精神有些问题。但今年初冬，当他在雪里看到陈长生睁着明亮的眼睛、用认真的语气对魏侍郎述说自己的杀意时，生出一种极其怪异的感觉。他觉得陈长生才是个疯子，一个一本正经的疯子，这让他很吃惊。

陈长生看见树后的肖张时，也很吃惊。整个京都，没有任何人知道他会来魏府，相信这时候很多人正在向这边赶过来，为何肖张会提前在这里等着自己？

"你怎么会在这里？"他一脸惊讶问道。

同时，那把锋寒至极、无垢亦无霜的短剑，已经刺破了衣袖以及三人之惊讶色，来到了魏侍郎的咽喉之前。

肖张脸上覆着白纸，自然没有表情，但所有看到这张白纸的人，仿佛都看到了不屑。这份不屑自然是针对陈长生的剑，如同无声的怪笑，充满了嘲弄的意味。

你居然敢当着我的面杀人？铁枪破飞雪而起，振衣联袂而动，破寒意，而要开天地。只需动念，锋寒无比的铁枪之尖，便要与陈长生的剑相遇。

陈长生的天赋再如何了得，哪怕在国教学院里胜了林老公公，今日剑与枪正面相遇，又如何是肖张的对手？

下一刻，肖张的铁枪便会破了陈长生的剑。他会站在魏侍郎的身前。京都初雪这天的第一场刺杀，便会无疾而终。

哪怕到了这一刻，看起来，似乎这都是理所当然的事情。然而，终究会有意外。比如今日。

肖张脸上的白纸哗哗作响，那份不宣诸口的嘲弄与不屑消失无踪。无声的怪笑变成了真实的怪叫，响彻整座魏府，撕裂了雪空。

铁枪的痕迹发生了极微妙的偏差。没能刺中那把剑。寒剑破空而去，带起了一道鲜血。鲜血冲入飞雪之中，化作一幅美丽的画面。

一个物件破空而起，呜呜乱转，高速旋转，然后落下，溅起几缕冰雪。那是魏侍郎的头颅，未能闭眼。

肖张霍然抬头，望向前方，面色骤寒，如见深渊。

魏府门口，出现了一位青衣人。那人双眉微耷，十分愁苦，百分不愿，怀里抱着一把未出鞘的刀。

8·闻道有先后

天凉王破，终于在京都现出了身影。

看着门外的青衣人，陈长生才明白，为何会在这里遇到肖张。世间最了解你的人，往往不是你的朋友，而是你的敌人。这句话很老套，也很老套地经常正确。

整座京都，没有一人会想到，王破会来魏府，只有肖张想到了，所以他潜入魏府等着，只是没想到，先等来的却是陈长生。

王破看着微雪里的陈长生，有些意外，然后展颜笑了起来。随着这一笑，耷拉着的眉向上挑起，仿佛阳光穿透层云，令人心动。原来你也在这里。这种不约而同的感觉很好。

陈长生和王破，果然是同道中人，走的道路往往相同，去的地方往往也是同一个地方。无论是充满死亡阴影的深渊，还是星海之上的神国，是戒备森严的皇宫，还是无人知晓的魏府，其实都无所谓。

王破向陈长生发出邀请："一道？"

"好啊。"陈长生毫不犹豫，接受了这个邀请，抬步向府外走去，右手轻震，血滴自剑上落入雪中，仿佛梅花。

肖张很是恼怒，看着二人喝道："喂！"

他手握铁枪，站在风雪之间，自有一股悍然暴烈的气势冲天而起。

然而王破看都没有看他一眼，陈长生回头看了他一眼，揖手为礼，然后转身继续前行。

王破的无视以及陈长生的淡然，让肖张再也无法控制自己的情绪，叫了起来："啊呀呀呀！真是气死我了！"

他的叫声很难听，沙哑又有些尖锐，就像是沙漠上已经很多天没能喝到水的乌鸦。

这时候陈长生已经走到魏府外，与王破站在了一起。

听着肖张的怪叫声，王破的眉再次耷拉了下来，带着些无奈问道："你究竟想做什么？"

从很年轻的时候，他与肖张、梁王孙、荀梅还有小德这些天才，便经常对战切磋，有时候是在大朝试，有时候是在煮石大会，有时候在周园，有时候在天书陵，有时在拥蓝关，有时在浔阳城，彼此之间虽是对手敌人，但要说熟悉程度，甚至要超过家人。

"我想做什么？当然是和你打一架！"

肖张沉声喝道，脸上的白纸随风雪而起，哗哗作响，很是惊心动魄。

王破却依然平静，甚至有些木讷，完全没有如临大敌的感觉。

他不知道在想什么，总之很认真地想了一段时间，然后对肖张说道："你打不过我。"

这是实话，所以更伤人。肖张暴怒，右手仿佛要把握着的铁枪生生扼断一般。

不等他出手，王破接着说道："而且我今天有别的事情要做，如果你非要出手，我可能不会留手。"

肖张怒极反笑，哑声说道："难道过往二十年间你留过手？"

王破说道："以往即便不留手，也很难当场杀死你，但今天不同。"

肖张喝道："哪里不同？"

王破说道："现在我们是两个人，你会死的。"

肖张气息一滞。这依然是实话，所以还是很伤人，不好回答。肖张是真没有想到，陈长生会出现在魏府。如果是王破，他哪怕不敌，也不会害怕。如果是陈长生，他有绝对的自信，可以把其挑于枪下。但如果他的对手是王破加陈长生，那么他真没有丝毫胜算，而且真有可能会死。只不过，这并不符合王破的行事，就像他入京都便销声匿迹一样。

他看着王破喝道："你居然愿意与人联手？"

王破说道："我和他在浔阳城里便联过手。而且今天我要做的事情比较重要，不能被你阻拦。"

肖张问道："你到底要去做什么？你应该很清楚，只要你走到大街上，所有人都会来杀你。"

"我要去杀周通。"

王破的回答很平静，很坦然："我以为你早就知道了。"

从王破现身后，陈长生便一直没有说话。他现在的身份地位虽然不比王破和肖张弱，但基于对前辈的尊敬，他愿意保持沉默。

肖张没有落下他，问道："你又为什么一定要杀周通？"

陈长生的回答很认真："就像杀魏侍郎一样，这样才能告诉世人，这样做是错的，让世间这样的人与事出现得少些。"

王破在旁听着很欣慰，说道："不错，忘恩负义是错，卖主求荣也是错，既然做了错事，就要付出代价。"

"卖主？天海娘娘可不是什么好人，怎么没见你们来杀？"肖张冷笑道。

王破说道："因为杀天海我没有把握，所以也就没有勇气。"

肖张说道："现在你有杀周通的把握？"

王破说道："是的，因为我的刀更快了。"

肖张厉声喝道："哪来这么多道理，为了活着，有什么事情不可以做？"

"你们有你们的道理，我们有我们的道理，两相抵触怎么办？我以前没想明白，最近才想清楚。"

王破看着他的眼睛认真说道："把你们杀死，那自然就是我们的道理赢了。"

陈长生说道："就是这个道理。"

肖张沉默了会儿，说道："听着好像有些道理。"

王破平静说道："如果你认同这个道理，那么就不要试图留下我们，不然我们真的会杀死你。"

肖张盯着他的眼睛说道："数十年来无数场对战，你从来没有对我说过这么多话。"

王破说道："因为我想说服你。"

肖张说道："为什么要说服我？"

王破说道:"因为这样就可以不用对你出刀。"

数十日前,整个大陆都知道他离开了槐院,来了京都。从那时至今,他一刀未发。他的刀意,已经被积蕴到难以想象的程度。如果肖张此时出枪,必然不是这一刀的对手。但他没有自信,还能在京都的大街上往前走多远。

风雪里,王破与陈长生在街上走着,一前一后。没有并肩,是因为陈长生坚持,他觉得自己还配不上。

仿佛回到了浔阳城,他们也是一前一后,面对着神圣领域的强者,浑身浴血,至死不休。只不过那时候,他们是在突围,今天是去杀人。

9·术业有专攻

街上飘着雪,水上覆着冰。初冬的京都,是那般的寂清。

王破和陈长生,沿着洛水行走,街上空旷无人,只有雪不停地落着,仿佛已经落了十年。

在街道两侧的民宅里,在墙后,在洛水里的船上,在桥后,在阴暗的天地里,不知隐藏着多少人。那些人来自诸州郡,王府,诸部,诸衙,有衙役,有捕快,有清客,有家仆,有英雄,有好汉。

然而,冰面渐被冬日薰软,枯柳轻轻摆荡,依然没有人出手,微雪里两道身影,没有受到任何打扰。

因为朝廷里的高手始终没有出现,这些衙役捕快,清客家仆,哪里敢抢先出手?至于那些以英雄好汉自居的各州强者,又哪里有脸敢向王破和陈长生出手?

当朝礼部侍郎被暗杀,这是很大的罪名,大周朝廷有足够的理由通缉王破,星空之誓也就此结束。朝廷也有理由要求陈长生和离宫给出交代。京都已经戒严。

北兵马司胡同外,那个浑身带着铁寒味道的男人已经睁开了眼睛。直至此时,朝廷始终没有什么动静,自然是有别的原因。

保合塔前,早已整装待发的羽林军,被国教骑兵拦住了,两道如黑潮般的骑兵阵势,随时可能相遇。城门司前,到处都是青藤五院的教习与师生,徐世绩脸色铁青,却没有办法下令让骑兵向外冲去。

风雪里,王破和陈长生继续行走,偶尔驻足对寒柳雪岸说上几句,就像是真正的游客。

他们到了哪里,他们做了什么,各处发生了什么事情,为何直到现在都没有人拦截他们?这些情报,在最短的时间里,聚到了那座曾经落满海棠花、如今只余枯枝的庭院里。周通坐在太师椅里,大红色的官袍颜色愈发深沉,仿佛真正的血,脸色越发苍白,仿佛真正的雪。

整座京都,现在都在看着洛水畔那两个人。整个世界,都知道那两个人要来这里杀他。按道理来说,即便那两个人是王破和陈长生,也没有可能走到北兵马司胡同。

可今天的情形有些诡异。离宫方面,似乎真的想随陈长生一起发疯。还有很多人在冷眼旁观,就像看戏。

雪花从离宫的檐角之间落下,在黑色的地面上画出一方白色的图案。一位满身贵气的妇人站在白色图案的中间,想着小时候在大西洲皇宫里堆的第一个也是最后一个雪人,想着女儿临行前那委屈的小模样,没有因此而心生软弱,语气反而变得愈发强硬起来。

"按道理来说,我是外人,今天这场戏,在旁看着就好,但如果真的出了事,会影响到北伐。"

教宗看着她说道:"所以牧夫人你来见我?"

这位贵妇姓牧,因为她是大西洲的公主,像教宗陛下还有以前的天海圣后,都习惯称她为牧夫人。她还有一个更了不起的身份——妖族皇后,真正的圣人。所以哪怕面对着至高无上的教宗陛下,她也没有丝毫让步的意思。

"难道你希望我去见陈长生?"

教宗说道:"或者,你应该去见商。"

牧夫人微微挑眉说道:"现在是他和王破要杀人。"

教宗说道:"总要杀过再说。"

牧夫人没有想到会听到这样的答案,声音微寒说道:"年轻人在胡闹,您何必非要干涉其间?"

"谁都是从年轻的时候过来的,而且王破是普通的年轻人吗?不是,陈长生是吗？也不是，他是我的传人，是你女儿的老师。"教宗笑容渐敛，缓声说道，"你应该希望他能够成功。"

牧夫人看着他忽然说道："妖族从来没有请求过您做任何事。"

教宗苍老的眼睛里，忽然闪过一抹光芒，有些刺眼，有些锋芒。

牧夫人神情不变，说道："您明白我的意思。"

教宗淡然说道："我知道你在担心什么，如果我真的不顾大局，周通三百年前就已经死了。"

这已经算是承诺，但牧夫人明显觉得还不够，说道："那国教骑兵是谁派过去的？"

教宗叹了口气，不再回答这个问题，转身向宫殿深处走去。茅秋雨不知何时出现，对着牧夫人极有礼数地伸开手臂，说道："您请这边走。"

妖族与大西洲的态度，无法改变教宗陛下的想法，但正如教宗陛下所言，他向来最看重的便是大局。

初雪的京都，离宫替王破和陈长生解决了很多问题，让长街的冷清空旷持续了更长时间，但没有一位国教大人物会出手相助。那样的话，国教与朝廷便会真正地撕破脸，如牧夫人担忧的那样，影响到日后北伐魔族的大局。对于眼前的局面，牧夫人不是很满意，因为她不想王破和陈长生的疯狂行为成功，也不想他们死。现在朝廷早有准备，必然在北兵马司胡同埋伏着无数强者，最关键的是，铁树一定会出现。

怎么看，王破和陈长生都必死无疑。很多人都是这样想的。所以，他们看着在冷清的长街上，在飘舞的微雪里前行的那两道身影，总能看出一些悲壮的意味。风萧萧兮洛水寒。

王破和陈长生却没有这种自觉。他们沿着洛水行走，说些故纸堆里的陈年旧事，比如王之策当年如何，说些最近数年的变化，比如去年奈何桥被船撞了几次。

且行且闲谈，踏雪不寻梅，顾盼不嚣张，只是举步落步，自然调整，渐与天地相合。然后，就走到了北兵马司胡同。

没有看见如潮水般的骑兵，没有如暴雨般的弩箭。在清旷的雪街上，他们只看到了一个人。那个人浑身寒意，锋芒隐在衣衫之间，不与微雪同世界，自有出离世俗意。这是位神圣领域的强者。

"铁树，境界深厚至极，不以妙胜，只以力取，以战力论，八方风雨里可进前三。"

王破对陈长生说道。

当初在浔阳城，他与陈长生联手对战朱洛，没有任何胜机，就连一点机会都没有。今天出现在雪街上的铁树，境界实力与朱洛相仿，年龄更小，气血意志正在全盛之时。

正如王破评论的那样，单以战力论，铁树与别样红以及另外一位老怪物，最是强大。即便天机老人复生，在这方面也不见得比他更强。今天他们要面对的，便是这样的一个人。

铁树没有站在街上，而是坐在街边的一张桌旁。桌旁有几把椅子。

"就此分开吧。"

"好。"

"我去坐一坐。"

"好。"

简单的两句对话结束。陈长生和王破在街上分开。王破向街边走去。陈长生向街头的那座庭院走去。

王破要去那张桌边坐一坐。坐一坐，就是会一会。他要会一会铁树。虽然他是逍遥榜首，年轻一代里无可置疑的第一高手，但和铁树这种传奇强者比起来，还差得很远。

可是，谁都不敢说他必然会输。因为他是王破。家破人亡，流浪到淡水，行走到天南，他一辈子都在对抗强大的命运。

无论是大周朝廷，还是朱洛这样的强者。到今天为止，他还没有真正的赢过一场，但他也没有输过。天凉王破，最擅长以弱敌强。

街尽头那座庭院,曾经开满海棠花，今夜落满了雪。陈长生向那边走了过去，神情平静，脚步稳定，呼吸吐纳心自在。他知道，那座庭院里肯定隐藏着很多刺客、杀手、强者，还有位聚星上境的周通大人。但他毫无惧意，因为他来过这里。那一次他没能杀死周通，今天一定能。

他有信心，于万军之中，取周通首级。因为他修的道，学的剑，本来就是万人敌。只不过除了荒原南归在茶铺里杀人那次之外，他一直没有机会展现给这个世界看过。

国教陈长生，最擅长以寡敌众。

10 · 一座城与一把刀的故事（上）

雪花从天空飘落，落在铁树的鬓间，衣上，并未真的接触到，便伴着一阵极轻微的嗤嗤声，被切割成无数碎屑，绽开无数朵小花。这个男人仿佛是铁做的，比风雪还要更加寒冷，衣衫之下隐藏着无数锋芒，比刀枪还要可怕。

王破走到桌旁，看了他一眼，然后坐下，平静地把铁刀搁到桌上。他的动作很稳定，很轻，没有发出任何声音，就像雪落无声。雪花也落在他的鬓间、衣上，或者滚落，或者轻粘，然后落在刀上，如落下的黄叶般，渐渐覆住鞘，不露半点锋芒的意味。

看着这幕画面，铁树漠然的神情渐渐发生了些变化，不是警惕，不是凝重，而是感慨。在潭柘庙里，他在满天黄叶里闭上眼睛的时候，也和此时一样，看到过类似的画面。他看着现在的王破，眼里却是当年那个走出汶水城的布衣青年的身影。

"我今天可能会说比较多的话。"他对王破说道。

王破望向风雪那头的庭院，意思很清楚。

铁树神情漠然说道："陈长生不可能得手，所以我有很长的时间。"

王破的看法不同，但也正因为如此，他自然不介意多坐会儿。

"前辈请讲。"

"当年你离开汶水城的时候，很多人都去看你……"

听到这句话，王破耷拉着的双眉微微挑起，然后落下。作为天凉郡王家最后一名男丁，他若死了，王家也就真的破了。太宗皇帝当年那句戏言，便会成真。所以，他自幼到处躲藏，在梁王府以及某些古道热肠的修道前辈帮助下，很艰难地成长着。

朱洵势力太大，尤其是在他拥有了修道天才的名声之后，面临的局面更加危险，也就是在这个时候，唐老太爷派人把他接进了汶水城。他在汶水做了数年账房先生，便是唐家在庇护他。数年之后，他决定离开汶水，唐老太爷也同意了他的决定。这个消息很快传遍了整个大陆。

王破敢离开汶水、脱离唐家的庇护，意味着，在数年的账房生涯之后，他已经成长到有足够的自信——只要朱洛囿于星空之誓无法亲自出手，或者朝廷不动用军队或者大阵仗，便很难杀死他。所有人都知道，王破现在已经很强，但他究竟强到了什么程度？他离开汶水城的那天，很多人都去了城外的官道，包括一些大人物。人们很清楚，无论是朱阀、绝情宗还是朝廷，都一定会向王破出手，那天的汶水城外，一定会有好一番热闹。

"我也去了。"铁树看着他的眼睛说道。

王破第一次知道这件事情，说道："没想到。"

按道理来说，他当年只是一个颇有潜质的修道青年天才，无论如何，也很难惊动铁树这样的神圣领域强者。

"因为当年苏离在汶水城见到你后，做过一番点评，别人不知道，我们这些人自然是知道的。"

铁树说道："他说，你的刀将来一定会比前人更强。"

听着这话，王破没有说话。即便是他，面对着这样的赞誉，也只能沉默。

对苏离这样的人来说，用刀的前人，只有一个值得他专门拿出来说，那自然是周独夫。

"所以我以为你那天一定会死。"铁树看着他继续说道。

这是个听上去没有道理、实际上是理所当然的推论。连苏离都如此赞美，朝廷和天凉郡里的大人物，怎么可能还允许他继续成长下去？

王破回忆起当年走出汶水城时的画面，双眉渐渐地挑了起来。不是得意与骄傲或对荣光的怀念，只是时隔多年，依然难忘其时的侵天杀意。

"我看着你一个人一把刀走出了汶水城，就像今天一样。"

铁树继续说道："很多人死了，你还活着，那时候我们就知道，朱家和朝廷遇到了很大的麻烦，现在想来，朱洛自己更是清楚，所以才会有浔阳城里的那一场夜雨，才会有天书陵之前的那番遗言交代。"

王破平静说道："对他的看重，我并不以为是一种光荣。"

铁树说道："但他终究是朱洛，他临死前唯一的要求，我们这些人总要帮他做到。"

王破目光微垂，落在被浅雪覆盖的铁刀上。

"当然，我看着你一路行来，也很是唏嘘，并不想杀你。"

铁树说道："但你不该进京,这是自寻死路。"

王破再次想起当年,也有些唏嘘,然后掸了掸衣袖,让雪花飘落。整理衣袖,自然是为了握刀。

铁树神情漠然问道："你今天一定要死?"

王破没有回答这个问题,说道："其实我很好奇,这个世界上有谁能让你忽然改变主意。"

一片安静,雪落还是无声。铁树唏嘘的当年,都是真的。但他说的话是假的。从潭柘庙到今天,他想杀王破的心意一直没有改变过。

王破非常清楚这一点。但刚才铁树的意思已经非常清楚,只要王破肯离开京都,他就不会出手。是谁让他改变了主意,从杀人变成了逐人?王破不会离开,但他真的很想知道这个答案。

能够影响一位神圣领域强者的心意,不是普通的大人物能够做到的。看遍整个大陆,应该也不会超过五个人。

伴着吱呀一声,街旁茶楼的门被推开。

一个很英俊的男人走了出来,看着王破微笑说道："好久不见。"

看着此人,王破挑起的双眉缓缓落下,说道："原来是……二爷。"

这个英俊男人以前是汶水城最著名的纨绔,后来渐渐无名。只有汶水唐家的人才知道,这个人是多么地可怕——唐家二爷。

王破在汶水唐家生活过,他知道这一点吗?原来是汶水唐家。也只有汶水唐家,才能让铁树这样的大人物,在朝廷与商行舟的压力下,依然有改变主意的可能。

唐家二爷望着王破微笑说道："知道是我,你还要坚持吗?"

这个男人确实很英俊,只是不知道是不是因为风雪缭绕的缘故,隐隐透着丝阴冷的感觉。

王破没有说话。

唐家二爷依然微笑着,问道："恩重如山是不是四个字?"

王破沉默了会儿,说道："不错。"

唐家二爷张嘴笑了起来,显得无比喜悦,却没有发出任何笑声。在风雪里,看着有些令人心悸。

然后,他渐渐敛了笑容,看着王破面无表情说道："今天,你不准出刀。"

11 · 一座城与一把刀的故事（中）

街面上覆着薄薄的一层雪，雪上留着清晰的一行足迹。

陈长生已经走到了街的尽头，向右转去，便是北兵马司胡同。十余丈外，能看到一堵院墙，墙后便是那座庭院。一直没有声音传来，他的身后。刀声或者战斗的声音。但他的心神没有受到任何影响。因为他相信王破。

只要王破在他的身后，哪怕面对的是铁树这样的传奇强者，他也只需要看着眼前。那堵院墙，以及墙后的庭院。

有风声响起，呼啸着，有些刺耳。街上的薄雪被卷起，两旁屋檐上的雪落下。有破风声响起，乱绕着，很是寻常。

一道身影破雪而出。一把剑破身影而出，刺向他的眉心。哪怕还隔着数丈远，陈长生都能感觉到那把剑上附着的锋芒与死亡意味。

他的眼睛微眯，不是因为那把剑，而是因为那道身影本身。飞雪从振荡的衣袂上溅起，有些明亮的光屑在其间若隐若现。

这名在雪里隐藏多时的刺客，仿佛并不在飞溅的雪里，而是在另外一个世界。那是因为这名刺客拥有自己的世界，那些明亮的光屑，也是证明。

陈长生今天遇到的第一个敌人，是一位聚星境的刺客。

聚星境的修道强者，在诸郡可为大豪，在各宗派可为长老，谁还愿意做一个见不得光的刺客？

这种级别的刺客，非常罕见。就算是清吏司，也不会有太多。整个大陆，只有一个地方拥有很多。那是一个很不出名的杀手组织，苏离当年都曾经是其中的一员。没有人知道那个杀手组织的来历以及所在。但陈长生知道。这个杀手组织，实际上归属天机阁所有。

看到这名聚星境刺客的第一眼，看到那种很熟悉的刺杀风格，他便确定了对方的来历。——朝廷果然成功地收服了天机阁。

陈长生没有吃惊，而是开始担心刘青。然后，他凝神于眼，专注于心，向后退去。只是极简单的一退，隐藏在风雪里的那把阴寒的剑便落了空。

当他的靴底踏破薄雪的同时，呛啷一声，无垢剑出鞘，不再藏锋。风雪满眼，他根本无法看清那个刺客在哪里。但他的视线，一直落在风雪里的某处，没有片刻犹疑。

无垢剑的剑意，顺着他的目光侵凌而去。嗤的一声轻响，一道鲜血自乱雪里飙射而出。

那个刺客的身影被他的剑意逼了出来，不停疾退，直至最后重重地撞到了院墙上。墙头的积雪簌簌落下，落在刺客的脸上，然后被涌出的鲜血冲开。刺客的咽喉上多出了一个极深的血洞。

他的眼神里充满了惘然与绝望。他想不明白，陈长生为什么能够看出自己的方位。即便能看出来，为何他的剑能够如此轻易地破掉自己的星域？

陈长生当然能够破掉这名刺客的星域。因为他用的是慧剑，有一双慧眼。现在的他，真元雄厚如山，神识宁柔如海，剑法更是高明至极。

他现在的境界修为，与那些真正的强者比起来，或者还有所不足，但在眼光与剑道层次方面，早已经到了某种高度。从某种程度上来说，他可以用俯视的态度，去面对所有同等境界的对手。这名刺客同样是聚星境，但修为不如他，用的刺杀手段承自苏离、刘青一脉……如何能够挡得住他的剑？

血融进雪里，混成有些恶心的浆汁，那个刺客从墙上滑落，就这样坐着死去。

陈长生继续向前走去。他的脚步依然稳定，平缓，神情依然平静，显得很谨慎。

一剑，杀死一名强敌，终究还是损耗了不少心神，更重要的是，他知道，战斗才刚刚开始。朝廷收服了天机阁，那么眼前这座庭院里，必然会有比他事先推算更多的高手。他不是周独夫，也不是苏离，现在才能勉强看到王破的后背，哪里称得上无敌。

那夜他能够闯进那座庭院，杀得周通魂魄俱散，是占了出其不意的便宜，今天自然没有这般简单。他知道今天肯定会遇到自己无法战胜的对手，这才是题中应有之意。

他终究太年轻，修道不足三年，世间有不少强者，可以凭着境界实力，强行碾压他，让他的眼光与剑道层次无法发挥出来。比如不再轻敌、不会允许任何意外发生的周通。比如逍遥榜前面的那些强大的男人。比如这时候出现在他面前的小德。逍遥榜第五，妖族中生代第一强者，小德。看着他从雪中走来，小德的眼中隐现一分敬意，不似寒山初遇时那般轻慢不屑。

"今日我会好好送你上路。"

陈长生知道天书陵之变时，小德与肖张，在皇宫一役里扮演了非常重要的角色。对小德会应朝廷之请出手对付自己，他不应该感到意外，但他这时候确实有些意外。白帝城的使团，现在还在京都里，无论从哪个方面看，小德都不会出手，除非……

他忽然觉得风雪里的寒冷越来越真切。街上到此时依然没有声音响起，刀声或者战斗声，王破还没有出刀。风雪里出现了无数人影，都是些高手，相信还有更多刺客与杀手隐藏在暗处。陈长生看着近在眼前的庭院，沉默了。因为他明白了，庭院如此近，今天却不见得能够进。

这时候，他只能看到庭院里的一些画面，比如那道如白线的墙头，以及探出墙头的那棵海棠树。海棠树早已落完了叶，光秃秃的树枝上承着雪，看着很是凋敝凄冷。

一片死寂。

当唐家二爷无声而笑的时候，显得有些滑稽。而在他的对手看来，这时候他的脸，其实非常恐怖。当唐家二爷敛了笑容，没有表情的时候，最是阴冷，就像一个死人。

王破看着这张多年不见却很难忘记的英俊的、滑稽的、恐怖的、阴冷的、丑陋的脸，忽然生出一种强烈的渴望。

当年在汶水城做账房先生的时候，他时常会生出这种渴望，只不过因为那四个字，他一直忍着。恩重如山，确实就是四个字。汶水唐家，对他恩重如山。当这座山迎面倒下来的时候，你能做些什么？

王破从来没有想过这个问题。他的刀是直的，对世界的看法也是直的。有仇必雪，有恩必报，这么简单的事情，哪里需要去想。

直到今天，听到唐家二爷说出那句话。——你不准出刀。

他的眉茸拉了下来，显得很是愁苦，问道："这是谁的意思？"

唐家二爷明白他的意思，说道："当然是老爷子的意思。"

王破看着他，没有说话。

唐家二爷微嘲说道："如果是我的意思，我怎么会拦你的刀？我会特别高兴地看着你死在铁树的手上。"

王破想了想，说道："不错。"

唐家二爷说道："但老爷子他像喜欢孙子一样喜欢你，他不想你死，才会让我来说这句话。"

王破再次沉默。

"刚才你肯定觉得我们唐家准备挟恩图报，很是不耻。"唐家二爷盯着他的眼睛，带着毫不掩饰的恶意说道，"现在发现，唐家其实是想保你的命，你没办法瞧不起我们这些商人，是不是觉得很难过？"

王破静静看着他，说道："既然你想我死，那么可以当作今天你没有说这句话。"

"虽然我想你死，但我也不想你就这么死，死得毫无价值。"

唐家二爷看着他微讽说道："我不管老爷子怎么想，我只知道，我唐家为了你曾经付出过很多代价，你就是我唐家的一件货物，是我唐家投资的一门生意，你就算要死，也要替我唐家挣足够的银钱回来，怎么能因为这么莫名其妙的原因去死？"

哪有什么英雄好汉，正道沧桑。真是莫名其妙。你要死，就该死得有价值，怎么能和那个小孩子去胡闹？

那么，什么是有价值的呢？王破明白了。教宗的位置，便是世间最有价值的事物。兜兜转转，丝丝点点，到头来，原来还是这件事情。

京都初雪的这一天，在很多人看来，是他和陈长生杀死周通的一天。而在有些人看来，却是陈长生赴死的一天。

12 · 一座城与一把刀的故事（下）

王破明白了。他们想杀周通。对方想杀他和陈长生。汶水唐家的选择，基于对他以及陈长生两个人不同的态度，而有所偏差。

但他还有两件事情没有想明白。如果把唐家当作纯粹的商人，一切以利益为先，那么，唐家为什么要陈长生死？谁都知道，陈长生与唐棠相交莫逆，他如果能继任教宗，对唐家来说，好处极大。

"白帝城也不同意陈长生继任教宗，这也是很多人想不明白的问题。"

唐家二爷说道："那是因为，白帝城有更好的选择，而对我唐家来说，陈长生固然是最好的选择，但对我来说，却是最坏的选择。"

与陈长生交好的是唐棠,不是汶水唐家,更不是他唐家二爷。

王破说道:"既然如此,老太爷为何会听你的?"

唐家二爷说道:"你知道的,老爷子最不喜欢圣后娘娘,陈长生做的事情,让老爷子十分不喜。"

便在这时,街尽头的风雪里响起一声清脆的剑鸣,然后有剑光亮起。陈长生的身影在风雪里若隐若现。一声闷哼响起,便有血腥味穿透风雪,来到了此间。那边的战斗已经开始,王破的铁刀还搁在桌上,一动未动。

他的视线从远处收回,落到被雪掩没的铁刀上,说道:"十几天都等不及了吗?"

整个大陆都知道,教宗的病已经越来越重,随着秋意转冬雪,时随季至,已经到了最后的十数日。大周朝廷、白帝城、汶水唐家,就算想要夺得教宗的位置,为何不能再等十几天?

"教宗陛下是圣人,其死之时,必有雷霆相随,必有安排。"

唐家二爷说道:"我们要做的事情,就是打乱他的安排,用最简单的方法,解决日后可能最复杂的事情。"

就算教宗陛下回归星海,举世皆知他的安排,谁敢反对他的遗旨?一旦国教众志成城,哪怕强如商行舟、谋如汶水唐家,都很难把陈长生赶出离宫。提前杀死陈长生,肯定要比等他坐上教宗之位后再出手,要简单无数倍。

到此时来看,这是最正确的一种解决方案,但在这个方案出现之前,谁都不会想到这一点。谁都不会想到,就在教宗陛下即将离开这个世界之前,商行舟非但没有耐心等待,却偏要在他离开这个世界之前……动手。

"这是谁的决定?"王破看着唐家二爷问道。

唐家二爷微笑说道:"自然是道尊的决断,我只不过在恰当的时机,提供了一下我的智慧。"

王破看着他的眼睛,说道:"时隔多年,你依然还是喜欢玩这些手段。"

"不错,因为我只擅长这个。"唐家二爷敛了笑容,淡然说道。

多年前,现在的天道院院长庄之涣在汶水见过他。从当时到现在,庄之涣都一直惊叹于他的修行天赋,更惊叹于,他会如此浪费自己的修行天赋。整个世界,只有唐家老太爷大概明白,他为什么会毫不在意珍贵的修行天赋,弃之如敝屣。因为他的修行天赋再高,也高不过王破,他再怎么勤勉修行,也不可能超过王破。很多年前，他便不甘却无比绝望地认识到了这一点。所以，曾经前途无量的唐家二爷，变成了汶水城里欺男霸女的纨绔，渐渐无名。

谁都不知道，他只是放弃修道，他一直默默在别的方面努力，他清楚只有这样才有战胜王破的可能。比如智慧，比如谋略，冷酷的设局以及对人心的判断和利用。

"论起打架，我这辈子可能都及不上你。"

"但论起别的方面，你给我提鞋都不配。"

"我最清楚，每个人在乎的是什么，想要的是什么，越不过的门槛是什么，看不到的阴影在哪里。"

"世人皆言，你王破的刀道是直的，沽名卖直，你最在乎的自然是名。"

"今天，我就用你要的名来压你的刀，你又能如何办？"

唐家二爷看着王破，笑了起来。就像平时那样，他张着嘴，没有任何声音。每句从他嘴里说出来的话，都是对王破的嘲弄与奚落。

王破看着他的脸，那种渴望或者说冲动变得越来越强烈。但他能如何做？他不是沽名卖直之人。但恩重如山。这座山就这么压了下来，他难道能够一刀砍过去？

牧夫人走到殿外，抬头向天空望去。天空正在落雪，雪自云里来，无论旁人怎么看，在她的眼里，雪与云都是羊，有着白而软的毛。

她的目光所及之处，雪花飘散，层云渐动，如牧羊群。看着这幕画面，茅秋雨的神情变得异常凝重，双袖无风而动。

她收回视线，望向殿旁某处，露出一抹微寒的笑容，问道："我幼妹就是在这里被你们责罚的？"

除了妖族皇后，她还有个身份是大西洲的大公主，她的幼妹便是曾经的国教巨头——牧酒诗。

当初商行舟想要把陈长生逐出国教，推动牧酒诗成为教宗继承人，当然，与她有极大的关系。

听到这句话，茅秋雨的神情反而变得平静下来，双袖轻拂。

有风卷起殿前的雪，向四周荡去，漫过诸殿间的阴影，露出数道身影。

白石道人，凌海之王，桉琳，司源道人。国教实力最强的五位巨头，尽数到场。

而且这里是离宫。

就算她是圣人,也不见得能够纵横无敌。更不要说,教宗陛下虽然重病,但依然是教宗。

茅秋雨看着她沉声问道:"娘娘,难道您真的想与我国教为敌?"

"与寅意见不同,便是与国教为敌?"她平静说道:"难道商就不能代表国教吗?"

茅秋雨与凌海之王等人神情不变,道心却已彻寒。他们知道,今天如果稍微处理不妥,国教便极有可能迎来自圣女赴南方后最大的一次内争。

商行舟也是国教正统传人,更是教宗陛下的师兄,千年之前,便在离宫生活。从某种意义上来说,教宗死后,他便是最能代表国教的那个人。

牧夫人的这句话意思非常清楚。离宫风雪骤疾。

皇宫里的风雪,忽然间变得猛烈了起来。西风漫卷碎雪,扑打在殿侧的房门上,啪啪作响。房门被推开,风雪却无法进入,因为商行舟从里面走了出来。为了收服天机阁,为了帮助陛下在最短的时间里稳定朝局,他在这个房间里停留了很多天。

今天,他走了出来。他准备出宫。他要去离宫。

十余名境界高妙的道人,从风雪里走来,跟随在他的身后。

13·铁刀的渴望(上)

商行舟没能走出皇宫。他的意志如滔滔洪流,即将漫过整座京都乃至整个世界,把陈长生吞噬无踪。

这时候,有人站了出来。

教宗还在离宫里,王破还在桌畔,徐有容在南溪斋,南溪斋的少女们被辛教士带人拦在了国教学院里,唐三十六在汶水,折袖失踪。

站出来的那个人出乎了所有人的意料,仔细想来,却又是那样地理所当然。

余人站在风雪里,太监宫女在四周跪了一地。年轻的皇帝陛下,第一次违背了老师与大臣们的意愿,出现在天地之间某处。那是他替自己选择的位置。寒风拂动他的大氅,拂不动他的眉与眼,神情依旧恬淡平静,一派自然。

风雪再如何愤怒,也是自然之事。他静静地看着自己的老师。商行舟静静地看着他。

与陈长生不同,余人是商行舟真正的传人,是商行舟一生理想的寄托。商行舟是真的无比疼爱他,愿意为他付出一切,一切都以他的利益出发。余人很清楚这些,所以他感动,然后不安,继而恐惧。这些天,他在皇宫里学习如何成为一位明君,沉默着,同时也恐惧着。他知道,老师一定会杀死师弟。

想要成为一位太宗皇帝那样的千古帝王,他的心灵上便不能有任何缺口,换句话说,世间不能有任何存在能够动摇他的心志。商行舟要确保的就是这点,他甚至不会允许自己拥有这样的影响力。

陈长生能够做到这一点,所以必须死。没有人懂。大西洲不懂,白帝城不懂,汶水不懂,天南不懂,教宗陛下都不懂。只有西宁镇旁的那间旧庙懂。

那天清晨在天书陵,余人看着师弟背着天海圣后的遗体向山下走去,看着师父向山上走来,看着他们擦肩而过,如同陌路,便懂了。

所以这些天,他在皇宫里很听话,很认真勤勉地学习如何成为一位明君。越是不安,越是恐惧,他越是听话,越是安静,就像还在西宁镇旧庙一样。

然而,师父还是要杀师弟。那么,他只能站出来,告诉师父这样是不行的。

看着风雪里的余人,商行舟的神情变得越发冷峻,想要杀死陈长生的意志越发坚定。他要陈长生死,本就是基于此,余人此时的出现更是证明了他的想法。那么在他看来,陈长生更是该死。

如何能够阻止这一切?如何能够改变商行舟这样的人的心意?余人的手握住了腰带上系着的一块玉佩。这块玉佩,是青玉材质,通体剔透,没有一丝杂质,极为名贵。这块玉佩没有任何气息波动,并不是法器,只是秋山家主前些天进宫觐见新君时送上的礼物。

这件礼物非常合新君的意。当时在殿上,余人接过这块玉佩的时候,没有表现出任何异样,心情却是微漾。他没有想到,世间居然有人能够猜到自己的忧愁与不安,并且给出了解决的方法。他很清楚,离山之乱的时候,与师弟齐名的那位秋山君,面对着自己的父亲,曾经做过一件事情。那么当他面对师父的时候,或者,也可以这样做。

商行舟的视线穿透风雪,落在余人手里的那块玉佩上。他知晓宫里的所有事情,自然知道这块玉佩的来历。他明白了余人想要表达的意思,于是沉默了起来。

风雪不停，皇宫里的广场里积雪渐深，跪在地面上的太监宫女还有那十余位道人，就像是黑点。

不知道过了多长时间，商行舟终于说话了。

"就一次。"他看着余人说道，"只此一次。"

余人很认真地点了点头。

商行舟接着说道："但陛下你要清楚，这里是京都，不是西宁镇的旧庙，这是天下之事，不是我们师徒三人之间的事，这不是他忘了烧水煮饭或者打扫，你想代他受过便能受过，我可以不惩罚他，但还有别的人会替天行事，他一样会死。"

余人不这样认为。他知道牧夫人去了离宫，铁树这样的绝世强者守在周狱外，还有小德、肖张，甚至还有汶水唐家。但他还是相信陈长生。因为陈长生并不是一个人，他还有同伴。

余人很清楚，受自己的影响，师弟的话不多，也谈不上有趣，但以前在西宁镇，无论是去山里狩猎，去小溪下游捉鱼，还是去镇上买菜，他总能遇到一些愿意帮助他的人，那些人是猎户，是渔夫，都是些心存善意的人。

或者那是因为他们师兄弟，对这个世界自始至终，都存着一份无法抹灭的善意？

街头的厮杀声忽然消失。那并不意味着战斗已经结束，因为风雪中能够清楚地看到，陈长生还站立着。

王破的手指很修长，显得很稳定，尤其是当他握住刀柄的时候。薄雪崩离，露出那把铁刀真实的模样，依然在鞘中，不显锋芒。但已经有了极大的差别。

先前这把铁刀安静地搁在桌上，现在则是被他握在了手中。随着他的动作，很多事情都已经发生了变化。唐家二爷的脸色变得异常难看。铁树的眼眸里也闪过了一抹异色。汶水唐家搬出了恩重如山四个字，居然还是不能让此人收刀？

"难道你敢对我出刀？"

唐家二爷盯着王破的眼睛说道，声音比雪还要寒上数分。他代表着汶水唐家，代表着老太爷，代表着那座山。

王破站起身来，看着他说道："我不会对你出刀。"

唐家二爷没有说话,知道必然还有下文。

果然。"因为你不配。"王破说道。

从潭柘庙到雪街,从黄叶到风雪,王破来到京都的这些日子里,铁刀始终未曾出鞘。谁都知道,他是在体悟刀道,养蕴锋芒,他的这一刀,必然惊天动地。除了神圣领域强者,谁有资格承受这一刀?王破说唐家二爷不配这一刀,并不是嘲讽,而是实话。实话最是伤人。

唐家二爷的脸色更加难看,接着却笑了起来。这一次他的笑是有声音的,哈哈大笑,充满了嘲讽。

笑声骤敛,他盯着王破寒声说道:"无论不配还是不敢,你若不出刀,终究还是无法解决今天的困境。"

这也是实话,王破若不出刀,如何能帮到陈长生?接下来发生的事情,是王破的回答。他握着铁刀向唐家二爷挥去。如挥衣袖,如掸灰尘,如把厌恶的事物从眼前逐走,动作很轻,很不屑。

唐家二爷眼瞳微缩,没有想到他居然真的会对自己出手,真元疾运,脚踏积雪,化作数道带着金光的残影,向四周避去。

这些年来,他不像当初那般勤勉修行,但毕竟天赋惊人,又是唐家嫡传子弟,实力犹存,境界颇高。他用的是汶水唐家的万金叶身法,须臾之间,可抵彼岸,是唐三十六都没能学会的绝学,虽然不及耶识步神妙,亦是很难看破。

无数雪屑溅飞,王破的铁刀落下。铁刀就这样简单地落下,却隐含着无穷的变化。最终,却是什么都没有变。

铁刀在风雪里画出一道笔直的线条,简单而又清楚。线条的前端,准确至极地击中了金光里的一道残影。啪的一声,很是清脆,如同耳光的声音。

唐家二爷重重地摔落在了雪街上。他的右脸红肿一片,唇角溢着鲜血,眼里满是不可置信的神情。

片刻后,他才醒过神来,看着王破惊怒喝道:"你居然敢打我!"

王破看着他,没有说话。

几颗牙齿混着血水,从唐家二爷的嘴里吐了出来。

他用战抖的手指摸了摸自己的脸,更加愤怒,尖声骂道:"你居然敢打我的脸!"

"当年在汶水第一次看见你的时候,我就很想打你。"

王破顿了片刻，说道："而且是特别想打你的脸。"

14·铁刀的渴望（下）

唐家二爷有一张英俊的脸。但当他习惯性地无声而笑时，总会显得夸张且滑稽。王破不喜欢他那种笑法，因为那让他觉得很隐晦，似乎隐藏着很多看不透的情绪。

多年前，他初至汶水，在唐家的宗祠里第一次看到对方时，便不喜欢。当时的唐家二爷，看着衣衫褴褛的王破，眼眸微转，无声微笑，就像看着街边的野狗，在篱下避雨的穷亲戚。

当时的王破，看着他的脸，生出一种极为强烈的冲动或者说渴望。他想挥动手里的铁刀，把唐家二爷的脸与笑容尽数砸至稀烂。

但看在唐老太爷的面子上，看在账房先生这份工作的面子上，他没有付诸行动。于是这份渴望便一直留在了他的心底深处，历经多年，亦未曾减弱丝毫。

直至今日，看到唐家二爷从街边的茶楼里推门而出，那张英俊的脸上露出无耻且无声的笑容时，王破再也无法压抑自己的冲动。恩重确实如山，但他的铁刀也着实饥渴了太久。于是，他挥出了铁刀。

在汶水，他们都还年轻的时候，他没能把唐家二爷脸上讥诮的笑容打碎，那是因为他不想打，他在忍。现在他不想忍了，想打了，那么自然便能打中。

唐家秘传的万金叶身法，确实难以捕捉痕迹，玄妙至极。但在王破的眼里，什么都不是。在汶水的第二个月，唐老太爷便去了账房，亲自教会了他这套身法。他不需要出刀，铁刀还在鞘里，他便能打得唐家二爷说不出话来。

唐家二爷坐在雪地里，脸上到处都是血，眼里带着难以形容的怨毒情绪。

"我唐家是要保你的命……既然你不在乎，想要送死，那就去死吧。"

王破站起身来，重新握住了铁刀，还打了他一记，自然表明，他拒绝了汶水唐家的要求。他要与陈长生一道杀周通，那么便要与铁树正面一战。

"还没有开始，如何能说是送死？"

王破看着唐家二爷说道："这就是你不如我、不如荀梅，也不如肖张他们的地方。"

这个野花盛开的年代开端，写着一些了不起的名字。王破、荀梅、肖张、梁王孙、小德……很少有人还记得，在最开始的时候，这个名单里还有个名字姓唐。

"他们和你一样，无论天赋还是机缘都不如我，一直没有办法追上我，但他们没有放弃，始终在追赶。"

王破的视线落在雪街尽头。他知道小德在那里，肖张可能也会出现。梁王孙避难回了浔阳城，而荀梅则已经不会再出现了。

"修道与战斗是同一件事，没到最后的时刻，便不能断定胜负。最终，荀梅在天书陵里追上了我，肖张也依然保有着可能。"

王破收回视线，望向唐家二爷说道："而你那年在汶水与我战过一场，觉得自己永远不可能是我的对手，转而去猜忖人心、学习谋略……那便是认输。从那一刻开始，你就成为了一个废物，再也没有可能战胜我，这辈子都不如我。"

唐家二爷怔住，神情微茫。王破的声音很平静，没有任何刻意嘲弄的情绪，只是在做冷静客观的判断。但谁都能够从这番话里听出一种感觉，一种居高临下的感觉。因为在他的话里，写满了"无敌"两个字。这就是强者。

对比那些在世间同样享有盛名的对手，王破的境界或者要高些，但绝对无法碾压。比如肖张和梁王孙。

但在真实的战斗里，他却从来没有败过，而且经常会以碾压的势态获得胜利。就是因为在气势上、在意志上、在心态上，在对这个世界以及自我内心的认知上，他要高出太多。

看着王破，铁树面露欣赏，生出很多感慨。江山代有才人出，各领风骚数十年，但谁能在那些年里，对同代强者拥有如此大的领先优势，拥有如此的气魄？更不要说，这数十年是野花盛开的年代，无数天才横溢的修道者，如雨后春笋一般涌现。

王破却凭着一把刀，把这一代强者或者天才，压制得艰于呼吸，难以出头。除了周独夫，再也没有人做到过类似的事情。欣赏与感慨，最终导致的便是整个世界的警惕不安。

朱洛不惜一死，也要王破去死，便是这个道理。既然王破不准备听从汶水唐家的建议，那么他当然会杀死王破，甚至，他有些急着要杀死王破。就像那天在潭柘庙里一样。

因为现在，他或者别样红或者无穷碧，都还有能力杀死王破。如果再不快些，如果再过些天，如果再落两场雪，怎么办？再过些天，再落两场雪，也许，他们就杀不死王破了。这种认知，很是令人不安。

即便是覆盖着人间的星空，也会颤栗不安。到那时候，人间真的会出现第二个周独夫吗？不，哪怕只是设想，这都是不被允许的事情。

铁树看着王破说道："抱歉。"

无论是星空之誓，还是以大欺小，以老欺幼，还是说人族会陨灭一位将来的巨人，都值得他说声抱歉。

王破没有回应他的歉意，因为在他看来，今天这场战斗自己不见得会输。

是的，整个大陆都不会认为他会赢，哪怕他是王破。但他自己不这样想。因为浔阳城里的夜雨很疾，潭柘庙里的落叶很美，洛水畔的寒柳重重，如雾一般，却已经遮不住他的眼。

王破举起铁刀，指向铁树，动作平稳而简单。铁刀却微微战抖起来。

那不是畏惧，而是战斗的渴望、挑战的勇气。从潭柘庙到雪街，已经多日，他没有出过一刀。谁都知道，接下来的这一刀，必将是他此生最强的一刀。

他与铁树之间只隔着一张桌子，按道理来说，举刀便会触着铁树的衣衫。但当他举起刀，他们之间便仿佛隔着了一条大河，很是遥远，铁刀根本无法触到铁树的衣衫。这段遥远的距离，便是神圣领域与人间的距离？他的铁刀能不能无视这段距离，落在星空之上？没有人知道。

当王破没有出刀的时候，便有着无限的可能。他出刀，便意味着无限可能性坍缩成一个真相。整个世界，都在等待着看到那个唯一的真相，不知道下一刻，是谁会承受不住这个真相。

在这个时刻，铁树做了一个选择。这个选择很简单，却代表着数百年的经验。他选择出手。

不让王破出刀。他决定根本不给王破出刀的机会。无论这一刀的真相是什么，他都不想再看。因为他本来就是要杀死王破，而不是接王破的刀。

当他决定先出手，谁都没有办法比他更快。除非他的对手也是位神圣领域的强者，或者是神圣化的徐有容或南客。

王破不是。所以，铁树的手先落在了王破的刀上。

这时候，王破的刀依然还没有出鞘。

从天空里飘落的雪，忽然静止。一道雷声响彻长街。街道两侧的建筑尽数变成齑粉。静止在空中的无数片雪，也变成了粉末。

烟消云散，街上空无一人，王破与铁树消失无踪。

那道雷声却并未消失，袅袅不绝，连绵而作。最后落在洛水处。

15 · 王破的破（上）

今年京都的冬天，比往年要冷很多，尚是初冬，洛水已经结了冰，尤其是通渠门外的河面，冰面已经厚实得可以站人。

王破和铁树这时候便站在洛水的冰面上。二人中间有一个十余丈方圆的破口，河水在里面荡漾着，黑沉无比，仿佛深渊。那记响彻京都的雷声，起于雪街，最终便落在此处。

铁树负着双手，面无表情看着对面，仿佛先前没有出手一般。

王破的铁刀横在身前，衣衫被撕裂出很多道口子，尤其是衣袂、领口与袖角处，仿佛被狂风吹拂了数十年。那些撕裂的口子里，隐隐可以看到血渍。很明显，只是一个照面，他便已经受了伤，而且伤势看起来并不轻。

但铁树的眼睛里没有放松的神情，更没有轻蔑与不屑，反而更加凝重，甚至显得有些警惕。

王破横举着的铁刀，依然没有出鞘，刀鞘上可以看到几处清晰的指痕，甚至已经发生了明显的弯折。他还是没有出刀。一位神圣领域的强者率先出手，他居然还不出刀。这是非常令人不解而且震惊的事情。

更加震惊的是，他虽然受了不轻的伤，但还活着。

当初在浔阳城的雨街上面对朱洛，王破毫不犹豫动用了自己的最强刀法，斩出了无数道空间裂缝，才能勉强把朱洛的月华隔在雨街的那头。今天在京都的雪街上面对铁树，他的刀连鞘都没有出，便能硬接住铁树的一招。铁树与朱洛同是八方风雨，单以战力论，甚至还隐隐在朱洛之上。这只能说明，这短短的两年时间里，王破的刀，已经比当初在浔阳城的时候强了很多。

铁树面无表情，心情却有些微妙。不动刀，便能硬接自己的强力一击，还能站着，对方果然不愧是年轻一代里的最强者。他不清楚王破在这两年里究竟获得了多大的进步，只知道对方比传闻里更强大，甚至比潭柘庙里时还要强大得多。

这种提升速度,实在是匪夷所思。他现在已经无法判断,王破距离那道门槛还有多远。还是那句话——王破还是没有出刀。

"这是什么刀?"铁树忽然问道。

既然王破没有出刀,他这句话是在问什么?如果这时候洛水两岸有观战的人,必然听不懂这句话。王破懂。

刀是一个字,却可以有很多种意思:刀的本身。刀的招式。刀的轨迹。刀的道路。

他没有出刀,但已经出招。这一招便是横刀。

王破的刀道,还有这招式本身的神妙,尽数蕴在这一横之间。如此,他才能不出刀,便接住铁树的一次攻击。

铁树从来没有看见过这样绝妙的刀法。他问的,就是这一招的名字以及来历。

"我不知道。"

王破说道:"他没有告诉我。"

从魏府到北兵马司胡同还有些远,会路过洛水。王破和陈长生先前一路行来,曾经在洛水畔驻足闲叙。洛水畔有寒柳,有堤,河面上有冰,有故事。

在浔阳城第一次遇见的时候,他们没有说什么话,这一次他们在京都重逢,知道稍后便会再次分别,甚至可能是永别,所以他们聊了很多。他们聊了聊王之策当年,说了说奈何桥今朝,还有彼此的过往。

看着他腰畔的铁刀,陈长生想起了周园里的那座陵墓,以及那座陵墓的主人,还有那座黑棺上面绘着的刀法,生出一种想法。那套刀法无法口口相传,他只能把自己从里面领悟到的一些所得讲给王破听。王破没有表示感谢,也没有拒绝,但看得出来,他并不是太感兴趣。哪怕他明知道,那是古往今来最强的一套刀法。因为他有自己的刀道,而且他的刀道与周独夫的一刀两断截然相反。

陈长生接着说道,自己在荒原跟随苏离学过剑。世间很多修道者,对这件事情很感兴趣,或者说,很嫉妒。王破不嫉妒,因为他不喜欢苏离,但那毕竟是苏离的剑,所以他有些感兴趣。

尤其是当陈长生提到,他跟随苏离学的第三剑,事实上苏离也没有学会的时候,他对陈长生说自己想学这一剑。

陈长生说好啊。他们站在洛水畔的寒柳下，说了几句。然后，王破学会了那一剑。他是这个世界上第三个学会这一剑的人。而且他只用了几句话的时间。不知道苏离知道这件事情后，会有怎样的心情。

那一剑叫作笨剑。要学会这一剑，需要的是千锤百炼，需要的是单调枯燥的重复。这一剑需要的不是才华，而是一种近乎愚蠢的坚持。所以苏离无法学会这一剑，因为他太聪明。

按道理来说，王破就算天赋再惊人，也没有办法在这么短的时间里学会这一剑。有意思的是，王破练刀的方法和陈长生练剑的方法很相似，就是一个练字。在过往的数十年里，他已经挥过太多次铁刀。

现在，他只需要把剑当作刀，便能施展出这一剑，或者说这一刀。于是，铁树那双可怕的手，也没能突破他的刀鞘。

"你输了，因为你错了。"

王破看着对面的铁树说道："你不应该不让我出刀。"

铁树沉默片刻，说道："何解？"

王破说道："刀藏锋于鞘时，才会有万般变化，无限可能，虽非最强，却最难击破。"

铁树说道："难道我非要愚蠢地等到你拔刀出来？"

王破说道："你不敢看这一刀的真相，那么真相便往往会不如你所愿。"

铁树神情漠然，身后的双手握着，无数寒光与锋芒自指间溢出，把风雪无声切碎。这幕画面，征兆着他此时的心情，因为王破说中了他的心意，那么会不会预测对结局？

他的视线落在王破的铁刀上，嘲讽说道："那么你可以把真相给我看，如果你还能做到这一点的话。"

王破的刀便是真相。从他离开槐院，整个世界便一直在翘首期待着。然而此时铁刀已经弯曲得不行，他又如何能把刀从鞘中拔出来？

话音甫落，铁树便来到了王破的身前，双手破空而落。洛水之上狂风大作，雪片直欲遮人眼，其间隐隐可见，十道指影，震雪破空而起，仿佛一株巨树伸展着枝丫，又像是一朵巨花开了。无数强硬至极、带着金属意味的气息，随着那些枝丫的伸展与花瓣的展开，向着王破落下。

铁树开花。这是神圣领域的道法，这是星空之上的力量。那一刀再如何能守，终究也无法遮蔽整片星空。

如果王破再不出刀，必死无疑。所以王破终于出刀了。刀仍在鞘中，意已先起。

一道极为凌厉却又显得格外朴诚的刀道，冲天而起。风雪骤疾，洛水冰面上出现无数道裂口。

感受着这道刀意，铁树的神情骤凛，眼中杀意大作。只有他能看出来，王破竟是试图用这一刀破境！

16 · 王破的破（下）

从天凉到汶水，从天南到魔域，从浔阳城到京都，从潭柘庙到雪街，王破一直在准备出刀。这一刀他积蕴多年，为的就是要在星空与大地之间斩开一条通道，斩断那道门槛。

铁树清楚地感觉到，王破的刀意在攀至巅峰之后，并没有就此暂静，而是在继续提升，并且隐约发生着一些不明的变化。

王破早已修至聚星巅峰，还要继续提升，不是破境是什么？一声厉啸响彻洛水两岸。

铁树的身影从王破的眼前消失——并不是真正地消失，雪云与冰面之间，到处都是他的身影。天地气息与隐藏其间的法理规则，被他的身影牵动，那朵带着金属光泽的无形之花，自天而降，把王破的刀笼罩在了其间。他用天地束缚王破的刀意。

那朵花在天地之间怒放，便是他挟着怒意显现出来的身形，以及那双泛着寒光的手！铁树开花，花开万朵，每朵每瓣，都代表着天地的法理规则，异常强大。

王破如果想要活下来，要么看破这些法理规则，要么正面突破。他修道不过数十载，哪里能够看破铁树被漫长岁月熬煮出来的手段。他的刀意再如何提升，也无法在这时候斩破铁树这蕴藏天地法理的一击。

那么他该怎么办？王破的刀意凌厉而起，破体而出。

一声轻响，王破的左臂断了，向着天空飞去。

一道鲜血，出现在除了白雪便没有其余颜色的单调的天地间。天空里的云与纷舞的雪，在这一瞬间，被涂抹上了一笔艳丽的色彩。满天血色，触目惊心，仿佛流淌的岩浆，又仿佛是烂透的落梅，要将一切燃烧干净，要将一切污染。在那些血色里，有一种令人极度恐惧、万分敬畏的气息存在。

天空里某处传来一声带着不可置信意味的怒喝，那是铁树的声音。

从王破自断一臂的那一刻开始，他的手臂便是他的刀，他的鲜血便是他的道，那么他用的是什么刀意？为何这道刀意如此强大、如此恐怖，竟能轻而易举地突破天地法理规则？

如果教宗或者商行舟在此，或者能够看明白。这道刀意名曰焚世，乃是周独夫当年的两断刀诀。

修道至最后，往往殊途同归，但王破这时候用出两断刀的刀意，却与这句话没有任何干系。先前在洛水畔，陈长生把自己对两断刀的领悟讲与他听，他只是随意听之，并不在意。但是，他真的能毫不在意吗？当然不可能。

周独夫是举世公认的星空之下最强者，他用的是刀。王破是举世公认的周独夫之后，最强大的刀道名家，用的也是刀。无论他承认与否，抗拒与否，周独夫的刀道，一直在影响着他的修行。只要这个名字存在，只要两断刀还存在，这种影响就一直在。

他非常清楚，今朝动用两断刀的刀意，就算能够暂时破掉铁树的天地法理之击，将来也必然会对自己的刀道修行造成极大影响。但他依然一刀斩落下去。

如果只是继承，这一刀依然不足以斩破铁树的花。但他的这一刀先斩的是己身。他这一刀，来自周独夫，斩的却是周独夫对他以及后世所有学刀者的影响。

这不是继承，也不是传承，是接受，然后弃之。世间没有谁能够做到这一点。哪怕他是王破，也需要自断一臂。

但随着他的手臂飞向天空，他心里的所有迷雾也已经被驱空，阴影消失，他的眼前，一片透亮清明。

然后，他的这一刀接着斩向铁树开出的花。于是，满天流浆，花落如泥。

王破的道心前所未有地平静，向着四周洒落的鲜血，却是无比炽热，融化了空中的雪与河面上的冰。

他的铁刀带着自己的鲜血，破开了那些代表着天地法理规则的花瓣，来到了铁树的身前。刀仍未出鞘，其意已然贯穿天地之间。那些恐怖的、毁灭的毁世意味，那些决然的、冷漠的气息，已经消失无踪，只剩下了他自己。如雪山，如青松，不可撼动。

如果这时候，他的铁刀已然出鞘，或者他真的可能战胜铁树。好在，他的刀依然未能出鞘。

铁树知道，这是自己应该把握住的机会。今日洛水一战，王破表现出来的天赋与魄力，着实超乎了他的想象，令他震惊异常。但即便王破不可置信地突破那道门槛，铁树依然坚信自己会轻松地取得最后的胜利。因为他早就已经看出了王破的问题。

王破蕴刀的时间太长。时间足够，其势足矣，然而，却往往会带来一些你自己都没有想到的新问题。比如他的刀这时候还在鞘中，并且刀鞘已经弯折。他想要出刀，会比以前要麻烦一些，要慢一些。哪怕只是闪电落下的一瞬间，也足以改变这场战斗的结局。

寒啸声里，铁树的身影于洛水之上显现，于万花丛中，一掌拍向王破的头顶。就像最开始的时候那样。

王破仿佛不知道自己的刀还在鞘里，继续着挥刀的动作，神情平静，甚至显得有些木讷。

忽然，天地间响起一道极轻的声音。那是啪的一声轻响。听着又像是潭柘庙的黄叶被风拂过，还有些像长街上的积雪被人踩过。

不，似乎是什么东西破了。是被热息融化变薄的冰层，是堤旁被余波切断的重重寒柳！是银瓶乍破，千军万马！是寒冰终破，春意满山！是破境的破。是王破的破。

王破破境！铁刀破鞘而出，斩向铁树！

这当然是王破有生以来最强大的一刀。

天地必须对此都要做出些反应，以此表达些敬意。云里落下的雪忽然止了。洛水表面的冰层上出现了无数道裂缝，变成数千块厚重的浮冰。那些浮冰不停地拱起，然后落下，仿佛下面隐藏着一只暴躁的巨兽。其实那是河水被天地气息所扰，不停地奔涌。

不知道过了多长时间，一切重归静寂。

王破握着铁刀，望着十余里外的远方。他的断臂不知去了何处，浑身鲜血，脸色苍白，眼神却非常宁静。

十余里外，铁树站在冰面上，似乎想要说些什么，最终却只是摇了摇头。

他向后倒下，落在满是冰块与枯柳枝的河水里，就此死去。

17 · 向前，向前

河里到处漂着碎冰，铁树漂在其间，睁着眼睛，已经死去。他的眼眸反射着阴暗的天空，就像身体四周的碎片与水面。他的胸腹间有一道伤口，非常笔直，很是深刻，直接斩断了幽府与诸窍，断绝了生机。

从这道伤口，能够看到王破先前的那一刀。他的刀还是如以往那样，又隐隐多出了很多变化，境界意味更加深远。铁刀破鞘的那一瞬间，他成功破境。

做到这一点的前提，在于他去除了周独夫留在自己心灵上的阴影。面对前方的高山，有些人会选择绕路，有些人会选择退却，有些人会选择攀登。

王破一直在向那座高山前行，峰顶始终近在眼前，却无法靠近。直到先前那一刻，他破掉了自己的心魔，而后建立了自己的刀道。铁树死在了他的立道之战里，并不冤枉。

但他刚刚破境，底蕴并不足够，要斩落一位神圣领域强者，必然要付出极大的代价。他断了一臂，而比断臂更可怕的伤势，在他的身体里，正在不停地侵伐着他的经脉与心志。

寒冷的冬风自洛水两岸穿柳而出，轻轻拂动水面上的碎冰以及碎冰里的一切。风虽然寒冷，其实并不强劲，然而，碎冰里的铁树的尸身，随风化作一道轻烟，就此消失不见。

接着，风拂动了王破的衣袂，把那些裂口带动得大了些，鲜血顿时像瀑布一般地涌了出来。无数道若有若无的气息，随着那些血水，离开了他的身体。

王破的脸没有一丝血色，比河堤上的雪还要更白。他的身体变得无比沉重，没有一丝力气。他向岸边走去。

混着碎冰的河水，仿佛变得黏稠了很多，在其间行走很是困难。河水里出现了一道笔直的血线，然后向着两边漫开，边缘处被冻凝，变成血珊瑚般的事物。

他不知道自己这时候应该去哪里，只是看着洛水东面的堤岸在眼前，便向那边走去。他习惯于向前。

只是这一次他似乎选择错了。重重寒柳被那风吹拂，出现了很多人影。

最先抵达洛水畔的，是唐家二爷，在他的身后，是数百名羽林军骑兵，还有两名大周神将。

他的脸上到处都是细微的伤口，看着很是狼狈。那是先前王破与铁树在雪街上第一次交手时带来的伤害。

看着洛水里的王破，他眼睛里的震惊愤怒情绪渐渐不见，变得冷漠。然后，他无声而笑，笑容里有说不出的嘲讽、轻蔑与怜悯。

是的，你成功破境，成为了世人敬畏的神圣领域强者。然而，就在下一刻，你便会死去。这该是怎样悲哀的事实啊，这又该是怎样值得庆贺的故事呢？

唐家二爷敛了笑容，举起右手，面无表情地挥了挥。数百道利箭带着耀眼的光线，离开洛水岸边，落向河水的中央。

离宫里一片静寂，气氛无比紧张，檐上的雪无声地融化，没来得及落下，在空中便变成了冰珠。

时间缓慢地行走，没有人出现。牧夫人看着天空里的雪云，微微挑眉，有些意外。是谁把商行舟留在了皇宫里？又是谁在京都的街上弄出这么大的动静？

铁树？不，如果只是他一个人，这记雷声不会这般明亮。那道雷声最终落在洛水上。洛水上空的天地法理发生变化。一朵无形之花自天而降。一道铁刀之意冲天而起。牧夫人终于动容。王破破境了！铁树死了！

这让她很吃惊，然后沉默，继而凛然。朱洛临死前在天书陵说的那番话，不仅是说给商行舟听的，也是说给他们夫妇听的。

如果换作别的时候，她一定会亲自出手，把王破打死。但此时她需要在离宫，放牧天空里的雪云，暂时对抗整个国教的意志，无法离开。

好在她能够清楚地感觉到，王破在击败铁树之后，已经再无战斗之力。在京都，他无法战斗，那便是死。他如果死了，陈长生还能活着吗？

四周到处都是境界高深的刺客、杀手、高手。

小德站在眼前。

对于现在的局面，陈长生不意外。他知道师父想杀自己，一直都知道。与教宗的位置有关，但更重要的原因是别的——他和师兄之间的关系太过亲近。他没有对任何人提及这一点，不代表他自己不清楚。他一直以为师父会选择教宗师叔回归星海的那一天动手。所以他要在那天到来之前，把必须要做成的那些事情做完。

在满天黄叶里，他去了北新桥，耗尽心血，为小黑龙两年后脱困做好了安排。在满天风雪里，他来北兵马司胡同，杀周通。

他没有想到，师父是这样渴切地希望自己去死。也许就在今天。是的，长街上始终没有声音传来。那么就是今天。

海棠树的秃枝里还残着最后一片叶，随着那个刺客撞到院墙上，那片叶也坠了下来，悄无声息地落在了雪地上，落在那双皮靴之前。

陈长生的视线向上移走，落在小德的脸上。

这位妖族青年一代首屈一指的高手，今天在北兵马司胡同出现，自然是白帝城的意思，至少也是得到了那对圣人夫妇的默允。

这两年里，有很多礼物与问候还有荣耀从白帝城来到国教学院，现在想来，这一切并没有什么意义。他没有问原因与道理，因为世间之事所有的原因与道理追究到最后，往往都是利益二字。白帝夫妇要为妖族的利益考虑，哪怕他们对陈长生曾经有过些好感，也不会影响他们做出冷漠的判断。小德要为自己的利益考虑，而且他对陈长生没有任何好感，为了八百里红河与落落，他很愿意陈长生去死。

"我必须请你去死。"

小德看着他认真说道，然后一拳砸了过来。这记拳头看似简单，实际上无比可怕，雄浑的妖族真元，带动着天地气息，直接来到他的眼前。同时，十余名聚星境刺客的剑自风雪里探出，封死了他的所有退路。

陈长生如果强退，便必须同时面对这十余把可怕的剑，还要面对更可怕的小德的拳头。如果他选择向前，必然会被小德的拳头留下来，而那十余把剑则会在这一刻爆发出最恐怖的威力。现在他似乎怎么选都会死。或者就是这个原因，他选择了向前。向前向后都是死，为何不向前？当然要向前。

他撞破风雪，一剑刺出。他的动作竟比小德的拳头还要更快。他的剑意就像是一场山火。不，应该是天火。自天而降的火，便是闪电。

他的剑像道闪电，刺进了小德的身体。小德的拳头，也同时抵达了他的身体。

18 · 不管怎么走都是向前

从街上到那面墙之间，只有十余丈的距离。想要走过去，却是那样地困难。如果很难走过去，那么便烧过去。

一道笔直的火线陡然出现，熊熊烈火，把风雪尽数烧融，变成蒸汽，然后化为青烟。这道火线的最前端，是陈长生，更准确地说，这道火线本就起自于他手里的剑。这是苏离教给他的第二剑——燃剑。

小德的境界极高，战斗经验无比丰富，对陈长生的这一剑，依然有些措手不及。

这一剑用的是离山法剑最后一式的剑意，太过决然，太过不惜命。小德没有想到，陈长生会在第一招就动用这种两败俱伤的强剑。而这是陈长生提前便早已想好的事情。

他现在真元雄浑，神识稳定，但比起逍遥榜前列的真正强者，还有一段无法逾越的距离。他如果想要击败这些强者，便需要出其不意，要把自己那些不为人知的能力用到极致——因为他那些不为人知的能力与战法，只要出现过，以后便再也无法对这些强者奏效。这意味着，同样的战法，他只能使用一次。

在国教学院里，他用黑石与千剑战胜了林老公公，却无法用相同的方法去战胜别的同级别强者。他知道如果想要杀周通，肯定要面对很多真正的强者，所以这些天，他做了很多推演，设计了很多预案，模拟对战小德、肖张、周通、中山王、相王……他甚至考虑过，如果要和王破交手，自己应该怎样做才能寻觅到一线机会。

一个喜欢读书、喜欢思考、喜欢做笔记、喜欢做解题的人，总会比他的对手准备得更加充分，往往会取得很多不可思议的胜利。

王之策人至中年才开始修行，为什么他从登上历史舞台开始，便很少失败？为什么苟寒食还在通幽境的时候，所有人都觉得他能破境胜聚星？

陈长生也是这样的人。所以他也成功了。这里说的成功，不是说他战胜了小德，而是说，他把这场战斗纳入了自己的推演之中。

做为妖族年轻一代的最强者，小德的反应速度奇快无比，而且在当时看来极为正确。当陈长生的剑带着决然之意来到他身前的时候，他的左手探破雪空，直接抓了过去。

他的身体强度坚逾铁石，普通的兵器、聚星中境以下的修行者，根本无法对他造成任何伤害。可是他不知道陈长生的剑，要比百器榜上描述的更加锋利，而且陈长生的剑道与真元数量，要远远超过普通的聚星下境修行者。

哧的一声轻响，短剑就像硬纸边割破刺泥糕一样割破了他的手掌，然后没进了他的身体里。一声带着狂怒之意的暴喝，从他的双唇里迸发出来。

哪怕到了此时，他依然认为自己的反应是正确的。——陈长生的剑虽然穿过他的手刺进他的胸腹，但同样也无法再离开，至少在这一刻无法离开。他的拳头落下，一定能够把陈长生的脸砸成烂泥。

陈长生确实无法避开，更不要说离开，哪怕他扔掉手里的短剑，哪怕他动用耶识步。因为他去得太快，其势已尽，既然坚定地向前，又如何能够后退，看上去就像是往小德的拳头上在送。然而，小德的拳头没能落到他的脸上。

一把有些陈旧的纸伞，在他的左手里被撑开，伞面如真实的闪电般展延开来，遮住了他的身体。小德的拳头落在了伞面上。一声无比沉闷的撞击声响起！伞面深深下陷，却没有破裂。

难以想象的磅礴力量，从小德的拳头传到黄纸伞上，接着传到陈长生的身上。这种力量的对冲，无法半点取巧，全是真实境界的显现，陈长生无法承受这种巨力，向后退了一步。

啪的一声，他脚下的冰雪碎了，更下方的街面也碎了。一口血涌上他的喉头，有些甜。

原来一步还是不够的。他向后再退了一步。依然不够。

从黄纸伞上传来的那道力量是如此地恐怖，是如此地霸道。他继续向后退去，靴底离开地面，就像块石头，破空飞起。

小德的拳头看似简单，却藏着他一生的修为与苦练。逍遥榜强者的全力一击，那该是何等样地可怕。陈长生被直接轰飞，速度竟不比他施展燃剑向前时慢几分。

幸运的是，他被震飞的速度太快，如此才险之又险地避开了那十余道凌厉的剑意。至少要害都避了过去，只是衣衫上留下了数道裂口。

他落在了雪地上，已经到了街的另一边。他身体摇晃，似乎下一刻便会倒下。

决意一路向前，初一交手，以燃剑奇袭，却无法胜利，被迫退了一步、两步直至数十步。任谁看来，这都是极大的挫折。

但陈长生并不这样认为。小德也不这样认为，他隐隐感觉到，陈长生是故意的。他能够避开那十余道剑意的攻击，并不是幸运，而是事先推演计算好的结果。

这种感觉，让小德非常不愉快。当他感觉到自己胸腹处的深切痛楚时，这种不愉快的情绪更加浓烈。

怒啸声中，他挟着风雪，向着街上扑了过去。但是，他扑了一个空。

炽烈的光明从无垢剑上散发而出，暴烈的剑意贯穿整条街道。陈长生再次施出燃剑，并且同时动用了耶识步。

这一次，他没有像先前那般勇敢地向前，而是穿破自天而落的风雪，掠向了斜前方。如一道轻烟，或者闪电。那里也有一堵墙，墙后不是海棠树的秃枝，不是那座庭院，不知是何处。陈长生撞破了那堵墙，闯了进去。

紧接着，墙壁被撞破的声音，在长街侧方的建筑间不停响起。这里有很多庭院民宅，都不是他要去的地方。但建筑都是以墙相隔，只要不停地撞破那些墙，那么他总会闯进他要去的地方。那座有棵海棠树的庭院。

更何况他一直都知道那座庭院在哪里，他从来没有错过方向。后退，或者绕路，有时候不代表放弃，而是另一种方式地向前。陈长生是这样想的，也是这样做的。

星空总是会垂怜那些有准备、有勇气的年轻人。他再一次成功了。

海棠树映入他的眼帘，随之而来的是一道剑影。那个刺客的袖间闪动着星屑，竟然又是位聚星境，想必同样是来自天机阁。

面对如此阴险而可怕的一剑，陈长生没有停下脚步，速度都没有降低一分。嗡的一声，黄纸伞撑开，挡住了海棠树上落下的碎屑，也挡住了那一剑。剑意从伞的边缘遁过少许，撕裂他肩上的衣服。

一道剑光从他的手里亮起，借着黄纸伞的遮掩，在那个刺客的咽喉下割出一道极深的血口。那个天机阁的刺客捂着喉咙，倒了下去。这名刺客可能曾经杀过很多名人，如果让人知道他的真实身份，会非常震惊。然而，陈长生没有看他一眼，继续向前疾掠。

不是因为他和世界上最了不起的刺客以及第三了不起的刺客都很熟，而是因为他现在最需要的就是时间。

小德应该很快便能追上来。肖张不知道什么时候会出现。那些高手随时可能重新包围庭院。最关键的是，王破在街上还能拖住铁树多长时间？他不知道。

海棠树摇，无叶落，只有两三根断枝落下。庭院外的胡同里，响起小德愤怒的长啸。数十道强大的气息，正从四面八方疾速靠近。

陈长生已经来到了石阶之前。上方有把太师椅。椅子里坐着一个人。那个人穿着深红色的官袍，如在血海之中。此人正是周通。

19·两只纸鸢（上）

就在陈长生看到周通的那一刻，一道雷声在后方的街上响起，然后落在了很遥远的地方。

他感知到了洛水处的那场战斗，感受到了天地间的法理变化，还有一道与他有着密切关联的刀意。那道刀意在下一刻便破了，然后出现了一道新的刀意。他感到震惊，然后振奋，也更加清楚当前的局面。杀周通是他与王破两个人的事情，现在王破去除了这件事情最大的障碍——铁树，那么接下来就要看他的了。

风雪忽碎，庭院间出现一道残影。陈长生借着风雪之势，来到那把太师椅前，手里的短剑刺向了椅中的周通。随着他的剑意，同时到来的还有一片燥意以及一片光明。这片燥意与光明来自他正在猛烈燃烧的真元。

寒风拂动周通的官袍，血海生起巨浪。无垢剑破浪而入，直入血海深处。

这不是陈长生第一次来到这座庭院，也不是他第一次尝试杀死周通。他有过经验，更加慎重，对这一刻，做了很长时间的准备。这一剑看似简单，实际上隐藏着无数后手。这一剑是慧剑，实际上是无数剑招的前锋。

国教真剑、倒山棍，汶水三式里的晚云收，斋剑里的寒枝意，尽在这一剑之间。他还在这一剑之后，准备了三样最强大的也是不为人知的手段。无论周通怎样应对，都会被无数连绵而至的剑招如江河怒涛一般将他吞噬。或者，被他一击而杀。

然而，接下来的发展有些超出了他的意料。

不是周通忽然破境，变成了一位神圣领域的至强者。也不是他的老师忽然出现在场间。而是周通的应对有些奇怪。

周通的应对就是没有应对。他什么都没有做。噗的一声,无比锋利的短剑,轻而易举地刺破了官袍,刺进了周通的胸口,就像刺进了一片烂泥。

不知道是不是因为那件官袍的颜色太过血红,很难看出有没有流血。周通的脸色有些苍白,眼神极度漠然,利刃穿身,也没有一丝痛楚之意。他看着陈长生,眼中充满了嘲讽的意味,就像看着一个愚蠢至极的死人。

周通是个很阴险、很有权势的大臣,是位聚星上境的强者。陈长生和王破要杀他的消息,早已传遍了整座京都,他不可能没有任何准备。就算陈长生准备得再如何充分,也不可能如此轻而易举地杀死他。

短剑穿过那件大红官袍的瞬间,陈长生便知道有问题。或者这整件事情有问题,或者周通这个人有问题。

下一刻,周通的身体消散在了他的眼前。那件红色官袍,落在太师椅上。一股极为浓郁的血腥味道,像水一般,顺着石阶流淌,然后蔓延,笼罩住了整座庭院。

一直坐在太师椅里的周通,居然并不是真实的存在,只是一件衣服。他是怎么做到的?他如何能瞒过这么多下属?最难以理解的是,他如何能够瞒过陈长生的眼睛?陈长生于圣光里出生,浴过龙血,被天海圣后洗过脏腑,他的眼睛无比明亮,无论是阵法还是伪装,都很难不被他看穿。

那么只剩下一种可能,被欺骗的并不是他的眼睛,而是他的意识。很多人都知道,周通有一门精神秘法修炼得极为高深可怕,名为大红袍。或者,便是这个缘故?

陈长生当然知道周通的精神秘法强大,他曾经就在这里,与大红袍对战过,甚至已经有过两次经验。但他真的没有想到,周通的大红袍居然强大到了这种程度,远远超过了前两次。

他不知道,前面两次他能够在周通的大红袍之下毫发无伤,是因为天海圣后在他的眉心抹过一滴清茶。

而如今人已去,茶已凉。

周通不在。陈长生的剑,自然落空了。他的所有准备,那些隐藏在后的无数剑招,那些手段,都落空了。最重要的是,他的精气神,意志与决心,都尽数落在了空中。

寒风呼啸，海棠树动，小德破空而至，一拳又至。

陈长生的剑去得太尽，自然无法回得太快。在拳风的催动下，他的衣衫飘舞了起来，于是显得他的动作很是迟缓。

不过这种迟缓里，有着一种很稳定的节奏。他转腕，轻抖，左手里的黄纸伞，便搭在了肩上。这一系列动作，很是干净利落。

小德的拳头再次砸在了黄纸伞上，无比磅礴的力量，落在了实处。陈长生像只断线的纸鸢般，被轰得飞了起来，落入了新修好不过数十天的堂屋之中。

沉闷的撞击声里，他的身体砸烂了数堵坚硬的石墙，然后重重落下。烟尘大作，建筑纷纷倒塌。他从满地砾石间站起身来。浑身是血的小德，像只真正的妖兽般，来到他的身后。

破空声不断响起，数十名高手各立墙头与树上，围住了庭院。这些高手最弱的也是聚星境。他们来自朝廷各部，军方，天机阁，还有些，本来就属于这里，是清吏司的刺客。

周通不在。他用大红袍秘法，弄出了一个大玄虚。今天，明显是一个局。陈长生踏进了这个局中。

面对这样的现实，很多人会非常慌，心情会有些乱。就算不慌，心情不乱，总会生出些挫败的情绪。就算意志坚定远超凡人，但既然落入对方局中，总会表现出一些警惕。就算道心通明，能够把这些负面情绪尽数驱散，想必还是会有些遗憾，至少会想要知道，周通既然不在，那么现在在哪里？陈长生没有。

他收起黄纸伞，把剑与鞘组合在了一起，然后望向小德与四面八方的强者们。他的动作不慌不乱，神情很平静，脸上看不到任何挫败的情绪，也没有对阴谋布局的警惕。

事先他绝对没有想到，庭院里的那个周通是假的，才会施出那般雷霆的一剑。为何他现在如此地镇定，仿佛早就料到了这一切？

小德无法理解他的平静，心里生出些警惕，问道："你猜到了？"

陈长生说道："我有提前想过这种可能，但这里不好进，如果我想杀进来，便不能这般想，所以我没有这样想。"

这话有些绕，但小德听得很清楚。如果陈长生真的认为周通不在这里，哪怕只是抱着万一的想法，他都无法像先前那般一往无前。而如果不能做到一往无前,他根本无法来到这座庭院,向太师椅上的那件大红袍刺出那一剑。

小德说道:"那为何你能够如此平静?"

陈长生说道:"我已经做到了最好,无愧于心,自然能够平静。"

小德微嘲道:"又是那套烂俗的说法。"

"我不是说心意,我是说我已经达到了目的。"

说完这句话,陈长生咳了起来,显得有些痛苦。他硬接了小德两拳,虽然有黄纸伞的保护,也断了数根骨头。看不到血,只是他战斗的习惯,事实上,他经脉里的真元流动已经渐趋凝滞。

小德缓缓眯眼,说道:"你连周通在哪里都不知道,就敢说达到了自己的目的?"

"断线的纸鸢,没有人知道会落在哪里,但他不是,他只是一条狗,还被我吓得不敢在这里停留。"

陈长生说道:"丧家之犬,还能活多久?"

20 · 两只纸鸢(下)

任谁来看,这都是强词夺理,强颜欢笑,强作镇定,小德也是这样认为的,脸上的嘲弄之色越来越浓。

陈长生解释道:"如果能够杀死他,当然最好,就算做不到,能把他从这里赶出去,也不错。"

小德不明白他的道理,场间的数十名高手也不明白。就算如陈长生所言,这个周通亲自布下的局,让周通变成了丧家之犬,可为什么丧家之犬,便会离死近了?

不管是盛夏还是寒冬,在京都里,随处都可以看到没有家的流浪狗,它们虽然活得辛苦,但也不是那么容易死去。更何况周通就算是狗,也不是一条普通的狗,他有世间最锋利的獠牙,上面还烁着最可怕的毒。

但正因为如此,陈长生才会觉得周通离死不远。丧家之犬,必然惶惶不可终日,因为过街的老鼠,必然人人喊打。

小德明白了,用看着幼稚小童的眼神看着他,说道:"难道你以为还有人会帮助你们杀周通?"

在他和很多人看来，王破和陈长生执意要杀周通，本就是最疯狂的事，世间哪里还会有这样的疯子？

陈长生很诚实地说道："我不知道有谁会帮我们杀周通。"

然后他接着说道："但我相信肯定会有人。"

世间想周通去死的人太多了。周通离开了这座有着海棠树的庭院，离开了北兵马司胡同，天下再大，也都不会再有他的容身之所。那些想他去死的人，一定会抓住这个机会，给予他最致命的打击。

因为商行舟的存在，绝大多数想周通死的人大概不会动手，但总会有人动。而那些所谓的大多数，不会对周通伸出援手，只会冷眼旁观，看着周通去死。就像当初他和苏离从雪原万里南归的一路所见，就像在浔阳城里一样。

小德并不相信他的判断，怜悯说道："人之将死，其心也乱，再说这样的话，又还有什么意义？"

面对着小德这样的逍遥榜强者以及数十名聚星境的高手，怎么看，陈长生似乎都只有死路一条。王破现在的境况比他还要更加糟糕，虽然他刚刚破境，但断臂重伤，经脉严重受损，不要说再战之力，便是在满是冰碴的河水里行走，都极为困难。而他这时候面对的是数百精骑、两位神将、唐家二爷还有遮天蔽日而来的、如暴雨一般的羽箭。

天空被箭雨撕裂成无数道，寒风乱舞，王破站在河水里，神情没有什么变化，依然平静，也可以说有些木讷。

在世人皆欲杀的时候，他携刀入京都，于雪街之上战神圣，无比震撼地在洛水断臂破境，一刀斩死了铁树这样的绝世强者。无论从哪个方面看，他都已经做到了极致，他的刀道也已经发挥到了极致。至此再也没有什么遗憾，也无法再做出更多的惊天之举。

他睁着眼睛，平静地看着满天箭雨落下，是因为现在他除此之外，什么都做不了。

忽然间，一场狂风卷着风雪在洛水上空横扫而过。这阵狂风是这般地强劲，那些速度极快的羽箭，竟然都被拂乱，失去了所有的威力，然后从空中颓然落下。数百枝箭，落到了寒冷的河水里，时浮时沉，看着就像是断掉的树枝，很是惨淡。

唐家二爷霍然抬头，望向雪空，神情微变，眼中闪过一抹厉色。王破必须死。

这是商行舟、白帝夫妇、十四路反王对朱洛的承诺。现在很明显这是朝廷杀死王破最好的机会，也极有可能是最后的机会。

就在那阵来自雪空的狂风卷落箭雨的同时，那两名神将动了。这两位神将在大周军方的排名并不是很靠前，但修为境界非常深厚，远超过薛河，多年前便已经是聚星上境。

河堤上的十余株寒柳瞬间粉碎，两匹龙血马哀鸣一声被生生震死，两位神将破空而起，掠向了洛水！两道铁枪泛着寒光，向着洛水里的王破刺去！

哗哗！雪空里响起一阵极为清楚的声音。仿佛洛水里的冰在瞬间全部融化，然后去往了高处，变成了瀑布。

不，那是一只纸鸢在高空飞行，被寒风拂动的声音。纸鸢的下方系着一根线，线头上是一个人。那个人从天空里跳了下来，带着哗哗的声音。那是他脸上的白纸被寒风拂动。

他就像块石头，落在了洛水里，抢在了那两名神将之前。那两道威力强大的铁枪到了。

那人举起了他的武器，同样也是一把铁枪。这把铁枪当然不如皇宫里的霜余神枪，也不如汗青神将手里的枪，亦不如薛醒川当初手里的枪。但这把铁枪同样是世间最著名的枪之一，在某种程度上，甚至要比汗青和薛醒川的枪更加出名。因为那个人太出名了。

如今汗青回归魔域，薛醒川被葬在京郊，世间还有几把铁枪能比他的枪更霸道，更嚣张？

铁枪暴烈而去，挡住了那两名大周神将的铁枪。两道沉闷至极的撞击声，在洛水上响起，波涛四散。已经冲进河里的羽林军，被震得东倒西歪，寒柳里的那些战马发出痛苦的嘶鸣。两名神将被震回堤上，口喷鲜血，竟是受了不轻的伤。那人站在洛水里，半步未退。

又有无数羽箭自天而降，如暴雨，如乌云，洛水骤暗。那人铁枪一横，于寒水之上，如铁索不可撼动。

受枪势所引，一道百余丈宽的水墙，从洛水里喷涌而起。那些羽箭射入水墙中，瞬间便被冲毁。

紧接着，他收回铁枪，重重一顿。枪尾落入水中，河水如瀑布倒起，如泉初涌，向着四面八方散去，如水箭般射向那些疾速掠来的军中高手。

洛水上到处都是闷哼之声，混着冰碴的水面上到处都能看到血迹。只是瞬间，便有十余名军中高手身受重伤，失去了战力。

天地间出现了片刻安静。

哗哗。纸鸢在高空飞着。水墙落入河中。那人脸上的白纸不停颤动。噗的一声，一口血从他的嘴里喷出来，击打在了白纸上，看着就像是一朵妖艳的花。

直到最后，他才决定出手，难免有些仓促，而且他的对手不是普通人，是朝廷。一枪逼退两名神将，一枪挡住满天箭雨，一枪重伤十余名军中高手，即便是他，也要付出很重的代价。但他不在乎，因为这时候已经能够确定自己的决定是正确的，因为这时候他觉得很爽。

有些沙哑、充满了暴戾情绪的声音，穿透还在滴血的白纸，落在了洛水两岸无数人的耳中。

"还有谁？"这句话好嚣张。此人好生嚣张。好一个肖张。

21·天南新篇

河水里满是浮冰，流速不快，艳红的血，并没有迅速被冲掉。

鲜血在白纸上滴落，配着那几个黑洞，看着比以往任何时刻都要更加恐怖。

看着站在河里的那个男人，羽林军骑兵们都感到了一股前所未有的恐惧感。两位神将看着手中明显已经弯折的铁枪，眼中闪过一抹骇异的情绪。他们知道此人很强，却没想到，竟是强到了这种程度。

"你他妈疯了吗！"唐家二爷站在堤上，冲着河水里那个男人尖声喊道。

他脸上的神情异常阴沉，眼眸里的怒火异常暴烈，震惊到了极点，也是愤怒到了极点。

王破断臂破境，一刀斩了铁树，这是他无法接受的事实。

然而，眼看着王破即将死去却被这个人所救，更让他无法接受。无论怎么想，这个人都没有救王破的道理。

画甲肖张，逍遥榜第二，仅在王破之下。他也是很多人眼中的中生代第二强者，还是仅在王破之下。过往数十年里，这位疯狂暴烈的天才，在同代修道者的战斗里可以说是战无不胜，唯独面对王破时，从无胜绩。他当然是这个世界上最想战胜王破的人，而且天书陵之变后，谁都知道，他现在已经站在了朝廷一边，他没有任何理由不想王破去死，更找不到任何理由可以解释，他为何要冒着如此大的风险来救王破。

寒风在河水上呼啸而过，掀起肖张脸上的白纸，拂落几行血珠。白纸的两个黑洞里，隐约看到，他翻了一个白眼。这自然是针对唐家二爷惊怒的喝问。你疯了吗？老子本来就是个疯子，这还用问？

当然，谁都知道，唐家二爷的那句话，是想听到他的理由。肖张没有理会，很是不屑，心想你连这都不懂，那有什么资格与自己对话？如果这时候在场的是荀梅，是小德，哪怕是梁王孙，应该都不会问出这个问题，因为他们懂。王破也懂，但唐家二爷不懂。先前在雪街上，王破说他远远不如肖张等人，正是因为这一点。哪怕唐家二爷阴谋了得，将来会成为能够影响整个大陆的枭雄，但在武道二字上，永远都赶不上这几个人，因为他不懂。

肖张从来都不喜欢王破，当然想战胜王破，也想王破去死，但这必须建立在一个前提下——他要亲自动手，绝对不能假手他人。

数十年来，他始终不如王破，今天王破在洛水里一刀斩神圣，他更是被甩到了很远的后方。正因为如此，他更不能让王破死，那样的话，他这辈子都将没有战胜王破的机会。那么，就算他日后进入神圣领域，甚至修到了更高的层次，也将永远不如对方。

那夜的荀梅放弃旧愿冒死登神道，今天肖张违背心意拼命救王破，都是因为相同的道理。

"走吧。"看着河堤上越来越多的人影，看着那些准备再次控弓的兵士，肖张说了两个字。

他的脸上覆着白纸，看不到表情，但从声音的冷漠程度上来猜想，应该是面无表情的。当然，他也没有转身，虽然这两个字很明显是对身后的王破所说。

王破知道他的性情，不以为意，转身向上游走去，那边的堤岸上还没有羽林军的身影。因为伤势太重，又是在水里，他的动作有些缓慢，但态度很干脆，没有丝毫拖泥带水。

反而是肖张的情绪变得有些怪异，转身看着他问道："说走就走？"

王破没有转身，继续往岸边走去，说道："你说让我走，那我自然就走。"

肖张有些不高兴，扯着嘶哑的嗓子嚷道："连谢谢都不说一声吗？"

王破还是没有转身，只是举起手在空中挥了挥，表示了一下意思。

肖张很是恼火,说道:"这什么人啊。"

他不知道,王破的脸上这时候出现了一抹温暖的笑容。那年荀梅身死后,他便再也没有对别人说过谢谢你这三个字。

看着河水里的动静,堤上骚动起来,羽林军分出两百余骑,顺着寒柳里的官道,向着上游疾驰而去。很明显,这些骑兵准备去截杀王破,就算肖张能够吸引住那两位神将、唐家二爷,也不可能把所有人都留在原地。

寒柳里烟尘微起,蹄声阵阵,气氛显得格外紧张凶险,更关键的是,洛水对岸也隐隐传来了蹄声。京都很大,洛水很长,但王破今天似乎再也无法找到上岸的地方。身受重伤的他,还是随时可能死去。

便在这时,岸上的寒柳林里忽然亮起一道剑光,生出一道剑意。

那剑光很亮,像是金乌向天空飞去,将要燃烧一切,那剑意很正,就像是一道山门。寒柳骤碎,战马重重地摔倒在地,剑锋切割金属的声音与受伤后的惨叫此起彼伏。烟尘落下,只见一人横剑于道,十余骑倒在血泊里。那是一个年轻人。

如此年纪便破境聚星,哪怕放在王破他们那个年代,亦属十分罕见。如此年纪便能把山门剑与金乌剑练进了同一式剑招,哪怕在离山剑宗里,他的剑道天赋也仅在秋山君之下。他是神国七律之四关飞白。

紧接着,有几个人从寒柳林里狂奔而出,毫不犹豫地跳进了寒冷刺骨的洛水中,拼命地向着王破游了过去。他们是槐院的教习与学生。

伴着车轮碾压青石板的声音,三辆华贵至极的车辇,来到了洛水的堤岸上。一名中年男子,从最前面那辆车辇里走了下来,正是秋山家的家主。那两辆车辇始终安静,没有下来人,但谁都能想到,应该是与秋山家主地位相仿的天南世家主人。

离山关飞白、槐院的教习与学生、天南世家家主,都是来参加南北合流庆典的。庆典结束之后,他们暂时还没有离去,留在京都。

换作以往,如果是现在这样的局面,槐院中人自然要拼死救王破,以关飞白的性情和离山剑宗的行事风范,他说不定也会出剑,但秋山家主和另外两位世家家主,绝对不会出现在洛水畔的寒柳间。

那时候的王破虽然已经是举世称誉的修道天才,但依然不足以让这些世家在南北合流的大背景下得罪大周朝廷。

但现在不同，王破入京悟刀，破境斩神圣，向整个大陆发出了强有力的宣告。一位已经得到证明的神圣领域强者，与一位潜力无穷的修道天才，完全是两个概念。

苏离和南方圣女离开后，最令天南感到棘手、不安甚至恐惧的问题，就是他们现在没有绝世强者坐镇。

现在他们有了。王破虽然身受重伤，随时可能死去，但只要他能够活下来，天南便会多出一位神圣领域强者。不，是天南唯一的神圣领域强者。

所以，秋山家主以及天南的所有人，都不会让王破被朝廷杀死。绝对不。

22·万剑旧事

王破出身天凉，并不是南人，但因为与大周朝廷之间的那些恩怨情仇，南方的人们很愿意接受他。所以当他成为槐院的主人后，没有迎来警惕与敌视，相反得到的是欢迎。与苏离比较起来，他的心性、品德都更被南人所喜，更值得信赖与依靠。换句话说，他比苏离更适合做为南方的旗帜。但首先，他需要举起这面旗。整个南方，一直在等待着他破境入神圣的那一天，只不过没有人想到这一天会来得这样早，会显得这般突然，以至于谁都没有做好准备。

今天，他的铁刀斩断了京都的天空，举起了迎风飘扬的旗，南方也终于迎来了自己的旗帜。除了那些已经无法考证的传说存在，他是进入神圣领域最年轻的那个人。或者在将来，以秋山君为代表的更年轻的这一代里，会有人超越他的成就，但谁也无法确定。

洛水堤上，三辆车辇缓缓退走，寒柳枝在风中轻轻摆荡，无法挽留。

看着那边，唐家二爷的脸色很阴沉，却没有做什么，两位神将还有数百骑羽林军，也都保持着沉默。

三辆车辇，看着不起眼，但代表着整个天南，已经清楚地表明了态度。他们无法再做什么，不然，那就意味着朝廷和汶水唐家要和整个南方翻脸。

没有人能够承担得起这个责任，哪怕他是汶水唐家派到京都来的大人物，也不行。整座京都，甚至整个大陆，现在只有一个人能够承担这种责任——道尊商行舟。

唐家二爷收回望向那边的视线，望向北方某处。今天要做的两件事，已经败了一件，剩下的那件事情更加重要。

教宗的位置，代表着国教渊若沧海一般的资源与力量，不能再出半点问题。陈长生必须死。

云与雪，就像被鞭儿驱动的羊群，在阴暗的天空里缓慢地行走。白帝城的圣人，正在离宫里暂时平衡着局面。

南人不会关心陈长生的死活与国教的存续，像秋山家主这样的人，更是很愿意看到陈长生去死。应该没有人会来救陈长生了。这样算来，今天可以说是勉强打平。

三辆车辇驶出了京都，没有受到任何拦阻。覆满白雪的五里原，在柏河的那面显露出了全部身影，过桥后便能踏上回南方的官道。

关飞白示意车辇停下，对秋山家主说了句话，行礼准备离开。前面车辇的帘被掀起，露出王破有些苍白的脸。

"你要去做什么？"

关飞白说道："那个家伙现在应该很麻烦，我去看看能不能帮什么忙。"

说这句话时，他的语气很自然，感觉特别理所当然，于是哪怕声音很平稳，也显现出一种特别理直气壮的感觉。

王破笑了起来，心想离山剑宗果然不凡，这些年轻弟子都比苏离前辈强得多。

"不用去了。"他接着说道："那个家伙自有安排，不需要帮更多。"

从侍郎府走到北城，在洛水畔他们聊了很多，有关王之策以及周园，刀道以及剑魄，自然也聊了聊将要去做的这件事。那个家伙请他帮忙拖住铁树，除此之外，没有别的要求。王破做到了更多，斩了铁树，那么，那个家伙自然能够做完剩下的事。

雪落在废墟上，落在那个家伙的肩上。

一道剑光从风雪里探了出来，如闪电一般。这一刻，剑光离他还有十余丈，但下一刻便会到来，聚星境强者的剑，可以无视这一段距离。

陈长生没有看，依然盯着小德，对那道剑光，很是无视，显得有些过于骄傲自大。事实并非如此，当这道剑光出现的时候，他也已经出了剑，只是除了相隔极近的小德,没有人发现。

一声清脆的剑鸣,响彻北兵马司胡同深处的这片宅院。那是两剑相交的声音。

风雪骤散,一名清吏司的高手被迫显出身影,闷哼一声向后退去。他手里握着的剑上出现了一个米粒大小的缺口。这是他的宗门山剑,被他极为珍视,但他这时候来不及心痛,满心都是震撼。他盯着眼前的雪空,脸色苍白,就像看见了鬼一般。

在雪空里,飘浮着一把古意盎然的剑,发出嗡嗡的低鸣。这是什么剑?居然能够把自己的宗门山剑斩伤?更重要的是,这剑……是从哪里来的?

在他还处于极度震撼之中时,又有一道剑光穿破风雪,向陈长生刺了过去。这道剑光更加阴险,起于地面两尺之下,角度异常刁钻,竟带着几分巫族剑法的味道。陈长生看到这道剑光,却依然未动。

寒风骤乱,一把旧剑出现在那道剑光之前,仿佛凭空生出来一般。两剑相遇,剑声乱作。

一声怪叫,一名天机阁的刺客从树上极其狼狈地跌到了雪堆里,左肩上出现了一道伤口,鲜血淋漓。

"这是怎么回事!"

这名天机阁刺客运起身法,狂挥着剑,拼命地抵挡着那把旧剑的追击,震惊至极地呼喊着。雪空里接着响起数道如闷雷般的撞击声。数名正面突袭的大周军方强者,发出数声吃力的闷哼,被震回到院墙的下方。他们握剑的手微微战抖,神情很是凝重。

雪空里再次凭空出现了数把剑,只是与先前鬼魅般出现的剑不同,这几把剑明显要粗重很多。哪怕经过了数百年时间的磨洗,这几把重剑,依然蕴藏着极其可怕的威力。一种诡异的气氛笼罩住了这片庭院。再没有人出手。

一声清鸣,那把追击天机阁杀手的旧剑,破雪飞回,静止在了陈长生的身前。十余柄剑,静静地悬浮在他身体四周的空中,承接着自天而落的雪花,守住了所有的方位。这些剑形状不一,气息不同,有一个共同的特点,那就是很旧。有几柄剑上甚至还能看到锈迹,但并不能稍掩锋芒。

看着这幕画面,朝廷的强者们想起了那个传闻,神情变得无比凝重,甚至开始流露出畏惧的意思。如果那个传闻是真的,那么这应该只是刚刚开始。

果不其然,就在下一刻,他们听到了很多声音。呛呛呛呛!不是剑身与剑鞘的摩擦声，而是剑锋破开雪空的声音。无数把剑，从陈长生身前飞了出来。就像是无数条鱼，不停地涌出深潭。

庭院之间，剑意大作，剑光大作，把风雪的颜色都掩了下去。

23·我于同境全无敌

这两年，那个传闻一直都存在，但没有人相信，于是渐渐被人遗忘。因为那没有道理。哪怕陈长生的剑道天赋再高，也是要讲道理的。

今天他们终于看到了传说中的那个画面，才知道，原来那个传闻竟然是真的。这真的很没有道理。

首先，你得有这么多剑。其次，你的神识要足够强大，强大到超出想象范畴，稳定到匪夷所思，才能控制这么多剑。而且，不能是简单的控制，如果只能用神识控制这些剑横削直刺，无法做出更复杂的变化以及更及时的应对，对他们这些聚星境的高手来说，没有任何意义，他们完全可以无视。

是的，你有这么多剑，你的神识强大到可以像手握着一样控制，但你还得会这么多剑法。这些要求太高，按道理来说，星空之下根本没有人能够做得到。

然而，这些条件却像是为陈长生量身定制的一般。他有这么多剑，他能控制这么多剑，或者说这些剑愿意听从他的意志，然后，他会很多剑法。所以陈长生能够做到这个看上去很没有道理的事情。

于是，对朝廷的高手们来说，今天这场战斗，便变成了很没有道理的事情。陈长生只需要同时控制雪空里的这些剑出招，便等于数十个甚至数百个陈长生在出剑。

这还怎么打？

雪花从天空飘落，落在陈长生的肩上，涂了层薄薄的白色。同时，这些雪花也落在他周身的数百道剑上，让天地间多了很多白色的线条。他向着前方走去，空中的数百道剑，随之也向前移动，悄然无声。

这画面看着异常诡异，令人心生悸意。数百道剑于风雪之中微微振动，没有声音，只有当外力来扰时，才会嗡鸣作响。数道剑光，非常突然地照亮了风雪一角，清脆的剑鸣与喑哑的撞击声，几乎同时响起。

一道鲜血飙飞，落在雪地上。一把断剑，斜斜刺入墙壁里，深不见影。剑光骤敛,然后一切归于静寂。

两名试图偷袭的朝廷高手,未能穿越这数百道剑构织而成的剑网,一伤一退。风雪里残留着一些痕迹,隐约可以看到,国教真剑第二式以及汶水三式里的晚云收的大模样。

陈长生走过这片残破的庭院,空中的数百道剑也随之而过,越过庭院之间的墙壁,就像涌过石头的溪鱼。

那边的庭院里有个大水缸,缸的表面飘着些薄冰。陈长生向那边望了一眼。数百道剑随着他的目光转动,对准了那只水缸。

擦擦擦擦,无数声碎响几乎同时响起,水缸表面的薄冰被切成了无数碎片,同时水缸本身也变成了无数碎片。

哗哗声响中,水从缸中倾泻而出,把地面的积雪冲乱,同时,一个浑身是血的刺客随着水也落到了地面上。刺客的身上到处都是剑伤,不停地流着血,但他仿佛感受不到任何痛苦,只是震惊地看着陈长生。

"退远些!"一名清吏司的官员高声喊道。

都是聚星境的高手,战斗经验无比丰富,人们很快便反应过来,只要保持足够的距离,这些剑的威胁便会减弱很多。甚至已经有些人已经算出了大概的安全距离,应该是八丈左右。顿时有无数道破风声响起,数十名高手现出身影,向着庭院四周散开,与陈长生之间至少隔着十余丈,但没有离开。

看到这一幕,陈长生的脚步没有任何停滞,继续向前,很快便回到了北兵马司胡同的庭院里。

庭院里的那棵海棠树,已经没有一片树叶,在雪空里伸展着秃秃的枝干,并没有占据太多的空间。但当数百道剑来到庭院里时,这里的空间便会显得有些逼仄了。断枝不是落叶,从空中跌落的时候,不会发出簌簌的声音。那棵从京郊深山里移来不过数十日的海棠树,悄然无声地分解成了无数碎木,变成了雪地上的一堆事物。

这画面依然很诡异。庭院之间,到处都是剑,凌厉至极。天地之间,到处都是剑意,森然无比。无论是谁,想要突破这些剑攻击陈长生,都将会迎来这些森然剑意的全力攻击。

在雪街上,王破与他分头行事。王破去战铁树,因为他擅长以弱胜强,事实证明,他确实做到了。陈长生来这座庭院杀周通,是因为他擅长以寡敌众,就是这个道理。

"终于动用自己的最强手段了？"

小德站在庭院石门处，看着陈长生说道。

这时候，陈长生站在石阶上，两人之间的距离，不远不近，不多不少，正好是八丈。这个距离能说明很多事情。首先，小德也没有自信能够同时面对数百道剑的集体攻击；其次，他似乎非常了解陈长生的手段。就像他的这句话。

前些天，林老公公在国教学院里身受重伤，震惊了很多知晓内情的人。陈长生的手段，对小德这种层次的人物来说，早已不是秘密。

"同境界里，你真的可以说无敌了。"

小德看着他继续说道，有些感慨。同境界无敌，听上去似乎很寻常，实际上不然。千年来，能做到这一点的人，没有。

破境之前的王破，与薛醒川的实力大概在伯仲之间。苏离当年刚下山的时候，曾经被来自北方雪原的一个少女打得像条狗一样。就连周独夫，被称为星空之下最强者，谁都知道，他在通幽上境的时候，必然不是以早慧著称的陈玄霸的对手，哪怕那时的陈玄霸也是通幽上境。

现在的陈长生能够真正做到同境界无敌。他现在是聚星初境，隐隐有再次突破的征兆。但不要说聚星初境，就算是聚星中境，也无法找出一个能够战胜他的人物。一个都没有。不可能有。

因为他有多少剑，便有多少个自己。和他战，便要和无数个他战。谁能战得过他？

"好在只是同境界无敌。"

小德叹了口气，说道："不然我还真的只能转身就走。"

24 · 事情的原点还是杀人

"所以，这对我没用。"小德看着陈长生很认真地说道。

往木桶里添加再多的热水，也没有办法让水沸腾起来，把泥土堆成比天书陵还要高的一座山，也不可能比石头更硬，陈长生就算真的能够一身化万，也没有办法依靠数量的叠加，突破到更高的层次。这个道理并不难以理解。

修道是人世间最冷酷的事情，从不相信勤能补拙，量变从来无法引发质变。

现在的他可以同时面对很多的聚星初境甚至中境的修道高手,但很难把对方尽数斩杀。更重要的是,当他面对像小德、肖张这样的聚星巅峰强者时,彼此境界之间的差距,会急剧拉低他在数量上的优势。

当初在周园里,他能够与南客驭使的金翅大鹏正面对抗,不是因为他有多么地强大,而是因为自剑池里苏醒过来的万道名剑,把数百年积蕴的那份渴望尽数化作了战意,才能施展出惊天动地的终极一剑。

如今周园已静,名剑各自归山,依然在他身旁的这些剑,在藏锋海洋焠养渐新,却再没有办法凝结出当时那样的战意。换句话说,万剑成龙的神奇画面,在这个世界间再也无法重现。

"当然,你还是很可怕。"小德带着对当前的感慨与对未来的恐惧说道,"如果让你活下来,将来修行到了聚星巅峰,那你和你的这些剑,会开创出怎样的局面?"

如果真如小德所言,未来的陈长生,一人可敌万骑,可以攻城灭国。

"到时候,像我们这样的人,在你的面前,根本没有任何反抗的能力,会被你打成狗。"

小德停顿了会儿,看着陈长生继续说道:"而这,对我们是不公平的。"

庭院里一片死寂,碎掉的海棠树早已死去,便是风都安静在了那些悬浮的剑之间,不敢稍动。

朝廷高手们听到了小德的这句话,沉默不语,脸上的情绪很是复杂。

陈长生没有说话,有些薄的双唇微微抿着,就像是一道线。就像是此时雪空里的那数百道剑形成的线。

没有修道者愿意看到那样的将来,愿意自己成为一名绝世天才剑下的狗,而且他们本来就是敌对的。为了这样可怕的将来不会出现,他们唯一能做,也是必须要做的,就是杀死现在的陈长生。

小德依然静静看着陈长生,忽然间,他的眼瞳里涌出一抹黄褐色的光芒,一道恐怖的气息随之而生。这道气息充满了原始而野蛮的味道,哪怕最细微的片段里,仿佛都在淌着最新鲜的兽血。他的衣服被绷得极紧,显现出如山一般强壮的内在,然后被无数细密而坚若钢针的兽毛刺穿。他的胸前本来有一道极深的伤口,那是第一次交手的时候被陈长生的燃剑所伤,一直在缓慢地淌血,这时候血忽然止了,那道伤口以肉眼可见的速度弥合,然后再也无法看到。

陈长生握剑的手微紧，知道对方要动用最强的手段了。

妖族有着人族难以比较的诸多优点，比如速度，比如力量，比如身躯的天然强韧程度，但最大的优势在于，妖族强者可以短暂地显现本体，从隐藏在命轮里的祖先血脉中，借得更快的速度，更大的力量，让身躯变得更加强韧。这就是狂化。

庭院里响起嗡的一声，散落在地面上的那些海棠残枝，被劲风拂动，砸向墙壁，然后变得更加细碎。

小德从石门前消失，来到了陈长生的身前。雪空里的数百道剑，微微一振，嗡鸣始作便骤静。瞬息之间，小德越过了八丈的距离，被六道剑斩中。但这六把依次施展出精妙剑招的剑，没能让他的脚步有片刻延缓。他的身体表面出现了六道剑痕，鲜血微溢。

做为妖族中生代的最强者，他的身体强度很可怕，狂化之后更是到了一种匪夷所思的程度，如果不是因为陈长生的剑都来自剑池，都是数百年前的名剑，只怕连在他的身上留下一些剑痕都做不到。

风雪之中，小德的拳头向着陈长生砸了下来。就像最开始的时候，在墙外的第一次相遇那样，他还是没有用兵器。寒山归来后，小德的性情变得沉稳了很多，修为也增益了很多，最大的改变就在于，他变得更加相信自己的拳头。

他是有兵器的，但在寒山的山道上，还没有来得及抽出，便被刘青刺了一剑。然后，在那条溪边的柿子林里，他遇到了魔君，他的兵器无论拿不拿出来，都是一个笑话。从那之后，小德便弃了兵器，只用手。与剑、刀、枪、法器这些比较起来，手才是真正属于修道者的武器。

出手，要比出剑快。也比陈长生的出剑更快。

陈长生来不及出剑，小德的拳头便到了，好在黄纸伞一直还提在他的左手里。伞借风势而起，挡在了小德的拳头之前。

伞面深陷，巨力传来，只听得一声巨响，陈长生落在后面的左脚，深深地陷进了地里面。坚硬的青石板被他踩得碎如蛛网，中间深陷，仿佛旋涡。喀喀数道声音，从他的身体里响起，不知道又是哪处的骨头裂了，甚至是断了。

一道因为过于犀利以至于显得有些凄厉的剑光，在黄纸伞的边缘亮起。

小德暴喝一声，举拳再打，一时间狂风大作，庭院里的海棠碎枝尽数不见，墙面上出现无数裂痕，有石灰块不停剥落，看着就像是在这瞬间里，度过了数万年。

就在拳落如山的同时,朝廷高手们集体向着陈长生发出了攻击,庭院间剑意纵横,无数剑招层出不穷。

不知道过了多长时间,场间重新变得安静起来。小德借着反震之力,如风沙般卷回庭院石门之前,似乎毫发无伤。

忽然间,一声噗的轻响,在他的脸上响起。随着这声音,一道剑痕在他的脸上扩展至约半寸宽度,鲜血横溢,深可见骨,异常恐怖。陈长生站在石阶前,收剑。

数根坚硬的兽毛从空中落下,砸在地面上,仿佛钢针般,发出清脆的鸣响。随着这声音,陈长生咳嗽起来,不停地咳着,脸色越来越苍白,踩在碎石里的脚微微战抖,身体也是摇摇欲坠。很明显,他受的伤要比小德更重。

小德的神情很凝重,不是因为他再次被陈长生所伤,再强韧的身躯,也不可能硬抗百器榜上的无垢剑。而是因为陈长生的身上没有一道剑伤,这说明,在先前的乱战里,这数十名朝廷高手的剑,没有一柄能够靠近他的身躯。

面对自己的全力一击,陈长生明明受了不轻的伤,为何他同时还能控制庭院空中的数百道剑?小德很是不解,要知道陈长生的神识强度虽然远远超过普通的修行者,但对他这样的强者来说,也并不是太过夸张。陈长生究竟是如何做到的?小德看着雪空里的数百剑道,沉默不语。

他没想明白这件事情,但他现在至少可以确定,陈长生要同时控制这数百道剑,对神识的消耗速度必然极为剧烈。如果就这样战斗下去,很有可能的情况是,陈长生还没有倒下,但他的神识已经枯竭了。

"你还能撑多久呢?"

小德收回视线,望向陈长生说道:"如果你坚持留在这里,最终的结局只能是被我一拳一拳地活活轰死。"

数百道剑,静静地飘在雪空里,守在陈长生的四周。这可以看作防御的剑阵,也可以看作进攻的锋营,但也像是一座囚房。别人很难攻进这座囚房,陈长生也很难走出去,因为他不敢开门。那么,他还能撑多久?

"不知道。"陈长生想了会儿,说道,"至少要撑到周通死吧。"

听到这句话的时候,小德终于明白了,有些吃惊。其实先前,陈长生便已经表明过自己的态度,但他和四周的朝廷高手都不相信。

但这时候，小德越来越相信他的话，因为直到此时，陈长生依然没有离开，依然站在石阶之前。陈长生在这里，他和如此多的朝廷高手便也只能留在这里。大周朝廷今天的安排，本是为了杀王破和陈长生，但打到现在，小德已经放弃了这种想法。

他知道陈长生还有手段没拿出来——只凭雪空里的这些剑，根本没有办法在国教学院里击败林老公公。

如果陈长生拿出那等手段，至少可以突围而走。他为什么不走？难道说，他真的是在拖时间，在等着周通被别人杀死？陈长生没有再说什么，因为他已经给出了答案，而且是两次。

今天最开始的时候，是他和王破要杀周通。后来演变成，朝廷借此事要杀他和王破。

局面一直在变化，不停地摆动。那个人到现在没有现身，应该是被师兄留在了皇宫里。

离宫一直安静，想必是被那位圣人暂时镇住，但那位圣人，自然也无法再做别的事。整个局势，最关键的变化就在于，铁树没能杀死王破，反而被王破杀了。

于是，溯本正源，事情回到了最初的原点——还是杀周通。所以他会在这里撑着，一直撑到周通死。他相信周通一定会死。不管是被谁杀死，都是死。

25 · 地狱（上）

基于很多原因，陈长生一定要杀死周通，其中很重要的一条是，天书陵之变本身就起始于他上次杀周通。

那次他走进这座庭院，是历史转变的开端，是一切生死的源头，现在天海圣后死了，很多人都死了，历史的河流转了一个大弯，然而周通还好好地活着，甚至活得可能比以前更好，怎么想，他都觉得应该把这件事情做完。

虽然到现在为止，他都还不知道周通究竟在哪里。

便在这时，小德和他同时低头，望向了庭院地面上的那些残雪。那些雪正在发生着极轻微的移动，仿佛是大地深处传来了一道极微弱的震动。数名清吏司官员对视一眼，满脸惊疑，眼神迅速变得决然起来，握紧手里的剑，望向陈长生。

陈长生没有看他们，只是盯着地面的雪在看。忽然，十余道剑光照亮庭院，向地面斩去。残雪狂舞，剑意凌厉，青石地板骤碎，黑色的泥土飞溅而起，只是片刻，庭院的地面上便被挖出了半尺深的坑。

那几名清吏司官员惊怒而喝，纷纷施展出自己威力最大的剑招，试图逼迫陈长生停止现在的行为。

小德隐约猜到了些什么，眼中凶光大作，双拳如山，向着雪空里的数百道剑砸了过去。

这座庭院里曾经有棵海棠树，被陈长生毁了，后来新移来了一棵海棠树，与原先那棵几乎一模一样。即便是冷血无情、对美好事物没有什么兴趣的清吏司官员们对此也颇为称奇。当然，这棵海棠树现在也毁了，同样是被陈长生毁的。

为了找到这棵一模一样的海棠树，清吏司衙门很费了些功夫，等了段时间，靠近院墙的地上被挖好的树坑也空置了很长时间，在某个落下秋雨的夜晚甚至变得成了一个小水塘，只是凌晨尚未来到，那些水便沉进了土里，消失无踪。

清吏司衙门在北兵马司胡同，也就是人们所说的周狱，但很少有人知道，真正的周狱其实在那个树坑向下十七丈的阴暗地底，由五间囚房组成，石制的墙壁四周是夯实的泥土与带着无数棱角的碎石，还有无数的阵法保护。

这里地底深处，有重重阵法遮掩，很是隐秘，从来没有外人进来过。这里很坚固，无论是陈长生第一次杀进周狱时的万剑如虹、暴烈刀意，还是此时地面上的剑意纵横，都没有对这里造成任何影响，就连一丝波动都没有。

最深处的那座监房里，昏暗如豆的灯光很是稳定，照着房间里的小桌。小桌上有盘花生米，有两壶酒，两双筷子。

坐在东面的那个中年男子，身形很魁梧，虽然囚服上到处都是发黑的血渍，乱发披肩，更是断了一臂，却依然掩不住那股豪迈与英武之气——正是前些天才被缉拿回京的薛河神将。坐在他对面的那位中年男子，没有穿官服，穿着件寻常的布衫，身形瘦削，脸颊深陷，脸色苍白，眼神幽深，看着就像是鬼。

周狱里死过很多人，但不知道有没有鬼，即便真的有，想必也早已经被这个人折磨得苦不堪言，早早投胎而去。

他是周狱的主人，在这里，就连鬼都怕他。

先前那惊艳的一剑刺穿太师椅上的他，只是刺破了那件红色的官袍。从那一刻起，无论陈长生还是别的人，都在猜测他躲去了哪里，很多人觉得他躲进了皇宫，有些人甚至认为他已经吓破了胆，逃出了京都。

谁都没想到，他还留在这里，留在了这片庭院之间，只是深在地底。换句话来说，他与陈长生之间，一直只有十七丈的距离。

他对此毫不在意，平静地吃着花生米，喝着酒，似乎无论地面上的剑雨再如何凌厉，都和他没有任何关系。

"你在害怕。"薛河看着他的眼睛说道。

他是大周很出名的神将，因为他是薛醒川的亲弟弟，但这不代表他没有能力。在北方的战场上，他带领着将士与魔族的狼骑，进行了长达数十年的战争，对于生死、恐惧这种事情，有很深刻的认识。

人们在最恐惧的时候，往往会坚持停留在自己最熟悉的地方，哪怕这种选择并不明智。周通没有去皇宫，而是留在这里，事后在某些人看来，或者会叹服于他的从容与智谋，但在薛河看来，这只能说明他在恐惧。

深在地底的周狱，是周通最熟悉的地方，他在这里杀过太多人、妖、魔，折磨过太多人、妖、魔。

周通没有去皇宫，是因为内心深处的那抹警兆，以及对那位圣人的不信任，但他不会向薛河解释——薛河是他的犯人，没有资格让他解释，而且他不想让任何人知道，自己对那位圣人的忠诚并不像人们想象的那样坚定。

深在地底的监房，太过潮湿，而且阴暗，不可能让人觉得太舒服，哪怕是周通自己。薛河所在的这间囚房，相对来说是最干燥的一间，上方的石壁隔很长时间才会落一滴水，而且不会落在桌上以及铺着稻草的床上。

这当然算是优待，虽然薛河身上的那些用来禁制功法的金刺，是周通亲手一根根扎进去的。

"不要尝试激怒我。"周通平静说道，"我不会杀你，毕竟他说过，我们也是兄弟。"周通与薛醒川是兄弟，薛醒川与薛河也是兄弟。

只有他们兄弟三人以及薛夫人知道这件事情。

过去的这些年里，薛醒川一直希望，薛河与周通也能变成真正的兄弟。

薛河不喜欢周通，但没有表示过什么。在知道兄长是被周通亲手毒死那一刻，他悲愤到了极点，但依然冷静，因为他从来没有把周通当成自己的兄弟，而且他知道周通就是这样的人，此时此刻听到这句话后，他终于控制不住自己的情绪，一口带血的浓痰吐了过去。

周通转身避开，却没有转回来。他保持着这个姿势，望向囚房外西南角的一处石壁。他能够感觉到，在那片石壁深处，传来了一道很轻微但很清楚的震动。

有人触动了阵法。

26 · 地狱（下）

周通盯着那片石壁，眼神越来越深，越来越阴森，就像是两团鬼火。

那道微弱的震动，看似很寻常，但对有着层层阵法稳固以及防护的地底世界来说，意味着很可怕的事情——有人触动了周狱的阵法，而且不是像昆虫投入蛛网里那般一头扎进去，就像一个琴师伸出手指，拉动一道弦，轻轻地弹了弹。

周通盯着那片石壁，没有发现，牢房顶部的石壁缝隙里，落下了一滴水。

地底很是潮湿，纵使有阵法的隔绝，四周的石壁上依然有很多地方在渗水，即便是在这个相对干燥的牢房里，这个画面也并不显得突兀。问题在于，那滴水落下的位置很巧，刚好落在酒壶的壶嘴上。

泥土里的湿意经过碎石与阵法的层层过滤，从石壁中渗出来时，已经没有丝毫杂质，透净地仿佛露珠一般。那滴露珠，悄无声息地顺着细长的瓷嘴，滑落进了酒壶里。

便在这时，周通转过身来。薛河说道："陈长生应该感觉到了，他会猜到你在这里。"

周通知道，所以才会急着离开。他不知道那个触动阵法的人是谁，居然能够深入周狱。

那个人距离这边应该还有段距离，但他还是毫不犹豫地决定离开。

正如薛河所言，那个人很有可能就是想通过这种手段，通知地面上的人，他的具体位置。

他平静地说道："一直以来，都有很多人想我死。"

"我也一样。"

薛河端起自己面前的酒壶，把空杯斟满。

周通端起酒壶，也把自己的杯子斟满。

薛河举起酒杯，说道："祝你死得很慢。"

死亡是很可怕的事情，但如果这个过程足够快，或者能够称为痛快，如果很慢的话，那自然只剩下痛苦。

周通笑了笑，与他轻轻碰杯，然后送至唇边饮尽。

"陈长生的剑就算再快，也不可能这么快就来到这里。"

周通的视线再次望向那片已经安静下来的石壁。这里是他替自己安排的最隐秘也是最安全的藏身之所，这时候却是毫不犹豫地选择抛弃，另觅地方躲避。

薛河再如何痛恨此人，也不得不承认这种决断，真的是强大到了极点，同时也有些好奇，问道："我虽然不知道今天的风雪有多大，但可以想象，此时的京都没有太多地方可以保证你的安全，你能去哪里呢？"

"兔子都会留三个洞以备随时逃路，更何况我们这些做人的。"

周通说道："你肯定会感到遗憾，像我这样的恶人，真的不容易死，至少今天我不会死。"

说完这句话，他没有再说什么，走出牢房，顺着昏暗的巷道，向着更加阴暗的前方走去。巷道两侧如豆般的灯火，与他此时眼中的些微光亮很是相似，都是幽幽的鬼火。

他的身影渐渐消失在巷道的尽头，仿佛向着地狱走去，直至没入最深的黑暗之中。

隔着铁栏，薛河一直看着周通的背影，沉默不语，看了很长时间，直到周通消失，还在看着那边。不是有所感慨，也不是因为此时心里确实存在的某些复杂情绪，他只是要确定周通是真的离开了。

屋顶石壁上再次落下水滴，然后侧方的墙壁上，发出摩擦的声音。两块坚硬的石块被移开，一团烂泥从里面挤了出来。那不是真正的烂泥，而是一个在泥土里生活了数十天的人。

天书陵之变那夜，陈长生被圣后带去了天书陵，唐棠被唐家二爷绑回了汶水，之后折袖便消失了。再也没有人发现过他的踪迹，无论是朝廷还是离宫，还是国教学院。原来他一直藏身在北兵马司胡同里，只不过是深在地底。

如果仔细讲来，会很漫长复杂，但其实也很简单。清吏司重植海棠树，在庭院里挖了一个树坑，他从那个树坑里跳了下去，便在地下停留到了现在。谁也不知道，这数十天，他是怎么活下来的。但对折袖来说，这是很正常的一件事情。

　　他是狼，拥有难以想象的耐心与毅力，为了捕获猎物，他可以等很长时间，可以忍受人类无法忍受的饥饿与干渴，为了杀死魔族的前哨骑兵，他经常在雪层深处，一潜伏便是数十天。虽然雪比泥土要松软很多，但也要寒冷很多。

　　周通是他狩猎经验中最强大，也是他最想杀死的猎物，所以他付出了更多耐心，当然也付出了不小的代价。他的脸很苍白，瘦削到了极点，眼神虽然依然冷漠专注，但比在地面上明显虚弱了很多。

　　薛河看着他问道："阵法是你触动的？"

　　"不是，我不懂阵法，也不知道陈长生会来。"

　　折袖的声音很沙哑，因为这数十天喝的水很少，也因为说的话很少。

　　薛河想起自己刚被关押进这座最深处的牢房的那一天，从石壁里传来的声音很低，也很沙哑。当时他不知道石壁里的是谁，人还是鬼，但当他听完对方说的话后，即便对方真的是鬼，他也会与对方合作。

　　薛河伸手从满是血渍的衣衫上拔出金刺，眉头微皱，发出一声痛苦的闷哼。

　　十余根金刺都被拔了出来，但只有真实长度的三分之一，这是他和折袖提前就做好的准备。

　　在原先的计划里，他要配合折袖想办法给周通下毒，然后尽可能地拖时间，拖到周通毒发，折袖破壁而出，与他联手发难。开始的时候，现实比想象的更加顺利，下毒顺利完成，意外的是，有人触动了阵法，惊走了周通。

　　很明显，那个隐藏在暗处的人不知道折袖的存在，当然更不知道折袖的计划，但同样也想周通去死。

　　薛河说道："你去通知陈长生，我去追周通。"

　　折袖没有出言反对，但不代表默认，只表示，他根本不会听从薛河的话。他把一串钥匙递给薛河，走出监房，向着周通消失的方向走去。

　　最开始的时候，他走得很慢，因为虚弱，也因为这数十天，他一直在泥土里爬行，很长时间没有靠双脚走路了。

　　没有用多长时间，他的动作便变得协调起来，虽然还不是很快，但足够稳定。

　　在阴暗的巷道里，周通向前行走着，每走一段便会折转，不时会有门落下，然后被泥土掩盖。

地底的巷道本就密如蛛网，再经过这样的手段，更是变得复杂无比，他相信，就算有人帮助陈长生突破朝廷的围杀，陈长生找到了周狱的真正位置，杀到了地底，也没有办法找到自己。

想到这里，让他觉得安心了很多，伸手摸了摸胸口。他的眉头皱了起来，因为他发现自己的心跳变得有些快，不知道是因为行走太疾，还是别的什么原因。比如……恐惧。他不愿意承认自己在害怕，他深深地吸了口气，暗运真元，准备让心跳变得平缓些。

真元在经脉里平缓地运行，就像在水渠里流淌的水，忽然间，遇着了一面过不去的岸。他的胸口一阵剧痛。

他开始呕血。那血是黑色的。

27·庭院的阳光照着煎药的窗

周通停了下来，眼睛微眯。灯火幽暗，他依然可以看清楚血的颜色，因为那血黑得有些刺眼。

他感觉到手掌下的心脏跳得越来越快，带动手与臂都随之战抖起来，双肩也开始战抖，直至整个身体。他的脸色变得异常苍白，看上去就像在这么短的时间患了一场重病。

他中毒了，而且是一种罕见的剧毒。如此快便能判断出这种毒物很罕见，是因为他的清吏司本就是世间最擅长用毒的地方。他亲眼见过、亲手用过的毒物，要比普通人这辈子吃过的菜色还要多。

什么时候中的毒？他不知道，眯着的眼睛里幽幽的光不停地高速掠过，回溯过去的这段时光，虽然没有线索，但他还是很快便确定了是谁下的毒，是何时中的毒，因为这些不需要证据，只需要时间的倒推以及对一些细节的把握。

对方应该还在原处，但他没有转身，因为这时候首先要考虑的事情是离开。他从袖中取出手巾擦拭掉唇角的污血，继续向着前方行走，很快便消失在了黑暗里。

过了段时间，黑暗里有轻微的声音响起，石壁上的灯火幽幽复生，映出折袖苍白的脸，脸上带着泥水干涸后的痕迹。他蹲下身体，伸出手蘸了些污血，凑到鼻前嗅了嗅。黑色的污血，在锋利的、泛着寒光的、如刀的手指上散发出淡淡的腥味。

他很满意，顺着气息向前继续追去，很快也消失在了黑暗中。

清吏司衙门下方的这些地道，繁如蛛网，很是复杂，而且超乎想象地长，可以直接通往很远的地方。如果可以，如果放在平时，周通会在地底停留更长的时间，绕更多的路，设置更多的机关，以确保绝对的安全。

今天不行，他已经身中剧毒。这种毒与清吏司惯用的那些毒截然不同，没有专门针对经脉或者星窍又或是识海，而是像一把沙土般在脏腑之间弥漫，带着一种粗粝甚至粗暴的感觉，甚至让他联想到了北方那片辽阔的原野。

这是一种无比接近自然的东西，圣光术都不见得能够治好。但他是世间最擅长用毒的那几个人之一，在这方面的能力堪称大宗师，即便以前没有见过这种毒，也知道应该从哪个方面着手——要对付这种毒，只能用药，而且必须是草药。即便在周狱里，那些草药也很难找到，幸运的是，他知道有个地方备得相当齐全，更幸运的是，那本来就是他要去的地方。

走过湿寒而又无比漫长的巷道，不知转过了多少个弯，地势不再平坦，而是斜斜向上拱起，他继续向前走去，走到尽头，双手准确地伸进墙壁里的某个缺口，解除掉阵法，然后打开机关，双手向前微微用力，推开了一扇门，离开了黑暗。

一片灿烂的阳光在门外等待着他，还有一张如阳光般温和动人的脸。阳光来自庭院之上的天空，阴沉的雪云不知何时被风拂走，露出了一片瓷蓝色的天空，冬日暖阳就这样出现在了他的视线里。那张温和动人的脸，则属于一位美丽的少妇。

看到这片阳光以及少妇的脸，周通顿时觉得身体变得温暖了起来，也平静了很多，而少妇眉眼间那无法隐藏的担心与焦虑，更是让他的胸口都变得火热起来，这种与畏惧厌恶完全不一样的情绪，是他这辈子最缺少也是最需要的。

少妇把他扶出地道口，然后有些困难地把地道口关闭，重新启动了机关。

这座宅院并不大，也谈不上精致，但无论是黑檐照壁，还是青竹围栏，所有的细节里都透着安宁二字。

周通当初亲自设计这座宅院时，追求的便是这种东西，他始终认为安宁才有家的味道。这座宅院就是他的家，真正的家，是他疲惫的身体与被毒液泡了无数年的心脏最后可以宁静安放的地方。只有回到这座宅院，他的心情才能获得真正的平静，才能真正地放松下来。

为了安全，守住这个秘密，为了难得的安宁与不被打扰，周通很谨慎小心地经营着这座宅院。没有任何人知道这里，无论是清吏司里最忠心的下属，还是程俊等八虎。圣后娘娘也不知道。

唯一知道这座宅院与他关系的那个人，现在也已经死了。

每次回到这座宅院，隔着那丛青竹，听着隔壁那座院子传来的声音时，周通总会想起一些事情。

这些年来，薛醒川很希望他能够把薛府当成真正的家，但是这怎么可能呢？不要说薛府上下那些仆役与晚辈看着自己时惊恐不安的眼神，只凭他姓周这就不可能，他的那位兄长不要自己的姓，他总是要的。

除了魔帅，周通大概在这个世界上杀人最多。不知道是不是因为这个，他也最是怕死。除了这座宅院，他在京都里还有几处隐秘的据点，但是那些地方对他来说，都不如这里安全，不如这里重要，也不如这里舒服。

因为这座宅院有一个温婉动人却又真心敬爱他的女子，更重要的是，他在这里藏了很多珍贵的事物，比如一些极珍稀的药材。这些药材里有很大一部分是他暗中派人在百草园里取的，还有一部分是当初天机阁派人送给他的。

他接过泛着热气的毛巾盖在了脸上，不知道是不是被热气刺激了肺，沉闷地咳了数声。取下毛巾时，上面已经多了几处黑色的血，看着就像是墨画出来的花，并不真实，有些恐怖。

妇人很是不安，周通却显得特别平静与淡定，让她先去磨墨，他则是在椅上闭目静心，仿佛在品味什么。他在品味身体里那种带着旷野味道的剧毒。

不知道过了多长时间，他睁开眼睛，在妇人的搀扶下走到窗前书桌旁，提起毛笔，如写书法般一挥而就，极为潇洒。纸上墨痕淋漓，字迹却是清楚无比，不是草书，是药方。用哪些药材，几碗水，如何煎制，用什么火，什么炉，什么炭，什么水，药汁如何滤，何时加晶石，非常清楚。

那妇人见他神情，知道应该无碍，放心了下来，接过药方，便去后厨煎药。这样的事情以前曾经发生过数次，她有过经验。药材的种类还是分量都没有任何错误，生炉的动作很熟练。

不知何时，药炉旁出现了一位宫装美人，炉火照红了她的脸，映清了她无比美丽的眉眼。这名宫装美人很美。

事实上，在过去的这些年里，她一直被认为是大周朝最美丽的女人。

妇人神情平静地煎着药，分药、滤渣的动作非常稳定，就像是没有看到这名宫装美人。

宫装美人往药罐里放了一些东西。妇人还是像没有看见。

房间里悄然无声，只有药罐里的汤汁咕咕作响。

28·世上最了解你的那个人来了

宫装美人走到窗边，看着庭院里的阳光，沉默不语。阳光落在她的脸上，却无法带来太多的温暖，美丽的眉眼底始终有着一抹挥之不去的冷漠与憔悴。

厨房里很安静，画面很诡异，就这样在阳光里慢慢地持续着，发酵着。

不知道过了多长时间，药煎好了，那个妇人双手端着药罐浸入盆中备好的冰水里，等着药汁变凉。

和周通一样，宫装美人也很擅长精神方面的秘法，妇人看不见窗边的她，很有可能是被她营造出来的幻境所迷。

最终，那个妇人还是抬起头来望了她一眼，证明这一切并非虚幻，而是真实。宫装美人倚在窗畔，轻轻挥了挥手，示意一切如常进行。

药汁不可能真的完全放凉了才喝，那样或多或少会损失一些药力，端到周通面前的药碗还在散发着浓郁的热雾。

周通有些陶醉于热雾所带来的炽热感觉，那种感觉会让他觉得充满了活力，而当他把碗里的药汁悉数饮尽后，却有些不满意，因为药汁烫着了他的上颚与牙龈——不是责怪那妇人，而是不满意自己的心态——有些太着急了。

没有被烫出泡，还是有些不舒服，他用舌头舔了舔。舌尖传来一阵微甜的感觉，有些像铁锈的味道。他知道那是血的味道，不由微微皱眉，从桌旁取了面镜子，对着观察了一下。他没有发现任何异常，就是牙龈有些微肿，有些出血。

血的味道渐渐消失，剩下的便是药汁的苦味，他从盘子里抓了两粒糖衣花生，扔进嘴里，仔细地咀嚼了起来。

从很小的时候，他就很怕喝药，因为药太苦，所以每次喝药，都会提前准备好一些甜到发腻的小吃食。他一面嚼着糖衣花生，一面想着自己今天遇到的这件事情。

薛河长年在北方雪原里领兵，能够拿到这种剧毒倒也理所当然，可是刚才在地底监牢里，他是如何下的毒？想要毒死自己，给薛醒川报仇，让世人觉得这是天理循环，报应不爽？问题在于，想要毒死自己，不是这么容易的事情。周通的唇角浮现出一抹冷笑，幽冷的眼神多出了些得意。

糖衣花生很好吃，唯一的问题就是有些粘牙，他取出精制的银制牙签，一面剔牙一面继续想着心事。

薛河这时候很有可能已经逃出了周狱，但那无所谓，天下虽大，但已经没有薛家人的容身之所。

周通的视线越过窗户落在隔壁的院子里，心想事情办妥后，得尽快把薛河抓回来，然后毒死，慢慢地毒死。他已经想好了用哪几种毒，可以让薛河死得最慢，又最痛苦。

一声轻微的咔嚓声在他的嘴里响起，打断了他此时漫无边际、充满了快感的思绪。他的一颗牙齿断了，齐根而断，安静地躺在他的掌心里，断茬上到处都是血丝与污渍，看着很是狰狞。看着这颗断牙，周通刚刚温暖没多长时间的身体再次变得寒冷起来。

他沉默了会儿，拿起镜子再次看了一眼。只是一眼，便惊心动魄。

他的牙龈已经变成了紫黑色，牙齿松动得非常厉害，仿佛一阵风轻轻拂来，便能落下。从断牙处传来的越来越清晰、越来越难以忍受的痛苦，让他的身体再一次战抖起来。他只是想剔掉牙间的糖渍，却撬落了一颗牙。

精致的银牙签前端已经完全变成了黑色，就像是炭，很是触目惊心。这一切都是幻觉，他对自己说。

对于用毒这种事情，他实在是太有经验，他相信自己绝对没有判断错误，他的解毒方法，就算不能完全清掉体内的毒素，但也绝对可以暂时压制住那些毒素，然后他会有很多时间，慢慢地把这个问题解决掉。

可为什么明明自己已经喝了药，体内的毒非但没有受到压制，反而变得更加可怕，已经侵噬到了牙齿？周通想不明白，沉默了很长时间。

直到这个时候，他依然没有想到，他用的药没有问题，但是煎药的过程里可能会发生问题。他从来没有怀疑过妇人。

他取出两颗珍贵的丹药，送进嘴里，直接吞入腹中，暂时压制住正在暴发的毒。他这时候觉得有些晕眩，有些眼花。

如果不是眼花，他怎么会看到妇人走到小院的门口。妇人的手臂上挽着一个碎花蓝布做的包袱。那个包袱很小、很简单，没办法装太多东西。

是的，当然是的，这些年他给她置办了那么多值钱的东西，这么小的包袱哪里装得走。所以她不可能是准备离开，她不可能是准备抛弃自己，不可能是她出了问题，不可能是她下的毒。那么确实是自己眼花了，这毒真的太厉害了，竟然会让自己都产生了幻觉。周通对自己这样说，然后从椅中站起身来。

房间与正门之间约有十丈距离，中间的庭院里满是阳光。他与妇人隔着一地阳光，遥遥相望。

妇人神情平静，温和安宁，微微一福，就像每次与他告别一样，只不过今天告别的是她。原来这一切并不是幻觉。

为什么？周通没有问，因为他明明知道这会有无数种道理，但既然他自己以前没有发现，那么现在何必发现。世间最残酷的事情，便是当你不想知道答案的时候，有人偏偏要把这个答案说出来给你听。

"她不喜欢你，从来都没有喜欢过你。"

那位宫装美人走到门外，对他说道："她只是害怕你，所以才不敢离开。"

为什么今天不害怕了？自然是因为他要死了。周通没有因为她的出现而感到吃惊。事实上，他这时候已经完全想不明白，不是自己的药不管用，而是有人在那个药里下了另外一种毒。

从想明白这一点的那一刻开始，他便知道有人来到了这座小院，甚至知道了那个人是谁。最了解你的人，当然不是亲人，不然薛醒川不会死得那么惨，死后还差点曝尸荒野。最了解你的人，也不见得如书上所言，是你的敌人，因为你对敌人总会有所警惕，提前会做很多防备。最了解你的人，也不见得是你的朋友，白首如故很美好，可你们在一起的时间太少，两个城市之间的距离太远，相见时总在喝酒，回忆往事，展望将来，痛骂以前的老师和现在的朝堂，很难有机会聊到一些很细节的东西。所以最了解你的人，往往是你的搭档。

按道理来说，周通没有搭档，因为清吏司是个很特殊的衙门，直接对天海圣后负责，不需要和朝廷里任何人打交道，程俊等八虎、缇骑都是他的下属，但世界上总会有些比较特殊的存在，比如这位宫装美人。

天海圣后控制大周军队靠的是薛醒川、天槌、徐世绩等神将，而她掌握朝廷，继而统治大周亿万民众，则主要是通过两个人——一个是周通，另一个当然就是莫雨。

他们是天海圣后在朝堂上的左膀右臂，被很多人私底下斥为狼狈为奸，他们在一起合作了好些年，虽然谈不上心意相通，但自有默契存在，无论是面对天海家还是面对军方的强势意志，这种默契一直发挥着很正面的作用。

因为这种默契，他们很了解彼此。

周通知道隐藏在莫雨心灵最深处的那抹叛逆之心与不甘，甚至隐隐察觉到她对某人的想法。莫雨知道他隐藏得很好的对圣后娘娘的恐惧以及这座洒满阳光的小院，所以她今天找到了这里，然后向他发出了最致命的一击。

看着莫雨从门外走进来，周通很快便平静下来，甚至比他自己想的还要快。天书陵之变后的这些天里，他一直让清吏司在南方追查或者说确认她的下落，或者因为这样，其实他早就已经在心理上做好了在京都看到她的准备。

他对莫雨说道："我知道你肯定会回京都，但没有想到会是现在。"

莫雨问道："为什么？"

周通说道："既然你很清楚，你回到京都，一定会死。"

莫雨看着他说道："我并不是很在意这一点，只要你能一定死在我的前面。"

周通并不知道陈长生在不久前说过很相似的话。

他看着莫雨问道："你回来是想要替娘娘报仇？"

"我没有这样的能力，你也不是我的仇人，因为你没有这样的资格。"

在莫雨看来，他只是娘娘养的一条狗，"我是来替娘娘惩罚她的那条狗。"

周通沉默了会儿，说道："你准备怎么惩罚这条狗？"

莫雨说道："放进锅里炖？我觉得似乎不错。"

周通看着她很认真地说道："你可以不做那只兔子。"

"不是兔死狗烹的意思，我只是在折磨人这方面不像你这么有经验，只能想到把你煮死。"

莫雨看着他很认真地问道："你有什么别的好建议吗？"

第二章

魔君的血当然不是红色的,然而出乎意料的是,竟然也不是绿色的,而是金色的。

29 · 血色长街（上）

"我没有什么建议，但有几句解释。"

周通有些困难地喘了几口气，说道："这些解释对别人没有什么意义，但我想对你不同，毕竟这些年，我们两个人的处境差不多，我的所谓背叛缘自恐惧与自保，而你因为相同的原因，也曾经做过很多类似的事情。"

这指的是当初，莫雨瞒着圣后娘娘，听从教宗陛下的意愿，暗中把陈长生安排进国教学院的旧事。

莫雨摇了摇头，说道："我的恐惧与自保缘自娘娘之后的世界，与娘娘无关。"

"不管你如何说，在我看来，既然娘娘从来不曾在乎过你我的死活，我们又为何一定要为她活着？那天夜里，陈长生去北兵马司胡同杀我，我差一点就死了，但娘娘是怎么做的呢？"

周通嘲讽说道："她完全不理会我的处境，只想着怎么与她的儿子相认，可惜她瞎了眼，竟连儿子都认错了。"

他冷笑的时候，紫黑色的牙龈与苍白的脸色相映鲜明，很是难看。

莫雨有些骄傲地说道："娘娘在乎我，她让我和有容先行离开了京都。"

周通沉默了很长时间，忽然说道："难道你以为我中了毒，你就可以轻易地杀死我？"

莫雨没有解释，只是阐述："我会杀死你。"

"你有个最大的问题，那就是太年轻。"

周通说道："年轻意味着岁月不够，天赋再高，境界也无法太高，而且你耐心不好，应该晚点再现身，让我的毒发作得再深些，另外，你不应该选择这里，这里是我的家，想要在一个人的家中杀死对方，总是比较困难的事情。"

对世间绝大多数人来说，家是他们最熟悉的地方，也是最后的堡垒，是真正的主场。周通把自己最珍视的宁静与宝贝都藏在这座小院里，自然相应做了很多安排，在这里有很多机关与阵法。

随着他的这句话，窗外响起很多机关启动的声音，天井里的阳光仿佛黯淡了几分，数道强大的阵意由地底而生。

那两粒珍贵的丹药已经在他腹中化为精华，随着经脉流转全身，暂时压制住毒素的侵噬，恢复了一部分的力量。

天空里的太阳没有什么真实的温度，徐来的清风有些寒冷，一股血腥的味道随着阵法笼罩了整座小院。他毫不犹豫地动用了大红袍秘法，如果有人用神识察看，会发现整座院子现在已经浸泡在了一片血海之中。

大红袍秘法是他最强的手段，对神识与真元的消耗极为剧烈，尤其是他现在身中两种剧毒，更是没有办法支撑太长时间。但莫雨也没有办法在这座血海里停留，她如果不想与自己同归于尽，便必须暂时退开。

他只需要抓住她暂退的机会，逃离这座小院，只要来到街上，便能保住自己的性命。这就是周通在死亡之前想到的最有效的方法。小院看着很普通，但院外的那条街上住着很多不普通的大人物，当年他选择这里，便有这方面的考虑。

接下来发生的事情，超出了周通的想象，更准确地说，超出了他对莫雨的了解与认识。

因为，莫雨没有离开，她站在门旁，任由无形的血海把宫装涂抹成恐怖的颜色。她很平静，很专注，眉眼之间的疲惫，已经尽数被死寂取代。

宫装里星光闪耀，从血色里透了出来，很是美丽。一把外形看着很秀气、却蕴藏着时间风雨的细剑，刺破了屋里的血海，如一道凝聚的星光。噗的一声轻响，那把秀剑没入了周通的小腹，剑尖从他的腰后探了出来，带出来一道黑色的血水。

周通没有惨呼，没有痛号，怔怔地看着身前的她，脸上满是不可置信的神情。他的血海也已经吞噬了莫雨的神识。

不要说莫雨只是聚星中境，就算她现在突破到聚星巅峰，也再没有可能离开这片血海，这座小院。换句话说，她必死无疑。

为什么？周通很快便明白了，她本来就没有想过要活下去。自己想用同归于尽四个字逼她退让，而她本来就是来与他同归于尽的。她回到京都，本来就是死路一条，她只是要把他带着。无论堕入深渊还是进入星海，她都要把他带着，要把他带去圣后娘娘的面前。

周通的脸色变得很苍白。他不想和她一起死。整座小院还在他的控制中，还有机关与阵法没有启动，他还想要搏一把。

然而，他没有成功，不是因为那把贯穿身体的剑，而是因为他的身体变得僵硬了起来。一双手落在了他的双肩上。那双手很瘦，很枯，像树枝，很白，很多天没见过阳光，指甲很尖，很长，很锋利，上面满是泥垢。那是一双狼爪，锋利的指甲深深地揳进周通的肩骨下方，刺破了几个血洞，黑色的血汩汩而流。

周通知道自己伤势还要更重一些，肩骨上已经出现了裂痕。他的身体感到无比寒冷，异常恐惧，不敢回头去看。他已经猜到了那个像幽灵一样悄无声息来到自己身后的人是谁。

当初他看过此人在雪原上杀人的相关卷宗，他知道，如果自己回头，绝对会被对方把颈子咬穿。生死边缘，周通不再理会体内的那两种剧毒，把哪怕最后的一滴真元，都压榨了出来。

被血海笼罩的房间里，掀起一阵惊天巨浪。一声厉啸，他变作一道血光，冲向了门外。

咔嚓一声，贯穿他身体的那把秀剑，穿过他的身体，竟被他的前冲之势生生折断了。像幽灵般来到他身后的那个人，也没有来得及扭断他的脖子，只听得嗤啦数声，数道血水飙起。

无数机关在同一时间启动，数道阵意发挥出最后的作用，如烟花一般炸开。小院里的假山照壁尽数倒塌，紧接着倒塌的是房屋本身，烟尘弥漫，青竹断成数截，石板破碎，就连阳光仿佛都碎了。

周通倒在了墙边的断竹处。他用最快的速度推掉一根假竹笋，残存的院墙尽数倒塌。他被气浪喷出了院外，重重地落在了雪地上。

皑皑白雪间，他浑身是血，画面并不美丽，也无法让人觉得壮烈。他的血是黑色的，泛着腥臭，从胸腹间那道剑伤里淌出来。他的后背更是凄惨，衣衫破烂，血肉模糊，十道爪痕极为深刻，隐隐可见白骨。

周通活了很多年，这是他最凄惨的时刻。但他满是恐惧与痛苦的眼睛里，终于看到了些许希冀，甚至是狂喜。

因为他终于来到了街上。

烟尘弥漫，石屑狂舞，整座小院，在很短的时间里变成了废墟。

对此，莫雨并不意外。她知道，像周通这样的人，在临死的时候，绝对会弄出很大的动静，而且这里确实是他的主场，她有些意外的是，居然有人能跟着周通从地道里走了出来，她即便有周狱地道的细图，也从来没有想过下去。不过当她发现那个人是折袖的时候，意外也就成了顺理成章的事情，她知道这个狼崽子最擅长的就是跟踪隐匿，然后杀人。

她和折袖对视了一眼，然后向院外走去，带着伤，但不算太重。

周通的修为境界要远比莫雨和折袖高，正常情况下，就算莫雨与折袖联手，也不见得是他的对手。

莫雨和折袖是这个世界上最想他去死的人，准备得非常充分，不约而同地选择了用毒。

即便是这种情况，周通依然活了下来，逃出了小院。不过莫雨和折袖并不着急，因为周通只剩下了半条命，离死不远了。他们走到街上时，周通还在前方不远。

周通已经变成了一个血人，不要说施展功法疾掠，走都无法走得太快，跌跌撞撞地向前走着。

血不停地淌落在雪地上，颜色很深，就像是墨。折袖不知去了何处，沿街的阴影似乎有些变形。

莫雨来到了他的身后，青丝微乱，在微白的脸上轻拂。她没有说话，面无表情看着他的后背。

她回京都，就是准备与周通同归于尽，没想到，现在她还活着。她不在乎被别人发现自己回到了京都，不在乎被别人看见。

周通知道她来了，努力地想要加快脚步，却无法做到。雪街上很是安静，只能听到他沉重的喘息声。

莫雨握着半截断剑，向下斩落。啪的一声，周通重重地摔落在了雪地里，左肋多出了一道血口。他还是没有回头，喘息着，努力地爬了起来，继续向前走去。

街边有一座府宅，大门是朱红色的，墙角伸着只白色的幡，有些残了。吱呀一声，这座府宅的大门被推开，有人从里面走了出来。周通知道这座府宅是谁的，满是血污的脸上没有任何情绪变化，继续向前。

剑光再次闪起，他的身上再次多出一道血口，然后他再次摔倒在了雪地里。石阶上响起一声惊呼。

周通倒在雪地里，痛苦地咳着，不停有血溅起。不知道隔了多长时间，伴着一声野兽般的低声哀号，他再次从雪地里站了起来。

莫雨就在他的身后，手里握着剑，剑上是他的血。他没有回头，只是看着前方，急促而痛苦地喘息着。

雪街如此清旷，放眼望去，没有一个人，他要去哪里？

30 · 血色长街（中）

京都北城有条长街，叫作平安道，这里距离皇城不远，过了前方不远处的三舍桥，便能上朱雀大道，上朝很是方便，无数年来，这条街上住着的都是达官贵人，由前朝直至当下，从来没有发生过任何改变，只是随着时局的变化，住在街旁宅院里的人们不停更换罢了。

到了正统年间，平安道上位置最好，也是最靠近皇城的那座大宅院，自然归了天海家。天书陵之变后，天海家没有什么变化，但往东数去，很多宅院都换了主人，大修土木，因为相王、中山王等十余位王爷已经陆续搬了过来。

平安道最东也是最靠近槐花里的那座宅院是薛府，做为天海圣后最信任的大周军方第一人，薛醒川自然有资格享受这样的待遇。现在薛家自然不可能再继续保着这座宅院，新的主人可能是某位王爷或者某位神将，谁知道呢！

薛夫人也不知道这座宅子新的主人是谁，但她知道这是不可避免的事情。薛夫人从来没奢望能继续在这里住下去，早就已经做好了相应的准备，家仆尽数遣散，在设祭结束之后，用当初的嫁妆银子在百花巷外的街上买了座小院。

做完这些后，她本以为自己可以平静了，但听着身旁传来的哭声，发现平静终究也是一种奢望，觉得头都有些疼了起来，沉声问道："你究竟是因为疼在哭，还是因为伤心在哭呢？"

前些天被侍郎府连夜赶出家门的薛家小姐，一直留在薛府以泪洗面，今天听到那个消息后，更是哭得不行。听着薛夫人的喝问，她被吓着了，带着怯色抬起头来，抽泣着问道："母亲，怎么了？"

她的双眼早已通红,声音都变得有些嘶哑,更不知为何,脸上有很多伤口,竟似是被人打过一般。

薛夫人指着她直到今天都没有消去青肿的脸,恼怒说道:"如果是因为被打到痛了就哭,那说明你没出息,不配做你父亲的女儿,如果是因为他死了才哭,那就说明你脑子有问题,为这种人哭,值当吗?"

礼部魏侍郎被陈长生和王破所杀的消息已经传遍了整座京都。薛家小姐每每想到夫君的绝情与辣手,便会愤怒至极,恨不得他去死,但忽然间发现那个男人真的死了,想着这些年,又忍不住悲从中来,觉得自己的命真的好苦。

听着母亲的话,薛家大小姐也觉得自己确实好生没用,可是……陈院长怎么就把他杀了呢?难道不应该是把那个男人痛揍一顿,然后押到薛府来与自己赔礼道歉,对天发誓以后一定会对自己很好很好的,就像从前那样……

一声不期而至的厉啸,打断了她有些杂乱的思绪。那声厉啸来自薛府隔壁的宅院。紧接着,又有无数轰隆的撞击声响起,隐隐还可以听见风雷之声,然后,便是房屋倒塌,烟尘弥漫。

薛家大小姐被惊呆了,脸色苍白,哪里还顾得上悲伤与哭泣。薛夫人的视线落在隔壁渐起的烟尘上,脸上流露出疑惑的神情。

隔壁那座宅院的倒塌,没有影响到薛府,但不知道为什么,薛夫人就是觉得,这应该与薛府有关。

很多年前,圣后娘娘把平安道这座宅子赏给薛醒川后,一墙之隔的那座宅院,也开始同步进行翻修。那座宅院门开在南向的槐花里,寻常人甚至发现不了,从平安道上走过只会觉得那座宅院是薛府的一部分。

那座宅院的主人很神秘,从来不与人打交道,直到今天为止,薛夫人都不知道对方是谁,只隐约猜到应该与自家有关系,因为她曾经亲耳听到薛醒川做过两次相应的安排与最为严厉的警告。

她甚至曾经怀疑过,这个神秘的邻居会不会是传闻中的昭明太子。当然,后来证明这种猜想是错的。

房屋倒塌,带起无数烟尘,断竹如断弓,崩了些翠绿的竹片,到了薛府的花园里。薛夫人抱住惊恐的女儿,低声安慰了几句。

隔壁那座宅院还在倒塌,轰隆之声不绝于耳,好像有人从院落里直接落到了街上。薛夫人不知道隔壁为什么塌了,但看着这可怕的动静,心想那人就算逃出来,只怕也会被砸伤,吩咐管事把门打开,看看对方需要不需要帮忙。

天色近暮,有些昏暗,好在街上的雪还是那样地白,于是可以很清楚地看见那个浑身是血的人。虽然那个人流的血竟似黑色的。

管事拉开薛府的门,薛夫人与女儿第一眼看到的画面便是这样地血腥。

薛家小姐惊呼了起来,连声喊道:"快来救人啊。"

说完这句话,她看到了一幕很诡异的画面。一位穿着宫装的美人,出现在了那个血人的身后,悄然无声。那个宫装美人的身上也在流血,还有些灰尘,遮住了些眉眼,却遮不住美丽。

她是谁?这是怎么回事?就在薛家小姐发怔的时候,那位宫装美人举起了手里的断剑向那个血人斩了下去。一道鲜血飙射到雪地里,不是很多,不足以让那个血人当场死去,也不会少到无法让人看见。

"杀人啦!"薛家小姐惊恐地喊了起来,然后声音戛然而止。

薛夫人捂住了她的嘴,手在不停地战抖,但非常用力,不让女儿发出任何声音。

她看得很清楚,那位宫装美人是莫雨,那个血人是……周通。原来,隔壁那座宅院是周通的。

她终于想明白了这一点,想着薛醒川把这件事情也瞒着自己,不由更是生气,身体战抖得更加厉害。

"是周通。"薛夫人的声音有些含混,有些幽冷。

薛家大小姐身体微僵,看着雪街上这幕血腥的画面,双手渐渐紧握。

周通像受伤将死的野兽,发出有些怪异的低吼,痛苦地从雪地里爬了起来,又向前走了几步。他知道这里是薛府,知道石阶上的那对母女是自己的嫂子和侄女,所以他不会向那边转头看一眼。他不会向她们求情,那是自取其辱,他也不想自己像条流浪狗似的画面被她们看到。

他想要尽快离开,但就在这时,一道凄厉的剑风落在了他的左大腿上侧。肌肉被横直切割开,鲜血像漫出锅沿的粥一样慢慢淌落,他重重跪在了雪地里,膝盖下溅起了雪。

看着这幕画面,薛家小姐再次发出惊呼,但这一次,除了惊恐,更多的是快意。

31 · 血色长街（下）

受伤将死的野兽会发出怪异的低吼，那是因为它要把声音尽可能多的留在喉间，不想自己的虚弱被任何人听见。但当大腿肌肉被割断、跌倒在薛府门前的雪地里后，周通终于没忍住，发出了一声带着痛苦意味的惨呼。这声惨呼被掩盖在了薛家小姐的惊呼里，但依然很清晰，在场的所有人都听见了。

薛家小姐觉得更加快意，薛家管事激动得浑身战抖起来。

按道理来说，应该对此反应最大的薛夫人却还能保持着镇定，就这样静静地看着倒在雪地里的周通。

薛府门前很是安静，只能听到周通沉重的喘息声。不知道过了多久，周通从雪地上爬了起来，跌跌撞撞继续向着长街西面行走，留下一道血渍。

莫雨走到石阶前，转身望向薛夫人，点头致意。

前些年，薛醒川和她都是天海朝最当红的大人物，双方之间自然有交往。

薛夫人对她很认真地回礼，说道："谢谢。"

莫雨没有说什么，又点了点头，跟着周通而去。

薛夫人望向红暖却又晦暗的天空，想着那天陈长生请她不要离开京都，对不知在何处的陈长生，默默地说了声谢谢。

天海朝终，她的夫君从大周朝的忠臣变成了叛徒，而周通明明是个叛徒，却成为了大周朝的重臣。这当然不公平，问题是，这个无人敢于凭吊叛徒的世间，又有谁会替一个叛徒讨个公平？

那天在国教学院，她说只恨周通不死，这是真恨，带着绝望意味的恨，入骨的恨。当时，陈长生没有说话，没有安慰，只是静静地看着她。在送她离开国教学院的时候，他请她不要离开京都。这便是承诺。

他会杀死周通，并且让她看见。所以薛夫人没有回乡，而是留在了京都。她要亲眼看到这一幕画面。就在这时候，她终于看到了。

从薛醒川被毒死，到被曝尸，再到设祭，直到今夜，她都很少哭泣。但这时候，两行很热甚至有些滚烫的泪水从她的眼中流了出来。她最后看了一眼周通在雪地里爬行挣命的画面，对管事吩咐道："关门。"

薛家小姐有些吃惊，抱着她的胳膊不依说道："母亲，我还想看，我还没看够。"

看着权柄熏天、不可一世、似乎谁都无法击败的仇人，变成了一条遍体鳞伤的野狗，谁都会想看，谁都看不够。

"够了。"

薛夫人不知道是在说这件事情还是说女儿，转身进入府中。

府门缓缓合拢，把很多事情与回忆都挡在了外面。

平安道上到处都是雪，雪上到处都是血。

从周通的身上流出来的血越来越多，甚至多到毒素都随之变淡了很多，渐少的血水恢复了些红色。他身上的血口也越来越多，密密麻麻，东一道西一道，看着凄惨无比。那些血口很有讲究，深度与位置足以让他感受到极度的痛苦，却又不至于即刻断绝他的生机。出剑的时候，莫雨美丽的脸上没有任何情绪，漠然至极，加上那身满是血污的宫装，看上去就像死神的侍女。

不时有剑光照亮昏暗的雪街。

周通在雪地里艰难地前行，早已无法站稳，经常手足并用才能向前移动一段距离，看上去随时可能倒下，再也无法站起。他再也无法压抑痛苦与恐惧、保持老狼般的沉默，每当剑光亮起时，都能听到一声惨号。

这是一次对身心最彻底的羞辱与折磨，这是一场似乎永远都不会停止的酷刑。

这，本来就是一场凌迟。

如果换作别的人，哪怕意志再如何坚强，到此时只怕都会崩溃了，即便不会跪着向敌人哀求怜悯，也应该会想尽一切办法自杀。但周通没有，因为他这辈子折磨与羞辱过太多人，对无辜者施过太多酷刑，他见过人间最黑暗与最痛苦的画面，他见识过真正的地狱，他的心就像在毒水里浸泡了七万年的石头，上面生出来的每块青苔都是罪恶的化身。纵使莫雨残酷的手段让他的身体与灵魂都在颤栗，依然无法让他投降，无论是向她还是向命运，在死亡到来之前他绝对不会自行去迎接死亡，相反，他依然像乞丐一样无比渴望着最后的胜利。

——只要能够爬过这段流着血的长街，自己就能赢。他惨叫着，然后在心里对自己说。

暮色越来越越浓，变成夜色，平安道上的白雪反射着星光，也不足以照亮这个世界。

不知何时，忽然有昏黄的光落下，落在周通的身上，透过恐怖的伤口，可以清楚地看到骨头。远处的灯光是没有温度的，周通却觉得身体忽然变得温暖起来。在小院里时，他的视力便已经受到了极严重的损害，一片模糊，只能看到一些大概，但他非常确定，那盏灯光是在自己的右手边，也就是平安道的北边。那是程太师归老之前留在京都的府邸，最近被一位权势熏天的王爷夺了过去，变成了一座王府。

他用了一刻钟的时间，承受着近乎凌迟的痛苦，爬了二十余丈距离，终于离开了薛府的范围，来到了这里。能忍耐，是因为有希望，从一开始，他的希望就在这里。他的视线依然模糊，眼睛却亮了起来，仿佛被那盏灯火点燃了某种火焰。

他还残留着些许真元，隐匿在经脉的最深处，无论莫雨的剑再如何锋利，手段再如何冷酷，对他都没有用，因为那不足以让他摆脱绝境。

这时候，那些如露水般的真元纷纷燃烧起来，带动着他的身体从雪地上掠起，向着那盏灯光疾掠而去！他掠到那座王府前，再没有任何气力，重重地摔倒在了石阶下。

"我是周通！中山王救我！"他用最后的气力喊出了这句话。

他从来没有绝望过，无数年来，他把无数人的心思玩弄于手掌之间，他很清楚，无论莫雨还是折袖，都不会让自己立刻死去，尤其是当他们完全掌握局面的时候，因为那样无法宣泄每个人内心最深处都会有的暴虐情绪与复仇意愿。

这就是他的机会，他必须抓住这个机会。他带着愤怒与嘲讽想着，就算你们这些王爷想要假装听不到我的惨叫声，难道能说听不到我的呼救声？他现在说一个字都难，却没有直接喊救我，而是喊道王爷救我，甚至还不忘喊出那位王爷的名讳，就是为了让对方必须出面。

我是大周朝之臣周通！

我正遇难！

请中山王救我！

天空里的雪云不知何时合拢了，遮住了星光，微雪再作。

中山王府的门开了，平安道两侧很多门都开了，很多盏灯出现在夜色之中，很明亮，甚至有些刺眼。夜色里的长街，变成了一条银河。周通在河水里，再也无法压抑情绪，脸上露出陶醉的神情，神经质般笑出声来。

数十道破风之声先后响起，王府高手们来到了街上。

莫雨从微雪里走了过来,与周通隔着数丈的距离。

周通看着她,满是血污的脸上露出一抹狠厉的神情。现在你还怎么杀我?现在该别人来杀你了。他的眼神把意思表达得非常清楚。

莫雨看都没有看他一眼。夜风轻拂着宫裙,微雪落在她的鬓间。

她看着灯火通明的平安道,看着那十几座王府,说道:"娘娘对你们千般不好,但至少有一样好处。"

这句话是对至今没有现身的王爷们说的。

"先帝的儿子们,都还活着。"

灯光照着她的容颜,愈发明妍动人。她的神情却还是那般冷漠,眉眼之间尽是强硬,与故去的那位隐隐有些相似。

"一个不剩,你们都还活着。"

"是娘娘,让你们活到了今夜。"

"今夜,我要你们把这一样好处还来。"

"我要他死。"

微雪轻落,并无声息,就如长街此时的静寂。

不知道过了多长时间,灯光里有人摆了摆手。周通视线模糊,看不清楚那人的模样,只能看到那人穿着件明黄色的衣衫。

中山王府没有关门,但走到府外的人,都退了回去。

这是怎么回事?周通觉得这很荒唐,心想难道王爷你就不怕道尊动怒吗?

莫雨走到了他的身后。恐惧再次笼罩了他的身体。他喘息着,向前爬去。

平安道上有十几座王府,还有天海家,还有大臣,中山王是个疯子,难道大家都是疯子?他爬呀爬呀爬,不停地爬,想要爬到下一个灯火阑珊处。

可是,他还隔着很远,那处的灯火便熄了。甚至,那座王府把门都关上了。

接着,沉重的大门缓缓合拢的声音不停响起,街上的灯光依次熄灭。

夜色越来越深。周通越来越冷。他爬过寒湿的雪地,染血的长街,所有的沉默与坚忍,始于希望,却终于……绝望。

32 · 雪中圣旨到

周通在雪地里挣扎爬行,喉咙里咯咯作响,最终化为虚弱的、带着哭腔的一声喊。

"救我……谁来救我……"

先前他的惨号与哀呼多少有些伪装的成分。然而从地底的周狱,到洒满阳光的小院,到满是寒雪的长街,他不停地逃着、追赶着希望,却又一再失望,直至此时,终于绝望,意志如被洪水冲垮的大堤一般崩塌。

他痛苦地哭喊着,脸上的血污被老泪洗去一些,然后被寒风凝结,变成糨糊般的壳,很是难看。他的哭声就像夜枭一般,难听到了极点。

作为最著名的酷吏,周通从来不曾原谅过这个世界,对这个世界没有存过一分善意,也没有救过这个世界一次,那么这个世界对他来说自然也是绝对寒冷的,不会原谅他,也不会有人来救他,平安道上的灯光渐渐远去,他的前路一片黑暗。

有几座府邸依然开着门,离周通最近的是中山王府。王府深处灯火通明,中山王坐在椅上,手里拿着一颗冻梨,回忆着先前王府门前周通凄惨的模样,觉得好生快活,便是这梨也甜了数分。

一名王府属官在旁欲言又止道:"属下总觉得不妥。"

"有何不妥?我早就想把这条老狗碎尸万段。"

中山王沉默片刻,说道:"而且莫雨她说得有道理,无论有情无情,我能活到今天,就是恩。"

这名属官很是吃惊,没有想到,王爷居然是真被莫雨的那番话说动了。要知道这些年散居各州郡的王爷里面,境况最惨的就是中山王,与那些惨被毒死的旁系王爷们相比,他确实是活了下来,但被逼得吃屎装疯……这可是要比去死更可怕的遭遇啊。

"屎好吃吗?当然不好吃,但你有没有想过,那个女人当年可以逼我吃屎,难道还会不知道我是在装疯?"

中山王面无表情说道:"她当然知道我是在装疯,她之所以不点破,就是因为她喜欢看我吃屎,但至少,她没有让我死,和死比起来,吃屎算什么?我们这些生在天子家的人,哪个没有吃屎的本事?"

十余座王府,因为各自不同的原因关闭了大门,把周通拦在了门外。

最憨厚胆小的娄阳王藏在三层被褥的最深处,一面担心相识的莫雨的安全,一面在心里默默说着周通的坏话。

最老成持重、权势最大的相王,今天则是根本不在王府。相王府的门开启着,年轻的陈留王站在灯光里,神情平静,眉间隐隐有些忧虑。

周通在雪地上爬过,莫雨随后走了过来。陈留王没有理会周通,对莫雨说道:"差不多了。"莫雨没有理他,继续持剑为鞭,赶着浑身是血的周通向前。

平安道的尽头是一片占地面积极大的府院,装饰得格外精致华贵,甚至就连新修的相王府都及不上。

这里是天海家,这二百年来,整个大陆真正最有权势的家族。天海家的大人物,比如族长天海承武及几位长老,自然不会在今夜如此敏感的时机还留在京都,早就已经去了京郊的庄园。

大门敞开着,灯光通明,天海胜雪站在灯下,白衣胜雪。

周通从门前的雪地里爬过,看了他一眼,眼神怨毒,但无论是求救还是辱骂,都已经没有力气说出来。

一串银铃般的笑声响起,然后渐渐变成哭声。平国公主被天海胜雪拦在了身后。宫变之后,她便被天海家接了回来,据说再过段时间,可能会嫁给陈留王。

看着在雪地里挣扎爬动的周通,她有些疯狂地笑着,漂亮的脸蛋上到处都是泪水。

"你今天好像一条狗啊!"

她对周通喊道,又像是诅咒。

天海胜雪没有阻止她,只是揽着她的肩头,不让她因为冲动去对周通动手。

他看着浑身是血的莫雨,很严肃地说道:"差不多了。"

这和陈留王那句话的意思一样。

莫雨是朝廷一定要捉拿的对象,排在首位。莫雨还是没有说话,她回到京都,本来就没有想过要活着离开。

周通已经神志不清了,就连绝望与愤怒都已经从他的意识里退出,在最后的时刻,只是有一个疑问。为什么没有人来救自己?商院长只需要动根手指头,便能让我活下来,为什么我却要死了呢?

就如北方雪原上的那些巨兽,在感知到将死的时刻,往往都会下意识里去往最熟悉的地方,等待死亡的降临。对周通来说,他最熟悉的地方当然是北兵马司胡同里的那座小院,所以他在往那边去。那里其实离平安道很近,当初薛府设祭的时候，他能那么快带着下属赶过去，便是因为此。

只不过要从满是冰雪的街面上爬过去，这段路便会变得非常漫长，更何况，剑光还是会不时在他的身后亮起。莫雨依然不时挥剑，每一次剑落，便会从周通的身上割下一片肉来。

周通的血已经快要流完，惨叫声也越来越微弱，直至无闻，就像个无知无觉的木头人，在雪地上不停地爬着。

围观的人群出现在街道的两边，他们看着浑身是血的周通，不停地被割着、被羞辱着，最初的震惊过后，变成了某种极致的快感，甚至莫雨每次挥动剑割下周通一块肉时，便会迎来人群的一次欢呼。

天空还在落着微雪，西边的夜空已经有了繁星。

北兵马司胡同里那座庭院的地面已经毁了，被无数把锋利的剑切割成了无数碎片。

周狱真正地毁了，无论是地面的建筑还是地牢，还是隐藏在地底最深处的那些监房，都露出了真实的模样。那些布满残血与人体碎片的刑具，那些断肢与尸体，形成了一座人间的炼狱。

薛河提前打开了所有监房的门，受伤轻些的犯人四散逃走，只有那些身受重伤、将要死去的囚犯，还留在原地。那些受过无数酷刑折磨的囚犯，是这个人间地狱最直接的证明。

星光洒落在周狱上，神圣美丽纯净与血腥肮脏丑恶形成鲜明的对照。一片死寂。

小德与军方的高手们杀人如麻，天机阁的刺客们阴毒至极，但也未曾见过这样的惨状，就连清吏司的官员，看着那些满布污血的监房与奇形怪状的刑具，也觉得有些恶心，明明他们平时已经看过很多次，亲自施刑过无数次。

或者是因为，这些血腥的、丑恶的画面以前从来没有像现在这样暴露在天光之下。没有发现周通的踪迹。庭院外传来了很多嘈杂的声音，但又有一种奇异的安静感。

陈长生浑身是血，不知道是自己的还是别人的。他向庭院外走去，所有的剑都已经归鞘，但没有人拦他。

街上到处都是人，黑压压的一片，只是中间空出来了很大一块地方。周通躺在雪地上，奄奄一息，身上到处都是伤口，谁都无法数清楚数量，说是遭受了千刀万剐也不为过。

陈长生走到他的身前。周通极其艰难地抬头看了他一眼，居然认出了他是谁，心里生出了最后的希望。在他看来，陈长生一定非常痛恨自己，不然不可能如此心心念念要杀自己。他不怕陈长生恨自己，只怕陈长生恨得不够。他坚信自己非常了解人心，越是痛恨，越是舍不得敌人死去。

来吧，多割我几刀，折磨我，羞辱我，阉了我，喂我吃猪油，把我养成最难看的胖子，然后把我的油挤出来点灯！怎样都行，只要你不当场杀死我。求你了。

不知道是不是听到了周通的心声，陈长生抽出了剑。没有什么羞辱折磨，没有什么冷酷的复仇，只是一道清亮的剑光，干净的杀意。

嗤啦一声，周通的颈上出现了一道细细的血线，然后疾速蔓延变宽，最终把他的头颅与身体分离开来。周通死了，睁着双眼，很是困惑。大概是不解，为何会这样简单呢？

陈长生没有再看周通的尸体一眼，走到莫雨身前，说道："你来了。"

莫雨说道："是的，我来了。"

她觉得有些疲惫，直接坐到了雪地上。陈长生也觉得有些疲惫，坐到了雪地上，她的身边。

街角的阴影微微波动，折袖显出身影，他也很疲惫，但没有坐到雪地里，因为他知道，接下来还会有战斗。

大地震动，积雪松动，蹄声如风雨一般。数百骑玄甲羽林军来到了场间。小德等朝廷高手分立四周。十余名青衣道士不知何时也来到了这里，境界高深莫测。

忽然，又有蹄声响起，一位小太监乘马而至，手里拿着明黄色的圣旨。圣旨自然出自宫中。

小太监当众宣布了周通的罪状，共计二十二条。

二十二条罪名是事后统计出来的，当时，没有谁能够记清楚太具体的东西。所有人都处于震惊之中，无论是清吏司的官员还是羽林军的将士。

陈长生也没记住当时的场景。他只记得那个小太监的声音有些尖，有些飘忽，时近时远，总之，不像是真实的。他还隐约记得，圣旨的最后好像提到了凌迟。

只是此时的周通，已经变成了雪地上血肉模糊、身首两断的尸体。再没有办法谢恩。

33 · 顺流行舟

圣旨宣读结束，场间依然一片安静，如同死寂一般。人们的视线落在雪地上，看着已经身首异处的周通，心情震惊复杂到了极点。用恶贯满盈来形容此人，也不为过，这个人当然有罪，但谁都没有想到，朝廷会宣布他有罪。人们接着望向雪地里并肩而坐的那对年轻男女。

大周玄骑们拉着缰绳的手有些僵硬，不知接下来该如何办，冲锋还是放下手里平伸的铁枪？缇骑与清吏司的官员们脸色苍白，如丧考妣，那些天机阁的刺客、军方的强者，则是齐齐望向小德，想要知道这到底是怎么回事。

时局的变化总是这样地突然，突然到哪怕是身在局中的人都会感到措手不及。即便是陈长生和莫雨，一时间也没有反应过来，直到那个小太监离开，才隐约明白了些什么。早知如此，何必这般，换成很多人此时大概都会生出这样的情绪，但他们不会。

"只有那些白痴才会这样想。"莫雨把有些散乱的发丝理回鬓里，看着依然围在四周的人群，露出嘲讽的笑容，说道："如果周通还活着，便依然是国朝的重臣，他被我们杀了，才会被剥皮拆肉，骨头熬汤。"

"这确实是师父他向来的行事风格。"

陈长生觉得今夜的风雪有些刺骨，看着皇宫方向，沉默片刻后继续说道："小时候，我和师兄以为他是个穷道士，因为太穷，所以对世间万事的看法比较极端，行事有些过于吝啬，现在我才明白，这应该叫作穷尽。"

风雪笼罩着皇宫，侧殿里的地龙烧得很热，温暖如春，案几上摆着一些过往年间的诏书。

"我没有想到，你师弟居然真的可以杀死周通，他的表现超出了我的想象，我很满意。我更满意于莫雨和他杀死周通的方法，他们的手段越是残酷强硬，这个故事便会越惊悚，从而被更多人记住，当中自然也包括周通的恶。"

商行舟看着案几后的年轻皇帝说道："虽然周通叛变了你母亲，为我所用，但谁都无法否认,在过去的很多年里,他就是你母亲的代言人,那么他的恶便是你母亲的恶,陈长生把他的恶展现得越多,你母亲的形象就会越差,我做为构织阴谋、推翻你母亲统治的领袖人物身上的负面评价便会越少。同时,你师弟的声望越高,我的声望也越高,无论怎么看,今夜这件事情对我都是有好处的,只需要事后及时地颁出那道旨意。"

余人想到西宁镇旧庙里的那些书,溪里的那些鱼,山里的那些兽,沉默无语。

商行舟接着说道:"这种做法有些小家子气,但不是吝啬,只是物尽其用罢了。"

余人抬起头来,比画了几个手势,问道:"难道从一开始的时候,京都里的所有人都是在被你利用吗?"

"最初并不是这样,我当然想保周通,而且我今夜确实准备做些事情。"

商行舟很有耐心地解释道:"但在这个过程里,事情发生了变化,我也就要做出相应的变化。"

对修道中人来说,变化是星空之下不变的规律,世间万物无时无刻不在变化,时局也同样如此。哪怕只是几个时辰,也会发生很多变化,就像春天化凌时的河水一般,若是应对不当,哪怕再坚硬的铁桥,也会被冲毁。

商行舟没有明说那些变化是什么。

可能是陈长生的实力境界超出了所有人的预判,坚持了整整一天,那些剑切开了坚硬的、被冬风冻硬的地面,把周狱袒露在了星光之下。可能是因为离宫里始终安静,在那边的天空上飘着的雪与云,就像是温驯的羊群,始终没有越过栅栏的意思。当然,最可能的原因,还是因为王破在洛水上断臂破境,斩死了铁树。

而且,落着雪的平安道,那些王府的灯依次熄灭了。

"你知道为师为什么叫商行舟吗?"商行舟忽然问道。

余人知道,商行舟并不是师父的真名,至少在六百年前,他叫计道人。这个名字的出现,或者说获得,必然意味着些什么。

"陛下回归星海之前,依然没有忘记那句话,水可载舟,亦可覆舟。"

商行舟的视线落在宫殿里某处,仿佛回到了数百年前。

整个大陆的人都知道这句名言,余人当然不例外,他还知道这句话里的陛下,不是指的父亲,而是祖父。

"那夜陛下对我说,在世间行走,如同在汪洋里行舟,须谨慎小心,不可逆流,不然会翻船的。"

商行舟很平静地说道:"既然所有人都想周通死,既然这就是民心所向,我当然要顺从。"

顺之一字,对西宁镇旧庙的师徒三人来说,都很重要,这就是他们修的道。

直到今夜,余人才知道,原来竟是从水可载舟亦可覆舟这句话而来。

商行舟接着说道:"当然,顺流不代表顺从,舟只是希望水能够平静些,不要有太多浪花,不要生出太多阻力。"

余人用手比画道:"但归根结底,舟还是要敬畏水的存在。"

"魏国公说过,怨不在大,可畏惟人,载舟覆舟,所宜深慎,如何能够不畏呢?"

商行舟看着他的眼睛说道:"但位置是相对的,你既然是舟,便不能太过于考虑水的感受。"

余人比画道:"终究还是会考虑,不然您不会改变主意。"

"在所有人看来,我已经尽力,只是被你和他们阻止了。"

商行舟的视线落在他的腰间,那里有一块秋山家主进贡的玉佩。

"你们这些年轻人都在拿命搏,你如此,莫雨如此,王破如此,你师弟更是如此。"

"我把你师弟养了十七年,怎忍杀他,只好眼睁睁看着他杀了周通。"

"任谁拿今夜之事来问我,我都能无愧于心。"

这几句话里究竟哪句话是真的,哪句话是假的,余人已经分辨不清,但他懂了。

周通是新朝身上最难看、最肮脏的一块污渍,陈长生是师父心上最深、最难拔除的一根木刺。无论谁死,师父都无所谓,只要他不需要亲自动手便好。

今天京都这数场惊心动魄的战斗与追杀,甚至极有可能动摇整个人类世界,但一直都在师父的控制之中。无论如何变化,他总会成为最后的胜利者。

如果王破在洛水上被铁树杀死,这场胜利或者可以称为完美。

"这并不是我设计好的局面,我也不能掌握所有的事物,毕竟我不是神明,也不是太宗皇帝。"

商行舟否定了余人的想法,说道:"今天更像是一堂课。如果陛下您想成为太宗皇帝那样伟大的人，带领人族走进无比光明的未来，就必须学会顺流行舟——再如何厌恶那些观刑喝彩、愚蠢白痴的民众，依然要说服自己，真的相信他们是真正的汪洋，学会如何带领他们，如何欺骗他们，如何借助他们的力量，破浪前行。"

余人无法完全理解这些，他这时候也并不是很关心这些，他只关心一件事情。

他用手比画道："师父，您真的不喜欢师弟吗？"

商行舟想了想，微笑说道："是的，我不喜欢他，我很想他死，或者说，我希望他从来没有活过。"

34·加冕

谁都知道，商行舟不喜欢他的学生陈长生。至于原因，余人和陈长生自己大概猜到了一些，并且正在猜到的越来越多。

但对于西宁镇旧庙以外的世人，这始终是一个非常难以理解的问题。

从个人情感角度出发，商行舟把陈长生从小养大，哪怕这一切都开始于一场阴谋，对他来说，陈长生也应该要比别的人更值得信任。即便从人生理想角度出发，商行舟想要让人族获得空前的大一统，从而战胜魔族，可是支持牧酒诗成为教宗、从而与大西洲结盟，这其实并不见得比陈长生登上教宗之位、朝廷获得离宫的全力支持更好。

没有人能够理解商行舟的想法，就连教宗陛下的推测也站不住脚，在晨光中的天书陵擦肩而过后，这一切就这样顺其自然地发生了。不过在随后的很多故事里，商行舟没有明确地表示过，他想要陈长生去死，哪怕这是一个天下皆知的秘密，可终究没有能在纸面上，没有付诸行动。直至今夜商行舟对余人承认，他才第一次向天地表明意图。

星空顿时黯淡，无形的杀机笼罩了京都。

陈长生的生死，取决于自己的努力，取决于商行舟的态度，现在也与另一位伟大人物的生死紧密地联系在了一起。

离宫早就已经表明了自己的态度，教宗陛下不会允许商行舟对陈长生有任何不利。问题在于，教宗陛下还能活多少天呢？

那夜的离宫，终究没有出任何事，被微雪与碎云撕裂的星光，落在牧夫人的衣衫上，美丽得仿佛并非真实。

凌晨将至的时候，商行舟终于离开了皇宫，来到了离宫那五座清美神圣的旧寺灰檐之间。在他正式出现之前，牧夫人已经带着满天的雪与星光离开。

教宗陛下之外，离宫永远只会允许一位圣人进入，不然对国教来说，那便意味着战争。

当夜，商行舟与教宗进行了一场很长时间的对话，大概也是他们人生里的最后一场对话。没有任何人知道他们谈了些什么，朝廷与国教之间是否达成了某种协议，但从第二天开始，一阵温暖的春风便提前降临了京都，一种名为和解的气氛渐渐弥散开来，折袖和莫雨被带出了大理寺，前者被军部直接派人送回了北方，后者回到了橘园，暂时被监视居住。

依然还是寒冬，所谓春风，自然虚妄，谁都知道，这种局面可能会持续很长时间，也随时有可能戛然而止。

谁也不知道教宗陛下还能活多少天，也不知道教宗陛下回归星海之后，商行舟还会不会遵守那夜对话里的承诺。

京都的气氛渐渐变得紧张起来，很多人仿佛已经提前看到了那场狂风暴雨——不，隆冬时节，应该会是一场暴雪。

就在不安与期待里，新年近了，京都落了一场大雪，街道与建筑尽数变成白色，很是好看。

风雪里的离宫，更是美丽。陈长生扶着教宗陛下，走出了那间幽静的偏殿，来到了宫殿群中间最大的那座广场上。这些年他经常出入离宫，但最常去的地方就是那座幽静的偏殿，这还是他第一次和教宗来到这里。

青石铺成的广场上白雪如毡，看似散乱、实际上排布隐有规律的石柱，已经被雪涂白了头。陈长生的神识能够清晰地感觉到，广场的下方，隐藏着一道极为古老悠远的气息，如果这是一座阵法，只怕不会弱于皇辇图。

视线向远处望去，数座宫殿在风雪里若隐若现，他知道，那就是著名的草月会馆、桂清宫、苔所……离宫有六殿，每座宫殿里有一重宝，代表着国教的历史与无上权威，所以后来才会逐渐发展出六巨头这种说法。

他知道教宗带自己来这里做什么。草月会馆、桂清宫等处那几道神圣而雄浑的气息，正在向他表达臣服的意味。

"今年的雪太大了。"

教宗的视线穿过风雪，落在遥远的北方，满是皱纹与老人斑的脸上，流露出对未来的担忧："雪老城内乱，魔族前所未有地弱小，这一场风雪不知会让多少部族离心，引发多少厮杀，明年开春后，狼骑必然会南下。"

风雪很美丽，也很严酷，魔族必然遭受极大的损失，加上这场叛乱，短时间内，雪老城根本无法恢复元气。在这样的情况下，教宗断定明年魔族大军会大举南侵，听上去没有什么道理，但陈长生明白这是必然会发生的事情——魔族是很疯狂可怕的种族，越是弱小的时候，越是嗜血残暴，因为它们清楚，只有这样才能度过这段最艰难的时光。

教宗叹道："既然相看两厌，不如尽早离去。"

这句话无头无尾，只有陈长生能够听得懂。天书陵之变后，很多人都在猜测他会离开京都，事实上，他也一直想要离开，只不过那时候他清楚，师父不会让他离开，除非死。

现在看来，那夜两位圣人在离宫里的谈话，终究还是改变了些什么。

"好的。"他说道。

教宗看着他，说道："你是我选择的继承者，无论多少年，你都要回来。"

陈长生说道："需要我的时候，我会回来。"

教宗说道："他想和你谈谈。"

陈长生想了想，说道："可以。"

离宫大放光明，从夜空里落下的雪，仿佛都变成了神国散落的天花，美丽得令人陶醉。

国教教士与骑兵还有各级神职人员，站在广场上，不时被照亮，仿佛朝阳下的万顷海洋。

光明正殿更是无比明亮，令人无法直视，威严莫名。在正殿里，数千名红衣主教与大主教躬着身体，满脸虔诚与敬畏。

石壁缓缓开启，在十二贤者与神国英灵雕像的注视下，教宗与陈长生从光明中走了出来。教宗从茅秋雨的手上接过神冕，戴在了陈长生的头顶。陈长生握着神杖，走到了最前方，开始接受祝福，并且施予祝福。

他的身体有些僵硬，但神情非常认真，动作一丝不苟，所有流程都没有做错，哪怕是道典里最细微的要求也是如此，堪称完美。

35 · 伟大的遗产

陈长生站在光明里，并且是最前方。教宗在他的身后。大殿里，数千名主教如潮水一般跪倒在地。广场上，数万国教骑兵与教士如潮水一般跪倒在地。离宫外，数十万信徒如潮水一般跪倒在地。

看着这幕画面，教宗缓缓眯起了眼睛，如饮醇酒，很是满意欢喜。他的眼睛越来越眯，直至闭上，然后再也没有睁开过。那双苍老的眼眸里的浩瀚星海，至此再也没有人能看到了。

陈长生转头望过去，握着神杖的手微微战抖起来。茅秋雨扶住了教宗的身体，向他摇了摇头。

近处的人群里隐有骚动，但没有乱，以桉琳等大主教为首，所有的人依然跪着，只是……偶有饮泣之声。洗练道心的颂声，满是怀念与悲伤的哭声，在宏伟的光明殿里越飘越高，然后被一道钟声暂时请回尘世。

无论是离宫的圣钟还是教枢处、天道院的圣钟，都同时响了起来。钟声迅速传遍整座京都，然后传向更远处，把教宗陛下回归星海的消息送到大陆的四面八方。

嚓嚓嚓嚓，无数声金属摩擦声仿佛同时响起。在离宫殿间广场的国教骑兵们抽出了自己的兵器，人海里生起一片黑色的潮浪。无论是神弩还是铁枪或是刀剑，都是那样地寒冷，那样地锋利，直直地向着夜空，向着那静穆不变的亿万颗星辰。这不是人间对星海的示威，而是助威，或者说这是一次盛大的壮行，送君离开千里之外。

草月会馆、桂清宫、苔所、清水瓦台、天道殿、秋寓，是离宫里最重要的六座宫殿，便在这时，六道极为神圣宏大的气息从这些宫殿里生出，向着冷清寂寥的夜空而去，然后不知道在何处相遇，变成了可见的六道光。

那些光的颜色并不相同，看上去就像是一道彩虹。从来没有人见过夜里的彩虹，离宫里跪倒在地面上的人们，京都里跪在各处的民众们，纷纷抬起头来，震惊于天之异象，感伤地想着，这或者便是人间对教宗陛下最后的送别吧？

陈长生知道那并不是彩虹，而是力量。在那六道气息从草月会馆等六座宫殿里生出的那一刻，他以及京都所有聚星境上的修道者，都清楚地感知到了那种力量。这力量来自于六座宫殿里的国教重宝，也来自离宫之间的那片地面，更准确地说，自地面下方的那座阵法。

道门存世无数年，被尊为国教已近千年，而在之前也曾经是好几个著名王朝的国教，要说历史底蕴之深厚，资源累积之丰富，在某些方面，即便是现在的朝廷都不见得比得上，有这样的阵法、有再多不为人知的神器都不奇怪。

比如这时候插在床头的那根火把——白日焰火。这件魔族的圣器在凌烟阁里存放了很多年，是皇辇图的重要组成部分。天书陵之变那夜，天海圣后掷出霜余神枪，毁了凌烟阁，阁里的那些画像被尽数烧成飞灰，霜余神枪不知所终。在人们想来，应该被重新藏在了皇宫里。

谁能想到，白日焰火竟是归了离宫。曾经的魔族圣器，后来的大周重宝，现在只是一件普通的照明事物。圣洁炽烈却不刺眼，而且没有任何温度的光线，落在教宗苍老的面容上，相信不会让他觉得有任何不适。

陈长生坐在榻边，念完了第九遍长生经，站起身来，望向白日焰火以及被它照亮的幽殿。

国教是教宗陛下留给他的遗产，白日焰火自然也是这份遗产里的一部分。神冕、神杖、六座宫殿里的重宝、离宫里的阵法以及此时还在离宫内外跪拜不肯离去的亿万教士与信徒，也是如此。还有权力。

但他记得很清楚，应该还有份遗产，现在却不知道去了哪里。教宗陛下曾经很清楚地表达过自己的意思，他死后，那件事物要由陈长生保管。

那盆青叶去了哪里？

六道圣洁的气息在夜空里构成一道美丽的彩虹，彩虹的一头在离宫，贯行星海之间，最终还是落回了人间。京都很多地方都被这道彩虹照亮着、装饰着，很难分清楚，哪里承受的光线与祝福更多。

大地上的所有人都可以看到浩瀚的星海，但星光从来没有普照世间过。北新桥近皇城的那口废井底，终年不见阳光，也看不到星光，今天却很神奇地多出了很多光线，那些光线正是来自离宫的那道彩虹的一部分。

过往数百年间漆黑阴森寒冷的地底空间，没有因此变得温暖起来，但至少不再那般可怖，尤其是那些光线照亮了地面的霜雪，也照亮了霜雪之上的很多物事。那些物事让这个与人间隔绝的地方，显现出人间的味道。

到处都是高低不同的炉灶，看着就像是白蚁的巢穴，还有各种厨房用具，锅碗瓢盆样样不缺，火力特别旺的涂州炭堆成了小山，大小厚薄不同的铁锅足有十几个，像湖面一样大的特制桌面上堆满了普通人能够想象得到的无数菜肴。

在对面约三百丈的地方，应该是书房类的地方，没有墙，自然也没有挂书画，只有无比漫长、看不到头的书架，架子上堆满了书籍。顺着书架，又有各种风格的家具依次向着前方排列，书桌，椅子，贵妃榻，直至很远的地方……

那里有一张特别大的床，甚至不比国教学院那面湖小多少。这张床特别华美，雕工极尽奢华，床上铺着三十六层被褥，床栏上镶着七十二颗夜明珠，只凭眼睛看，便能想象得到，躺在上面，会是多么舒服的事情。

叫作吱吱，也叫作朱砂或红装的黑衣龙族少女，这时候便躺在床上，但很明显她并不觉得很舒服。不是因为三十六床被褥的最下方有颗不起眼的豌豆，也不是因为陈长生最后一次送来的蓝龙虾不够新鲜，而是因为她这时候很紧张。

来自离宫的彩虹照亮了地底的洞穴，也照亮了十余里外那面她不想面对的墙。

她是世间最高贵、最神通广大的玄霜巨龙，可以看见数千里外的一片银叶子，自然也能看清楚，那面墙这时候正在发生的变化——那片被霜雪覆盖的石壁上生出了一丛青叶。

36·救赎以及新的传说

那面石墙上刻着秦重与雨宫这两位前代神将的绘像，绘像的手里牵着两根铁链，捆着她的脚，这是王之策当年布下的阵法。数百年来，包括小黑龙自己在内，没有任何力量能够把这两根铁链从墙上拔出来，陈长生哪怕用了西流典和自己的血，也只能期望于两年之后会不会看到可能。按道理来说，附着如此强大的阵法的石壁必然隔绝一切外来的生机，不可能生长出任何植物，但现在却长出了一丛青叶。

那丛青叶只有三片，原本很肥嫩，现在看着有些瘦弱，似乎损了很多精力。

或者是因为那丛青叶的根系太过发达的缘故，无数的细细的近乎肉眼难见的根系，从那丛青叶的下端生长出来，顺着石壁上的绘像不停蔓延，有的寻觅到最微细的裂口，深入石壁内部，便会探进去，然后在彩虹化作的光毫照耀下，近乎疯狂地生长。来自离宫的那道彩虹与那丛青叶，正在试图破除这里的阵法。

小黑龙不知道这是怎么回事，这是为什么，所以她很惘然，然后紧张，小脸苍白，双眉之间那粒朱砂痣格外醒目。

普照世间的不是星光，而是彩虹。彩色的虹合在一处便是无色，悄无声息、无人察觉地照着北新桥，也照着霜花店。霜花店有座看似不起眼，实际上戒备森严的园林，名为橘园，是莫雨当年的居所，也是现在软禁她的监房。

橘园里的阵法在无色无形的彩虹照耀下，仿佛烈阳下的薄雪，悄然融化，没有惊动任何人以及雪里冬眠的蛙。

窗上悬着几串桔子皮做成的小灯笼，很是可爱，光线从里面透出来后是红的，比真实更加温暖。

莫雨跪在蒲团上，对着离宫的方向，闭着眼睛，长长的睫毛微眨，觉得无比温暖。这是教宗陛下对她最后的救赎，或者与当年她安排陈长生进入国教学院有关，或者无关，但都是救赎。

那道彩虹消失了，草月会馆等六座殿里的国教重宝渐渐平静。

北新桥寒意更甚，雪地里的那个黑窟窿似乎都要被冻得裂开来。

霜花店的桔子树上挂着新结的霜，这是罕见的美丽的画面，窗前的灯依然温暖，蒲团上已经没有了人。

教宗陛下的葬礼很快便举行，因为一切都早有准备。白帝城与南方的使团在庆典之后一直没有离开京都，也是因为大家对此都有心理准备。正是因为早有准备，所以世人们虽然悲伤，但并不如何震惊，也没有太多惶恐不安的情绪。

从秋天到冬天，大周连续失去两位圣人，八方风雨更是死伤惨重，如果再算上提前离开的苏离与南方圣女，短短数年时间里，人族的巅峰强者数量急剧地下降，但在世人看来，现在的魔族因为内争损失更大，哪里有胆量南侵。

有人不这样看，比如已经回归星海的教宗陛下本人，除此之外，知晓内情的人随着时间的推移也变得越来越紧张。

离宫已经发出大诰，整个世界都已经知晓，陈长生就是国教新一代的教宗，虽然他还没有正式继位。

令人感到震惊不解的是，没有人在教宗陛下的葬礼上看到他的身影。这是很难以想象的事情，但无论离宫还是朝廷，对此都保持着沉默，双方之间仿佛存在着某种默契。那种默契是什么？是王破和陈长生杀死周通的那个夜晚，教宗与商行舟一番长谈后达成的协议？还是双方都在等待着那一刻的到来？

新年即将来临，黄纸撕落一页，冬阳再次升起，很多事情都会变得不一样。那天，大周王朝将会正式改元，年轻皇帝的地位将会变得不可动摇，离宫举行继位大典，国教将会迎来新的主人。

那位年轻的皇帝与年轻的教宗，是师兄弟。

在历史上，这样的事情从来没有出现过。这也意味着，当朝的皇帝与教宗，都将是商行舟一个人的学生。这也是历史上从来没有出现过的事情。

无论从任何角度去看，这都是世人能够想象得到的人生最巅峰，甚至在这件事情确实出现之前，根本无法想象。

带领整个世界推翻了天海圣后的统治，预言到甚至有可能参与了魔君的覆灭，挥手收服天机阁，再加上亲手教养的两个徒弟将会成为世俗与神圣里权柄最重的两个人，如今的商行舟即便不是神明，也已然是传说。

有些遗憾的是，世间终究没有真正的完美，星空之上的命运不会允许这样的事情发生。

那个问题终究需要解决，不管人们如何不理解，陈长生为何要与自己的老师对着干，不管人们如何想不明白，商行舟为什么如此不喜欢甚至厌恶这个事实上很得人心的徒弟……总之，这个问题必须解决。这不仅仅是他们师徒之间的问题，已经关系到整个人族以至整个世界的命运。

新年那天究竟会发生什么事情？大周王朝的第一次内部战争吗？

风雪不停地落着，草月会馆、桂清宫、苔所都被染成了白色，雪地上可以看到一行孤单的足迹。

离宫外的街道上空无一人，那些著名的石柱之间隐隐有无形的力量在不停地波动。

无论是教士还是诸殿的职事、青藤六院的师生，还是两万余名国教骑兵，没有任何人外出。

朝廷在京都各处的军营保持着最高级别的警戒，更有数名神将率领着天下闻名的玄甲重骑，从北方雪原南归，驻扎在了黑山谷一线，如果按照路程计算，这道恐怖的铁甲洪流竟是二十天前便已经离开了北军府，而那时教宗陛下还活着。

京都里的气氛异常紧张。

新年到来前的最后一个傍晚，依然落着大雪，甚至可以称得上暴烈。今年的京都格外严寒，没有人知道，有很大程度上是因为皇城不远处的那口废井。

落日的余晖非常艰难地穿透云层、雪片，落在了宫墙上，洒下一抹极淡的暮色。

忽然间，一道难以想象的寒冷气息，从那口废井里弥漫了出来。无论是枯叶还是泥土，都被瞬间冻得无比坚硬，就连冰雪仿佛都被以另一种难以理解的形式再次冻了一次，甚至就连暮色仿佛都要冻凝住了。

一道清脆至极的声音，从井底深处传到地面，已经很是微弱，甚至不及随之而来的哭泣声清楚。那是一个小女孩在哭。她一直不停地哭，传达出来的情绪却时时不同，有时候是特别地开心激动，有时候是特别地悲伤难过。

皇城上的军士以及宅院里的民众，都听到了小女孩的哭声，却不知从何而来，遍寻不见。更想不明白，如此寒冷的天气里，怎么可能有小女孩可以在外面待着，还能活着，还能不停地哭，从暮色里一直哭到深夜，依然没有停歇？

那天之后，北新桥一带除了恶龙的传说，又出现了新的传说。新传说的主角是一位被狠心的婆婆害死的童养媳。

37 · 雪夜谈话

夜深寒意更重，废井旁的冰雪已经冻得仿佛坚石一般。

一只小手出现在井沿，在皇城灯光的照耀下，很是白净，甚至要比满天的冰雪都还要更白，仿佛也更冷。随着那只小手的用力，冰雪簌簌而碎，一个小姑娘从井里爬了出来，这画面，真的很像一个恐怖的故事。

小姑娘站在雪地里，呼吸遇着空气，变成一团冰晶笼成的雾，不是因为她的气息有热度，而是因为太冷。她穿着件黑色的衣裳，有些破烂，很是陈旧，在这满眼的白雪里，非常醒目。

时隔数百年，吱吱终于离开了阴森、对她来说格外逼仄的地底世界，来到了真实的人间。此时的人间，早已经忘记了当年那条传闻中格外暴虐的玄霜巨龙，她对此时的人间，也充满了陌生的感觉。

她的神魂曾经被天海圣后强行抽离龙躯，进入那只黑玉如意，陪着陈长生去了一趟周园。在那段日子里,她见过京都的街巷,湖畔的青树,汶水的繁华以及那座暮色下的山峪。但对于现在眼前的一切,她依然是陌生的。

这时候的她不是一缕神魂,而是真实的以及全部的。她的赤足能够清晰地感觉到雪地传来的松软触感以及温暖。她的发梢能够清晰地感觉到冬风带来的轻柔感以及惬意。

她能用自己的眼睛而不是意识看到真实的风雪,她甚至能够看到雪云后方那片真实的星空。数百年不见的繁星啊,原来你们还在同样的位置,散落着一样美丽的银晖,南方群岛的家乡可还会是从前的模样吗?

陌生感与真实感在她的意识里不停地纠缠、冲撞,然后变成最真实的怯意。她并不知道,在不远的将来自己将会成为人族世界里新的传说,虽然作为一名高贵强大的龙族,她的存在对人族来说本身就是一个传说,她只是害怕这个陌生的世界。——这个世界是人的世界,是充满了人的人间,而人就是她最害怕的对象。

无论高贵还是卑微、强大还是弱小,生命在最脆弱、最惘然、最害怕的时候,总是习惯性地想要找到最熟悉的依靠。那个依靠可能是一棵树,可能是一块石头,可能是一面窗,也可能是一个人。

周通临死前已经神识恍惚,只知道往北兵马司胡同爬。她这时候的意识里也只有一个人的名字,那就是陈长生。

陈长生是她在这个世界上最熟悉也是最信任的生命,而且基于某些隐秘的原因,她坚持认为他对自己要负责任的,所以她回过神后,毫不犹豫便向着不远处的国教学院走去,赤足在雪地上踩出一道清晰的痕迹。

国教学院以及相邻的百草园,现在都戒备森严。国教骑兵以及朝廷的军队,把整个街区堵个了水泄不通,按照各自阵营沉默地对峙着,气氛异常紧张,谁也不知道下一刻会发生什么。

京都局势不停地变化,随着教宗陛下回归星海,人心所向不知如何,但人们的判断则是慢慢地向着朝廷方面在倾斜。国教学院的师生不停地离开,现在还留下的人数已经不到最开始的三分之一。十八名南溪斋的少女以及苏墨虞自然留了下来。但他们很清楚,他们已经无法影响接下来的事情,真正能够决定结局的那两个人,此时正在湖畔的大榕树下。

今夜京都无眠，因为很多人都知道，那对师徒正在进行最后的谈判。

最近数日风雪很大，国教学院与京都别的地方一样，都积了层厚厚的雪，湖畔的枯草被尽数掩盖，只是在微微隆起的地方可以看到一些枯草尖儿，给人一种特别倔强的感觉。

大榕树的树叶早就已经落光，光秃秃的枝丫还是那般地结实，足以承受好些人站在上面。陈长生不在树上，而是站在树下的雪地里，因为他的老师也站在雪地上。

这是天书陵的那个清晨后，他们师徒二人第一次相见。那次在神道上他们擦肩而过，仿佛陌路，目不斜视，今次才是真正的对视。可以清楚地看到，现在的对方与西宁镇的时候已经有了怎样的改变。

陈长生已经是教宗，但他没有穿神袍，戴神冕，执神杖，而是穿着国教学院的院服。黑发被梳得一丝不苟，然后结了一个最简单的道髻。穿过黑发固定道髻的不是什么珍贵的乌木叉，而是一只普通的木筷。

商行舟满头黑发，不见霜色，同样梳得一丝不苟，眉眼之间尽是贵气与沉稳，说不出的潇洒与随意，衣着也很简单，只是一件青色的道袍，仿佛他并不是真正的当世第一人，而只是一个普通道士。

如果有人看到这幕画面，应该会生出一种感觉，这对师徒，其实从某种意义上来说很像，这种相似不仅仅在于外表，更在于眉眼间那抹极深的漠然和隐藏在平静外表下的疏离感。

陈长生准备开口说话，却不知道该说些什么。他和站在雪地对面的那个人已经有数年时间没有说过话了。对修道者来说，数年是很短的时间，但他总觉得很漫长，漫长到西宁镇那座旧庙的相关回忆都变得有些模糊。至少是某些方面的回忆已经难以追清。

他还清楚地记得把旧庙里的道藏搬走之后，墙上斑驳的痕迹。他还清楚地记得离开前的那天晚上，师兄炒了四盘样式与味道都不相同的青菜，其中一盘里放了很多的蒜，却忘了最后与师父说的话是什么内容。

这个时候，商行舟说话了。

"你是我从溪边捡回来的，虽然我事先就知道你会在那条溪里，但没有我，你或者被溪水淹死，或者被那条老龙吃掉。总之是我救了你一命，而且是我把你养大成人，所以你的命是我的。"

今夜是最后一夜，明天会是新的一天，如过往无数天同样的新的一天，却是新大陆的第一天。这场雪地里的谈话，将会决定京都甚至整个大陆的人们能不能够如过往这些年一样，安宁喜乐地迎来新年的朝阳。

谁都没有想到，这场谈话开始得如此突然，进行得如此强硬，以至于开场白听着就像落幕词。

38 · 师徒战心意

你的命是我的。说这句话的时候，商行舟的神情很平静，就像在讲述人世间最简单却又是最不容置疑的真理。就像太阳东升西落，星空永世不变，鸡蛋要用菜油煎才最好吃。

听完这句话，陈长生很自然地想起那年离山内乱中最著名的画面。

君臣、父子、师徒，是世间最难突破的三条规则。当时秋山家主说了父子二字，像秋山君这样了不起的人物，为了破掉这两个字，也不得不一剑刺穿自己的胸膛。

陈长生该如何办？其实所有人都知道，他们师徒二人间一旦矛盾完全暴发，商行舟必然会用师徒之义砸将过来。苏墨虞等国教学院师生、离宫里的教士们，对此都深感忧虑，可也无法替陈长生想出好的方法应对。

陈长生对此当然也有心理准备，设想过很多次这样的画面，所以并不意外。他没有说话，更多是在回忆。听着师父的声音，想起离山的画面，看着湖畔的冬树，想起唐三十六说过的话。那已经是很久以前的事情了。

当时，他和唐三十六站在大榕树下，看着落日下的京都，近处的皇宫以及远处的离宫。唐三十六说了很多话，很多与警惕有关的话，也可以理解为是对他师父的坏话。

紧接着，陈长生想起了教宗回归星海的那一夜，他一个人在离宫的雪地上走了很久。在那之前，他便已经对教宗说过，会如何理解以及对待这段师徒关系。

他不是秋山君，商行舟也不是秋山家主，自戮一剑的方法没有意义。他不知道师兄余人在皇宫里也尝试过类似的方法，即便知道，也不会效仿。因为这种方法必须建立在一个基础上——秋山家主疼爱秋山君，商行舟疼爱余人。

陈长生很冷静地确定一个冷酷的事实，他的师父从来没有喜欢过他。

在彻底想通这件事情的那一刻，他获得了真正的自由与平静。那么就像他对教宗说过的那样，就像唐三十六教他的那样，说话吧。

"谢谢你。"陈长生看着商行舟说道。

不管那些恶心丑陋的阴谋、对婴儿的无耻伤害，你在溪里救了我，把我养大，那么……谢谢你。然后，就没有然后了。

他神情平静地看着雪地对面，眼神明亮，没有再说一个字。

长时间的安静过后，商行舟微微眯眼，缓声道："这就完了？"

陈长生想了想，问道："您是想要把这些年的生活费要回来？那么，一共是多少钱呢？"

说话的时候，他的神情很认真，一点都不像是在开玩笑。因为这件事情本来就是不能开玩笑的。就算我承认你救了我的命，但我已经谢了你，你还想要怎么样呢？要生活费？你说啊，我全部还给你，我已经有钱了，我还有一个特别有钱的朋友。

当年在大榕树下，唐三十六说这番话的时候，眉都飞了起来，仿佛要燃烧在暮色里，得意非常。陈长生想起当时的画面，唇角也忍不住扬了起来。

商行舟也开始发笑。他的笑声很清朗，完全不符合他的年龄与经历，与陈长生记忆里的那个沉默而不起眼的中年道人完全不同。

大榕树上承着的积雪簌簌落下。笑声骤然停歇。

"整个世界，只有你我师徒三人清楚，为何我不会让你留在京都。"

商行舟看着陈长生冷漠说道："因为你是陛下唯一的弱点或者说漏洞。"

很多人不理解商行舟对陈长生的态度为何会如此强硬，那是因为他们不知道余人与陈长生之间的感情。

前些天大雪纷飞时，年轻的皇帝陛下站在雪地里，拦住了商行舟的去路，秋山家主进贡的玉佩轻轻摇摆——他的决断与意志暂时保住了陈长生的性命，也再次加深了商行舟的忌惮。如果将来有人用陈长生来威胁余人，会如何？

当然，现在陈长生已经是国教的教宗，按道理来说，没有任何人可以再利用他。可是，如果陈长生自己生出别的想法，以教宗的权力再加上余人对他的情感，结局又会如何？

陈长生懂得，但不接受，对商行舟认真说道："师父你应该很清楚，我不是这样的人。"

商行舟的神情没有任何变化，说道："人都是会变的。"

他在这个世界已经活了千年，看过太多风云变化，沧海桑田，见过太多人心变故。他很清楚，随着地位权势的改变，甚至有时候往往只是因为座次的缘故，曾经忠心耿耿的下属便会心生叛意，曾经生死与共的战友便会刀枪相向。兄弟反目这种事情在大周朝的历史上早就屡见不鲜。

陈长生没有见过那些风雨里的旧事，依然还是如初春新风一般的年轻人。虽然他现在已经见过很多腐朽以及黑暗。

他对商行舟认真说道："我不会变成那样的人。"

商行舟说道："我不相信你。"

陈长生说道："那难道您就不会对皇位起觊觎之心？"

商行舟说道："不会，因为那样会违背我的道心本意。"

陈长生说道："师父你相信自己能够顺心意而行，绝不会贪恋世间的权势荣光，那为什么不相信我？"

商行舟说道："因为我很清楚自己的心意落在何处，而你还太年轻，根本不知道自己的心意为何，又如何能把持？"

陈长生现在自然知道，自己这位师父的毕生追求便是完成太宗皇帝陛下的遗志，灭掉魔族，为人族谋求一个真正光明的未来，替大周建立下万世不变之根基，为此不惜任何代价……

凌烟阁上的那些画像，画像里的那些传奇功臣，有多少是死在这位计道人的手里？

为了推翻天海圣后的统治，这个世间已经有多少人死去，还会有多少人死去？

商行舟坚信自己做的这些事情是正确的，坚信自己是正确的，没有任何愧疚，更没有任何压力。他的道心始终通明，轻若鸿毛，随意而转，上碧穹游七海，又如磐石，便是洪水滔天又能如何？

陈长生修的也是顺心意，自然懂得。因为懂得，却不会心生慈悲，只会生出一股锐气。他清楚地看到了商行舟道法里唯一的那个漏洞。西宁镇的旧庙教会了他很多，商行舟也教会了他很多。

"你不喜欢我，因为我是师兄唯一的漏洞，但还有一个更重要的原因。"

陈长生看着师父的眼睛，说道："你害怕看到我。"

39 · 最深的阴影

那天林老公公奉旨进入国教学院的时候，陈长生就说过类似的话。商行舟当时在离宫，正在与教宗对话，对此的反应和现在很相似。

"真是幼稚。"

陈长生的眉眼间依然留着几分稚意，但谁都能看得出来其间的坚定。他知道自己的看法是正确的。

天海圣后已死，教宗回归星海，魔君坠入深渊，王之策隐居世外，当今世上能与商行舟分庭抗礼的人物已经极少。

他道心通明，道法无碍，境界高深莫测。他统治着大周王朝，拥有白帝城的友谊。他看似无懈可击，甚至近乎完美。但他依然有破绽，有漏洞。那个破绽不是别人，就是他一直不喜欢的幼徒陈长生。

西宁镇旧庙旁有条小溪，溪上飘着花，顺流而下。庙里藏着三千道藏，但师徒三人修的只是一种，都是顺心意。顺心意，是极为强大的道门神通。

唯立于星空之下，俯仰无愧，回首无憾，方能无所畏，无所惧，道心通明，道法无碍。

在西宁镇旧庙的十余年里，商行舟不曾教过余人和陈长生任何道法，只是让他们诵读道藏，然而一旦他们开始接触具体的修行法门，便会以一种令人瞠目结舌的速度提升。陈长生三年破境聚星，余人在天书碑之间自由行走，全部都是来自于此。

相对应，这种道法对心意的要求极高，仿佛高山之巅的雪莲，不能被任何尘垢沾染。如何才能做到不为外物所惑，如何才能拥有不可撼动的意志与自信？一字记之曰心。

只需要你能够说服自己。你能说服自己这样做是对的，是符合自己心意的，那么……自然顺心意。这听上去很简单，实际上并非如此。

如果往灵魂的最深处望去，如果是在与世隔绝的暗室里，有几个人能够真正地说出无悔二字？谁能坚定地认为自己做的所有事都是正确的？

数百年前，商行舟还是国教正统传人里的一位，他本可以按照既定路线行走，直至成为教宗陛下。但他选择了另外一条道路，他用计道人的名义生活在这个世界上,当吴道子在凌烟阁里画出一幅幅画像的时候,他便负责把画像里的那些人送归星海。那些画像里的人都是人族的英雄,都是大周的功臣,就这样死在阴谋里。其中有些人比如秦重和雨宫神将自愿赴死,其余的那些国公呢?

凌烟阁里的英灵一直在看着商行舟。或者更早就已经在百草园里死去的那些冤魂,也一直在看着商行舟。这次的动乱里死去的无辜者,想必也会在看着他。但这些依然无法影响到商行舟的道心,因为他有很多理由可以说服自己。

他瞧不起绝情灭性的所谓枭雄,最厌憎黑袍那样不敢见天日的谋者。他把自己视为太宗皇帝陛下的继承者,心怀天下自然可以不顾小节——为了大周王朝存续万载,为了人族的光明将来,这是必然的代价。

可是有一件事情,到现在为止,商行舟都还没有找到合适的方法来说服自己,那就是陈长生。是的,溪里飘着的木盆,盆中的婴儿,黄金巨龙垂下的龙须,一切都是阴谋。

但他第一眼看到的陈长生,不是魏国公,不是王之策,不是天海,不是权重一方的将军,不是富甲天下的巨豪,不是长袖善舞的贵妃,不是面目可憎的太监,不是慷慨激昂、清谈误国的书生,不是老成持重却爱惜羽毛的大臣,只是个……婴儿。一个连眼睛都还无法睁开的婴儿,一个无知无觉无识的婴儿,一个无善无恶无念的婴儿。

他找不到任何理由说服自己这样做是正确的。这十四年里,他每看到陈长生一次,便会生出一次疑问,道心上多出一道阴影。

西宁镇的旧庙生活很简单,不见比相见难无数倍。陈长生从一个婴儿变成了一个春风般的少年。商行舟道心上的阴影,已经浓得像是夜色一般。

"我知道老师你对我并没有愧疚之情,此事无关善与恶,只是你无法说服自己,说服自己永远是最重要的事情。"

陈长生看着商行舟说道:"所以,我的存在对你来说,是很可怕的事情。"

佛宗在覆灭之前,曾经有过所谓心障的说法。他现在就是商行舟的心障。

商行舟想要尽一切办法除掉这个心障,如此才能真正保持道心通明。他希望陈长生死,又不能亲自动手,因为那样不会有任何效果,会让心障变得越来越深,而且再也没有机会被抹掉。

数天前,就算余人没用那般决然的方式把他留在雪宫里,他也不会去北兵马司胡同,而是会去离宫。

当初在天书陵神道上,他从神道上走来,看都没有看一眼陈长生,也没有阻止陈长生把天海圣后的遗骸带走,便是已经想明了后事。他要用这些事情为由头,很自然地让陈长生死在别人的手里。好些次,他都已经很接近成功。

比如林老公公要为年轻的皇帝陛下扫除执政的障碍与威胁,借天海圣后遗骸一事发难,私下出手意图杀死陈长生,却没有成功。比如借着薛醒川的遭遇,以周通为引,让陈长生主动出手,然后再杀之。

"可惜的是他们都没有成功。"陈长生说道。

"我没有想到,你早就已经看明白了这一切,不过无所谓。"

商行舟的神情有些遗憾,说道:"如果不是王破,你那天已经死在铁树的手下。"

林公公在国教学院里忽然出手的时候,陈长生就已经想清楚了所有事情。但此时看到师父的遗憾,依然觉得有些难过。

商行舟看着他继续说道:"我对你师叔发过誓,不会对你出手,事实上也是如此,无论林或者周,都不是我刻意做出的安排,一切都是自然之事。如果你坚持留在京都,这样的事情会越来越多,而且并不为我的心意所左右。"

这句话难辨真假,也不需要辨真假。

人的心意总是在真真假假之间浮沉,纵把那花色香都看化,也无法看透这些。

雪湖对面的院墙上,出现了十余位青衣道人的身影。那些青衣道人境界高深莫测,衣袖轻飘间,隐有杀意。

40·风雪里走来的黑衣少女

"真的要这样吗?"陈长生的视线落在雪湖对面。

这些青衣道人的存在已经不是秘密,很多人都知道,他们来自东都洛阳,一个曾经寂寂无闻的小道观。

"我说过,我没有安排过任何事情。"商行舟说道。

桃李不言,下自成蹊。太阳的高度决定着很多植物的生长角度。像商行舟这样的大人物,什么都不用做,不用安排,自然会有很多人愿意为他杀死陈长生。因为他已经通过很多事情,表明了自己的态度。

陈长生收回视线，望向商行舟说道："哪怕这会是一场战争？"

他依照教宗陛下的遗旨，前来国教学院与商行舟进行这次重要的谈判，自然有所安排。离宫里已经严阵以待，国教骑兵随时可以发起冲锋，青衣道人们来到湖畔的同时，相信茅秋雨等人也已经来了。

最重要的是，他现在是教宗，如果商行舟依然坚持要杀他，那么必然会引发一场毁掉整座京都的战火。

"离宫里会有很多人支持我。"商行舟很平静地说道。

作为大周王朝当今唯一的圣人，皇帝陛下与教宗的老师，商行舟现在的声望已经高到一种夸张的程度。而且他是国教正统传人，无论从哪个角度看，都有资格入主离宫。不要说离宫里的那些普通教士，就算是那些红衣主教，甚至就连五位巨头里，只怕都有些人愿意接受他的降临。

只不过教宗陛下的遗言以及后续手段非常强硬，大诰亦已颁行天下，现在的国教才能保持着团结以及统一。

如果商行舟真的行险——即便他无法亲自出手，也有足够的力量，强行把陈长生杀死在国教学院里——只要动作够快，动静够小，那么接下来会发生怎样的事情？

风雪笼罩着京都，也笼罩着国教学院，与风雪一道的，还有黑压压的、难以看清楚数量的军队。

一个小姑娘从风雪那头走了过来。小姑娘一身黑衣，微低着头，略有些宽的衣领变成了一个黑色的帷帽，遮住了她的容颜。很神奇的是，她顺着长街一直走到百花巷口，没有一名骑兵发现她的身影。直到来到近处，巷口的朝廷高手与离宫教士才看到了雪地上的足印，发现了她的存在。

"站住！"有人沉声喝道，不知道是朝廷的将军还是哪位红衣大主教。

今夜极有可能出大事，京都陷入在无比紧张的气氛之中。这时候忽然有一个小姑娘从风雪里走了过来，任谁都会觉得诡异。

听着这声音，黑衣小姑娘身体微颤，继续低着头向着巷里走去，脚步变得更加匆匆，感觉有些害怕。当然，这样的反应也可以理解为嚣张。

"找死吗？"

巷子里的阴影中响起一道阴恻的声音。百花巷里的建筑在前些天的几场风波里已经被朝廷的骑兵尽数推平，只有那幢有些纪念意义的茶楼，还残着半座。

就在黑衣小姑娘走过那座残楼的时候，随着那道阴寒的声音，一道更加阴寒毒辣的剑光，从阴影里一道刺了出来。那道剑光异常明亮，与夜里的风雪一混，却又是那样地不起眼，剑势更是可怕至极。更可怕的是，随着这道剑光乍亮，巷口阴影里隐隐有星屑弥散开来。

率先出手的是一名聚星境的刺客，应该是来自天机阁。刚被朝廷收服的高手们，总想尽快地证明自己的价值。前些天他们在北兵马司胡同对陈长生的那次围杀，最终变成了一场混乱且无结局的乱战，今夜他们不想再次错过机会。

接下来发生的事情，没有任何人事先能够预料得到。无论是巷子里的那些刺客、军方高手、王府供奉，还是巷尾处的那些离宫教士、诸院强者。

阴寒的剑光到来时，那个小姑娘依然低着头，把脸藏在帷帽里，什么反应都没有。

然而，那道剑光就这样碎了，变成了无数碎片，消散在了夜空里，与风雪真正的混在了一起。这里说的碎是真正的碎，那个刺客的剑直接碎了，于是那些剑光才会随之而碎。世上能够应付聚星境刺客的人不多，能够直接碎掉一名聚星境刺客的剑……很多人没见过这样的人。

这并不是真正的结局，因为剑光碎了之后，紧接着还有样事物碎掉。

那个刺客碎了。只是嗡的一声轻响。百花巷里的风雪骤然间变成了粉红的颜色，仿佛有谁向里面洒了几大桶颜料。

紧接着，数十截肉块像暴雨一样落在了地上，仔细望去，才能看清楚那应该是人类的肢体以及内脏。鲜血狂飙，断肢坠落，所有这些事情都发生在极短的瞬间里。然后人们才看清楚场间的画面。

那个黑衣小姑娘依然低着头，脸在帷帽的阴影中，无法看清，但向前方伸出了一只手。那只手很小，很白皙，如雪莲一般，只不过这时候上面淌着血水，分外鲜明，格外触目惊心。她的小手出现的地方，现在是一片风雪，先前就是那个聚星境刺客的位置。暗巷一片死寂。

片刻后，数声惊恐与愤怒交杂的啸声响起，一名天机阁的刺客与两名军中强者化作三道风雪攻了过来。

啪啪啪三声轻响，就像是三颗葡萄熟了，又像是冰面上出现了三道裂口。三道风雪骤然碎去。三名朝廷的高手再次变成三蓬血雨与碎肉！

没有任何人看清楚那个黑衣小姑娘做了什么动作，因为事实上，她什么动作都没有做。她只是向着风雪里伸出了手。风雪便会听从她的意志，抹杀其间的一切存在。然后，她终于抬起了头。

黑色的帷帽落下，如瀑的黑发落下，露出一张少女的脸。那张脸无比雪白，仿佛终生未曾见过阳光，容颜清丽，却自有一股无比凛冽的气息。

最引人注意的是她的眼睛。那是一对竖瞳。看上去异常妖异。

这时候她眼里的情绪非常复杂。有些追忆，有些不安，有些畏怯，又有些癫狂。这种眼神，加上她雪白小脸上沾着的那些血水，看着无比恐怖。

忽然，她伸出舌头，舔了舔唇角的一缕血水。看到这幕画面，隐藏在黑夜与风雪里的高手们感到了一阵发自灵魂最深处的恐惧。

41·她这样想着（上）

这些高手或者来自军方，或者来自天机阁，或者来自清吏司，不知经历过多少生死厮杀、见过多少惨烈的画面，按道理来说，再如何可怕的场景也不至于让他们心生悸意，可黑衣少女只是舔了舔唇角的血，便让他们感觉到无比恐惧。

有些心志不坚的人甚至身体都战抖起来。因为这份恐惧已经超出了经验与理智的范畴，来自他们灵魂的最深处，仿佛是在他们出生之前无数年，便已经在星空之上烙印下来的痕迹。

黑衣少女站在雪地里，赤着双足，脚踝间拖着一根铁链，看着就像是一名囚犯，很容易令人心生怜意。但此时，巷口所有人的心神都无法注意到这些细节，已经被她展示出来的强大以及眼神冻成了冰块。

那双琉璃般的眸子里，无论是癫狂还是不安、追忆还是畏怯，在满天血雨与残肉之后，尽数变成漠然。那甚至是对死亡的漠然。

这太可怕了，她究竟是谁？很多人已经注意到黑衣少女拥有一双妖异的竖瞳，难道是位隐世的大妖？那么与白帝城有什么关系？有些人下意识里望向百花巷中段某处的风雪——妖族中生代的最强者小德现在便在那里。

当人们看到小德时，再次吃了一惊。小德这时候很怪异，像是生了一场重病，脸色苍白，纵使在寒冷的深冬时节，也在不停地流汗。无数热雾从他的头发间与皮袍间不停向夜空里散去，依然无法掩住他眼睛里的惊怖与恐惧。

身为妖族大将，逍遥榜强者，小德当然自信，就算是面对从来都无法战胜、令人绝望的王破，也断不至于害怕成这样……只有当初在寒山涧畔遇到化身中年书生的魔君时，他有过类似的反应！

看到这幕画面，人们很是震惊，再次在心里喊出那个问题。她到底是谁？所有人都惊恐不安地看着巷口那个黑衣少女。

就在这个时候，又有意外发生。黑衣少女忽然弯下腰开始呕吐。

她不停地吐着，似要把身体里的所有东西都吐出来才觉得舒服。

不知道过了多长时间，她看起来好过了些，直起了身体。但当她看到雪地上的一片狼藉，雪白的小脸上涌现出两抹羞怒的红晕与恼意。她开始不停地跺脚，同时不停地抱怨着什么，黑发乱舞，看着就像受了刺激或者委屈的小女孩，很是生气。雪白的赤足不停地落在雪地上，铁链不停地乱响。

轰轰轰轰！巷口仿佛有雷不停炸响，雪地震动，天地不安，寒冷的空气拼命地挤压，然后向远方逃去。一道难以想象的强大气息出现了，随着她的动作不停地撕扯着所有事物。无论是最柔软的风雪还是最坚硬的青石，无论前夜才新布置的阵法还是百花巷南已经修了三百年的那堵老墙，在这道恐怖的气息之下，都变成了最细微的碎片。

隐藏在夜色与风雪里的那些朝廷高手，哪里还敢停留，被纷纷逼将出来，如箭矢一般，向着远方飞走。一时间，国教学院外到处都是破空声与惊恐的喊叫。

不知道过了多长时间，黑衣少女停止了跺脚，低着头站在原地，微微隆起的胸口起伏着。

巷口的积雪尽数消失，先前呕吐在雪上的那些秽物也不知去了何处，只剩下地面。地面上出现了十余道极深的裂缝，有热气从里面生出。

通过这番发泄，她平静了些，不再像先前那般生气，只是看了眼手上与身上的血水，妖异的竖瞳里再次生出怒火。这一次不待她有任何动作，朝廷高手们再次破空而避，恨不得立刻飞出京都。就连远处巷围的国教强者们也下意识里向后退了数十丈。

幸运的是，她没有再次变得癫狂起来，依然保持着平静。她看了身上的那些污血一眼，那些污血便被极致的寒冷冻成了霜片，然后簌簌落下。

这画面看似简单，但在夜色里那些聚星境的修道者眼里，却仿佛神迹。能够在如此短的时间里把温度降到这种程度，需要多少数量、多么精纯的星辉真元？就算八方风雨这等层级的神圣领域强者能够做到这一点，谁又会浪费如此多的星辉真元，只为了让自己变得干净些？

看着这幕画面，人们再次震撼，再一次在心里喊出那个问题——她究竟是谁？

黑衣少女不知道人们在想什么，也不在乎，对此毫不关心。她向着巷里走去，脚踝间的铁链在地上拖行，发出当当的清脆声音，然后变成轰的一声闷响。

那座曾经陪伴过国教学院兴衰枯荣、观看过很多场诸院演武之战的茶楼垮了。塌掉的茶楼未能溅起任何尘埃，因为有无数风雪自天空里呼啸落下，在最短的时间里覆了厚厚的一层，把碎石与烟尘尽数盖在了下面。

她迎着风雪前行，风雪自行避开。做为血统最纯正、最高贵，大概也是唯一存世的玄霜巨龙，风雪本就是她的臣民。

她从那口废井里爬出来后，不知道应该去哪里，所以，来了国教学院。当然，那也是因为那盆青叶把铁链从石壁上拔出之前，她给出过自己的承诺。

从北新桥一路迎着风雪行来，她不曾觉得寒冷，反而觉得双颊有些微烫。因为自由的感觉真好，也可能是因为她要见着他了，以自由的身份。

但当要走到百花巷时，她感到了不安和畏惧，因为她感觉到了夜色里隐藏着很多人。那些人在人族里算是强者，虽然还不足以威胁到她，但已经能够构成一些麻烦。可是她的不安与畏惧与此没有关系，她只是……害怕人多。

很多很多年前，她从南方温暖的海洋来到这片陌生的大陆寻找父亲，曾经被很多人围住过。她不喜欢像蚂蚁一样围在一起的人群，那会让她有些厌恶，让她有些不安。她觉得陈长生给出的那个解释很对，这叫密集恐惧症。

她更不喜欢不管是在天上飞，还是在地上走，总会有那么多人指着她喊着什么，嚷着什么，哭着什么。她不明白，自己什么都没有做，这些人类为什么要哭呢？因为弱小而害怕？那难道自己要因为强大而感到抱歉吗？

她这样想着。

42·她这样想着（下）

登陆之后的第七个夜晚，她被一只阴险的银龙从云后偷袭，受了不轻的伤。

随后的半个月她无法化龙，只能在地面行走。既然总得与人族接触，那么只好承受。如果那些人类只是哭喊只是咒骂只是指指点点，她或者还可以忍受，但当乡间那个姓周的书生涨红着脸冲过来说要除四害的时候，她再也忍不住了。

做为一只高贵的玄霜巨龙，最重要的是她很爱干净，怎么能让那个浑身酒臭的男子靠近自己？

那天她像今夜一样伸出了手。于是那个姓周的书生死了，变成了一蓬血花。

数百年前的那蓬血花要比今夜盛放得更加美丽，姓周的书生碎得更加彻底，变成了粉末随风而逝。

或者是因为当时她的脚上没有这根铁链的缘故。她这样想着。

总之姓周的书生死了，后来据那位万恶的王姓书生说，他还上了当地的县志，成了万民颂扬的英雄。

对此，她不理解，也不怎么在乎。那个县的百姓后来组织了十几支乡团义军想要杀她，然后被她杀了很多。那个县里的人都很乱七八糟，想必县志也是乱写的。她这样想着。

可是，人多了真的很恼火啊。她对这方面的记忆非常不好，当她今夜感知到国教学院四周的无数人后，第一个反应就是不安，然后畏怯。她用帷帽遮住自己美丽的容颜，加快了迈动赤足的速度，想快些进入国教学院，却还是在百花巷口被人发现了。

那个天机阁的刺客从风雪里潜出，想要杀死她。这个刺客没有什么味道，和数百年前那个姓周的书生相比。但做为一只高贵的玄霜巨龙，被如此冒犯，自然要做出适合她身份的反应。这种反应甚至比她的思考速度还要更快。那就是让对方去死。

那个天机阁刺客直接碎了，变成了血与肉炸开，然后落在了雪地上。

她觉得舒服了很多，内心深处对人群的畏怯感变淡了很多，与之相伴，内心的暴戾情绪渐渐提升。紧接着，她又杀死了两名人类强者，随着鲜血的泼洒与死亡的来临，所有的畏怯与不安尽数消失，暴戾情绪引发了嗜血的本能冲动。

她本能地舔了舔唇边的血水，本以为那会是香甜而可口的，谁知道竟是那样的污秽及腥臭。因为现在的大陆元气稀薄，所以人类变得难吃了很多？还是说……最近这几年陈长生送来的吃食太丰富，养刁了自己的胃口？她这样想着，然后难以抑制地恶心起来，不停地呕吐。

这情形令她感到非常恼火，让她对弱小的人类以及可能暗藏恶意的陈长生生出很多怨气。她开始发脾气，像受了委屈的孩子一样，不停地跺脚，把风雪都吓走，把地面都踩裂，把整个世界都吓了一跳。

风雪再起，她向国教学院走去。她的身形并不如何庞大，相反有些娇小，但随着她的来临，百花巷里的空间隐隐变形，竟似要被撑破一般。

夜色里隐隐有血水溢出，不知道是没有来得及逃走的刺客，还是一些被直接震昏的军士。避至远方的朝廷高手们，感觉到那道恐怖的气息愈发真切，那种强大的压迫感仿佛要变成实物。

小德的脸色更是难看到了极点，苍白得没有任何血色。他对这道气息的敏感度要远远超过人类强者。

这道气息明明还没有完全成熟，却仿佛来自原始之初的蛮荒，带着远古的悠悠意味，对人族来说，这道气息强大而恐怖，而对妖族来说，这道气息更是直接碾压着他们的灵魂，让他们根本生不出任何抵抗的念头与勇气。

小德的身体不停战抖。按道理来说，他就算不是这名黑衣少女的对手，至少也可以稍微拦阻一下对方的脚步。然而他无论如何调动真元，强化意志，甚至直接狂化，都无法积蓄出足够多的勇气，甚至连向前踏出一步都不敢。这种生物阶层之间的先天压迫感实在是太可怕了。

现在他还能留在巷子里，还能站立，没有跪倒在雪地上，已经证明了他的强大与骄傲。只是这依然远远不够。

黑衣少女注意到了这名妖族的存在，转头望了一眼，有些感兴趣。被她的目光触及，小德的灵魂仿佛被圣火烧灼了一下，眼睛里的恐惧之意狂涌而出，再也不敢做任何停留，霍然转身消失在了夜色里。

就在小德消失后不久，夜色里传来了一声悠悠的叹息声。黑衣少女的脸上露出一抹警惕的神情。没有任何事情发生，那声叹息之后，再也没有任何声音。

离此地约十四里的奈何桥上，妖族皇后牧夫人登上了七色鹿拉的辇，向着京都外驶去。国教学院湖畔的雪地上，商行舟转身望向奈何桥方向。他微微挑眉，有些意外。牧夫人和妖族使团的离开，意味着，从这一刻开始，在大周朝廷与国教之间，白帝城将会保持中立。

为何会有如此大的变动？要知道，这极有可能改变整个大陆的局势。自然是因为那位穿着黑衣迎风雪而来的小姑娘。

与高傲冷清的天凤不同，龙族曾经在这个大陆上写下过太多故事。对妖族来说，久不在世间显露踪迹的龙族，依然是他们最根深蒂固的信仰或者说精神寄托，而且红河两岸的妖族能够立国，据说与玄霜巨龙一族有很紧密的关系。

国教学院的围墙破了，黑衣少女走了进来。十余名青衣道人站在风雪里，形成了一个看似散乱、实际上近乎完美的阵形。

她能够感受得到这些人类的强大，然后，她看到了湖对面雪地上那个中年道人。她被关在北新桥的井底数百年，还是见过不少人族强者，比如王之策，比如秦重，比如天海圣后，比如教宗，比如苏离。但事实上，她只怕苏离和天海，因为这两个人真的敢杀她。

现在，令她感到隐隐畏惧的人类又多了一个。她有些紧张，但没有停下脚步。

她走过雪湖，来到陈长生身前，清了清嗓子，说道："你好，我是你的守护者。"

43 · 守护者

开口说话之前，她先清了清嗓子，显得很镇定，甚至有些孩子般的俏皮。但商行舟和陈长生都听得到她的声音在微微战抖。

不是因为以自由之身与陈长生相见而激动，而是因为不安。她觉得自己离那个中年道士太近，有些危险。这时候的她还不知道此人就是陈长生的师父，但她很清楚地感觉到，对方有能力伤害甚至杀死自己。

世间有能力伤害甚至杀死她的人类强者很少，偏偏她今夜刚刚脱离数百年之囚，便遇见了一位。这让她有些面对宿命般的挫败感，以至于不敢向商行舟望一眼，只是盯着陈长生的眼睛，显得格外认真而专注。

她并不知道，在商行舟的眼里，她也是非常危险的存在。人类在道藏里记载得非常清楚，对于龙族这种星空下最高阶的生物，怎样警惕都不为过。更何况她是龙族里血统最高贵、最强大的玄霜巨龙，娇小的身躯里，充满着无数人类强者梦寐以求却永远不可能拥有的能量。如果她学会使用那些力量，或者那些力量哪怕被动地爆发出来，必然会造成无比可怖的声势与惨烈的后果。

她畏惧着商行舟，商行舟警惕着她，陈长生只是很吃惊。他没想到，她居然从井底脱困了!

就算他和徐有容当初使用的方法是正确的,他的血液在西流典的升华驱使下正不断地加快那根铁链被时间侵蚀的速度,按照他的计算,至少还有两年时间那根铁链才会断,而且她离开地底后为何不赶紧离开她最不喜欢的充斥着人类气息的这片大陆,回到南方温暖的群岛,却来到了国教学院?

这场谈判多了变数,而且隐隐对他有利,可陈长生并不喜悦。他不想自己之外的任何人或事参与到这场谈判里来,无论是离宫教士、国教学院师生、离山与槐院还是此时正在夜宫里忧虑的师兄。而且她说的这句话是什么意思?

守护者?陈长生记起道典第七卷晨光约里的相关记载,然后想起了那天夜里教宗似乎无意间提到的一些往事。

无论国教还是以前的道门,要保有万世不变的道统,必然极为看重传承。当代的教宗往往会提前很多年便开始布局,教育培养传人,那些年轻的弟子极具修道天赋、潜质惊人,但要成长为能够带领道门不断向前的真正强者,还需要很长时间,要经历很多考验。而道门正统传人的数量向来很少,比如上一代只有教宗与商行舟,这一代也只有余人、陈长生以及商行舟不知用何方法予以确认的牧酒诗。

如此长时间且充满艰难困阻的修道之旅,如此少的传人数量,从逻辑上来说,道门的传承应该随时都有可能断绝。然而无数年来道门传了无数代,始终没有出现过这样的情况,除了那些传人都像寅与商这对师兄弟一般了不起外,还有一个非常重要的原因,那就是当这些年轻的传人在世间游历修行的时候,道门往往会请一位极为强大或者极有地位的前辈做为那个传人的守护者。

道统万载不灭,这种规矩也维持了很多代,比大周朝还要更加悠久。如果陈长生在西宁镇旧庙的时候以国教正统传人的身份生活,那他确实应该拥有一位守护者,而且那位守护者必然是大陆有数的强者,甚至最有可能的便是八方风雨里的一位。但当时整个大陆没有人知道他的身份,现在他已经成为了教宗,还需要守护者吗?又为什么是她?

"原来,寅说的人是你。"

商行舟的神情平静,不显惊诧,明显事先便已经知道了这件事情。

他看着小黑龙说道:"时隔数百年,你终于能离开北新桥那口老井,得获自由,为何不回南海?"

"因为这是我的承诺。"小黑龙站在陈长生身前,看着他认真说道。

很明显,商行舟给她带来了极大的压力,她的小脸上写满了紧张,但依然坚定。

商行舟忽然问道:"你会保护他吗?"

她仰着脸,很是傲然地说道:"当然。"

商行舟继续问道:"你愿意在星空的面前与他结为一体,爱护他、尊重他、安慰他,就像爱你自己一样,不论他生病或是健康、富有或贫穷、成功或失败,都始终把他的名字放在自己的名字之前,直至离开这个世界,回归星海?"

这段话就像清风,徐徐而至,又如惊雷,隆隆不绝。这是教典里最古老的文字之一,这是守护者的誓言,这是离宫的规矩。

她沉默了会儿,说道:"我愿意。"

商行舟问道:"哪怕要为之付出生命?"

她没有任何犹豫,说道:"是的。"

数年前在北新桥底,她已经为陈长生付出过比生命更加重要的东西,至少在她自己看来是这样的。当然,这并不代表着她就真的愿意不问任何条件就为陈长生而死,也不代表她不怕死。做为拥有漫长生命的龙族,死亡是它们很少考虑的事情,但正因为生命过于漫长,所以偶尔想起时,便会生出远远超出普通人类的恐惧。

她盯着商行舟的眼睛说道:"王之策当年都不敢杀我,只敢把我囚禁,我不相信你敢杀我。"

在修道世界的普遍认知中,龙族往往是永生不灭的。之所以会有这种违背事实的印象,主要的原因在于,龙族是星空之下层级序列最高级的生命,拥有着无比漫长的岁月与难以想象的强大实力,而且无数万年前,龙族退出大陆的时候,与诸方世界形成了一项公约——任何主动冒犯龙族的生命必须死。

这项公约能够一直传到今天,最主要的原因当然不是魔族与人族多么重视承诺,依然还是源自于龙族的强大。无论魔族还是人族的巅峰强者,即使面对一只落单甚至虚弱的巨龙,都很少会尝试做什么,因为龙的身体里都有一颗神魂珠,一旦那只巨龙被杀死,神魂珠便会破灭,它远在南方的族人感应到后必将进行极为疯狂的报复。

就算是当年太宗皇帝陛下统治的大周王朝,也不愿意承受这样的代价。当年小黑龙到处肆虐，王之策用计擒住她，始终没有杀她，除了她有可恕之处，更重要的还是因为不好杀以及不好杀，这两个不好杀当然是不同的意思。

无数年来，龙族始终是远离大陆却倍受敬畏的对象。但在某些历史时刻，偶尔会出现一些意外。

44·关于理想以及命运的礼赞

所谓意外，是因为当时的大陆上出现了一些人族强者或者魔族强者。那些强者太过强大，甚至强大得有些过分，甚至令整个世界都感到意外，根本没有把龙族放在眼里。

比如魔族一代传奇通古斯大学者，便特别喜欢用龙血进行研究，在他那漫长而枯燥的一生里，不知有多少龙族死在雪老城那间看不到阳光却终年对准着月亮的实验室里，弱小一些的玄霜巨龙甚至听到他的名字便会吓得从天上掉下来。又比如山海剑的前代主人便曾经与数只恶龙在山海之间恶战连连，据说被染红的那片海洋后来出产的海参特别名贵。又比如说千年来最强的那只玄霜巨龙在雪老城获得了魔君的友谊，最终却被周独夫变成了周园里的那片山岭。

再比如说那个叫苏离的人。当初在雪原温泉畔，小黑龙看到苏离第一眼的时候就差点吓死了。她感觉得很清楚，这个人曾经杀死过很多条龙。

勇于屠龙的人并不见得是真正的猛士，因为可能会失败，只有屠龙成功的人才称得上强大。

那么像苏离这样专程远赴南海，为了确定龙族到底有多强大，剑斩无数巨龙的人又算什么？好吧，他本来就是个难以形容的意外，近乎疯狂的例外，不能以常理推论。

小黑龙不知道商行舟是谁，但能感觉出这个强大的道士也应该归在意外的范畴里，所以有些刻意地提到了当年的那件往事。在她想来，即便龙族的凶名无法吓退对方，但提起王之策这样传奇的名字，此人总应该肃然起敬才是。

商行舟的反应很平静很淡然，完全出乎了她的意料。

"传闻中你的性情很残暴，往往一言不合便要吃人，从南方登陆之后，不知多少村庄县城被你毁为废墟。"他平静看着她，就像长辈看着调皮的小孩子淡然说道，"但当年在霜花店看见你的时候，我就知道传闻并不真实。"

霜花店是京都很不出名的地名，陈长生能够知道，是因为莫雨的橘园在那里的缘故，普通人很难记得住。但小黑龙如何能够忘记？数百年前，她就是在那里被大周朝廷的高手擒获，无力地躺在地上喘息着，整座小桥的表面都凝了一层浅浅的霜，那个该死的王姓书生从桥那头走了过来，踩出的脚印就像一朵朵盛开的花……

霜花店的名字，或者便是这样来的。

"当年……你就见过我？"小黑龙看着商行舟，内心的不安与隐惧变成了强烈的警惕。

"我当然见过你，王之策用来缚你的铁链，就是向我借的。"

商行舟的视线下移，落在她的脚上。她双脚之间有根看着有些短、实际上非常长的铁链，与白雪形成极其鲜明的对照。她赤足踩在满是白雪的草地上，仿佛感觉不到任何寒冷，此时听到商行舟的这句话，却觉得冷了起来。

商行舟继续说道："这根铁链是离宫的宝物，师弟能把它从墙上拔了出来，却没有办法弄断。"

小黑龙与陈长生对视一眼，沉默无语。

都说时光最有力量，历史最为厚重，那么这些厚重的力量，都在商行舟的言语之间。天机老人已逝，教宗陛下回归星海，魔君坠入深渊，王之策隐居世外，有资格与他话当年的人已经没有了。从这个角度来说，他就是历史，就是时光，只不过在过往的那些年月里，他没有写下自己的名字。

"同伴与战友纷纷死去，还有一个像鬼般藏在群山之间，那么我就不能再继续藏下去。"

商行舟看着他们二人，生出些感慨的情绪，似是想到了一些很久远的故事，悠悠说道："因为我们都是守护者。"

陈长生明白他的意思。无论有多少尔虞我诈、阴谋残酷，但谁都无法否认，在最初的时候，太宗皇帝和凌烟阁诸臣都是一群很彻底的理想主义者，他们抛头颅、洒热血，奋斗的目标就是结束天下的乱局，驱逐魔族，要做这片大陆的守护者。

商行舟不只是那个波澜壮阔的大时代的见证者，更是亲历者。他本来就是这些理想主义者中的一员，声名不显，却发挥着非常重要的作用，太祖皇帝与当代教宗结盟，太宗皇帝在百草园之变里最终得到了离宫的全力支持，以及后来与凌烟阁有关的那些冷酷的故事，想必都与他有关联。

当年那些战友或者同伴，或者死去，或者被太宗皇帝和他杀死，或者离开。总之，在漫长的千年之后，只剩下他一个人了。哪怕只剩下他一个人，正因为只剩下他一个人，他当然要把当年那些同伴的命运与责任背负在肩上。

他要成为这片大陆的守护者，他要执行太宗皇帝的遗命，他要实现同伴们的理想。人族一统，魔族俯首，千秋万代，天下大同。

"没有人能阻止我。"

"也没有人应该阻止我。"

"包括你在内。"

商行舟看着陈长生平静而坚定地说道。

陈长生不知道该说些什么。

便在此时，夜空里传来了一声鹤鸣。有白鹤自南方万里归来，代替他做出了回答。

有风徐来，对普通人来说很寒冷，对大榕树下的二人一龙来说，只能算是清冽。

湖面上的雪被吹得簌簌乱动，就像是早已经被埋在雪底的那些枯叶。

没有星光的夜晚，依然并不寒冷，也不黑暗，因为无论朝局如何变化，京都的万家灯火永远照亮着人间，已经无数年。

白鹤带来了徐有容的书信，表明了圣女峰无畏的态度。牧夫人乘着鹿辇离开，表明了白帝城的态度。离山与槐院的态度不用问。

至于最关键的国教，就算有很多人愿意支持商行舟，但在教宗陛下的遗命之前，又有谁敢明着反对陈长生？

有些压抑的寂静过后，商行舟的声音再次响了起来。

"当年在溪边拾到你的时候，我曾经说过，你的命很不好。"

他看着陈长生说道："现在看来我错了。"

来自西宁镇的少年道士，现在成为了史上最年轻的教宗。他在娘胎里便日轮崩毁，本来命不过二十，现在却是经脉重筑、星窍完美，修道前方一片坦途。他有整个国教支持，有很多势力支持，还有了一位守护者。任谁来看，这命都很好，值得赞叹。

然后呢？

45 · 不如不见

以前，陈长生的命很不好；后来，他的命很好。换句话说，他的命运被改变了。——那天夜里在天书陵峰顶，天海圣后替他逆天改命。从那之后，他的修道之路一片平坦，笼在头顶十余年的那片阴影消失无踪，只剩下一片光明。

当然，随着命运与地位的改变，他遇到了一些新的、当年怎样都无法想到的考验，即便神杖在手，想要成为国教之主也是万分困难。幸运的是，教宗陛下在回归星海前已经替他做了很多安排，已经把前路铺得尽可能平整些。从某种意义上来说，教宗陛下也改变了他的命运。

教宗陛下为了把这份伟大的遗产交到陈长生的手里，做了非常缜密而妥当的设计，不提离宫里的彩虹，橘园蒲团上消失的身影，只说北新桥井底的星光与石壁上的三片青叶，便能够看到他的良苦用心。

教宗选择小黑龙做陈长生的守护者，当然是因为她足够强大，除了神圣领域强者，当今的大陆上没有几个人能够战胜她，但更重要的原因还是在于她的身份，因为她是无数万年前帮助妖族建国的玄霜巨龙一族的公主殿下。

白帝夫妇应该很早便知晓有一条玄霜巨龙被人族囚禁在皇城附近，却没有对此发表过意见，或者是因为当年太过久远，或者是因为所谓情意总是敌不过价值，教宗不理会这些，直接把她救了出来，就是要逼白帝城接受这份人情。

就算白帝夫妇想装聋作哑，红河两岸的那些部族与元老们可不会同意。

教宗行事明月清风，一辈子都没有玩弄过什么阴谋诡计，但毕竟在这个世界上活了千年时光，很了解人性。妖族与人族在这方面没有任何区别。他算对了。

小黑龙离开北新桥井底，在风雪里走向国教学院。牧夫人叹了口气，乘着七色鹿辇离开了京都。

到此刻为止，陈长生并不能完全明白教宗陛下的良苦用心，因为他太年轻，哪怕通读道藏，记得很多传说与故事，却很难联系到现在。所以在听到商行舟接下来的这几句话后，他依然怔了很长时间，才想明白其中的意思。

"你知道寅当年的守护者是谁吗？"

"不知道。"

"陈玄霸。"

这真是一个谁都想不到的答案。千年以来,这片大陆上最闪亮的名字有两个——一个是周独夫,一个是太宗皇帝。

但在陈玄霸死之前,谁都不敢说,周独夫与太宗皇帝可以称霸这个世界。与漫漫历史长河比较起来显得异常短暂的十余年时间里,他在不同的领域与这两个人分庭抗礼,各领风骚,光彩夺目,惊才绝艳。

这样的人,堪称举世无双。就算教宗陛下当年是道门正统传人,按道理来说,也没有资格让如此了不起的一代霸王做他的守护者。除非这件事情里还有什么隐情。

"陈玄霸应该是你的祖辈,甚至有可能,你就是他留在世间的精血重筑,所以寅是在还债。"

商行舟说道:"现在你明白他的意思了吗?"

陈长生沉默了很长时间,点了点头。教宗陛下的爱护与怜惜可能来自很多方面,比如还债,比如愧疚,比如承诺。这方面,他没有仔细地思考过,但他一直都很明白教宗这些安排的意思。他的师父不喜欢他,想他死,这并不代表着,他也想对方死。这也就意味着,他和商行舟之间,其实并不见得一定你死我活。他如果继续留在京都,那必然会成为动乱之源,除非他决意率领国教向朝廷开战。他当然不会这样做,因为他找不到任何理由。难道他要夺了师兄的皇位吗?

至于罪恶……他清楚商行舟在这方面有足够的底气来回应质询。朝廷新立,即便想要作恶都还没有机会,现在的所谓丑陋罪恶,在于周通,而无论陈长生情感上的倾向,周通的罪恶,更多应该算在天海圣后的身上。

陈长生望向商行舟问道:"那您呢?您明白师叔的意思了吗?"

商行舟没有说话。那日一夜长谈,再到今天看着那只小龙从风雪里走来,他已经完全明白了寅的意思。

是从何时开始,长生变成了自己的心障?或者也应该从天书陵那夜算起?那年在溪畔捡到或者说接到木盆里的婴儿,他感慨对方命不好,那是因为他已经知道了对方的命运。

陈长生还没生下来就日轮崩毁,又被异大陆的人们灌注进了难以想象数量的圣光,没有任何可能活过二十岁。

当初他对陈长生说逆天改命,当然是骗他。他从来没有想过,陈长生能够逆天改命成功，就算再如何天赋惊人，要知道，离开西宁镇的他距离二十岁也只剩下了数年时间，就算周独夫重生，王之策黑化，又如何能够做成这样的事呢？

事实证明他的看法是正确的，直到天书陵之变，陈长生依然无法逆天改命成功，就连一丝希冀都看不到。他以为陈长生会死，或者被天海吃掉，或者寿终而亡，然而谁能想到，天海竟然出乎所有人意料，做出了那样的选择。

如果说这是他布置的一盘大棋，天海的死亡便是这局棋的胜负手，他以为自己已经获得了这局棋的胜利，谁知道往棋盘上一看，却赫然发现，有一颗本来应该死去的棋子，现在还好端端地留在棋盘上。

本应死去的棋子还活着，看似毫无趣味的残局顿时生出了无数变化。这颗在棋盘上的棋子，仿佛已经超越了棋盘的范畴，这让商行舟感到非常不安以及警惕。于是在朝阳里的神道上，他做了一个决定。他要陈长生尽快死去，要尽快让这颗棋子消失。所以在神道上，他看都没有看陈长生一眼。所以，才会有后面这么多的事情。

直到那夜长谈，他才隐约明白了过来。因为这颗棋子与他的关系，因为他修的道法，他对这颗棋子过于重视，被牵扯了太多精力。寅说的是对的。

既然相看两厌，相见不如不见。商行舟转身向国教学院外走去。就像当初在天书陵的神道上，他没有再看陈长生一眼。十余名青衣道士们随他离开。

这一切发生得太过突然，毫无征兆。

就在这时，一道声音在陈长生的识海里，毫无征兆地响了起来。

"走得远一些。"

"不要让京都看见。"

"不要让天地看见。"

"不要让我看见。"

46 · 逐日者的悲伤

这是商行舟的声音。不要让京都看见，不要让天地看见，不要让他看见……如果看见了怎么办？那句没有说出口的潜台词，谁都知道必然与死亡有关。

陈长生没有说话，看着风雪里的夜色，眼睛明亮，眼神平静。在他的心里，也有一句话，那必然是与回归有关。

夜里的风雪没有变疾，也没有变小，国教学院四周数不清的骑兵，依然在警惕地对峙着。

商行舟回到皇宫，那些青衣道人恭谨行礼，然后离开。

他站在风雪里，看着正殿侧窗上年轻的皇帝陛下被灯光剪出的身影，生出一抹欣慰的神情。一切终究都是值得的。

雪地上响起簌簌的声音，那是靴底在踩破松软雪面。辛教士来到了他的身后，低声说了几句什么，显得格外谦卑。

梅里砂回归星海后，教枢处始终没有迎来新的主人。这座教殿在国教里的地位很特殊，隐藏实力极强，便是茅秋雨也不方便领事，只不过暂代了数月时间。

在很多人眼里，深受梅里砂信任并且与国教学院关系密切的辛教士，应该是最有可能执掌教枢处的事宜，只是现在资历浅了些。

没有人知道，辛教士其实还有个身份，他是清吏司的密探。更加没有人知道，前些天周通被追杀，最初拨动周狱地底阵法琴弦、把周通逼出来的那个人，也是他。

原因很简单，前途一片光明的辛教士，不可能甘心继续做周通的一条狗，他希望周通死。当然，如果不是他已经得到了某种承诺或者说保障，相信他的勇气会到来得更晚一些。

"京都暂时无事，离宫三年无事，你在教枢处守着意义并不大。"

商行舟说道："替我去南方看看圣女峰与离山的情况。另外，告诉长生宗，把我要的那个东西送过来。"

辛教士有些吃惊，不知长生宗要送给道尊的东西是什么，竟如此重要。但他没有说什么，领命而去，很快便消失在了风雪里。

湖面上的积雪先前被寒风拂走，露出平滑的冰面，映着远处的灯火，看着就像一大片琉璃。琉璃的上方隐约有些小点，那是她先前留下的脚印。可能是看到这片湖冻成的琉璃，让陈长生想到了一些对她来说很重要的事情。

"那些夜明珠和宝藏，你都带着了吗？"

北新桥井底的地下洞窟里，石壁上镶着千余枚无比珍稀的夜明珠，地上堆着金山银山。那些是小黑龙的珍藏，也是她能够熬过漫漫数百年岁月最大的精神力量来源。陈长生很清楚她对这些事物的重视程度，所以提醒了一句。

"当然带着的。"

小黑龙拍了拍腹部，豪气冲天，就像刚刚喝了十八碗烈酒的好汉。

变成人形的她，很是娇小，比陈长生要矮两个头，看着就是个十一二岁的小女孩，做这样的动作，难免会显得有些滑稽，当然也很可爱。

陈长生知道她的黑衣便是龙鳞，无法分离，也无法装太多东西，而且她也没有空间法器，不由很是好奇，那些东西被她藏在了哪里。

"你真是笨死了。"小黑龙有些生气，拍着腹部说道，"我都说了在这里啊。"

陈长生这才注意到，她的腹部微微鼓起，就像是贪吃的孩子。原来，她竟是把那千余枚夜明珠和难以计数的金山银山珊瑚海……都吞进了肚子里。今后几年倒是不用担心没有钱用了，不过难道每次用钱都得让她吐出来吗？陈长生觉得这实在有些不洁，然后很自然地想到，除了吐出来还有一种办法，顿时有些不安。

"你不要瞎想啊！"小黑龙很快便反应过来，吼道，"你要再敢胡思乱想，我就一口吞了你。"

陈长生心想如果你真生吞了我，最后还是要吐出来，或者那般，脸色更是难看。

小黑龙还是很快便明白了过来，脸色比他更加难看，缓缓举起了拳头。这拳头很秀气，在风雪里看着就像是孤枝梅花，煞是可怜。

轰！国教学院里响起一记雷声，地面震动不安，大榕树上的积雪簌簌落下。雪湖表面出现数道裂缝，裂缝相交的地方是水面，浮沉的碎冰里，隐约可以看到一个人。

她把那个人抓了起来，就这样拎着，走回了藏书楼。

因为保护书籍的需要，藏书楼里的灯烛都是特制的，温度相对较低，就算再多盏，烘再长时间，也很难把湿透的衣衫烤干。

陈长生坐在数十盏灯火之间，寒冷的湖水不停地流淌到乌黑的地板上。被一拳轰进冰湖里，浑身湿透，寒冷刺骨，无论怎么看，这都是很悲哀、很值得生气的事。他没有这些情绪，因为完美洗髓的身体，可以承受住这样的重击，完美聚星后，世间普通的寒热，根本无法侵袭他的身心。

当然，最主要的原因还在于，她这时候有些异常。按性情来说，本应得意的黑衣少女，这时候坐在他的对面，沮丧地低着头，甚至隐隐有些悲伤。

"怎么了？"

"我的力量变小了。"

"可能……是刚刚脱困，还没有习惯？"

"不。"

她看着脚踝之间系着的那根铁链，说道："如果没办法斩断这根铁链，我永远没有可能战胜你师父。"

陈长生这才知道她担心的是这个事，安慰说道："就算斩断这根铁链，你也打不过他。"

她很生气，喊道："你这是在安慰人吗？"

陈长生认真说道："是啊，因为这是客观事实，我小时候有只黄金巨龙想要吃我，结果被我师父赶走了。"

在龙族里，黄金巨龙与玄霜巨龙最是高贵强大，无数万年前，黄金巨龙一族离开这片大陆后，便以玄霜巨龙为尊。他说的那只黄金巨龙，据余人师兄后来的描述，应该就是当年黄金巨龙一族里的成员，而且极有可能是位真正的皇族。

那只黄金巨龙当然比现在的小黑龙强大无数倍，却依然不是他师父的对手。在他想来，小黑龙因为担心无法战胜自己师父而难过，这真的很没有必要。谁会因为追逐不到太阳而悲伤？

谁会？当然是那些勇敢或者说疯狂的追日者。

她的视线落在他腰间的短剑上。当年第一次看到这把剑的时候，她就感受到了那道宏远、熟悉、值得敬畏或者说警惕的气息。后来听陈长生讲了些当年的事情，她便确认，这把短剑就是那只黄金巨龙的第三根龙须。

能够战胜一位黄金巨龙皇族，并且把对方最珍贵的第三根龙须截下做为兵器，那个人该是多么地强大，多么地自信。从那时候起，她便知道，陈长生的师父是个很可怕的人类。如果有可能，她当然不会与这样的人类为敌，可是……从今天开始，我就是你的守护者。那个强大的人类想杀你，那我当然就要想办法战胜他，然后杀死他。

所以，我有些难过。

47·被放逐的教宗

难过只是情绪，并不意味着绝望，小黑龙低着头，看着雪地上那行足迹，开始快速地思考计算。当年那只黄金巨龙皇族从异大陆归来，破开晶壁时，损耗了多少实力？商行舟能够轻易地战胜它，自然是依靠了主场的优势，而且必然提前做好了准备。如何通过这场战斗准确地判定此人的真实境界？如果自己的铁链开了，能有多少机会战胜此人？

陈长生猜到她在想些什么，说道："不要再想了。"

小黑龙抬起头来，盯着他的眼睛说道："教宗让我做你的守护者，必然有什么意义。"

她和陈长生都不知道，教宗陛下把她从北新桥底救出来，让她做陈长生的守护者，主要看重的是玄霜巨龙一族与白帝城之间那层复杂的关系。

再一次听到守护者这个名词，陈长生沉默了会儿，忽然说道："你知道我师父当年的守护者是谁吗？"

小黑龙摇了摇头。

陈长生望向风雪里那人刚刚消失的方向，说道："那天夜里师叔对我说过……师父他当年没有选择守护者。"

小黑龙的眼眸里闪过一抹异色。

陈长生继续说道："师父他认为修道不能依靠外物，也不能依靠他人，只凭他自己便够了。"

小黑龙沉默不语。这样的人太可怕了。

黑夜过去便是黎明，风雪依然笼罩着京都，大陆迎来了新的一年。新年第一天有很多重要的大事发生，比如大周正式更改年号，比如离宫迎来了新的主人。

就在离宫的新年大典上，发生了一件令整个大陆都感到震惊的事情。依照教宗陛下留下的遗旨与已经提前颁布世间的国教大诰，陈长生成为了新的教宗。

然而，他没有在新年大典上出现，光明正殿里看不到他的身影，自然也就没有所谓的登基仪式。这个消息引发了无数震惊的议论，无论是离宫教士、青藤诸院的师生还是京都里的普通百姓，都感到十分惘然，然后生出很多不安。

纷纷扰扰之际，离宫方面给出了权威的解释。大诰上面有着五位巨头的道血印鉴，还有陈长生的亲笔签名。教宗陛下因为年纪太轻，修道时间不够，决意入世修行，在红尘之中体悟天道。

何时归来？谁也不知道，大诰里也没有答案，只是写得非常清楚，教宗陛下随时可以回京登基。

教宗不在离宫，而是隐姓埋名，于世间潜修？这是历史上第一次出现这样的情形。

震惊与迷茫的情绪，充斥着整座京都甚至整个大陆，以至于很多人都没有记住大周朝新的年号是什么。

当这些情绪终于被时间稍微冲淡了些后，人们回首望向刚刚过去的一年，回想起前任教宗陛下做的那些事情，才隐约明白了些什么——这一切都是前任教宗陛下的安排。

陈长生如果留在京都，会让朝廷感到极度地不安，这种不安必然会导致战争的发生。他离开京都，会让朝廷……更准确来说，会让商行舟感到安心很多。

虽然直到现在，也没有几个人理解，商行舟为什么会如此警惕、排斥、厌憎陈长生的存在。就像陈长生早就想明白的那样，就像商行舟昨夜在国教学院风雪里感慨的那样，相看两厌，那便不见。

给这对师徒一些时间，一些距离。给朝廷与国教之间一些时间，一些距离。给这个世界以及黎民万姓一次机会。不一定需要一场战争，不见得一定要立见生死。

陈长生依然是教宗。只是不能留在京都，不能留在离宫。

就算这场残局最终还是会走向你死我活，至少可以有些落子的空隙。现在解决不了的问题，等到将来，或者双方会拥有更多的智慧来解决。这就是前任教宗陛下的安排，现在看来，也是最好的解决方法。

当然，前任教宗陛下的安排还有更多的细节，以保证陈长生就算离开京都，离宫也可以保证自己的立场。这种前所未见的局面有着极其复杂的成因以及条件，完美地体现了教宗陛下的智慧以及耐心。

做为继承者，陈长生现在需要做的事情，便是接受这种安排，继续提升自己的智慧以及耐心，还有力量。他需要凭借智慧与耐心活下去。只要活着，便是教宗。待到山花烂漫时，再说。

不是所有人都能够看明白这件事情,更没有几个人明白前任教宗陛下这个安排里的良苦用心,以及离宫通过此事展现出来的决心及气魄。当震惊的情绪散去后,人们看到的事实很简单。——陈长生继任了教宗,却被赶出了京都。任谁来看,这都是朝廷的胜利。

很多人以为,这是商行舟不愿意朝廷与国教开战,也不愿意否决教宗遗旨,所以做出的一种宽容的姿态。宽容自然是居高临下的。

不在离宫的教宗,怎么看都有名无实。甚至比有名无实还要更加惨淡。

这是一位被放逐的教宗。

正统纪年正式结束。天海圣后对这片大陆的统治,成为了史书上的一页,已经被翻过去。

大周王朝正式改元新国,南北合流宣告成功。春回大地的时候,无数事务便将落到实处,现在已经有很多修道者,奉旨从天南来到了北方,加入了各大军府。

妖后伏诛,魔君受死,雪老城内乱,教宗辞世,万象更新,大陆的未来一片光明。人族毫无疑问必将迎来太祖陛下之后最好的时代。

没有人知道,就在一个平常无奇的冬日里,新任教宗陈长生离开了国教学院。他出了百花巷,汇入人群,沿着洛水行走,走过奈何桥与离宫前的石柱,出了城门,离开了京都。

他的怀里揣着一封信,腰间系着一把剑,手里提着一把伞。在他的身旁,有个穿着黑衣的小姑娘。小姑娘生得清新可人,脸上却没有任何表情,显得格外冷漠。她的怀里抱着一盆青叶。

陈长生走得不快,但小姑娘很娇小,想要跟住他,脚步便必须快起来。随着行走,她的黑发在寒风里荡起然后落下,怀里的青叶同样荡起然后落下。那不是春风里荡起的双桨,而是她和这个世界应该有的模样。

48 · 我们去南方

从新国元年开始,整个大陆都只关心一件事情。不是被驱逐的教宗,不是合斋的圣女峰,不是王破回到了槐院。那件事情比所有这些加起来都更加紧要——魔族入侵。

前年秋天，魔君死，南客走，新君初立，魔族内部一片混乱，雪老城里到处都是血；天气异常寒冷，寒冬提前到来，风雪交加，收成奇差，不知多少魔族小部落被迫远离雪老城，魔宫最重视的狼骑出产数量不及往年的三分之一。

任谁来看，这都是魔族最弱小的时刻，没有几个人能想到，魔族竟会选择这时候大举入侵。"大举"这两个字意味着疯狂、不惜一切代价。

可能是风雪严寒带来的生存危机，直接转变成了魔族嗜血的欲望。还有一个非常重要的原因，那就是当年的魔族太子汗青，守天书陵六百余年，终于离开了京都，穿越莽莽雪原，回到了雪老城。

按照与商行舟的约定，白帝城通过某种隐秘的方法，把他送进了雪老城，联系上了一直忠于他的某些元老会成员。通过魔宫里传出的情报，他再次确信当前真正统治魔域的并不是魔宫里的新任魔君，而是魔帅以及那位神秘的军师黑袍。

他认为魔帅与黑袍虽然联手推翻了自己那位曾经雄霸大陆的魔君父亲，但并不意味他们真的互相信任，相反，没有了天空里的阴影，二者之间的信任随时都有可能变成泡影，他们必然互相警惕，甚至随时准备向对方下手。至于魔宫里那位年轻的新任魔君，不过是个可怜的傀儡，就像根草般在两道寒风之间摇摆，随时可能被波及，然后死去。

汗青想要利用魔帅与黑袍之间的紧张关系。因为历史原因，他不可能与黑袍合作，所以理所当然，他先联系了魔帅。

他知道魔帅不会完全相信自己，但他不在意，他真正想要联手的对象，是那位年轻的新任魔君。那个孩子在魔宫里孤立无援，想必日日惶恐不安，这时候如果能够得到他以及他身后的力量支持，必然会欣喜若狂。而且，他们是亲兄弟。

事后来看，汗青的想法并不为错，甚至可以说绝对正确。魔族不是人族，看待这个世界的角度不同，但两者从本质上并没有太大的差别，所有决定事情走向的不过是利益、信任以及彼此之间先天强弱的关系。

汗青会失败，是因为一开始他的判断就出了问题。

魔帅与黑袍之间可能真的有问题，但那位年轻的魔君却并不是他以为的孤苦无依的傀儡。事实上，直到他死以后，整个大陆才知道，雪老城叛乱的主使者并不是魔帅，也不是黑袍，而就是所有势力怜悯或者无视的那位年轻魔君。他才是真正的篡位者。魔帅与黑袍之所以会联手，把那位曾经霸道无双的魔君推入深渊，正是因为他的存在。魔帅和黑袍确实不会信任彼此，但都无比信任年轻的魔君，把年轻的魔君视为最亲近的子侄。

能够同时拥有这两位的信任甚至是忠诚，年轻的魔君是如何做到的？他的父亲曾经是这片大陆上最恐怖的阴影，便是太宗与周独夫联手，也无法将他完全消灭，却被他亲手杀死了。

年轻的魔君究竟是怎样的存在？

把成功的希望寄托在真正的对手身上，怀着利用的心态对付一个无法想象其可怕的对手，没有任何意外，汗青彻底失败了。即将死去的时候，枯守天书陵六百载、风雨不能动的他，也忍不住抬起头来，望向了王座。

那是一位年轻而英俊的魔族，唇角微微扬起，恰到好处地冲淡了魔躯里的贵气与霸气。年轻的魔族是那位伟大的魔君陛下最小的儿子，比南客也大不了多少。逝去的魔君拥有很多子女，汗青是其中最强大的一个，南客是最出名的一个，其余的那些连名字都很难被记住。相较而言，他的名字还算知者颇众，因为他曾经是魔君少主，更主要的是因为他说过一句话。

"我十分想要徐有容。"

不是想见，是想要。这句话在大陆流传开来后，自然引发了人族与妖族的无限怒火，也引发了很多嘲弄。因为那时候，他除了魔君少主的身份，没有更多值得夸耀的地方。无论是修行的天赋还是魔躯的进阶，他都表现得很普通，不如南客，更不要说徐有容。

在雪老城的贵族聚会里，在兰溪画展上，他从来都没有得到过任何美誉，连陈长生都不如，更不要说秋山君。直到现在。

雪老城外烽火处处，城内无数贵族头断身残，碧血连天。魔宫外狼骑呼啸而行，宫里的建筑上到处都是苦战的痕迹。传奇的长兄浑身是血跪在他的身前。魔帅和黑袍安静地站在他的身侧。

他在最前方。

他在最中央。

"你难道会相信自己可以一直拥有他们的忠诚？"

汗青看着年轻的魔君问道。这句话里说的自然是黑袍与魔帅。

"哥哥,你们活的时间太长,想事情往往只能与忠诚、热血、信任、阴谋……这些无趣的旧词有关,我还很年轻,我喜欢一些更清爽的新词,比如理想、梦想、阳光、温暖、春天……南方,还有姑娘。"

年轻魔君的脸上现出一抹动人的微笑:"他们支持我与忠诚无关,而是因为我们拥有共同的理想,或者说梦想。"

汗青明白了他的意思,脸色变得有些苍白。第七魔将与第二十四魔将上前,把他拖离了宫殿,魔宫后方那道深渊正在等待着他。

魔族大军即将出征。年轻的魔君走到殿外,看着雪地上黑压压的狼骑还有那些不停低声咆哮的魔族士兵,忽然沉默了。他不知道想到了什么,有些走神,很久后才醒过来,有些自嘲地笑了笑。

然后,他说了一句日后会很出名的话。

"南方的阳光更好,更温暖,春天更长,南方还有很多姑娘,所以,我们去南方。"

49 · 残酷的乱山

天凉郡,是大陆上最出名的州郡。千年之前,这里便有梁府、陈氏、朱阀,还有早已破落的王家。大陆前后两个皇朝都是发端于此,更有无数传奇人物层出不穷,比如那些帝王,比如陈玄霸,比如朱洛,比如现在的王破。

随着大周皇朝立国,天凉郡的地位更加特殊,被视为祖地,无论赋税还是民政,都享受着最好的待遇,浔阳城的道殿也是国教所有道殿里地位最高的一座,地界也逐年扩展,渐渐成为大陆面积最大的一处州郡。

从地图上看,现在的天凉郡就像一把短剑,汉秋城在剑柄,浔阳城在剑锷,上方还有一片辽阔的土地,如同剑身。这把剑直刺北方,那里是莽莽的雪原,也就是魔族的疆土。

当然,天凉郡最北方的千余里除了十余座军寨及两大军府所在地,其余的地方都是人烟罕见,非常荒凉。在这里人族始终没有建立起有效的控制,更无法让此间繁华起来,因为这里距离魔族太近。

无论世间局势如何,在天凉郡北,人族与魔族的战争从来没有一天真正地停歇过。

去年初春魔族大军南侵后,这里的局面变得更加紧张,而且血腥,往日里荒无人烟的原野上到处都是烟尘,无法计算数量的骑兵彼此冲杀着,即便在京都也极难看到一次的飞辇还有魔族驭使的凶恶异兽,在寒冷的高空里对峙着,就像天神冷酷无情的眼睛。

震天的杀声里,双方的骑兵如洪流一般对撞,溅出无数朵血花以及无数喷涌的气浪。在很短暂的时间里,便有无数人族骑兵倒下死去,同样也有很多魔族最可怕的狼骑被人族的阵法困住,然后被撕成了极其恶心的肉块。

如同彼此的立场,人族与魔族的鲜血颜色截然不同,在白色的雪原背景下对照得极为鲜明,然而随着死去的生命越来越多,那些红色与绿色的血也禁不住终于融合在了一起,那些尸体也叠在了一起。无论壮丽还是丑陋恶心,总之再也无法分离开来。

死亡都无法分离,还活着的人自然也挤在了一起,双方的军队再也难以分清楚彼此,变成了一片黑潮,把辽阔的雪原完全覆盖。在如此高密度、高强度的惨烈战场上,无论是人族还是魔族的阵法都被血气强行撕裂,不时能够听到阵师临死前受到反噬时痛苦的喊叫,不时有修道者或者魔族的强者冲天而起,在黑潮般的战场上杀出一片空白地,意图远离,下一刻却被黑潮重新湮灭,再也无法看见。

能够看见的是黑潮里不时耀出的亮光,每一朵亮光,意味着一名聚星境修道者的死去,星辉迸散。

即便是薛醒川复生,肖张亲至,又或者雪原深处那几座如山般的魔将出手,对这样的战场也没有太大意义。这就是战争,惨烈但非常公平,最终的胜负取决于参加战斗的每一个人。

当然,必须是所有的每一个人合在一起时,才会对这场战争有意义,一旦分开,那么意义便会降低,直至没有任何意义。

比如此时行走在雪原东面那片乱山里的一支松山军府小队,眼看着便要全军覆灭,也不会对这场战争带来任何影响。

问题在于,小队里的所有人都想活着,他们的生死对自己很有意义,所以他们还要继续战斗,哪怕明明不是对手。这支松山军府小队之所以脱离战场,不是因为恐惧做了逃兵,而是领受军命,带着一位重伤的阵师提前撤离。

阵师是战场上最重要的角色，布阵需要把自己的识海以及星辉与阵法构成无法切割开来的烙印，对修道者的要求很高，所以最普通的阵师，也必须是通幽境，而当阵法被破时，阵师会遭受极其惨烈的反噬，所以阵师也是战场上最容易死去的角色。

最重要也最容易死去，理所当然地，阵师是所有将士最敬重的对象，也是最极力保护的对象。为了让那个重伤的阵师能够尽快得到治疗，松山军府小队付出了极其惨重的代价，来到这片乱山时，三十名军士只剩下了十四个人。

追杀他们的有五名狼骑。乱石崩飞，地面震动，烟尘微乱，狼骑的身影再次出现在他们的眼里。

狼骑是魔族最恐怖的兵种，坐骑是雪原里的一种嗜血异狼，毛如钢针，体型巨大，速度奇快无比，而且生性残暴。伴着纷飞的乱石，五名狼骑从烟尘里突出来，把十四名人族士兵围在了中间。

嗜血巨狼高约丈许，骑在上面的魔族士兵头上生着角，身上覆着鳞片，眼睛泛着惨淡的绿色，人字形的嘴里淌着腥臭的涎水。这些魔族士兵与雪老城里的魔族贵族比起来，显得格外丑陋，也更加可怕。这就是低等魔族的真实模样，也是人族眼里魔族的模样。最低等的魔族士兵，也能抵挡洗髓之后的人类，更不要说，这些是最精锐的狼骑。

被五名狼骑包围，再无退路，人族士兵的脸上满是绝望的情绪，但没有人投降，而是把手里的兵器握得更紧了些。

人族与魔族之间的战争，很少会有俘虏，也很少有人投降，原因其实很简单，因为魔族没有接受投降的习惯。从某种意义上说，魔族天性里的残暴，对人族来说是有好处的，因为只需要担心逃兵，而不需要担心会出现叛徒。也正是因为如此，当初很多人都无法相信，离山剑宗的梁笑晓会勾结魔族。

战斗开始了，很快便分出了胜负。虽然松山军府小队可以说完美地呈现了平时的艰苦训练成果，进击防御之间的配合非常好，依然无法抵挡住对方。

狂暴的气浪里充满了血腥的味道，坚硬的岩石上出现了无数道狼爪留下的痕迹。第一轮交锋只持续了数息时间，又有三名人族士兵被杀死。魔族士兵付出的代价，只是其中一名士兵的犄角被砍断。

寒风卷起干燥的雪，重新覆在那些狼爪划出的痕迹上。那个犄角被砍断的魔族士兵非常愤怒，暴吼着发出一连串声音，用铁枪挑起身前一名人族士兵的尸体。嗤啦一声，人族士兵的尸体被撕成了两片。鲜血如雨点般落下。

魔族士兵抓住尸体的上半截，拿到嘴边，慢慢地开始嚼食。那个士兵尸体的下半截也没有落到地面上，被魔族士兵身下的嗜血异狼咬在了嘴里。

喀喀喀喀，死寂的山谷里，只能听到骨头被咬碎的声音。鲜血从魔族士兵的嘴里淌落，也从嗜血异狼的嘴里淌落，落在地面上。

50·怒吼的乱山

人族与魔族的战争，起始于对这片大陆的争夺，但双方之所以战得生死不休，与一件事情息息相关。魔族是吃人的。这是人族最大的恐惧与愤怒，也是最大的勇气来源。

其实无论在哪个年代，人族都不是魔族的主要食物来源。魔族最开始吃人更多像是蛮荒时代的痕迹残留，出于神秘战斗、强化自身、夸耀力量、恐吓敌人方面的考虑，只是随着时间的流逝，这种行为变成了魔族的一种习惯。

到后来，这种恐怖行为对魔族已经不再具有最初时的激励作用，对人类的恐吓效果也大多数转化成了仇恨与勇气。从任何角度来看，这种行为对这场人族与魔族之间的战争都没有任何好处，只能带来负面的效应。

魔族里的有识之士很早就认识到了这一点。只是想要打破一样已经形成的传统，必然会遇到很多阻力。殊不知，对以残暴著称的魔族来说，任何血腥恐怖的事情都是他们最欢迎的精神享受。

直至多年前，那位名传千古的通古斯大学者用了二十年时间研究，最终对这种行为从神学上、风俗起源角度、生理心理诸方面的利弊做出了判定。在著作里大学者非常明确地指出，食人对魔族进阶没有任何好处，反而人族身体里的某种物质会侵染魔族的灰质脑干部分，最终导致食人过多的魔族发疯直至自残而死。同时，通古斯大学者还在神学上对这种行为表示了极冷酷的不屑，断定这种行为是对月神的亵渎。

在雪老城里，通古斯大学者的研究自然没有听到任何反对的声音，就像他过往年间的任何一项研究一样，而那个年代里唯一有资格质疑他的另外一位大学者——南方教宗，也对此终保持着沉默。

或者正是因为这种沉默与往年二人之间激烈争执景象太过不同，反而导致私下有很多议论流传。有些魔族学者怀疑通古斯大学者的立论本身就有问题，离宫里的学者则暗中提出了一个匪夷所思的可能——那本与魔族食人相关的著作，极有可能是通古斯大学者与教宗陛下一起写的，至少教宗陛下在其中提供了很多帮助。

如果这些怀疑是真实的，这件事自然有问题，甚至极有可能是瞎编乱造。但正如先前所言，这是通古斯大学者的论断，雪老城里的皇族与贵族对此保持着沉默，离宫里的教宗陛下也对此保持着沉默，那么还有谁敢提出任何质疑？

随着这本著作的颁行流传，魔族食人的风气渐弱，直至千年前，那位雄霸大陆的魔君终于趁势颁布了禁止令。从那之后，食人这种行为在魔域被全面禁止，尤其是在雪老城里，基本上再也没有出现过。

只是传统的力量实在是太过可怕，魔域雪原太过辽阔，魔族各阶层之间的智识、文明程度相差太多，即便是通古斯大学者与魔君这样伟大的存在，也无法让这种行为完全消失。小部落里的低等魔族依然在偷偷吃人肉，甚至引以为荣。数百年的战场上有多少人族遗体消失不见，数十位魔将里，又有几个没尝过人肉的味道？

现在随着那位魔君的死去，随着魔族与人族之间战争变得无比惨烈，这项禁令的约束力更是严重减弱。

在这片雪原的偏僻处，到处都有这般残忍的画面出现，比如此时的乱山。

那个魔族士兵与嗜血异狼不停地撕咬着人族士兵的尸体。鲜血从它们的嘴角淌落，落在坚硬而寒冷的地面上。

看着这幕画面，终于有人承受不住，发出一声悲鸣，扔掉手里的武器，向着山道后方跑去。然而他没能逃出多远，便被守在西南方的一名狼骑追上，伴着一声短促的惨叫，变成了地面上一摊模糊的血肉。

人族在战场上每天都会接受这种血的教训。——只有和同伴们在一起战斗才有生的希望，任何背叛与逃亡都是死路一条。

恐惧与愤怒向来是双生子，当那个士兵恐慌逃跑的时候，其余的十来名士兵则是变得无比愤怒。愤怒是勇气的最大来源，士兵们再次紧紧握住了手里的兵器，向着那五名狼骑发出了吼叫。

这支松山军府小队的队长是名洗髓多年的老兵，他的战斗经验很丰富，所以比所有下属都要冷静得多。当惨呼与怒吼相继响起的时候，他还在观察四周的地形，判断当前的局面，同时思考脱困的方法。

　　他的视线落在担架上，默默说了声抱歉。他的小队必然全军覆灭，必然要动用最后的两个手段，但即便成功，一个活人也都不会剩下来，到时候，担架上的这名阵师或者被严寒冻死，甚至有可能被饿死，会很凄惨。

　　阵师是战场上最受敬重与欢迎的人，战死也就罢了，但不应该有这样悲惨的结局。而且这名阵师还很年轻。

　　阵师的最低要求是通幽境，所以一般而言，年龄都比较大。这时候躺在担架上的这名阵师很黑很瘦，脸上满是血污，但通过眉眼依然看出很年轻。这样年轻的阵师，不要说他们这样的普通作战部队，就算是在松山军府本府里，都极为罕见。

　　如此年轻的阵师，必然天赋极高，只要能够活下来，想必一定会拥有无限美好的前途。队长明白，应该正是因为如此，上司才会在如此激烈的战斗里依然让他们专程护送这名阵师离开。

　　遗憾的是，当时正与他们交战的那支魔族狼骑应该也是发现了这一点，所以不惜折损战力，也派出了数名狼骑追了上来。

　　看着逼过来的狼骑，看了眼满怀必死决心的下属，队长扔掉了手里的铁剑，从腰间取出了一样法器。那法器上散发着淡淡的气息微动，与他身体里某件物事隔着盔甲与衣裳互相感应着。士兵们似乎也感觉到了些什么，回首望向了他。他张了张嘴，想要说些什么。

　　士兵们猜到了他准备做什么，脸色变得有些苍白，有名年轻的士兵眼睛都红了起来，那不是愤怒，而是伤心。

　　来不及说服，来不及安慰，魔族的狼骑已经冲了过来，腥臭的气息扑面而至。乱山里响起怒吼。

　　人族士兵向着狼骑发起了反冲锋，无论异狼的牙有多锋利，无论魔族士兵的铁枪多强大，就这样冲了过去！在这个过程里，没有一个人回首看他一眼。鲜血狂喷，残肢乱飞，在极短暂的时间里，人族士兵便死光了，魔族狼骑只有两只受了轻伤。

　　士兵们的尸体倒在狼骑的爪下，被挂在魔族士兵的铁枪下，被它们咬在嘴里，画面异常血腥，无比恐怖。看着最后的那个人类，魔族士兵发出难听的笑声。

　　他听不懂它们在说什么，直接握碎了手里的法器。

51 · 余烬寒

随着法器破碎，一道气息从那个队长的手里生出，以极快的速度向着山崖四周蔓延开来。

那些已经死去的人族士兵的尸体，或者在地上，或者被魔族士兵挑在枪上，或是被异狼叼在嘴里。随着这道气息的到来，尸体内部也随之生出了一道意味相近、相对微弱的气息。这道气息仿佛是无形的火焰，点燃了隐藏了很久的火种。

魔族士兵隐约感知到了些什么，幽绿的眼睛里出现一抹惊恐的神情，尖锐地叫喊了起来，挥动铁枪把人族士兵的尸体扔向远方，同时扯动嗜血异狼颈间的皮索，准备转身逃离。

但来不及了。嗜血异狼的智商很低下，根本不知道发生了什么事情，有些舍不得扔掉嘴里的人族士兵尸体，便在这时，一道明黄色的光团从人族士兵的尸体里溢了出来。同时，更多的明黄色的光团，在山崖间到处亮起。

轰轰轰轰！恐怖的爆炸声在乱山里炸响，仿佛有群雷落下，然后有火焰生出，在极短的时间里，把这里变成了一片火海。坚硬的石块被炸成碎片，然后被炽热的火焰直接融成了岩浆，落在那些魔族士兵的身上。嗜血异狼的下场更是凄惨，半个头颅都被直接炸碎，血肉模糊一片，根本看不出来任何原先的模样。

乱山里的惨嚎声不停响起，却无法穿过恐怖的火海与喷涌的气浪，很快便消失无踪。那些魔族士兵与嗜血异狼，就这样被杀死了。

那些喷涌的气浪，把山崖推出了一片平坦的坡地，然后混入天地之间。只有那片恐怖的火海持续了很长时间，火势才慢慢变得小了起来。

那个队长松开小臂上变成焦黑色的小盾，艰难地向后方爬去。他的右臂已经完全被法器爆炸的威力震碎，胸腹间也是血肉模糊，隐见白骨，受了极重的伤，但还没有死去。在死之前，他还有件事情一定要做完，那就是杀死那个阵师。

他很敬重这名年轻的阵师，如果对方能活下来必然极有前途，这样优秀的人类不应该被活活冻死或者饿死，而且……前天上战场时，他接到过一条军令，绝对不能让这名年轻的阵师落在魔族手里，如果必要，可以杀死此人。

他有些艰难地爬到担架前，疲惫地喘了两口气，看着担架上那个年轻阵师的眉眼，心情有些复杂，有些感伤。

他杀死那五名魔族士兵所用的法器，当然不是普通的法器，而是一种极为奇诡的法器，更像是一种阵法。这种兼具阵法威力的法器非常珍稀少见，而且使用的方法过于残忍，大周军方基本上没有使用过。

这套法器据说来自汶水唐家。之所以他能够拥有这样的法器，因为他是将军的亲信下属，也因为他带领的这支松山军府小队经常执行一些很重要的任务——比如保护或者杀死这名年轻的阵师。

他麾下的那些士兵，直到死去也不知道身体里早就已经被植入了这种法器。

想着上战场之前将军的命令，他的神情变得有些悯然起来。为了此人，松山军府的大人物们明显提前就做了很多安排，甚至已经做好了让这支小队全军葬送的准备。

"你究竟是谁呢？"他看着担架上昏迷不醒的年轻阵师喃喃说道。

在杀死此人之前，他很想知道对方的姓名与来历，或者是因为这样，会让他感到些许安慰。有些遗憾的是，此人在战场上受到反噬，受了极严重的伤，没有任何可能醒来回答他的问题。他有些困难地抽出一把短剑，对准了年轻阵师的咽喉，闭上眼睛，深深地吸了一口气，然后用力按了下去。但下一刻，他没能听到喉骨破裂的声音，没能感受到短剑没入血肉的感觉。

他睁开眼睛，吃惊地看到，短剑被两根手指夹住了，根本无法向下。真正令他吃惊的是，这两根手指属于那个年轻阵师。

年轻的阵师不知何时已经醒了过来，睁着眼睛，静静地看着他。他的眼神很冷漠，没有任何情绪，就像是乱山里残着的冰雪，只是冰雪下方隐隐有血迹，散发着淡淡的腥味。

队长醒过神来，看着年轻阵师的眼睛无来由地感到恐惧。年轻阵师手指微动，把短剑拿了过去，接下来却没有做什么。队长赶紧把刚才发生的事情解释了一遍。年轻阵师若有所思。

队长再没有任何力气，疲惫地坐在地上，庆幸说道："你还活着，我们这些兄弟死得也算不冤了。"

年轻阵师的声音显得格外冷漠："难道你以为你们这群废物能够决定我的生死？我只是不想出手。"

"什么？"队长怔住了，不敢相信自己听到的话。

这是什么意思？片刻的惊愕悯然之后，他愤怒了起来，指着山崖间被烧焦的尸体，想要训斥对方几句。

年轻阵师没有给他机会，那双冷漠而残忍的眼眸里生出一道恐怖的气息，直接把他生生震死，把他变成了一具浑身是血的尸体，然后他的尸体开始被山崖间残留的法器之火烧灼，散发出难闻的味道。

"不管是出于善意还是要完成军令，总之，刚才你试图想要杀死我。"年轻阵师看着燃烧中的那具尸体漠然说道，"所以你要死。"

寒风呼啸，渐渐吹熄山崖间的余火，吹散那些复杂而难闻的味道。魔族士兵与嗜血异狼遭受了十余件法器最集中的攻势，再被阵火烧过，现在只能看清大概的轮廓，根本无法分清楚模样。十余名人族士兵也好不到哪里去，总之画面很是惨烈，环境很是残酷。

但年轻阵师没有离开，再次躺回到担架上。他闭上眼睛，仿佛看不到地狱般的山崖，闻不到焦煳的味道，感受不到寒风的凛冽，就这样沉沉睡去。

52 · 丹药的名字

大战结束后的第四天，松山军府里的空气依然那样地寒冽，但血腥的味道已经淡了很多，长街上已经看不到数百名军卒抬着担架，一边喊叫着一边快速奔跑的紧张画面，也看不到圣医馆里十余道圣光同时照亮夜空的神圣画面。

松山外的怀陵里生起了很多道白烟，向着高远的天空飘去，在城里远远看到这幕画面的人们，纷纷停下脚步，致以哀思，因为每一道白烟都代表着一位阵亡的将士。据初步统计，在这场战役里牺牲的大周军人已经超过了万数，这还没有计算负责后勤辎重的民工以及各方来援的修道者。

圣医馆里的气氛也不再像前些天那样紧张，大部分伤员的伤势都得到了控制，伤重不治的人也早就已经抬了出去。但不知道为什么，在最深处的那间厢房里依然挤满了人，而且气氛显得格外焦虑。

"我不听任何解释，我只要你们救活他。"

将军的脸色严峻至极，语气也非常强硬，当他的视线落到床上时，声音里更是多了几分暴戾的意味。

躺在床上的那个伤员很年轻，从他的服饰以及腰间的布囊可以看出是位阵师，身材瘦削，肢色微黑。但此时面白如纸，明显失血过多，嘴唇上到处都是翘起的干皮，呼吸非常微弱，看起来似乎随时都有可能死去。

听着将军的话，房里的人们都感觉到了极大的压力，同时生出一些不解。

如此年轻的阵师，想来必然师出名门，极有前途。但将军是柯神将非常器重的亲信，在松山军府里声望极隆，地位极高，何至于因为这样一个伤员发如此大的脾气，要知道替这名年轻阵师治伤的人除了军医，还有两位来自国教。

将军知道人们在想什么，但没有做任何解释。他隐约知道这名年轻阵师的来历，但他此时表现得如此愤怒而紧张，并不是因为此。

来到医馆之前，他刚刚收到事后调查的卷宗，那片山崖间当时究竟发生了什么事，现在除了床上这个将要死去的年轻阵师，再也没有人知道。但亲眼看过那片山崖的军人们都很确信，那些事情必然是极为壮烈的，因为他们看到的画面，非常惨烈——十余名士兵动用汶水唐家秘制的法器自暴，与五名狼骑同归于尽，而在山崖前的撤退路线上，还发现了十余士兵的尸体。

松山军府三十名最精锐勇敢的士兵牺牲了自己，就是想让这名年轻阵师能够活下来。那么他就一定要这名年轻阵师活下来，不然如何能够安慰自己那些死去下属的魂灵？

"我不会做任何解释，因为我确实没有能力让他活着。"

一名穿着白色祭服的女子从床上站起身来，清丽的容颜间满是疲惫，轻柔的圣光从纤细的指间渐渐消散。

将军沉默了。女子来自京都青曜十三司，姓安名华，两日前刚刚抵达松山军府，然后便开始不眠不休，不停救治战场上受伤的人们，如果不是松山军府储备了足够多帮助冥想恢复的晶石，极有可能她已经因为圣光枯竭而死去。

面对着她，将军此时的心情再如何糟糕焦虑，也说不出任何重话。而且他看得非常清楚，她为了救治床上那个年轻阵师已经尽了力。

将军望向圣医馆的主事神官。神官不易察觉地微微摇头。

各处医馆的医者对年轻阵师的伤势都无能为力，离宫神官与青曜十三司教员的圣光术也无法救回？将军的心情落到了谷底，再也无法控制情绪，重重的一拳砸到了桌子上。

房间里的气氛异常低落，有人取下了帽子，准备致哀。便在这时，角落里有名军医难过说道："如果还有朱砂丹就好了。"

"朱砂丹"这名字似乎具有某种魔力，房间里一片安静，甚至近乎死寂，只能听到渐渐变粗和急促起来的呼吸声。有些人的眼睛里出现惊喜的神情，然而不知道想到什么,很快便黯淡了下去。

果不其然,那位神官叹息说道:"战役开始的第一天,我们的配额就用完了。"

将军非常清楚第一天战场上送回来了多少重伤将死的士兵,从一开始的时候,就没有对此存有希望,只是那个名字再次被人提起,他忍不住抱着最后的希冀问道:"下一批什么时候分配下来?他能不能撑到那一天?"

神官摇头说道:"配药的日期是在十天后,他这伤势最多还能撑五天。"

安华一直在青曜十三司里学习圣光术,尤其是与魔族的战争开始后,她更是把所有心思都放在修行上,想要尽早去往前线救治伤员,可谓两耳不闻窗外事,再加上来到松山军府只有两天时间,完全听不懂众人在说什么。

"朱砂丹是什么?一种丹药吗?"她看着神官不解问道。

从名字上看这种丹药的主材应该是朱砂,确实可以入药,有止血功效。可是这名年轻阵师的伤势如此之重,便是她的圣光术都无法奏效。在她看来,除非数位红衣大主教同时出手才有可能挽回,难道那种丹药能起到相同的效果?

神官明白她在想什么,说道:"朱砂丹能治好此人的伤。"

众人纷纷点头,没有谁表示出丝毫质疑,因为在见过朱砂丹的人们心里,这种药能够治好世间所有的伤与病。

安华根本没有听说过这种丹药,无法理解人们的狂热信任,又生出更多不解。

"如果真的……能行,为何不赶紧找来试试?"

神官感慨说道:"这样的宝物能到哪里找去?"

众人想起传闻里此药只应天上有的形容,沉默不语。

将军对安华说道:"这药很少见。"

安华依然不解,说道:"如果此药确实有奇效,何不让那药家献出成方,然后由朝廷或者离宫大量仿制?"

房间里再次安静。所有人的视线落在了她的身上,显得有些紧张。没有人回答她这个问题。整座圣医馆忽然都变得安静了。没有任何声音。

仿佛她的问题是什么禁忌。

53 · 丹药的意味

圣医馆一片安静,最里面的这个房间更是连人们呼吸的声音都能听得到,甚至能够听出来有人在刻意地压低呼吸的声音。有些人低下了头，有些人紧张地四处打探，气氛很是压抑紧张，仿佛有谁在窥视着这里。

在紧张的气氛里，忽然有人忍不住咳了一声，将军看了他一眼，继续问道："还要十天？"

因为这句话，房间里的气氛稍微轻快了些。

安华随着神官走到窗边，低声问道："这到底是怎么回事？"

神官说道："没有人能让药家献出成方，因为到现在为止，没有人知道究竟是谁做出了这种丹药。"

听到这个回答，安华很是吃惊，忘记了场间异样的气氛，声音微高说道："这怎么可能？"

既然世间存在这种丹药，并且已经用过，自然是有人把药送到各大军府，怎么会查不到是谁做的药？

神官抬起右手，示意她注意自己的情绪，却没有对此做出任何解释。

"就算不知道这种丹药的来历，那么仿炼呢？没有成方也可以通过丹药的成分倒推。"安华看着神官有些犹豫的神情，以为猜到他的顾虑是什么，劝说道，"这是救死扶伤，不是做生意，前线将士的生命安危，要比那些陈腐的道德观念重要无数倍，我相信无论是大主教们还是您，都应该很清楚这一点。"

神官摇了摇头，说道："你不明白，这件事情很复杂，这种丹药也很复杂，很难仿炼。"

"看名字就能大概猜到，这丹药应该是以朱砂为主，诸药为辅，如果真的如此神奇，重要的地方肯定是在辅材方面。"安华盯着神官的眼睛说道，"但请不要告诉我那些辅药是多么地珍稀罕见，因为那无法说服我。"

世间根本就没有国教和朝廷找不到的药材，但这也无法让神官无话可说，他苦笑着说道："不要说找到那些辅材，就连这丹药究竟有哪几种辅材，到现在为止都还没有人能够弄清楚。"

安华再次震惊，心想以国教和朝廷那么多教士学者的能力，怎么可能还没弄清楚那些辅药的成分与比例。

神官放低声音说道："可供研究的丹药数量太少，而且那个提供丹药的人事先就已经说明禁止这样做。"

听到居然还有这种事，安华越发感兴趣，问道："这种丹药究竟是什么来历？"

"先前就说过,没有人知道来历,人们只知道一年前,拥蓝关出现一瓶丹药。"

神官的眼睛忽然变得明亮起来,仿佛在发光,但那并不是贪婪与占有欲,而是向往与敬畏。

出现在拥蓝关的那瓶丹药里有二十颗丹药,也许是病急乱医,也许是那个神秘的炼丹者事先做了一些安排,总之,一名重伤将死的士兵服下了一颗丹药,然后活了下来。其后这样的事情不停地发生,无论受了多重的伤,只要没有当场死亡,服下这种丹药后便能活下来,虽然不是每一次都能完全修复伤者的伤势,有些修道者幽府破损或经脉断裂也无法治好,但至少他们远离了死亡的阴影。

所有亲眼看到丹药救人画面的人,都惊呼这是神迹。神迹的传播自然极为迅速,在非常短的时间里,这种神秘丹药便成为了雪原十余座军府里最出名的事物。不知道从哪一天开始,人们忽然知道了这种丹药叫作朱砂丹,却依然不知道是从哪里来的,谁做的。

医死人,生白骨,这是安华在道藏上看过的两句话,她当然知道这是夸张的形容,不可能是真实的。但今天圣医馆里人们的反应,还有神官大人明亮的眼睛,都在告诉她这是真实的存在,并且已经被人看到。怎么可能有这样的事情?就算是离宫深处真藏着传说中的圣药想必也不过如此吧,而且圣药的数量必然极少,对这场战争没有任何意义……

她忽然问道:"一共有多少颗朱砂丹?"

神官说道:"没有人知道。"

再次听到这个答案,安华忽然感到很疲惫。但这一次与神秘主义无关,只是简单的数字问题。

"隔一个月,便会有一瓶朱砂丹出现,所以没有人知道,那人手里到底有多少颗。"

神官看着她的眼睛说道:"我更倾向于相信,朱砂丹是那人炼制出来的,而且正在不停地炼制当中。"

安华再次震惊,声音微紧说道:"我也希望是后者。"

如果是后者,那就说明朱砂丹能够源源不断地供给前线的将士,而且还有可能会逐渐增多。

无论从哪个角度看,这都是最美好的情况。当然,首先要建立在朱砂丹真的如此神奇的前提下。

安华看着神官,眼睛里流露出盼望的神情,甚至有些像乞求。神官知道她这时候的心情,她想要听到什么,因为他也曾经有过同样的时刻,那种紧张与期盼至今难忘。他看着她平静而坚定地说道:"是的,朱砂丹真的可以救命,无论你受多重的伤。"

安华的手有些发抖,不是因为紧张,而是因为喜悦与茫然。她是神职人员,也是医者,深具悲悯仁爱之心,最常思考的便是怎样救死扶伤。她清楚这意味着人类历史上第一次拥有了可以量产的圣药。对她来说,这意味着很多生死别离就此不见,伤痛消失。

当然,对人族来说这种圣药还意味着更多的事情,比如某些重要的阵师与修道者等于拥有了两次生命。

那么,对人族与魔族之间的这场战争来说,这种丹药又意味着什么?安华没有想这些。

她在想,这种丹药如果不是神国赐给人族的礼物,又会是什么呢?

不管那个人是谁,他注定会站到历史的神坛上,接受万民膜拜吧?

54 · 那个人定下的规矩

安华和神官在窗边对话的声音并不高,但房间里太安静,人们还是清楚地听到了,然后各生心事。

如果那个人表明身份,必然会通过种丹药得到难以想象的好处,那绝对不仅仅意味着财富,更重要的是权力。但很明显,那个人自始至终都没有这方面的想法,为什么?就因为要保证自己的神秘感,还是为了安全?

安华依然不理解为什么朝廷和国教都查不到那个人究竟是谁,难道这种名为朱砂丹的药物是神国落下的玉浆?要知道丹药既然每隔一段时间便会准时分放到各军府,必然会留下很多线索,比如是谁负责送药?

"汶水唐家。"神官知道她在想什么,说道,"送药以及负责分药的,都是唐家的人。"

医馆在松山军府最阔直的大街上,对面是军府要地,后方则是梅寒道上的一家客栈。那家客栈是这座军镇上最著名也是条件最优渥的客栈，每日里人员往来极密，但很多人都不知道，客栈最贵的那间套房与圣医馆只有一墙之隔。

一名中年男人坐在太师椅上，沉默不语，神情显得有些阴郁，这并不代表他此时的心情，只是平日里太多的事务消耗了他太多心神。此人的衣饰很简单，但材料非常好，贵气隐而不发，应该是商道中人。

那边的声音穿过墙壁后变得极为微弱，便是听力最好的盗贼都很难听清楚。但他低着头，听得非常认真，似乎能够听那边所有对话的细节，从这个细节上隐约能够看出，此人的修道境界很是不凡，极有可能是位真正的高手。

圣医馆里的对话还在继续。一名年长的医官说道："这是前线所有人都很关心的事情，所以一直都有人在暗中访察，现在可以确定的是，汶水唐家只负责转运分发，并不是朱砂丹的真正主人，甚至我们相信，汶水唐家也不知道那个人究竟是谁。"

这听上去有些难以置信，但很可能就是事实，而在最开始的时候，人们更关心的是汶水唐家会如何分配药物。

世间最珍贵的是什么？当然是不能重来的生命。能够挽救生命的药物，自然是所有人都想得到的宝物。

拥有分配药物的权力，便是把很多人的生死操于手中的权力。这种权力非常可怕，同时也是非常沉重的责任。把这种权力交给别人实施，换个角度想，其实就是在推卸责任，也可以说不负责任。但在安华看来，能够做出朱砂丹的那个人必然宅心仁厚，心怀苍生，当然不会如此。

"那个人没有把权力完全交给唐家，提前已经设定好了很多规矩。"神官看着她微笑说道，"首先便是严禁追索他的身份来历、询问朱砂丹的名字从何而来，另外严禁解析药物成分。"

安华这才明白为何先前自己说国教和朝廷应该仿炼的时候，房间内外会变得如此安静，人们看着自己的眼神会那样奇怪。原来这是那人提前就定好了的规矩，或者说，这是朱砂丹的禁忌。

那么怎么分配呢？如何把朱砂丹分配到十余座军府并不是难事，她并不擅长这方面，也能大概想到，分配方式应该是按照各军府的将士数量进行，这种方法最简单也最公平，真正的难点在于如何分配到具体的伤者身上。

松山军府在前线十余座军府里是较大的一座，每个月最多的时候也只拿到过六粒丹药，最少的那个月只有两粒，而就算是战事最为平稳、没有大的战役发生的那个月里，身受重伤、面临死亡的伤员，也至少有百人。

"圣光术和医官能够治好的伤员，不给，伤势再如何重，哪怕断腿断臂，只要不死，不给。"那个年长医官介绍道，"朱砂丹给谁不给谁，与年龄长幼无关，与职位高低无关，不看家势背景，首先供给神职人员，第二是阵师。"

安华很快便想明白，为何会这样分配。前线的神职人员或多或少都能施展圣光术，一粒朱砂丹救活一名神官，便意味着以后能够救活更多人。阵师在战场上承担着最重要的任务，承受着最大的压力，死伤率极高，也极受敬重，排在第二也能够被接受。

神官接着说道："接下来就要看伤者的境界如何以及伤势，境界越高、伤势越重的人，在序列里越靠前。"

安华有些没想明白，为何境界越高的修道者，越容易得到朱砂丹？

将军忽然面无表情说道："因为这是战争，救活一名强者，比救活一个普通人，对人族来说更有意义。"

从纯粹理性的角度出发，这句话当然有道理，可是……生命难道不都是平等的吗？不看职位，不看家势，不看年龄，但依然会有贵贱之分吗？安华忽然觉得有些冷。

一道愤怒的声音在房门外响了起来："这不公平！难道我们这些普通人的命就不是命？"

圣医馆里的一名伤兵不知何时来到了门槛外，腋下夹着拐，裤管轻飘，应该是在战场上断了腿。很明显，这名伤兵的愤怒控诉，在松山军府以及别的地方，都曾经不止一次地出现过。

没有人理会这名伤兵，房间里很安静，便是安华都没有说话，只是默默地低着头。

现实是残酷的，那人对朱砂丹的分配方法确实显得很冷漠，但谁都无法否认，这是正确的。

"那么……谁来判断伤情的轻重缓急？"安华抬起头来看着神官问道。

很明显，这才是真正重要的问题，也是真正麻烦的问题。

55 · 一颗丹药引发的血案

在安华想来，判别伤情是相当重要的一环，理所应当由品德与能力都值得信任的离宫神官们执行，然而，迎着她询问的眼光，神官摇了摇头，欲言又止，情绪有些复杂。

"现在伤情判断由唐家管事还有随军的医官负责。"

那个年长医官说道："那人事先拟好了伤情判定的条阵，具体的条款写得非常清楚，现在每个圣医馆里都存着一份，无论唐家管事还是我们，都必须按照这个条阵来，谁也不敢随便乱来。"

说完这话，他从袖里取出约半指厚的一本簿册递给了安华。安华接过簿册开始翻看，随着看到的内容越来越多，眼里的钦佩神情越来越浓。神官自然也看过伤情判定条阵，感慨说道："就算没有朱砂丹，只看这个伤情判定条阵，便可以确定，那位必然是一代名医。"

看完簿册后，她递还给那位医官，然后提出了自己最后也是最重要的疑惑。

"那人怎么保证这些规矩都能得到有效的执行？"

她在青曜十三司一心向学，向来不问窗外事，但也知道人心险恶，世道复杂。而且再完善的规则制度也能找到漏洞，更不要说，事涉生死，前线军府里有那么多修道强者和大人物，真急红了眼，谁还会去管这些。比如朝廷某位大人物的孙辈在战场上受了重伤，按规矩他没资格拿到朱砂丹，可是眼看着就要死了，难道还有人敢不把药给他？

"在拥蓝关确实出现过一次这种情况，费典神将的侄子抢了一颗朱砂丹。"

神官看了将军一眼，继续说道："后来拥蓝关整整两个月都没能得到一颗朱砂丹，以至于闹得军心不稳，民怨沸腾，闹出了一次军变，在战场上死伤惨重的一支小队冲进了神将府，把还在养伤的那位直接斩成了肉泥。"

安华有些不安问道："这是明抢……可如果有真正的大人物在发药之前就做了手脚？"

神官看着她的眼睛说道："你大概不知道，最初负责朱砂丹分配的并不是汶水唐家，而是英华殿。"

安华有些吃惊："您是说，最开始的时候是国教负责此事？那为何后来会

165

转给了唐家？"

"正如你先前所说，有人试图在分药之前做手脚。"

神官感慨说道："那是一位宗祀所来前线援战的学生。这位学生极具修道天赋，被视为远超当年的天海牙儿，而且品德优秀，杀敌极为英勇，在一次与狼骑的突遇战中，为了掩护同窗撤退，受了极重的伤。"

安华不解问道："难道这样他还没有资格拿到一颗朱砂丹？"

"那是一座很偏僻的军寨，三个月时间就分到了一粒朱砂丹，而且他运气很不好。"

"何意？"

"有名同样重伤将死的散修阵师，在序列上排在他的前面。"

"原来如此。"

"宗祀所主教知道此事后，请托英华殿里的一位红衣主教做了手脚，把他的名字写在了那个散修阵师的前面。"

对离宫而言，一名极具天赋前途的年轻学生，当然要比一个没有山门宗派的散修重要无数倍。安华不会做这样的事情，但她能够理解宗祀所主教为何会这样做。

"那个宗祀所的学生服了朱砂丹后，果然复原如初，而且没有留下任何后遗症。"

"那个散修阵师呢？"

"死了。"

这就是那个阵师当然的结局，平淡的两个字，却是那样地令人感到凄凉无助。

安华沉默了会儿，继续问道："然后呢？"

既然是宗祀所主教和英华殿的红衣主教出手，想必无论是序列调整还是别的内幕交易，都不会留下任何证据。她甚至联想到了一些更加黑暗的可能，比如某些大人物为了获得朱砂丹，甚至可能暗中杀害那些序列在前的伤者！

"那座军寨没有受到任何影响，还是和过往一样，大概每三个月能够分到一粒朱砂丹。"

神官的语气忽然变得凝重起来："但从那之后，英华殿再也没能得到过一粒朱砂丹。没有人知道那个人是如何知晓的此事，那人也没有给出任何证据，他只是把分配朱砂丹的权力从英华殿里收了回来，交给了汶水唐家。"

房间里一片安静,所有人都还记得去年发生的这件大事。

神官叹道:"闻知此事,茅秋雨大主教雷霆大怒,请凌海之王开始整肃英华殿,那位红衣大主教被直接处死,那位宗祀所主教被逐出了国教,还有很多大人物也都因为此事倒了大霉。"

安华知道英华殿有位资历极老、位高权重的红衣大主教死了,本以为是病死,没有想到竟是源自于此,很是震惊。

朝廷与国教之间的局势不再像两年前那般紧张,但双方依然处于对峙之中。在与魔族战争的前线,当然是朝廷的话语最有力量,在这种情况下,国教必须珍惜任何展现力量的机会,更不要说是分配朱砂丹这样的权力。那位红衣大主教与宗祀所主教得罪了朱砂丹的主人,让国教失去了这个极其珍贵的资源,可以说是万死莫赎,茅秋雨以宽仁闻名,但自己的下属惹出了这么大的事情,他的愤怒与堪称严酷的惩罚措施完全可以理解。

"从那之后再也没有人敢打朱砂丹的主意,更没有谁敢诈伤然后试图私藏,抢药的事件也发生得越来越少。"

神官说道:"因为这是那人定下的规矩。是的,没有人知道那人是谁,也许他就是乡间一个普通的医生,没有办法保护自己的规矩,但他有朱砂丹,他的话语便有力量。英华殿的这场血案已经证明了这一点。而汶水唐家为了保证继续保有分药的权力,是不惮于为了此人的规矩而杀人的。无论你藏在哪里,唐家要杀的人,有谁能活下来?"

56·奇 货

再神奇的药物,如果无法为己所用,和垃圾也没有什么区别。对病床上奄奄一息的年轻阵师来说,朱砂丹就是这样的存在。将军不再看他,转身向屋外走去,经过安华与神官时停下脚步,请二人好好照顾,然后沉声说了一句话。

"我不会说那人沽名钓誉,但其人必然所谋极大。"

人们明白将军的意思,无论那人是从古籍上找到的圣方还是凭借医道天赋自行研制而成,如果他真是心系人族安危,悲天悯人,那么最应该做的事情,便是把药方拿出来。

自从确认朱砂丹真的有奇效,并且救活了很多应该活着的人们,安华对那个素未谋面、无人曾谋面的神秘人便产生了极大的好感。她不愿意相信那人会是一个阴谋家或者说另有心思，但她同样也没有办法否认将军的这句话。

那个人每月只能拿出一瓶朱砂丹，数十粒的数量与前线将士的需求来说还是太少，她相信那个人已经尽了力，只不过因为没有办法收集到足够多的珍稀药材，或者能力有限，没有办法提高产量，但只要他愿意交出药方，这些问题都可以迎刃而解。就像她最开始想的那样，无论这种丹药需要的药材再如何珍稀，国教和朝廷都必然能够找到。

国教和朝廷可以大量生产这种丹药，人族在这场战争里将会获得极大的优势，大陆的前途将会一片光明。当然，对那个人来说这也有极大的好处，他会收获整个世界的感激与无数功德，他哪怕不会修行，也会成为真正的圣人。

那么他为什么不愿意这样做呢？

中年男人坐在椅中静静地喝着茶，客栈老板站在他的身前，一动都不敢动。

听到墙壁后方的那些声音，他的唇角露出一抹嘲讽的笑容："圣人？不过是居奇罢了。"

客栈老板把身子压得更低了些，什么话都不敢说。

奇货可居，是商人卖货的手段。朱砂丹值多少钱？如果以疗效来说，它可以生白骨、医死人，自然是无价之宝。但事实上，从朱砂丹第一次出现在拥蓝关开始，便从来都没有过售价，想要得到它，不需要任何钱，只需要等待——如果你有命等到那一刻的话。

无论是朱砂丹的主人还是英华殿以及现在的汶水唐家，都无法从朱砂丹里获取任何收益，在有些人看来，汶水唐家完全没有道理为了这种无法获得收益的丹药，得罪世间那么多势力与大人物。但在真正的有识之士看来，这种想法毫无疑问极其愚蠢。朱砂丹的主人确定了规则，但规则是死的，总有一些可以利用的地方，比如同样是重伤将死的两名阵师，无论修行境界、过往军功各方面的条件都非常相近，那么如何判定他们在序列上的先后顺序？

这种时候，便是唐家的权力。哪怕这种权力并不是时刻都会出现，看上去很微妙，但无穷尽的万分之一依然广如沧海，再如何重视都不为过。唐家绝对不会放弃这种资源，为了确保这种资源的长期保有，会尽可能地满足那个人的条件，包括替他执行规则。

天书陵之变后，唐家在人族的地位变得更高，已经把天海家远远地甩在了身后，成为了大周王朝事实上的第一世家，现在他们手握着朱砂丹的分配权，地位再一次得到了巩固，甚至让很多势力感到隐隐的畏惧。

如果是普通的世家，到了这样的位置，应该已经心满意足，但汶水唐家不是普通的世家，他们是大陆最早的商家。商人是永远无法满足的，是贪得无厌的，这句话不论褒贬，在商言商，唐家当然无法满足于朱砂丹带来的收益。

与朱砂丹的神奇相比，现在的收益有些过少，而且……他们不是主导者。那个神秘人才是真正的东家，唐家无法接受这一点。

无论军械、粮草、城池、珍宝、药物，唐家在大陆所有参与的生意里都必须是唯一的东家，至少也要是大股东。

从数万年前开始，对利益的贪婪、强悍的控制欲，便是汶水唐家最浓郁的颜色，甚至可以说是存在的目的，这两点早已深入到家族每一个成员的血脉里，变成了一种执念，所以哪怕英华殿血案在前，他们依然想要从朱砂丹里获得更多。

他们比谁都更想知道谁是真正的朱砂丹的主人。和世间别的势力相比，他们毫无疑问和那个人最近，彼此之间的雾山或者有几重，但已经隐约能够看到些真相。

是的，这家客栈是汶水唐家的产业。中年男人是汶水唐家的十七爷。他从汶水千里迢迢来到松山军府，便是要找到隐藏在朱砂丹后面的秘密。

一道恭谨而隐含惧意的声音在门外响了起来。

"黑山送的货到了。"

听到这句话，唐十七爷微微挑眉，眼睛变得明亮了数分。他从椅中起身，在客栈掌柜的引领下，来到客栈后院的一间密室里。密室的正中间摆着一个很大的黑色的石桌，石桌上面便是汶水唐家花了极大代价从黑山军府运来的货物。

那是一具尸体。死者是一名男子，受伤极为严重，脸上与颈部一片焦黑，明显曾经被带着剧毒的魔焰炙烧过，被半解开的衣裳有着明显的军中风格，手指极为修长，指节微微隆起，胸腹间那道凄惨的裂口里，还有着隐隐的星辉痕迹没有完全消散。

从这些细节上可以看出，这是一名聚星境的修行者，死于与魔族强者的战斗，极有可能是大周军方的将军。

唐十七爷从袖中取出一块洁白的手巾掩在了口鼻上，用眼神示意掌柜上前。掌柜走到黑色石桌前，拿着一把锋利的小刀，开始在那具尸体的胸腹间切割，从本来就已经存在的裂口深处向下划去。

伴着轻微的嗤啦声，刀锋割开了那名死者的胃部，青色的难闻的液体涌了出来，淌到了桌面上。唐十七爷微微皱眉，有些厌恶地把手巾捂得更紧了些，却没有移开视线。在他的身前，客栈掌柜看上去就像是一个特别庸碌的仆人，但这时候，却像是一个非常老练的仵作。

掌柜毫不犹豫地把手伸进死者的胃里，摸索片刻后，取出了一个小袋子。那小袋子不知是用什么材料制成，非革非纸，表面很是光滑，感觉非常薄软，隐隐可以看到里面有颗圆圆的东西。

那东西可能是颗石头，可能是颗珍珠。也有可能是一颗丹药。

57·观 药

那个小袋很细长，想来在那位大周军方高手的身体里时，上半部应该在食管里，开口可能就在咽喉处，上方好像还藏着某种机关——汶水唐家连黄纸伞都能制造出来，想必自有方法让任何物事落入袋中便与外界完全隔绝。

掌柜没有马上动手，而是很认真甚至显得有些繁琐地开始洗手，直到确认双手干净得仿佛新生，又用了四块毛巾擦拭得干干净净，没有一点湿意，才小心翼翼地把袋子解开，把那个物件从里面取了出来。

那是一粒丹药，约摸豌豆大小，色泽殷红，仿佛鲜血一般，不知道是不是被尸体里的湿气侵染，表面有些轻微的溃皮。看到这幕画面，掌柜的眼里露出一抹心疼的神色，唐十七爷的脸色也变得阴沉起来。

"应该没事。"掌柜颤着声音说道，然后赶紧把那粒殷红色的丹药，放进早就已经备好的盆里。

盆里是麦糠，当然不是普通的麦糠，提前经过了多次筛选和除湿，泛着象牙白，很是干燥，没有一点水分。

掌柜捧起麦糠覆在丹药上，然后用手轻轻搓揉，手指的动作格外温柔，仿佛在抚摸情人。那颗丹药在麦糠里轻轻地滚动，随着时间的流逝而变得完全干净，殷红的颜色越发清晰，甚至给人一种勾魂夺魄的感觉。

汶水唐家对这种丹药的认识也不够完备，只知道遇水即化，极难保存。此时掌柜终于确认这种清洗方法没有问题，看着那颗丹药的眼神也温柔起来，当然，随后望向唐十七爷的眼神更甚。

他眉开眼笑说道："十七爷智谋过人，这法子果然有用。"

唐十七爷没有理会此人的奉承，从袖里取出一块雪白的、新的手巾垫在手里，接过那枚丹药，认真地看了很长时间，直至眼神变得有些炽热，他忽然察觉到了心境的变化，微微皱眉，沉声问道："这颗丹药真的有那么神奇？"

掌柜没有察觉他情绪的微妙变化，说道："确实如此，不然何至于要劳烦十七爷您亲自走这一遭。"

他是在讨好这位主子，但在说这句话的时候，眼光忍不住落在对方掌心的这颗丹药上，然后舔了舔嘴唇。这个无意识的动作说明他现在有些紧张，也流露了内心的贪婪欲望。

唐十七爷注意到了这点，唇角微扬问道："你知道这是什么吗？"掌柜神情微变，心想这难道不就是传说中的朱砂丹吗？

"这不是一颗丹药，也不是财富，而是权力。"

唐十七爷说道："能够决定生死，就是世间最大的权力。"

掌柜赞道："十七爷此言不凡。"

唐十七爷望向他面无表情说道："如果有些人想要贪图这种权力，却没有与之相配的实力，那就是在寻死。"

掌柜身体微僵，低下头去，再也不敢往那颗丹药上看一眼。

陆续有人进入这间密室，围在黑色石桌的四周。这些人里有原天机阁的药行供奉，有奉阳郡最著名的两位医者，有唐家重金聘请的不知来历的神官，还有一位在汶水替唐老太爷请脉的大夫。

无论身份地位如何，这时候他们的脸上都是同样的表情。那是一种看似平静，实际上非常紧张，从而显得有些生硬的表情。他们都在看黑桌上那颗红色的丹药，不止一眼，已经看了很多眼、很长时间。之所以紧张，是因为他们知道这颗丹药的来头，很自然地生出贪婪夺取的渴望，却知道自己绝对不能这样做。其中一位奉阳郡的医者甚至因为害怕抵抗不住这种诱惑，强行扭过头去。

望、闻、问、切，这是医者看病需要做的事情，现在他们看的虽然不是病，而是药，但也脱离不了这些手段。望药的时间已经很长，接下来自然是闻。

那位汶水来的老大夫看了唐十七爷一眼。这位老大夫专门替唐老太爷请脉，如果不是今日之事太过紧要，便是唐十七爷也没办法把他从汶水城里请到这里来。唐十七爷对他自然也会比较客气，说道："羊先生请便。"

这位被称作羊先生的汶水老大夫闻言毫不客气，直接低下头，凑到那颗红色丹药上方，深深地吸了一口气。下一刻，羊先生的脸色变得通红，眼神迷离，如饮醇酒，如入芝兰之室，仿佛沉醉不知此间何处。

天机阁药行供奉微微皱眉，咳了两声。羊先生醒过神来，说道："主材确实是朱砂，还有仙茅、肉桂、当归、枸杞子、丁香、冰糖……"

只是闻了闻，便能分辨出这么多的药材，此人医道上的造诣确实很了不得。

唐十七爷听着这些药材，却皱了起眉头，心想这是要炖肉吗？怎么还有冰糖？他并不知道，这几样相当常见的药材，便是民间炖肉都会放几味，正是因为药性中正平和，用来做辅材堪称完美，世间大多数丹药都会有它们的存在，至于冰糖则是如炒米一般，有催化药力的功效，而且……能中和苦味。

天机阁药行供奉与那两名奉阳名医是医道中人，自然不以为意，也围了上去闻了闻，又报出了几样药材的名字——有淮山药、丁香、肉苁蓉。

看着纸上还没有干涸的墨迹，数位医家沉吟半晌，又互相讨论了几番，对唐十七爷说道："还是得动手。"

从开始到现在，他们先望后闻，却没有一个人敢伸手去摸一摸，因为都知道那颗丹药的珍贵程度。现在要动手，是众人共同的意思，负责说话的人却是羊先生，因为他是汶水唐家的人，说话更方便一些。

朱砂丹最开始出现的时候，那人定下的规矩还不够完备，大周军方和英华殿曾经联手私下截留了数颗，想要分析推断出这种丹药的成分，然而他们浪费了整整三颗丹药，都没能完全弄清楚全部的药材。今天出现在密室里的几位医家，都是非常了不起的人物，但光靠望与闻又如何能够做到？

唐十七爷对此早就有心理准备，但难免还是觉得有些失望，因为这意味着这颗朱砂丹很快便会废掉。

"小心一些，不要浪费。"他神情阴沉说道，"这是两条人命。"

58·血珊瑚

这自然指的是朱砂丹。屋子里的人们有些不明白，朱砂丹能够医死人、生白骨，无论受多重的伤都能治好，自然等于一条人命。可为何唐十七爷要说是两条人命？如果说为了朱砂丹这样的大事，死再多人也值得，那也应该说是很多人命才是。

"这颗丹药可以救一条人命，而为了得到这颗丹药，我唐家也是拿了一条人命去换的。"

唐十七爷想着此时已经被烧成灰的那具尸体，脸色变得更加阴沉。

那位死者是唐家在大周军方提前多年培养的内线，很有前途，现在便已经是黑山军府叫得出来姓名的裨将，如果唐家助其好好发展，谁也说不准数十年后会不会成为一名神将，现在却为了这颗丹药死了。

从英华殿处拿到分配朱砂丹的权力已经整整九个月，唐家再也无法压抑住那种先天的贪婪，试图获得更大的利益，想要弄清楚这种丹药的成分，为了瞒过那个神秘的供药者，他们做得非常小心谨慎。

经过非常仔细的计算，唐家确认那名裨将有资格得到一粒朱砂丹后，便让他在战场上受了重伤。

黑山军府的朱砂丹果然分了一粒给这名裨将，按照规矩，裨将没有任何耽搁，在很多人的注视下服下了这颗丹药，然而……却没有能够活下来，因为他的运气实在是非常不好。在那粒朱砂丹进入他咽喉的瞬间，他便断了气。

看到这幕画面的很多人都感到非常惋惜，少数人是惋惜这名裨将的运气，绝大多数人惋惜的是既然这名裨将死了，何必浪费了一粒朱砂丹——所有人都知道朱砂丹遇水即化，药性会消散一空，进入裨将腹中再难复原。

正是因为确定了这一点，人们在感慨甚至是咒骂之余，也没有太多的想法。

只有汶水唐家知道，那名裨将的身体里早就已经安置好了那个不知是何种材料制成的细袋，而那名裨将服下朱砂丹后，无论他愿不愿意自断经脉而死，都必死无疑，因为当时病榻旁有两名唐家的老供奉一直注视着他。

那名裨将依照故郡习俗土葬，但当天夜里，新坟便被挖开了。今天，他的尸体带着那颗朱砂丹一起被送到了松山军府，唐十七爷的眼前。

唐十七爷没有再说什么，但屋里的众人都感受到了他此时的心情，神情变得更加凝重。

天机阁供奉拿起一只银匙，把那粒殷红色的丹药在细瓷钵里碾碎，然后慢慢研磨成粉末，然后分成了五份。每位医道高手拿了一份药粉，拿出各自平时绝对不会示人的手段与本领还有那些奇形怪状的用具，开始研究。研药辨材是仿炼药物必须经过的过程，极其枯燥，所以显得格外漫长。

唐十七爷却始终留在密室里，一步未离。

不知道过了多长时间，西面的通气孔里散进来红色的光线，竟已是到了深暮时分。这项工作终于做完了，人们抬起头来，或者往布满血丝的眼睛里滴药水，或者不停地扭动脖颈，以松泛酸痛的身体。

但看似很轻松平静的环境里，依然残留着紧张的气氛，始终没有人开口说话。唐十七爷的神情变得更加阴沉，就像西天暮光照不到的那堵暗墙。终究不可能让这种局面长时间地持续下去。

来自汶水的老大夫有些疲惫地咳了两声，把自己辨析出来的药材写在了纸上。其余几位医道高手，也把自己判断出来的药材成分记了下来。

唐十七爷依然蹙着眉，但神情相对松活了些，因为他看得清楚，几人写下的药材名称及比例基本一致。

"确实是前所未见的丹方，非常了不起，看似朴拙，实则隐有至理，用来止血洗星，应该效果非常好。"

汶水老大夫摇头说道："但……绝对无法做到传闻中那样。"

唐十七爷没有说话，因为知道必然还有后文或者说解释。

"有一味药，老朽辨析良久，也无法确认究竟是何物。"

汶水老大夫羊先生看了眼天机阁供奉以及那两位奉阳郡医家，说道："我想，大家伙儿也都是如此。"

那三位医道高手点了点头，神情有些惘然。

羊先生继续说道："这世间根本不存在我们四人都无法辨析出来的药材……那么只能说明，这或者并不是药材，至少在那人炼出朱砂丹之前不是。现在看来，朱砂丹的神妙……应该便是要落在此物上了。"

唐十七爷走上前去，接过天机阁供奉递过来的扩迹琉璃，仔细地望向桌上的一个小圆盘。

小圆盘是已经做过分离的残丹，用水融过，再做蒸煮，如果用肉眼望过去，就是普通的药渣，就算在境界极高的唐十七爷眼里，也不过是更细一些的粉。但在天机阁出产的扩迹琉璃下方，这些粉末终于呈现出最真实的模样。

——广阔的戈壁上面散落着方石，还有一些红色的晶莹碎片，相对于荒漠般的药渣来说，数量极为稀少。

如果观察得再仔细一些，便能看清楚这些红色碎晶是由无数根琉璃拉成的细丝缠绕而成，视觉上给人一种极为坚韧、无法扯断的感觉。如果盯着这些红色碎晶看得时间再长些，甚至能感受到其间蕴藏着的堪称恐怖的光明能量。

那些红色碎晶便是朱砂丹之所以如此殷红的原因，也是诸位医道高手苦思不得其解的答案。

不知道过了多长时间，唐十七爷抬起头来，向众人问道："这到底是什么？或者……可能是什么？"

从进屋之后便始终沉默不语的那名神官，这时候终于开口说话了。

"看着有些像……血珊瑚。"

听着"血珊瑚"三个字，那数位医道高手面露震惊之色，然后若有所思。

唐十七爷也很是吃惊，但片刻后断然说道："这不可能！"

这名神官曾经是英华殿的主教，在茅秋雨与凌海之王主导的这次清肃里侥幸保全了性命，但被逐出了离宫。他在英华殿里主司炼丹，以前曾经接触过朱砂丹，所以按道理来说，他的判断很值得信任，但却无法说服唐十七爷。

因为唐十七爷恰好知道，唯一存世的那株血珊瑚，就在汶水唐家老宅里。

59·那 位

汶水城出了那件新鲜事后，唐十七爷才开始负责家族里药行这一块，但他见识广博，而且血珊瑚太出名……那不是真正的珊瑚，是龙血的结晶，而且不是普通的龙血结晶，必须是黄金巨龙或者玄霜巨龙的真血才能凝成的晶石。

对龙族来说，血珊瑚是最重要的圣物，不会允许被任何人拥有，就算大周皇宫和离宫也没有，汶水唐家因为无数年前一段久远的故事，很幸运地拥有了一株小臂大小的血珊瑚，也深藏在老宅的密室里，终年不见天日。

那名主教听着唐十七爷的断言，有些犹豫说道："如果有人暗中潜入南海……"

唐十七爷摇头道："所有龙族都把血珊瑚视若生命，就算周独夫复生，也无法在群龙环峙之下得手。"

主教不解说道："可是如此丰沛的能量和如此浓郁的生命味道，除了龙血结晶还能是什么？"

唐十七爷若有所思，问道："有没有可能是圣光？"

"这种异物里没有神圣气息，能量太过狂暴。"

主教摇头说道："而且圣光无形无质，极难实体化，离宫里的五位大主教都无法做到，除非祭出精血。"

羊先生说道："不错，我们分辨出来的那些药材应该是用来中和狂暴能量的破坏力。最关键的是，按照教典上的说法，想要把圣光实体化，需要一位大主教奉献出全部的精血。如何能够源源不断地产出这么多朱砂丹？"

那名奉阳名医吃惊道："岂不是说想要用圣光结晶救人命，只能救一次，而且那位大主教自己也要死？"

主教严肃地说道："不错，星空从来都公平，生命向来无贵贱。"

唐十七爷沉默了很长时间，不知道在思考什么，终究没有再次发问，说道："你们还有一天一夜的时间。"

说完这句话，他走出了密室，来到了微寒的庭院间，视线越过光秃的枝丫，落在了高远而灰暗的天空上。掌柜与那名主教来到他的身后，感受到了他此时的心情，隐约猜到他在忧虑什么，不由沉默无语。

汶水唐家付出了如此大的代价，请来了这样几位医道名家，真正的企图并不是通过分析药物成分，找到仿制朱砂丹的可能——英华殿与大周军方的这种尝试都已经失败了，证明这条路是死路，或者说太难行走。

唐家真正想要做的事情，是通过这些药物成分，找到朱砂丹是从哪里出来的。仙茅到处都有出产，但不同地方的出产，药力有极细微的不同，当归更是大陆到处都有，但总能从药物流动里找到一些痕迹，还有丁香、淫羊藿……

世间万事万物都必然留下痕迹，唐家行商天下，拥有难以想象的资源与网络，最容易捕捉到这些痕迹，然后找到那些痕迹发端或者说最终落下的那个地方。如果能够知道朱砂丹从哪里来，那么自然便能找到那个人。

对这场人族与魔族的战争来说，那个人太过重要，即便把这场战争除开，那个人依然重要。无论是唐家还是国教又或是朝廷，当然都想把这个人控制在手中。

"从现在的三十四味药材倒溯，应该能够找到朱砂丹成药的地方，但就算找到那个人，也不见得能控制住他。"

很明显，这位主教知道唐家的真实目的，微显不安说道："英华殿和拥蓝关的两位神将最开始的时候，都做过类似的尝试，虽然他们没有我们离那个人近，但应该也找到了一些线索，甚至已经做好了全部的计划。"

掌柜看了他一眼，问道："如果控制不住，就直接杀人？"

主教点了点头。这听上去是很没有道理的事情，但对于这个险恶的人世间来说，却是理所当然的事情。如此神奇的丹药，如此重要的人，或者为我所用，或者死去，必然不能落在别人尤其是敌人的手里。

"军方因为考虑着这场战争的缘故，态度相对保守，参与得不是太深，但英华殿方面很担心那个人被朝廷控制，而且也知道那个人不愿意被人找到，一定会动怒，所以提前做好了杀死此人的安排，然后……"

主教脸上生出一抹悸色，声音微颤道："浔阳教殿一夜死了三十三名主教，死状极惨。"

掌柜神情剧变，说道："好强硬的反应，好强大的手段。"

很显然，一夜惨死了三十三位主教的浔阳教殿，具体负责执行这件事。

主教望向唐十七爷说道："随后茅秋雨与凌海之王在京都的那场清肃，可能是想把这件事情掩盖下去。"

这句话有未尽之意，唐十七爷沉默着，却是在想别的事情。

谁是朱砂丹的主人，其实他一直有所猜测，就像有些人一样，他也在想有没有可能是失踪的那位。如果那些蕴藏着狂暴能量的红晶，真的是传说中的血珊瑚，那么答案似乎就更加确定了。

他是唐家三爷的亲兄弟，最信任的下属，所以他知道更多的秘密。失踪的那位，现在身边便有一条龙，而且刚好是一条玄霜巨龙。但他直到今天才知道，原来浔阳教殿曾经一夜死了三十三名主教。这让他对这个判断生出了些怀疑。

那位或者有这样强大的手段，也有资格做出如此强硬的反应，但那位从来都不是如此冷酷无情的人，更不要说那些主教本来就是他的下属——那位毫无疑问是位大人物，但从来没有大人物的自觉。而且按照唐家的分析判断，那位如果还没有死，现在应该在南方。

去年雪原上发生了一场惨烈的大战，大周王朝的玄甲重骑与魔族狼骑在广漠无垠的原野间厮杀不歇。谁也没有想到，在大陆消失已久的那位会带着漫天如暴雨般的剑出现在战场上，经过一番血战，逆转了当时的战局，自己却被实力恐怖的魔将海笛重伤，就此再次消失于战场上的人海之中，再也没有出现过。

只有像唐十七爷这样的极少数大人物知道，那人被海笛重伤之后，还连续遭受了三名人族强者的偷袭。

这件事情当然很无耻，绝对不能被任何人知道，所以朝廷遮掩得极紧。

所以唐家断定，如果那位真的侥幸地活了下来，现在当然应该在南方。最有可能在圣女峰，也可能是槐院，还有可能是离山，因为只有这些地方才能保住他的命。

如果那位在南方，在前线诸军府里已经出现了一年时间的朱砂丹自然与他没有任何关系。

那为什么会有如此多的线索，隐隐指向他？

难道说是隐藏在幕后的朱砂丹主人，想用那位的名字做些什么大事？

60·活着不过是一场扮家家酒（上）

商贾之道，奉行的永远是现实主义，落到袋里的才安乐，而任何迷雾，只要被撕破，便再没有任何价值。

唐十七爷不再想这件事情，决意先把那人找到再说，视线从掌柜的脸上落到那名主教的脸上，说道："三爷这次交代得非常清楚，这个人必须找到，然后控制住，如果不能，我会死，你们也会死，而你，会死得非常惨。"

这名主教是唐家在国教里埋下的伏笔，现在被逐出京都，虽然侥幸活了下来，却再无法发挥更大的作用，如果不能在朱砂丹一事里表现出自己的忠诚与能力或者说用处，那么等待他的结局想必很不美妙。

主教的脸色变得有些苍白，掌柜更是冷汗湿透了衣背。二人都很清楚，这件事情已经牵涉到了汶水族中的权势争夺。他们的身份地位还不足以知道所有的内情，但很清楚，这两年里的汶水城已经发生了多少场狂风暴雨。

诸房之间的斗争日趋激烈，甚至可以说惨烈，虽然到目前为止都还没有死人，但已经隐隐有了血腥的味道。最重要的信号便是长房大爷的旧疾复发，而就在今年年初，那位名声越来越大的唐家三爷……生了一个儿子。

汶水唐家乃是千世之家，自有规矩。当初老太爷决意让长房继承家业，唐三十六是唐家的独子独孙。在他正式继承家产之前，老太爷禁止其余诸房有第三代的子嗣。这个规矩非常残酷，好在诸房的主子都修道有成，数百载寿数可期，倒也不急于一时。

这个规矩，到了年初终于被打破了。唐家三爷生下了一个儿子。

那是唐三十六之外，唐家第三代唯一的血脉。

这意味着什么？是不是老太爷在家族继承上终于完全改变了主意？长房就此失宠？还是说唐家三爷已经没有耐心再继续等下去，明确而强悍地表达出了夺权的野心？野心当然要建立在实力之上，现在的唐家诸房以三爷为首，已经在这场斗争里取得了明显的优势。

两年前的京都巨变中，在更早这些年的幕后交易里，唐家三爷代表着商行舟，在大陆各势力之间来回纵横，沟通联络，为推翻天海的统治起了非常重要的作用，在破掉京都皇辇图的关键一役里更是扮演了无法替代的角色。

在这件大事里，无论任何方面，唐家三爷都表现得极为完美，而且很低调，给汶水家里带来难以想象好处的同时，也非常符合唐家的风范，获得了很多族人的支持甚至是崇拜。

如果不是那年冬天在杀王破的时候出了问题，也许他现在就已经取代了唐三十六的父亲……

这时候，掌柜与主教听到这是唐家三爷的命令，顿时没有了任何侥幸或者求饶的念头。那就赶紧找到那个人吧，如果控制不住，杀了便是。

可能是因为唐家三爷的冷郁太出名，也可能是因为十七爷一直坐在庭院里亲自盯着，丹药分析破解倒溯的工作进行得比想象中更快，当天傍晚时分，几位医道大家及唐家运输、土产方面的掌柜，终于得出了一个初步的结论。

某种药材产自何地，运至何地，途经何地，某种药材只有何地有，某种药材在天凉郡一年的用量又几何，无数的信息汇总在一起，然后伴着算盘珠啪啪的清脆声响变成纸面上的数字，最后指向了地图上一个非常不起眼的位置。

那里是天凉郡东北，人迹罕见，天寒地冻，群山之间有座叫高阳的小镇，近乎荒弃。

与客栈一墙之隔的圣医馆里，随着伤者们的伤势渐渐好转，气氛变得越来越轻松。

最深处的那个房间气氛依然压抑、低落。那个年轻的阵师依然没有醒来，本来微黑的脸现在很是苍白，呼吸短促而微弱。

安华坐在窗边，闭着眼睛在养神，很是疲惫。按照松山军府的军令，她和圣医馆里的神官、军医非常努力地在医治这名年轻的阵师，现在可以确定的是，年轻阵师还能再撑七天时间，比最初神官预计的要多出两天，之所以如此，当然是因为她的到来。

青曜十三司的圣光术不比离宫神术弱，不然当初圣女徐有容也不会选择在这里学习。但这依然还是不够，因为……朱砂丹要十天之后才会出现。

在松山军府的受药序列上，年轻阵师排在第一位，只要有药，他便可以拿到，然后活下来。可安华知道，无论自己和神官、军医再如何努力，也没有办法让他撑到那个时候。看着希望就在眼前，而且似乎越来越近，然而仔细望去，却还是那般遥远。

人力终究有穷时，这个事实总是那么容易令人感到悲伤，甚至绝望。结束冥想，安华睁开眼睛，起身走到榻边，观察了一下年轻阵师现在的情况。

不知道是因为一天一夜未曾休息、不停照顾的缘故，她觉得年轻阵师的眉眼越来越清楚。怎样才能让他活下来？还有别的希望吗？比如请离宫里的大主教出手？

不，就算那些大人物愿意为年轻阵师出手，也赶不到这里，更不要说现在的离宫，除了派遣相当数量的神官医者在北方前线，在其余的时间与地方都表现得异常低调，从清晨到日暮，从春到秋再到冬，殿门紧闭，戒备森严。

茅秋雨这样的国教巨头，更是轻易不会出离宫一步。这样的情形已经维持了两年。因为教宗离开京都已经两年了。没有人知道年轻的教宗如今在哪里，甚至不知道他是否还活着。

安华不闻窗外所有事，也不知道现在的朝局或者雪老城现在的模样，她只知道这两年一直在打仗，很多人已经死了。

南方诸宗派山门世家，在这场战争里发挥了非常重要的作用，从天海圣后到道尊商行舟都格外重视南北合流，自然有其道理。新一代的修道者们也开始正式登上历史的舞台，离山剑宗、槐院与青藤六院的年轻人表现得最为出色。

当然，和那位初登战场时的动静比起来，这些都是扮家家酒，不值一提。虽然都是年轻人，但终究是不一样的。

那是他离开京都后第一次出现在世人眼前，也是最后一次。那天秋高气爽，万马奔腾，狼烟四起。他千剑齐发，无数魔族士兵洒碧血而亡，原野变成一片血海。

如山海般的凝重气息混乱里，海笛魔将全力出手，云撕地裂，天地变色。年轻的教宗重伤倒下，然后再次消失。

仿佛他来战场走这一遭，出现在无数双视线之前，冒着如此大的风险，杀了那么多魔族，流了那么多血，受了这么重的伤，只是专程来告诉这个世界和某些人——我还活着。这真的像小孩子在玩扮家家酒。

61·活着不过是一场扮家家酒（下）

想象着当初教宗陛下在战场上的画面，安华的眼睛微亮，心怀敬意想道，真是了不起。作为国教中人，她特别骄傲，心情微漾，没有注意到病榻上那个年轻阵师的眼睛睁开了一道小缝，透出来的视线显得很幽暗。

这时窗外庭院微乱，将军来到了圣医馆，同时带来了一个难辨真假的消息——一个叫高阳镇的地方可能还有朱砂丹。为什么？因为炼出朱砂丹的神秘人可能就住在那里。

整个大陆都想知道的问题，忽然间有了答案，安华一时间有些难以接受，哪怕冷静下来后，依然无法相信。但年轻阵师的生命只剩下了七天时间，从松山军府到高阳镇只需要三天，至少从数字上来说有希望。

她神情怜惜地看了年轻阵师一眼，说道："我想去看看，哪怕是假的。"

从松山军府向南很远还是天凉郡，但汉秋城的风景明显要好很多。唯一的遗憾就是城外那片著名的庄园依然无法恢复当年的盛景，重新生出的耐寒柳树，东一片西一片地散发着绿意，看着就像是被羊群啃食过的草原。

两年前，朱洛在天书陵下被汗青神将一刀斩死，朱阀与绝情宗失去了神圣领域强者庇护，早已不复曾经的威势，但天凉郡毕竟是朱家经营了千余年的地方，朝廷欠着他们情，加上与相王一系的关系密切，所以现在除了在浔阳城里的势力渐被梁王府压制，整个天凉郡里依然无人敢撄其锋，更没有谁敢在汉秋城挑战朱家的地位。

但朱夜的情绪明显不是太好，看着河道两岸的原野，眼睛里流露出一抹厌恶与憎恨的神情。他是现在的绝情宗宗主，也是朱氏当家人，可以说继承了朱洛的绝大部分遗产。所有人都知道他并不是朱洛的儿子，而是侄子，如今却在汉秋城主人的位置上坐得如此安稳，便可以知道他这个人肯定很强，至少很狠。

"我不喜欢看到万里焦土，更不喜欢看到这些烂膏药似的画面，得想办法治一下。"朱夜端起手里的酒杯，向对面那人致意，"如果能有好药，我当然不介意出些力气。"

与他对饮的是位将军，身上散发着强大的气息，明显已经超过了聚星上境。

松山神将宁十卫，没有任何背景，性情木讷，当年为圣后不喜，所以虽然实力强悍，治军有术，但在大周神将里的排位一直不高，名声不显。直到天书陵之变，他奉旨归京，做了几件大事，终于得到了道尊与相王等人的赏识。

当初在洛水畔，王破断臂破境，有两名神将想要杀他，被肖张一根铁枪拦了下来，其中一人便是他。可能正是因为这件事情，他承担败责，被迫离开了京都，来到了松山军府。

松山军府自然要比他以前所在的军府强很多，他知道这是朝廷对自己的恩赏，但还是无法满意——如果不是唐家二爷向道尊明确地表示了对自己的不满意，他本应该留在京都更重要的位置上，比如取代徐世绩。

来到松山军府的这两年，他想了很多事情，所以很快便明白了朱夜这句有些意味难明的话到底是什么意思。

那种丹药能够生白骨、医死人，自然也能如春风一样，令焦黑的万柳园重新变绿。朱夜当然不会真把那种药用来化水浇地，这只是一种形容，一种非常贴切的形容。宁十卫想要那种药以为晋身之阶，朱家也想要那种药重振家威，何妨共谋之？

"朝廷对唐家已经让得足够多，那些汶水商贾现在越发骄纵，有些不知分寸，确实需要教训一下。"

他说道："我会派人过去，如果宗主有兴趣，可以让他们一道。"

朱夜放下酒杯，看似很随意地说道："我会亲自走一趟。"

宁十卫发现这件事情比自己想象的更重要，如果不是战事紧张，他似乎也该去那座小镇看看。

"我也去看看。"一道声音在旁响起来。

说话的人是位年轻公子，在微寒的天气里摇着折扇，以至于本来很俊俏的眉眼多了些凉薄的意味。

"虽然我并不认为那个药有你们说的那么重要，但我很好奇。"

年轻人叫天海沾衣，平国的亲弟弟，也就是陈留王的小舅子，而陈留王是相王的儿子。天海家与朱家的关系一直非常糟糕，可以说势成水火，朱洛不上京，甚至已经成为了大周朝的一句谚语。但正所谓时移势易，如今圣后娘娘死了，朱洛也死了，曾经的警惕与恨意已经变得无所谓，被边缘化的隐惧，让他们通过相王这条线携起了手来。

朱夜看着天海沾衣笑了笑，没有说什么。谁都知道，天海家的权势与资源，最终会落到天海胜雪和天海沾衣其中一人身上。相对于得到了很多军方重臣的欣赏的天海胜雪来说，宁十卫非常不喜欢天海沾衣，因为这个年轻人太阴沉，给人的感觉太凉薄。

或者正是因为这个原因，他没有拒绝，问道："王爷是不是已经确认不是那位？"

天海沾衣收起折扇，在掌心轻轻一击，看着他似笑非笑说道："你莫不是怕了？王爷说过，那人应该在南方。但我与你们想的不一样，若这药真与那人有关系，我真的很希望能够在那里看到他的身影……"

他没有把话说完，起身离开。

看着渐渐消失在落日残柳间的身影，朱夜说道："走得太快，容易出事。"

"在战场上，像他这样的年轻人向来死得很快，而我早就已经不年轻。"

宁十卫说道："所以我什么都不知道，只知道有个年轻阵师离死不远了。"

"这时候有人忽然知道了朱砂丹的下落，自然会想办法找过去。"

"不错，如果他能活下来，当然极好。"

"将军真是待兵如子。"

"一切都是朝廷里大人们的恩赏。"

在地图上高阳镇是雪原群山间的一个小点，在记录里高阳镇是一个早已荒败废弃的军寨，但当安华等人来到这里时，才发现地图上的那个小点竟是雪山下一大片的古旧建筑，而镇子依然颇有人气，很是热闹。

高阳镇的复兴，要全部归功于这场人族与魔族之间的战争，因为雪原北端战事频仍，由东北往天凉郡一线的军械运输，现在大多数时间都选择经过重新启用的山间军道，而这条横穿寒山的军道出口处，正好在高阳镇。

现在的高阳镇真的很热闹，甚至可以称得上繁华，街上到处都是军人与商贩，还能看到很多浓妆艳抹的女子。

妓院都有的地方，自然不会没有客栈。领队的校尉抬起担架上的年轻阵师进了后院，安华带着两名女学生走上了客栈二楼，准备要些吃食，同时打听些事情，还未来得及坐下，视线便被楼间的一对父女吸引了过去。

那是一对卖唱的父女，父亲穿着件书生的旧衫，怀里抱着一把古琴，低着头，看不清楚容貌。那女儿年约十二三岁，容貌清丽，略有稚意，两眼之间的距离有些宽，看着又有些憨拙的感觉。

62 · 青梅一炉火

安华会注意到这对卖唱的父女，是因为她从一些细节上发现了些古怪。

那位琴师的衣衫很旧，也没有时常清洗的痕迹，却干净异常，更奇怪的是，高阳镇里外都飘着微雪，街上泥泞难行，他的那双布鞋上却没有一点泥点，看上去就像新的。

还有那个清丽的小女孩，没有寻常卖唱小姑娘的畏怯或是自怜，就这样静静地坐在屋角，微抬着头，略有些木讷的眼神。因为她眉眼间的漠然，也可以理解为对周遭所有事物的不屑，总之有一种与世隔绝的疏离感。这不是一对普通的卖唱父女，至少不是常见的卖唱父女。

安华刚想到这里，一声清脆动人的琴音从那名中年书生的手指响起，然后再未断绝，淙淙然有如流水。

随之而起的是那位小姑娘的歌声，小姑娘的声音很好听，但发音有些特殊，尾音时舌尖会微微卷起，仿佛要把那音节咽回一部分，但并不令人觉得含混不清，也不会让人听着觉得腻烦无趣，反而就像半卷珠帘后的一位绝世美人。

安华久居京都，听过很多名家妙曲，但从未听过这样的曲子，不期然沉浸入内，暂时忘记了先前心里的古怪感觉。

一曲罢了，客栈二楼里安静良久，才响起了掌声与赞叹声。掌声与赞叹声不是特别热烈，不是因为众人觉得这对父女唱得不好，而是因为所有人都像安华一样，觉得余韵难忘，不忍用掌声打断。

那对父女没有起身回礼，也没有表示感谢，就连收钱的动作都没有，静静地坐在屋角。父亲调理着琴弦，小姑娘依然面无表情。

安华吩咐一个女学生把那个小姑娘带过来，想要问对方几句话。小姑娘没有理会，依然望着窗外，眼神有些失焦，不知望着何处。

安华有些郁闷，但她性情温和，也不以为忤，喊来客栈的小二问了几句，才知道，这对卖唱的父女是昨日才来到高阳镇。那位父亲是个哑巴，那个女儿也有些问题，似乎是得了某种怪病。

安华起身向屋角走去，对着那位哑巴琴师微笑致意，然后在那个小姑娘身前蹲了下来，伸手牵住了她的手。

她是青曜十三司教职，圣光术与医术都极高明，只是简单的一牵手，手指便已经完成了搭脉。感受着指腹传来的脉象，她眉头微蹙，发现小姑娘的身体确实有问题，而且很复杂，极有可能已经对识海带来了极大的损伤。

她抬头望向小姑娘。小姑娘依然望着窗外。安华的视线落在小姑娘的侧脸上。小姑娘除了眼间略有些宽，竟挑不出任何问题，生得很是好看，甚至可以说是十分美丽。——如此美丽的小人儿，却有些痴傻，真是可惜了。

安华对这个小姑娘生出很多同情，从袖子里取了个荷包，准备偷偷塞给对方。那个荷包里有些碎银子。

这时，那个小姑娘收回了望向窗外的视线，望向了安华。这时候距离她的手被安华牵起已经过去了数息时间，小姑娘的反应似乎真有些迟钝。

但安华再也不会这样认为，或者说，再不敢这样想。因为她看到了小姑娘的眼睛。隔着这么近的距离，她终于看明白了，小姑娘的眼神并不呆滞，只是平静。她的气息不是疏离，而是深植于骨的傲然。

天地间除了飘雪，没有其余的人或事能够扰动她的心湖，让她不再平静。看到小姑娘的眼睛，安华忽然觉得窗外的雪全部涌了进来，穿透了衣衫与血肉，直接落在了自己的识海上。

仿佛一棵小草看到了无尽的风雪暴，仿佛蝼蚁看到了巨人。她的身体变得无比寒冷，无比僵硬，便是连动一根手指都无法做到。她甚至觉得下一刻自己的识海便会被冻成冰，然后悄然无声地死去。

便在这时，那个小姑娘看到她手上的那个荷包。小姑娘很缓慢地点了点头，动作很细微，如果不仔细观察，根本无法注意到。然后，她转头再次望向窗外。

狂暴的风雪停止，巨人漠然的俯瞰消失，安华终于感觉到了真实世界里的那抹暖意。

她的身体不再僵硬，可以活动，再不敢做任何停留，带着女学生向楼下走去。来到楼下，她才发现衣衫已经全部被汗水打湿。

安华没有把这件事情告诉任何人，包括领队的将军，以及那名姓杨的圣医馆管事。因为她有种强烈的认知，自己险些因为探知了某个秘密而死去，现在能够活下来，便应该把这件事情当作秘密继续保有。这就是那个小姑娘对她无言的要求。

因为恐惧，所以当她回到后院，听到将军说最好即刻出发时，没有任何意见，只是提出了一些问题。

"确认了具体位置吗？"

"军府已经提前派人查了两天药材的去向，应该不会有错。"

高阳镇上开着一间药铺，据斥候的回报，很多药材都会运到这家药铺里，然后半夜时分，又会运往城外，不知所终。很明显，朱砂丹的主人选择高阳镇就是因为现在这里交通便利，想要什么药都能弄到。

当天下午，将军、安华、杨先生以及数十名军士，还有担架上的年轻阵师，踏上寻医的道路。

离开高阳镇，偏离官道及军道，向着更北处的寒山深处进发，道路上覆雪渐深，不再泥泞，同样难行。越往深山里去，越是寂静，越是美丽，寒松之间，隐有温泉轻烟。如果不是战争的缘故，或者这里早就已经变成了风景名胜。

暮时的红暖尽数消失，夜色降临，借着星光掩映，队伍艰难地前行，不知何时，终于抵达了目的地。

寒山深处有个小院，院旁有活水围绕，烟气蒸腾，应是温泉引流而来。因为地热的缘故，纵然已是寒冬，小院四周依然生机盎然，依着与温泉水的距离，自然形成四季之态。院墙那片有丛青葱的竹林，庭前是盛开的花，半拱窗前是在落叶的树。当然，绝大多数地方还是天寒地冻，比如那片小湖上到处都是雪。

雪湖里有亭，四周有纱帘，里面隐隐有两个人影。风乍起，掀起纱帘一角。亭里有一炉火，数枝梅。

一名男子和一个小女孩隔着火炉相对而坐。那女孩一脸稚气，一身黑衣，浑身寒意。那男子年岁不长,眼神干净。

无论雪与梅,都不如。

63·红焖总是肉

寒雪深夜,亭台楼榭,青梅泥炉,对坐饮茶,自然透着风雅与不凡。

在过去数日里,安华对那位活人无数的世外高人有很多想象,这时候看着雪湖之上的画面,觉得正该如此。

这时,雪亭里的年轻男子举起了手中的酒,浅浅饮了一口。夜风轻送,掀起帷幕,也送来了杯中的味道,人们神情微异,因为闻出了那并不是茶,而是酒。雪夜饮酒,亦是雅事,安华在心里想着,对着小亭恭谨行礼,待抬起头来,准备说话的时候,却发现那名年轻男子不见了。那名黑衣少女也离了桌畔,来到栏边。

她的视线落在湖岸上,仿佛在看安华一行人,又似乎在看更遥远的地方。在雪夜的微光与湖水的雾气里,少女的容颜清楚了些,却又更加模糊,稚意犹存却是冷艳夺目,如梦似幻,仿佛山鬼精灵。

如此荒僻的深山,寒冷的雪夜里,遇着如此美轮美奂的园林,如此清冷孤艳的少女,任是谁都很容易联想到某些传说故事。便是安华自幼在青曜十三司长大,道心清明,也不禁有了片刻的恍惚,甚至生出了些莫名的惧意。

但她不会离开,因为年轻的阵师还躺在担架上,随时便要死去。别的人也不会离开,因为他们还没有得到想要得到的东西。

"先过去再说。"将军皱眉说道。

这趟求医问药之旅,当然不会太过顺利,因为很明显,朱砂丹的主人不愿意被人发现自己的真实身份。

来自松山军府的小队踏上了湖面上的木桥,有些凌乱的脚步声,打破了此间的寂静。那名黑衣少女却仿佛无所察觉,看着夜空里某处,绝美清冷的容颜上没有任何表情。

借着黯淡的星光与灯光,安华注意到桥下的湖水里有很多微小的气泡在翻滚,迸裂之后便凝成了弥漫湖面的水雾,水雾里充满了湿意与暖意,很明显这片湖水应该是由温泉汇聚而成,甚至有可能湖底深处便有地缝。

众人进入亭中，黑衣少女依然没有转身，依然望着栏外，仿佛这些不请自来的客人并没有打扰到她雪夜饮酒的情绪。又或者是，她的眼里根本就没有这些人的存在，哪怕这些人已经来到了她的眼前。

安华望向她准备再次行礼，忽然闻到了一股味道，下意识里望向泥炉上，身体微震，脸上露出不可置信的神情。泥炉很秀气，不过尺许，搁在桌上也不显得突兀，炉上搁着一只土钵，钵中汩汩作响，就像是亭外的这些湖水。

酒在雕梅的小壶里，任其被风雪寒沏，所以这不是在温酒，也不是煮茶，而是在炖肉。泥炉上炖着一钵红焖羊肉。与雪夜煮茶的画面相比，这固然少了几分风雅，但也不至于让安华如此震惊。

她之所以震惊，甚至现在脸上忍不住流露出心痛的神情，是因为她闻得很清楚，这钵红焖羊肉里有很多药材的味道。

当归、枸杞、丁香、仙茅、淫羊藿……在这钵羊肉里，她闻出来了一些药材的味道，而那些都是她曾经在某种丹药上闻到过的味道。

那名圣医馆新来的医官杨先生，现在的脸色也非常难看。因为他的真实身份是来自汶水城的唐家药行供奉羊先生，他曾经亲自分解过那种丹药。

他非常确信，这时候炉上炖着的这锅羊肉里混着三十四种药材，就是构成朱砂丹的药材！再次望向栏边的那名黑衣少女，他的眼睛眯了起来，锋利得仿佛寒刀，带着刻骨的敌意与愤怒，就像从他牙齿间渗过去的这句话。

"真是好豪奢的做派！"

如此荒僻深山，寒冬时节，能有这样的一片美园，亭台楼榭，主人家自然不凡，不是普通的大富之家。

但所有这些，都不如这钵红焖羊肉带来的震撼更大。

"怎么了？"将军察觉到二人的神情有异，沉声问道。

安华没有来得及做什么，杨先生已抢到桌边，拿起筷子把钵里残剩下来的红焖羊肉翻了翻，然后倒了杯酒凑到鼻端嗅了嗅。只是嗅了一嗅，杨先生的脸便红了起来，和钵里的羊肉颜色一般。

不是醉了，而是怒了，他气得身体不停战抖，杯中的酒水泼了出来，就像接下来的这句带着怒火的质问。

"暴殄天物啊！这是用来救人命的东西，你们居然用来炖肉酿酒！"

人们这时候才明白了过来，不由震惊，将军的脸色更加沉郁，有人盯着桌上的羊肉与酒壶，眼睛开始放光。

安华已经从震惊中醒来，依然觉得很心痛，更多的却是失望与难过。

知道朱砂丹后，她对那位神秘的医道大家有过太多猜想，她总觉得那必然是一位无视名利的世外高人，但……能够让前线将士远离死亡与痛苦、无比珍贵的药物，对那个人来说，竟是如此地不用在意吗？朱砂丹并不是他苦心孤诣创造出来拯救苍生的神迹，而只是他在这个世界玩的一场游戏？他只是像小孩子一样，在玩扮家家酒，结果在旁边看的人们却认真了……那世人对朱砂丹的珍视，像自己这样的人对他的崇拜，在他眼里岂不是特别可笑？

好吧，哪怕这只是对方的一场游戏，但对于自己这些生活在凡间的普通人来说，依然事关生死。安华在心底无奈叹息一声，掩去那抹悲凉，对那名黑衣少女问道："请问，您便是朱砂丹的主人吗？"

黑衣少女转过身，却没有回答她的问题，而是望向了杨先生。杨先生发现这钵羊肉与那壶酒都极有可能含有朱砂丹后，情绪已经完全被愤怒与荒谬这两种感受所占据，根本没有注意到她望了过来。

没有人能看出黑衣少女的情绪，她那张稚嫩而清丽的脸上永远没有任何表情，就像是万古寒冰。她的声音同样寒冽，但表达的意思却与冰雪截然不同，充满了非常多的热情，甚至有些狂暴，当然还依然无比荒谬。

"你那只肮脏的手居然敢触碰我神圣而不可侵犯的酒和肉……这真是一件值得赞美的事情。"

安华在内的所有人都怔住了，不明白这是什么意思，杨先生也终于醒过神，愕然望了过去。

黑衣少女的眼睛非常明亮，说道："我已经很久没有吃过人肉了，谢谢你给了我这样一个完美的理由。"

64 · 断桥都是人

除了魔族，没有谁会吃人肉。——就算有那等变态的人物，也只会是私下的行为，绝对不敢宣诸于众，更不会还带着骄傲的神情。

黑衣少女的话很荒唐，听上去就像在说笑话，按道理来说，也只能是笑话，然而亭子里的人笑不出来。因为这里是远离人间的深山雪岭，寒意渐深的冬夜湖上、诡异故事最容易发生的地方,而且她的神情很认真。

恐惧与不安的气氛笼罩了雪亭,占据了所有人的心灵。羞愧有时候容易令人愤怒,害怕同样也会,因为那都是逼迫着你必须直面自己的心灵弱点。那位杨先生本想解释几句,说出口时却变成了老羞成怒的训斥。

"难道我说的不对吗?这些药材能救人命,却被你们用来满足口舌之欲!你们吃的就是人肉!喝的就是人血!"

"你说的当然没有错。"那名黑衣少女稚意未褪的眉眼间一片冷漠,"因为我本来就是吃人肉、喝人血的。"

话音落处,雪亭里响起一声痛苦的惨号,那名杨先生的手齐腕而断!伴着惊恐的呼喊,还有洒向夜空里的那串晶莹血珠,那只断手被一道无形的力量控制着,飘到黑衣少女的身前。她看着那只断手,微微挑眉,暂时没有动作,不知道在想些什么。

人们惊恐地看着这幕血腥的画面,心想难道她真的会把那只断手吃进腹中?

安华注意到黑衣少女的神情格外严肃认真,审慎而专注,甚至带着一种神圣的意味。这个发现让她感到了无穷的恐惧,身体异常寒冷,因为这让她想起了今天在高阳镇客栈里见到的那个小姑娘。

"不要胡闹了。"一道声音从湖岸上响起。

那名刚才忽然消失的年轻男子从桥上走了回来。因为此人的出现,雪亭里的压抑紧张惊恐气氛莫名变得松缓了很多。不知道是因为他温和的语气,还是那张干净而秀气的脸给人一种无害的感觉。

黑衣少女看着他恼火说道:"我哪里胡闹了?那可是你给我炖的红焖羊肉,被那个家伙的脏手碰过还怎么吃?"

年轻男子来到亭外,看着她说道:"难道就因为这样,你就要去啃他的手?"

黑衣少女生气说道:"我不管!我就要吃人肉!我本来就是吃人肉的,为什么不能吃?"

年轻男子有些无奈说道:"两年前就已经试过了,你不喜欢吃那个,怎么现在还对这件事情念念不忘呢?"

黑衣少女哼了一声,说道:"不能吃人肉的我,还是我吗?"

"乖,你刚才也说过,这只手很脏,赶紧扔了。"年轻男子对她说道,声音里有些极细微的宠溺,更多的是无奈,还有关照、责任、义务,就像是长辈对晚辈,很古怪的却又有些畏怯的感觉。

这番对话也很古怪，曾几何时吃人肉这种事情也能拿到台面上来讨论了？

众人当然觉得很荒谬，但除了已经痛得快要昏厥的杨先生之外，所有人都希望这名年轻男子能够说服黑衣少女。没有谁想在今后的余生里每天夜里都做噩梦。

黑衣少女明显很不高兴，但最后还是依言把那只断手扔进了湖里。看到这画面，众人终于松了口气。

"我知道你们想要什么，但我真的没办法给你们，另外……"

年轻男子的视线落在安华的脸上，说道："羊肉钵与酒壶里确实有药材，但那也不是你们要的东西。"

安华已经确认他便是朱砂丹的主人，不解为何这么多人里他偏要对自己说话，不由怔住了。

年轻男子继续说道："我不是那般奢侈的人，如果这肉与酒能够救人，当然不会用来满足自己的口腹之欲。"

安华越发觉得不解，此人必然不是普通人，而且没有任何必要向自己这个青曜十三司的普通教习解释什么。而当她看到正在痛苦呻吟的杨先生后，那抹困惑再次被悲哀取代，说道："可你们终究是无视普通人生死的大人物。"

年轻男子看着她认真而倔强的神情，有些微微失神，大概是想起了某个曾经也在青曜十三司修行过的姑娘。他想解释几句，或者也是因为这个缘故。

"你是一名纯粹的医者，你是一名真正的军人。"

他看着安华和将军说道："但这个人不同，他不是普通的医官，我看得出来他的贪婪，所以断手便是他需要付出的代价。"

就像前面的解释一样，没有证据，只是唯心己断，很难令人信服，但看着年轻男子干净而清澈的眼眸，安华和将军都相信了。

接着，年轻男子带着遗憾说道："我没有想到这么快便会被人找到。"

雪亭里的气氛再次变得紧张起来，众人握住了刀柄与弩箭，呼吸微急，心想对方准备要灭口吗？如果没有看到黑衣少女悄然无声隔空斩断了杨先生手腕的画面，众人或者会嘲笑这种想法是异想天开，但现在没有人还敢这样想。

然而年轻男子没有做任何事，只是把黑衣少女唤出雪亭，便转身向桥上走去。

众人这才注意到，他一直背着行囊，原来刚才他消失的那段时间，竟是去准备离开的事宜。

安华毕竟是女子，心思相对纤细，想到的事情更多些。只用这么短时间便收拾好了行囊，那么说明他们随时在准备离开？他在避着什么？朱砂丹带来的举世盛誉、不世富贵、无尽风险，还是这个世界本身？这个年轻男子究竟是谁？他的身上有着怎样的故事？

那名将军带着军命前来，自然不甘心任由对方离开，沉喝一声，便向雪亭外掠去。轰的一声，亭下溅起无数烟尘，他被一道无形的屏障挡了下来，震倒在了地上。

人们才知道，原来对方离去之前已经在雪亭里布下了禁制，或者没有什么危险，却让己方无法阻止他们的离去。

安华走到亭边，看着那两人的背影喊道："我们只是想求一颗朱砂丹救命。"

年轻男子没有转身，说道："我这里真没有了，下一炉要几天后，你们回去等吧。"

安华有些绝望地喊道："可是他已经等不及了。"

"有很多事情，都是我们自己无法决定的，只能认命。"

年轻男子带着黑衣少女继续向木桥尽头走去，一路还在说着什么。

"以后不要再无理取闹了。"

"人家哪里有无理取闹！"

"那你能不能不要这么暴虐？动不动就要杀人吃人，这样真的很不好。"

"那些人是来抢东西的！说不定还想对你动手，我当然要杀了他们，杀都能杀，顺便吃吃又算什么？"

"我知道你也不想吃，何必勉强自己……"

"我什么时候说过自己不想吃人肉？还不是想着你说的有道理，那只手太脏，洗净拔毛太麻烦……"

"我那是给你找个台阶，好方便你下来。"

"喂！你这样说出来，我岂不是又被架到梯子上了？再说了，拜托你拎拎清楚，我那是给你面子！"

听着这些对话，看着渐渐远去的背影，雪亭里的人们情绪很是复杂。就在他们以为今夜发生的一切都将成为回忆，终将变成生命里难以忘记却又无痕迹的一场寒梦时，忽然，满天的星光与碎雪骤然间狂舞起来，一颗巨石从天空里呼啸而落，砸在了木桥上。

湖水翻涌，水浪大作，木屑乱飞，烟尘与雪屑遮蔽了整个天空。木桥断，雪湖乱。年轻男子与黑衣少女站在断桥边，衣衫微湿。四处沉寂无声，格外压抑。

忽然有风声响起，呼呼不绝，那是寒风吹拂着火苗。接着又有金属摩擦的声音响起，盔甲撞击的声音响起。无数火把在湖边依次点燃，渐渐照亮画面。

到处都是人。

65·雾重时，杀人无声

雪湖四周原来隐藏着这么多人。既然是隐藏，自然说明这些人早就已经到了。这些人来自高阳镇，来自浔阳城，来自松山军府，来自汉秋城甚至京都，都是高手强者。但他们只是真正大人物们的随侍。

大人物们一直站在山岭间的夜色里。

天海沾衣穿着件薄衫，雪花落在上面便飘走，看着很是潇洒。年轻人总喜欢用各种方法来展现自己的风度，夸耀自己的境界。但身为朱阀之主，朱夜不需要如此，穿件极名贵的裘衣，神将宁十卫在这严寒的天气里，依然全身盔甲，显得格外肃杀。他看着山谷下方那片被雾气遮掩、仿佛仙境的庭院，皱眉说道："这里如此荒僻，而且与魔域极近，竟能修出这样的地方……"

"是哪个人拥有这样的地方并不重要，重要的是今夜之后，谁能够拥有那个人。"

天海沾衣望松林对面看了一眼，没有掩饰自己的嘲讽与轻蔑意味。哪怕是最愚蠢的人物也能想到，能够炼制出朱砂丹这样的奇宝，那个神秘的主人必然不是普通人。

但他们代表着朱家、天海家以及相王，等若半个大周王朝。他们需要考虑的不是怎样才能抢到那个宝贵的药方以及更重要的那个人，而是要考虑如何避免另外的一些人抢夺。那些人就在松林对面。

唐十七爷似笑非笑看着他们，说道："真没想到，我汶水唐家的货，居然也有人敢抢。"

看起来，唐家对今夜的局势已然失去了控制，哪怕他提前有所准备，但应该也没有想到，对那个人和药方朝廷里的大人物竟是如此重视，以朱夜和宁十卫的身份居然也悄然潜至这片无名雪岭之间。

天海沾衣看着他身边那些唐家高手,嘲笑说道:"如果你们唐家依然老老实实像过往那样负责发放朱砂丹,那确实可以说是你们的货,可如今你们自己都起了夺宝之心,难道还有脸阻止别人?监守自盗……可要更难听些。"

唐十七爷敛了笑容,说道:"我这是在代表唐家和你们说话。"

自在雪岭里相遇开始,朱夜的脸上一直带着淡淡的笑容,听到这句话时,笑容陡然更盛,说道:"待你二哥什么时候把大哥毒死,然后再进祠堂把可怜的小三十六打杀,到那一天的时候,你再来说自己代表唐家也不为迟。"

听着这番看似寻常、实则锋芒毕露,无比轻蔑的话,唐十七爷深深地吸了一口气,目光渐寒。这里是天凉郡,而且他不是大爷不是二爷,甚至在唐家的地位就连唐棠都远远不如,这番话他只能应着,然而……

便在这时,宁十卫霍然转身,望向下方雪谷里的庭院,闷哼一声道:"想走?"

声音未落,他的拳头带着寒铁的味道,重重地轰击在了山崖上,只听着一声巨响,一块山石被震飞而出,向着下方坠去。雪谷里隐隐传来倒塌的声音,湖水似乎起了波澜,那木桥就这般断了。

"走,我们去会会此间的主人。"

宁十卫向着雪湖而去,看都没有看唐十七爷一眼。但唐十七爷知道,他的这记铁拳事实上就是给自己看的,这是警告,也是决心的展现。天海沾衣满脸嘲讽地摇了摇头,从他的身边走了过去。朱夜看着他平静地点头致意,也随之离去。那位前英武殿主教看了始终不动的唐十七爷一眼,有些忧虑,又有些不解。

看着远处雪湖四周的火把依次点燃,看着那片因为湖水激荡而越发浓郁的水雾,唐十七爷忽然皱了皱眉。

山石砸断了木桥,惊了湖水,起了一场大雾。四季皆有的庭院被水雾笼罩着,无数火把释放出的昏黄光线,被散射成极梦幻的图景,较诸先前更多了几分仙意。当然,在不同心情的人看来,也可以说是添了几分诡异。

天海沾衣站在雪湖边,看着雾里断桥上隐隐若现的两个身影,微微挑眉说道:"阁下自然是了不起的人物,闲云野鹤,世外高人,奈何……哪能真正不食烟火?既然早晚要入红尘,何妨与我等同行?"

他觉得这段话说得极雅,比较满意,然而雾里传来的回答,却表明并没有起到他想要的效果。

那名黑衣少女的声音就像她的人一样没有情绪，却又极容易撩动他人的情绪："你是妖族？不会说人话？"

天海沾衣闻言怒极，轻哼一声，便准备如何，却被朱夜用眼神止住。

"简单一些，无论你是怎么想的，但既然见了天日，便再没有回到夜里的可能。"

朱夜看着雾里那两人平静说道："没有人能够私吞朱砂丹，唐家不行，我也不行，谁都不行。这是朝廷的，我们要的只是首献之功，至于你的酬劳，一分都不会少你，甚至，你有可能得到道尊的欣赏。"

水雾里安静了很长时间。年轻男子的声音响了起来。

"这是我的东西。"

朱夜露出温和的笑容，就像对晚辈耐心解释的师长："我说的'谁都不行'里的'谁'，也包括你。"

雾里那名年轻男子问道："这是什么道理呢？"

朱夜肃容说道："既然是天下至宝，便应由天下所有。"

雾里再次安静。

天海沾衣冷笑道："身怀重宝，又不愿意与世共享，就应该藏得更隐秘些，不然便是取死之道。"

无论说的文雅还是婉转或者耐心，其实大人物们的道理始终都很清楚。朱砂丹是世间至宝，如果没有相对应的实力或者说权势，便没有资格保存，想要强行保留，那就去死。

雾里再次响起黑衣少女的声音，那是对天海沾衣的回答："呀！你真是妖族吗？"

还是不会好好说人话那个梗。天海沾衣大怒，厉喝道："把药方交出来，饶你不死！"

就在说这句话的时候，他在身后暗中比了个手势。他根本没有等着对方回答的意思，要的就是突然动手。朱夜与宁十卫都看见了，眉头微挑，却没有阻止，因为他们也想看看会如何，哪怕只是试探也会有些回音。

一名天海家的高手悄然无声地掠过湖面，极为诡异地消失在了水雾里。

然后……就只是消失了。没有任何事情发生，没有任何声音响起。时间缓慢地流逝，雾里依然安静，哪有什么回音。所有人都感觉到了真正的诡异。

天海沾衣的脸色变得异常难看。朱夜与宁十卫的神情凝重了几分。

忽有水声响起，水雾里莲叶轻动，那名天海家高手的尸首从里面飘了出来。就像一只舟，经过之处，湖水渐染，殷红夺目。

66·只是打了个照面

看着湖水里轻轻飘荡的那具尸首，天海沾衣的脸瞬间变得苍白无比，如纸亦如雪，与他那位更出名的兄长多了几分相似。这并不代表着他恐惧，而是代表着愤怒。

"再去！"他看着雾里隐约可见的那对身影沉声喝道。

破空声随之响起，这一次未作任何遮掩，数名天海家的高手从湖岸上一掠十余丈，便进入了浓雾之中。

这一次终于有了回音，很快便到来，那是数声轻响，仿佛是盛满水的皮囊被利箭刺破。啪啪啪啪，数名天海家高手还在空中，便碎裂了开来，化作难以数清的肉团，纷纷落下。湖水瞬间被染得更红，浪花难安。

雾没有散去的征兆，依然浓稠，那对年轻男女在其间若隐若现，也看不到他们究竟做了什么动作。

宁十卫与朱夜神情凝重对视一眼，看出了彼此内心的那抹警意。对于这位神秘的朱砂丹主人，他们知道必然不是凡俗之辈，正是因为有这种心理准备，他们才会亲自前来这片荒僻的雪岭。然而他们还是没能预想到，此人竟然拥有如此高深莫测的境界，诡异难明的手段，更可怕的是对方的心志竟是如此冷酷强硬。

他们不禁想到，先前唐家临阵而退，莫不是知道更多内情，才故意让他们当作前锋？就像他们暗中派出此时雪亭里那支小队一样。

但到了此时，已经容不得他们再做别的安排了。

"你这是在找死！"天海沾衣愤怒得浑身战抖，厉声喊道，"给我放箭！"

宁十卫没有说话，神情漠然地看着雾里，盔甲上的寒霜骤然间变得重了数分。

弩弦渐渐绷紧的声音，在湖畔的雪林里四处响起，百余把松山军府最强硬的神弩，对准了湖雾深处那对身影。

朱夜也没有说话，眼睛微微眯着，裘衣上的毛不知何时纷纷翘起刺向夜空，看着就像是准备跃涧搏杀的猛虎。

他与宁十卫很清楚，只凭松山军府的这百余把神弩，并不见得能够对付得了浓雾里的那对年轻男女。相反，极有可能激发对方的真正凶性，对方想要杀出重围，必然会全力出手，那么今夜能否获得全面的胜利，就看下一个照面了。

照面之间，便要结束这场战斗，自然不能留手，必须出全力。朱夜与宁十卫的神情如常，实际上已经默运真元，把气息提升至了巅峰状态，准备一击将对方制服或者杀死。

一位是朱家家主，一位是大周神将，都是毫无争议的聚星上境强者，二人以如此决然的姿态出手，再加上百余把神弩的配合，不要说雾里那对男女还很年轻，即便是肖张或者梁王孙这等级数的逍遥榜强者，只怕也要暂避其锋。

一触即发之时，忽有清风徐来。

这片雪岭极北，已经靠近魔域，又逢隆冬时节，山间的夜风自然极冷，可以说得上是刺骨，只是这片园林湖亭有温泉汇流，便是再寒冽的罡风吹拂到湖面上，也被变成了再无寒意、拂面令人清醒的清风一阵。

这阵清风拂动了湖面上的莲叶，拂动了死尸上的衣衫，那片浓郁的仿佛永远化不开的浓雾也渐渐淡了。

星光从夜穹里落下，被满山遍野的白雪无穷映照，将湖面照得清清楚楚。这里极似南方的园林，湖山相映，花树对掩，水间有莲，莲里有亭，亭之南北有条木桥。这时候桥断了。

星光落在断桥处，首先落在了一只手上。那只手很小，洁白如玉，但这时候上面满是鲜血。黑衣少女看着自己的手，紧蹙着眉尖，小嘴微张，隐隐可见丁香般的舌尖，似乎在犹豫要不要再舔一下。

在她身边，一名年轻男子低着头，正用手帕擦着身上的水，应该是先前山石砸断木桥时，被溅起的水花打湿了。接着，他把手帕递给黑衣少女，应该是想让她擦掉手上的鲜血。

一片安静。无论是被禁制困在亭里的那些人，还是湖畔的更多的人，都看着这幕画面，情绪复杂，沉默不语。

对雪亭里的那些人来说，这时候应该知道了自己在这件事情里扮演的角色，所以沉默。对湖畔的军士高手们来说，他们沉默是因为震惊于对方真的就是一对年轻的男女,虽然容颜俊美,但没有任何特殊的地方。

令人不解的是,宁十卫和朱夜也一直沉默着,直到看清楚了那名年轻男子的正脸。在很短的时间里,他们的脸色变幻了无数次,仿佛看到了什么不可思议的事情,然后从唇间挤出了一些声音。那声音很复杂,很古怪,仿佛是叹息,却又更加无奈,还带着一些痛苦,更像是呻吟。

然后,他们的身体忽然向下沉去。不多,只是半尺。他们的脚陷进了湖岸里。两道恐怖而强大的气息狂暴而出。无数的泥石被震得激射而飞,仿佛劲矢。

离他们稍近些的数名军士与一名绝情宗的高手,直接被震成了血沫,便是更远些的人们也纷纷受伤,惨叫连连。即将出发的弩箭就这样消失在这场混乱之中。宁十卫的盔甲上蒙满了灰尘,面色如铁,极其难看。朱夜不停地咳着,显得有些痛苦,连腰都弯了下来。

这究竟是怎么了?

天海沾衣的情绪同样很混乱。他的境界不够高,但毕竟是世家子弟,自幼受过良好的教育,见过很多强者,所以看懂了这是怎么回事。

先前那一刻,朱夜与宁十卫的气息提升至了巅峰,举手投足间,自有开山破云之力。但就如大江东去,在这个时候,如果你想要停下来,也需要付出相应的代价。

如果是寻常时节,他们完全可以徐徐散之,但那一刻,他们因为某种原因,必须立刻做到,所以出了些问题,虽然绝大多数气息被他们强行灌进了大地里,但还有些余波震荡了出来。

两名聚星上境强者的巅峰气息有多可怕?哪怕只是余波。所以场间一片混乱,他们自己竟也是受了不轻的伤。

天海沾衣看懂了这是怎么回事,于是愈发不明白这究竟是怎么回事。为什么朱夜和宁十卫会忽然散去气息?而且竟是如此决然?要知道他们不是普通的修道强者,而是世家之主,一方重将,都是真正的枭雄人物!战意爆发之时,哪怕对面站着的是他们的亲生儿子,他们也会照样出手!

然而,当他们看到那名年轻男子的脸时,便知道自己无法出手。甚至,哪怕会震死自己身边的亲信下属,甚至还要冒着自己受伤的风险,他们都必须立刻让对方知道,自己不会出手,立刻!

让一名世家之主和一名大周神将忌惮甚至畏惧到了这种程度,断桥上站着的那人究竟是谁？下一刻，天海沾衣终于想到了那名年轻男人是谁。

他的脸瞬间苍白起来，不是因为愤怒，而是因为心里生出了无穷的茫然与惶恐。

67 · 夜色难散

如果到这个时候，天海沾衣还猜不出来那人的身份，那他还有什么资格与天海胜雪争家主之位？

当初在万柳园里，他甚至就已经提到过这种可能，还曾经说过，如果真是那位，自己倒很想遇上一遇。谁能想到，今夜他真的遇到了那位，那么接下来他会如何做？

直到这时候，他才知道任何提前的设想都是没有意义的，因为在真实情况出现之前，人们往往会比真实的自己拥有更多勇气——他现在什么都不能做，甚至连平视对方的勇气都没有。

现在很少有人拿那位与别的年轻一代强者比较，不是因为那位的境界实力已经远远超越了同龄人，而是因为那位早已超越了所谓年轻天才的范畴，他已不再是凡俗中人，而是真正的圣人。

看着断桥上那道身影，天海沾衣的身体无比僵硬，无比希望自己今夜没有出现。

朱夜还在不停地咳嗽。朱家家主受的伤似乎比人们猜想的更重，咳得非常痛苦，低着头，弯着腰，根本直不起身体，仿佛肺都要咳烂了。然后他有些艰难地举起右手摆了摆，绝世宗的高手们会意，上前把他扶住，就这样向夜色里退去。

看清桥上那人的容颜后，宁十卫的脸色便变得很难看，这时候看着朱夜退走，他的脸色更是变得阴沉无比。

因为他看懂了。朱夜一直在痛苦地咳嗽，就是为了不抬起头来。他只要不抬起头，便不会看到桥上那位，或者说，不会让桥上那位看到他。如此，他便可以假装先前什么都没有看到，现在也什么都没有看到，没有认出对方的身份。

宁十卫的反应没有朱夜快，没有办法假装，那他该怎么办？这时天海沾衣也醒过神来，看着以难以想象速度退入夜色里的朱夜等人，在心里恨恨骂声老狐狸。

绝世宗的高手们扶着朱夜退走了，雪湖四周还有很多人。再没有神弩上弦之声，刀锋出鞘之声，金属摩擦之声，肃杀而沉重的呼吸声，一片寂静。

弩营士兵与天海家高手们，此时已经隐约猜到了些什么，心情紧张不安到了极点。呼吸都仿佛要停止了，本来很短的数息时间，在人们的感觉里，变得很漫长。

那个满身盔甲的肃杀身影，终于向着湖心拜了下去。看着这幕画面，所有人都生出了一种劫后余生的感觉。

如果他坚持不跪，不管今夜结局如何，事后在场的数百人还有几个能活下来？

"松山军府宁十卫，拜见教宗陛下。"

宁十卫单膝跪在岸边的雪泥里。天海沾衣跪在不远的地方，低着头，看不清楚脸上的表情。

金属的摩擦声，再次打破雪湖的沉寂，密集响起，不是刀剑出鞘，而是盔甲的变形。数百人在湖畔的雪地树林里跪下，对着湖里桥上那个身影，齐声道："拜见教宗陛下！"

人们的声音很整齐，有些微微战抖，不知道是紧张还是兴奋，或者是畏怯。

那名年轻男子明显有些不适应，沉默了片刻后说道："起来吧。"

"谢陛下。"

盔甲的摩擦声再次密集响起。

年轻男子说道："散了吧。"

无数双视线落在了宁十卫和天海沾衣的身上。天海沾衣脸色苍白，紧紧地抿着薄薄的唇，一言不发，显得有些阴厉，但终于有了些年轻人的倔强味道。

宁十卫面无表情说道："谨遵陛下诰令。"

盔甲的摩擦声与脚步声匆匆而响。雪泥被踩烂，仿佛很多人此时的心境。

散了吧。

简单的一句话，所有人都散了。火把无踪，星光复盛，夜色愈浓，幽静无声。转瞬间，雪湖便回到了先前无人打扰时的模样，只有断桥上的那对年轻男女，还有亭中那些无法离开的人们。

年轻男子自然便是消失了两年的陈长生，黑衣少女便是小黑龙，现在已经有了一个名字，叫作朱砂。

雪湖静美无声，陈长生看着湖水里的莲叶，沉默想着事情。有人通过朱砂丹找到线索查到自己的踪迹，这很正常。那些人发现朱砂丹的主人是自己，于是不战而疾退，这也正常。

大概只有肖张那个疯子才敢在这么多人的注视下对当代教宗出手。

但这前后两样正常在一起发生，便显出了异常。很明显，无论亭子里的那些人还是刚刚离开的那些人，都是被人利用的角色。今夜的事情，看来还没有结束。

雪湖很安静，仿佛先前什么都没有发生过，没有山石自天而落，没有强者围湖，没有雾中杀人，也没有被血染红的湖还有那阵险些发出的弩雨。但木桥终究还是断了，湖水还是红了，那些人终究还是来过，那么此间便不宜长留。

他看了朱砂一眼。朱砂白了他一眼——到底是玄霜巨龙，哪怕小女孩翻白眼的动作，效果也与众不同，用妖异的竖瞳表现出来，显得格外地白，把情绪表现得格外清楚——但还是依他的意思，解除了雪亭的禁制。

那位将军带着人们从亭子里走出来，跪倒参拜，不敢言语。安华心神激荡至极，动作依然一丝不苟，显得虔诚至极，待想着先前自己对教宗陛下的无礼，又不禁紧张起来。

至于那位断了手的羊先生，更是脸色苍白，恐惧至极，心想自己只怕是死定了。

"尽快离开这里，稍后会有事情发生，到时候我可能护不住你们。"

陈长生没有转身，静静地看着雪岭里某处。那里有无尽的夜色，仿佛也隐藏着无尽的凶险。

在雪岭里某处地方，唐十七爷也在望着相同的那片夜色。

那名前英华殿主教以及来自汶水的亲信下属们，此时看着他的目光里充满了敬畏。此时众人自然已经知道，原来唐十七爷竟是早就知道了朱砂丹主人的身份，此时想来，先前被朱夜、天海沾衣等人压制，自然是表象。

不愧是唐家的主子，手段果然沉稳老辣，如果说这是借刀局，那今夜他借的毫无疑问是世间最快的那把刀。就算朱夜等人见机奇快，就算陈长生现在的性情依然如当年那般平和，但此事若被离宫知晓，国教怎会善罢甘休？

可为什么唐十七爷的脸上看不到任何得意的神色，却是那样地凝重？

68 · 今夜还有没有人来

在雪岭里某处，深沉的夜色被火把撕开一道不大的口子。

天海沾衣盯着朱夜，脸色异常难看，羞恼至极说道："就这么走了？"

朱夜面无表情看着他，说道："那日在万柳园里，是谁说这位在天南？"

天海沾衣不说话了。那天他转述的是相王的话，这位权高位重的亲王，代表的便是大周王朝的想法——朝廷一直认为陈长生藏在天南，不是圣女峰就是槐院里。谁能想到，他竟会出现在这片雪岭之间，而且还是朱砂丹的主人……

宁十卫望向朱夜，无声发出问询。

"人太多。"

朱夜的回答很简略，有很多未尽之意。这里离那片园林已经很远，但依然不够远，至少没有远到千里之外，所以他的说话很小心。

宁十卫和天海沾衣都听懂了。人太多，所以离开。如果人少，今夜是不是会有不一样的结局？

天海沾衣咬着牙恨恨说道："唐家那些商人着实阴险。"

在他想来，朱砂丹既然出自陈长生之手，而汶水唐家又负责朱砂丹的分配，那么唐家自然知道这个秘密，至少也是掌握了某些证据，那么先前唐十七爷的隐忍与避让，自然便是想诱使他们与陈长生发生正面冲突。

朱夜与宁十卫也是这样想的。如果不是他们见机得快，脸皮够厚，退得决然，先前在湖边真有可能出现无法收拾的局面。

这与实力对比没有任何关系，陈长生的修道天赋当然极高，那名黑衣少女应该便是传说中的那位，即便如此，也不见得是他们这些人合力的对手，然而在那么多人的注视下，谁能承受对教宗不敬的罪名？

可是真的就这样离开吗？

朱夜忽然说道："今夜让我想起了多年前浔阳城里的那场风雨。"

这说的自然是当年举世杀苏离的旧事。

现在的局面自然与当时不同，陈长生与苏离在这个世界上的位置也不相同，但两件事情有类似之处。无论苏离还是陈长生，只要他们在世间露出踪迹，自然有很多人想杀死他们。就算不能明着杀，也可以暗着杀，不能当着很多人的面杀，可以私下偷偷地杀。

人们明白了朱夜的意思。离开是不得已，是必须表明的态度，但事实上，陈长生今夜想要离开这片雪岭，其实也是很困难的事。现在他们要做的事情，便是尽快把陈长生的位置传出去，同时在这片幽暗寒冷的雪岭里，做好伏杀的准备。

此时，隐藏在夜色里的山道前方，忽然传来了一阵琴声。那琴声很平，很淡，就像是水凝成的雪，雪冻成的冰，覆在道路上，寒冷，而且危险。

唐家并不知道朱砂丹的主人是陈长生，至少在今夜之前，他们和朝廷一样，以为陈长生肯定藏在天南某处。直到他们拿到一颗完整的朱砂丹进行分析，怀疑里面的红色晶丝是血珊瑚后，唐十七爷的心里才第一次想到这种可能。

只是猜测，无法完全消除的可能，但更是无法证明，所以他并没有太当回事，至少表面上没有太当回事。但事实上，因为这种猜测，他的心里生出了一个念头。那个念头一旦出现之后，便再也无法消除，也无法抑止，像野火般，烧得越来越旺，烧得他心痒难耐。

唐家究竟会落在长房还是二房的手里？这首先要取决于双方的实力对比，取决于老太爷的态度，但也与两房在外界的援力密切相关。

二房这两年深得老太爷的信任，势力不断地增长，为何？便是因为唐家二爷拥有道尊的支持。

长房的靠山是谁？多年前，大爷把他唯一的儿子唐棠送去天道院交给庄之涣培养，便可以看清楚，他交好的是国教。现在更是如此，谁都知道唐棠与陈长生之间的关系，朝廷压力再大，也没有人会愚蠢到舍弃与教宗之间的友谊。

二房如果想要越过长房，接手整个唐家，首先便要解决这件事情。做为唐家二爷最信任的臂膀，唐十七爷想过无数次这个问题，所以这一次在发现这种可能后，他很自然地生出了一个念头。

如果那个人真是陈长生，那……能不能想个办法把他杀死？

没有人敢在光天化日之下对教宗出手，天海沱衣不敢，宁十卫不敢，朱夜不敢，就连唐家二爷都不敢。唐十七爷自然也不敢，但那个夜里，他看着铜镜里的自己因为野心与恐惧而渐渐深陷的眼睛，终于下了决心。如果不是陈长生，那便争一争，如果真是陈长生，那就看一看……看着陈长生去死。

他没有把这个念头告诉任何人，甚至没有给自己的二哥写信请示，这样事后他可以装作什么都不知道。他确实没有做任何事，只是没有把发现朱砂丹主人踪迹的消息隐藏得太完美，让这个消息流传了出去。

于是，今夜来了很多人。虽然朱夜等人离开了，但他知道，陈长生已经很难离开这片雪岭。那些人会隐藏在夜色里，等待着出手的机会。

最重要的是，今夜还会有人来。这个说法不是特别准确，因为要来的并不是人。没有人敢在光天化日之下对陈长生出手，但那些不是人，是魔族。

在雪湖雾散之前，没有人知道，当代教宗陈长生会住在如此偏远的雪岭深处。但朱砂丹的主人住在这里。

唐十七爷坚信，只要魔族知道了这个消息，便一定会派真正的强者过来。

魔族来这里，绝不是为了抢夺朱砂丹或者药方，而是要杀人。

唐十七爷望向夜色里的北方，仿佛看到了什么，实际上什么都没有看到。那里的天空终年雪云难散，遮蔽星光，一片黑暗，连那座高险的雪峰，都很难被看见。

寒山最北的雪峰，是人类世界与魔域之间的天然屏障。这里寒冷无比，罡风刺骨，即便是先天强健的魔族，也只有少数强者能够翻越。

此时在翻山越岭的那一边，有数道黑色如山般的身影，看似缓慢，实则无比高速地割开夜色，向着南方进发。

69·那是一座黑色的巨山

数道如山般的黑色身影，来到了雪峰的最高处。从这里越过去，便是人类的世界，虽然无论在军情还是地图上，这里应该荒无人烟。

为首的魔族强者只有一只手，便在这时举了起来，示意停下。寒风呼啸，拂动铁衣，把他的黑发也拂得到处乱飞，露出两根看不出来真伪的魔角。

他的眼瞳是幽绿色，冷酷至极，高大的身躯里散发出无比强大的气息，任谁看到，都会生出无穷的恐惧。

第二魔将海笛。

无论在雪老城还是在雪原，无论是魔族还是人族，都更习惯称他为海笛大人，因为尊敬或者畏惧。做为魔族军方地位仅次于魔帅的大人物，他杀死过无数人族士兵与修道者，凶名远播。

数年前在雪原里，魔族伏杀苏离时，他便是参战的主力之一。当时苏离一剑斩落他的一只手臂，他也在苏离的肩上留下了一道深刻的伤口。能够伤到苏离，可以想见这名魔族大人物的实力多么恐怖。

海笛居高临下看着雪岭里那片庄园，冷酷的青脸上极为罕见地露出一抹凛意。世间能够让他感到吃惊的事情，已经非常少了。

那片庄园距离雪峰最高处还很遥远，可能有千余丈，那片庄园在峰顶这些魔族强者的眼中，就像是盆景一般。星光落在盆景里，湖桥上有个年轻男子，小得仿佛沙砾，如果不是海笛，根本无法看清楚那年轻男子的模样。他看清楚了，所以很吃惊。

便在这时，那名年轻男子抬起头来，望向了峰顶。隔着千丈雪峰，他们沉默地对视了很长一段时间。

"没有想到，竟然会是陛下您。"海笛面无表情说道。

他说的当然是魔族的语言，声音低沉而富有一种诡异的魅感。

"尽快离开这里，稍后会有事情发生，到时候我可能护不住你们。"

说完这句话，陈长生感应到隐藏在极深处的神杖传来了一阵波动。这让他知道魔族已经到了，而且来的应该是位自己无法应付的恐怖强者。

他的视线上行，来到了雪峰的最高处，却看不清楚那里的画面。无论他的视力再如何好，也无法看破那仿佛无穷无尽的夜色。但他知道是谁在那里。

安华和将军等人很吃惊，因为他这句话里说的不是顾不上护住你们，而是护不住……

连教宗陛下都无法护住他们，即将到来的敌人究竟是谁？

本来静美如春的湖上忽然起了一阵狂风，雪岭里的寒风冽意破四季之息而入，在湖面上来回狂掠，带出阵阵刺耳的声音。呼啸不止的风声里，隐约还夹杂着别的一些声音。除了安华，人们都听出来那是魔族语言，将军本人甚至还听懂了里面有"陛下"这个词。

众人色变，才知道原来敌人竟是魔族，而且想必是魔族的强者！

没有人逃走，人们纷纷拔出腰间的刀剑，抢到陈长生的身后。

将军让安华去照顾后方担架上的那名年轻阵师，自己则是走入亭里，把那名羊先生直接砸昏了过去。

与魔族强者的战斗即将开始，在这种时候，他不会允许己方的阵营里有任何不安全的因素。朱砂看了将军一眼，有些欣赏。

陈长生看着遥远的峰顶，感慨说道："我也没有想到，今夜会再次见到你。"

一年多前，他最后一次出现在世人的眼前，是人族与魔族的战场上。当时他带着朱砂，隐姓埋名藏在那个军府里，一边做医官救人，一面悄无声息地杀魔，直到那日，人族军队的情形实在是太过危险，他迫不得已终于显露了身份，千剑齐发，强行逆转了当时的战局，然而……也引来了那位恐怖的魔族强者。海笛自天而降，只用了一招便重伤了他。

朱砂冒着神魂流离的风险，瞒过了海笛的感知，从地底带着他离开了战场，然而谁能想到，随后在那片莽莽群山里，他们连续遇到了数位人族强者的偷袭。事后他们自然清楚，这些人族强者来自朝廷，更准确地说，来自被朝廷所用的天机阁。

当时的情形真的非常凶险，如果不是刘青像鬼一样悄然出现，或者他那时候便已经死了。

这是一段有些惨痛的回忆，更令陈长生有些意冷，所以他才会选择幽居在这荒无人烟的雪岭里。而所有这一切的源头，便是因为海笛。

今夜，他再次遇上了对方，难道当初的那些遭遇又要重复一次？

严寒的峰顶，海笛俯瞰着雪岭下方遥远的仿佛珍珠般的那片湖，脸上没有任何表情，冷酷到了极点。

"吾奉军师之命，前来取你的性命。"

黑袍要杀的是朱砂丹的主人。

如果让他知晓，朱砂丹的主人就是陈长生，自然更要杀死。——荒无人烟的雪岭，没有真正强者保护的年轻教宗，这般好的机会如果错过，那雪老城会被月神抛弃。

不知道为什么，海笛并不担心陈长生逃走，没有急着向雪岭下方掠去，而是站在峰顶与他对话。

接下来发生的事情，给出了答案，原来他并不需要掠下雪岭，他确信陈长生来不及离开。

——海笛从峰顶跳了下去。

夜空里亮起一道火线，然后迅速熄灭。狂风呼啸，星光骤暗，便是夜色都仿佛被撕扯得变形。

不久前，宁十卫曾经震落一块山石，砸断了湖上的木桥。海笛则是把自己当作一块石头，不，把自己化作了一座大山。与他的声势相比，宁十卫的山石弱得有些可笑。

伴着尖锐刺耳的空气挤压声，如山般阴影覆盖了湖面。一道难以想象的恐怖的冲击力量，落到了湖上。

轰隆！沉闷而恐怖如雷的撞击声里，湖里的水被瞬间蒸发，雾气弥漫，遮掩了半座雪岭。

庭院尽毁，化作满地废墟，木桥如寸寸裂开的死蛇，躺在满是泥土的湖底。那些来自松山军府的人们或死或伤，或昏迷不醒。

一片青叶在安华的身前展开，护住了她以及担架上的那名阵师。

那名裨将还活着，倒在断亭的石砾间，不停地吐着血，看着夜色里依然肆虐的气息湍流，露出绝望的神情。

这时，清脆的剑鸣终于响了起来。无数道剑意，自四面八方而至，挟风雨之意，斩向了那座如山般的黑色身影。

70 · 何以降魔？

浓雾里，忽然间亮起无数道剑光。

陈长生看着遮蔽四野的雾气，左膝微屈，右手握着腰畔的剑柄，仿佛下一刻便会出剑。

事实上，已经有无数的剑，从他的虎口里，从他的衣衫里流溢而出，向着四面八方斩落而去。无比锋利的剑意弥漫于天地之间，已经残破的庭院瞬间被切成无数碎片，无论是湖底的圆石还是覆着厚雪的树林，但四野的浓雾却没有被斩破，这片雾的颜色不知何时变得异常深沉，漆黑一片，有如夜色，无比浓郁，无比真实，仿佛最黏稠的污泥。

再如何锋利强大的剑意，落到这片黑色的浓雾之中，就仿佛落入泥水里的枯叶，旋转着、挣扎着，然后消失。这片黑色的浓雾已经不再是纯粹的水雾，而已经沾染上了最纯粹的魔意。

铿的一声，陈长生拔出了短剑。

无垢而明亮的剑身，无视那些可怕阴秽的魔意，终于把这片魔雾斩开了一个破口。

黑色的浓雾疯狂地涌动起来，尤其是被无垢剑斩开的破口处，更像是有无数黑色的泥浆不停地喷涌。溅射的黑雾里，一只手从里面伸了出来，握着一块像石块般的武器，如果仔细望去，竟像是半座断碑。

和这座形若断碑的武器相比，那只手本身更加可怕。——哪怕是撕裂的空间以及陈长生强大至极的剑意，都无法让那只手微微战抖一丝。

黑雾更加狂暴地挤压喷涌，那道如山般的魔影，终于出现在了陈长生的视线之中。呼啸的寒风吹拂着这位魔族大人物的须发，却撼不动那两根魔角，也撼不动他的人。

断碑自天而落。陈长生仿佛看到了一座黑色巨山在眼前倒塌，压了过来。

一道难以形容的狂暴气息，没有丝毫偏倚地向着他双眉之间偏右一寸的地方轰了过去。无限霸道的力量，指向最细微的地方，这代表着海笛难以抗拒的强大实力。

一年多前在雪原战场上，陈长生已经有过这种近乎窒息的体验。他就算有千道剑意、万种手段，也无法弥补双方实力之间无法逾越的差距。

没有任何新意，仿佛还是去年，他的眼睛依然明亮而清澈，没有任何惧意，手腕一翻，短剑齐眉而去。

他还是准备用苏离传授的第三剑——笨剑。

他知道这一剑可以挡住海笛，但自己也会受重伤。

当时在战场上，这个结局已经得到了证明，但他还是这样选择。看上去，这种选择确实有些笨，就像这一剑的名字。

但除了这一剑，他没有别的任何办法挡住海笛的全力一击。是的，他不能避，不能退，必须要硬挡住海笛，就像当初在战场上一样。

因为当时他的身后有数百名普通人族士兵，现在他的身后有那些受伤而无法离开的普通人。

但今夜他不是一个人在战斗。自从去年他在战场上身受重伤之后，那个小姑娘便再也没让他离开过自己的视线。

黑色的浓雾里忽然出现了一道更加幽暗的光影，那是她高速前掠在空间里留下的痕迹。在陈长生把短剑平举到眼前的时候，黑衣少女出现在了他的身前，举起双手向破雾而出的断碑迎了上去。

与海笛如同巨山般的身影比较起来，她是那样地娇小。与那座断碑状的黑石比较起来，她洁白的双手是那样地可怜，仿佛脆弱的下一刻便会变成无数碎片。

但她还是举着双手迎了过去，姿势有些奇怪，不像是在战斗，而像是在献花。

下一刻，她的双手里居然真的出现了一个花盆。但那个盆子里没有花，只有一株青叶，而且只剩下了两片叶子，看着有些凄凉。

断碑与青叶相遇在空中。

没有声音响起，与四周浓雾被挤压形成的呼啸声相比，断桥前安静得有些诡异。

那是因为这两道力量过于恐怖强大，把四周事物撕裂、震动的频率已经超出了正常生物能够听到的范畴。

湿泥里最后残存的水，都被这两道强大的力量挤了出来，然后再次蒸发。紧接着便被黑衣少女眉眼间散发出来的寒意冻结。

浓雾渐薄，无论湿意还是魔意，都被凝成了水，没有来得及变成雨，又已经结成了冰珠。无数颗晶莹的冰珠映照着夜穹里落下的星光，就像无数颗夜明珠般，把此间照耀得无比美丽。美丽得仿佛并非人间。

就像那无数个夜里的北新桥底。站在满天的细微冰珠之前，黑衣少女的身影依然娇小。但这时候的她已经没有任何娇弱的感觉，而是无比强大。

一道意味难明的笑声从海笛的嘴里响起。雾气忽然间再次变得浓郁起来，恐怖至极的魔气，如滔天的洪水向着她拍打了过去。已经异常干涸的湖底裂出了无数道深刻的痕迹，她的黑衣狂舞着，出现了数道裂口；她的黑发狂舞着，有数茎断落；她脚踝上系着的铁链也在不停地狂舞，如火中承受着无尽痛苦的蛇。很明显，没能完全破除禁制的她，哪怕手持离宫重宝，依然不是这位魔族大人物的对手。

但她如冰雪般清冷的脸上，依然看不到任何畏怯的神情，更没有逃避的想法。她仰着头，就像一个好强的小姑娘。也像一个高傲的龙族。

这一切发生在极短的瞬间里。陈长生没有收剑，却也来不及去帮助她。

伴着山石滚落、裂空如雷的声音，数道高大如楼台般的黑影，已经来到了雪谷外。这些都是跟随海笛的魔族强者。

陈长生忽然消失了。

坚硬干燥而布满裂痕的湖底上，忽然出现了数十个淡淡的脚印。如果有人此时望着夜穹里的繁星，或者能够看出这些脚印的位置与天上的星宿之间，有着某种隐秘的联系。这正是他当年从道藏里悟通的耶识步，通过这些年的研究，尤其是渐渐消化掉天书碑文后，已非当年。

瞬息间，他便离开了断桥，去往了雪谷之外，带去了无数风雨，把那数名魔族强者尽数笼罩其间。

风与雨，都是剑。到处都是剑。

"古伦木！"

海笛忽然大声喝道，声音里有着隐藏不住的惊意。

71·传说级别的碑石

"古伦木"是魔族语言里"小心"的意思。

海笛当然知道陈长生会耶识步，去年还在战场上亲自感受过陈长生的剑法，知道这位年轻的教宗陛下确实有着远超同龄人的修道天赋与剑道修为，但他并不认为陈长生能够战胜自己带来的几名得力部属。

但在陈长生消失、雪谷里掀起一阵剑的风雨之时，他感受到了强烈的警意。他这时候才知道，先前陈长生施出的那些剑，竟然是刻意隐藏了真实的水准。短短一年多的时间，陈长生的境界未变，但剑道居然再次提升，已经到了某种难以想象的程度。

以此想来，黑衣少女硬接他的断碑，必然是他们事先就已经做好的安排。这种安排，体现了他们无比强大的信心或者说决心。

他们相信黑衣少女捧着手里那盆青叶，至少能够把海笛这般恐怖的大人物拖一段时间。他们相信就在这一段时间里，陈长生能够把随后赶来的其余敌人尽数杀死！

雪谷里到处都是剑，却看不到剑的真身，只能感受到剑意。风雨都是剑，剑便隐藏在风雨之间，偶尔露出真容时，便是已经靠近了那几名魔族强者的身体。

嚓嚓嚓嚓，金属摩擦与切割的声音，没有任何节奏地随意响起。那几名魔族强者高大身影的四周，锋利无比的剑痕没有任何规律地不停出现。那些剑痕是剑与魔族强者们身躯切割留下的印迹，如闪电一般，格外夺目，惊心动魄。

魔族的身躯先天强韧，哪怕是最普通的魔族，身体强度也堪比人族的完美洗髓，今夜随海笛前来杀人的这几位是魔族军方有数的强者，身体强度更是难以想象，再加上那些淡黑色的魔气，即使风雨里隐藏着的都是名剑，也没有办法瞬间破开。

但魔族强者们也没有办法反击，因为他们这时候无法确认陈长生的位置。剑隐在风雨里，陈长生便在风雨后，想要找到他，便首先要驱散这些剑。

这样的局面并没有维持太久，因为风雨骤狂，雪谷里飞舞的剑的数量，瞬间增加了很多倍。水滴石穿是时间跨度极长的画面，陈长生要做的便是把无数年浓缩进极短的时间片段里。

咔嗒一声轻响，屋檐下那块满是青苔中有小洞的石头终于裂开了一道缝，然后有些无力地向着两边分离，就此断开。咔嗒一声轻响，一名魔族强者的身上也出现了一道裂缝，然后便是无数道裂缝。

风雨里的剑光陡然明亮，照亮了阴晦的雪谷，数百道绿色的血液，从魔族强者们的身上喷射而出，看上去就像雪老城里的画师往黑色的幕布上面挥洒着颜料，有些无尽妖异的感觉。

数声带着痛意的低吼，在雪谷里响起。两名魔族强者高大的身影如山一般倒塌。

如果局势这样持续进行下去，只需要再给陈长生一段时间，他便能够重创雪谷里的所有魔族强者，然后回身与小黑龙联手，前后夹击海笛。即便依然不是海笛的对手，但应该能够找到脱身的可能。

做为魔族军方仅次于魔帅的大人物，海笛纵横魔域雪原多年，哪里会看不破他们的想法？

一声饱含杀机的啸鸣，从海笛的唇间迸发而出，同时一道乳白色的光毫，从他的唇间射出，融进了滔天的魔意之中。那道乳白色的光毫异常澄净，没有任何杂质，甚至给人一种神圣的感觉。

当年在浔阳城里，陈长生曾经见过这种光毫，此时他虽然不及转身，已经知道是何物——这是月华，来自大陆最北方的那轮明月，拥有着不逊于星辰光辉甚至从狂暴程度上尤有过之的能量！

啪啪啪啪，无数清脆的迸裂声，在早成废墟的庭院里同时响起。就像是数万个烛花同时炸开，又像是迎接新年的爆竹。无数颗晶莹的冰破同时碎裂，从夜空里缓缓飘落，洒在小黑龙的身上，也落在了断桥上。

海笛手里的断碑，破开冰雾，向着小黑龙继续压去。一片青叶的边缘微微卷起，隐隐能够看到一道裂口，裂口细如发丝，却是触目惊心。

小黑龙的眼瞳里生起一抹恼火与愤怒的神情。她的衣衫上已经裂开了无数道口子，便是眼角也已经裂开了。带着难以形容的气息的龙血，从她的眼角流了出来，随即便被凝成了两道血霜。如果陈长生还不赶回来，或者下一刻，她便会成为死在这座断碑下的又一条龙。

雪谷里的暴雨骤然停歇，风却没有静止，陈长生的身影化作一道流光，便要掠回。

那几名魔族强者听到了海笛大人的啸鸣，知道陈长生接下来要做什么，哪里会任他如意？狂风忽然间碎成了无数道清风，数声闷哼里，隐藏着数声低沉的嗡鸣。数名魔族强者的右手，变成了夜色里的一蓬血花。他们竟是毫不犹豫地动用了魔族血解密法！

陈长生同样毫不犹豫，没有停下或者试图躲避，借风势与拳势而退，去势更疾。

数道沉闷的撞击声在夜色里响起，然后袅袅消散，没有回响。

陈长生已经回到了断桥上，站在了小黑龙的身前。他的前襟上裂开了数个破洞，露出里面的肌肤，数个深刻的拳印留在了上面。

断碑正在落下。一道亮光照亮断桥残湖。如闪电一般，却又是那般沉重。仿佛横于大江之上的铁链，却又是那般的坚固。更像是大江两岸坚不可摧的堤。

这一剑是只有陈长生和王破这种笨人才能学会的笨剑。知其愚，守其痴，所以这一剑才是天下第一守剑。

即便恐怖如海笛，即便是他的全力暴击，即便是这座无人知晓的传说级别的碑石，也无法破开这一剑。陈长生的剑挡住了断碑。

但，他的剑挡不住那道力量。那道磅礴的、仿佛来自远古的力量，直接袭向了他的身体。

他握着剑的右手，重重地击打在了自己的胸口，响起恐怖的骨裂声。他向后飘去，撞在了小黑龙的身上，一口鲜血从她的唇间飙出。

他们像石块一般破空而飞，穿过满天冰屑与夜色，撞毁了桥中间的雪亭，摔落在了湖的对面。

72 · 不知何来的琴音

来自松山军府的那名神将，撑起重伤的身躯，跌跌撞撞抢到陈长生和吱吱的身前，挡住了随后到来的气息余波，随后重重地撞到了院墙上，倒在了满地碎石中。安华顾不得担架上那名年轻阵师，爬到陈长生与吱吱的身后，伸手抓住他们的衣领，用尽全身气力，拼命地向后拖去，想要离木桥上那个恐怖的身影越远越好。

无数颗冰珠碎裂成了絮状，飘舞在庭院间，如同柳絮一般，仿佛真的到了南方，只是其间有着无尽的寒意，海笛大人恐怖的身影从桥上走了过来，满天冰絮纷纷飘走，哪敢沾身。

看着倒在湖岸上的陈长生，海笛的神情依然漠然，幽绿的眼瞳深处却仿佛有鬼火在燃烧。他是魔族大人物，这辈子不知道经历过多少大事，但即便是他，想着下一刻人族的教宗便会死在自己手里，也禁不住有些紧张，更多的是兴奋。

笼罩湖园的薄雾已经被滔天的魔气所取代，仿佛感受到他此时的心神荡漾，也随之震荡起来，变成一场寒风。如果仔细观察，或者能够发现，绝大多数的寒风都来自他手里那座断碑似的武器。

安华苍白的脸上满是决然的神情，低头不看那个无法战胜的恐怖敌人，继续把陈长生和吱吱往院墙后拖去。

忽然间，她发现陈长生的身体变得沉重了很多，自己再也无法拖动。接着，一只很干净、很温暖、很沉稳的手，在她的手臂上轻轻拍了两下。同时，一道很干净、很温暖、很稳定的声音响了起来。

"我还可以。"

说话的人是陈长生。他起身望向桥上,手已经握住了剑鞘。

剑名无垢,鞘曰藏锋,其间隐藏着无数惊世名剑,也隐藏着他真正最强大的手段。在他伸手握住剑鞘的那一刻,一串石珠出现在他的手腕上。这串石珠看上去朴实无华,甚至可以说有些粗陋,也没有任何气息波动。

但吱吱的眼光刚落到上面,便感觉到自己的心跳不受控制地快了起来。她是世间层阶最高级的生命,即便无法看破这些石珠的本真,但在如此近的距离里,还是会对这些石珠天然敏感。这些让她触目惊心的石珠,究竟是什么事物?

安华境界不够,无法感受到这些石珠的特殊,但她一心奉道,道心清明无比,却让她更早地感受到了另外的一道气息。

那道气息同样来自那些石珠,却并非石珠本身,而是隐藏在其中某颗石珠后方非常遥远的另一方世界里。

无数道原始的、蛮荒的、野蛮甚至血腥的气息,仿佛正从那里赶来。

陈长生手腕上的那串石珠,给了落落一颗,又分给徐有容了一半,现在只剩下了数颗,被一根红色的绳子串在一起,却并不显得稀疏,因为这些石珠是他从周园里拿到的天书碑,自有难以言语的高妙之处。

安华感应到的那些蛮荒血腥的气息,也来自周园。虽然到今天为止,他依然没能完全参悟这些天书碑的秘密,周园里的那些同伴也不见得能够改天换地,但这依然是他现在最强大的手段,当然,除此之外他还有一封信始终没有拆开。

凭借着这几样手段,他相信自己就算不能战胜海笛,至少也能够撑一段时间。可是如果这些手段都施展了出来,依然无法改变当前的战局,又该怎么办?

今夜之前,他没有想过这个问题。他有过与海笛战斗的经验,在事先便有准备的前提下,他本以为凭借这些手段,便足以战胜对方,然而他没有想到,比起去年来,海笛更加强大恐怖了。

他的视线落在了海笛手里的断碑上。

变化便是因为这件东西,不然吱吱刚才应该能撑更长一段时间,足够他把雪谷里那些魔族强者尽数杀死。这块断碑应该不是海笛常用的武器,至少去年在雪原上,他没有见过。

"你哪怕再有万般手段，今夜也一定会死在我的手里。"

海笛站在桥上，看着他神情漠然说道："神物在手，谁能抵挡？"

他说的就是这座断碑吗？先前这座断碑把吱吱手里的青叶砸出了一道裂缝，虽然很细微，依然让她和陈长生感到了前所未有的震撼。

因为青叶是世界。能够对抗一个世界，甚至隐隐能够破掉这个世界真实客观的武器，不是神物又能是什么？

陈长生很自然地想起了当年天书陵那夜的某个画面。教宗师叔的青叶飘过夜色，来到了天海圣后的身前。天海圣后伸手从天书陵里取了某样东西，就那般蛮不讲理地砸了过去。

虽然那夜与今夜两场战斗的威能相差很多，但真的很相似。

越这般联想，陈长生越觉得海笛手里那块断碑越眼熟，甚至生出了某种亲切的感觉。难道这真是流落在外的那块天书碑？这似乎是唯一的结论，但陈长生还有件事情想不明白。

如果海笛拿着的真是那块销声匿迹多年的天书碑，以他的恐怖境界，只要全力出手，他和吱吱只怕根本没有任何反抗的能力，就连现在握住剑鞘，准备动用最后的全部手段的机会都没有。

为何海笛没有这样做？这时候还在桥上说着话，是在忌惮离宫的重宝，还是等待什么变化？

便在这时，变化真的发生了。庭院里飘着的满天冰絮，忽然间消失无踪。因为一道清冽至极的琴音，占据了天地间的所有位置。

对魔族来说，杀死人类教宗的机会，绝对不容错过，哪怕要为之付出无数生命，也在所不惜。此时，海笛距离这个必将震动天下的历史性事件，还有十余丈的距离，呼吸之间便能完成。按道理来说，就算是白帝或者商行舟亲至，也无法阻止他的脚步，哪怕随后他可能会被杀死。

然而，随着这道清冽的琴音响起，海笛停了下来。琴音极清极冷，带着一道刺骨的寒意，不知是否代表着操琴者此时的心情。

琴音落下，桥面覆了层浅浅的霜，此时再想过去，想必会有些湿滑难行。海笛的身体表面也覆上了一层冰霜，仿佛变成了一座冰雕。他缓慢地转身，动作异常艰难。他望向琴音起处，幽绿的眼瞳深处涌出无比复杂的情绪。

那是惘然，是震惊，是恐惧。

73·沉默的山谷

覆在木桥上的霜，有一部分是先前碎掉的冰珠，寒意缘自吱吱的呼吸，但还有一部分则是直接来自远方的那道琴音，同样无比寒冷，甚至还要更胜一筹。竟有比玄霜巨龙息还要更加寒冷的存在？

陈长生这样的人类，很难想出答案，但对海笛来说，这个答案是显而易见的。雪老城非常严寒，尤其是那座永远隐藏在阴影里的魔宫，更是终年寒风不断。他如此震惊，惘然，恐惧，便是因为想到了那个地方。

今夜他事先便知道，必然会有变化发生，但当变化真的来临时，依然有些无法承受，因为他没有想到，竟是那位来了。

"看来，魔族真的很不喜欢朱砂丹啊，竟然是海笛这样的大人物亲自来了。"

唐十七爷看着山下雪谷里的庭院，脸上露出一抹意味难明的笑容。汶水唐家付出了极大代价，才查到了一些线索，确认了朱砂丹应该出自高阳镇，然后查到了这片雪岭山谷。

他没有刻意泄露这个极为重要的情报，只是稍微闭了闭眼睛，这个消息便传到了很多地方。

朝廷的大人物来了，魔族的大人物也来了。消息是从松山军府传出去的，魔族收到的时候应该要晚很多，但他们只晚了半夜时间，而且来的是一位真正的大人物。

由此可以想见，雪老城对这件事情是多么地重视。

对魔族来说，人族拥有如此奇效的药物，是完全无法接受的事情。

最近一年战场上，双方强者的死伤比已经明显在往人族方面倾斜，从过去千年间的一比四，降到了现在的一比三点七。这个数据看上去似乎变化不是太大，但如果一直这样持续下去呢？如果朱砂丹的数量变多了呢？要知道人族与魔族之间的战争已经持续了千年之久，哪怕再微小的变化，也极有可能在最后影响到大局。

所以魔族一定会想办法把朱砂丹的主人杀死，毁掉那张药方。如果这一幕真的发生了，唐十七爷会觉得有些遗憾，但也会觉得非常满意，就像此时。

说话的时候，他手里的那把剑还留在那名松山镇客栈掌柜的腹中。那名掌柜痛苦地喘息着，最终闭上了眼睛，再也没了呼吸。

他这时候站在雪岭高处的一处断崖边，身周到处都是死尸。只有一个人还活着。前英华殿的主教脸色苍白，牙齿咯咯作响，低着头，根本不敢看唐十七爷一眼。

这些死人都是唐十七爷的亲信下属，都来自汶水，都是被他亲手杀死的，就在先前短短的这段时间里。这当然是杀人灭口。

唐十七爷这个局看似是想借陈长生的刀收拾朱夜等人，从而替唐家在天凉郡打开局面，实际上……他是要杀陈长生。谋杀教宗陛下，汶水唐家也无法承受，所以他不能留下任何证据，哪怕是他很信任的这些下属也必须死。至于朱夜、宁十卫和天海家的人，就算事后生出怀疑，也没有证明指责他什么，相反为了避免承受离宫的怒火，或者还要反过来配合他。

"海笛大人应该也没有想到朱砂丹的主人会是教宗陛下吧？"

当前的局势已经不会发生任何改变，魔族本来就要杀朱砂丹的主人，如果发现是陈长生，当然更不会让他活着。

想着当代教宗接下来就会死在自己的眼前，唐十七爷不免有些感慨。他望着雪岭下方那片湖园，露出一抹开心的笑容。

忽然，夜色里某处传来了一道琴音，他脸上的笑容渐渐被冻僵。

最先听到那道琴音的地方，不是那片湖园，不是高处那片雪崖，而是别处。此处与那片庭院有十余里的距离，正是去高阳镇唯一的那条荒弃山道上。

朱夜、宁十卫、天海沾衣以及数百名高手军士，从庭院撤离后，正在这里整顿，不知道接下来准备做什么。

他们听到那道清冽的琴音，但没有在意，因为接下来，他们的注意力完全被十余里外传来的声音吸引住了。那道如雷般的轰鸣声，大地的震动声，风雨声以及剑声，表明一场极为激烈的战斗正在那里发生。

那些强者是从雪岭北方来的。雪岭之北便是魔域。来的当然是魔族强者。如果没有料错的话，那些魔族强者们这时候正在围攻陈长生和那名黑衣少女。

按道理来说，无论是朱夜还是宁十卫，这时候当然应该以最快的速度赶回去救援。一边是人族的教宗，一边是魔族的强者，该怎么做是三岁小孩子都应该懂的道理，是想都不用想的事情。

但朱夜静静望着夜色某处，宁十卫漠然看着雪峰，天海沾衣皱着眉头，仿佛在想什么困难的事情。山道很安静，很长时间没有人说话，很是诡异。

忽然，朱夜和宁十卫的脸色变得更加凝重。远方那片庭院里的声音没有停止。直到这时，他们才知道，原来陈长生的剑道竟然已经强到了这种程度，至于那位黑衣少女……传说果然是传说。

朱夜和宁十卫对视一眼，看出彼此眼里的余悸。现在看来，如果先前在湖畔，他们没有认输退走，而是试图凭借己方的实力强行出手，根本无法成功，只能得到一个谋杀教宗陛下的罪名……

天海沾衣的境界要低很多，无法通过远处的声音与气机变化，感受到陈长生和那名黑衣少女的强大。所以哪怕他知道山道此刻的诡异沉默意味着什么，还是觉得有些无聊。他想起了先前那道突然出现、然后消失不见的琴音，望向山道前方的夜色里。

夜色顿时破了，被琴音所破，被足音所破。一只草鞋踏破山道表面的冰霜，缓缓行来，如踏碎清秋的落叶，发出松脆的声音，很是好听。

草鞋里的赤足很小巧，因为它的主人是位十二三岁的小姑娘。小姑娘眉眼如画，很好看，只是双眼之间略宽，眼瞳略向眉心去，看着便有些神情木然的感觉。一位中年书生在她身后走来，身无一物，只是怀里抱着把琴。

也不见他如何动作，琴弦自行聚散，发出清冽至极的琴音。

74 · 苦心孤诣的逃法

当清冽的琴音第二次出现的时候，朱夜和宁十卫都警醒了过来，他们望向夜色里走出来的小姑娘和中年书生，脸色凝重，很是警惕——如此寒冷深夜，如此偏僻雪岭，居然有人出现，那自然不是普通人。

有下属报告，这位中年书生与小姑娘曾经在高阳镇客栈里卖唱，很多人都见过。但朱夜和宁十卫知道，他们必然不是普通的琴师，不是普通的卖唱小姑娘，就像此时缭绕在山岭里的琴音，必然也极不普通。

天海沾衣也知道有些古怪，但今夜遇着这么多事情，他已经有些厌烦也可以说麻木了，不愿意想太多。而且在他看来，凭己方如此强大的实力，就算被局势迫得只能在此暂歇，难道还奈何不得你们？

管你有什么阴谋诡计，少爷我根本不给你施展的机会，直接凭借着强大的实力杀了便是。难道你也能像陈长生一样，只是一亮相便能让自己这些人极其憋屈地跪倒在地上，只能离开？人间还有第二位教宗吗？

天海沾衣这样想着，很随意地挥了挥手，便有天海家的高手们向着那名小姑娘和中年书生杀了过去。

琴音还在夜色里回荡着，忽然有两道流光出现，进入那些高手之中，然后有无数团血花就这样绽散开来。断肢与碎肉如雨般落下，砸落在满是霜雪的山道上，又溅成朵朵血花。

两名美人出现在朵朵血花之间。

一人不着寸缕，浑身透着成熟魅惑的感觉，一者穿着古剑派的裙装，温婉而矜持，有着截然相反的感觉，仿佛黑与白，相同的是她们的手上都在不停地向地面淌落红色的血。那些血是天海家的高手们的。

两名美人也受了些伤，只是没有流血，伤口里溢出了些许清光，然后渐渐凝结。夜风微寒，冰雪如秋叶般被踩破，两名美人恭谨地让到一旁，那名神情木讷的小姑娘从中间走了出来。

朱夜眼瞳微缩，脸上流露出异常凝重的神情，看着小姑娘说道："莫非是南客殿下？"

他久居天凉郡，知晓很多魔族秘辛，很轻易地便认出那两位美人是灵体之身，应该便是传闻里的南客双翼。那么，这位在高阳镇客栈卖唱的小姑娘，当然便应该是魔族最小的公主南客。

据传雪老城叛乱时，魔君被黑袍与魔帅联手击落深渊，她也身受重伤，冒着极大风险用孔雀真身闯过了道道禁制，然后就此消失无踪，再也没有人知道她去了哪里，是否还活着。谁能想到，她今夜竟会在这片荒僻的雪岭里出现。

朱夜知道今天遇着了真正的麻烦，说起来，他宁愿转身回到那片庭院与海笛正面对上，也不愿意遇着南客。南客的天赋太强，而且身体流淌着孔雀真血，在战斗里往往能够发挥出远超真实水准的杀伤力。

当然，无论如何她都不如海笛恐怖，可问题在于，她的速度太快。与海笛遇上，即便不敌，朱夜还可以想着如何离开或者说逃跑。但在南客的面前，他不能去想这些，他只能想着，如何战胜对方。

如果今夜只是南客一个人，哪怕再加上她的双翼，朱夜也认为自己有足够的实力击败对方,问题在于……

"你就是传闻里那位烛阴巫的长老?"朱夜望向那名中年书生说道,"不是说在周园里你已经被杀死了?"

中年书生低着头,看着随夜风而动的琴弦,似乎有些沉醉,根本没有理会他的问题。随着朱夜说破那名小姑娘的真实身份,山道上的气氛变得无比紧张与压抑,天海沾衣的脸色有些苍白。

按道理来说,朱夜这时候的心神应该全部放在南客的身上,这时候对中年书生说的完全是废话。

他这样的人物怎么会说废话?宁十卫听懂了他的话,背在身后的手做了个手势。

没有任何预兆,也没有任何军令,来自松山军府的弩营士兵,在绝世宗与天海家高手们的掩护下,用最快的速度完成了上弦的动作,对着山道上的那几名魔族强者扣动了扳机。

如暴雨一般,哗哗之声瞬间淹没了琴音。无数枝带着圣光的神弩箭,如暴雨一般淹没了南客与中年书生还有那两位美人的身影。

可事实上,就在满天弩雨还没有落下之前,那两位美人便已经提前消失了。她们便变成了两团光影,然后化作无数碎片,飘至南客的身后,再次凝结。一双羽翼在南客身后生成。

绿色的羽翼轻轻摇摆,撕碎寒冷的夜风,变作夜空里的无数道绿色流光。她如闪电般在弩雨里穿梭。

除了徐有容,世间没有谁比她更快,就算是那些弩雨也没有她快。在她的眼里,弩雨慢得就像是落叶一般。

没有人能够看清楚南客的身影,只能看到那些绿色的流光,只能看着那些流光来到了众人之间。神弩折断,颈间生出红线,鲜血溅入夜空,断耳飞舞,闷哼连连。碎响声里,数十道身影颓然倒下。

绿色的流光渐渐消失,南客显出了身形。她站在满地尸体间,绿色的羽翼在身后缓缓摇摆,鲜血从南十字剑上缓缓滴落。无论是剑还是羽翼,都衬得她更加娇小,更加可怕。

她看着朱夜等人,神情漠然。

"殿下不愧是魔道奇才,除了徐有容,真没有人比你更快。"

朱夜眯着眼睛说道："但你终究年纪太小，速度再快，也依然不是我们的对手。"

听到徐有容的名字，南客沉默想了想，然后向对面走去。

看着山道上行来的娇小身影和那双羽翼，所有人都感到了恐惧，哪怕朱夜刚才的话里很有信心。

"拼命吧，看看今天最后谁还能活着。"朱夜带着些感慨说道。

宁十卫示意天海沾衣站到自己身后。看到这幕画面，朱夜确认宁十卫是真的听懂了自己的话，心下略安。天海沾衣有些意外，同时生出很多感激。

南客走到了他们身前十丈处。

事实上，朱夜说得没有错，如果南客真是传闻中的境界实力，不管她在雪老城叛乱里受的重伤有没有好，就算她的速度再快，也不可能战胜两名聚星上境的人族强者，更何况场间还有这么多人。但不知道为什么，南客的神情还是那般木然，没有任何变化。接下来发生的事情，似乎可以算是某种解释。

宁十卫忽然伸手抓住了天海沾衣的衣领。天海沾衣大惊失色，正准备反抗，却发现朱夜的手指不知何时已经落在了自己的幽府之上。他的身体无比僵硬，再也无法反抗，变成了一块石头。

宁十卫把他提了起来，用力地砸向了南客。

75·沉重而绝望的呼吸

天海沾衣发现自己飞了起来。然后他发现自己恢复了对身体的控制，下意识里开始挥动手臂，就像一个手舞足蹈的木偶，有些可笑。但这依然没有办法改变他的运行轨迹。看着越来越近、越来越清楚的南客的小脸，他露出绝望的神情，闭上了眼睛。

他落在了南客的手里，但没有死。南客抓着他的前襟，把他举在夜空里。

天海沾衣睁开眼睛，身体不受控制地战抖，发出一声哀鸣。南客偏头打量着他，有些木讷的眼眸里带着些困惑的神情，有些不理解这是怎么回事。天海沾衣更不理解发生了什么，恐惧茫然到了极点。

南客的视线越过他，望向对面。无论是松山军府还是绝世宗又或者是天海家的军士与高手们，这时候都很茫然，不知道这是怎么了。

山道上已经没有了朱夜和宁十卫的身影。

夜色下的雪岭里有两道破风声远远地传来，偶尔还能听到松树被撞断的声音。有一道身影向着山崖下方的雪谷疾掠，还有一道身影向着高处的雪峰狂驰。只是片刻时间，那两道身影已经去了数百丈之外。朱夜和宁十卫走了。

他们走得是这般决然，根本没有理会留在场间的这些下属和亲信的死活。很明显，这是他们一直的计划与安排，他们之间早有默契。

最开始朱夜对那名中年书生的问话，二人之间的对话，都是一种障眼法。他们把天海沾衣砸向南客，就是想争取多一点时间。他们向两个不同的方向逃逸，就是想争取多一点可能。所有的一切，都是为了逃走。

朱夜从来没有想过留下来，与南客一战，不是他畏惧南客的实力，而是因为他看不透另一个人。那名中年书生。

传闻里，一直跟在南客身边的那位烛阴巫长老，确实极擅琴音制敌，但他非常确信，那人早就在周园里死了。

那操琴的中年书生是谁？

朱夜想到了某种可能，只是那种猜想太过惊世骇俗，所以他自己都不敢相信。

当满天弩雨洒向山道那头时，他根本没有关注南客的应对，而是盯着那名中年书生——中年书生只是低着头望着怀里古琴，没有动，便是琴弦也没动，更没有避，但那些附着圣光的神弩箭，却仿佛畏惧一般自然飘走。

看到这幕画面，朱夜越发觉得自己的猜想有可能是真的。哪怕只是千分之一的可能，中年书生真是他想到的那位，他若再不走，今夜便一定会死在这里。

所以他决定逃走，毫不犹豫，哪怕显得那般无耻且可怜。

朱夜和宁十卫消失在夜色下的雪岭里，就像两条丧家之犬。松山军府和绝世宗的高手们神情茫然，不知道这是怎么回事，更不知道接下来怎么办。

天海家的人看着自家少爷落在魔族公主的手里，更是紧张到了极点。天海沾衣看着南客的眼睛，恐惧到了极点，死亡的阴影让他生出了难以想象的勇气，带着哭腔大喊一声，双手向着南客的额角砸了过去。

他看着很慌乱，落拳看似毫无章法，却无人知晓这两拳乃是天海家绝学——揽雀尾！

两道亮光撕裂幽暗的夜色，天海沾衣的双拳如闪电一般击中了南客，毫无偏差地准确命中。啪啪两道极其清楚的沉闷撞击声，在山道上响了起来。

南客没有避开他的拳，甚至没有避的动作，依然面无表情地看着他。夜风轻拂，一绺黑发从她的鬓角飘起，没有断裂，她自然也没有受伤。没有人会避开道路上一只螳螂挥舞的前肢，她也不会理会天海沾衣的出手。虽然天海家的绝学很强，但他的拳头没有力气。境界之间难以逾越的差距，会让一切招法都失去意义。

天海沾衣绝望至极，想要说几句话求对方饶了自己性命，却说不出话来。

南客松手把他放下，走到山道边望向夜色下的雪岭，身后不见双翼。

她看着峰间与崖下那两道高速离开的身影，默然想着，这二人应该算是人族的大人物，居然都能这般无耻，难怪神族统治大陆北方已逾千年，却始终无法战胜人族，如此想来，以后这种情况须得在第一时间里杀了才是。

天海沾衣看着她的背影，有些惘然，不知这是怎么回事。然后，他忽然觉得咽喉有些发甜，然后觉得心窝有些发凉。他低头望去，只见一根羽翎正插在自己的咽喉上，而另一根羽翎则深深地插进了自己的胸口。

羽翎是绿色的，被那两位魔族美人握在手里，在墨般的夜色映照下，显得格外妖异。两声轻响，绿色羽翎消失，两位魔族美人化作无数光点消散，然后在山道旁重聚，变回羽翼轻轻摇摆。

天海沾衣跪倒在地，捂着咽喉与胸口，看着被毒染成绿色的血水不停从指间溢出，渐渐没了呼吸。南客看都没有看他一眼，依然看着山岭间的那两道身影。

朱夜和宁十卫的逃逸方向截然相反，哪怕南客拥有世间最不可思议的速度，在这片雪岭范围内，最快也只能追上其中一人，而且以她的境界实力，只对上一人也不敢称必胜，毕竟那二人是真正的人族强者，并不是天海沾衣。

很自然的，她望向中年书生，请示该如何办。中年书生没有理她，低着头，看着无风而微动的琴弦，很是专注。南客明白了。

双翼狂振，风雪疾舞，她化作一道绿色的流光，消失在夜色里。

都说下山要比上山难，但真正需要速度的时候，谁都知道上山肯定不如向崖下奔掠来得快。但朱夜还是选择了往雪峰上走，不是让着宁十卫，而是因为他知道，今夜的逃亡并不完全看速度，越快不见得越安全，反而可能越危险。

如果是他要追杀两路逃亡者，肯定也会先去追击最快的那一路。

果不其然，随后的一段时间里，他没有听到身后传来破风的声音，也没有看到那道绿色的流光。

他很庆幸，但不敢有任何放松，真元疾运，把绝世宗的轻身法门发挥得淋漓尽致，片刻时间又已经掠出了十余里地，来到了雪峰上缘，只要再往前奔掠数百丈，便能翻过那处的山豁，看到高阳镇的灯火，惊动那里的驻军。

他的呼吸已经变得很急促，自己都能听到其间隐藏着的沉重。

山豁上方被照亮些微的夜空出现在他的眼里，让真元已经近乎枯竭的他生出新的力量，步法再次加快。这时，一道极其轻微的声音在他身后响了起来。像是某块薄冰落在另一块冰上，像是夜风割断了一道冰线，像是有人拨动了琴弦。

这是幻觉。这一定是幻觉。朱夜对自己说道。他没有转身，依然向着前方狂奔，呼吸越来越急促，越来越沉重，渐渐带上了绝望的味道。

76·一声叹，千里寒山

朱夜听到的琴音当然不是幻觉。那琴音虽然来自遥远的雪岭下方，有些飘渺，却有着不容否定的客观真实。

寒冷清冽细微，如发如丝如刃，如此锋利。雪岭上的寒风被切断了，被远处高阳镇灯光照亮些微的夜色也被切断了，冰雪里最倔强的雪莲也断了。

数道裂口在朱夜的靴上显现，然后深入，直至破开肌肤血肉以及白骨。他的双脚齐踝而断，携着残留的惯性，向着雪岭豁口飞了过去，不知落在何处，只在夜色里留下两道鲜血。朱夜没有办法再翻越雪岭，去往人族的世界，他摔倒在雪地里，喘息着，身体不停地起伏。这一下摔得很重，断脚是极严重的伤势，但他躺在地上，不再动弹，不是因为这些原因，是因为绝望。

那道琴音隔着十余里的距离飘来，如此微妙，却能轻而易举断掉他的双腿。那名中年书生的身份已然呼之欲出。

他把脸埋在雪里，发出一声带着痛意的闷号，就像受伤后的野兽，却没有反击的勇气，只有无尽的悔意。

遥远的雪岭里隐隐传来厮杀的声音以及惨叫声，应该是南客在山道上随意收割那些人的生命。

厮杀声忽然消失，惨叫声也渐渐低沉，直至安静。朱夜也安静了下来，有些艰难地转过身来，望着离雪峰极近从而格外清楚的星空，叹了口气。

如果不是对朱砂丹起了贪心，以他的身份地位，怎么会来到如此荒僻的雪岭，又怎么会遇到这样恐怖的敌人？一个贪字，已经让多少人死去，还会让多少人死去？

冰雪被踩破，如同清秋的枯叶被踩碎，发出很松脆好听的声音。朱砂的身体与精神随着这个声音放松，眼神却渐渐明亮起来。

南客走到他的身前，羽翼在身后轻轻摆动，带着微寒夜风。南十字剑已经分开，被她两手握住，剑身上还在不停地淌血，应该来自宁十卫和那些人。

朱夜静静地看着她，双手在衣袖里握住绝世宗最珍贵的几样法器。

南客出剑。朱夜出招。被星光照亮的雪峰上，响起了沉闷而剧烈的撞击声。

厚厚的雪坡出现了十余个隆起，看着仿佛有什么怪物要从里面钻出来一般。积雪被掀起，不停地狂舞，遮蔽了星光，让环境显得格外幽暗，只有偶尔亮起的剑光，会照亮一角。

隐隐约约间，有琴音飘渺而起。天地骤静，风雪渐渐平息，只有岭坡上的雪还在不停滑落，发出簌簌的声音。

在雪岭最高处，南客的剑刺进了朱夜的腹部。朱夜没有低头看，也没有看她，而是看着远处某个地方。

在身体里的那把剑真的很寒冷，但那道飘渺甚至仿佛并非真实的琴音更加寒冷。冷得让他想起了当年叔叔讲述的那个故事。

在那个故事里，雪原的北方有座魔城，那座魔城永远笼罩在一片夜色里。就像此时渐渐占据他眼睛里的那片夜色。

南客提着朱夜的尸体回到了山道上。山道上到处都是血以及被冻凝的血霜，数百具尸首则是散乱地丢弃在两旁。

中年书生没有弹琴，而是在吃着什么，在他的脚下有半具尸体，看官靴和残余的盔甲样式，应该是宁十卫的。

南客把朱夜的尸体交给了中年书生。中年书生用两只手捧着朱夜，低着头开始进食。像猫食残羹的声音，像碎石入泥的声音。鲜血从他的指间不停淌落。

没有用多长时间，朱夜的尸体便消失了，一点都没有剩下来。夜风拂起中年书生的衣襟，可以看到小腹微鼓。他闭着眼睛，安静了很长时间，似乎在回味，又似乎在思考什么。

"不愧是朱洛的子侄,虽然境界不济,但还是残着些月华的意味,可谓小补,比这个将军要强多了。"

中年书生睁开眼睛,看着脚下宁十卫的残躯,露出一抹不屑的神情。他从袖子里取出雪白的手帕,缓缓地擦拭掉唇角的血水,动作很是优雅,然后向山道前方的夜色里走去。看着这幕血腥而恐怖的画面,南客的神情没有任何变化,随他一道向前行去。

伴着一声清冽的琴音,他们来到了十余里外的那座雪谷里。

那几名围攻陈长生的魔族强者浑身剑伤,但还没有死去。当他们看到中年书生和南客后,就仿佛是见到了真正的鬼,脸色变得异常苍白。

南客看了他们一眼,说道:"去死。"

数道绿血暴开,那几道如楼般的身影重重地摔倒在了雪地里。听到南客的话后,那几名魔族强者竟是毫不犹豫自行了断!

雪谷里的那座园林已经变成了废墟,带着雾气的春湖已经干涸成了大坑,木桥断成了数十截,就像死了数百年的蛇,雪亭早已没有踪迹,凝结的冰珠碎散成满天的絮状物,有些令人生厌。

陈长生和吱吱站在湖的对面,安华把将军从废墟里救了出来,两个人紧张地守在担架前。

海笛站在湖里,手里拿着那座断碑模样的武器,仿佛就是这片天地的中心。然而在他的眼里,无论这片天地还是真实的广阔天地,永远的中心都是那名刚刚到来的中年书生。

南客没有理他,对陈长生说道:"我帮你解决了很多麻烦,你欠我一个人情。"

吱吱不认识她,看她与陈长生说话的语气,该相识,打量了两眼,忽然醒过神来,眼里涌出无限警意。

"你就是那只孔雀?"

南客的神情有些呆怔,问道:"你认识我?"

"陈长生提到过你。"吱吱举起三根手指覆在双眼之间,说道,"说你双眼之间过宽,明显有病。"

南客想了想,不确定应该不应该生气,视线重新落回到陈长生的身上。

陈长生没有看她,他的视线一直在那名中年书生的身上。这位中年书生还未出场便吸引了海笛全部的注意力,甚至让海笛生出无限惧意。能让海笛畏惧成这样，整个世间，绝对不会超过五个人。

巧的是，当年他曾经见过这名中年书生一面，所以他知道对方是谁。那次相遇是在寒山。今夜还是在寒山。虽然两地之间相隔千里。确实很巧，真是不妙。

他叹了口气。

77·自古以来一魔君

今夜，这样的情形已经出现了数次。朱夜等人来到湖畔，却发现朱砂丹的主人是陈长生时，也曾经发出过类似的叹息声。在雪峰间，朱夜双脚被琴音切断，看着星空等死的时候，幽幽地叹了口气。这时候，陈长生看着中年书生，也忍不住叹了口气。

双方之间的差距太大，哪怕你用尽手段，穷尽智慧，甚至抛头颅洒热血，都没有办法逆转当前的局势。当心有不甘，却又无助无奈到了极点的时候，万种情绪交织而起，最终变成了一声轻叹。

陈长生震惊之余是不解，都说深渊无尽，为何他现在还活着，出现在了自己的眼前？想着这些事情，他向海笛看了一眼，没有说话。

从听到那声清冽琴音开始，海笛转头望去后，便再没有任何动作，视线一直注视着琴音响起的方向，也就是现在中年书生站立的位置。

这位魔族大人物现在很僵硬，无论身体还是精神，但陈长生确信，他肯定知道自己看了一眼。

这一眼是询问——我们要不要联手？

人族和魔族征争多年，双方死伤惨重，仇怨极深，尤其千年之前太宗皇帝与魔君之间的和议撕毁之后，除非一些极端情况，比如梁家难忘满门被斩的旧恨，又比如当年周独夫旧事，双方强者之间再也没有联手过。商行舟暗中主持天书陵之变，与雪老城里的大人物们也只是保持着互不干涉的默契，彼此间绝对不会进行直接借力。

没有谁承受得起千秋骂名。陈长生要与海笛联手，则不需要担心这个问题，因为中年书生的身份会让整个大陆都会同意他的做法。而且这件事情有一定的可行性，海笛极有可能答应与他联手。两年多前，雪老城叛乱之后，魔君死、南客失踪，无数忠于旧朝的皇族大臣被斩杀，海笛却活了下来，并且声威更胜当年，现在掌握着魔族军方在前线的重权，无论怎么看，他都必然是叛乱者中的一员。

如果他今夜想要活下去，便一定需要与陈长生联手。

杀死陈长生这个人族教宗的诱惑力确实很大，但杀死那名中年书生对海笛来说明显要超过世间一切事。海笛没有回应陈长生的目光询问，依然看着那名中年书生，警惕而且畏惧，握着断碑的手很紧。

破败的庭院很是安静，这安静意味着什么，其实场间的人都很清楚。

南客的眼神变得越来越冷漠，在夜风里缓缓摆动的羽翼色泽越来越深，显得越来越妖异。

就在这个时候，中年书生的声音响了起来。

"我快死了。"

他的声音很寻常。寻常淡漠，寻常威严，寻常得至高无上，没有任何特异的地方。

但如果有人仔细地望向他的脸，便会注意到一些极不寻常的地方。中年书生的脸上仿佛永远笼罩着一层淡淡的夜色。在夜色的里面有无数带着金光的锦字在缓缓地飘舞，在锦字的下方则是画满了山水，一时是沙漠，一时碧海，随着他挑眉唇动，那些碧海生浪，沙漠奔流，景致无比生动，却又冷寂异常，因为在这万般景致里一个人都没有。

而当他说出我快死了这四个字的时候，那个大千世界也随之变得灰暗了很多，仿佛下一刻便会归于寂灭。

于是，陈长生知道他说的是真话。他想起多年前的教枢处，在那个摆满了各式梅花的房间里，他曾经听梅里砂说过类似的话。两年多前，他记不清楚是在离宫还是在国教学院，也听教宗师叔说过这句话。

他想了想，对中年书生说道："只要活着的，都将死去。"

中年书生说道："道源赋第四妙句。"

陈长生没有问排在前三的妙句是什么，因为每个人读道藏都会有自己的理解与感悟，当然他更不会因为对方轻而易举识出自己这句话出自道源赋而感到吃惊。因为举世皆知此人学识渊博，乃是通古斯后雪老城最了不起的学者。

"但有谁会真的甘心去死呢？比如天海，比如寅，再比如更早一些的那些故人们，他们哪怕表现得再如何平静，又何尝愿意恭顺地走进那片黑暗？我更不愿意，所以我从那片恐怖的黑暗里爬了出来，来到这里见你。"

随着缓慢的叙说，中年书生脸上的那片夜色越来越深沉，越来越令人不敢直视。

吱吱听着他说话的语气，隐约猜到了些他的身份，哪里敢相信，声音微微战抖起来。

"你……您到底想做什么呢？"

"你父亲当年说过你不爱读书，性情憨傻，今夜看来果然如此。"

中年书生神情温和，像长辈般对她说道："放心，看在与你父亲的分上，我当然不会为难你。"

通过这句话，吱吱确认了他的身份，震惊得无法言语，下意识里望向陈长生，眼神显得特别惘然与无助。

无数年前，一只伟大的玄霜巨龙不想继任龙族的族长，远赴大陆。在大陆，它遇到了很多同样伟大的存在，然后死在了周园里。那便是她的父亲。那些伟大的存在里只有一个是她父亲的朋友，又或者说，她父亲只欣赏那位。

时光流逝，大周已经换了几位皇帝，离山剑宗换了三任掌门，唐家也换了两次家主，只有那位永远坐在神宫的最高处。以至于很多普通人有一种错误的认知，仿佛自古以来，仿佛天上地下，魔族就只有一位……魔君。

是的，中年书生就是魔君。他是雪老城历史上最强大、最有才华的君王，是魔族顶礼膜拜的陛下，是人族最畏惧的敌人。

如果不是在他执政之初人族忽然出现了无数天才人物，魔族早就在他的带领下占领了整个大陆。

但无论千年之前的周独夫、陈玄霸、太宗皇帝、王之策还是千年之后的天海、寅与商，都没有办法真正战胜他。面对如繁星喷涌的人族强者，他依然带领魔族在北方大陆屹立不倒，就如雪老城上空那片永恒的夜色。

从任何角度来看，他都是最伟大的一代魔君。无论自古以来，还是天上地下。

千年之前是他，千年之后还是他，然而魔君最终还是没能逃过历史的规律，倒在了一场叛乱里。当然，按照历史的规律，这场叛乱的发起者，必然来自他最信任的下属。

做为魔君的左膀右臂，军师黑袍以及魔帅两位大人物在过去的无数年里争权夺势、针锋相对、水火不容、仇怨极深，全因为魔君的无上威望才能勉强维持和平，而这种局面何尝不是魔君最愿意看到，甚至刻意纵容的结果？

谁能想到他们竟然会联起手来，向魔君发出最隐秘的一击？

自寒山归来的魔君本就重伤未愈，又遭遇到如此惨烈的背叛，坠入了无尽的深渊，皇位最终落在了他最小的那个儿子身上。最初的时候，无论雪老城里的贵族还是南方的人族，都以为这位年轻的魔君是黑袍与魔帅推出来的傀儡，直到汗青神将被这位年轻魔君以极其阴险的手段诱杀，整个大陆终于明白，原来他才是这场叛乱的真正主使！

为了皇位兄弟相残或父子相杀，无论魔族还是人族都不少见，总之，从周独夫与太宗皇帝再到天海圣后与寅商二人都未能真正战胜的魔君，终究还是倒在了历史的臭水沟里，败在了自己的儿子手上。

只是他不是已经死在了无尽的深渊里吗？为何这时候会出现在这片雪岭？

看着湖畔那个中年书生的身影，安华与那位神将脸色苍白，呼吸都变得艰难起来。这是在场所有人最大的不解，最想知道答案的问题。

南客站在陈长生身前，没有说话。从那道无尽深渊里爬出来，究竟付出了多么惨痛的代价，她最清楚，哪怕是她，也不想再回忆一次。

魔君自然也不会解释，对陈长生说道："我只是快死，但还没有死，我不想死，所以，我来找你。"

陈长生问道："你来找我做什么？"

魔君面无表情说道："我来寻求你的帮助。"

"你要朱砂丹？"吱吱忽然开口问道。

她的声音里带着些试探，也可以说是希冀。

"不够，朱砂丹里混的血太少。"

魔君的回答打破了她最后的希望。听到这句话，海笛还有安华以及那位神将不由怔住了。

朱砂丹里有血？谁的血？如果唐十七爷听到这句话，就会立刻明白，朱砂丹里的那些晶莹红琉璃丝并不是血珊瑚，那不是小黑龙的血，而是陈长生的血！

片刻后，安华与裨将对视一眼，看出彼此眼中的震惊情绪，因为他们也想到了。

过往数年里，围绕着天海圣后、道尊商行舟还有皇帝陛下以及教宗陛下之间的故事早已流传世间。经过国教的顺势引导与宣扬，所有人都知道，教宗陛下乃是天赋圣体，真血里含有无数圣光。

原来教宗陛下竟是把自己的血当作药材，难怪朱砂丹能够生白骨、医死人！难怪朱砂丹的数量有限，每个月只能炼制一小瓶。难怪教宗陛下没有把这个药方传诸四野。这丹药根本没有办法仿炼，除了教宗陛下，谁能提供这种药材？

看着前方，安华觉得陈长生的身影变得更加高大，沐浴在星光里，无比神圣。我以我血救众生，这是怎样的仁爱，这是怎样的情怀？想着在松山军府的时候，自己对朱砂丹的主人生出过很多不满，哪怕先前也还有些失望，安华觉得好生羞愧。

陈长生对魔君说道："如果我知道您还活着，应该会更小心些，因为朱砂丹里有我的血，这瞒不过你。"

当年魔君冒着极大的风险，万里赴寒山，就是想要吃他。天书陵事变后，教宗对他说过，当今世间，唯一还敢对他的真血生出贪欲的，只有魔君。魔君有强烈的渴求，而且对解决他真血里可能隐藏的剧毒，有解决的手段或者说勇气。

吱吱望向陈长生，非常担心，又有些生气。在她看来，如果不是为了炼制那个破丹药，这一年多时间里，陈长生真血流失太多，严重影响到了修行，海笛并不见得能留下他们，那么这时候自然也不需要面对如此恐怖的局面。

魔君平静说道："既然我还活着，并且让我找到了你，或者，这大概就是你的命运。"

陈长生看着他的眼睛，说道："您应该很清楚，我生下来的时候就是一颗毒果子。"

魔君唇角微微扬起，露出一抹迷人的微笑，脸上的山水骤然间明媚起来，声音也变得格外清柔好听："我是男人，终究要比小天海拥有更多的勇气，而且比她拥有更多的年岁，见过更多的世界，或者能够解决这些问题。"

陈长生隐隐明白了他的意思，说道："但你也没有把握。"

魔君说道："就算我没有把握，但现在看来，你应该是有把握的。"

陈长生望向身前飘落的一丝冰絮，沉默不语。

魔君看着他的眼睛说道："朱砂丹没有毒死那些人族强者，说明你已经找到了去掉自己真血里毒素的方法。"

陈长生默然想着，哪里有什么毒呢，不过是不同神圣规则之间冲突罢了。

吱吱忍不住开口说道："难道你要陈长生主动把毒去掉，然后把自己送给你吃？"

"为什么不行？待我吃掉你，旧伤尽愈，更胜当年，自然要回雪老城重夺皇位，虽然我有自信必将获得最终的胜利，但黑袍与大丫这两个脑子有问题的家伙便是我都无法完全看穿，那个逆子更是个很不错的疯子，所以这必然需要很长时间，肯定会陷入一场苦战，极有可能数百年之内，我神族无法南下，这对你们人族来说不是最大的好处？"

魔君看着陈长生平静说道："道门向来讲究仁爱治世，你以教宗之尊，不惜耗血为丹，当然是为了救众生，何不如化身为丹，让我服用，亦可救众生，而且救得更多，死你一人，换世间数百载太平，何乐而不为？"

明明是匪夷所思的提议，被他缓缓道来，却又似乎有了些道理。

吱吱再也听不下去了，喊道："那你怎么自己不去死！"

79 · 语锋何如龙吟

魔君当然不会因为别人的一番话就去死，因为他生性冷酷，心志强硬。当然，一般而言，就算没有这种特质，也没有谁会因为别人的一番话就去死，这与自私无关，只与生命本质有关。

但吱吱有些担心陈长生。陈长生自幼通读道藏，修的又是顺心意，行事每每与众不同，而且天书陵之变后，又有新的变化。——他现在活得过于淡然。换句话说，在那之前，他对自己的生命无比重视，无论饮食起居或者修道，都是完全为了这方面考虑，而现在他开始饮酒，虽然不多，吃很多牛羊肉，虽然还是不怎么吃烤肉，总之不像以前那般在意了。

他现在似乎更在意用自己的生命能够做些什么事。所以他才会为了大局离开京都，成为历史上第一任被放逐的教宗。所以他去年才会出现在雪原战场上，血战狼骑，然后险些身死。

所以才会有朱砂丹问世。

"离开京都之后,不,应该说在那之前,我就一直在想,现在既然能够活很多年,那么自己应该做些什么。最开始的时候我想在战场上替人族出力,后来发现那样并不对,因为我的境界实力还不足以改变战局,而我医术虽然不错,但和圣医馆里的神官医者们比起来也并不特异,一个人能够起到的作用也有限,最后,我是忽然想到了做朱砂丹。"

他对魔君说道:"我确实是想多救一些人,但您还是说错了一点,我从来没有想过要去救众生,我没有这么大的能力,我只能救些具体的、看得到的人,而且有个很重要的问题,我用真血炼朱砂丹救人,虽然对身体有些损耗,但不会让我死,你劝我去救众生,却需要我付出死亡的代价,所以我无法接受你的提议。"

魔君说道:"最后这句话有几分道理。"

陈长生认真说道:"最重要的是,您说吃掉我可以换魔族数百年无法南下,对于我来说,这没有意义。"

魔君说道:"噢,为何这没有意义?"

陈长生说道:"因为我们现在根本不在乎你们南下与否,我们本来就要北上,我们要去雪老城。"

说这句话的时候,他的眼睛睁得很大,很明亮,就像是无尽的湖水,那样地真实,而且干净,令人信服。

"果然是史上最年轻的教宗,比以前的那几个老家伙要热血得多,也有趣得多,当然,也幼稚得多。"

魔君看着他似笑非笑说道:"难道你以为我这些话是在征求你的意见?"

"不是征求意见,而是说服,或者弱化我的心志。"

陈长生说道:"因为您很清楚,就算能杀死我,也不能再像当年那样,轻而易举地制住我,我有能力在您得手之前,毁掉我自己的身体,焚尽体内的鲜血,让你最终一无所获,失去最后的希望。"

其实他没有说,在魔君得手之前,他甚至还有机会离开。因为他不想让对方提前警惕,最重要的是,他想尝试着能不能把在场的其余人类也一起带走。

魔君静静地看着他,沉默了很长时间。

金属撞击的清脆声音,与一道更冷冽的声音同时响起。

"你欠我们两条命。"

南客把朱阀的家徽以及松山军府的调军符扔到陈长生身前的地上。

这句话比魔君先前那句话还要强词夺理。

吱吱指着海笛说道："你们家的叛徒被我们杀了几个，这个大家伙也被我们拖到这时候交给你们处理，账怎么算？"

南客想了想，没有说话。

陈长生很欣慰。他向来不擅长言语争锋或者胡搅蛮缠的本事，除了在徐有容的面前。在这方面他对着谁都有些吃亏，哪怕面对木讷的南客也是如此，幸亏他身边从来都不缺少这方面的高手，最早有落落，后来有唐三十六，现在还有吱吱。

南客不知道想通了什么道理，又说道："前事不提，一命换一命，也是公平。"

吱吱神情微异，问道："你准备拿谁的命来换陈长生的命？"

"我们不会动你。"南客说道，"那当然是他自己的命。"

吱吱说道："什么乱七八糟的？"

南客平静说道："我们这时候可以杀了他，但现在不杀了，就等于饶了他一命，然后让他拿命来换，这很公平。"

"这样也能行？"吱吱睁大眼睛，满是不可思议。

南客看着吱吱问道："不通吗？"

吱吱认真说道："狗屁不通。"

南客说道："你得讲道理。"

吱吱说道："你得要脸。"

世间有无数小姑娘，但毫无疑问，南客和吱吱是其中最强大，也是最危险的两位。但当她们争吵的时候，依然还是两个小姑娘，有些可笑，很是令人无奈。就在她们对话的时候，没有人注意到，陈长生悄然向后退了数步。

这时候，他离安华与那位裨将只剩下数步距离，只需要再退两步，便触手可及。但就在他准备动手的时候，湖畔忽然来了阵寒风，空气微动，无数光屑在他的身后散开。

光屑随风而凝，变成一个不着寸缕的美人和一个穿着剑裙的闺秀女子。她们悄然无声地出现在安华与那位裨将的身后，双手落在他们的咽喉上。

"现在，是三条命了。"南客不再理会吱吱，看着陈长生面无表情说道。

从一开始，陈长生就是想着如何能够把安华和那名裨将送走，哪里想到，南客早就已经看穿了他的想法，还提前做好了安排，这让他有些后悔，心想既然南客出现，自己怎么能忘记了南客的双翼？

吱吱恼火地叫了一声。她与南客争执，本就是想掩护陈长生的动作，却没有成功，难免有些生气。

那名不着寸缕的魔族美人轻轻地揽着安华的颈，一对魔角在如瀑般的黑发里若隐若现，配上她如画般的艳美眉眼，感觉无比诱惑。吱吱小脸微红，又呸了一口，说道："不要脸的主子，果然有不要脸的丫鬟。"

那两个美人是灵体，才能瞒过了他与吱吱的感知，悄然改变了场间的局势。也正因为是灵体，所以她们格外敏感，看着吱吱便有无限恐惧，被吱吱骂不要脸，也不敢如何。

那名穿着剑裙的闺秀女子微微低头，有些不安。那名不着寸缕的魔族美人胆子略大些，不敢反言相讥，却是嘿嘿一笑，挺了挺胸，让温软处更加高耸，殷红两点更加醒目。

吱吱妖瞳微缩，喝道："如果不是他在，我把你同这个女人一起冻成冰渣！"

那名魔族美人微怔，心想为何龙女对自己挟持的女人也有如此大的恨意？

安华这时候很紧张，也忍不住抬头望了过去。

吱吱看着安华恨声说道："看什么看？这不都是你惹出来的麻烦？"

安华的余光落在不远处的担架上，看着那名奄奄一息的阵师，心想为了救此人，今夜已经死了这么多人……她觉得好生惭愧，低头无语。

陈长生望向吱吱，劝道："何必如此暴躁？"

既然是对话，自然便会对视。在絮叨的话里，在满天冰絮里，二人的目光相遇了。

没有任何征兆，无比突然，一道声音在场间响起。那声音无比复杂，至少有着数百个音节，极为怪异难懂，气息悠远至极，仿佛来自远古，挟着无穷无尽的信息。

这声音来自吱吱的唇间。她的神情变得异常肃穆，甚至神圣，黑裙随风狂舞。

龙吟！

80·霜雪之叹，奈何不夜天

龙族是所有大陆里最高阶的神圣生物，尤其是对妖兽或者灵体之类的生命，拥有碾压性的优势。听到龙吟，魔族美人和闺秀女子脸色骤然苍白，发出凄厉的惨叫，灵体瞬间虚化，仿佛下一刻便会涣散！

陈长生哪里会错过这个机会，耶识步动，踏着轸星之位，破虚而至后方，右袖一挥卷走了安华与那名裨将。他这一挥袖，仿佛也把夜空里的繁星卷进去了一般，因为天地之间骤然变得黑暗。事实上，那是因为满天繁星被遮住了。

吱吱从原地消失不见。夜空里多了一只玄霜巨龙。如山脉般的龙躯，把雪谷上方的星空遮了个严严实实。这画面异常壮观，无比恐怖。

雪岭那边的高阳镇上，有名喝醉酒的军汉，看到了天边的画面，以为自己眼花了。待他发现那真是一条黑龙之后，直接昏死了过去。接着，高阳镇上更多的人看到了横亘于夜空里的那条黑龙，惊叫声与哭喊声此起彼伏，再也没有断绝过。

雪谷里没有惊呼声，更没有哭声，只有坚硬的物事被冻裂，被撕开的声音。无数带着雪霜的气息，从夜空里的玄霜巨龙嘴里喷涌而出，向着地面落下。

漫天飘舞的冰絮瞬间被冻成更细碎的粉末，干涸的湖底被直接冻裂，新涌出来的热泉却连雾气都还没有来得及散发，又被冻成琉璃般的冰浆，然后那些冰浆又再次被冻裂！

凡是那道寒冷气息所及之处，天地万物皆被冻凝，然后裂开！

这就是玄霜巨龙最强大也是最可怕的手段——深寒龙息！深寒龙息里夹着无数霜雪，但那不是普通的霜雪，落下的速度非常快，更像是暴雨，笼罩住整片湖园。

伴着令人心悸的撕裂声，南客的衣裙上出现无数细碎的破口，手里握着的南十字剑上出现冰蚀的痕迹，尤其是剑柄处更已经可以看到裂纹。只是瞬间，她便受了伤，被冰霜改变颜色的血水，向着夜空里溅身而去。一道锋利而带着暴戾意味的鸣啸，从她的唇间迸出。

那两名魔族美人散开，变成无数细微的光点飘来，向着她的身后拼命地涌去，组成了一双妖绿色的羽翼。绿光照亮了幽暗漆黑的湖园，画出无数道诡异难辨的线条。

南客就像闪电一般，在满是雪霜的湖面上穿梭来回，躲避着夜空里落下的深寒龙息。

当年王之策为吱吱设下的禁制并没有完全解除，她还没有恢复全部的实力，就算恢复，她也毕竟不是成年的玄霜巨龙，深寒龙息的笼罩范围毕竟有限，如果南客能够飞出这片深寒龙息的范围，便能脱离此刻的灭顶之灾。

这时，又有一道光亮了起来。不是南客的羽翼在夜色里画出的绿色流光，而是一道更加温暖的红光，仿佛来自江面上倒映的落日。

暮色满废园，残日映夜空。呛啷一声，短剑出鞘！

陈长生出剑便是汶水三式里剑意传播速度最快，范围最广的"夕阳挂"！无数剑光从鞘中喷涌而出，便如江水里的万道金光，随风而起，又像是扁舟上渔夫撒下的那张网。

第二剑是离山剑法里的"渔舟三唱"！无数剑瀑洒而至，向夜空里的四面八方飞去，无比锋利的剑意，切割着天地间的一切，组成了一张密不透风的网。

南客再快若闪电，也没有办法在短时间内破开这张剑网，飞出满是霜雪的湖园。她在破剑网之时，被夜空里喷泻而下的龙息冻裂魔躯，或者与龙息正面相抗的时候，被万剑穿心！如果没有别的意外情况发生，这似乎就是她注定的结局。

然而，魔君还在场间。

不知道为什么，陈长生和吱吱根本没有理会魔君，从一开始便把所有最强大的手段全部用在了南客的身上。之所以如此，是因为南客是相对较弱的一环，也是最容易被他们击穿的一环。

至于魔君，以陈长生和吱吱的境界实力，就算用尽手段，也根本无法撼动丝毫，那么何必理会？

而且海笛还在，不管他愿不愿意与人类联手，都应该清楚，这是他今夜最好的机会，也是最后的机会。

挟着无数冰霜的深寒龙息，落在湖园上，也落在了海笛的盔甲上。黑色盔甲上顿时出现了无数个椭圆的、仿佛雨痕般的冰蚀，同时也稍微掩盖住了他魔躯里的力量波动。

海笛当然会出手，一出手便是最强大的手段。如山般的断碑，悄然无声向着魔君砸去！

海笛很清楚，哪怕魔君身受重伤，实力远远不及全盛之时，也不可能被自己击败。他根本没有想过伤到对方，只想牵制住片刻。

只要魔君无法救援，陈长生便可能抢杀南客成功，再回头过来，他们以三对一，才有一线希望。很明显，陈长生一开始就是这样想的，海笛要做的事情，就是配合他的想法。

魔君又在想什么呢？他没有理会破空而至的那座断碑，也没有去看在深寒龙息与无数剑气里随时可能死去的女儿，而是低头望着怀里的古琴，修长而稳定的手指落在了琴弦上，轻拨。

一声动人的清鸣。然后……骤急。

乱音起兮，便如万木萧萧而落。无数琴音自琴弦之上飞起，无视恐怖的深寒龙息，向着四面八方飞去。

星空被玄霜巨龙遮蔽，雪谷以及湖园处一片漆黑，如最深的夜色，忽然间，夜色里耀起了无数朵火花。火花来自摩擦与撞击，不是石与石，也不是金石，而是琴音与剑的摩擦和撞击。

陈长生用夕阳挂和渔舟三唱洒出去的无数名剑，遇到了无数琴音。每次相遇，便会发出一声脆鸣，然后耀起一朵火花。

数千道剑，数千道琴音，数千次相遇，数千朵火花在空中绽放，天地间仿佛凭空生出一棵巨大的火树。那些火花自天而降，竟没有被深寒龙息冻凝，落到地面后，依然在燃烧，冰雪融化，梁木上吐出了火苗。

世界变得明亮了很多，然而正是如此，夜色才能被清晰地看见。

就像魔君的脸。

81 · 伸手之间世界殊

满天火花里，魔君抬起了头，覆在脸上的那片夜色与山水，变得无比生动。那座断碑已经来到了他的身前。他看了断碑一眼。只是一眼。

断碑忽然间缩小了十余倍。这画面极其神奇，或者说诡异。

然后他伸手。他一伸手便接住了断碑。断碑再难前进一寸。更准确的说法是，当他的视线落下，当他的手掌接触后，这座传说级别的断碑，便再也不肯往前进一步。因为断碑认出了他是谁。

魔君看着海笛说道："孽障，竟敢用朕的武器对朕出手，也不知道该说你勇猛，还是愚蠢。"

海笛眼中有无限恐惧喷涌而出，同时，他的盔甲缝隙里，有无数烟尘不停喷涌而出。这些烟尘的喷涌,不是因为他的魔躯正在向天地间散发气势,而是被一道力量震出来的。在魔君说话的同时,他握着断碑的手震动了两万四千八百次。

身为魔族最强者之一,海笛的魔躯强度堪比金石,但依然无法承受如此高频的震动。当"愚蠢"二字传进他的识海里时,海笛拿着断碑的腕骨碎成了沙砾,紧接着,他的臂骨也碎了,然后肩胛骨上出现了无数道裂纹。

就像是被灼烤了很长时间的牛骨或者龟骨,那些裂纹的走向是如此神秘,令人恐惧。魔骨碎裂,血肉依然完好如初,只有海笛自己能够看到手臂里的沙砾、碎石以及纹路。

他知道自己不能再继续承受下去,必须想办法逃走。十余道颜色奇异的魔血,从他的肩膀处溅射而出,如树般粗粗的手臂,飞向了天空。海笛自行断臂,毫不犹豫,转身就跑。

魔君挥了挥衣袖,看似很随意,很潇洒,就像一名酒后作了篇新诗的书生。袖里是被他的手握着的断碑。

衣袖轻轻一挥,断碑轻描淡写却又是那般不可躲避地击中了海笛的后背。喀喇一声响,就像是参天巨树被蛀蚀了无数年,终于承受不住,豁然倒塌。

海笛的胸前出现了一个极其夸张的突起,就像是肥沃的平原上一夜之间隆起了一座山峰。一道难以想象的宏伟力量在他的魔躯里肆虐,瞬间让他的脏腑移位,裂开,就连魔核上都出现了裂纹。

海笛无法承受这股巨力,变成了一只纸鸢,惨然飘向着远方的雪峰。看着越来越近的雪峰,身受重伤的他视线模糊,意识紊乱,却没有忘记一个重要的问题。为什么会这样?军师的人呢?

今夜他领旨而来,事先便知道,寻找并且杀死朱砂丹的主人并不是全部,所以看到陈长生后,并不是太过意外。哪怕后面看到本应早就死去的陛下重新出现在面前,他震骇,却依然保有着希望。

无数年来,魔族已经形成了某种心理惯势,黑袍大人必然算无遗策。海笛以为,军师既然派自己前来,肯定算到了这点,当然会有所安排。所以先前那刻,他才敢向陛下出手。他总以为会有别的变化发生。

然而……没有。事实就像眼前越来越近的雪峰一样,那样地寒冷并且坚硬。在最后的时刻,海笛忽然想起了两年前的那个夜晚。在那个夜晚,他见到了那位已经数百年未见的故人，更准确地说，是以前的主人。

海笛明白了，闭上眼睛，在心里叹了口气。

在遥远的夜空那边，海笛如山般的魔躯，已经变成了一个小黑点。与真正雄伟的雪山比较起来，无论人还是魔，都显得那样地渺小。那个小黑点没入了雪峰的中段，深深的厚雪里。

一道震动从远处延着地面传回雪谷，紧接着是如雷般的沉闷轰隆声，无数万年积雪，从那座雪山上垮落。没用多长时间，那座雪山的形状便发生了极大的变化，与先前截然不同。海笛撞出的那个黑洞也消失了，再也找不到任何痕迹。魔族军方前线统帅就这样消失了。

这件本应震动整个大陆的大事，在这个深沉的夜里，却显得那般无足轻重。无论壮观还是惨烈，都没有人看到，没有人在意。魔君没有看，因为他不在意。

他的视线离开琴弦后，第一眼望向的是那座断碑，第二眼望向的是夜空里的满天火花。

然后，他再次伸出手。这一次他的手直接穿过满天火花伸到了夜空的最高处。

一声饱含愤怒与不甘的龙吟，从高空传来，然后戛然而止。带着无数雪霜与杀意的深寒龙息，就这样消失不见。

遮住夜空的玄霜巨龙急剧缩小，变成一个小黑点，然后在那只无形巨手的挥舞下，向着遥远的天边飞去。那个小黑点与空气摩擦着，带出一道刺眼的亮光，看着仿佛像是一颗流星，不知最后将会落在何处。

深寒龙息消失，满天剑雨也随之一滞，两道绿色的流光骤然敛没，南客落在魔君的身后出现。她娇小的身躯上到处都是伤口，血融进衣衫里，看不出原初的颜色。

魔君举手投足之间，便震死了海笛，逐走了吱吱，破了这个局。双方的差距太大，魔君根本不需要全力出手，只凭眼界手法与境界，便能轻易碾压他们。

再对南客出手已经没有任何意义，陈长生唤回了所有的剑。破空声在雪谷上方响起，呼啸声里，数千道名剑归来，悬浮于他四周的空中，微微振动，不断发出嗡鸣。

他看着前方，神情凝重，沉默不语。无论是湖园里的残火，还是飞灰，或者是从夜空里飘落的余光,都被森然的剑意切割成了碎片。

看着这幕画面,魔君的眼中现出一抹欣赏的神色,说道:"无论剑道修为、神识强度,还是真元数量,你都很不错,不要说现在的年轻一代,便是当年陈玄霸、周独夫,还有我像你这么大的时候,都不见得比你更强。"

很明显,在魔君眼里,他和周独夫、陈玄霸才是千年以来的最强者。与普遍意义的认知不同,他并没有把太宗皇帝放到这个行列里。

陈长生身体微倾,对这份欣赏表示感谢。

湖园里残着的火苗,照亮了他的脸,虽然神情凝重,但还是那样的平静,看不到任何慌乱与惧色。

82 · 不谈而判

"这时候没有谁会再来打扰我们了。"

魔君说完这句话后,咳了起来。他的咳声仿佛是深谷里的瀑布回响,很深很远,面容上覆着的那片山水都随之微微变形。

陈长生看着他说道:"您的伤势比在寒山的时候要重很多。"

无数年前,魔君败给了周独夫一招,身受重伤,一直没有痊愈,那年他潜入寒山,就是为了喝陈长生的血来治伤。在寒山里,他与天机老人一番对峙,损耗不少念力,在回雪老城的途中,又在雪原上遇到了以静待动多时的白帝。

那场惊天动地的大战,让他和白帝两败俱伤,这也间接导致了两年前的那场叛乱。其后,他被黑袍与魔帅联手打落深渊,虽被南客冒着极大风险救出来,但伤势更重。千年来他一直都是魔君,实际上,千年来他也一直都是伤者或者说病人。

现在他的实力准确来说只有全盛期的五分之一都不到,先前挥袖击败海笛看似潇洒自如,可如果换作以前,他哪里需要伸手?最关键的是,他现在的伤势已经重到随时可能死去,所以他才会急着找到陈长生……吃掉。

魔君淡然说道:"就算伤势再重些,我在这片天地之间也没有几个对手。"

陈长生知道这是真话,看了眼剑鞘,说道:"但现在你没有办法再威胁到我。"

安华和那名神将,已经被他送进了周园里,就算他这时候死了,魔君也没有办法杀死他们。这个事实让他可以暂时不去担心吱吱的安危,心情更加平静。

今夜，魔族已经失去了海笛这样一位强者，只要他在死之前，把这一身血肉尽数焚为青烟，那么魔君也必死无疑。

他是教宗，但离神圣领域还极为遥远，这样算来怎么都是划算的——对人族来说。

魔君面上那片山水忽然间变得寒意十足，仿佛由水彩变成了水墨："你想自杀？"

看着右手前方约三尺外焦黑地面上一个洞穴里爬出来的惊魂未定的蚂蚁，陈长生说道："只能如此。"

魔君指着他手上的那串石珠，说道："你还有别的选择。"

陈长生知道他在说什么，摇了摇头。

开战之初，他曾经设想过，或者可以借助周园或者青叶世界暂避，但现在已经放弃了这个想法。首先，这很容易让魔君抓住穿越空间的痕迹，借道而入。这个风险对别人来说并不大，但他面对的是魔君，要知道很多年前，魔君便曾经进入过周园，并且拿走了一块天书碑，相信正是刚才海笛用的那块断碑，此时已经变回魔君腰间系着的那方石制小印章。其次，在寒山时他就已经确认过，如此近的距离里，想要当着魔君的面进行空间穿越，非常困难。

最后，陈长生不愿意冒险。哪怕只有一点风险被魔君生擒，他都不能接受。——只能谈判，当然谈判的基础在于他有真的去死的决心，并且能清楚地让魔君感受到。那么他便不能有借周园暂避的想法，一点想法都不能有。

魔君说道："我不会让你死的。"

陈长生说道："我自幼读道藏，修道亦数载，很是艰辛，现在至少能够确保，不知如何来，但知如何去。"

魔君说道："哪怕你死后，我可能为了泄愤去杀很多人？"

陈长生说道："我说过，我从来没有救众生的妄信，我只在意能够看到的每一个人。"

"是吗？那你好像忘记了一些事情。"

夜风狂作，一具担架从湖畔的废墟里飘出来，极其巧妙地越过数千道剑织成的森然剑阵，落在了魔君的脚下。担架上面的那名年轻阵师依然昏迷不醒，黝黑的面部肌肤之下隐隐透着青意，似乎随时可能死去。

"这是真实的、你可以看到的具体的一个人。"魔君看都没有看担架一眼，盯着陈长生的眼睛说道。

随着他的言语，他脸上覆着的那道夜色渐趋深沉，那片山水却反而添了几分颜色。

陈长生有些无奈。他本以为这场谈判会像唐三十六以前说过的那样，彼此提些条件，然后再如何。没想到，对方直接一开始就把底线亮了出来给自己看。

他确实不擅长谈判，更不擅长在被威胁的状态下处理这样复杂的问题。好在这个复杂的问题是选择题，他可以用排除法来做。

这道题有四个选项。他无法眼睁睁看着担架上那名伤者被魔君杀死，甚至有可能是以最残酷的手法折磨，因为不忍。他也不可能因此就真的弃剑投降，把自己变成一颗药丸，献给魔君服用。

那么便只剩下两个选择。还没有到最后的绝境，自杀焚血这个选项可以往后挪一挪，那么就只剩下最后一个方法。

出剑。这是在很短的时间里发生在他脑海里的活动，他用最简单的方法解决了这个复杂的问题。

出剑战斗然后去死，很是简单，比不知如何选择从而焦虑至极要好很多。

他掷出了手里的短剑。剑名"无垢"，也确实无垢，绝对光滑，绝对锋利，剑身可以反映出一切景物。

湖园里被切碎的霜雪、到处飘拂的火光，以及有些微微变形的星辰。一道亮光撕破夜空，向魔君而去。数千道名剑，随之而去，就像是一条龙。

看着这幕画面，南客眼瞳微缩，很自然地想起当年在周园里的那场战斗。当时她凭借魂枢与金翅大鹏体合，境界堪拟神圣，然而最终还是惨败在这条剑龙之下。

现在陈长生当然要比当初强很多，但情势变化，这条剑龙肯定没有当时的威力，不过她还是有些担心，因为她的父亲事实上一直重伤未愈，也因为这条剑龙，很明显与周园里的那条剑龙有所不同。

仔细望去，便能发现，那数千道剑都在微微颤动，隐而未发。这里的隐与发，不是说剑势，而是剑招。

那数千道剑之所以微微战抖，给人一种隐而未发的感觉，是因为陈长生还没有真正出剑。他赋予了夜空里的每一道剑相应的一招剑法，此时尚在起势。

待数千道剑同时施展出自己的剑招时，会是怎样的声势？

83·三千剑后

看着夜空里的数千道剑,南客眼瞳微缩。

能用神识同时控制数千道剑,已经是非常匪夷所思的事情,更何况还要同时施展数千招不同的剑法……陈长生是怎样做到的?

至此时,她终于确认,就算陈长生没有这些剑,没有别的手段,只凭自身的神识、真元、剑道修为,便足以战胜自己。她现在与陈长生正面作战,如果不是拥有世间最极致的速度,那么可以说没有任何机会。

魔君,是陈长生此生所遇的最强大对手,面对这样的敌人,他当然要动用自己最强大的手段。夜空里的这些剑,是他在剑道上最高水准、最完整的一次发挥。

当年周园剑池里随他重获自由的旧剑里,有的送回了那些宗派山门,有的送给了友人,比如轩辕破得了山海剑,折袖拿走了魔帅旗剑,苏墨虞和莫雨也各有所得,还有很多剑被唐三十六藏了国教学院里,他离开京都的时候没有取走,再除却年代过于久远,需要剑意浸润滋养、无力再战的旧剑,如今还能够与他一道战斗的剑,大概在三千把左右。这些剑在藏锋剑鞘里已经多年,与他朝夕相伴,心意相通,锋利如昨,其势更胜当年。

今夜,众剑于夜色里映照景物与光明,悄然成龙,分先后而至,却又不分先后,剑意同样森然,剑招却各自精妙,极难应付,如果朱夜、宁十卫和那数百名高手、军士还在湖畔,绝对会被一击即溃。

三千剑破空而至,仿佛把江水里的万道金鳞画在了夜里。

魔君再次现出欣赏之色,感叹道:"剑如其人,若你将来能破境入神圣,这道剑龙又会是何等样壮观瑰丽?"

感叹是遗憾,遗憾于那壮观瑰丽的画面不可能出现,因为陈长生今夜会变成他的食物。欣赏是居高临下的俯视,是前贤对后人的评点与期望,是因为从容。

三千名剑,剑剑不同,魔君只需一道琴音,便可从容破之。修长而稳定的手指,轻轻拨弄着琴弦,发出清冽的琴音。

今夜琴音已经响过数次,先前第一次破掉陈长生的剑阵时,也曾经响起过。

但那些都是零乱而碎的琴音，并不能成曲，更像是前奏或者间奏。

这时候，琴音终于连绵而作，变成了一首曲子。

魔君弹的琴曲是为所秋风所喜歌。秋风所喜是落叶，琴音清冽更胜先前，于夜色里拂向四面八方，仿佛秋山，又自然离散，又如落叶本身。

琴音尽情而出，说不出的萧瑟、肃杀，迎向破夜空而至的那道剑龙。如先前一般，碎裂而明亮的火花到处迸散，照亮了天地，把那条横亘天地间的剑龙，昭显得更加清楚。

三千剑开始剧烈地战抖，有些难承琴音之伤，颓然下坠，有的难承秋风之力，歪斜飞向一旁。狂风起兮，琴音骤乱，剑龙微散，仿佛被无形的力量剥去了鳞片，不时有剑离开。那些还在坚持的剑，颤动得更加厉害，有些相对较弱的剑身上，甚至已经出现了裂口。

从当前的局势看来，陈长生的三千剑飞临之前，便会被这道琴曲摧散。但不知为何，魔君的神情忽然变得有些凝重。这是今夜他流露出警惕的感觉。

这时候，三千剑织成的剑龙，正在夜空里不停地喷吐着火花。他望着其中某处。那个位置很不起眼，那朵琴音与剑身相交溅出的火花也很小，落在他的眼帘里，却有些微微灼热。那朵小火花散开的轨迹，与本应有的轨迹之间，发生了一点非常小的偏差。

这点偏差非常小，甚至可以说是微妙，普通人甚至陈长生自己都绝对无法看到，却无法逃过魔君的目光。魔君漠然的目光，能够洞悉这片天地的至理。

那朵小火花的轨迹偏差，意味着那个位置的空间，发出了很轻微的变形。空间变形，是因为有极为沉重的物体，隐藏在那朵火花的后方。

谁都知道，火花是琴音与剑的摩擦撞击。能够让空间变形的事物，按道理来说，必然极大，比如整座寒山。但那个物体，能够藏在火花的后面，必然极小。世间何物体量如此小，却又是那样地沉重？

或者，那才是陈长生隐藏到最后的真正手段？

魔君忽然挥手，琴弦尽断，破音乱出，古琴瞬间毁灭，变成无数木渣与断絮。

那些木渣与断絮，与破裂的琴音，一道向着夜空里激射而去。无数清冽或者刺耳或者沉重的撞击声响起。夜空里的剑龙，溅射出更多的火花，然后渐渐散开。

三千剑里蕴藏着的剑招还没有来得及施出，便被魔君直接破掉！

漫天火花如遇清秋，数息间便告凋残，夜空里的画面变得清明起来，有些事物再也无法隐藏自己的身形。有颗很小的石珠，正在夜色里向着魔君飞去。这颗石珠飞得很慢，给人的感觉很沉重，仿佛被无形的力量牵引着，同时它也牵引着周遭的天地，让近处的空间都有些微微变形。

魔君的神情有些微妙，说道："周园果然落在了你的手里。"

这句话自然是对陈长生说的。然后，他举起右手，隔空指向了那颗小石珠。

今夜他第一次举手，便接住那座天书碑，然后把海笛生生砸进了远处的雪峰里。第二次举手，他抓住了夜空高处的黑龙，扔到了更加遥远的天边。这时候，他第三次举起手来，神情要比前面两次更加严肃。

他的动作很细微，仿佛要去拈云，同时又很壮阔，仿佛要去摘星。随着他的动作，小石珠缓缓地停了下来。同时，他的那块印章飘离了衣带，也来到了夜空里。

印章与石珠就这样静静地对视着，对峙着，微微振动，发出嗡鸣。彼此深蕴其间的狂暴气息，渐渐安宁。

仿佛故友重逢，又像是仇人相见，各有心思，沉默不语。

84 · 还有一剑

那颗石珠看着很普通，那块印章也没有任何特异之处。只有神圣领域的非凡者，才能清晰感知到里面蕴藏着足以掀翻天地的狂暴能量。

从很多年前潜入周园后，那块印章便一直系在魔君的腰间，对此他非常有经验。所以他可以断定如今周园落在了陈长生的手中，只是暂时没有想明白，以陈长生的境界如何能够使用那颗石珠。

要知道，即便以他如此高妙的境界，也要小心谨慎地应付，陈长生凭什么可以？

又有三颗石珠从夜色里飞了过来。魔君脸上的世界里忽然落了一场风雪，显得无比肃杀。

神念微转间，印章在夜空里的位置发生了一些极微妙的变化，微风无由而生。魔君散发出来的深沉如夜色的气息，随之变得异常光明正大，仿佛神圣。

印章的位置以及他气息的变化，落在了那四颗石珠的身上，这是接触，同样也是询问,是交流。三颗石珠里的狂暴气息,也渐渐安宁下来。

石珠与印章悬浮在夜空里,反射着星光,微微发亮,看上去就像是真正的星辰。它们之间的彼此位置相对静止,仿佛永恒不变,就像是一幕星图。

这都能行?看着这幕画面,陈长生心神震撼,觉得迎面而至的夜风变得更加寒冷,甚至有些刺骨。

"当年我在天书陵里观星图而悟定星之妙诣,没想到,时隔千余年后,才有机会第一次用到。"

想起那些往事,便是魔君都心生感慨,看着夜空里的石珠与印章,仿佛看到了将来。

陈长生在周园里得到的天书碑,毫无疑问是此子最强也是最后的手段,现在已经被破。稍后,他将饮尽陈长生的真血,再得到如此多座天书碑,相信与他缠绵千年的这些伤势将会一朝尽愈,境界甚至可能再有突破。

然后他会回到雪老城,将那些叛徒尽数杀死,把逆子打落深渊,重登王位,率领大军一路向南,过天凉而入京都,破离山而至南海,一统大陆,再造无数大船经东海而降大西洲,成为真正的世界之主!

最后……他将率领三族联军远征,以浩浩荡荡之势,横扫整座圣大光大陆,完成前所未有的伟业!无数画面,在魔君眼前掠过,他霸气渐生,唇角渐扬,快意至极。他向夜色对面挥袖,轻而易举地击落最后的数十把剑。

这一刻,他以为自己便要见到最美好的结局,却未曾想到,先见到了一双眼睛。

那是陈长生的眼睛,明亮而平静,认真而专注,看不到任何绝望,就连挫败的情绪都没有。

陈长生没有留在原地等待着失败的结局,从出剑的第一刻开始,他便已经离开地面向着魔君掠了过去。

贯穿天地的三千剑后是天书碑,天书碑后是他的人,他的手里没有剑,却拿着一封信。那封信已经撕开了一道口子。看着那封信,魔君眼瞳微缩,生出一抹强烈的警觉意。

今夜他的实力不复全盛时期,并不是不可战胜,但他依然强大,尤其是境界与意识,始终处于这个世界的最高处。

能让他本能里感到警觉的人物,不过寥寥数位。大西洲有一位。白帝城有两位。京都现在只剩下一位。这封信出自何处？又是哪位的手笔？

这片大陆历史上最著名的书信，是无数年前，魔族大学者通古斯与人族教宗之间的通信。天地间智识最高的两位大人物，无视人族与魔族之间的血海仇与敌意，在那些书信里讨论了很多重要的问题，然后公之于世。

无论是雪老城里的长老会还是京都里的皇室，对此都深表担忧，都想反对，但没有人敢表现出来，因为他们的地位太高。当时没有大周王朝，道门依然是国教，教宗拥有极高的威望与权势，通古斯做为数代魔君之师更不用说。

其后大概便是二十年前国教学院血案之后，在世间流传甚广的那张讨天海檄。虽是檄文，也可以算作是陈氏皇族以及国教旧派势力，对天下人写的一封信。

最近数年，最著名的当然是苏离带着圣女去异大陆之前留下的几封信。一封信在长生宗斩杀以及重伤了数名长老，破了山门大阵，断了某条隐秘的后路。一封信在汉秋城外的万柳园里，断了朱洛一臂。一封信在国教学院里传了陈长生剑意，斩退了另一位八方风雨无穷碧，最后还在京都的夜空里与天海圣后的木钗小凤战了一场。

除了写信的苏离、送信的徐有容以及国教学院数人，没人知道苏离留给这个世界的信其实是四封。

有三封信已经撕开用掉，还有一封信始终藏在陈长生的怀里。

在天书陵的时候他没有用，因为在圣后与教宗之间，他不知如何自处，而且就算用了也没有办法改变当时的局势，杀周通的时候没有用，因为他有信心，而且这封信太过重要并且唯一，用在周通的身上太过浪费，唯一一次他差点动用这封信，是林老公公入国教学院决意杀人的那时，以及那夜……他的老师商行舟趁风雪而至。

今夜，他的对手不是普通人，是魔君。

对着这位传奇，甚至传说，陈长生没有任何侥幸的想法，毫不犹豫施出了全部的手段。周园的剑，天书陵里的碑，还有这封来自离山的信。

信纸骤碎，一道无形剑意扶摇而上，侵凌星辰。星光骤断，剑意归真，直刺魔君。

一声轻微的裂音在夜空里响起。似水被斩成两截，似云被切成两断，似天空被分做了两半。

那片山水被斩开了。那个世界被斩开了。那片夜色被斩开了。

魔君脸上笼罩了无数年的重重雾意，被那道凌厉至极的剑意强行切开。真实出现在天地之间。

骤然挑起的墨山般的铁眉。无比寒冷仿佛幽潭的鹰眸。

魔君双掌一并。就像是江河两岸对坐无数年的两座山峰合在了一起。那道苏离留下的剑意，被夹住了。

一道笔直而清晰的伤口，出现在魔君的脸上。就在墨山之间，就在幽潭之间。

85·最后三剑、夜色以及睁开的眼

陈长生最强的手段到底是什么？按道理来说，当然是天书碑，无论是他在凌烟阁王之策画像里拿到的那块黑色石头，还是在腕间已经系了好几年的来自周园的石珠，都是天地间最重要的事物，最无可替代的至高存在。

只是天书碑过于高妙，以他现在的境界根本无法完全彻悟，平时只能拿来温养神识，无法用于战斗，但今夜他还是把天书碑藏在三千剑后，向着魔君掷了过去，因为他很清楚，魔君是世间最了解天书碑的人，那么很可能会被撼动心神。

撼动心神是相对文雅的说法，如果粗陋一些，其实就是想吓魔君一跳。让魔君吓一跳，如此才能把最后一剑隐藏好，斩出一个想不到。现在看起来，他的想法成功了。

魔君面上的山水与夜色被一剑斩开，眉眼之间出现了一道清晰而细直的剑伤，鲜血从里面淌流而出。

魔君的血当然不是红色的，然而出乎意料的是，竟然也不是绿色的，而是金色的。看着涂满金血的魔君的脸，陈长生忽然想起光明正殿石壁上的某张脸。那是天神，亦是魔神。

一道冷酷至极的声音响了起来，在雪岭之间回荡，渐要响彻天地之间。群山之间寒风呼啸，远处孤峰间还在崩落的雪势，变得更加恐怖，越过山岭豁口，数十里外的高阳镇上无数灯破碎。

魔君看着陈长生的眼睛说道："就算苏离亲至，也无法一剑斩死我，更何况，这只是他留下的一道剑意。"

说话的时候，他的脸上没有任何情绪，异常漠然，庄肃无双，绝对神圣。然后，他忽然笑了起来，露出了满口整齐而洁白的牙齿。

这一笑，那张神圣的脸上便有了生命的情绪，并不安宁，只是原始野蛮而恐怖。

陈长生看着魔君的白牙，身体寒冷，离开西宁镇去往京都，再到今夜，他曾经最大的不安源自真血的诱惑，但事实上，这些年来真正表明心意，就想吸掉他的血、吃掉他的肉的……只有魔君，而且他已经是第二次尝试了。

一道难以想象的宏大力量，直接碾碎了苏离留在这个世界上的最后一道剑意。

那道带着原始洪荒气息的力量并没有就此消失，而是沿着夜色里的剑意消失的通道，向着陈长生涌去。无数道细微的声音密集地响了起来，就像盛夏陡然迎来一场霜降的林子里，无数昆虫落到了微硬的地面上。

陈长生的臂骨瞬间断成了数百截，紧接着肩胛骨与胸骨上也开始出现裂缝，就像他此时脚下干涸的湖底。一口鲜血从他的嘴里喷了出来，击打在了魔君的脸上。

金色的血液被血红的颜色冲淡，那片残破的山河仿佛来到了暮时，夕阳照着无数浑身是血的死者。

与那道鲜血的方向相反，陈长生离开了地面，向后掠出。魔君眼里闪过一抹异色。

为了破掉苏离的这道剑意，他付出了不小的代价，被压制了两年时间的伤势再次暴发。

然而，陈长生却没有死，甚至还能动，这明显超出了他现在境界能够承受的极限。看起来，他的身体甚至要比魔族强者的身躯更强，这是为什么？

寒冷的夜风呼啸着，在倒掠途中，陈长生的身影时隐时现，极难捕捉，甚至仿佛同时在数个位置出现。夜色里有无数繁星，他的脚踩破夜色，踏的正是星位，从倒掠之初，他便动用了耶识步。

他的身体在黑龙真血里浸泡过，拥有难以想象的强度，这是他为魔君带来的第二个想不到。

这是他逃离的最后机会。他只需要再踏出最后一步，便能破夜色而去，去往湖园废墟里某处。那处有准备好的阵法，还有一条极隐秘的通往群山深处的通道。

当然，就算他去了那处，也不见得就能逃出生天，毕竟今夜他的对手是魔君。

再多的手段，再多的准备，再多的想不到，都无法给他提供更多的信心。或者正是因为没有完全的信心，在踏出最后一步之前，陈长生隔空抓向了夜空里的那块黑色石头，同时，神识落在了地面上。

在魔君身前有副担架，担架上躺着那位年轻阵师。陈长生有信心能把这名年轻阵师送进周园里，这样就算他无法活下来，年轻阵师应该还会有希望。

然而，就在他的神识落在担架上时，发生了一件很奇怪的事情。一道极其微弱却又诡异的气息，顺着他的神识进入了他的身体，攻击了他的幽府。

这次攻击很隐秘，并不强大，却非常精妙地影响到了他的真元运行。最关键的是，他这时候正在用耶识步。

差之毫厘，失之。南辕北辙，误之。他下一步本应踏在数十丈之外的一株老梅旁。

现在，却踏空了。他的脚落在了夜空里。这里更加寒冷，风势更疾，因为这里是距离地面数十丈的高空。

寒风呼啸，一道阴影遮蔽了星光，同时到来的还有一声暴戾冷酷的鸣啸。剧痛从他的肩与颈处传来。

南客出现在他身后，锋利而带着幽绿色泽的指尖抓住他的双肩，抓着他向更高的夜空里飞去。更恐怖的是，她的双翼之间仿佛多出了一道无形的细线，不停地切割着他的咽喉，只是瞬间，便已入肉，鲜血开始淌落。

魔君看着夜空里的画面，舔了舔唇边的血，平静里有着期待。拥有世间速度最快的女儿，他根本不用担心陈长生能够逃走。

陈长生被南客制住了，看似没有任何反抗的力量，只能等着被杀死或者被吃掉。就像他这时候身处寒冷而高远的夜空，没有任何借力之处。

但他不会就此投降，命运都无法让他臣服，更何况是真实的敌人或者说困境？

当年在荒原里，他向苏离学了三剑。此时他毫不犹豫动用了其中威力最大的燃剑。

这一剑里有三招剑法。国教真剑又名杀戮之剑，当年大朝试最后一战时，他曾经凭这一剑逼退了苟寒食。

离山法剑最后一式，当年在周园，梁笑晓用这一剑自杀，把他逼得颇为狼狈，而他也曾经用过。

今夜他把这最决然的两剑同时施展了出来。他不相信南客有能力阻止自己……去死。

至于最后那一剑……当然必须是离山的金乌秘剑。把这天地人都烧个干净，你还能如何？

南客没有看懂他的剑意，但感觉到了他的意图，冷漠如她也感到了一丝悸意。这三剑太决，太绝了。

魔君冷酷的声音再次响了起来："想死？没那么容易。"

陈长生的血肉是他最后的希望，他不会允许被任何人夺走，包括陈长生自己。

他伸手向天，便有一片夜色，向陈长生落下！他要用无比霸道的最强魔功强行吞噬掉陈长生的最后三剑！

他的神情是那样地凝重，是那样地专注，以至于没有发现……就在他的身前，就在他的脚下，就在那副担架上，那名年轻阵师，忽然睁开了眼睛。

第三章

平淡的一句话,却让陈长生觉得很伤感。

或者是因为当年他也曾经无数次向星空祈求过生死的宽恕……

86 · 星空杀

从战场到乱山到松山军府再到这片雪岭，从来没有人看见过担架上的这位年轻阵师睁开过眼睛。在所有人看来，他早已奄奄一息，必将伤重不治。

这时候，他的眼睛睁开了。他的眼神最浅的表层是干净明亮的天真，稍微深入便能看到弥散着蛮荒气息的残忍。天真与残忍是截然相反却又经常相伴而生的两种情绪，合在一起便极为复杂，非常幽深。

此时，南客与陈长生在高远而寒冷的夜空上方。陈长生准备用最后的三剑，断绝魔君所有的希望。魔君准备用最霸道的手段，断绝他的希望。

没有谁注意到年轻阵师睁开了眼睛，也没有谁发现他的手落在了自己的胸口上。

前些天，在那场雪原大战里他受了不轻的伤，伤口便在那里。年轻阵师的手离开胸口，手上带着一些汁液，同时还有一样物件。

那个物件是一个杵状的石制物品，上面不知道是因为染着血还是别的什么缘故，显得格外斑驳。

年轻阵师握着石杵，向魔君的小腹刺了过去。他躺在担架上，只能从下向上出手，角度与心意，都显得异常阴险而歹毒。但他却像是在做一件异常神圣的事情，甚至显得有些虔诚。

他的动作并不缓慢，很随意，却又特别谨慎专注。整个过程，悄然无声，就连一丝风都没有带动。

就连魔君都没有发现，但他不是能够被轻易暗杀的对象。他没有发现这根阴险的石杵，夜空里的那方印章感应到了。

石印章是他当年从周园里带走的一块天书碑，与他在天地间同游数百载，早已参悟，合为一体。如果有谁试图威胁到魔君的生命，石印章便会自动生出反应，开始防御，然后反击。

数百年来，无论人族还是雪老城里的元老会，不知道有多少强者试图暗杀魔君，都没有成功，包括先前那场战斗里，海笛之所以败得那般惨，都是这个缘故。

那块石印章不再理会其余数颗石珠，在夜色里消失。下一刻，它出现在魔君的小腹前,迎向那根石杵。

按道理来说,无论这根石杵是用什么材质制成,都不可能比天书碑更强,下一刻,便会被击成齑粉。

然而,最不可思议的事情发生了。石印章静止在了夜风里,不再试图毁灭那根石杵。它仿佛在无数万年之前便已经认识对方,甚至主动让开了一条道路。

没了印章牵制,其余数颗天书碑化成的石头,伴着嗤嗤的声响向夜色里飞逝,星图顿时破掉。

魔君终于感知到了危险,却已经晚了。他低头望去,只见一把石杵深深地插进了自己的小腹。石杵的另一端被那名年轻阵师握在手里。

魔君能够清晰地感觉到,石杵上的寒意。当然,更令他感到寒冷的是那名年轻阵师的脸,以及那根石杵散发着微微的气息波动。

无数道微弱却似乎永远不会消逝的气息波动向着夜空飘去,仿佛要把他的位置告诉给整个世界知晓。无论是这个世界,还是别的、所有的世界。

这根神秘的石杵究竟是什么?人族的道藏里没有记载,白帝城也没有它的消息,只有雪老城魔宫的主人才会知道它的来历。

因为这根石杵以及与它相关的故事,是魔族的不传之秘。魔君当然知道这是什么。

这是一件从来没有在世间出现过的神器。

星空杀。

夜空里响起一道愤怒的鸣啸。

绿色的双翼撕裂夜色,南客如流光般向着地面掠回,陈长生则是被扔了出去。

就在她的狂暴气息将要接近之前的那刻,那名年轻阵师从担架上浮起,悄然无声飘到了数十丈之外。他就像是地面上的流尘,随意而行,身法极为诡异,当然,也展露出了极为高妙的境界。

如果是平时,南客绝对会不惜一切代价,也要趁着这个机会把他杀死,但此时不行。她向魔君扑了过去,然而,还没有来得及近身,便被魔君一袖拂到了远处。

陈长生也摔落到地面上,就在离魔君不远的地方。只需要再次伸手,魔君便可以把陈长生杀死或者制住,然后饮其血,啖其肉,就此重获新生,得见自由。

但他没有这样做,甚至看都没有看陈长生一眼。千年的旧伤,千年的野望,都在陈长生的身上，忽然之间，他却似乎不再在意了。

魔君低头看着自己的身体，看着刺进小腹的那根石杵，然后伸手拔了出来，扔到了地上。

石杵上面的斑驳痕迹，已经被金色的魔血侵噬无踪，只剩下粗糙的表面。但有些东西残留在他的小腹里，隐隐发着幽蓝的光，就像是一颗星辰。那团幽蓝的光在向着星空散发着微弱的气息波动。

衣带在夜色里拖出道道残影，印章破空而起，呼啸而落，然后静止。没有人知道，倏乎间，他已经去了千里之外，然后，又回到了原地。无论在哪里，他都无法摆脱那道幽蓝的光。

那道微弱的气息都不会受影响，清楚地继续向星空标明他的位置。

果然，无法摆脱的就是命运啊。魔君望向头顶的星空，露出一抹极为复杂的神情。

那是不屑，是愤怒，是不甘，最终化作了一缕感慨。命运便是星空。

如果星空要杀你，你又如何能够避开？

陈长生的视线也落在了星空上。

他的神识飘摇而上，超越时间的概念，穿越漫漫星河，来到极远处的那颗红色星辰旁。

命星不停地向他提供着温暖以及能量，信心还有勇气。此间离地面极为遥远，仿佛已经到了星河的彼岸，无比空旷，只有寥寥数颗星。他望向更遥远的、更幽深的那边，忽然生出一抹悸意。那边的无尽夜色里，仿佛还有无数颗星辰，隐隐若现，未知神秘而令人恐惧。

忽然，从那些遥远的仿佛并非真实的星辰里生出了一道明亮的光柱，向着他的命星而来！

汗水瞬间打湿了陈长生的衣衫，然后被凝成雪霜，因为恐惧。这道光柱是何物？从哪里来，又要往哪里去？

幸运的是，那道光柱没有击中他的命星，而是擦肩而过。其后，光柱继续向着星河之间而去，向着这个世界而来。

陈长生的身体无比僵硬，无法动弹，也无法发出声音。魔君抬头看着星空，神情漠然，不知在想着什么。远处传来南客愤怒的喊叫声。

一道光破开夜空，落在雪岭间。落在了魔君身上。

87·黑山白水，一处明亮

这道光柱不是来自星辰，而是来自更遥远的未知的世界，落在地面上却只有一丈方圆，可以想见是多么地凝练。只有最为纯净强大的能量，甚至传说中的神明，才能创造出如此凝练的一道光。

看起来，这道光很像是国教的圣光，但魔君知道不是，陈长生更加清楚，他们都知道这道光来自何处。

圣洁的光柱里，魔君的衣衫微微飘动，脸上残破的山水被尽数洗去，容貌正在急剧地变老。

那块天书碑化成的印章，不知何时离开了光柱的范围，静静地悬停在夜空里。印章对着光柱里的魔君，轻轻晃动，仿佛有颇多感慨，有万千追忆，又似是在向一位老友告别。

下一刻，那道光柱消失了。

雪岭湖园没有任何变化，没有山崩雪塌，没有天地异变，没有深渊降临，一切如前，仿佛什么都没有发生过。

魔君站在原地。南客正在赶来。

那名年轻阵师脸上的情绪非常复杂。他看着魔君，欲言又止，如是三次，最终沉默。魔君收回望向星空的视线，看着年轻阵师，没有说话，若有所思。南客来到场间，看着当前的画面，也沉默了。

再找时间的沉默，终究是要被声音打破的。

"您快不行了吧？"年轻阵师望着魔君轻声问道，显得很小心翼翼，还带着点怯意。

魔君说道："如果你连这都无法确定，却冒险来南方，那便是愚蠢。"

年轻阵师很确信自己绝不愚蠢，于是笑了起来。他开怀大笑。

就在下一刻，他脸上得意的笑容便消失无踪，变成了悲伤的泪水。他放声大哭。他笑着哭着，欣喜却又悲伤，痛苦却又快活，谦卑却又狂妄。

他就像个喜怒无常的孩子，带着委屈以及几分骄傲，看着魔君抽泣道："这次可以了吧？"

魔君叹道:"可以了。"

年轻阵师哭着说道:"那这次你总会死了吧?"

魔君平静说道:"是的。"

年轻阵师的神情变得有些紧张,舔了舔发干的嘴唇,问道:"我这次是不是表现得很好?"

魔君用带着赞赏的眼光看着他,说道:"这个局确实很不错。"

听着赞扬,年轻阵师的脸上顿时多了很多光彩,于是连脚步都变得轻快了起来。他向魔君走了过去,手舞足蹈、蹦蹦跳跳,就像孤峰上滚落下来的一块石头。南客的脸色有些苍白,想要过来,却被魔君用眼神阻止了。

年轻阵师走到魔君身旁,小心翼翼地扶他坐下,似乎不想让魔君感到一丝痛楚。

然后,他看着魔君很认真地问道:"父亲,疼吗?"

魔君看着年轻阵师,眼里满是宠溺与满足,说道:"还行。"

年轻阵师举手擦掉眼睫上悬着的泪珠,说道:"我也不想这样的。"

就在说话的同时,他的右手像一道黑色的闪电般落在了魔君的胸口。那是一把黝黑的、无法反射任何光芒的短剑。那把短剑深深地刺进了魔君的胸口,金黄色的血液从短剑的剑柄里涌了出来。看起来,这把短剑竟然是中空的。

魔君痛苦地咳了起来,说道:"你……不该用……这把剑……"

"因为这是您友人的遗物?"年轻阵师把黑色短剑从魔君胸口抽了出来,看了不远处的地面一眼,带着赌气意味说道,"那个家伙都能用龙须做剑,我是您的儿子,凭什么不能用?"

陈长生躺在那里。

年轻阵师把魔君的手从身下拉了出来,费力地一根根掰断魔君的手指,从里面拿出来了一个东西。魔君的神情依旧平静,像是根本感受不到断指的痛苦。那是个像羊角梳状的东西,不知是何物,应该是他最后的保命手段。

先前如果年轻阵师没有及时出剑断绝他的最后生机,或者还真有可能被他找到反击的机会。

"大姑提醒我,对着您的时候一定要小心小心再小心。"年轻阵师看着那羊角梳,心有余悸地说道,"可我再如何小心也想不到,天魔角居然在您的身上。"

他把羊角梳很小心地放进怀里收好,望向魔君笑着说道:"您不是说二十几年前小姑离开雪老城的时候,把这件圣物偷走了吗?父亲,您真狡猾,我们都还以为它在离山呢。"

魔君笑着说道:"你小姑愚蠢到被小小苏骗走,我总要给他些教训。"

年轻阵师想着当年长生宗里的血案,感慨说道:"教训何止于此?好在现在您应该没办法再继续教训我了。"

此时魔君生机已绝,手段全无,再没有办法做出反击。

年轻阵师确认了所有细节,才真正地放下心来,坐在了魔君的身旁,擦着额头上的冷汗,喘息了片刻才终于平静,忽然,他看着星空笑了起来,又摇了摇头,似乎有说不尽的感慨。

"其实我也怕啊,但怎么办呢?总还是要做,好在最后我还是赢了。"

无论最开始的沉默还是后来这般癫狂,无论站着还是坐着或者躺着,魔君、年轻阵师还有南客,其实都很像——外显或者有所差异,但精神气质其实完全相同,尤其是当他们在一起的时候。

他们就像是雪原极北处的黑山、白水还有那轮血月,散发着残酷、血腥、神秘的意味,却又无比和谐。

如果没有人打扰,或者这幕画面会持续更长时间,然而,这幅画里终究有个人。也正因为他是人,所以他不可能站在这幅画里。陈长生站起身来,这幅画便顿时多了些明亮的颜色。

那抹无比坚定的明亮来自于他的眼睛,还有他的声音。

"从战场到松山军府再到这里,已经有很多人为了保护你,为了救你而死去,如果你赢了,那他们呢?"

他看着那个年轻阵师说道:"不管你是谁,不管你为何而来,这都是不对的。"

年轻阵师看着他,有些意外他还能站起来,然后,唇角露出一抹带着嘲讽与奚落意味的微笑。

"教宗大人果然如传闻当中一样古怪,只是你又还能做些什么呢?"

88·年轻的魔君,雾后的真相

说着教宗大人,却没有半分敬意,甚至还带着嘲讽与奚落。

无论是敌是友,这种天然而成的感觉,说明这名年轻阵师的真实身份必然非同寻常。

先前陈长生准备离开的时候，曾经试图把此人送进周园，保住对方的性命，结果被一道极微妙的真元偷袭，幽府受震，耶识步乱，非但没有成功把对方送进周园，自己更是遇着了极大的危险，险些被南客杀死。

如今看来，当然就是此人做的手脚。陈长生看着他手里的黑色短剑，觉得有些寒冷。这把黑色短剑应该与他的无垢剑来历相仿，都是由真龙须炼造而成。他的无垢剑是黄金巨龙的龙须，而黑色短剑想必是当年那只玄霜巨龙的龙须。

只是不知道是魔君入周园的收获还是更血腥的来历，无论哪种都让他觉得有些心寒。就像眼前的这对父子刚才的对话与行为。

是的，魔君是这名年轻阵师的父亲。

从年轻阵师喊出父亲两个字开始，陈长生便知道了他是谁。

两年多前雪老城叛乱后，魔君所有的儿子或者死或者囚，只有一个例外。那就是新的魔君。也就是这位年轻的阵师。整个大陆也只有他才敢对陈长生这个人族教宗如此轻蔑。

陈长生很清楚，今夜自己可能改变不了什么，但他想说几句话，因为他想弄清楚一件事情。如果这件事情与他无关，他自然不会在意，然而断桥两侧，有好几具尸首。

这些人是从松山过来的，山路漫漫，覆着冰雪，还要抬着担架，很是不易。终于到了这里，担架上的年轻阵师睁开了眼睛，这些人却死了。再往前推想，年轻阵师装作身受重伤，被人从战场上救了下来，想必也死了不少人。

如果周通还活着，如果这时候在场的是莫雨，应该很快便能分析清楚整件事情。但他可以把三千道藏倒背如流，却无法看穿这些，所以他要替这些死去的人问个明白。然而就像年轻阵师说的那样，就算问明白了，他又还能做些什么呢？

陈长生不会想这些，继续问道："就算你在松山军府有叛徒接应，又怎么能瞒过这么多人？"

"要确保有人能找到你，并且把我抬到这里来，这确实很麻烦——松山军府的伤员那么多，你定下的规矩又太复杂，想要完全算清楚，确实很难，就算是军师大人亲自安排，只怕也很难做到。"年轻的魔君微笑着说道，"好在我不需要操心这些事情，自然会有人替我处理。"

陈长生看着他的眼睛问道："谁？"

年轻的魔君说道："除了唐家，你们朝廷里有很多人也一直想找到朱砂丹的主人，不是吗？"

陈长生的神情变得有些凝重："你想说什么？"

"我说的不是刚才那些废物，我说的是你的老师。我在外逃亡了两年的父亲和妹妹都能知道你就是朱砂丹的主人，他怎么可能会想不到？只不过你藏得确实很好，如果不是经验不足，如果不是他太了解你，还真不容易找到你。"

年轻的魔君微微挑眉，带着嘲弄与同情说道："现在你明白了？我根本不需要考虑怎么瞒过松山军府的这些人，怎么瞒过唐家，因为这本就不是我的局，而是你老师商行舟的局。"

无论是唐家的想法，还是朱夜、宁十卫、天海家以及相王这些朝廷大人物们的想法，最终都无法越过商行舟的想法。做为大周皇朝毫无争议的第一人，他站得最高，看得最远，对局势的掌握最为全面准确，才能随意借来一用。

借势，为的是杀人。商行舟要杀的人，当然就是陈长生。

雪岭微寒，湖园早残，陈长生低着头，形只影单。

雪岭很荒僻的某处山崖上，唐家十七爷捂着咽喉缓缓地倒了下去，脸上满是惊恐与不可思议的神情。

崖间到处都是死人的尸首与被冻凝的鲜血——这些人都是先前被他杀死的，现在，他也成为了其中的一员，虽然鲜血还在从他的手指里不停地向外流，但已经看不出来太多分别。

那位前英华殿主教走到唐十七爷的身前，脸上的拘谨不安与悚意早就已经消失无踪，变成一片漠然。

"二爷的意思很简单，你也知道，杀死教宗当然是大功一件，却也是一件大罪，我们汶水唐家也承担不起，所以你把这些人都杀了，可问题在于，亲自布置此事的你，难道能正常地活着吗？你死后，再没有任何人能把教宗的死亡与我汶水城联系在一起，相反，我们唐家还可以借助此事对朱家和天海家发难，或者再过几年，汉秋城里的绝世宗便要改个名字。"

神官服在寒冷的夜风里轻轻地飘着，花白的头发与淡漠的声音也一样——唐十七爷已经死了，自然不会说话，但他还是很认真地解释着，给人一种感觉，仿佛从今夜之后他再也没有什么机会说话了，显得格外珍惜，甚至有些贪婪。

"这才叫死得其所，死有其用，不然你就不过是个废物罢了。"前主教看着唐十七爷颈间恐怖的伤口，神情漠然说道："你也不想想，如果不是二爷让你知道，就凭你又怎么可能找到教宗大人？"

说完这句话，他望向下方那片湖园，因为隔得太遥远，无法看清楚具体的画面，但他已经看到了将来——今夜出现的所有人都死了，再没有人知道真相，知道教宗陈长生究竟是因为谁而死。

"你在撒谎。"

陈长生忽然抬起头来，看着年轻的魔君说道："和你联手的不可能是他，而是另有其人。"

年轻魔君有些意外他这么快就做出了判断："为什么？难道你以为你老师是个仁义君子？"

陈长生说道："他当然不是仁义君子。我不喜欢他的很多做法，但我知道他不是那样的人。当初为了推翻天海娘娘，他可以与黑袍形成默契，但他绝对不会向魔族借力，更不要说和你这个魔君合作。"

年轻魔君感兴趣问道："为什么？"

89 · 简单的故事

从数百年前开始，魔族军师黑袍便开始在南方的人类世界里发展奸细，虽然表面上看来，进展并不是太顺利，但实际上有谁知道，究竟已经有多少人暗中效忠了魔族？周园里的故事，早就证明了这一点。

黑袍一直都是年轻魔君敬重并且愿意学习的对象，对他来说，任何人类都可以成为他收买的对象，只要对魔族的大业有利，哪怕是杀父仇人他也可以一笑泯之，如果对方真的很重要，他甚至愿意付出更大的代价。

商行舟现在是人类世界里的最重要的大人物，按道理来说这样的人根本无法收买，因为魔族无法提供更多的好处，但对魔族来说，机会依然存在，因为商行舟与陈长生之间明显有问题，可以尝试着利用。

既然有机会，那便有可能，为何陈长生如此坚定地认为他在撒谎？

"虽然他在人类世界里拥有无上的声望与权势，但很明显他一直在警惕你，这难道不可能成为诱因？至于权势与利益，我确实无法给予他更多，但我可以承诺他南北分治，世间太平，难道他不想看到这样的美好未来？"

年轻魔君没有想着说服陈长生，而是想通过他的答案，更多地了解商行舟，了解这对师徒。

陈长生说道："他不会接受你的条件，因为他不会甘心，于是他也不会认为你能甘心。"

年轻魔君脸上的神情变得冷峻起来，说道："因何不甘？"

陈长生说道："道法三千，唯顺心意，我很清楚他要做什么，所以他不可能与你联手。"

年轻魔君微微眯眼，说道："他到底要什么呢？"

陈长生伸手指向他和他的父亲，说道："他要杀死你们，然后统一这个世界。"

年轻魔君沉默了很长时间，然后笑了起来，说道："好壮阔的心胸。"

他的笑容与前代魔君的笑容并不相似，没有太多清旷孤高的感觉，反而显得有些羞涩，却更令人心寒。

"果然骗不到你，与我联手的确实不是商行舟。"年轻魔君笑着说道，"不过他确实是要杀你，这确实是他的局，从军部到松山军府，从朝廷到汶水，很多愚蠢的人或者主动或者被动在配合他，却根本不知道这个局的真实内容是什么。"

这句话里提到的愚蠢的人，指的自然是已经死去的朱夜、宁十卫、天海沽衣、军部高官甚至还包括朝廷里那位权势熏天的王爷，当然还有松山军府那位爱兵如子的神将、安华这些好心人。

"有些人要找到朱砂丹的主人，有些人只知道把一个年轻阵师送到松山军府，有些人负责安排那个年轻阵师的位次，却没有人知道，那个年轻阵师是长生宗一个叫除苏的小怪物，受了商行舟和唐家老二的命令，来这里杀你。"年轻魔君敛了笑容，平静地说道，"而我只做了一件事情，就是想办法在这个过程里替掉了那个小怪物。"

或者这便是全部的真相，但依然有些事情隐藏在浓雾后。那名叫除苏的长生宗小怪物，能被商行舟和唐家派来杀陈长生，必然极为强大、甚至恐怖，却悄无声息地被顶替了……就算他是魔君，这件事情也太过不可思议。

陈长生更是注意到，当他提到长生宗那个叫除苏的小怪物以及被他替掉的事情时，无论魔君还是南客的神情都没有什么变化，说明在他们眼里这是很正常的事情，至少不是难事，这又是为什么？

他隐约间想到某种可能，却又觉得那太过荒谬，无法再继续想下去……那么，直接问好了。

"那个人究竟是谁？"

问是陈长生的自由，不回答则是年轻魔君的必然。

他看着陈长生反问道："商行舟要杀你，你难道不觉得伤心？"

陈长生摇了摇头，说道："师父他想杀我很多次，习惯了。"

年轻魔君感慨说道："没想到这一代的教宗居然是个愚孝之徒。"

陈长生没有解释什么，只是想着师父想要借势杀死自己不难理解，可是年轻的魔君为何要冒险前来？

这片雪岭距离魔域雪原再近，终究是人族的地方，魔君出现在这里，当然是冒险，想当年，他的父亲，比现在的他强大无数倍，也始终不离雪老城，唯一冒险潜入寒山的那次，还险些没有办法回去。

魔族的君王与人族的教宗的地位很相近，为了杀死陈长生而让自己置身险地，殊为不智。这说明从最开始的时候，年轻魔君的目标就不是陈长生，或者说不止是陈长生。

陈长生望向不远处。

统治大陆北方千年之久的一代魔君，现在已经变成血人，浑身染着金色的汁液，仿佛某种邪教祭拜的神像。南客跪在他的身旁，沉默不语，不知道在想些什么。

魔君的呼吸变得极为绵长，仿佛下一刻便会沉睡，如果不是他一直还睁着眼睛看着那片星空。当然，这也可以理解为他呼吸的频率下降了很多，随时可能断绝，到那时，或者便是真的死不瞑目。

年轻魔君说道："如果只是杀你，那个叫除苏的长生宗小怪物在担架上偷袭，应该可以成功。但我冒着奇险南下，除了杀死你这位教宗大人，当然还有更重要的原因。"

"商行舟和唐家不知道父亲还活着，但我知道。"他看着陈长生说道，"我更知道，既然父亲活着，就一定会来找你。"

陈长生说道："唐家发现了朱砂丹里的线索，便等于给你父亲指明了方向。"

年轻魔君说道："不错，而当他到来的时候，我已经在这里等了他很久。"

说完这句话，他走到魔君的身旁蹲下，伸手轻轻抚摸着那张苍老的面容。

"从一开始知晓商行舟的安排后，我就知道，这是我杀死您最好的机会，甚至也可能是唯一的机会。"

"我当然怕您，绝对不想与您见面，可是要杀您，无论南人还是军师都不行，只能我亲自出手。"

"您看，整件事情就是这样简单。"

90・划拳开始

魔君的眼睛一直是睁着的，只是里面的生机正在渐渐流逝，看着有些黯淡。就在这个时候，他的眼睛忽然明亮了一下，或者是因为夜空里划过一道流星的缘故。那颗流星来自北方的星域，甚至有可能来自极北的那颗天君星，这意味着什么？

"星空杀人，哪里还需要提前给出征兆，不过是凑巧罢了，就像你的到来，哪里是因为谨慎与勇气，不过是不得已罢了。"

魔君有些艰难地转头，看着儿子说道："如果你不是把自己所有的兄弟都杀了个干干净净，除了自己之外再没有人能够使用星空杀，以你隐忍的性情，怎么可能冒这么大的风险亲自来杀我？"

年轻魔君正色说道："就算他们还活着，我怎么放心他们和您相见？所以终究我还是会出现在您的眼前。"

"这个简单的故事写得很好，你做得也很好。"魔君看着他的眼睛，声音带着些清冷的意味："但你应该很清楚星空杀意味着什么，那么你有没有想过，如果那些异族真的破壁而至，你应该怎么应对？"

"父亲，我很认真地想过这个问题，最终得出的结论还是只能这样做。因为首先，如果不动用星空杀，就算是军师和大姑他们冒险出手，也无法确保能够杀死您，两年前的深渊已经见证了一次奇迹，我不希望再有奇迹发生，尤其是发生在您的身上。其次，异族人会不会通过星空杀找到破壁的方法，我并不在乎，因为那必然需要很多年。"

年轻魔君说道:"就算之前有少数降临者,最终也只能成为我的奴隶,最终那天到来之前,我相信自己已经统一了我们所在的这个大陆。在异族大军到来之前,我会带着大军先过去,所以,我怎么会担心这个问题呢?"

说这段话的时候,他的神情很平静,充满了无穷的信心与坚定的意志。

魔君看着这张年轻的脸,想到先前看到陈长生那些石头时眼前掠过的画面,隐约有所明悟,然后欣慰。雄图大略,王图霸业,不世之功,原来并不需要自己亲手去完成,也可以交给流淌着自己血脉的后代。

魔君微笑说道:"既然你有准备,那就好。"

年轻魔君俯下身去,轻轻亲吻他的额头,难过说道:"我舍不得您离开。"

"不,事实上我早就应该离开了。"魔君看着他的眼睛说道,"直到今夜再次见证你的出色,我才知道自己最大的错误在于,雄心早在千年之前便已受挫,身躯早已腐朽将灰,我却依然贪恋权势,不肯把皇位传给你们这些年轻人。"

年轻魔君眼里含着热泪说道:"是的,我们没有办法再等下去了,所以只能想办法请您离开这个世界。"

很难理解魔君父子之间的关系,悲伤不舍的话,那这数年的阴险与冷酷又是何物?陈长生也无法理解,但他听懂了,魔君父子先前的这段很难听懂的对话。

天书陵那夜,他就在天海圣后的身边,看到过以及感知过那个来自异大陆的僧侣强大的神魂,而且他也来自那个大陆,从某种意义上来说,他是遗族向大周朝廷开出的条件,也有可能变成异族的前驱。更重要的是,先前他在星河里感受到了那道光,他看到了那片神秘而遥远的未知世界,隐隐感知到了一些可怕的气息。

但正如年轻魔君所言,那必然是很多年之后的事情,无论是他还是陈长生都还有足够的时间让自己变得更加强大,让自己所属的种族变得更加强大,让这片大陆变得更加强大,从而能够有完全的信心去迎接未知的挑战。

首先他们需要先确定这片大陆的归属,换句话说,要确定谁还能继续活下去。

"我必须承认,你不愧是遗族的希望,寅与商的传人,你比传闻里还要强大很多,今夜如果不是你吸引了父皇的全部注意力,我想要找到机会从星空里借来那道杀机,还真是非常困难的事情。"

年轻魔君看着陈长生,显得有些不好意思:"这种情况下,我自然不好意思杀了你。"

陈长生说道："我以为你一直都想杀死我。"

年轻魔君微笑说道："不错，在原先的安排里，到现在你早就应该已经死了，或者死在海笛大人的手下，或者死在我妹妹的手下，就算你有无穷手段能够撑过这两关，也必然会被父皇杀死。"

陈长生说道："我还活着。"

年轻魔君说道："这很好，带一个活着的教宗回到雪老城，可以帮助我解决很多问题。"

人族与魔族在大陆上对峙了无数万年，还从来没有出现过像教宗这样级别的大人物被俘虏的情况，无论哪边都没有，如果年轻魔君真把陈长生带回雪老城，必然会成为魔族历史上最荣耀的一刻，必然也会稳定他的魔君之位。

陈长生只说了一句话："你觉得这有希望吗？"

年轻魔君想着先前睁开眼睛的那一刻看到的高空的画面，挑了挑眉。那一刻陈长生把人族剑法里最决然的两记剑招融进了燃剑里，就是为了杀死自己。除非他的父皇还活着，或者军师以及魔帅亲自到场，没有谁能够阻止一心平静赴死的陈长生。

"确实没有希望，那么你就去死吧。"年轻魔君的想法来得快，去得也不慢，对他说道，"反正你肯定也不会让我吃掉，那快去死吧，你也知道的，我喜欢徐有容，所以我一直都很想你去死。"

陈长生说道："我有些不明白你的信心究竟是从哪里来的。"

"那你呢？你已经身受重伤，无力再战，却还能与我平静交谈，这信心又是从哪里来的？"

魔君微笑说道："你不用回答，因为很凑巧的是，我知道原因。"

91 · 又一片夜色

年轻魔君不再多说，低下身去，轻触魔君的额头，轻声地念着什么。

他说的不是普通的魔族语言，带着一种仿佛天然具有的悲凉意味，像是最后的祈祷或者说祝福。

快要死了，他的父亲。魔君眼睛里的明亮已经逐渐黯淡，就像夜空北方的那颗星辰。南客在另一边牵着他的手,他没有理会。

他只是静静看着年轻魔君,轻轻地拍了拍手背,然后缓缓闭上了眼睛。随着他的眼睛闭上,他的呼吸也变得更加悠长,直至没有间隙,就此停止。那道幽蓝的星光在他的腹部伤口里向着四周蔓延,把他的魔躯变成了凝结的冰。

寒风不再呼啸,星光避向远方,夜色越来越浓,一片安静,仿佛时间和空间都凝住了。

魔君死了。一代传说就此结束。千年之前最波澜壮阔的那段历史,到了此刻,终于画上了一个略显潦草的句号。

对于人族来说,那段历史里随着汗青离开天书陵前的凉亭,随着凌烟阁的倒塌,已经宣告了结束。对于魔族以及整个大陆来说,今夜才是真正的结束。

不知道过了多长时间,年轻的魔君擦掉眼角的泪水,停止悲戚,站起身来。随着他的起身,天空里的夜色仿佛涌入了他的身体,让他显得无比高大,更加强大。

无数万年的强者传承,在这一刻才正式地、完整地交给了他。从这一刻开始,他就是北方大陆的君王、魔族的主人,不再需要任何前缀,年轻的或者是新一代的。他就是魔君。

他望向了陈长生。

"父皇这么伟大的人物离开这个世界的时候,不应该如此寂寞或者平淡。好在有你这位人族教宗陪葬,也勉强算是安慰。现在,你可以去死了,当然,你的那些东西要留下来。"

陈长生说道:"你指的是什么?"

魔君沉默了一会儿,说道:"周园?天书碑?今夜我虽然失去了一个父亲,但可以得到的补偿不会太少。"

听到这句话,陈长生确认他是真的知道自己信心的来源,那么,他的信心又是从何而来?

"不要试图进周园。"魔君看着他的眼睛说道,"我虽然不是父皇那样的强者,可以切断你与空间之间的联系,但我向你保证,当你尝试穿越空间的时候,我有无数种方法让你失败。"

陈长生想了想,问道:"黑袍?"

魔君有些意外,说道:"你能这么快就想到了原因,头脑还算清醒。"

当初"周园之变"后，离宫和离山进行了很长时间的分析，确认黑袍非常了解周园，而且能够通过某种方法影响到周园的规则。当初南客手里能令兽潮的魂枢废了，黑袍的那块铁盘也被遮天剑刺破，可谁能保证没有别的手段？

在魔君的手上受了很重的伤，小黑龙被扔到了万里之外，青叶不在，天书碑尚未悟明，周园不敢擅入，无论谁来看，这时候的陈长生想要活着离开，都是件极难的事情，但他自己并不这样认为。

"我这时候想要离开，很简单。"陈长生看着魔君说道。

魔君神情微异，问道："是吗？"

陈长生看着他说道："只要杀死你就可以了。"

说这句话的时候，他很平静。

魔君微微挑眉说道："你觉得自己有资格说这种话？"

"我为什么没有说这种话的资格？"

陈长生说道："你年龄比我大但大不了多少，你擅长隐忍但真实的天赋也不见得有我高，你是魔君，我是教宗，法宝手段我也不比你少，无论从哪个角度看，我都不比你差，凭什么不能和你战一场？"

境界实力、修道天赋、奇遇造化、身份地位权势……年轻的魔君当然都是世间首屈一指的那位。但这片大陆上有两个在所有方面都能与年轻魔君抗衡的人物——陈长生和徐有容。

魔君静静看着他，忽然笑了起来，说道："确实有道理，但你今夜好像已经受了很重的伤。"

"是啊，可是你为什么要和我说这么多话呢？"

陈长生说道："这说明你没有信心杀死我，而这给了我很多信心，杀死你的信心。"

说完这句话，他把手伸向夜色里。数颗天书碑化成的石珠悄无声息从夜色里飞回，落在他的手腕上。

他身上的骨头不知道断了多少根，但左臂还是完好的，先前在夜空里，他就是准备用左手出剑。这时候，他的左手依然紧紧地握着剑，很稳定。数千道剑从湖底飞起，从乱林里飞出，来到他的身体四周，静静地悬停着，也很稳定。

魔君感受着夜空里的森然剑意，微微眯眼，说道："你说，如果是苏离来用这些剑，那会如何？"

这句话和当前没有任何关系，显得格外突然。就像魔君的出手一样。

魔君的武器，不是那把名为星空杀的石杵，而是一把羊角梳。更准确地来说，那是一个很像羊角梳的强大法器。

它叫天魔角。天魔角带着无数道浓郁的黑气，向着陈长生落了下来。

黑色弥漫在雪谷之中，遮蔽星空，仿佛是一片真正的夜色，又如无底的深渊，令人睹之生畏。看着这幕画面，陈长生想起了当年离开周园后在雪原上看到的那片夜色，神情略显凝重。年轻的魔君隐忍多年，将天赋与才华尽数藏匿在浪荡不羁的外表里，今夜终于崭露锋芒。在获得了完整的传承之后，他的境界强大得难以想象！在年轻一代的人族里，很难找到同样强大的人物。无论是他还是徐有容，都要明显地差出一截，就算是秋山君来了，也应该胜不过对方。除非是逍遥榜前列的肖张、梁王孙等人，或许与他有一战之力。

他现在身受重伤，驭剑之威不及巅峰状态下的十分之一，只能凭法宝与外物作战，更加不是对手。但他先前没有撒谎，他确实想要试着把魔君杀死。因为他还有别的手段，别的帮手。

92 · 越鸟之鸣

夜色来临，向着陈长生的头顶而去。

无数道剑光亮了起来，在夜色之间来回，仿佛要把这一切都切割成碎片。谁也不知道，接下来会是夜色被斩还是剑光被湮，事实上也没有结果。

因为极其突然的，在这片充斥着寒雪与冰霜的残园里，发生了一场威力惊人的爆炸，轰！仿佛极北星域里的那颗星辰真的变成了流星。仿佛那颗流星真的坠落到了地面。就坠落在这里。

大地震动不安，泥土与冰雪被掀起，向着天空飞溅，幽绿的光芒如闪电般时隐时现。两道笔直而清晰的剑痕，出现在夜色之中，一横一竖，仿佛十字，正在缓缓消失。这场爆炸以及这两道剑痕，都来自南客。

她站在数棵寒柳之下，双手提着那两把长到夸张的南十字剑，盯着不远处的魔君。一道血水从她的唇角淌落，娇小的身躯上到处都是魔气蚀烧的恐怖痕迹，明显受了很重的伤。

魔君的脸色苍白，胸口那片血肉模糊的伤口变得更深了些，里面闪着些幽幽的绿光。他也受了不轻的伤，而且中了孔雀翎的剧毒。

没有谁想到，南客会突然出手，更想不到的是，她会向魔君出手。

魔君盯着南客的眼睛，微哑的声音里有掩之不住的震惊与愤怒："你疯了？"

在这两年时间里，南客一直随父亲逃亡，从这方面来看，她与年轻的魔君当然是势不两立的敌人，但魔族是世间最讲究强者为尊的地方，今夜前一代的魔君已死，并且在死之前承认了现任魔君的地位，大局已定，她做为魔族尤其是皇族的一员，没有任何道理继续与魔君作对——不要忘记，魔君是她的亲兄长，黑袍是她的老师。

魔君压抑住情绪，看着她说道："在所有的姐妹当中我最疼爱你，你应该很清楚，雪老城之乱后，所有的姐妹都还活着，我连她们都没有杀，更加不会伤害你，可是……你为什么就一定要和我作对呢？"

南客的神情依旧木讷，仿佛先前出手的并不是她自己，但说出来的话，却像极了雪老城的雪，冰冷而且坚定。

"姐姐们还活着，但男人都被你杀光了。在你看来，这是仁慈与友爱，但在我看来，这是怜悯与轻蔑，因为在你眼里，我们这些女人都很弱小，对你的皇位不会造成任何威胁。我最不喜欢的就是这一点。"

南客的这句话是对魔君说的，也是对雪地上的父亲所说。她看着父亲死后仿佛冰晶一般的遗体，带着一种极为复杂的情绪说道："父亲，原来你从来都没有想过，让我来统领神族。"

她的眼睛间隔依然有些宽，眼神依然显得有些呆滞，但却能够呈现出无比复杂的情绪，是因为她的声音在微微战抖，她的嘴唇也在微微战抖，或者她的魔心也在微微战抖。

"很小的时候，我展露出来越鸟血脉的天赋，您当时很高兴，每逢宴会都会带着我，后来，徐有容证明了她的天赋比我好，从那之后，您就再也不喜欢我了。我一直以为那是因为您准备把我培养成为您的接班人，统治未来的神族，却发现我过于弱小，无法承担起这种责任，所以才会失望。"

南客看着死去的魔君继续说道："我不想让您失望，所以我很努力地让自己变得强大起来，我千辛万苦才拜在军师的门下，我入周园想要杀死徐有容，我做了很多事……甚至，就在老师他们叛变您之后，我依然没有放弃您，我冒着身魂俱灭的危险，熬过万夜噬身的痛苦，把您从深渊底救了回来，我以为，这样就可以向您证明我的强大以及忠诚，这样您就会再次喜欢我，看重我，结果……"

她抬头望向夜空北方那颗微显黯淡的星辰，神情漠然说道："到了最后，您还是不肯看我一眼。"

直到今夜，直到此时此刻，年轻的魔君才知道，自己的这个妹妹竟然有着这样的想法。虽然她有着越鸟的天赋血脉，虽然她的天赋极高，战意之强更是雪域难觅，看似呆痴，实则聪慧至极，但……

"你终究是个女子。"魔君厉声道。

他相信这便是为何父亲从来没有考虑过由南客继位的原因之一。

"谁说女子就不能做魔君？"

南客收回视线，望向年轻魔君的眼睛。她的眼神依然显得有些呆滞，却又隐隐透着份狂热，仿佛深处有什么在燃烧。

"天海难道不是女子？难道你就敢说自己将来会比她做得更好？"

没有人能够回答这个问题。魔君也无法说出违心的话。

南客继续说道："既然女子也可以，那老师为什么选你，父亲还是选你？"

魔君看着她的侧影，沉默了很长时间，然后微笑起来。

"因为我比你强，而我神族讲究强者为尊，所以老师和父皇最终都会选择我。"

南客看着他的眼睛，声音有些机械："我杀死你，自然就能证明我比你强。"

魔君的神情依然平静，说道："你会死的，就算让你侥幸赢了一招半式，又能证明给谁看？"

"虽然他已经看不到了，但我总还是想试试。"南客手里的南十字剑斜向前，仿佛两杆要挑破夜色的枪。狂暴的风声瞬间吞噬了所有的对话，绿色的光线代表着羽翼在夜色里的轨迹。挟着浓厚魔息的夜色，与南十字剑斩出的星光，在雪谷里不停地互相侵伐。

极为短暂的时间里，魔君与南客便交手了数十招，然后再次分开。

魔君依然站立着，金色的血水在胸腹间蔓延，却没有摇摇欲坠，显得格外强大。南客倒在了干裂的湖底泥土上，单手支撑着，已经很难站起。

魔君明显胜了，脸上却看不到任何骄意，相反很是凝重。

"原来你的神魂二次苏醒了……难怪可以从深渊里离开。"

南客没有说话，只是盯着他身上流淌着的金血。这次交手，她受的伤更重，右翼上面出现了一道裂口。

在那道裂口里,隐隐有悲泣之声传来。

93·生来有病

看着魔君身上那些金色的血水,南客的眼神变得有些黯淡。——这意味着他已经得到了魔君的真正传承。想到深渊里那些撕裂神魂的风还有那些吞噬血肉的蛆虫,她很不甘,甚至有些绝望。一声痛苦而愤怒的喊声,从她的唇间迸发出来。喊声在雪谷里回荡,她用巨大的南十字剑撑着身体站了起来。

来自羽翼裂口里的悲泣声戛然而止,双翼再次开始摆动,似要把这片夜色撕碎。她的眼神不再黯淡,而变得如同冰雪一般漠然,羽翼挥动的速度变得越来越快,直似要变成残影。

一道很难形容的强大气息,从她娇小的身躯里向着四周散发而去。这道气息无比地高贵,却又不屑于命令众生,只在崇山峻岭的另一边独自起舞,说不出的清冷。这就是孔雀,这就是南客,这就是越鸟,这就是万鸟之中最独一无二的存在,便是凤凰也无法令她低头。

魔君的神情变得越来越凝重,声音变得寒冷如冰,锋利如刀,喝道:"你想死吗?"

南客盯着他没有说话,眼睛最深处的隐绿早已燃烧成了火焰,给人一种疯狂的感觉。

"你不要忘记军师当年是怎么说的,如果你真的让神魂完全二次苏醒,你会变成一个白痴。"魔君看着她说道,"妹妹,不要再犯糊涂了,跟我回雪老城。你想证明父亲是错的?不,父亲为什么从来没有想过传位给你,就是因为你有病!你生来就有病!"

这段话他说得很严厉,却又很嘲讽,满是轻蔑与怜悯。

南客最不愿意接受的便是这种态度,但她不得不接受的事实是——魔君说的是真话。很小的时候,孔雀的神魂便在她的身体里觉醒,向整个雪老城宣告,她拥有着最高贵强大的天赋血脉。谁也没有想到,这也意味着从那一天她便开始生病。

——她的天赋悟性太强,所以孔雀神魂苏醒的时间太早,远远超过了她身体成熟的速度。孔雀的神魂在她的双眼之间不断成长，她的眼距变得越来越宽，看着越来越木讷。如果任由孔雀的神魂继续成长，完成第二次觉醒的过程时，她依然没能长大，那么她便真的会变成一个白痴，甚至极有可能直接爆体而亡。

魔君的话揭穿了所有的真相，给出了所有的解释，也断绝了她所有的希望。

南客站在湖底，裙上满是泥点，头发微乱，看着就像一个刚刚砍猪草回来的小姑娘，很可怜。就算她这时候把在深渊里开始的二次神魂苏醒完成，又能如何？就算她这时候能够击败对方，又能如何？她会死，或者变成白痴，终究，她不可能成为父亲的继承者，不能成为魔族的主人。这个世间，没有人能够治好她的病。无所不能的父皇做不到，无所不知的老师也做不到。

南客手里的南十字剑渐渐低落，就像她的头以及她的情绪。便在这个时候，有道声音在她的身后响了起来。

"我可以治啊。"

那个声音很清亮，哪怕声音的主人经历了这么长时间的战斗，已经受了重伤，相当疲惫，可他的声音还是那样令人觉得平静安宁，或者是因为说的内容，也有可能是因为他始终都很容易得到信任。——无论是他的朋友还是敌人，或者非敌非友。

这是陈长生的声音。当初在周园里，在日不落草原旁，他看见南客的第一句话便是：你有病。然后他对南客说：我可以治。时隔数年，他还是一样的话。

南客看着他，仿佛看到当年站在水草里的那个少年，本已有些黯淡的眼神重新明亮起来。同时，她重新举起了手里的南十字剑。

都说改变是世界的主题，但事实上，也有很多事情很难改变。当时陈长生提出的条件是让她放过自己和徐有容，现在他的条件同样清楚。

南客是魔族的小公主，她之所以会对年轻的魔君出手，是因为对父亲和老师的失望与愤怒，并不代表着她就会愿意背叛魔族与陈长生这个人族的教宗联手，更不代表她对陈长生有什么好感，想要帮他。

陈长生的这句话，就是给出了一种可能性。他可以治好她，那么她帮他也就成了很有道理的事情。但南客的想法，要比陈长生来得更加极端。

她看着陈长生，用剑指着魔君，说道："我们联手，杀了他。"

很干脆，很凛冽，带着些憨拙的意味，这就是南客。

"我的伤太重。"陈长生说道,"希望不大。"

仿佛是要给他的这句话做个证明,静静悬在夜空里的无数道剑,微微地嗡鸣起来。这表明他现在的神识强度已经快要无法完美控制这些剑了。

南客微微挑眉,正准备说些什么,忽然神情微变,望向了雪岭外的远方。远方是北方。

雪岭之北,千里之外,一个浑身罩在黑袍里的魔族,出现在一处山丘间。

星光洒落,把雪原照耀得异常洁白,按道理来说,应该把他衬得非常醒目。但哪怕是大周军方眼力最好的红鹰,也无法发现他的存在。他就像雪原里一块很不起眼的黑色岩石。因为他是大陆上最擅长隐匿踪迹的魔族军师黑袍。

黑袍的视线落在身前一块破旧的铁盘上。星光落在铁盘上,仿佛当年,仿佛没有任何改变,但事实上,今夜的星光与过去千年的星光都不一样。

北方夜空里最明亮的那颗星辰,已经变得异常黯淡,不知何时才能重现光明。

一声幽幽的叹息从黑袍里飘了出来,情绪无比复杂。作为辅佐魔君近千年时光的他,面对着魔君的逝去,又怎能真的做到无动于衷?如果真的全无感怀,为何他落在铁盘上如玉般的手指,都在微微战抖?

当黑袍的手指落在那块铁盘上时,南客和陈长生都感觉到了极大的危险。
南客是因为师徒之间的感应,陈长生正是依赖于国教正统的命星感照。
没有任何犹豫,陈长生喊道:"魁、北、轸、四八有凭。"
南客挥动双翼,向夜空里疾速飞掠而去。

94 · 孔雀东南飞

陈长生喊的是星宿,是方位,更准确地说,那是耶识步的位置指向。

耶识步是魔族耶识族人的天赋绝学,魔族皇族可以学,但数十年里也只有南客做到了完美掌握。陈长生则是凭借着对道藏的了解以及难以形容的枯燥计算,以及对天书碑上的星图感知,才学会了这套步法。

喊出这些方位后,陈长生右袖一震,群剑破空而去,拦住了借夜色而潜至的天魔角,脚踏星位,身形骤虚,便离开了地面,于夜空里连踏数步,向着极遥远的高空而去。无数剑随之而去,在途中渐渐归于剑鞘。

这画面看着极其美妙，但意义不大，待稍后真元不济之时，他便会从高空里坠落，面临极大的危险，更不要说，天魔角带着的那片浓郁夜色，一直在后方紧紧地缀着他。

陈长生所以这样做，是因为他知道南客一定会明白自己的意思。果然，当他出现在满是寒风、近乎与雪岭等高的夜空里时，南客已经出现在了那里。在她身后的夜空里残留着两道绿色的光屑痕迹，很是美丽。

只是这样依然不足以离开，因为天魔角带起的那片夜色，渐要把整座雪岭覆盖。更因为在遥远的北方，黑袍落在铁盘的手指开始敲击了起来，就如同是在敲鼓。

呼啸的寒风吹拂着陈长生的脸，他感受到了些什么，握着剑的手紧了起来。南客的睫毛微颤，眼神依然漠然，看着越来越深沉的夜色，感受着里面的气息波动，明白了些什么。陈长生虽然身受重伤，与南客联手也不见得能够击败年轻的魔君，但按道理来说，逃脱不再是件难事。

然而谁能想到，这片夜色里，有数百个元气锁。当年魔族用来围杀苏离时用的手段，今夜被黑袍用来对付他们两个人。

那些应该与天魔角无关，而是年轻的魔君用别的手段散布，然后由远方的黑袍负责围杀。

如何能够破掉这些元气锁？人族的教宗真的要为魔君陪葬吗？

"你真的能治？"

南客的声音在寒冷的夜风里显得格外肃杀。陈长生在她的眼睛里看到了一抹决然，他明白她想要做什么，却无法做出回答。如果给他足够的时间，他有信心能够治好南客的病，尤其是他可以得到徐有容的帮助。

可是现在局势太过危险，众所周知，黑袍最擅长的便是精神攻击，如果南客现在完成神魂第二次苏醒，非常可能被她的老师隔着千里之远重创，结果非常糟糕。

陈长生没有信心。没有听到他的回答，南客的气息却依然在继续提升。也许她问这个问题，只是想安慰一下自己。她眼眸里的漠然，尽数变成了某种具有自毁倾向的狂热。

然后，开始燃烧。夜空里，出现了一只明亮的孔雀，向着四面八方散播着绿色的光芒。它的双翼宽约百丈，挥动之间，云散星乱，下方的雪峰不停崩塌！

隐藏在夜色里的数百个元气锁，随着孔雀真身的出现，被逼着现出了痕迹。最靠近人族领域的那片夜空里，元气锁的数量相对最少，有些稀疏。

孔雀向那边飞了过去，一路不知撞碎了多少元气锁，绿羽折断，气息狂流！

那边是东南。

看着铁盘上时明时暗的那些光点，黑袍再次发出一声幽幽的叹息。很明显，这一次他的叹息源自他唯一的女徒。

忽然间，铁盘上东南角的某处变得极其明亮，那些光线甚至照亮了黑袍里他的脸。那是一张可以说是完美的脸，只是常年不见阳光，有些苍白，又有些隐隐淡青，泛着死亡的气息。

黑袍抬头望向南方的夜空，发现了些什么，唇角微微向下——唇角向下往往意味着不喜，或者说情绪不高，但在他的脸上，却多了些别的意味，就像是很浓的嘲讽。

铁盘上发出铮的一声脆响。

远处夜空里的元气锁，悄然无声地散开，不知杀死了多少惊起的飞鸟。那道绿光的最前端，可以很清楚地看到，那只孔雀消失了。两个黑点般的身影，向着遥远的地面坠落，不知是生是死。

几乎同时，夜色遮住了星光，年轻的魔君不知道通过什么方式出现在千里之外的雪原上。他没有对黑袍说话，也没有看南客和陈长生坠落的地方，而是望向了原先那座雪岭，显得很感兴趣，甚至有些兴奋。

黑袍也静静望着那座雪岭。雪风掀起黑布一角，露出他的半张脸来，可以看出他的神思有些复杂。他仿佛在看故乡。

或者，是因为那里有故人的缘故。

当年轻的魔君把那根石杵刺进父亲的小腹里时，当那道神秘的光柱穿越星河落在雪岭上时，大陆很多地方都生出了感应，离宫与甘露台，圣女峰与白帝城，甚至更遥远的大西洲乃至南海龙岛，都知道有大事发生，而当北方星域的那颗天君星骤然黯淡之后，所有的观星台都观察到了这个异象。

按照推算出来的结果，分布在寒山一线的大周军队收到了军令前去调查，本应最快做出反应的高阳镇却因为接二连三的剧变陷入混乱之中，根本没有人想到翻越雪岭去探个究竟。

别样红出现在雪岭那边。两年时间过去了，在天书陵之变里身受重伤、眼看着就要死去的他，依然还活着，并且伤势尽复，境界实力更是再进一步，在如今的八方风雨里隐隐要占据首位。即便是他，一夜时间纵驰数千里路，尾指上系着的那朵小红花也不免显得有些委顿。

当年魔君入寒山杀陈长生之时，天机老人示警天下，别样红从江南而至寒山也没用多长时间，长距离兼程，便是白帝城的金玉律也远远不如他，然而今夜他却不是最早到的那个人。

最早到的人是一名书生。别样红在西陵名胜万寿阁里读书多年，腹有诗书气自华，但他不敢在这个人面前自称书生。魔君行走世间常以书生的打扮示人，但哪怕是他在这个人面前也不好意思自称书生。这个人看的书实在是太多了。

他在故乡看书，在洛阳城里看书，在京都看书，在离宫看书，在皇宫看书，在天书陵里看书，在雪原看书，梦回吹角看书，醉里挑灯看书，在苟寒食和陈长生、余人之前，只有他看遍了三千道藏。后来他还开始教书，在摘星学院教了数十年，教出无数名将，直教魔君白头。

他就是千年来最出名的那个书生——王之策。

95·风雪故人来

别样红没有见过王之策。但很多年前他曾经在凌烟阁里停留过一夜，借着白日焰火的光线对着那幅画像端详了很长时间，又或者只是因为王之策就是王之策，所以当他看到书生的时候，便认出了对方。

三年前陈长生在寒山里遇见过王之策，因为某些原因他没有对太多人说过，但事实上有很多人都知道王之策还活着，只不过云游四海，难觅其踪。当然，那些人都是像别样红一样的大人物。

虽然是现世的大人物，亲眼见到王之策依然会让他们感到震惊与荣耀，别样红也不例外。

他的声音有些微微战抖："王大人？"

王之策没有说话。别样红平静心神，走到离他不远处的湖畔，指着里面残留的战斗痕迹，把自己的分析与情景重现描述了一番。王之策还是没有说话，静静地看着雪松林里某处，不知道在想些什么。

别样红想着那些传闻，忍不住说道："大人，魔族南下之势甚嚣，难道您还不准备出手吗？"

松林里有片微微隆起的丘陵，上面残着雪，看着很是凄冷。魔君便是死在那里，现在还在里面。

王之策知道，但不准备对任何人说，也不准备对那位故人的遗骸做些什么。就像如今在国教学院地底的那位一样。

托体同山阿。该逝去的终究都是要逝去的。无论你再如何挣扎，无论你修一座与天齐的陵墓，还是变成人类世界里不起眼的小土丘。

魔君终于死了。陛下和大兄弟很多年前就已经死了。

王之策想起了很多往事，很多故人，生出很多感慨。他摇了摇头，准备离开。

别样红看着他有些萧索的背影，劝说道："太宗陛下当年待您凉薄，但世人敬您爱您，您何忍弃之？"

八方风雨里，王之策向来最欣赏别样红，只是觉得此人选择伴侣的眼光实在糟糕至极，此时听着此人劝说自己，笑想着自己应该劝他休妻别娶才是，不料出口时，却换作了一声叹息。

在这方面，他又有什么资格劝说别人呢？

千里之外的雪原，夜空里的星河渐露真容。黑袍静静地望着雪岭，仿佛看到了那位故人。

风雪如昨，寒且肃杀，掀起帷帽，露出他的面庞一角。他的肌肤泛着死意的微青色，却掩不住绝美之色，让人忍不住猜想，当年拥有怎样的绝代风华。

魔君也看着雪岭方向，幽深的眼眸里隐隐有野火燃烧，显得格外感兴趣，甚至可以说兴奋。

"来人真的是王之策？真可惜，朕没能看到这位传说中的人物。"

魔君声音微哑说道："如果他追过来就好了，朕一定会好好看看他，然后把他碎尸万段。"

毫无疑问，王之策是魔族历史上所遇最可怕的敌人。在雪老城的史书里，关于他的记载非常多。在魔族仇恨的对象排行榜上，他甚至要比太宗皇帝排得更高。

从千年之前开始，直至现在，距离最后知道王之策的消息已经过去了数百年，魔族依然希望王之策还活着，因为他们不想此人寿终正寝，因为只有活着，才能看到人族的失败，才能被碎尸万段。

从这个角度出发，魔君的话是理所当然的，然而问题在于，如果王之策此时真的追了过来，只凭他与黑袍，又有什么底气能够战胜王之策，留下王之策，甚至还能将他碎尸万段？

沉重的声音响起，雪原战抖起来。一只数十丈高的倒山獠从星光里缓缓走出，仿佛先前它一直都在虚空里一般。倒山獠巨大的盘角里，盘膝坐着个瘦小的身影，全身的盔甲上到处都是金线织成的太阳花，以及无比艳丽却给人一种腐朽感觉的绿色宝石，这些仍不足以遮掩住藏在他眼神里的半分寒光。

他是魔族军方的最强者——魔帅。原来，他一直隐匿在这片雪原里。十余座如山般的黑色身影跟随在他的身后，都是魔将。

今夜魔族摆出的阵势，确实足以围杀世间任何一名强者，哪怕是传说级别的强者——当年在雪老城外，面对这样的阵势，要不是陈长生万里送剑，苏离险些被生生磨死，即便最后逃离，也受了极重的伤。

一声满含遗憾的叹息从魔帅的盔甲里渗了出来。那十余位魔将也有着相似的心情。

星光照耀着黑袍的下颌，淡青的死意略散了些，只留下美丽的苍白。

"此人虽然还活着，但已经死了。"黑袍看着雪岭方向说道。

他的声音没有任何情绪波动，但在场的魔族都听出了强烈的嘲讽意味，还有一丝极深的怨毒。

魔帅满是绿锈的盔甲上有一面看着残破的护心镜，镜边由最纯净的晶石镶嵌而成。他伸出毛茸茸的手从护心镜里取出一个由布裹好的物件。很明显，对布里的那个东西他充满了厌憎的情绪，不愿意在手里多停留片刻，直接向地面扔去。那个包裹落在了雪原上，发出嘭的一声闷响，然后响起一道听着有些可怜，又令人牙酸的尖锐咒骂声。

"不愧是南教祖庭，底蕴不浅，长生宗被苏离杀了两遍，竟还能藏下这般阴毒强大的手段。"

魔帅的声音很尖锐难听："不过道法有些缺损，我请元老会的阴符师做了些改造，应该好用多了。"

被从数十丈高扔到寒冷的雪原上，那个东西却没有受伤的模样，不停地挣扎着，看着有些像小兽。

魔君的视线落在那个东西上，露出些厌恶的神情，听到元老会的阴符师这些字眼后又多了几分忌惮，在他眼里，这个东西生来就是个怪物，现在被改造过，更是到处透着股血腥诡异的味道。

"回南方去做你的事吧，如果陈长生还活着，记得把他多杀几次。"

一根泛着金光的麻绳落在魔君的手掌上，雪地上的布袋被解开了。一道黑影从里面蹿了出来，瞬间便掠到了数十丈外。

借着星光的照耀，可以隐约看清楚那是个瘦小的人类，身上却覆着极深的毛发，有些像妖族变身没有完全时的状态，而当他盯着某个位置看的时候，呆滞的眼神里偶尔会闪现出疯狂的感觉，就像是受了无穷折磨的野兽。

96 · 离开以后

那个怪物盯着这些魔族，露出尖锐的牙齿，嘴里发出低沉的呜咽声，似是在警告与恐吓。但最终他只是对着空气假咬了两下。他确认了这些魔族都远比自己强大，自己没有任何机会。伴着两声充满痛苦与恨意的尖叫，那个怪物潜进了深雪里，向着南方归去。

很明显，这个来自长生宗的怪物要比在场的魔族强者弱小很多，但不知道为什么，无论魔君还是魔帅，在厌憎之余却很警惕，直到确认那个怪物真的离开了很远，他们才真正放松下来。

"海笛怎么样了？"魔君抬头望向倒山獠的上方问道。

如果现在还是他的父亲执政，绝对不会就这样问话，因为需要魔君仰望的存在，只能是死者的英灵。不知道年轻的魔君是不是没有意识到这一点，还是魔帅有意要让他意识到这一点，魔帅留在了倒山獠的头顶，并没有下来。

"死了。"

"很好。"

魔君的脸上露出一抹森然的笑容："当初大哥进雪老城的第一夜见的就是他，以为朕不知道？"

黑袍淡然说道："海笛大人还是指望着能够瞒过陛下的眼睛。"

"当年在雪老城外他硬接苏离一剑,只断了一只手臂,现在他更强,父亲却是受了重伤,哪怕天书碑认主,又何至于一招便把他击入雪峰之中?想要趁乱离开,还是想演一出好戏?朕可没兴趣再演下去。"

说完这番满是嘲讽的话,魔君牵起黑袍的手,扶着他向北方走去,显得格外尊重。

魔帅坐在倒山獠的盘山角里,看着雪原上面这对君臣的背影,发出一声极轻的意味难明的笑声。他的笑声很难听,就像是破了的锣。

笑声戛然而止,他望着远方的黑袍问道:"南客殿下呢?"

"应该死了。"黑袍的声音还是没有任何情绪起伏,与说王之策时不同,没有任何嘲讽或怨毒隐藏在后面。唯一的传人就这样死去,他却没有情绪波动,或者正是因为没有情。

"陈长生呢?"

"应该还活着。"

这次回答问题的是年轻的魔君。听到这个答案,魔帅有些意外。

今夜魔族布下的这个局堪称完美,为此甚至不惜用了数场战争以为铺垫和背景——逃出深渊、令雪老城所有权贵都感觉如芒在背的陛下,当然是他们首先要杀死的对象,但他们肯定也不会放过人族的教宗。

如今陛下死了,南客殿下应该也死了,陈长生却还能活着,为什么?年轻的魔君想起南客神魂二次苏醒时散发的强大的气息,眼睛微眯说道:"出了些意外。"相信那个小怪物回到南方后,会给这个世界带去一些别的意外,他默然想着。

黑袍知道他在想什么,说道:"那个小怪物不见得能够杀死陈长生。"

魔帅厉声喝道:"是不能杀死,还是你不想它杀死陈长生?"

"陈长生修道天赋极高,剑道修为极深,手段层出不穷,那个小怪物虽然极邪,但想杀死他确实很难。"

魔君说这番话本意是不想魔帅与黑袍争吵,但陈长生在战斗里的表现也确实给他留下了太深刻的印象,同时也让他很不解——陈长生根本不像一位教宗,更像位行走在夜色里的刺客。

黑袍没有理会魔帅的质问,对他说道:"陈长生虽是国教正统传人,但传承的并非寅与商,而是苏离。"

以魔君的身份地位,自然知道苏离当年就是一名刺客。

听完这句话，他略有所悟，不再多言。

苏离已经离开了这个世界，但他的精神还在。

这句话的意思并不是说他已经死了，离山的剑堂前堆满了菊花，还有"音容宛在"四个大字。这里说的是，他带着南方圣女去了遥远的异大陆，但他的剑还在这个世界里发挥着作用。他留下的剑在那几封信里，最后那封被陈长生当着魔君的面拆开了。同时，他的剑也在陈长生的手里握着。当然，他的剑一直都被离山弟子们握在手中，从来没有放开过。

两年前，魔族大军非常突然地向南方发起了进攻，在很短的时间内便征服了万里沃野，杀到了寒山脚下，到这个时候，人们才想起来千年之前那段屈辱的历史，想起了人族曾经面临过的灭族之灾。

除了大周军队，世间所有的宗派山门以及各大学院都参加到了这场波澜壮阔的战争之中。青藤六院的师生源源不断向着前线而去，从南溪斋到梧院，从秋山家到烈阳宗，无数南方修道者来到了寒冷的北方，开始战斗。

南北合流后，南方诸宗派山门世家不再像以往那般听调不听宣，有更多修道强者参加战斗，有更多阵师辅助战略的实现，有了更完善的配合，人族军队的战斗力得到了非常明显的提升，如今人族能够在原野上都与魔族取得均势甚至偶尔还能进行有力的反攻，除了神秘的朱砂丹能够激励士气，更多的是基于这些变化。

离山剑宗却依然像往年那般。三名剑堂长老带着苟寒食、关飞白、梁半湖等二代弟子还有数量更多的三代弟子于拥雪关、拥蓝关等战略要地，助人族军队作战，却很少听从军府的命令，大多时候都是自行其是。

这样的行事做派自然引来了很多非议，然而长生宗现在根本没有办法影响到离山的决策。圣女峰这两年很低调。而且以南溪斋与离山之间的亲密关系，自然也不会对离山指手画脚，至于朝廷……

自苏离以降，离山弟子们的眼中向来只有剑，哪有这种事物。哪怕议论再多，也没有人敢对离山剑宗指手画脚，除了上述这些原因，更主要的是因为人们无话可说。

离山剑宗守的拥雪关还有拥蓝关，都是魔族施加压力最大的地方。离山剑宗的弟子们在战场上厮杀得极苦，不甘人后，短短一年多时间里，便有十余名三代弟子战死，苟寒食与梁半湖先后身受重伤。一位聚星上境的剑堂长老为给黑山军府的玄甲重骑断后，强行拖住魔族狼骑中队整整一个时辰，最后壮烈战死。

面对这样的离山剑宗，谁还能说什么？除了洒惯热血的摘星院，再也没有哪个宗派或者学院比离山剑宗牺牲得更多。

而与之形成鲜明对照的是国教学院。

97·天上掉下来的军功

众所周知，国教学院的学生得到了朝廷与离宫的重点回护，最明显的例证便是：国教学院重新招生已经进行了三年时间，师生总数已经超过了三百人，然而如今在前线的只有数名学生，而且做的都是文书之类的事情。

但没有人指责国教学院。

因为谁都能看出来朝廷如此安排里隐藏着的恶意，也能明白离宫为何如此紧张。更重要的是，除了那几名做文书职务的学生，国教学院还有人在前线。

虽然那个人甚至有可能都忘记了自己的身份，但在京都坐镇国教学院的苏墨虞不会忘记，离宫里负责相关事宜的教士尤其是教枢处不会忘记。他是国教学院的人，还是很重要的人。

斡夫折袖，狼族年轻一代的最强者，他还有个身份是国教学院的副院监。周通死后，折袖便离开了京都，来到前线开始与魔族战斗，回到了他曾经最熟悉的生活里。

不知道在京都国教学院的日子有否在他的生命里留下些什么回忆，但很明显他没有国教学院副院监的自觉，这一年多时间里从来没有与国教学院派到前线的几名学生打过照面，更没有指点过这些学生。但他也没有接受军部的任命成为拥蓝关前寨的主将，拒绝了摘星院副院长通过被特赦的薛河神将私下传递的去黑山军府训练那批最精锐的玄甲轻骑的好意，而是做回了多年前在军队最常做的老本行。

斥候、暗谍、隐匿者、暗杀者……很多名字其实说的都是相同的意思。折袖还是在按照自己的方式生活与战斗。他的生活本来就是由无数场战斗组成的。至于方式，当然是孤身作战。

还是和过去那些年一样，所有人都觉得他这种战斗方式太过原始、野蛮、血腥乃至低级，很难在雪原上撑太久，应该随时都可能会听到他的死讯，然而他偏偏却一直活了下来，而且不断地收获着战果。

这两年时间，他一个人在前线的军功便抵得过某些普通宗派山门学院全部的军功。黑山军府以及拥蓝关的将士们再次想起已经流传了很多年的那句话。折袖，就是为了军功而生的男人。而现在他的军功便是国教学院的军功。这种情况下，谁还能对国教学院指责什么？

北方十余座军府，这些年来大概只有一个人能够与折袖比较一下军功。有趣的是，折袖是名人，那人却是个无名之辈。

那人曾经是征北庭军府的一名文职属员，因事被贬至七里奚军寨，成了一名普通的游骑军官，因为擅于军略谋划，实力过人，又或者只是运气太过惊人，在七里奚的那段时光里，他和一位姓陈的上司带领着这批游骑创造了无数奇迹，获得了无数战果，积累下来的军功达到了匪夷所思的程度。

但不知道因为恃才傲物还是仗势欺人又或者脾气太臭的缘故，也有可能只是因为他来自天南，不是周人，这名军官在军营里的人缘关系非常糟糕，经常顶撞上司、违反军纪，辛苦积累的军功经常被用来冲赎惩罚，就没有一次顺利地入过册，所以始终没能获得折袖那样响亮的名声。

按道理来说，以此人的能力以及军功累积速度，只要他稍微懂事一些，一定会成为征北庭军府的重点培养对象，甚至极有可能在数年后成为大周军方最年轻的神将，但军府里的大人物始终没有给他这种机会，到了后来，人们终于明白了这种漠视究竟意味着什么。

对那名年轻军官的刻意打压，在七里奚军营里引发了很多不满或者说不平，在三个月前一次大战后，这种情绪终于爆发了，七里奚最繁华的半条街被酒后的骑兵砸成了废墟。

接下来的事情很简单——那名军官被来自京都军部的一道军令直接逐出了游骑，甚至被逐出了征北庭军府，发配到了一个非常荒僻的地方。

那个地方叫阪崖，在寒山东南麓里，这里不是直面魔族攻势的要塞，不是军械运输的必经之路，只是一个很少能够被人想起的偏远马场。

除了满山崖涂着霜色的草，这里没有任何出产，格外荒凉，甚至就连南去北归的候鸟都不会在这里作片刻停留，之所以会在这里设置马场，只因为那些带着霜色的草是龙骧马发情期最喜欢的食物。

龙骧马是大周军队最重要的坐骑，专门为它们的口味设置这样一个马场，算得上是优待，但对那些被放逐到马场的人们来说，则是完全谈不上了。那名青年军官便是数百年来被放逐到阪崖的又一个失意者。

阪崖马场的官兵们知道他的来历与功绩，自然生出很多同情，却没有人仔细想过，像他这样优秀的青年军官，为什么会遇到上级的打压，甚至那份压力直接来自京都军部，也没有人仔细想过，这里虽然荒凉偏僻，远离战场，无法再获军功，但也可以不用担心在战场上被魔族的强者们杀死。

总之，所有看似不合情理的事情背后，必然隐藏着一些道理，只不过当时没有人知道罢了。那名军官是当事人，自然知道原因，却没有说什么。但不知道是不是因为这件事情，来到阪崖马场的这两个月，他的情绪可能有些低沉，在他的身上每天都能闻到酒水的味道。

借酒浇愁，可能不会成功，好在没有误过正事，对他来说最大的影响不过是睡得比较沉，每天夜里都是一觉到天亮，直到某天夜里，营帐后方传来了两声极沉闷的撞击声……

他撑起身体，看着窗外恼火地喊道："还让不让人睡了？"

没有人回答他的问题，于是他再次沉沉睡去，然而没有隔多长时间便再次被喊醒。在下属的陪伴下，他来到马场靠近山崖的那边，看着眼前的画面，不由倒吸了一口冷气。

崖坡上到处都是石头滚落的痕迹，烟尘微作，一个男人躺在地面上，不知生死，一个十二三岁的小姑娘抱着双膝坐在一边，衣衫破烂，满身泥土，神情痴呆。

98·盲山相遇

青年军官走到那名不知生死的男人身前。那个男人满脸血污，但依然可以看出来很年轻。

青年军官闻到了一股很淡的却很难形容的味道，忍不住皱了皱眉，蹲到那名男人身边，开始替对方检查伤势，发现此人身上到处都是伤口，尤其是右臂竟是断了十余截。看见如此重的伤势，他的眉头皱得更深，向上方望去，只见满是碎石与霜草的山崖间有两道清楚的痕迹，很容易便判断出来，这两个人应该是从高处跌落的。

青年军官知道在山崖更高处有一条很久以前的运兵道,可以通往寒山东面那些繁华的城镇,已经荒弃多年,但一直都还可以通行,偶尔有些山贼或走私的商贩会冒险。难道这个人是从那里摔下来的?从那么高的地方摔下来,难怪会受如此重的伤,没有当场死去,已经算是运气相当不错。

接过下属递过来的清水与用具,青年军官开始替那个昏迷的年轻伤者清洗伤口,处理伤情,确保暂时稳住情况,不会出问题。待做完这些事情后,他站起身来,净手擦干,走到了那个小姑娘的身前。

他再次蹲下,看着那个小姑娘说道:"你好。"小姑娘没有说话,抱着双膝,呆滞的目光落在那名年轻伤者的身上,脸色苍白,看着极为柔弱。青年军官把手伸到她的眼前,打了个响指,继续问道:"你们是什么人?"

小姑娘向后挪了挪,显得有些害怕。青年军官看着她眼眸里闪过的那丝惊骇,不由想起多年前独角兽洞窟里那双可怜的眼睛。

"我们问过很多话,这小丫头始终没应,看来不是哑巴就是聋子。"

一名下属想了想说道:"当然,也有可能是吓傻了。"

"知道可能是被吓着了还一个劲儿地问什么?"

青年军官没好气说道,起身向营寨方向走去。这时,一道有些微弱却很清楚的声音在他的身后响了起来。

"饿。"

青年军官转身望过去。那个小姑娘呆呆地看着他。

"我要吃肉。"

听到这句话,青年军官怔了怔,然后笑了起来,手指在微寒的山风里再次打响。

"会说话,知道提要求就好。"

北方的秋天与冬天没有太大区别,阪崖马场在群山深处,气候相对温暖,但一夜北风过后还是冷了起来,好在营寨里的炕早就已经提前烧热,没有士兵被冻伤,反而出了好几起烫伤事件。

"都这么蠢,难怪会被赶到这里来养马。"

青年军官把下属们训斥了一番,把他们赶了出去,然后望向屋子的角落处。那里是炕尾,寒意十足,尤其是靠着北面的墙根处,那些青砖与冰块也没有太大区别。

那个小姑娘却一直不肯离开那里，是因为那个年轻伤者躺在炕上，或者也是因为那里离煤炉最近，而炉上的土钵里一直炖着肉，肉在汤里一直咕噜噜地响。她手里拿着碗筷，盯着炉子上炖着的肉，眼神专注，所以显得更加呆滞。

"知道怕烫，看来不是真的傻啊。"

青年军官看着她摇头说道，走到炕边坐下。

随着时间的推移，小姑娘稍微放松了些警惕，可是年轻伤者始终还是昏迷不醒。他开始翻看此人的随身物品，想要找到些线索，最终却是一无所获。

那名年轻伤者的身上没有银钱，没有路引，没有户籍，就连张纸片都没有，衣服用的是最普通的衣料，也没有什么可以提供信息的饰品，只是手腕上系着串石珠。那些石珠看上去颇为简陋，完全看不出来有什么特殊之处。

想着先前在崖下闻到的那股味道，青年军官低下身去，在年轻伤者的颈间、身上认真地闻了闻。虽然无法确定是不是先前闻到的味道，但现在他可以确信，在这名年轻伤者的身上有很多药味。他至少闻到了十七种药材特有的味道。

"原来是个药商，难怪会连夜冒险赶路。"他看着那个年轻伤者感慨说道，"人为财死，倒也算是得其所哉。"

战火连绵已然两年，哪怕诸州郡及天南齐心支援，很多资源依然变得有些紧张，尤其是药材。前线诸军府缺药不是什么秘密，对很多没有拿到朝廷许可的药商来说，只要能够把药材送到前线，便能转手卖掉，挣取极大的利润，至于沿途可能遇到的风险以及朝廷的严律，根本不在他们考虑的范围之内。

亲兵端着热水进来，对他说道："大人，接下来的事情我们来做便好。"

青年军官准备应下，看着墙根处那个小姑娘，却又摇了摇头。小姑娘端着碗筷，呆滞的眼神里满是冷漠或者说麻木，只有看着锅里炖着的肉时才会变得温暖些，看着就像一个禁受过无数残酷折磨的小兽，惹人同情。

"还是我来。既然救人，便要把人救活。"

青年军官做出这个决定的时候，并不知道这个很容易让他想到多年前往事的痴呆小姑娘是魔族的小公主，更没有想到那个昏迷不醒的年轻伤者与自己之间的关系。

他只是觉得那个小姑娘看着很可怜。同时，他觉得那个年轻伤者虽然一直昏迷、闭着眼睛，但不知道为什么给人一种很安宁清新的感觉，总之，看着很顺眼。

就这样，这对从山上跌落的年轻男女留在了阪崖马场，得到了官兵们的细心照料。青年军官在其中付出了最多精力，因为煮肉和治病，本来都是国之大事。

数天时间后，那名年轻伤者终于醒了过来。他没有立刻睁开眼睛，而是用五息时间静神，然后坐照自观，确认伤势。确认伤情严重程度之后，他才睁开眼睛。

首先映入他眼帘的，便是那名青年军官。他心想，此人虽然满脸大胡子，看着倒不是那等凶神恶煞之辈，不知为何倒有些顺眼。

很久以后，折袖和唐三十六、苟寒食和关飞白才知道了当时的情况。

无论国教学院还是离山剑宗的人们都沉默了很久，心想你们的眼睛都瞎了吗？

99·天真白痴两碗汤

在睁开眼睛之前，在静神五息之前，陈长生的视野里是夜空以及那些密密麻麻的元气锁，他记忆中的最后画面是南客和他向着地面坠落，黑白两色的雪岭地面越来越近。然后是沉闷的撞击声以及无尽的疼痛，以及随之而至的无边黑暗。

从黑暗中醒来，他不知道已经过去了多长时间，只知道自己还活着，静神五息的同时坐照自观，发现经脉里有多处碎裂。如果是普通的修行者发现自己受了如此重的伤，必然极为慌张甚至可能绝望，但他在这方面有很多经验，依然保持镇定，甚至准确地判断出最重的伤势还是来自魔君的那次反击。

他睁开眼睛，看到了一张满是胡须的脸，那张脸上的胡须生得极为茂密，看上去就像是一片数十年都没有修剪过的灌木，如果不仔细观察，都很难发现那个人的眼睛在哪里。

但只要看到这个人的眼睛，便再难移开视线，因为那双眼睛很清亮，神华内敛却深藏着热情，就像清晨云后的朝阳，虽然不肯轻易展露真颜，但谁都知道那必然是很动人的风景。

眼睛是神魂的窗户，可以窥见很多。陈长生见过很多双眼睛，比如教宗师叔浩瀚如星海的双眼，比如徐有容空山新雨后的眸子，但还是不得不承认，此人的眼睛生得极好，要比这满脸胡须好很多。

"醒了？"那人问道。

陈长生注意到此人的衣服，发现是位大周军官，更加放心。

青年军官猜到他暂时还不能说话，主动说道："这里是阪崖马场，我是这里的主事官，叫……"

说到这里，他顿了顿，继续说道："罗布。"

陈长生心想这个名字不知为何听着总有些怪。

"你先回答我几个问题，单次眨眼为是，双次眨眼为否。"

那名叫罗布的军官看着他的眼睛问道："你是周人？"

陈长生没有任何犹豫，眨了眨眼睛。

罗布接着问道："药商？"

陈长生犹豫了一会儿，眨了两下眼睛。

罗布笑了起来，露出满口白牙，显得特别阳光，同时显出了真实的年龄。这样的年轻人，蓄着满脸的胡须，也不知道是为什么。陈长生忍不住想着这个问题。

"不敢承认也无所谓，反正你也不可能是奸细，好好休息，虽然我不知道能不能好，但应该不会死。另外，那个小丫头，我不知道一直是那样，还是摔出了问题，你不要急。"

说完这句话，罗布便走出了屋子。南客双手捧着满满一碗肉，从房间角落里走到床边。她微微偏头，看着陈长生的脸，呆滞的眼神里满是茫然，就像是从来没有见过他一般，忽然间她似乎想起了些什么，把盛着肉的碗递到了陈长生的面前，示意他吃肉。

陈长生不知道发生了什么事情，艰难摇了摇头。

"吃肉了才有力气。"南客盯着他的眼睛说道。

陈长生心想做什么事情需要力气？南客好像能够看懂他眼神的意思，把碗搁到枕头边，用手指着自己的眉心，非常认真地说了两个字。

"治病。"

看到这里，陈长生才终于明白了。在雪岭夜战最后，为了突破魔君与黑袍的布阵，她强行让神魂第二次完全苏醒，终究还是没能闯过那道关隘，识海受到了极重的损害，用最普通的语言解释就是：她现在真的痴呆了。现在的她已经什么都不记得，包括陈长生是谁，却还记得陈长生答应过给她治病。

陈长生看着她的眼睛，沉默了很长时间，当然，他现在本来就没有办法说话。他可以在心里对自己说,对别人说。——既然我答应了你,就一定会治好你,虽然我并没有什么信心。

现在的南客,并不知道自己得了什么病,只是记得这件事情。但她再一次看懂了他的眼神,觉得很开心,憨憨地笑了起来,天真可爱至极。在周园和雪岭,陈长生不记得自己看见南客笑过,在他和世人的认知里,她永远是那样地冷血无情残忍好杀,哪里能和眼前这个笑语嫣然的小姑娘联系起来。

陈长生这才注意到她穿着一件布棉袄,头上梳着两个髻,很是随便,不知道是谁的手艺,忽然想起来这里是大周军营,如果被人发现她的真实身份,只怕会惹出极大的麻烦。她是皇族成员,魔角隐而不见,可是她的双翼又去了哪里?

一块炖肉送到唇边,打断了他的思绪,肉里没有什么盐,偏淡,但炖得极糯。最关键的是,喂他吃肉的是魔族的小公主。很自然的,陈长生想起了龙族的小公主吱吱以及当年娶了位魔族小公主的苏离。

小黑龙如今在何处?做为教宗指定的守护者,她与陈长生之间已经建立起了某种感应,陈长生可以想办法通知她过来。但他不会这样做。

一年半前,他在战场上被海笛击伤,全靠着小黑龙才得以逃生,谁想到,在随后的归山途中,连续遭到了几名朝廷强者的追杀,他事后没有让离宫追究此事,但不免还是有些心寒。以苏离的能力与气魄,当年自雪原归来,也要隐忍,更何况是他?

经历了这些事情,他才知道,当初自己在浔阳城的春光里一语喊破苏离在此,那是怎样地天真。如今没有自保之力,他绝对不会与吱吱主动联系,更不会让她过来,暴露自己的行踪。如今的他已经不再像当初那般天真了。

南客开始喂他喝肉汤,不冷也不烫,温度正好。

石珠还在腕间,别的事物都已经送进了周园里,腹中微暖,按道理来说,他这时候应该可以平静地休息,但是他总觉得有些事情不对,或者说自己好像忘记了些什么事。

那名叫罗布的军官,真的没有察觉什么吗?他为什么就能如此轻易地相信了自己和南客?这个叫阪崖的马场明显很是荒僻,但如此年轻便能成为主官,又怎么可能是如此天真的人呢?

屋门前的布帘被掀起,寒风灌了进来,罗布也走了进来,手里端着一碗黑漆漆的药汤。

罗布要用药汤换南客手里的肉汤，南客不想。她望向陈长生。陈长生有些困难地眨了眨眼睛，然后更加困难地转头望向罗布，用眼神表达了谢意。

药汤被送到他的唇边，他注意到碗被洗得很干净，没有残余的菜味，更看不到油腥。

然后他在碗里闻到了十七种药材的味道，那些药材在京都远远谈不上珍贵，但在这样偏远的马场应该很难备齐，当然，最让他感到吃惊的不是碗的干净、药材的齐全，而是罗布通过这碗药汤展现出来的医术。

时间就在药汤与肉汤的替换里缓慢向前行走着，陈长生和南客在阪崖马场已经住到了第四天。南客依然痴痴呆呆，不知道陈长生是谁，自己是谁，只隐约记得陈长生对自己很重要，每天都守在他的身边，替他晾药煮肉擦洗，就像个侍女一般，并且警惕地盯着所有试图靠近这间屋子的人，只有一个人例外，那就是罗布。

在无法言语的最初三天里，陈长生时常在想，或者是因为罗布给了她很多肉吃？到第四天的时候，他还是无法下床，身体已经能够做轻微的动作，比如转身抬手，最重要的是他可以说话了，令他感到有些意外的是，那名叫作罗布的军官没有重新查问自己的来历。

虽然是偏远的马场，还是有很多事务，罗布身为主官，自然无法一直偷懒留在屋子里，很多时候来送药汤的是他的亲兵下属或者马场里其余的属官。因为血脉传承的关系，更因为自幼修行顺心意法门的缘故，陈长生先天拥有一种令人感到亲近的特质，当初无论是皇宫里的黑羊还是北新桥底的黑龙都是如此，更不要说这些心志相对单纯简单的军官。很短的时间里,他与这些人便熟了起来。

只要忽视掉南客小兽护食般的眼光，陈长生与军官们的谈话可以说进行得非常顺利，他对前线的局势有了更真切的认知，对军心有了更直观的了解，更重要的是，他了解了阪崖马场和罗布军官的故事。

任谁知道罗布的故事，都难免会生出很多同情以及对不公的愤怒，陈长生也不例外。他相信罗布这些年能够获得那么多军功，并非是因为运气或者背景，而确实是因为他的才干。

从阪崖马场看似平缓疏怠、实则极有秩序的日常管理与生活中就能看得出来此人的御下之术、统驭之道，而只用了几服药汤便能让陈长生的伤势快速好转，更可以说明此人的医术了得。

当然，这些是通过谈话得出的印象，自然不如亲眼所见。想要亲眼所见，首先他得能够起床，在马场里逛逛。只是他并没有想过，为什么自己会对那个叫罗布的军官这么感兴趣。

第七天的时候，陈长生起床了。当初折袖在周狱里受了无数折磨，经脉断裂，最终依靠的就是痛苦的刺激，才能在最短的时间里治好伤势，他也用的是相同的法子，之前的整个夜晚，都在与难以想象的痛苦战斗。

南客一直在服侍他，用毛巾替他擦汗，喂他喝水，轻抚他的胸口，动作当然很生疏笨拙，但很认真，心神消耗极大，四更时看他终于安静了，才放心地睡去，竟没有发现他离开房屋。

晨光洒落在群山之间的草甸间，薄雾从山谷里流泻而下，刚刚醒来的马群发出微微的杂声。陈长生拾了一根树枝，撑着虚弱的身体，在马场里随意走动着。不是不爱惜身体，相反，他需要通过活动，让刚刚重续的经脉尽快地巩固下来。

阪崖马场的范围很大，各营房箭垛还有阵枢，看似零散分布在各个角落，但如果仔细观察，便能够看出隐藏在其间的某种规则，可以保证遇敌时做出最有效的反应。

陈长生通读道藏，但没有学过军法，能够一眼看穿阪崖马场的军事布置之妙，是因为当年自雪原万里南归的途中，苏离传授他剑法的同时，也教了他很多这方面的知识。

从那些阵枢木寨与栅前的泥土新鲜度可以看出，这些布置应该是罗布来到阪崖马场之后的改变。陈长生越看越觉得这些军事布置暗含兵道，完美地印证了苏离当年所说的那些知识，不禁对此人生出了极大佩服，却没有通过这一点联想到某些事情。

北方群山雄峻而冷酷无情，天气更是喜怒无常，微寒的晨光忽然间变成了刺骨的呼啸大风，无数黄沙被狂风卷起从山岭入口处向着马场扑了过来，只是瞬间，天地便变得暗沉一片。

军营里到处响起示警的鸣镝声、严厉的命令声还有匆匆的脚步声。

陈长生不想添乱，扶着树枝顺着屋檐慢慢地向回挪动，一抬头便看见了罗布。罗布发现他竟能走动,很是高兴地笑了起来,露出了满口白牙,说道:"恭喜。"

他这时候要急着去安排下属应对风沙暴,没有时间多说什么,看了一眼陈长生腋下的树枝,摇了摇头,指着身后的房门示意陈长生进去暂避。

以陈长生现在的速度,等他挪回原来的屋子时,风沙暴必然已经笼罩了此间,他没有任何拒绝的理由,依言走了进去,还没有等他转身,房门便关闭了,然后门外传来一道清楚的掌声。应该是罗布在门上或者是墙壁上拍打了一下某个机关,一根粗壮的横木把门封死,同时数块结实的木板落了下来,把窗户挡了个严严实实,同时桌上的一盏油灯无火而亮。

陈长生没有误会,所以不会惊慌,仔细地观察了一下屋子里的机关,发现构造很是简单又极为精致,哪怕是最普通的民众也可以操作,想来整个马场的营房都有相似的布置,于是完全放下心来。

下一刻他的视线被书桌上的事物吸引住了。微黄的灯光落在桌上,照亮了一些纸张。那是非常名贵的施州纸,不要说这样偏远的马场,就算是松山军府也没有多少。有的纸上面写着墨字,有的纸上面则是图画。

陈长生不擅诗词书画,但通读道藏,眼光自长。那字写得极好,风骨隐于看似肥腴的外表之下,不屑给人看。那画也极好,一幅大泼墨写意春秋,一幅工笔花鸟镜映天地。

这是谁的房间?这是谁的字与画?如此荒僻的马场,怎会有人能如此奢华地用施州纸,写得这样一手好字,画得这样一笔好画?

陈长生的心里隐约有了答案。然后,他看到了那两幅画的落款。

101 · 年轻人因何发笑?

两幅画的落款是相同的五个字。阪崖一大将。

看到这五个字,陈长生的第一反应是好气魄,片刻后却又觉得好生孤单。吾乃大将,何其顾盼自豪。奈何却是偏远阪崖马场的大将。而且是一大将。气魄与孤单这两种很难合在一起的感觉,就这样相携而出,跃然于纸。

陈长生望向书桌后方,只见墙架上到处都是书,有深奥的道门释义,也有普通的话本小说,共同的特点是非常干净,在一个常年风沙不断的地方能够做到这一点非常困难。他却能明白这是为什么。——他以前经常用那个方法清理国教学院藏书楼里的书籍。

他已经猜到这里就是罗布的房间，想到此人居然随身带着罕见的空间法器，更增好奇，就在这时忽然闻到一股香味，寻着觅去，发现书架上放着半碗吃剩的酸奶，只见那酸奶白绵嫩滑，上面缀着一颗樱桃，还撒着些许芝麻，看着便令人食指大动。他忍不住把那半碗酸奶端起来观察了一番，确认不是军营里的伙食，应该是罗布昨夜自己做的小吃食。

至此，陈长生真的服了，甚至生出些自惭形秽的感觉。从西宁镇到京都，他见过无数青年俊彦、修道天才、师兄余人、苟寒食、折袖、徐有容，甚至包括他自己都是这样的人，但他从来没有见过这样的全才——所有领域里的天才。

是的，在陈长生看来，这个叫罗布的青年军官可以说是近乎完美。——好在，此人的医术虽好，但还是不如自己，他自我安慰道。

窗外的呼啸声与沙石击打声渐渐小了，远处隐隐传来数声尖锐的竹笛声，然后是脚步声。墙外响起数声拨动，门窗后的横木机射簧自动弹开，罗布走了进来。阳光重新照进屋里，被残留的风沙弥散开来，把整个画面都抹上了一层古旧的味道，很是好看。

一切发生得有些太快，陈长生没有来得及把手里的酸奶碗搁回书架。任谁看到这个画面，都会认为他正准备偷吃酸奶。罗布大概也是这样认为的。

屋子里的气氛有些尴尬。片刻安静。罗布转身向屋外走去，说道："我去看看草。"

大周朝廷之所以会在阪崖这么荒僻的深山里设置马场，就是因为这里的草甸上生满了龙骧马最喜欢吃的霜草，罗布身为主官在风沙之后去看看草势是理所当然的事情，但当时端着酸奶碗的陈长生很清楚这只是借口，就像他赶紧说自己也要看草便跟着对方出了屋子，其实也只是找个借口把酸奶碗尽量自然地放下来。

风沙已经停了，肆虐过的痕迹却还很清楚，营寨与马厩建筑本体没有受到任何伤害，但远处的两个连环箭弩庐需要修补，更麻烦的是，满山遍野的霜草上覆上了一层厚厚的灰。

除了脾气稍微差一点，龙骧马基本上可以说是完美的战斗坐骑，但没有骑兵会忽略它们对草料干净程度的重视，现在山间的霜草不经过清洗肯定没有办法让它们食用，而且凭阪崖马场军士的数量，根本不可能人工清洗干净，无论是人还是马都只能等待天空落下雨水。

或者是因为这个，在涧边草场上的数百匹龙骧马的情绪都有些烦躁，不时发出咴咴的叫声，踢着草甸间的石头，那些兵士们一边收拾也一边骂着脏话。

随着一道身影的出现，龙骧马顿时变得安静了很多，至于那些兵士更是噤若寒蝉。那道身影是罗布。罗布没有训话，摆了摆手，示意众人继续做事。

人们知道将军今天的心情并不太差，重新变得轻松了起来。这个时候，一名曾经去送过药的亲兵看到了罗布身旁的陈长生，很是吃惊，喊了起来。

阪崖马场救了两名从山上摔下来的药商兄妹，对这些常年无事、连魔族都没有见过一面的兵士们来说便是最近这几年最新鲜的事情了，很多人都知道这件事情，甚至还偷偷去那个房间看过陈长生。那些与陈长生聊过天的士兵，更是早已与他相熟，纷纷走过来，向他表示祝贺。

"小残废，终于能起床了？""小残废，终于能下地了？""小残废，能出来晒晒太阳了？"

阪崖马场的兵士们一直都叫陈长生"小残废"，因为他年轻，天生面嫩，而且重伤在床。这个称呼没有什么恶意，陈长生自幼与师兄余人在一起生活，也没有太多的抵触心理，只是觉得自己只是经脉暂断，并不是真的残疾，这个称呼不对，那么便不能接受，于是每次都会很认真地纠正对方。

但他拒绝得越认真，阪崖马场的官兵们越喜欢这么称呼他，就像是要故意逗他，不过令官兵们感到有些无奈的是，躺在床上的他的脸上永远都看不到恼怒的情绪，始终都是那样淡定。

就像现在一样。"我不是残废。"陈长生看着人们解释说道，"你们也看到了，我现在能下床走动。"

有人打趣道："还不是一瘸一拐？不然你再走两步？"陈长生很听话，用树枝扶着身体走了两步。

夜里才刚刚能够起床，便一直在走动，对他依然虚弱的身体来说，是不小的负担，这时候随便走了两步，便有些不稳，唬得那些军士赶紧上前扶住他。

一名亲兵在旁边嚷道："别逞强，再说了，就算能多走两步又算得什么？咱们这里是前线，是马场，什么时候你能上马了，那才算是真的好了。"他本是好意，在众人听来却是嘲讽，纷纷大笑起来。

阪崖马场养的龙骧马是玄甲骑兵的主力坐骑，在战场上极为勇猛，脾气也很大，而且非常认生，哪怕是最精锐的骑兵想要收服一匹龙骧马为坐骑，也需要与它相处百日，建立起稳定的关系，如今陈长生必须被人扶着才能站稳，如何能够骑到龙骧马的背上？

罗布一直没有说话，直到此时，藏在胡须里的唇角微微上扬了一下，眼神变得有些淡漠了起来——只有与他最亲近的人才知道，这表明他这时候的情绪不是很好。

他不满意下属们对陈长生开的玩笑。令他感到意外的是，陈长生居然还没有生气，脸上依然满是笑容。那笑容虽然淡，但并不假，很真切。

数百匹龙骧马，从涧边向草场深处而去，映着渐盛的晨光，来到了众人的附近。有一匹马忽然停住脚步，扭头向人群望去，有些困惑发生了什么事情。最后，它的视线落在了陈长生的身上，似乎是在想，这个年轻人为什么笑得如此开心？

102·请君出山

霜草的表面覆着层极浅的白绒，那正是龙骧马最喜欢吃的地方，风沙过后的草甸上灰蒙蒙一片，却是真正的灰，马群根本无处下嘴，在涧边看了很长时间，直到把风景都看透了，也无可奈何，只好转身而回。

美食在前却不能大快朵颐，无论人还是马都不会高兴，如果此时看到有人还笑得特别开心，那必然以为对方是在嘲笑自己，无论人会不会这么想，很明显，那匹望向陈长生的马是这样想的。——它忽然向陈长生冲了过去。

做为最优秀的战马种类，龙骧马的脾气再差，也不会随便对士兵发起攻击，军士们很清楚这匹龙骧马只是想吓陈长生一跳，如果是平时，这种玩闹根本不会引起他们的注意，但想着陈长生重伤未愈，刚刚才能行动，还是有些警惕地握住了木棍。

接下来发生的事情出乎了所有人的意料。那匹龙骧马没有继续向前奔跑，隔着十余丈便降缓了速度，变成了慢步踱走，脑袋向着两侧不停摇摆，似乎极为困惑，鼻孔不停翕张，似乎在嗅着什么，顽皮且恶劣的眼神很快被亲近的渴望所取代。它踱到了陈长生的身前，恭顺地低下了脑袋，似乎是想要陈长生摸摸它。

其余的龙骧马注意到了这边的动静，纷纷跑了过来，也像先前那匹龙骧马一样，围到了陈长生的身边，小心翼翼却又难以抑制心中欢喜地去蹭他，有匹胆子大的龙骧马甚至偷偷地舔了舔他握着树枝的手。看着这幕画面，阪崖马场军士们的笑声即刻停止了，众人很是惊愕，心想这是怎么回事？

便在这时，为首的那匹最为神骏的龙骧马挤开众马来到了陈长生的身前，以一种谦卑的姿态屈起前膝，跪在了地上。这似乎是在请陈长生上马，也可能是想请陈长生赐予祝福。

震惊的声音在四周此起彼伏地响起。站在外边的罗布却敛了笑容，静静看着被马群围在中间的陈长生，若有所思。

当天夜里，星光如常，房间里的火炉上也依然炖着一锅肉汤，却不像前几日那般嘈杂。没有一名阪崖马场的军士留在房间里与陈长生聊天，因为今夜有客到。

罗布看了眼蹲在火炉边盯着肉锅的南客，转头望向床上的陈长生，未做任何遮掩，直接说道："你当然不是普通人。"

陈长生想着群山草甸里那些堪称完美的军事布置还有那间书房，说道："你当然也不是普通人。"

罗布看着他的眼睛问道："你从山上摔下来与我有没有关系？"

"没有。"陈长生平静地回视着他的眼睛，说道，"从某种意义上来说，我确实是个药商。"

罗布平静问道："那么今天你在阪崖马场里逛了一天，有没有看到你想看到的东西？"

陈长生很诚实地回答道："有。"

"你看到了什么？"

"我看到了阪崖这里有位大将。"

听着这句话，罗布沉默了一段时间，说道："直接说出你的意思。"

陈长生看着他的眼睛说道："我想请你出山。"

出什么山？万里寒山。寒山之外是雪原，是与魔族相争的真正战场。

陈长生接着说道："我不清楚你知不知道，宁十卫已经死了，松山军府需要一个新的神将。"

罗布沉默了一会儿，说道："我是不是可以理解为，你很欣赏我，所以决定把我推到松山军府神将的位置上？"

陈长生没有说话，便是默认，因为他确实是这样想的，同时他注意到，罗布虽然被贬到荒僻的阪崖马场，但似乎对松山军府甚至更高层的消息都能掌握，这让他更加好奇，此人究竟是什么身世来历。

"一个药商都能决定一个神将的位置，我大概能够明白大周朝为何会越来越堕落了。"

罗布看着他微笑说道："那么你是相王的人还是天海家的人？或者说，你是洛阳道观出来的密使？"

这句话里最后提到的洛阳道观密使，便是现在道尊商行舟身边那些青衣道人。时隔两年时间，再次听到有人提及自己的师父，陈长生有些微微的感慨。

他没有向罗布解释自己的来历，也没有解释自己为什么要这样做。因为他不代表相王，不代表天海家，不代表大周朝廷里的任何一方势力，他代表的是离宫，是国教，是天下。

他是教宗，便要担着整个世界的责任，便理所应当替人族的未来考虑。在他看来，像罗布这样的人物，被放在阪崖马场这样的地方，实在是一种天大的浪费。

"我大概能猜到你的想法，不外乎就是屈才或者不遇那些旧词。"

罗布看着他平静说道："但你不知道，我来阪崖马场是来隐居，或者说被迫隐居，但终究是我自己接受的事情。"

陈长生看着他很认真地说道："如果是受外力所迫，或者我能够帮你解决一些。"

不知道为什么，陈长生的神情越认真，罗布的神情便越放松，或者是因为这让他想起了那些认真的同窗，接着他想起了那年满山剑气纵横，下意识里望向自己的胸口，心想有些事情终究要靠自己解决。他摇了摇头。

"我不喜欢麻烦。"

"我也不想给你惹麻烦。"

"所以我不会出山。"

罗布平静而简洁地结束了关于这方面的谈话，说道："过两天你伤好些，我会派人把你们送走。"

陈长生想了想，说道："那好，以后若有事，你来寻我。"

罗布微笑说道："我不喜欢找人，还是麻烦。"

平淡一句话里，隐着极潇洒的自信，就像那两张画上的落款一般。

陈长生说道："救命之恩，必当回报。"

罗布说道："做随你，不必说。"

陈长生说道："我一个朋友教过我，有些事情做要做，但说更要说。"

罗布觉得这句话有些意思，说道："你那个朋友或者是个伪君子，或者是个真小人。"

陈长生想着那个已经两年不见的朋友，又想着已经半年没有收到他的来信，挂念之情陡然而生，再难抑制。

他对罗布很认真地解释道："我那个朋友是个伪小人，真君子。"

罗布闻言而笑，然后望向南客问道："她真是你妹妹？"

这句问话隐有深意。陈长生听得清楚，但他不可能放弃南客，点了点头。

"有时候，说谎的人不见得就是妄人，反而也许是真人。"

罗布看着他微笑说道："我不知道你是谁，代表着谁，恶或是善，但至少在这方面，我很欣赏你。"

房间里变得安静起来，只有汩汩的声音，那是肉汤在沸腾。南客盛了碗肉汤，向床边走来。

这时屋外传来急促的脚步声。房门被用力推开，一名亲兵冲进了屋里，震惊地喊着什么，完全没注意到自己便要撞到南客的身上。

103 · 天地悠悠，所以不舍昼夜

那名亲兵直接向着南客撞了过去，眼看着便应该是头破血流，肉汤飞溅，然而这画面却没有发生。

南客依然稳稳地端着那碗滚烫的肉汤站在原处，而那名亲兵已经穿过了她先前所在的位置。这很诡异，亲兵完全不知道发生了什么事情，有些呆愣地摸了摸头。

罗布眼瞳微缩，因为他把先前那刻发生的事情看得非常清楚——就在亲兵快要撞到南客的那瞬间，南客向后退了两步，当亲兵跑过去后，再次回到了原处，趋退之间，悄然无声，如魅影一般，仿佛没有动作过。

如闪电般的速度、如鬼魅般的身法，即便是在白帝城外躬耕多年的那位金玉律大将也无法做到。以他无比广博的见闻，也只知道世间只有一个女子能够拥有如此快的速度，而绝对不可能是她。

罗布静静看了南客一眼，然后望向那名亲兵问道："什么事？"

"撤军……撤军……魔族撤军了！"

那名亲兵喘着气说道，脸上的神情很复杂，有些欣喜，又有些茫然。魔族撤军，无论从什么角度来看，都是好事，应该欣喜，甚至狂欢也不为过，但是……这太突然了。

就像这名亲兵一样，阪崖马场里的绝大多数军士，包括松山军府、黑山军府、拥蓝关、拥雪关，甚至远至京都，无数人都因为这个突如其来的消息感到震惊欣喜，然后生出了一些诧异的情绪。

两年多前开始的这场战争，初期的时候，因为天书陵之变以及随后的朝堂风波，大周王朝没有做好充分的准备，让魔族大军占了些优势，但之后双方便进入了长时间的僵持局面，甚至人族方面还略占优势，包括狼骑在内的魔族大军在雪原上死伤惨重，到现在为止没有捞到任何好处，在这样的情形下，魔族为什么会主动撤军？

魔君究竟在想什么？那位以智谋诡计著称的军师黑袍又在想什么？难道这场为时两年的战争只是一场胡闹，或者只是为了炫耀武力稳固新君在雪老城里的地位？

听到这个消息的当下，罗布也有些意外，他刚刚知道松山军府神将宁十卫的死讯，不知道更多的内情。只有陈长生非常清楚地知道魔族为什么会撤退。

两年多前，京都有天书陵之变，雪老城里也有一场更加血腥的叛乱。魔族大军忽然南下，根本不是为了人族的土地与财富，而是为了寻找魔君的下落，同时掩饰雪老城的真实意图。对那位新魔君和黑袍、魔帅来说，只要能杀死魔君，一场战争，十万亡者，又算得了什么？那天夜里，魔君终于死在了寒山里的那片湖园中，魔族大军还有什么理由继续留下来？

到现在为止，世间只有极少数人知晓魔族大军撤退的真相，很多军士有些茫然，而像折袖、关飞白这样的家伙则会觉得非常不满足，但终归这是件值得庆祝的事情，即便是偏远的阪崖马场也收到了来自松山军府的犒赏。

在远远谈不上丰厚的犒赏里，最受军士欢迎的是两车飞龙肉——所谓飞龙，当然不可能是真正的龙,只是寒山里的一种妖兽,以肉质鲜嫩美味而著称,为世间饕餮之徒视为佐酒的无上妙物。

入夜后的群山里,点燃了十余堆篝火,悬挂在烤架上的飞龙肉散发着奇异而又不令人生腻的脂香。远处隐隐传来马群的骚动,不知道是不是暮时新添的霜草让处于发情期里的它们产生了更多的冲动。

陈长生坐在一处篝火旁,手里端着盘子,盘子里是两块新烤好的飞龙肉。肉是南客亲手烤的,边缘有些焦煳,但还能吃。

他向身边望去,只见南客的小脸上满是油,啃得很是高兴。他忽然想到如果吱吱在,肯定会很生气,那有容呢?然后他想起来,那个叫秋山君的家伙是真龙血脉。不知为何,他开心起来,觉得盘子里的肉都香了几分。

夜渐深沉,繁星落于群山之间,马群安静了,篝火旁的军士们依然在吃肉喝酒,欢声笑语不停。陈长生注意到,今天一直没有看到罗布的身影。他站起身来,四处望了望,向山涧走了过去。

这条由峰间雪水融化而成的山涧极清,向着北方的荒原而去,与大陆上绝大多数的江河溪流不同。星光洒在山涧上,如一条银带,很是美丽。山间的霜草表面本来就覆着浅浅的白绒,这时候被星光一染,更仿佛要变成真正的霜。

一道身影在星光之下,有些孤单。陈长生走了过去,在那道身影旁边坐下。不知道是不是星光太盛的缘故,如杂草般的胡须并不能完全掩盖那张脸的真实模样。陈长生再次确认罗布很年轻,比自己大不了几岁。

"在想什么呢?"

罗布没有吃肉,只是在喝酒。一个很精致的小酒壶被他用两根手指悬着,在夜风与星光里微摆,显得很潇洒。

听着陈长生的问题,罗布沉默了一会儿,说道:"念天地之悠悠。"

任是谁,用这样一句话来回答这样一个简单的问题,都会让人觉得有些不自在。但从他的口里说出来,却不会有这样的感觉,仿佛他这个人理所当然就应该这样说话。

当然,如果陈长生的那个朋友在场,说不定还会捧腹大笑,然后用刻薄的言语把罗布好生羞辱一番。陈长生没有,因为他来自西宁镇而不是汶水城,而且他也经常想类似的问题,只不过很少与人说。

前不见后不见,古人来者,怆然涕下,终究西流去。他想起那本又名西流典的时光卷,想起北新桥底的铁链,国教学院地底无人知晓的墓,想起过去十年发生的这么多事情,感慨渐生,看着星光下美丽的山河,说道:"不舍昼夜。"

你在想什么?念天地之悠悠。当不舍昼夜。

一问一答一应之间看似没有什么联系,生硬不搭,细细品来,却自有一番味道。此时,此处,应该有酒。

罗布看了陈长生一眼,把小酒壶递到他的手里。看着手里的小酒壶,陈长生有些犹豫。

罗布有些意外,问道:"不喝酒?"

陈长生说道:"从小身体不好,比较注意这方面。"

罗布从来不强劝人饮酒,见他为难,一笑作罢,便准备把酒壶拿过来。然而,陈长生举起酒壶饮了一口。

104 · 星空与姑娘(上)

一口酒入喉,仿佛烧红的铁线,陈长生险些呛着,极困难地咽了下去,顿时满脸通红。他没想到,像罗布这样的人物喝的酒竟是如此辛辣。

当然,最主要的原因是他真的很少喝酒。来到京都后,他才初尝酒水的滋味,只在福绥路的牛骨头锅旁与徐有容喝过,再就是唐棠。对不喝酒的人来说,喝酒的唯一理由就是与他一起喝酒的人是谁。

他开始想念福绥路的牛骨头,李子园客栈还有国教学院里的那棵大榕树。那年在大榕树下他与唐三十六在暮色里进行了一次长谈。

他把酒壶递还给罗布,说道:"我有个朋友想做些事情,但他家里不同意,觉得他胡闹,所以他压力很大。"

罗布笑了起来,眼睛就像夜空里的星星,明亮至极,深处藏着无限的温暖,或者说热情。陈长生的眼睛也很亮,但那并不源自眼眸深处的光线,而是因为干净,就像被水洗过很多年。

罗布看着他说道:"有没有人说过,你的眼睛像一面镜子。"

陈长生不明白他的意思,不解地嗯了一声。

"明镜可以鉴人,可以反映出天地间的纤毫动静,可以轻易地发现很多问题。"

罗布用两根手指拎着酒壶轻轻摇晃,说道:"你猜得不错,我的问题并不是来自于自己，也不是来自于外界，而是来自于家中，准确地说，把我调离游骑贬到阪崖马场是我父亲的意思。"

陈长生想了想，说道："他想让你安全一些？"

"没有人能够知道我那位父亲究竟在想什么。很多年前，包括我在内的很多人都以为他只是个庸人，所思所想不过是家族利益那些东西，但后来的事情证明了，所有这样想他的人才是真正的庸人。"

罗布说到这里的时候饮了一口酒，才继续说道："从小到大，我父亲都待我极好，我曾经怀疑过这种好，但在那件事情之后，我不再怀疑，可是这种真正的好，现在便是我真正的问题。"

他再次想起当年。父亲顺着山道下山，看也没有看一眼身受重伤的自己。林中忽有飞鸟惊起，传来父亲快活而欣慰的笑声。

陈长生也想起了当年。他从天书陵向下走去，师父向陵上走来，在神道上擦肩而过，如同陌生人一般。

"其实我很羡慕这种关心带来的压力。"

他说完这句话后，涧边迎来了片刻时间的安静。同是年轻人，却各有各的沉重。

忽有水声响起，一尾银白色的寒鱼跃出水面，顺着山涧逐星光而去。二人的视线随之而移，望向山涧尽处的那片荒野。

"如果你经脉里的伤势好了，仔细望去，或者能够发现那里要稍微明亮一些。"

罗布举起手里的酒壶，指向遥远的北方，似是以为敬，又像是以为祭。陈长生知道他说的是什么意思，当初随苏离自雪原万里南归，最开始的几个夜晚，偶尔会看到北方的那片光晕，而且很少说话的折袖在国教学院里对他们也提起过数次。那里的夜空除了南方的星河，还有一轮明亮的天体。传说中魔族的月亮。

饮酒是闲事，酒话自然是闲聊，从魔族的月亮开始，聊到雪老城的森严，恐怖的那道深渊，魔族贵族在艺术方面的疯狂颓废倾向，魔帅盔甲上的那些绿宝石，然后聊到大西洲的保守与无趣。

绝大多数时间都是罗布在说话，陈长生只是偶尔回应两句。在闲聊里罗布展露出了难以想象的见识，言谈间自有数万里江山，数万年时光。如果陈长生不是自幼通读道藏，也走过数万里路，完全不知道应该怎样搭话。但正因为他自幼通读藏道，也走过数万里路，所以虽然不善言辞，偶尔也能和上数句，辩上数句。

对天才来说，最缺少的往往不是朋友，而是能够明白自己意思的说话对象。或者是因为这个原因，这场酒中闲叙进行得非常愉快，无论罗布还是陈长生都很愉快。

闲聊的时间越长，涉及的领域越广，而且渐深，陈长生越听越是佩服，罗布就像是一口至清的潭水，看着不出奇，却始终不知道深几许，世间究竟有什么事情是他不知道的？

这个满脸大胡子的青年军官究竟是谁？陈长生越想越觉得这个人真是了不起，无论见识还是风度都是那样地令人折服。

当罗布开始讲述当年大周骑兵第二次北伐中太宗皇帝陛下与王之策犯下了五个错误时，他忍不住再一次回顾平生所见的不凡人物，发现无论是苟寒食还是折袖、唐棠、苏墨虞，都不如此人。他甚至觉得，就算苏离前辈在某些方面也不见得比此人强。

像罗布这样的人，再如何能够与卒同乐，在这样偏僻的马场里，难道不会觉得苦闷，或者说孤单？如果不会的话，为何会在远离篝火的地方孤单地坐在星光下，然后与自己说了这么久的话？陈长生越想越觉得不能让罗布继续留在阪崖马场，应该让他去松山军府。

罗布看他欲言又止，猜到他想说什么，笑着说道："魔族已经撤退，这时候再去松山军府又有何用？"

陈长生说道："总有一天，魔族会再回来的。"

罗布的眼里出现一抹欣赏的神色，说道："最近这些年像你这么清醒的人已经不多了，不过……我还是不会去松山军府，过些天把你送到松山军府后，我便会离开这里。"

陈长生关心地问道："你要去哪里？"

罗布说道："归山。"

陈长生想要请他出山。他却开始想念那座山了。当然，他一直都在想念另外那座山上的那个姑娘。

就像这两年多时间里的陈长生一样。想念这种情绪是真的可以传染的，不需要说话，也不需要眼神。

涧畔再次安静，两个人很长时间都没有说话，看着北方原野隐约可见的残余月华，默默地想念着。

不知道过了多久，罗布转过头来，看着他问道："你也有喜欢的姑娘？"

105·星空与姑娘（下）

陈长生点点头，说道："有，只是很久没有见面了。"

罗布很感兴趣，问道："她喜欢你吗？"陈长生有些不好意思，嗯了一声。

罗布微微挑眉，说道："有情人，为何不相见？"

很明显，他不赞同陈长生的做法。对他来说，最难便是有情人，既然有情，当然要长相厮守，不能片刻分离。

陈长生想了想说道："不便相见，而且……她有些重要的事情要做。"

罗布没有再说什么，拎起指间的酒壶灌了一大口，喃喃说道："互相喜欢……那是什么样的感觉呢？"

陈长生没有听清楚，问道："什么？"

"没什么，酒话。"

罗布望着山涧尽头的荒野，仿佛看到了那座终年云雾不散的山峰，眉间现出一抹淡淡的忧愁。从醒来的第一眼开始，陈长生眼中的罗布是潇洒却淡然的，是落拓却不羁的，却从未见过他这般模样。那抹忧愁很淡，满脸的胡须都掩之不住，年轻的眉眼间为何有那么多的沧桑？他真的很想知道罗布的故事，想知道他经历过些什么。

"我是一个没有故事的人。"罗布很快便从那种情绪里摆脱出来，把酒壶递给陈长生，淡然说道："因为我这一生太过顺利，除了小时候遇到过一次麻烦，再没有任何求之不得的事情。"

陈长生心想，那你为何如此忧愁。

"但世间有很多事情与你自身的努力没有任何关系，比如男女之间的情事，比如生死之间的大事。无论你如何奋斗成长，都不能确定战胜对方，因为这两种关系，需要的是回应。"

罗布指着满天繁星说道："你对星空说不想归去，星空不回应你，你便会老去，然后死去；你对姑娘说，我喜欢你，然而就算你是最好最好的，可她偏偏就不喜欢，那么你又能怎么办呢？"

星空和姑娘只会静静地看着你，可能会怜悯会同情，又何时改过主意？会随意更改颜色、形状与规则的星空，那只能是雪老城里的油画。

会因为苦苦哀求或者努力而喜欢上你的姑娘，可能也是好姑娘，遗憾的是，却不是他喜欢的姑娘。你又能怎么办呢？

平淡的一句话，却让陈长生觉得很伤感。或者是因为当年他也曾经无数次向星空祈求过生死的宽恕。

他有些笨拙地拍了拍罗布的肩膀，想要安慰一下，却不知道该说些什么。满天繁星在上，姑娘在遥远的南方。感谢他此时什么都没有说。

这场夜谈进行得很愉快，罗布回到自己书房的时候，也依然保持着这般良好的心情。过往这些年，他在山门里一直扮演着师长的角色，哪怕是面对着平辈的弟子，而且以他的见识学问，能够让他如此畅快谈话的对象真的不多，除了二师弟和师妹。

他本来准备查出那个家伙的身份，看在这夜酒话的分上罢了，不管是哪方势力的人，随他去吧。略微有些遗憾的是，那个家伙的酒量太糟糕了些，远远不如师妹。是啊，谁能比得上师妹呢？

他看着已经空无一物的书架，出神了很长时间，脸上出现一抹苦涩的笑容。他摇了摇头，把思绪尽数驱散，开始继续收拾书房，为离开做准备。他没有骗那个家伙，他是真的准备离开，然后归山。

这时，他看到了书桌上的暗记与离开时有了些变化，知道有人来过。他从书桌暗匣里取出一封信。这是家里送来的信。

信里讲述了最近发生的一些大事，非常翔实细致，甚至要比最高密级的军部文书还要更完整。他的视线在信纸上缓缓移动，如剑般的双眉渐渐挑起，仿佛要把脸上的胡须尽数斩开一般。他的目光也变得越来越寒冷。

原来那夜除了宁十卫和朱夜、天海沾衣，还有唐家的人。这些人竟然都死了，竟是因为要去抢夺那些神秘的朱砂丹。

对大周朝廷大人物的做派，他早已经习惯，但依然觉得这做法很是无耻，唇角露出嘲讽的笑容。自取其死，何辜之有？

他继续看信。然后，他看到了魔君的名字。他的神情变得有些凝重。最后，他看到了陈长生的名字。他的神情变得异常凝重，拿着信纸的手都僵硬了。

他抬头望向窗外，不知是涧边还是那间永远炖着肉的小屋。他想起那天山崖上的痕迹，想起昏迷不醒的那个家伙，想起先前在涧边的那场谈话以及谈话里的某些细节……他面色数变。最开始的时候，有些微红，却不像是愤怒，紧接着，变得有些微白，却不像是受惊。就像一个饮多了酒的醉汉。

最终，所有的情绪都换成了微涩的苦笑，尽是满满的自嘲。

在星空下喝酒，喝酒的时候说说姑娘，这本来就是年轻男子最喜欢做的事情。以前在国教学院的时候，唐三十六做这些事情的时候，陈长生不愿意陪，今夜过后，才发现确实很愉快。

他想着过些天去汶水见唐三十六，是不是应该拎几瓶好酒，也算是酬答唐老太爷的赠伞之情？当然，酒中谈话与喝酒本身一样，主要看对象是谁。陈长生觉得今夜的谈话很愉快，甚至有些隐隐痛快，那是因为谈话的对象是罗布。这让他想起当初在天书陵草屋里与苟寒食、关飞白等人秉烛夜谈的场景。

当然，与今夜最像的还是在那座雪庙里与徐有容的对话。那座雪庙在白草道旁。白草道在日不落草原里。日不落草原是周园的一部分。

忽然间，陈长生惊醒过来，再没有任何酒意。前些天他刚刚从昏迷中醒来的时候，便觉得自己忘记了什么。这时候他终于想了起来。周园里还有人。

他接过南客端过来的浓茶喝了口，请她盯着门口处的动静，然后取下了手腕上的那串石珠。五颗石珠里有一颗的颜色是黑色的。

他的神识落在了那颗黑色的石珠上。下一刻，他便感到了微寒的风吹拂在脸上。那是在周园的最高处。

他放眼望去，草原早已恢复如初，青绿一片很是喜人。忽然间，如雷般的吼声在周园四周响起，如潮水般的兽群向着这边涌了过来。

那一年，他和那个姑娘看见的画面也是这样。

106 · 周园重逢

陈长生望向周园四周，很快便发现了自己寻找的人。在墓陵石道的最尽头，安华与那名裨将的身影非常清楚。如果是往日，他能够很轻松地动用身法掠到那里，但现在，他只能很慢地向下爬去。

安华与那名裨将发现了他的身影，不停地挥手，同时喊着什么，应该是提醒他要小心些。隔得有些远，陈长生根本听不到他们在说些什么，而且周园四周的兽群吼叫声真的太大了。不知道过了多长时间，他终于来到了石道尽头。

"陛下！"

安华惊喜地拜倒在地，那名裨将也单膝跪倒。陈长生示意他们站起来，说道："不好意思，让你们在这里等了这么长时间。"

那夜在雪岭湖园里，先是魔将海笛来袭，接着是魔君带着南客出现，他在最危险的时刻，把安华与这名裨将送进了周园，随后他便身受重伤昏迷了过去，醒后竟也没有想起来。仔细算来，安华与那名裨将在周园里已经停留了好些天，也不知道他们是怎么坚持下来的。

那夜在雪岭，眼看着便要死在浓郁的魔气里，安华与那名裨将忽然发现自己来到了一个完全陌生的世界，出现在了一座极其宏伟高大的陵墓里，四周是辽阔无边的草原，还有无数在大陆上已经快要绝迹的异兽。

如果他们能够在这个世界里行走一番，或者能够发现这里就是传说中的周园，只是妖兽发现了二人的存在后，便把周园围了起来，他们根本没有办法离开。幸运的是安华的身上带着一些干粮，而且出身青曜十三司的她擅长圣光术，那名裨将的伤势没有恶化，反而逐渐好转，只是被如此凶恶恐怖的兽潮包围着，他们承受的心理压力可想而知。

直到今天，他们终于看到了陈长生。陈长生说道："我这就带你们离开。"

"这些妖兽不知道为什么，始终没有进这座陵墓，但它们也不让我们离开。"

安华看着周园外黑压压的兽潮，心有余悸说道。在她想来，教宗大人就算再如何了不起，毕竟只是一个人，而且还很年轻，无论如何也没有办法对付这么多恐怖的妖兽。

陈长生走到石道前方，望向草原上仿佛无边无际的妖兽群。经过数年时间，周园的自我修复已经完成，日不落草原禁制不复存在，妖兽的数量逐渐增长，甚至已经超过了当初。

陈长生挥了挥手。无数道或清亮或暴戾的吼叫，从无数只妖兽的嘴里响起，仿佛无数道雷同时炸响。

那名裨将的神情变得异常紧张，安华的脸也变得有些苍白，心想教宗陛下这是要做什么？接下来的画面，完全超出了他们的想象。无数只妖兽同时跪倒，如同潮水一般向着草原四周蔓延而去，显得极为温顺。数千只灰鹫在石台之前的空中依次飞过，然后飞向远处。兽潮渐散，渐渐消逝在草原里。

最后只剩下两只身形如山的妖兽，如果仔细望去，应该还能看见它们的身前还有一个小黑点。

"那就是传说中的犍兽吗？"

那名裨将看着陵墓前方最高大的那只黑色妖兽，想起了在书中看到过的描述。他已经认出另外一只大妖兽是倒山獠，也是百兽榜上的恐怖存在，虽然很罕见，但在与魔族的战场上，偶尔能够远远看到这种妖兽的身影，至于犍兽则真的是已经很多年没有在大陆上出现过了。

陈长生带着他们向周园外走去。

想着先前的画面，安华看着他的背影，清丽的脸上写满了仰慕与敬畏。——教宗大人只是挥了挥手，兽潮便散了。难道说这里就是教宗大人的小世界，就像当年离宫里的青叶世界？

走下陵墓，穿过那些只剩下残座的石碑，来到了白草道上。天气很晴朗，可以望见很远的地方，却看不到那座庙，也许是因为犍兽的身影太过庞大，挡住了所有的视线。

陈长生望向犍兽的那只独眼，点了点头，又和倒山獠打了个招呼，然后望向它们身前。安华这时候才看清楚，先前在陵墓上看到的那个小黑点原来是一只土黄色的妖兽。

这只妖兽很瘦小，毛皮破烂、肢体残缺，看着很是可怜，但不知道为何，它的眼睛总给人一种特别阴冷恐怖的感觉，哪怕它这时候已经扑倒在陈长生的身前，抱着他的小腿不停地叽叽叽叽说着什么，显得格外谄媚，就像一只狗。

那名裨将忽然想起了一种可能，脸色顿时变得极为不安，声音微颤说道："这是土狲？"

安华本来还想着稍后是不是要替这只妖兽治治身上的伤，听到这个名字，脸色顿时苍白起来。

当年天机阁排百兽榜时，对土狲要不要入榜，要把它放在什么位置一直有极大的争议，因为这种擅长隐匿潜地的妖兽个体战斗力并不是特别强大，远不如倒山獠天生神力，更不如犍兽可敌千军，但是……所有的修道者都宁肯面对倒山獠和犍兽也不愿意单独面对土狲，因为这种妖兽智商太高，或者说太过阴险狡诈,而且无比冷血残酷。

安华和那名裨将实在是没有办法把凶名赫赫的土狲与抱着陈长生小腿的这只土狗联系在一起。陈长生摸了摸土狲的头顶表示亲热,通过它的叽叽怪叫知晓了最近周园的情况,还是没有答应它出周园看看的请求。

如何处理草原里的妖兽,他想过很多次,也与徐有容商量过,是不是要把它们放到那片他送给她的草原上去——日不落草原的禁制破除之后,妖兽不止数量得到了恢复,实力也较诸以前要强大了不少,应该能够安全地生活。但犍兽和倒山獠等妖兽早就已习惯周园里的生活,知道外面的世界无比险恶,根本没有离开的意思。

土狲虽然身体残缺,实力远远不如以前,却依然想着去外面看看,险恶二字对它来说仿佛就是最美的蜂蜜,然而陈长生却不能让它离开周园,一方面是为了它的安全考虑,另一方面也是担心外界的安全。

土狲有些委屈地在他的小腿上蹭了蹭,没有做更多纠缠,更不敢在眼里流露出任何怨毒,就连失望都不敢有,用两只前肢撑着残缺的身体爬回了倒山獠头上的盘角里,极其乖巧地向他挥了挥手。

107 · 是,陛下

看着向着草原深处缓缓行去的犍兽以及跟在后面的倒山獠,安华与那名裨将很长时间都说不出话来。来到这个世界后,他们看到的所有画面都是那样地令人震惊。

裨将想起某个家伙以前曾经说过,魔帅喜欢坐在一头倒山獠的盘角里。而在教宗大人的世界里,一只残废的土狲也能坐在相同的位置上。

"将军,我能知道你的名字吗?"

一道声音打破了他的震惊联想。他转身望去,只见陈长生看着自己,赶紧应道:"末将陈酬。"

陈长生问道:"陈将军,我一直有件事情很好奇,当时你决定去高阳镇的时候,难道不担心上级说你擅离职守?"

陈酬苦笑道:"我是从七里奚贬到松山军府的罪将,本就无事可做,当时想着救个人也好,谁想会遇着这么多事。"

陈长生觉得七里奚这个地名很熟悉，但没有多想。他很欣赏这名叫作陈酬的将军，无论是他冒着风险，送一名阵师去高阳镇求医问药，还是其后面临那些强者时表现出来的勇气与决心，问道："那现在呢？你还想不想回松山军府做事？"

陈酬有些不解，问道："您的意思是？"

陈长生说道："如果你去松山军府做神将，想必没有人能再让你无事可做。"

陈酬怔住了，被安华轻声提醒才缓过神来，带着满脸茫然，指着自己问道："我回松山军府做神将？"

陈长生说道："不错。"

陈酬觉得这好生荒谬，忍不住苦笑着摇了摇头，说道："如果是被贬之前，我已是游骑主将，再在前线努力十年，积累军功，提升实力，或者还真能争取一下松山军府的位置，但现在……"

现在的他只是个裨将，级别最低的将官，距离神将的位置差了整整六个级别，那么还有什么好说的呢？最终也只是一声叹息。他一直觉得父亲给自己的名字起得不好。陈酬陈酬，有功难酬，只能搁在案卷里慢慢陈旧。不然那个家伙为何会被贬去阪崖，自己又为何落到现在这般境地。

陈长生忽然发现接下来的话自己不知道该怎么说了。如果他的那位朋友现在不是在汶水城而是在这里，或者一切都会变得简单很多。

那位朋友一定会拍着陈酬的肩膀，豪气干云地说道："陈长生是谁？他说你行，你不行也能行。"

道理就是这个道理，但陈长生自己说不出来这样的话。好在旁边还有人。安华走到陈酬身前，轻声说了几句。陈酬这才反应过来，要他去做神将的不是小道殿里的骗钱教士，也不是军部那些贪得无厌的文书，而是教宗大人！

他的眼睛变得明亮起来，又迅速变得茫然，情绪很是复杂。安华知道这是精神受到了极大冲击后的反应，微笑着摇了摇头，不再理他，走回陈长生身前。

离宫向来不干涉朝政之事，尤其是这几年时间，更是低调至极。按道理来说，就算陈长生是教宗，也没有办法随意安排一个人做松山军府的神将。而且正如陈酬自己所言，无论是资历还是背景，他都明显不是合适的对象。

但对安华来说，这不是需要考虑的问题。从雪岭到此间，从知道朱砂丹的来历再到挥袖退兽潮，陈长生在她心中的形象已经无比神圣高大。她现在是陈长生最忠诚的信徒与追随者。

换句话来说，如果陈长生这时候告诉她明天清晨太阳会从西方升起，她一定会等上整夜只为了向天边望去一眼，如果发现太阳依然从东方升起，那么她会考虑是不是自己听错了还是说自己弄错了方向。

"你和陈酬一起去松山军府。"陈长生对她说道，"我会写一封信你随身带着，另外还有些事情要麻烦你做。"

被教宗大人安排做事，安华觉得受宠若惊，又觉得压力极大，如临深渊，声音微微颤道："是，陛下。"

陈长生看着她的眉眼，觉得有些眼熟，心头微动问道："桉琳大主教是你何人？"

安华的神态更显谦顺，轻声应道："桉琳大主教是我的姑母。"

陈长生没有继续再问什么，无论国教还是朝廷，终究都是人与人之间的事情集合，不必多言。

他的视线顺着白草道向前而去，依然没有看见那间庙，心想难道是那年被天空碎片砸坏了，有时间应该去查访一番，然后他确认了自己留在这里的事物依然完好，不再多做停留，便带着安华与陈酬离开。

群山间的夜风要更加寒冷一些，夜空里的星辰静静地看着涧边的三人。安华与陈酬没有空间转换的经验，一时间不禁有些恍惚失神，用了些时间才平静下来。

"陛下，我们这是在哪里？"安华问道。

陈长生说道："阪崖马场，那条路通往松山军府，二十四里外才有马站，你们要辛苦一些了。"

听到阪崖马场四字，陈酬神情微异，望向后方那些偶有灯光的营房，心想那个家伙难道就在这里？

这时安华终于忍不住问道："陛下，您把我们救去的那个世界……是哪里？"

陈酬也忍不住望向了他，很想知道答案，又有些紧张。

陈长生想了想，说道："你们猜得不错，那里就是周园，那座陵墓就是周园。"

得到了最想知道的答案，确认自己在传说中的地方停留了这些天，安华与陈酬的心神微漾，觉得好生满足。

没有停留的理由，便要分别。

"陛下,请您为天下信徒保重身体。"

看着消失在夜色里的那两道身影,陈长生沉默了很长时间。离开京都后的这几年里,他做了很多事,但直到今夜,直到他请安华与陈酾去做那两件事,才是真正的开始。

这几年里,他按照教宗师叔的安排,按照那个风雪夜在国教学院里达成的协议,一直隐藏着身份在世间行走,默默地提升着自己,但看起来,他的师父还有很多人并不相信他的沉默。

沉默啊沉默,无论如何沉默,他终究是教宗。他已经拥有了世上无数信徒的无条件信任与忠诚,就像安华。那么他便应该无条件地承担起应该承担的责任。以教宗陛下的名义。

108 · 春风绿两岸

道门是大周的国教,但并不仅仅是大周的国教,远在大周建国之前,在很多王朝里道门都是国教。教宗是国教的执神权者,是天下信徒的共主,从某种意义上来说,拥有比君王更高的地位。

怎样才能做好一位教宗?陈长生通读道藏,在书上看过无数代教宗的事迹,但这种事情是没有办法学习的。或者正是因为这个原因,他的教宗师叔从来没有教过他如何做,只是试图通过自己的言行影响他。比如天下为重,韬光养晦,审慎持重,不在意一时之得失,不在乎万世之毁誉,只为众生。

离开京都后,他像很多年轻的修道者一样直接去往了北方,想要在战场上出力,然而事实证明这样没有任何用处,反而容易让前线变得混乱、军心动摇。接着他开始用医术救人、炼制朱砂丹,确实救了不少人,但还是不够。

王之策在笔记里说过,位置是相对的,处于不同的位置,自然要选择不同的做事方法。他现在是教宗,想要对这个世界有所贡献,便不能像一名剑客、一名医生那样做事,而应该拿出不一样的手段来。

对这个黑暗且腐朽的世界,苏离是不屑与之为伍,不屑看之,若红尘沾身便一剑斩之,天海圣后的手段则是用更黑暗、更残酷的手段来镇压,来试图把那些陈腐之气尽数驱散,教宗师叔的手段则更加温和且保守。

在陈长生看来,这些手段都不对。他不可能像师叔那样为了所谓大局而不停退让，甘于牺牲自己。他也不像苏离前辈那样与世界如此疏离，这个世界虽然对他也没有什么善意，但他还是喜欢这个世界以及生活在这个世界里的人们。当然他更不可能像天海圣那样去做，当初在凌烟阁看过王之策的笔记后，他便已经放弃了任何让世界随自己起舞的野心。

他的手段或者说方法或者说要做的事情其实很简单。既然不想把这个世界拱手让给那些腐朽的、无趣的人们，那么就应该站出来。就像春风绿了江南岸，就像野花开满山坡，就这样光明正大、堂堂正正，昭告天下。

如果只是他一个人，当然很困难，幸运的是，他还有很多同龄人，同道者。如果那个家伙愿意加入进来，那该多好，可惜的是他怎么就不愿意出山呢？

陈长生望向远处依然灯光明亮的那个房间，不知道罗布这时候在想些什么。

魔族真的撤军了，没有任何圈套，也没有做任何保留，从天凉郡北至寒山西麓方圆约两千里的荒野雪原间，再也看不到一名魔族的身影，只有拉祜河畔还留着两队狼骑，应该用来监视人族大军的动静。

对魔族因何撤军，很多人还是有些疑惑不解，但无论从哪个角度看，这都是人族的胜利，北方雪原里的十余座军府以及数量更多的军寨都开始了庆祝，人们的脸上洋溢着轻松的笑容，仿佛过节一般。

松山军府的气氛与别的地方不同，紧张而且压抑，主街两侧挤满了人，无论是军士还是商人或者为数不多的普通民众，脸上都写满了忧虑与不安，因为他们围在这里不是等着欢庆魔族撤军，而是在等着一场审讯的结果。

前面这些天，陆续有很多车辇进入松山军府，有的车辇来自拥蓝关与拥雪关，有的车辇来自汉秋城，有几座车辇甚至来自遥远的京都。而每一座车辇都代表着一位真正的大人物。

因为宁十卫死了。某天夜里，他带着亲兵离开了他的驻地，就此消失无踪，事后发现他的尸首时已经残缺不堪。最关键的问题是，他不是死在雪原战场上，而是在一片极为偏僻的雪岭里。

一位神将离奇死亡，当然需要查明真相。街上的军士与商户民众们，也很想知道这到底是怎么回事。

他们并不知道，那天夜里还死了很多人。朱阀新任阀主朱夜，天海家重点培养的第二代弟子天海沽衣，还有唐家的十七爷，和宁十卫一样，都在那个严寒的夜晚里纷纷死去。

死了这么多大人物，自然需要更多的大人物前来调查。两位神将分别从拥雪关与拥蓝关赶来，天海家来了位真正的大人物——家主天海承武的弟弟天海承文，但他也不是今日松山军府地位最高的人，因为中山王做为朝廷的钦差从京都赶了过来。只有天凉郡朱家因为接连死去两任阀主，再没有什么强力的人物，势力急剧衰退，只是随便派了个人，想来在审案时也只有旁听的份。

大人物来到松山军府，首要任务当然是调查宁十卫等人的死因，但很明显，更重要的是那个位置——松山军府神将的位置。

当年圣后娘娘当朝之时，对魔族的战事进行得并不顺利，但军方依然不逊于全盛之时，共有三十八位神将。天书陵之变时，薛醒川、天槌等著名神将先后死去，其后朝堂之争同样无比激烈，风雨飘零，如今只剩下了二十三位。京都与洛阳需要神将镇守，能够留在北方的神将数量更少。

如今在雪原上，除了拥雪关与拥蓝关地位特殊，其余军府都只有一位神将。宁十卫死后，松山军府神将的位置便空了出来，而且无法从别的军府调神将过来，这便意味着，朝廷需要一位新的神将。

对大周军方以至朝廷来说，神将是最关键的位置。因为神将有兵权，关键时刻甚至可以不奉旨意调兵。

不管宁十卫究竟是因为何事而死，现在既然空出了一个位置，可以提拔一位新的神将，无论是相王一派还是天海家或者别的朝中势力，都绝对不会错过这个机会。

隆冬时节，松山军府没有落雪，依山而建的城寨上方却密布着阴云，天光很是冷淡。就像此时坐在军府正堂里的这些大人物们的表情一样。

中山王坐在正中间，如传闻里一般，眉眼间自有一股暴戾的气息。天海承文与来自拥雪关的建熙神将坐在右手方。随中山王一道前来的大理寺卿还有来自拥蓝关的成涛神将坐在左手方。

阵营非常鲜明，立场同样如此，不然正堂里的气氛何至于如此压抑，甚至显得有些阴沉。

成涛神将看着堂下的高阳镇统兵领，脸色极为难看，喝道："主将到了你的营地，你居然什么都不知道？"

109·野花袭松山

那位高阳镇统兵领跪在地上,连连叩首,根本不知道该说些什么。因为他确实什么都不知道。

中山王的脸上流露出不耐烦的情绪,挥手把这个高阳镇统兵领赶了出去。堂间再次陷入沉默,很长时间都没有说话。

宫里一直没有明确的旨意,说明道尊商行舟对松山军府神将的人选没有偏向,由得朝中诸势力去争。王爷们当然都想要这个位置,据说为了冲击神圣领域门槛而关闭一年有余的相王,都破例发出了声音。

天海家如今的处境有些尴尬,虽然非常努力地想通过与陛下之间的关系稳固地位,却又不便做得太过分,以免引起道尊的不快,眼看着在朝堂里逐渐要被边缘化,肯定再也不能放过这个机会。

谁都要争这个位置,谁都不想先出言。而且令他们感到有些不安的是,明明那夜唐家十七爷也死在了雪岭里,为何这次唐家没有来人?如果唐家借着这次的事情发难想要松山军府的位置,以唐家与宫里的关系,在场的这些人还真没有底气能够争过他们。

"有些事情大家心知肚明便是,但该走的流程还是要走,朝廷总还是要颜面的。"中王山脸上不耐烦的情绪越来越浓,不再理会众人,示意大理寺副卿继续审案。

大理寺副卿看了眼卷宗,忽然有些吃惊,说道:"那夜还有人活着?"

听着这话,堂间的人们都有些意外,心想魔君不是把所有人都杀光了吗?

中山王也来了兴趣,问道:"为何以前没有提过?"

大理寺副卿把卷宗又看了一遍,确认没有看错,低声解释道:"据那两个人说,他们当时战斗波及,直接昏了过去,直到前些天才醒了过来,翻山越岭而回,所以没有人知道他们还活着。"

中山王挑了挑眉,说道:"有趣,带上来问问。"

片刻后,一名穿着青曜十三司祭服的女子和一名穿着军装的中年男子来到了场间。正是从阪崖马场回到松山军府数日的安华与陈酬。

"报出身份。"

"青曜十三司教习安华。"

"松山军府裨将陈酬。"

听到这二人报名字，很明显，正堂里的气氛变得轻松了些。对这些大人物们来说，一个小裨将实在不值一提，或者因为离宫的关系，处置安华可能要麻烦些，但也不是大事，总之不是他们不想见到的无法控制的人物便好。

"说说那夜你们看到的事情，好好说，认真说，不要有一句谎言。"中山王看着他们面无表情说道，"在案卷里你们应该是死人，现在却活着回来，如果你们活下来这件事情有问题，那么本王不介意让你们再死回去。"

看着大人物们冷漠的眼神，陈酬感觉自己像是回到了那个寒冷的、被魔族狼骑包围的夜晚。他很清楚自己随后说的话会得罪这些大人物，甚至可以说会把整个朝廷都得罪完。但既然答应了对方便一定要做到，因为他是大周的军人。他深深地吸了一口气，便准备上前回话。然而，有一个人的动作比他更快。

安华站到他身前，看着中山王、天海承文等大人物说道："新国三年秋，我与陈酬将军一道，带着一位快要死去的年轻阵师，去往高阳镇，因为我们收到一条消息，说朱砂丹的主人可能就在那边。"

她的声音很平静，很清楚，很从容。从松阳一直说到那片湖园被包围，那夜的事情还只是刚刚开始，但已经可以有结论。

"朱夜、宁十卫、天海沾衣这些人之所以死了，是因为他们想要谋害朱砂丹的主人，夺取朱砂丹。结果没有想到，魔君并没有死，为了治好自己的伤势，他也前来雪岭寻找朱砂丹的主人，双方相遇，所以他们都死了。"

场间的大人物们都很清楚朱夜等人确实是死在魔君的手里。这些来自于事后的现场查探，最主要是来自于别样红的判断，但谈不上准确，因为所有的人都死光了。

有些大人物隐约猜到朱夜等人前往雪岭是要去做什么，却还是第一次听到当时在场的亲历者证明了这一点。原来，真的为了朱砂丹。

中山王看了成涛神将一眼。成涛神将不易察觉地微微点了点头。中山王神情微凛，确认正是双方上次在信里谈过的那件事。京都的大人物们都知道朱砂丹，也都尝试过想要把这个神奇的丹药据为己有。

"且不说你们说的是否真实，即便如此，也不能往死者的身上泼脏水，什么叫谋害？什么又叫妄图夺取？"

一道低沉的声音响了起来，说话的人是天海承文。天海沾衣是他的儿子，他当然不能允许自己的儿子死后也要背上这样的污名。想要得到松山军府神将的位置，他们便不能留下任何容易被人指责的地方。

大人物们很快便反应过来，无论天海沾衣还是朱夜或者宁十卫可以壮烈地战死，可以从山道上摔死，但不能这么死。

建熙神将面无表情说道："不错，宁十卫神将乃是奉旨意办差，不可指责。"

中山王的脸上再次流露出不耐烦的情绪，挥手说道："直接说重点，你们亲眼看到他们是被魔君所杀？"

安华摇了摇头，说道："我们当时留在湖园处，没有亲眼得见，但听到魔君亲口承认了。"

即便那名传说中的魔君确认已经死了，在场的大人物们还是没有勇气指责对方可能撒谎。

中山王继续问道："按照你们的说法，朱砂丹的主人当时也在场？"

安华平静说道："是的。"

中山王盯着她的眼睛问道："那他是怎么死的？"

听到这句问话，有些人的身体微微前倾，显得特别关注。在他们想来，既然魔君登场，那人必死无疑，他们想知道的是，朱砂丹的药方如今在何处……

安华说道："没有死。"

中山王挑眉说道："你说什么？"

安华平静地迎着他的目光，说道："他没有死。"

中山王厉声喝道："所有人都死了，你们还活着，那个人还活着，你以为本王是白痴吗？"

110 · 颂 圣

举世皆知，中山王当年被逐出京都，全靠着吃屎装疯才没被圣后娘娘赐死，脾气异常暴躁，往往一言不合便要杀人。换作以往的安华，哪怕再如何道心宁静，面对这位疯王爷的目光难免也要生出些不安，但现在不会了。

因为她在最近的距离里感受过教宗陛下如星海般浩瀚的胸怀，如阳光般的温暖。教宗陛下的意志一直与她同在，如同圣光一般，她又怎会畏惧？她静静地看着中山王，明显不准备改变自己的说法。

"既然那个人还活着，为何没有与你们一道前来？"大理寺卿微微皱眉，看着她说道，"神将被害，这是何等样的大案，且不说他也有嫌疑，即便做证，也应该到堂才是。"

当确认朱砂丹的主人已死时，众人最想要的当然就是朱砂丹的药方。可现在确认那个人没有死，那么他的人当然就要比药方更重要了。

安华说道："因有要事，他无法来此地，特意写了一封信，讲述了当夜情状。"

在她准备把那封信取出来的时候，堂上传来成涛神将极其严厉的声音："好大的胆子！竟敢以一封书信糊弄诸位大人。要知道这是大案，王爷身为钦差亲自到场，这人究竟是谁，难道敢抗旨不成？"

安华神情不变，平静说道："即便王爷这时候真的拿出圣旨来，也没有意义。"

说这句话的时候，她的视线落在了中山王的身上。满堂俱哗，然后有笑声响起。所有人都把她的这句话当作了笑话。

但中山王没有笑，虽然安华这句话就是对他说的，虽然他真的带着一份圣旨。

还有一个人没有笑，是天海承文。那夜雪岭里的杀局是京都皇宫与唐家的谋划，落于那名年轻阵师的身上，要找且要杀的就是陈长生。这个杀局非常隐秘，即便是中山王和天海承文也不知晓，但他们地位极高，隐约探知了些消息，只是直到今天都无法确认。这时候看着安华的平静神情，忍不住心情微异，暗想难道真是那般吗？

大理寺卿看着安华嘲弄说道："依你的意思，难道那人是教宗大人？"

"不错。"

安华取出那封信，看着堂上的大人物们说道："正是教宗陛下的亲笔信，不知哪位大人来接？"

什么？教宗陛下的亲笔信？那人是教宗陛下？大理寺卿以为自己听错了，片刻后才醒过神来，然后险些昏了过去。

其余人也好不到哪里去，像雕像般坐在椅子里，无法动弹，更发不出声音。前一刻还是满堂俱哗，这一刻便是满堂俱静，场间变得异常安静。无比漫长的沉默令人感到无比地压抑，人们面面相觑，眼里充满了震惊的情绪。

不知道过了多长时间，终于有人说话了。天海承文的声音依然那样低沉，但如果仔细去听，应该能发现一些若有若无的意味。

"你是说，朱砂丹是教宗大人炼制的？"

安华应道："正是。"

天海承文不再发问，似乎很随意地看了大理寺卿一眼。这些大人物经惯宦海沉浮、庙堂生杀，都是老谋深算之辈，很快便反应过来。

大理寺卿拍了拍案面，盯着安华的眼睛寒声说道："真是荒唐！教宗陛下乃离宫之主，负国教万千信徒之望，慈爱仁义无双。若朱砂丹真出自教宗陛下之手，陛下定然早早把药方交予国教或是朝廷大量炼制，又怎会像现在这般无视前线诸多将士将死之惨状。一月只肯提供一瓶，就是个欺世盗名，持宝以挟朝廷的小人！"

听到这番话，正因为先前出言无状、羞辱教宗陛下而感到惊心的成涛神将安心了很多，其余的人也同样如此。

军府审案的情形，不停地传到街上的人群里，待听到这个消息后，人群顿时喧哗起来，震惊无比。

原来神奇的朱砂丹竟是教宗陛下亲自炼制！人们纷纷涌到军府门前，把街上堵了个水泄不通，喊着什么。只是当大理寺卿的那番质问传出府后，街上忽然安静下来。

大理寺卿的这番话很阴险。如果安华坚持说朱砂丹是教宗陛下亲自炼制，那么如何解释这个问题？朱砂丹现世后的这一年多时间里，很多人，尤其是那些没有机会拿到朱砂丹、只能眼睁睁看着战友与同伴、亲人死去的人们，都问过相同的问题。

既然朱砂丹可以生白骨活死人，为什么……为什么那个人不愿意多炼制一些呢？此时长街静寂，无数人看着军府的方向，也想要知道一个答案。仁慈的教宗陛下，您怎么就能忍心看着那么多人死去呢？

"我以前的想法和大人和府外的人们一样，对这个问题有很多不解甚至是愤怒。"

安华看着大理寺卿说道："但现在不会了，因为我知道朱砂丹里有一味药材非常罕见，只有教宗陛下能够提供，所以药方是否提供给离宫或朝廷没有任何意义，而且每个月就只能炼制成功这么多。"

听着这话，中山王的眼睛眯了起来，隐有深意，天海承文也保持着沉默。

大理寺卿却什么都没有想，带着冷笑说道："本官真的很想知道，世间有哪种药材竟珍稀到这种程度，难道百草园里没有，煮时林里也没有，数量如此稀少，偏偏只有教宗陛下能够寻到？"

从逻辑上来说，他的这番话没有任何问题，也禁得住任何推敲。然而，他很快便知道自己再次犯下不可饶恕的错误。

因为安华开始了自己的回答。

"因为那种药材是教宗陛下的圣血！"

她的脸上流露出骄傲与荣光的神情，明亮的声音响遍军府内外，落在无数人的耳中。

"陛下为救众生，不惜耗损寿元，化圣血为药，这便是朱砂丹！"

无论是松山军府里还是外面的街道上，都响起了无数声倒吸冷气的声音，震惊的低呼。然后所有的声音都消失了。街道上，军府里，静悄悄的。

很长时间都没有人说话。安华的目光在大理寺卿与其余的大人物脸上掠过，问道："现在，诸位大人还有什么想问的？"

依然没有人说话。中山王与天海承文对视了一眼，看出了彼此眼里的震惊与警惕。

第四章

放眼世间,能够同时瞒住陈家王爷和天海家的,还能有谁?必然是深居官中的道尊商行舟。

111 · 圣谕如雷般降临

中山王与天海承文是今日场间地位最高的两个人,他们知晓最多的内情,甚至隐隐听闻那夜高阳镇有人见过一条黑龙,但因为一些极为复杂的原因没有采信,以至于直到此时才确认朱砂丹的主人居然真的就是陈长生……

如今想来自然是有人在遮掩那夜的真实情形,或者说误导他们。放眼世间,能够同时瞒住陈家王爷和天海家的,还能有谁?必然是深居宫中的道尊商行舟。

原来那夜是商行舟为自己学生设下的一个杀局。朱夜、宁十卫等人只不过是刀,或者说只是滔滔洪水畔几棵可怜的小草罢了。但只怕就连商行舟都没有想到,他的那位好学生居然没有死。

陈长生既然没有死,那么很多人就要死了。朱夜、宁十卫等人就算已经死了,或者还要再死一遍,更不要说那些还活着的人。

大理寺卿脸色极为难看,走到安华身前,用双手接过那封信,声音微颤道:"不知教宗大人有何谕令?"

安华说道:"教宗陛下在信里说了,朱夜、宁十卫等人迹同谋逆,具体论罪由朝廷处置。"

听着这话,大理寺卿略松了口气,心想已经死了的人,处置起来终究还是简单些。

安华接着说道:"陛下还想我问一问军部究竟是如何选拔人才的。"

她只是青曜十三司的普通教习,但她这时候是在代表教宗陛下问话。成涛神将与建熙神将来自大周最重要的两座军府,可以说代表着大周军方。那么这句话自然就是问他们的。成涛与建熙哪里还敢安坐,站起身来,微微低头,沉默而恭敬地听着。

安华的目光望向其余的大人物们。天海承文自嘲一笑,用手扶着椅手慢慢地站了起来,显得格外疲惫。中山王是钦差,有圣旨在身,不需要起身,但神情也凝重了数分。

"陛下说了,他对如今的大周很失望。"安华的声音依然很平静,"从北疆到朝堂,从神将到世家,都烂透了。"

这句话很强硬，调子很高。如果是普通的民众，说这样的话是牢骚，但说这句话的是教宗陛下，自然代表着完全不同的意味。

中山王与天海承文再次对视，眼中的警惕神色越来越浓——教宗当然有资格说这句话，他甚至可以把皇帝陛下之外的所有人都骂个狗血淋头，但事涉朝政，他这样做除了发泄情绪又有什么意义？在他们想来，教宗陛下虽然年轻，也不应该做这样没意义的事，必然还有后文。

果不其然，安华话锋一转，说道："只有原七里奚游骑主将陈酬……"

陈酬一直没有说话，他很紧张。他看着安华在这些大人物们的面前平静说着话，觉得好生佩服。他完全没有想到，会如此快便提到了自己。虽然事先已经有了些心理准备，但他依然觉得脑子里嗡的一声，然后再也没有听清楚安华说了些什么。

军功卓著？好吧，跟那个家伙在七里奚的时候确实立下了不少军功，但不是都被军府压住了吗？爱兵如子？解衣衣之，推食食之？好吧，虽然我和下属们确实处得不错，但遇着酒肉了怎么会让他们？德行极佳？好吧，我确实为了救那名年轻阵师不惜触犯军纪，离开了松山军府，但陛下您应该最清楚……那不是中了敌人的计吗？

陈酬终于醒过神来，刚好来得及听到安华最后的几句话。

"陛下以为，只有像陈酬将军这样的军人，才能承担得起战胜魔族的重任。"安华看着堂上的大人物们说道。

成涛神将与建熙神将的脸色极为难看。天海承文更是面露惊色，心想不会吧？他准备打断安华的话，却已经来不及了。

安华最后说道："教宗陛下认为陈酬将军应该擢为神将，正是镇守松山军府的最佳人选。"

此言一出，满室俱静。甚至比先前确知朱砂丹主人是陈长生的时候更安静。

雪岭那夜血案的真相，对这些大人物们来说并不重要，教宗的行踪或生死，又不是他们能够触碰的领域。他们来松山军府的真正目的，不就是这个神将的位置？教宗陛下这是什么意思？就想用一句话便夺了过去？中山王的脸色变得越来越难看。

还是那道低沉的声音恰到好处地响了起来。最关键的时刻，说话的还是天海承文这个老狐狸："该治罪就治罪，但……即便是教宗陛下也不能干涉朝政之事,更何况此乃军政。"

安华很平静,没有什么反应。教宗陛下交代她做的事情已经全部做完了。至于后面会如何发展,她并不知晓,但她相信,教宗陛下必然早有安排,而且必然安排得妥妥当当。

正如她想的那般,这时军府外面响起一片扰攘之声,然后一道声音传了进来。

"离宫向来不干涉朝政之事,但既然朝堂之上有人胆敢谋害教宗陛下,那么便要给个交代。"

"松山军府涉及此案的官兵,必须全部拿下,交给我带回京都审问。"

"汉秋城今日必须封城,朱家和绝世宗的人一个都不准逃脱。"

"至于天海家,待我回京都后,自然会登门要人。"

那声音极其阴沉,却又隐隐含着无穷的暴戾,说的话语更是强硬到了极点。只说了四句话,那个人便从军府的大门外来到了堂间。那人穿着一身蓝色的道袍,带着一身的肃杀之意。

松山军府戒备森严,却没有人敢拦他。因为他是凌海之王,离宫圣堂大主教里最冷酷好杀的那位。因为桉琳大主教以及白石道人就在他的身边。因为寒山如怒,蹄声如雷。

三位国教巨头来到了松山军府。两千护教骑兵正在松山镇外!

一只乌鸦在军府深处的屋檐上落下,发出嘎嘎的声音。在更后方的山峰间,白色的积雪在黑色的崖间显得格外清楚。寒冽的冬风呼啸着,拂起一些雪絮,带动它身上的黑羽。

与风声相比,屋檐下方是那样地安静,甚至可以说是死寂。

112 · 临兵斗者

三位圣堂大主教,两千护教骑兵,声势何其浩大。当然,这里是北疆战地,松山军府便下辖着数千名玄甲骑兵,如果真要作战,当然有得打。

问题在于,宁十卫和他最信任的那些下属军官都已经死在了雪岭的深夜里,松山军府神将之位空悬,数千玄甲骑兵以及数量更多的普通兵士们都是人心惶惶,根本不知道应该听谁的命令。最重要的问题是,就算此时有人敢站出来指挥,谁又敢承担这个责任?

成涛神将与建熙神将分属不同阵营，拥雪关与拥蓝关也一直看彼此不顺眼，但此时此刻面对国教施予的强大压力，他们哪里还顾得上那些宿怨，看着彼此的眼睛，试图从对方那里得到某种帮助与支援。中山王与天海承文这时候却不再看彼此，因为他们先前的警惕与担心已经变成了现实。

三年前，周通被凌迟于雪街之上，前代教宗陛下回归星海，陈长生继位，然后悄然消逝于风雪之中。

京都很快便归于平静，时局平稳向前，很多人都猜到，这应该是国教与朝廷之间，更准确地说是商行舟与陈长生这对师徒之间达成了某种协议——只要他不留在京都，便不会有任何事情发生。

教宗不在离宫，而在世间感悟修行，这是历史上第一次出现这种局面。所有人都知道，其实这就是教宗被放逐了。但没有人因此轻视那位年轻的教宗，更没有人会嘲笑他。在世人眼中，他为了大局，为了众生，为了对抗魔族，才甘心远离。

其后三年，陈长生果然没有回过京都。除了在雪原战场上现过一次踪迹，甚至再没有人知道他在哪里。

这三年时间，国教同样表现得非常沉默。离宫是那样地安静，那排著名的石柱变旧了不少，墙上的青藤多了很多灰尘。

草月会馆在暮色里无言，桂清宫里的桂花散发着如蜜般的香味却无蜂来采，苔所还是那般阴暗，清水瓦台被雨水洗过后仿佛瓷器一般透着静谧的美，教枢处外的枫树被移了很多棵去了秋寓，雪中的天道殿无比冷清。

文华殿主教白石道人，英华殿主教茅秋雨，折冲殿主教司源道人，圣谕大主教桉琳，流云殿主教凌海之王，各持国教重宝居于五座道殿之中，不理世俗，罕见外人。只有草月会馆现在没有主人。

天道院等青藤五院无比严厉地执行着院规，各州郡的道殿也表现得极为低调。

诸院演武无疾而终，就连青藤宴与大朝试都停了三年。

朝廷表面上给出的理由是因为魔族大军南侵，时局紧张，故而暂停。但谁都知道真实的原因。

凌烟阁被圣后娘娘变成了废墟，国教不同意开放离宫，这样的大朝试还有什么意义？

直到今年深秋，雪岭迎来了血腥的那一夜，再到此时的冬日，世间终于知晓了教宗的一些消息。便在这时，三位国教巨头带领两千名国教骑兵忽然离开京都，在谁都不知道的情况下，来到了遥远北方的松山军府。

他们想做什么？这便是中山王与天海承文最深的警惕，最大的不安。时隔三年，离宫终于不再保持沉默，国教准备向整个大陆再次发出自己的声音，这意味着什么？

"教宗陛下终于思乡了吗？"中山王站起身来，微讽说道，"如果这意味着大周朝的内战，那还真是精彩。"

当年他为了让圣后娘娘饶自己一命，不惜装疯吃屎，对自己都这般凶残，又哪里会害怕什么？

但他今天的对手也是位很强硬的人。凌海之王，国教巨头里如今年纪最轻的那位，是极少见拥有军方履历的圣堂大主教。当年如果不是教宗陛下把他召回京都，他早就已经是大周神将了，资历甚至要比成涛和建熙两位神将都要更深。事实上，如果没有陈长生出现，很多人都以为他和司源道人最有可能成为下一代的教宗。像他这样的人又哪里会害怕什么？更不要说，他在苔所那个阴暗潮湿的地方隐忍了整整三年时间，暴烈的性情非但没有被磨平，反而早已到了要爆发的边缘。

"王爷糊涂！"

凌海之王强硬而冷酷的声音在松山军府内外回荡着。街上的人群以及军府里一些境界稍浅的人，觉得耳畔仿佛响起一道雷霆，不由有些晕眩。他盯着中山王的眼睛，沉声说道："教宗陛下遇刺，难道国教不该有所反应？"

中山王的目光极为锋锐，说道："秘密调动国教骑兵前来北疆，便是你们的反应？"

"不错。"凌海之王抬起下巴，傲然说道，"因为我要查案。"

教宗遇刺自然是天大的案子，问题是这案子应该怎么查？便是他走进松山军府之前说的那四句话。天海家交人！朱家和绝世宗的人一个都别想跑！松山军府的官兵全部拿下，带回京都由离宫审问！朝廷必须给出一个明确的交代！

如果真按照凌海之王的要求行事，大周必然会迎来一场动荡。

中山王依然毫不动摇，面无表情看着他说道："如果我答应你们的四个条件？"

雪岭之事与他无关，他虽然也曾经想过谋夺朱砂丹，但还没有来得及动手。

"那是朝廷应该做的事！"凌海之王没有因为他的话语而有任何退让的意思，沉声说道，"但在离宫查清楚这件案子之前，谁都别想做松山军府的主将，因为可能会影响到我们查案。"

天海承文叹了口气，说道："除非由教宗陛下指定的这个人来做？"他说的自然是陈酾。

中山王脸色更加难看，说道："真是岂有此理！"

凌海之王的脸上没有任何表情，一片冷漠，就如同他的声音。

"朱砂丹是教宗陛下对众生的垂怜，朝中有人竟然胆大妄为，意图谋夺宝物，更试图谋害陛下，难道你以为一点代价都不用付？而且就算你答应这四个条件又有什么用？难道相王他敢答应？"

113 · 皆阵列前行

朱夜与宁十卫还有天海沾衣都死在那夜的雪岭里，其实没有人知道他们做过些什么，应该没有办法通过这点牵连到京都里的那些人物。但他们想做什么不是秘密，国教要求朝廷付出相应的代价，任谁来看都很有道理。

"陛下仁慈，但我的脾气却向来不好，如果你们不答应要求，那这个案子就会继续查下去。"

凌海之王向前走了一步，盯着中山王的眼睛说道："王爷你最好仔细地想一想，自己能不能承担得起。"

中山王满脸寒意，但没有说话。他很清楚，教宗遇刺一案就算查下去也不可能查到相王，但失去神圣领域强者庇护的朱家说不定便是抄家灭门的下场。不说陈氏皇族与朱家绵延千年的友谊，只说当年对朱洛的承诺，无论相王还是他都不可能看到这幕画面发生。

天海承文也保持着沉默。刺杀教宗的罪名实在太大，天海沾衣沾着这个罪名，便再难以洗清。如今的天海家已经不是当年的天海家，如果离宫真的以雷霆之势碾压而至，天海家还真的没办法撑住。

其实这样查案很没有道理，当事者已经死完了，除了陈长生的一封书信和这两个人便再也没有任何证据。国教插手朝政，想要安排松山军府神将的位置，也很不符合规矩，但对方就这样做了，而且没有丝毫遮掩。

谁让那个人是教宗陛下呢？就像凌海之王说的那样，朝廷总要付出一些代价。问题在于，这样就够了吗？就可以平息这件事情吗？

"我们会在道殿等结果,希望商议出结果的时间越早越好。"

凌海之王离开军府之前,对中山王说道:"另外请转告相王殿下,这一切都只是开始。"

——果然只是刚刚开始。

重新回复安静的松山军府里,来自京都的大人物们各有心事,却不约而同地想到了这句话。

"干他娘亲!"

中山王忽然跳了起来,指着两位神将的鼻子破口大骂道,"你们是猪吗?连他的东西都敢抢!连他都敢动!"

便在这时,一名王府亲随来到门口,轻轻地咳了一声。众人会意,也不想在这里承受这位疯王爷的怒火,赶紧告辞离去。

天海承文在离开之前,被中山王拉住了衣袖。中山王低声说道:"唐家知道朱砂丹的主人是陈长生,宫里也知道,然而我却不知道,相王不知道,你也不知道,难道你不觉得这件事情有问题吗?"

想着同样死在雪岭里的唐十七爷,想着今天唐家的人始终没有现身,天海承文的心里生出一抹警意。

"多谢提醒。"

天海承文离开之后,那名王府亲随来到中山王的身前,递上了一封信。那封信的封皮上没有任何内容,却有着最复杂的封印。中山王撕开信封,看着信里的内容,沉默了很长时间,脸色变得越来越阴沉。

"原来秋山家都知道了……这个老狐狸,算准时间才来信吗?"

审案最终变成了谈判,暂时没有谈妥,大人物们拂袖而走,堂上的事情则是不胫而走。在很短的时间里,松山镇上的所有人都知道了那天夜里雪岭发生的事情,当然未免得有些荒诞不经。

神将居然意图谋害教宗陛下?还有别的势力插手?那些恶人最终都死在了教宗陛下的神罚之下?

最令人震惊的消息当然还是那位神秘的朱砂丹主人居然是教宗陛下!朱砂丹居然是教宗陛下用天赋圣体里的碧血炼化而成!

三座神辇在无数国教骑兵的护送下离开军府,向着西面的道殿而去。沿途街上的人群如潮水一般分开，纷纷拜倒。因为三座神辇里坐着三位国教的大人物，更因为人们发自内心地感谢教宗陛下的仁慈。

有些人眼神湛然有神，一看便是修道强者，有些人则穿着阵师特有的服饰，共同的特点就是或多或少带着些伤。

当国教车辇经过时，那些人沉默着跪下叩首。当中数人脸上的神情有些复杂，但同样也跪倒在了地上。修道中人，只跪天地君亲师。他们跪的当然不是辇里的三位国教巨头，而是教宗陛下。他们都曾经在战场上受过很重的伤，如果不是幸运地拿到了朱砂丹，现在早就已经成了黄土里的白骨。

今天他们才知道，原来自己是被教宗陛下救活的，而且教宗陛下用的是他自己的圣血。想到教宗陛下的仁爱，他们怎能不感激涕零，尤其是想到自己的身体里，等于流淌着教宗陛下的血，他们怎能不心生敬仰之心。

即便是那些属于其余势力的修道强者，也无法因为阵营的缘故，无视而离去，同样跪倒在地。

寒冽的冬风掀起窗口的布帘，却无法灌进来。就像圣女峰的神辇一样，离宫的神辇上同样有着类似的阵法，辇内没有一丝风，温暖如春。桉琳的目光穿过窗帘，落在街畔人群的身上，在看到那些修道强者与阵师时，微微凝住了片刻。

不知道过了多长时间，她喃喃说道："教宗大人似乎与当年不同了。"

这是感慨，也是叹息，带着些很深的意味。作为国教巨头之一的天谕大主教，她的这句感慨究竟意味着什么？安华坐在她的身旁，把这句话听得清清楚楚，很快便明白了她的意思。

所谓当年其实不过就是三年前。三年前的陈长生是个平静而坚定的年轻道士。而今天对松山军府神将位置的争夺，还有朱砂丹引来的无数双仰慕眼光，似乎都在说明，他对这个世界的看法以及他对这个世界的做法已经发生了很多变化。

"姑母，您误会教宗陛下了，宣扬朱砂丹一事，是我的主意。"安华看着桉琳大主教认真说道，"圣人之行当然应该多加宣扬，如此才能更加导人向善不是吗？"

桉琳看着自己的侄女微微一笑，有些怜爱地摸了摸她的头发，在心里想着，你如今对教宗陛下崇敬有加，又怎会知道当年那个初入京都的少年道士的精神世界里根本就不会有崇敬之类的词汇呢？

"你可知道你今日做的事情多么危险?"

"我是在执行教宗陛下的谕令,有什么危险?而且您和两位大主教不是赶过来了吗?"

桉琳心想这孩子在青曜十三司清修多年,不问世事,果然还是这般天真。

"离宫六殿落匙三年,看似静守,其实一直都在承受着极大的压力。"

她敛了笑容,看着安华平静而认真地说道:"道尊终究是国教圣人,现如今更是当世第一人,国教里有越来越多人愿意追随他的脚步,就算教宗大人回到京都,也不见得能够掌握局面。"

"国教只有一位教宗。"

安华看着她认真地说道:"姑母,您会一直支持陛下的,对吧?"

"三年前教宗陛下回归星海的时候,我与茅秋雨等人都是领了遗诏的,自然会护持到底,只是……"桉琳的视线穿过神辇前壁,应该是落在前方那座神辇上,说道,"道尊终究是教宗大人的老师,我不知道别人是怎么想的。"

安华很认真地想了想,觉得这件事情不需要去想,因为对她来说,教宗陛下就是唯一的神圣。

凌海之王与白石道人同坐在一座神辇上。两位国教巨头的视线始终没有相遇过,很平静,甚至显得有些冷漠。窗外传来的欢呼声、颂圣声以及磕头的声音,都没能让他们的眼神有丝毫波动。

直到寒冽的风卷起一片枯黄的落叶,击打在窗棂上,白石道人的神情才稍微松动了些。

"看来这三年时间,陛下在世间云游,也不见得是在浪费时间,手段倒是老辣了很多。"

他依然没有转头去看凌海之王,声音平直得仿佛一个死人。

"我身为文华殿大主教,居然直到昨夜才知道全部的事由,陛下连你我都能瞒得如此好,真是令人佩服。"

陈长生与离宫之间自然有联系方法,不然三位国教巨头不可能带着两千国教骑兵这么快便以雷霆之势来到松山军府。问题在于，白石道人并不知道这种联系方法，而在他看来，凌海之王应该和自己一样也不知道才对。

所有人都清楚，当年凌海之王与陈长生及国教学院之间的关系非常糟糕。如果不是陈长生，他很可能便是当今的教宗。

白石道人的这两句话可以说是感慨，是对教宗陛下智慧的赞美，但也可以理解为挑拨。凌海之王的脸上依然没有任何表情，就像绝大多数时候的他一样。

就在第二片枯黄落叶击打在窗棂上的时候，他终于开口说话了，但却不是回答白石道人的感慨。

"为什么唐家的人始终没有出现？"这个转折很突然，很生硬，所以听着有些寒意。

白石道人微微皱眉，说道："我不知道。"

凌海之王的视线离开了窗外，转身望向白石道人。他转头的动作很慢，就像一个木偶，甚至隐隐能够听到颈椎摩擦的声音，又像是一把剑正在缓缓抽出剑鞘。

"牧酒诗被逐出离宫之前，我都不认为她算是我们国教中人，所以我一直是我们当中最小的那个。我的时间还很多，我可以等，你不要说陈长生比我更年轻这种废话，也不要摆着这张死人脸冒充无俗无念。"

凌海之王盯着白石道人的眼睛说道："虽然我从来都不喜欢我们这位教宗陛下，但如果他连着两次遇刺，我会比现在愤怒无数倍，因为这是对离宫的挑衅，对我的羞辱，而我真正愤怒起来的时候，你应该很清楚我会怎么做。"

说完这段话，他再次转头望向窗外，仿佛什么都没有做过，也没有说过。

国教的车辇在松山镇没有停留太久。因为朝廷钦差中山王以及那些大人物们没有用多长时间，便商议出了结果，答应了离宫提出的条件。前七里奚游骑主将陈酬，成为了新一任的松山军府神将。这个消息震惊了松山镇里的人们，尤其是那些知道陈酬履历以及贬斥过他的军官们。

至于这件事情的缘由，则是震惊了更多地方的人们，比如拥蓝关、拥雪关、浔阳城直至京都洛阳。

原来消失了三年时间的教宗陛下一直在北方的战场上，他一直没有忘记正在与魔族军队浴血战斗的人族士兵们，他不惜耗损寿元以真血炼制朱砂丹救人无数，然后他在雪岭里遇到了一场刺杀。

沉默了三年的离宫，忽然发出了自己的声音，借着此事极其强硬地拿下了松山军府的位置，这又意味着什么？被放逐的教宗似乎将要重新出现在世人的眼前，那么他是不是要回京都了？

松山镇后到处都是高山，山间有无数山道，山道转折处往往会修一些简陋的亭子或者说草屋。

在南方繁华人间，这些草屋或者亭子应该被称为离亭或离舍，用来延长分离的时间，感受更多别离的悲伤。在这里，这些亭子或草屋只是用来避雨或者暂歇所用。在战场上随时都可能天人永隔，生离死别，活着的别离很难让人们产生太多凄苦的情绪。

罗布用两根手指拎着小酒壶，看着山下被雾气笼罩的松山镇，沉默着，不知道在想些什么。陈长生和南客站在他的身边，顺着他的视线望去，发现那里什么都没有。从阪崖马场离开，来到这里，按照事先说好的，便到了分别的时刻。

山道在这里分成了三条，往南往北往西。往北便是下山，去往松山镇，如果再往北便会到了荒野雪原，随时可能看到魔族狼骑的身影。往南则是翻山而过，再穿过那片绵延千里的草甸，便会抵达浔阳城。往西是绕山而行，渡过四丫河再翻过数座小山，两天时间便应该能看到汉秋城的轮廓。

汉秋城再往南，便是汶水。陈长生要去的地方便是汶水。

罗布则是要去松山镇，交割军印，就此归去。在北方雪原里战斗了近五年时间，不知道他会不会觉得有些不舍。

115·难见春风之秋城

一口烈酒入喉，罗布依然神情淡然。看着他的身影，陈长生则是生出了一些不舍。

"那……我们就走了？"他对罗布说道。

罗布拎起小酒壶晃了晃，表示知道了，却没有说话。陈长生有些不愉快，心想就算为了保持风仪不愿开口说话，临别之时难道不应该让自己喝口酒？

其实这些天他一直觉得有些奇怪，从那天在山涧旁的醉中夜谈之后，罗布对他的态度便发生了一些很微妙的变化。很明显，他不怎么愿意再和陈长生说话，更谈不上亲近，但也没有什么敌意，更像是要刻意保持距离，想要做个陌生人。可又不完全是陌生人，因为无论是吃药的时候，还是在草甸上喂马的时候，他总能感觉到罗布正在远处看着自己。

那种看，更像是在观察。这到底是为什么呢？陈长生摇了摇头，不再继续去想这些事情，只好把罗布归为怪人，带着南客向着前方的山道走去。

自始至终，直到他和南客的身影消失在山间的寒松林里，罗布都没有回头。他对着山下的松山镇沉默地喝着酒，与其说是送别陈长生，不如说是送别自己。待壶中的烈酒饮尽，罗布终于站起身来，向山下走去。

他没有直接前往松山军府报到，挑了一家很不起眼的酒铺走了进去。他让店家把空了的酒壶灌满，然后坐到窗后的桌子上，要了一碟炒黄豆，望向了窗外。三根手指落在碟子里，不用看，每次都极准确地捏起两颗炒黄豆送进嘴里，慢慢地咀嚼着。

时间来到了正午，阳光穿透厚厚的云层，洒落在松山镇的街道上，把人们的面容照得非常清楚。

松山军府新任神将陈酬，在下属的护送下出了军府的大门，翻身上马，开始了第一次巡视。看着故人明显挺拔了很多的身形，罗布笑了笑，举起酒杯相庆，在心里祝他不要早死。

当时间来到暮时，阳光变得黯淡很多，落日的光辉像火苗子一般燎着街上的建筑以及人们的心思。

炒黄豆已经吃了三碟，酒也饮了四壶，罗布的眼睛越来越迷离，但不是因为喝醉，而是因为他看到了自己想看到的人。当然，他之所以想看到那些人，是因为他不想看到另一些人。那些人来自他的家族，还有些人来自汶水唐家，还有吴家和木拓家。

除了他以外，没有谁能够把这些人与街上的行人区分开来，自然也没有人注意到，那些人出了松山镇，向着西方而去。

罗布继续喝酒，喝了很长时间，眼里却没有醉意，反而越来越亮，直到很久以后，他终于叹了口气，站起身来，寻店家要了盆清水，很仔细地把脸与满脸胡须洗干净，然后唱了首北方没有人听过的歌，出了松山镇向西方而去。

陈长生的伤还远没有痊愈，但已经能够正常行走。拒绝了阪崖马场提供的龙骥马，在南客的帮助下，速度并不慢，比起普通的商旅来说要快了很多倍，离开松山镇后在山岭间行走，很快便把群山甩在了身后。

第二天暮时，他和南客便来到了汉秋城外。顺着官道向前方的城池走去，他注意到道旁的树木有些残损痕迹，尤其是左手边的山林显得有些杂乱，仔细望去可以看到很多新生的灌木与新柳，很明显在数年前受到过一次极惨烈的损坏。

他怔了怔，想起来数年前自己和折袖还有很多人，正是穿过这片树林进入的周园。当时有一道彩虹自万里之外的天南落下，周园的入口便在林后那片似真似幻的庭院里。如今周园的入口就在他的手腕上，是那颗黑色的石头，而周园的钥匙也已经不在离山剑派的峰顶，变成了他的神念。

他想起数年前的很多画面。那时候，朱洛坐在亭子里，长皮披肩，古意盎然，孤傲无双，无人敢近。那时候，梅里砂在车子里，沉默淡然，不发一语，如旧梅一丛，自有气息。

现在梅里砂和朱洛已经死了，但当年的那些人里还有很多人活着。

陈长生转身看了南客一眼。当年他就是在周园里第一次遇到南客，那时候的南客是漠然冷酷的魔族小公主，领奉着黑袍的命令，在周园里挑起人类修行者的内斗，同时寻找机会杀死徐有容、折袖、七间，是他最可怕的敌人。现在的她，只是个痴痴傻傻，什么都不知道的小姑娘，只知道跟着他，守着他，等着他。

"也不知道你醒来后，还会不会记得这段日子。"他看着南客感慨道。

南客的手抓着他的衣袖一角，眼神依然呆滞，看着道路前方的汉秋城，根本没有意识到他在说什么。很明显，对当年在周园里的那些经历，她已经忘了个一干二净。看着她这副模样，陈长生忍不住叹了口气。

雪岭那夜，她不顾神魂破体的风险救了他一命，他当然要做到承诺。只是现在他都不知道到底能不能治好她。而且正如他先前感慨的那般，如果他真的治好了她，她醒来后如果还记得这段路上的日子，会不会杀了他？

离汉秋城越近，官道两旁的树林便越密，柳树也越来越多，很好地说明着这座城的气息。

是的，每座城都有自己独特的气息，京都的气息在于天书陵里的青意，洛阳的气息在于城墙，汉秋城的气息便在于柳树。朱洛当年喜欢柳树，所以汉秋城外有座万柳园，城里也种着万株柳。

如今朱洛早已经变成天书陵下的星辰碎片，化青烟而无踪，但汉秋城依然如往年一样，有着他留下的很多痕迹。

在某种程度上来说，汉秋城是姓朱的，朱家与绝世宗在这座城里拥有至高无上的地位与难以想象的力量。但陈长生并不担心会在这里遇到什么，因为应该没有人知道他的行踪，更重要的是，朱夜也已经死了，现在的朱家没有什么了不起的人物。

果然，他和南客进入汉秋城的过程很顺利，城门处的官兵以及那些穿着绝世宗剑装的弟子，明显还没有从家主死亡的震惊消息里摆脱出来，表面上显得格外警惕，实际上眼里写满了对未来的茫然与不安。

116·宿于柳间，不得安眠

柳宿是汉秋城里最好的客栈，邻着城里最美的一片湖泊，围着一片古柳，在春夏里最是清静，但在盛冬时节，湖冰未化，古柳无叶，站在窗边借着星光远望四周风景，难免会觉得有些肃杀凄凉。

夜色下的汉秋城非常宁静，没有任何嘈杂的声音，甚至容易让人联想起墓园。王破还在天南，并没有回到天凉郡，然而朱家看起来，就将这样凋敝直至消失，世间很多变化总是来得这样突然，令人有些措手不及。

南客的声音让他从沉思中醒来，转身走到床边坐下。南客把他的鞋袜脱下来，然后把他的脚放进盆里，低着头很认真地搓洗着。盆里的热水温度正好，不烫也不至于过会儿便会觉得凉，想必她刚刚亲手试过，就像在阪崖马场的那些夜晚一样。

陈长生昏迷以及醒来后不便行动的那些天，都是南客负责替他喂饭以及擦洗身体。他试着拒绝过很多次，却无法说服她，就像今夜一样。

"我现在伤已经快要全好了，以后这些事情我自己来好不好？"

"不好。"

南客头都没有抬一下。她现在什么都不记得，只记得陈长生是对自己最重要的人。那么她就应该好好服侍他，确保他健康地活着，尽快复原。

陈长生想了想，很诚实地说道："我不确定……能不能治好你的病。"

"但只有你能治，对吗？"南客抬起头来，盯着他的眼睛说道。

因为神魂破体的缘故，她双眼之间的距离不再继续变宽，但眼神看着还是有些呆滞。当她这样专注地看着什么东西或者人的时候，其实有些可怕。但陈长生现在已经习惯了。

洗漱完毕之后，南客很自然地解开行囊，在地上铺好被褥，却没有去睡，而是很自然地脱下了上衣，坐到了陈长生的身前。离开阪崖马场之前的那些夜晚，陈长生便开始试着给她治病。

哪怕现在是个痴呆的小姑娘，南客也隐约感觉到，在一个男人面前赤身裸体是不好的事情。但现在她已经习惯了。

陈长生的手指从石珠上拂过，神识入园，取出了短剑。紧接着，他从藏锋里取出了一根金针。

真元灌入，金针的前端微微地战抖起来，刺破南客看似娇嫩、实则极难破开的肌肤，探入她的经脉里。

这些年，他治好了落落的病，治好了轩辕破的伤，给折袖也治了很长时间，通过金针渡入真元观察入微的本事，要比最初到京都的时候强了很多，但依然没有信心能够治好南客的病。因为南客不是妖族，是魔族。

通过这几个夜晚的治疗，陈长生对魔族的身体有了更深层的了解，而了解越多，越觉得有些不可思议。魔族的身体与人族的身体表面上看起来差异很小，尤其是像南客这样的皇族，但在某些方面却有着极大的差异。那些差异主要集中在经脉、幽府、气窍以及识海。魔族有经脉，但没有气窍，更没有幽府。

最重要的是，魔族的识海并不像人类或妖族那般是真实意识构成的一片海洋，而更像是一团光雾。问题在于，那些迷雾里的光究竟是意识的碎片，还是某种客观的存在？

陈长生对那些若隐若现却又无处不在、无时不在的光很好奇，因为隐隐约约间，他总觉得自己在哪里见过一般。

遗憾的是，虽然南客已经尽可能地开放了自己的意识，陈长生现在还没有办法能够深入到她的识海深处，除非他不担心南客会因为自己的意识侵入而变成真正的白痴，或者直接死去，所以他没有办法看到那些光的真实面目。

朱夜的遗骸已经秘密运回了汉秋城，但始终没有发葬。因为朱家和绝世宗不知道该怎么办，因为他的遗骸残缺不堪，就像是被野兽啃噬过一般，但冷清的汉秋城已经快要变成了一座墓园。

就算道尊和相王看在朱洛当年的情分上对朱家继续庇护,没有真正强者的世家又如何能够在这样险恶的世道里永世长存?更不要说,整个大陆都知道,王破总有一天会回到汉秋城,来索要自己当年失去的东西。

汉秋城外的那片万柳园,仿佛提前就预知到了今天的局面,数年前便燃烧了一次,提前为自己烧了纸钱。万柳园外不远处,便是朱家的祖坟,只有历代朱家家主或者做过极大贡献的长老,才有资格葬在这里。

今夜星光很好,把那些坟茔与墓碑照耀得非常清楚。如果仔细看碑上的那些文字,应该便能了解朱家和绝世宗的全部历史。

在墓群深处有一个瘦小的身影,驼着背,用力地挥动着双手,不停地挖着什么,同时嘴里不停地念叨着什么。星光落在他的脸上,歪斜的眼睛与口鼻显得更加恐怖,比所有的墓碑加在一起都更可怕。从他嘴里喷出来的口水无比腥臭,比所有被挖开的坟墓里的尸水味道都更要臭。

是的,这个瘦小的驼背男子在挖坟,他细长的指甲里满是泥土与腐尸的肉,不知为何竟是无比锋利,很快便能挖开一座坟墓,只不过半个时辰时间,朱家祖坟的十七座大墓便全部被他挖开了。

不管是腐尸还是白骨,对那个瘦小驼背男子来说,都是最美好的收获。

他的眼睛发光,口水流得更多,发出极其含混难懂的声音,只有极仔细去听才能听懂大概的意思。

——你们朱家就要灭亡了。

——那就把你们的怨恨与离魂交给我吧,我帮你们去杀死你们敌人。

那名驼背瘦子忽然盘膝坐下,结莲花座,掌心迎星,闭目冥想。他用的明显是最正宗的国教道法,在星光里神态庄严甚至有些神圣。但他的口鼻歪斜,眼睛无法完全闭住,看着很是丑陋。

最正宗的国教神术,最美的星光,丑陋的驼背男人——这种截然不同的反差,透着些滑稽与荒谬,不知为何又令人感到恐怖。

117 · 晨光,厨雾,怪人

万柳废园,群墓之间,生出无数道气息。那些气息很淡,却又带着股刺骨的寒意，与魔族强者的气息不同，与玄霜巨龙的龙息也不同，要显得更加阴秽。

这片坟墓里埋葬着朱家的历代强者，大多数都是聚星上境，包括朱洛在内的两名神圣领域强者虽然是衣冠冢，也残留着他们的神魂碎片，至于那些阴秽的感觉，则是来自那些腐尸白骨上的尸毒。

星光在这一刻仿佛都变得黯淡了起来。

那些气息渐渐地向着那名驼背矮子汇集而去，被他释出的神圣力量引入身前的一只玉瓶里。用最正宗的神术收集最阴秽的阴碎尸毒，就连离宫里都没有相关的记载。因为这种手段太过古老久远，只在某些地方还可能保留着传承，比如国教南派的某些山门，圣女峰或者长生宗……而如果此时有唐家的重要人物在场，或者还能够认出，京都那座皇辇图大阵有处阵法与之很类似。

随着时间的推移，坟墓间的阴秽气息越来越淡，尽数进入了那个小玉瓶里。那名驼背矮子睁开眼睛，看着身前的小玉瓶，眼睛里满是贪婪与兴奋的神情。他小心翼翼地把小玉瓶拿到鼻前嗅了嗅，明明没有任何味道，脸上却流露出陶醉的神情。小玉瓶里有半瓶液体，清澈透明，就像水一般，但又相对比较黏稠，更像是某种蜜露。鱼露与松香都是死亡之后的露水，瓶中的液体也是如此，这便是黄泉之露。

夜渐深沉，星光重盛，万柳园外的墓地回复了先前的模样，谁也看不出来，这里曾经被挖开过，更没有人知道，朱家历代强者的离魂尸毒，已经被人用不可思议的手段采集走了。

驼背矮子回到了那间名为柳宿的客栈。他本来就很矮，又弓着身子低着头，再加上用黑色帷帽遮着头，根本无法看到他的脸。

离开山门后，他一直在深山野林里生活行走，很少见人，因为有些自卑。直到这些天，他学会了这样打扮，才觉得有些满意。这是那天夜里在雪原上看到那位魔族大人物后，他向对方学的。从客栈侧门走进后厨，他像只狗一样蹲在窗外，看着院墙上的天空，等着晨光的到来。

窗后传来切葱的声音和厨师低声的训斥，然后被雾汽掩盖。他起身走进厨房，看着食盒上面的标签，找到目标，取出小玉瓶，往盘子里滴了几滴。今天柳宿的早餐是汉秋城的名产玉豆腐，玉瓶里的液体滴在上面，看着就像是蜂蜜一样，很添食欲。食盒很快便被取出后厨，按照标签送到相应的客房里，以便客人们清晨醒来便能有一个好心情。

驼背瘦子蹲回窗外，看着越来越盛的晨光，想着稍后会发生的事情，眼睛渐渐眯起，心情很好。然而，没有事情发生。

朝阳已经跃出了地平线，甚至越过了他眼前的那堵矮墙，客栈里依然很安静。能够听到洗漱的声音，交谈的声音，他甚至能够听到小二口袋里赏钱撞击的声音，就是没有听到那两个人心脏停止跳动的声音。

红暖的朝阳光辉，照在他丑陋的脸上，仿佛涂着锈色的眼瞳缩小成了一颗米粒。他再次走回后厨，看着店小二手里端着的食盒，确认盘子里的玉豆腐已经完全被吃光了。他很慢地偏头，很是疑惑，凑到只剩下些汁水的盘子上嗅了嗅，确认没有什么味道。不知道为什么，店小二似乎根本看不见他，画面很诡异。

他自言自语道："没有死吗？这怎么可能呢？"

店小二忽然听到身边的空气里响起了一道声音，吓了一跳，差点叫出声来。之所以没有叫出声来，是因为空气里忽然伸出了一只满是黑毛与鳞片的手，扼住了他的咽喉。

驼背矮子显现出身影，面无表情看着店小二，眼睛里根本没有人类的情绪。店小二从来没有见过这么丑、这么恶心的东西，吓得不停挣扎，却根本无法脱离控制。

驼背矮子想了想，很珍惜地从小玉瓶里取出一滴液体，滴到了店小二的脸上。瞬间，店小二的身体便僵硬了，再也无法挣扎，脸上出现了一滴黑斑，然后迅速蔓延到身体各处。在非常短的时间里，一个活生生的人便变成了一个没有气息的、通体黝黑的雕像，就这样死了。

驼背矮子观察着店小二的变化，心想没有问题啊，五官聚拢在一起，显得特别苦恼。一阵微凉的晨风从窗外吹了进来，拂散了厨间残留的雾气，同时把店小二的尸体拂成了无数缕黑烟。迎着朝阳的光线，那些黑烟很快便变得透明，再也无法看见。

南客已经收拾好了行李。

陈长生站在窗边，看着朝阳下的汉秋城，终于觉得这座城市有了几分生机。但就在下一刻，他感觉到了一道生机的流逝。他不知道这种感觉从何而来，为何会忽然有所感觉。天地之间生活着无数生灵，每时每刻都有生命的诞生，也有生命的逝去。但他能感觉到，这道生机的流逝与他有关。

他收回视线，望向南客。恰在这时，南客也抬起头来，二人的目光在空中相遇，看出了彼此心里的那抹警意。

南客的目光再次移动，最后落在前方地板某处。穿过地板，便会到楼下，是右手方的某个房间。

陈长生念头微动，无数道剑光出现在房间里。自窗外而来的无数道晨光，顿时没了颜色，黯了光彩。

无数道剑意凌厉至极地落下，只是瞬间，木地板便悄无声息地消失，变成了在晨光里飞舞的尘屑。陈长生与南客落到了地面上。

就在他们的脚刚刚落到地面的同时，他们面前的那堵石制墙壁也纷纷消解，变成最细的粉末向四周散去。石墙就这样消失了，露出了墙后的场景。

砧板上还有葱花，蒸屉下面的铁锅还在冒着热气。很明显，这是一间厨房。在厨房的正中间站着一个怪人。

118·他来自黄泉

之所以说怪，自然是因为那个人有很多异于常人的地方。那个人很矮，从外表上看，南客不过是个十二三岁的小姑娘，但那个人比南客还要矮两个头。

那个人很丑，哪怕晨光再如何清丽，落在那仿佛随意缝合而成的耳口鼻上，也变得令人厌恶起来。那人身后高高地隆起，看来应该是个驼背。那个人穿着件黑色的衣裳，衣裳洗得很干净，但不知道为什么，总能闻到一股腥臭的味道。

看到这样一个瘦矮残疾、浑身恶臭的人，绝大多数人都会生出厌憎的情绪，待冷静下来，或者生出些怜悯与同情。

陈长生没有。看到这个人的第一眼，他的警惕情绪便变得无比强烈。就像当年在北兵马司胡同那棵海棠树下看到周通时的感觉一样。他觉得自己看到了极致的、没有道理、无法说服、无法冲淡的恶。这个人的恶与周通的恶还有些细微的差别，更加阴秽。

"你是谁？"陈长生看着这个怪人问道。

那人丑陋的脸上流露出不安的情绪。因为晨光太过明亮，而他忘了用帽子遮住自己的脸。他被人看到了，这让他再次感到自卑，于是再次生出毁灭这个世界的欲望。

一想到毁灭这个世界，怪人就觉得平静了很多，于是笑了起来。这个怪人的笑容也很怪，一笑嘴角便完全咧开，露出那些错乱的、锋利的像野兽般的牙齿，看着很恐怖。

"既然不能偷偷杀死你，那么只好试着看能不能当场杀死你。"

这人的声音也很难听，就像是两块缺损的瓷片在不停地摩擦，非常刺耳。说完这句话，他伸出双手，对着陈长生比出了一个手势。在明亮的晨光里，可以清楚地看到，他的那双手上到处都是毛发与鳞甲，看着有些恶心。

陈长生的注意力却不在这上面，只在这双手摆出的手势上。在现实里，他从来没有见过这样的手势，但他通读道藏，曾经在很古老的一本道典里见过相似的画面。这是最正宗的道门阵列手印，是国教很久便已经失传的远古功法。无论是离宫还是圣女峰，现在都已经没有了这门功法的传承。

此人散发着中正平和甚至可以说神圣庄严的气息。他的双手间却隐隐有黑气凝聚，其间有闪电生成，更有无限阴秽的味道。

用最正宗古老的国教神术，却使用最阴恶的手段，这究竟是个什么怪物？陈长生眼瞳微缩，右手握住了腰间的剑柄。

眼看着这场突如其来的战斗即将开始，谁都没有想到，接下来发生了新的变化。那名驼背怪人忽然往上方看了一眼，气急败坏说道："你怎么这么多帮手！"

说完这句话，他身影骤然虚化，便准备向窗外退走。想要在陈长生和南客的眼前逃走，哪里是这么容易的事情。无数道剑意在厨房四周若隐若现，封住了所有的去路。

一道清光，南客从原地消失。陈长生不担心这名怪人能够跑掉，在如此短的距离里，没有几个人能够比南客的速度更快，哪怕她的双翼离奇消失了，然而……接下来发生的事情，却完全超出了他的想象。

就在南客消失的同时，那名怪人也消失了。无数道风呼啸而起，铁锅里生出的雾气被带出无数道丝缕，窗外洒落的晨光不停地闪烁。

很明显，两个人正以肉眼无法看清的速度，在房间里高速地穿行。以南客近乎闪电般的速度，竟然没有办法在短时间里抓住对方。

陈长生心里的警意越发强烈，握着剑柄的右手微微用力。嚓嚓数声，房梁上出现了数道清晰至极的剑痕，数道剑破晨光而起，刺向某处。

一声带着痛苦与愤怒的嘶吼响起。那名怪人被逼得现出了身形，右肩处出现了一道剑伤，泛着腥臭味的血水缓缓溢出。数道带着绿色的幽芒破空而出，抓向怪人的咽喉，正是南客的手指。嘶啦！那名怪人的衣衫骤然破碎。

两道灰影在他的身后出现，带动着他的身体以难以想象的速度移向另一边，避开了南客的攻击。原来，他根本不是驼背，身后的隆起竟是一双翅膀！

那双翅膀上没有什么羽毛，看着更像是灰色的肉团，有些恶心，但挥动的速度非常快。灰影狂动，带着一道泛着腥臭味的风，那名怪人直接撞破了炉灶，轰隆一声！乱剑之下，灶炉瞬间消失，但已经没有了那人的踪影。

陈长生和南客站在灶炉废墟边，看着地上那个黑洞，沉默不语。

南客收回神识，说道："通往地底，满是污秽，不知道他是怎么能通过的。"

看着这幕情景，听着南客的话，陈长生若有所思。还是在那卷极为古老的道典里，曾经描述过类似的画面。

那是一个极为久远的故事。数万年前，有位教宗为了追寻大自由的境界，曾经悟出一个极为险恶的修道方法，那就是将己身的俗念与欲望分离，在主神魂之外再造一个相对应的自己，借观己身而悟天地至理，然后再一剑斩之以成就真正清静。

那位教宗事先做好了非常充分的准备，但他没有想到，恶念神魂比事先预想得更加阴秽可怕，借着天地浊气成长的速度更是难以想象，他最后想要斩念时竟没有办法完全成功，甚至险些被恶念神魂反噬。他没有任何办法，就在自身神魂被完全污染的最后关头，只能凭借从光明正殿借取的十二贤者意念，强行把自己与恶念神魂尽数诛杀。

那位学识渊博、境界无比高深的教宗就这样死了。这门名为斩尸的道法自然也成了国教的禁法，渐渐消失在了历史的长河里。谁会想到，这种道法今天竟然重新出现在他的眼前。

当年那位教宗离去之前，对离宫里的大主教们说过，若斩尸不成，便是黄泉现世。难道这个怪物，便是黄泉？

119 · 古槐下，别有心思

三千道藏里只有那段历史的记载，却没有那门道法的具体讲解。陈长生无法确认那个怪物是不是传说里的黄泉，写了两封信分别寄给了京都离宫以及南方的圣女峰，希望能够从这两处得到更多的信息。

那个怪物明显是来杀他的，只是不知道做了些什么，还是说没有来得及做什么。

抛开那个怪物的神秘来历，对这件事情本身，陈长生已经有心理准备。

凌海之王在松山军府里要中山王转告相王的那句话，是他让国教向整个大陆表明的态度。他很清楚，这也将是自己随后会面临的局面。——这只是刚刚开始。就像当年苏离在魔域雪原身受重伤，万里归南路上遇到的事情一样。

他现在是教宗，但想要杀他的人也不比当年想要杀苏离的人少。很明显，现在已经有人知道他在汉秋城。

但他确信，朱家不会出手。果不其然，他和南客离开柳宿往汉秋城的南门走去，一路上感觉到了数道窥视的目光，却没有人出现。

直到在一家卖香水的铺子前，他遇着了一个意想之外的人。那人做文士打扮，清俊的眉间有着掩饰不住的傲气，还有一抹不知何来的喜色。他叫别天心，之所以做文士打扮，是因为他的父亲经常这样出现在世人面前。他的父亲是别样红，他的母亲是无穷碧。

数年前在京都，为了打压国教学院，以凌海之王和司源道人为首的国教新派势力推动了诸院演武一事。以国教新派与天海家为首，无数修道强者纷纷前去百花巷，向国教学院发起挑战。别天心也曾经是那些人当中的一员，而且是气焰最嚣张的一位。

只不过随着他父亲的一封信，苏墨虞离开天书陵后没有回离宫附院，而是直接加入了国教学院，很多人都知道了那两位大人物之间的态度立场并不相同，这场挑战自然也无疾而终。

别天心再也没有见过陈长生，只是从说书先生的口里以及那些诰书圣旨上看到过这个名字，直到今天在远离京都的汉秋城里，再次看着那张没有太多特点、自己也不熟悉但绝对难以忘记的脸，不由呆住了。

他来汉秋城是代表家里长辈要与朱家商议些事情，更重要的是他要来见一个人，怎么都没想到，会在这里看到陈长生。

他的心跳加快，嘴有些干，因为吃惊，还有些紧张。整个大陆都想知道陈长生的下落，为何会偏偏让他在汉秋城里遇见？接下来会发生什么事情？自己应该如何做？需要主动上前行礼吗？

就在他想着这些事情时,陈长生已经从他的身边走了过去。陈长生看到了别天心,也认出了他,但就像没有看到一般。反而是他身旁的南客,有些好奇地看了别天心一眼。

汉秋城里一座极幽静的府邸深处,别天心把遇到陈长生的场景讲述了一遍,微皱着眉,显得有些苦恼。他说话的对象是个少女,眉眼动人,两颊微红,看着有些可爱,不知道是不是因为正在饮酒的缘故。

"你怕他?"少女的声音很轻柔,语气却不然,带着淡淡的嘲讽还有一抹仿佛天生的居高临下。

这句话只有简单的三个字,对别天心和陈长生都不显得如何尊敬,因为她在说别天心害怕他,更因为直呼陈长生为他。

别天心是两位八方风雨的独子,陈长生是教宗。有资格用这种语气说他们的人在这片大陆很少,如果是这等年龄的少女更是寥寥无几。比如落落,比如南客,比如小黑龙,很巧,她们现在都是陈长生的身边人。

少女不是陈长生的朋友,但依然敢这般说话,因为她不是这片大陆的人。她来自大西洲,就像落落她们那样,也是一位公主殿下。

牧酒诗,国教六巨头里最神秘的那一位,被前代教宗夺去了所有荣耀与力量,但那是属于国教的荣耀与力量。

只要血脉犹存,她便拥有谁也无法忽视的荣耀与力量,地位依然尊崇,因为她是牧夫人的妹妹,从某种意义上来说,她代表着大西洲的意志。别天心看着她的脸,听着她的声音,身体便有些发软,却不是因为畏惧,而是因为喜欢。

三年前在京都偶然相遇,他便喜欢上了她,喜欢得要死。无论从哪个角度看,她都值得被喜欢,有资格被他喜欢,是他最合适的婚配对象。所以哪怕她的话语里带着嘲讽与轻蔑,他还是不会生气,只想着解释一下自己的不得已。

"谁会怕那个家伙?只不过……他现在是教宗,小诗你是大西洲人,自然无所谓,但我终究不一样。"

很明显,牧酒诗并不在意他的解释,搁下酒壶,走到庭院里。

她看着有些灰暗的天空,沉默片刻后忽然说道:"他为什么会来汉秋城?"

别天心想了想,神情凝重地说道:"难道他要去汶水?"

这是谁都能看穿的事情,还需要想吗?牧酒诗没有转身,所以别天心看不到她唇角的那抹嘲讽之意，只能听到她的称赞。

"别兄所言甚有道理……那应该立刻通知京都和汶水方面。"

别天心微笑说道："放心，稍后我就去做。"

牧酒诗轻声说道："不要提及我。"

别天心敛了笑容，叹道："小诗，我知道你们大西洲那边并不像表面那般平静，当年就连牧夫人都被逼得远离家乡，更何况你，所以你才不敢让我们的事情让别人知道，但……你真的不用害怕什么，只要我父母知晓此事，难道你那位兄长还敢对你如何？"

牧酒诗转过身来，看着他问道："可是你父母……又会是什么想法呢？"

别天心看着她深情说道："只要我喜欢的，我父母便一定喜欢。"

牧酒诗似乎被感动了，走到他身前，看着他的眼睛柔声问道："你有多喜欢我？"

爱人在前，别天心无比满足，情真意切说道："我愿意为你去死。"

牧酒诗轻轻靠在他的肩头，看着庭院里那棵古槐，轻声说道："真好。"

她的手放在他的胸腹之间，看上去是因为害羞所以挡着，实际上，她这时候只需要真元微运，便能碎掉别天心的幽府。那样他就会真的死了。

120 · 庭院人心深几许

幽静的庭院里，男女相拥，情意深深，不知几许。

庭院对面有一棵古槐，寒冬时节也残着些树叶，树下站着一个青衣人。青衣人脸上戴着铜制的面具，看上去就像是个鬼。牧酒诗的脑袋搁在别天心的肩上，静静地看着这个青衣人。这画面真的很诡异。别天心毫无察觉。

青衣人摇了摇头，古槐残叶在铜面具上留下的影子微动。牧酒诗微微皱眉，闭上眼睛，不再看那个人。别天心感觉到她的动作，心头微热，想要伸手，却又不敢。

不知道过了多长时间，寒风吹拂槐树，发出簌簌的声音，别天心带着依依不舍的心情离开了庭院。

牧酒诗走到古槐树下，盯着那名青衣人露在铜面具外的眼睛，问道："为何不让我杀他？"

青衣人的声音像沙砾一般："你应该很清楚，杀死他只是我们的手段而不是目的。"

牧酒诗的声音变得尖利起来，充满了怒意："我好不容易才让陈长生和这个废物相遇，怎能错过这个机会！"

青衣人说道："就算你杀死别天心，也没办法栽赃到陈长生的身上。"

牧酒诗冷笑说道："玄霜龙息难道还不足以成为证据？要知道当今大陆，可就他的身边有一位。"

青衣人说道："问题在于，今天朱砂并不在陈长生的身边。"

牧酒诗怔了怔，问道："那他身边那个小姑娘是谁？"

青衣人说道："不知道，有人正在查。"

牧酒诗想着先前的画面，清美的小脸上流露出无比厌恶的情绪，说道："那我还要忍多久？"

青衣人沉默片刻后说道："没有人知道何时才是最合适的时候，这需要等待。"

牧酒诗冷笑说道："难道我们就只能眼睁睁地看着陈长生进汶水城？"

青衣人宠溺地揉了揉她的头，说道："他就算进了汶水城，对城里的局面以及城外的大势都不会造成任何影响，那座城里生活着的人们大多数都姓唐，便是天海与寅当年都没办法，他又能做些什么？当然，为了避免意外的发生，有不少人会尝试把他留在外面，也包括我。"

一脸像杂乱灌木的胡须，在繁华温柔的天南可能会惹来一些畏惧与排斥的眼光，但在北方这片被血火浇灌多年的疆土里只会给你提供很多方便，比如你可以骂着脏话从酒铺老板手里抢走别位客人的那碗烈酒，却没有人敢说你什么。

只是喝酒的时候会有些不方便。无论是小口啜饮还是豪迈至极的鲸吞，都很容易让酒水打湿胡须。当时看来，这是很潇洒无所谓的事，但醉后醒来，总是黏糊糊的令人不悦，必须洗上好几遍。

蓄须整整三年时间后，罗布看着从胡子上往地面淌落的酒水，第一次开始考虑要不要把胡子刮了的问题。然后他微微一惊，心想自己何时开始在意这些小事了？

满脸胡须与嘴巴一起吃肉喝酒的画面，在他的身上已经发生过无数次，为何当初在七里奚游骑里的时候他没有在意过，在阪崖马场的时候也没有在意过，现在却有了不一样的想法?

可能是因为最近这些天,他认识了一个特别爱干净的家伙?那个家伙刚醒过来的时候,手指都不能动,就急着用眼神示意旁人帮他擦脸,养着伤也没有忘记每天换干净衣裳,就像个娘们儿似的。罗布忽然沉默了,心想难道师妹就喜欢这样的?

就在这个时候,他感觉到了些什么,抬头向酒铺外望去,只见别天心从那条巷子里走了出来。今天清晨在那家香水铺外,他看到别天心后便跟到了这里,发现了巷子里那座幽静的庭院,但没有进去,因为他隐约感觉到庭院有人,那人很强。

罗布取出一根炭笔,在已经准备好的白纸上开始作画。他画的是别天心与周遭的环境,比如那条巷子以及深处隐隐可以看到的古槐一角。

很明显,他很擅长此道,炭笔只是随意涂抹几下,巷子与古槐便能够看清楚大概的轮廓,至于别天心的画像则是随着笔端的移动,变得越来越清楚,直至栩栩如生,那两道眉毛仿佛要飞了起来,就像真的一般。

如果王之策身边那位画师看到了他的这幅画,一定会想办法把他抢回伽蓝寺去做徒弟。是的,他的画就有这么好,就像他在别的领域一样。画完之后他没有离开,而是继续坐在酒馆里等待着,直到过了很长时间,终于看到了他想看到的人。

牧酒诗以及一名戴着铜面具的青衣怪客坐车离开,恰有阵风袭来,掀起了窗上的布帘。只是惊鸿一瞥,甚至不足以在人的眼睛里留下足够清楚的画面,但在罗布的笔下可以。没有用多长时间,一幅画完成。这幅画的细节极为丰富,隐隐自有神韵,只要认识牧酒诗和青衣怪客的人便绝对不会认错。

看着画上的两个人,罗布挑眉说道:"大西洲果然有野心,只是具体会落在谁的身上?"

陈长生不相信与别天心在汉秋城里的相遇是偶然,因为概率太小。这场相遇极有可能是被人安排的,这也就意味着他的行踪已经不是秘密。事实上在柳宿里遇到的那个怪物,已经证明了这一点。从汉秋城到汶水还有千余里路,这一路上他还会遇着很多事。

如果按照他自己的想法,当然不愿意进入这样的局面,离开阪崖马场后不会通知国教里的任何人,先赶到汶水城再说。但那封信里说得很清楚,如果他想要安全地回到京都,那么首先便必须把那个人找出来。那个把他的行踪泄露出去的人,究竟是谁?

当年在荒原上他随苏离学剑法,同时也学了兵法谋略,但因为性情的缘故始终还是无法理解人心的复杂程度以及这个世界的复杂程度,幸亏写信的那个人非常了解这些,所以现在他基本上已经知道了此事答案。

很简单,因为只有三个人知道他的行程。陈长生望向道边那些白色的石头,沉默了很长时间。

121·孤星归来

那些石头很明显是被水冲洗了很多年才变得如此洁白。前方不远处便有一条河,现在是深冬枯水期,如果是夏天,河水应该会淹到这里。

去汶水有两条路,一条路沿着这条河而行,还有一条路要绕道北方,比较难行。陈长生选择了北方的这条路,这与事先定好的行程并不一样,但这一样也是事先定好的。

汉秋城西北方是一大片死气沉沉的石山,穿过这片石山,再绕过一处大沼泽,便是葱州军府。葱州军府是大周北方十余座军府里最偏僻的一处,已经与妖族的疆域十分接近。

行走在荒无人烟、连草也没有几根的石山里,陈长生很自然地想起,薛醒川当年正是发迹于葱州军府,然后他想起了薛夫人,还有那名听说去年考进国教学院的薛家少爷,然后,想起了已经很多年没有看到的落落。

太阳悬在西边的天空里,被扬起的沙尘滤去了很多光芒,看着有些心情不好。就在要翻过眼前一座石山的时候,南客的小脸上忽然现出极其警惕的神情,眼瞳微缩。她现在虽然痴痴傻傻,完全忘记了前尘旧事,但境界实力犹存,对隐藏在天地间的危险极其敏感。

陈长生看了她一眼。南客仰起小脸,对着空中嗅了嗅,就像小狗一样。

"什么味道?"陈长生问道。

"血味,很浓的血味。"南客的声音没有任何起伏,情绪也很淡漠,就像在说食物的味道。

陈长生问道:"有没有闻到那个怪物的臭味?"

离开汉秋城后，那个怪物再也没有出现过，他依然警惕，那个怪物如果真如他判断是黄泉一脉，会很麻烦。

南客摇了摇头，低着头想了会儿后，继续向着山梁上走去。从汉秋城行来，满地的石砾与天空的颜色相同，都是灰蒙蒙的。然而当他们翻过这座山后，天地的颜色顿时变了。

山的那边是红色的，不是地貌的变化，而是被血染红。到处都是血，到处都是尸体。有的地方尸体像座小山，从粗硬的毛发与特有的头盔形制来看，应该是人熊族的战士。还有很多人族士兵的尸体。地面上的石头被鲜血染成红色，到处都是黏稠的血液，散发着腥臭的味道。

这里仿佛刚刚发生了一场小规模的战争，满地尸首间，只有一个人还活着，他慢慢地站了起来，转身望向陈长生。

在如此严寒的天气里，他只穿着件单衣，袖子还卷了起来，小臂裸露着，同时他的裤腿也要比一般人要短一截，看着有些滑稽。但如果联想到他是为了出剑以及奔跑，则会让人生出一道寒意。

他还是和以前一样。陈长生仿佛看到了当年大朝试时，站在离宫外晨光下的那个少年。晨光微晃，时间便已经过去了五年。陈长生向他走了过去。折袖向陈长生迎了过来。

陈长生张开双臂，准备以唐三十六的方式进行一次热情的拥抱。折袖却握住了剑，眼瞳深处隐隐可见一抹艳红，竟是准备狂化变身。

陈长生顺着他的视线望过去，发现他正盯着南客，才明白过来，说道："没事。"

折袖没有放松警惕，盯着南客说道："这是怎么回事？"

当初在周园里，他没有与南客真正会过面，但以他的性情，事后自然做过很多的调查，随时准备着将来的再次相遇。他没有想到，再一次看到这位魔族小公主的时候，对方会跟在陈长生的身边，而且明显是以追随者的姿态。

陈长生放下手臂，用眼神示意此时不便细谈，说道："以后和你解释。"

然后他望向满地的尸首，问道："这又是怎么回事？"

"有人担心你从北边走，派人过来截杀你。"

折袖说话的语气还是像以前那样平淡，或者说漠然，仿佛什么事情都难以让他的情绪发生太过激烈的变化。比如这些血腥的画面以及隐藏在背后的阴谋——行刺教宗可不是一件小事。

南客的声音忽然响了起来，带着警惕与不信任："这些人都是你杀的？"

她不认识折袖，但能感觉到折袖的危险程度，警惕理所当然，至于不信任也是自然之理。能被派来截杀陈长生，这些熊族战士与人族士兵必然战斗力极其强大，必然有很多强者。折袖再如何擅于作战，也没可能一个人杀死这么多敌人，而且对方一个人都没能逃出去。陈长生也觉得很奇怪，就算这三年时间，折袖在雪原里境界突飞猛进，也应该到不了这种程度。

"我有同伴。"折袖说道。

仿佛是要给他的这句话做一个证明，很远处的山梁上忽然传来很多声凄厉的狼嚎。

"部落里有些小家伙偷偷跑了出来，现在跟着我，另外，葱州那边也有些熟人。"

折袖对陈长生说道："人熊族向来狡诈，我们在这里埋伏了三天，然后……"

陈长生忽然觉得心情很好，没有在意他后面的讲述。狼族对折袖的态度似乎正在发生某种变化，而且他现在居然也有熟人。换作当年，这是很难以想象的事情。命定天煞孤星的折袖，居然也会有同伴？

看来国教学院的那段日子，对在里面生活过的每个人，都带来了一些无法忘记的变化。

当天夜里，他们三人在山谷那方的一片戈壁里留宿，上风头闻不到血腥味，只是一眨眼的工夫，折袖便在坚硬冰冷的地面上挖出来一个深约三丈的斜向洞穴，洞底很干燥，还有些暖意，也不用担心被野兽骚扰。从很小的时候开始，折袖就是这样生活的。

南客在洞底铺好被褥，便躺了上去，陈长生取出金针，开始替她治病。待结束治疗，南客已经入睡，他把被子往上拉到她的颈间，然后转身出了洞。

折袖蹲在洞外的地面上，不知道看着哪里。他还是习惯性地蹲着，而不是坐着，就像一只孤狼，随时准备出击或者逃亡。

122 · 治病救……的都不是人

夜晚的戈壁很寒冷，没有风，白日里扬起的尘土静静地落回地面，空气很是干净。夜空里的星星繁密至极，仿佛并非真实。西宁镇与云墓只隔着数百里，经常有雾，陈长生只是与苏离一道南归的时候，曾经在荒原上看过这样的星夜。

明亮的星光洒落在戈壁上，无形的星辉也被撷了些许，落在他指间的金针上，这是最好的洁净手段。

"转过来。"陈长生对折袖说道。

折袖转过身去，没有问为什么。当年在国教学院里，在天书陵里，这样的对话发生过很多次。金针慢慢地刺入折袖颈侧，然后在陈长生的指间微微战抖。折袖的眉微微地挑起。

陈长生知道，这代表着痛苦，因为折袖不喜欢在痛苦的面前皱起眉头，那样会显得不够强硬。连折袖都觉得痛，那该得是多痛？

陈长生把真元渡入他的经脉里，开始查看他现在的身体状况。折袖闭上了眼睛。

不知道过了多长时间，一道难以形容的、仿佛潮水般的真元流在折袖的经脉里狂奔而过。与之相应的，还有他血管里的血液。

陈长生捏着金针的手指险些被震开。折袖的眼皮微微战抖了一下。这便是折袖的病，心血来潮。

无论是在医书上还是道典上，这种因为血脉冲突而产生的先天疾病都是绝症，无药可医。苏离与离山剑宗在折袖与七间之间的事情上表现得如此强硬，就是这个原因。

陈长生没有松开手指，而是继续沉默地等待着，同时在折袖另外两道经脉里刺入了两根金针。

不知道过了多长时间，他终于把那些金针拔了出来，盯着折袖的眼睛后问道："你没有按时服药？"

杀死周通之后，他和折袖先后离开京都，虽然都来到了北方，但从来没有相见。但事先他便已经开好了药方，把服药的方法以及平时应该注意的事项写得清清楚楚。

今夜看来，折袖的病情虽然谈不上恶化，也没有任何好转的迹象，当中肯定有问题。看着陈长生认真而清亮的眼睛，折袖的心里不知为何生出些歉意，但脸上的表情还是没有任何变化。

"时刻都在厮杀，无论是侦察敌情还是追踪暗杀，都需要长途奔袭，有时候还要在雪里藏七天七夜。"

他说道："哪有时间吃药？再说你那药吃起来麻烦，还要煎，我无法生火。"

陈长生不知如何言语，沉默片刻后说道："那我来想别的办法，看看能不能做成丹剂。"

听到这句话，折袖想到那个传闻，问道："你给我吃的就是朱砂丹？"

陈长生点了点头。一年多前，他想到了如何破解两个世界神圣规则冲突的一些方法，做成朱砂丹后，第一时间便让吱吱给折袖送了过去，然后……他发现自己的血，对折袖的病没有任何用处。

现在世间都在传言朱砂丹能够活死人，其实是比较夸张的说法。对于战场上那些肢体受损、流血过多的伤员，朱砂丹确实有奇效，但肯定无法包治百病。

比如折袖的病，又比如南客的病。无论是心血来潮，还是神魂乱识，都是极其罕见的怪病。

折袖问道："我的病能治好吗？"

陈长生的医术非常高明，对经脉的了解更是举世无双。如果他都不能治好折袖的病，那么可能就真的没有人能治了。

陈长生没有试图去欺瞒什么，低声说道："情况不是太好。"

折袖显得很平静，也可以理解为麻木，听着这句话后只是安静了会儿，又问道："那她呢？"

陈长生摇头说道："我现在还没有找到方法，只是用药物与金针帮助她宁神定魂。"

"我看着她并不像真的痴呆。"

"痴有千百种。"

"那她怎么醒？"

"只能希望她能遇着什么机缘，自己醒过来。"

折袖看着他的眼睛说道："你有没有想过，如果她真的醒了过来，那怎么办？"

陈长生无法想象那种画面，沉默片刻后说道："到时候再说。"

折袖说道："就算她没办法再醒过来，如果她的身份被认了出来，同样是个大麻烦。"

陈长生明白他的意思。南客不是普通人。她本来就不是人。她是魔族，而且还是魔族公主。

想当年,以苏离的强势与手段,与魔族公主相爱也要瞒着世间所有人,女儿要隐姓埋名放在离山里养着。更何况是他。

当然,他与苏离当时的情形不同,他与南客不是这种关系。但如果他一直把南客带在身边,迟早都会面临这个问题。

因为折袖的问话,他想起了那位死在长生宗寒潭里的魔族公主,然后想到雪岭那夜,两代魔君之间的谈话。

当时年轻魔君看到天魔角之后很吃惊,因为雪老城里的人们都以为二十几年前,那位魔族公主离开的时候,把这件圣物带去了人族的世界,谁能想到,二十几年后,天魔角居然重新出现在他父亲的手里。

和那夜发生的很多事情比起来,这只是一件小事,但现在想来,这件事情的背后隐藏着很多信息。如果天魔角真是被那位魔族公主带离雪老城,那么她死后,天魔角最有可能失落在长生宗里。

为何天魔角会重新出现在魔君的手中?然后他想起在汉秋城里遇到的那个黄泉流的小怪物。离宫里都没有的古老传承,这个世间有哪个地方可能保存着?当然是同样古老的长生宗。陈长生沉默不语,神情渐趋凝重。

找到国教里与朝廷勾结的那个人,当然很重要,但更重要的是,找到与魔族勾结的那个人。雪岭那夜之后,他就一直在思考这个问题。

年轻魔君在谁的帮助下,如此轻而易举地瞒过了无数人的眼睛,替换了原来担架上的年轻阵师。

现在看来,难道说与魔族勾结的并不是一个人,而是一个宗派?或者一个世家?

123 · 新的同道者

陈长生忽然问道:"长生宗有没有可能与魔族勾结?"

折袖说道:"道门南派祖庭,名门正宗,没道理。"

他说的没道理不是基于道德评判,而是基于利益角度考虑。所谓背叛总是要谋求好处的,长生宗的根基便在人族在道门,他们与魔族勾结能有什么好处?

陈长生说道:"但你有没有想过,如果不是与雪老城勾结,长生宗当年凭什么能够抓住七间的母亲？"

这确实是一个问题。当年那位魔族公主的行踪必然极为隐秘，按道理来说，不应该如此轻易地被长生宗抓住。

"刚才听你说完雪岭的事情后，我也一直在想这个问题。"

折袖说道："长生宗被苏离杀得太狠，就算在南方还有些潜力，也没有办法在松山军府瞒天过海。"

陈长生看着他的眼睛说道："如果还有别的帮手呢？"

折袖明白了他的意思，眼中的寒意一现即隐。他们此行去汶水，是要去接一个朋友，现在看来，到时候不免还要多问一些问题了。

夜色笼罩着戈壁，远处隐隐传来低哮的声音，可能是野兽正在啃食那些尸体。先前的谈话里提到过很多次七间的父母，话题便顺着这个继续了下去。

陈长生问道："你们已经多久没见了？"

折袖想了想，说道："五年？"

时间过得不快不慢，很容易令人麻木，令人忘记很多事情。

陈长生问道："你还记得她吗？"

折袖想着周园里的狂奔、日不落草原里的同生共死，他背着她，她为他指路，脸部的线条渐渐变得柔和起来。他没有回答陈长生的问题，因为不需要回答，就像不需要记起，因为从来就没有忘记。

"不要担心，把你的病治好后，我们陪你去离山提亲，当然，如果她也没有忘记你的话。"

"天南名门大派，又怎么会瞧得起我这样的孤魂野鬼。而且在世人眼中，我本来就是个怪物。"

"你不是孤魂野鬼，你是国教学院的副院监，再说……离山终究是不一样的。"

"那你呢？徐有容现在怎么样？人间已经很久没有听到她的消息。"

听到折袖的这句话，陈长生安静了下来，眉眼间全是想念与担忧。汶水城的信停了半年，圣女峰的信则是快两年时间都没有收到，而他和她已经三年没见了。

"她在闭关。"陈长生沉默了片刻，继续说道，"闭死关。"

修道者只有到最关键的时刻才会进行闭死关，因为这是一种非常危险的修行方法，谁也不知道何时能够破境，数月数年数十年都有可能，甚至有可能直接在洞府里坐化。徐有容天赋惊人，她的闭死关必然与众不同，想来风险更大。但折袖能够明白徐有容为什么会选择闭死关。

圣女峰需要一位真正的圣女，离宫需要一位真正的盟友。那么她就需要在最短的时间里突破那道门槛，进入神圣的领域。

折袖不知道这时候该说些什么，只好伸手拍了拍陈长生的肩膀，表示安慰。三年时间没有见面，他们说的话要比当年多了很多，但终究都是不善言辞的人，不像汶水城里的那个家伙。

就在这个时候，远方的山梁上忽然出现了一道身影，同时响起来的还有一道强硬且冷漠的声音。

"不管你们是谁，别想着逃走。"

陈长生和折袖在这瞬间生出了某种错觉，好像那个家伙真的出现了。那道身影从山梁上走了下来，终于来到了他们的身前。

不是那个家伙，不过这个家伙和那个家伙在某些方面确实很像，所以当年他们一见面便针锋相对，恨不得刀剑相向。那人是位剑客，浑身灰尘，却掩不住英气逼人。

陈长生和折袖刚说了半天的离山，离山就真的来了一个人。关飞白，神国七律之四，离山的剑道天才，以天赋论只在秋山君之下。

在荒凉的北方石山里忽然看到消失了三年时间的陈长生，关飞白当然很吃惊，张着嘴不知道该说些什么。然后他想起来，陈长生已经不再是国教学院的普通学生，已经是教宗陛下。彼此是熟人，但离山剑宗这一代的弟子和他们那位师叔祖很不一样，没有不拘礼这种想法。

他对陈长生行礼，说道："拜见教宗陛下。"

陈长生早已起身，认真回礼。关飞白有很多问题想问，欲言又止。

陈长生问道："你怎么来了？"

关飞白说道："我奉命出拥蓝关去侦探敌情，偶然发现人熊族有异动，顺着线索找了过来。"

折袖看了他一眼，神情显得有些意外："你在做斥候？"

关飞白挑眉说道："难道就准你做？"

和当年大朝试的时候，和在天书陵的时候，好像也没有太多变化。当年在离山剑宗这一代的内门弟子里，陈长生唯一有些抵触的就是关飞白。道理很简单，他的性情太硬，脾气不好，过于暴烈，嘴上从不饶人，从某些方面说，和唐三十六有些像。除了同阵营的朋友，没有人会喜欢这种人，就像世人眼中的国教学院，最讨厌的那个永远都姓唐一样。

后来陈长生对关飞白的观感发生了很大变化，不是因为天书陵和煮石大会上的相处，而是后来国教学院被朝廷全力打压、无人敢于声援的时候……关飞白来了。

他与陈长生说了几句不咸不淡的话，然后要求陈长生亲自送自己出院门。这是一种态度，并且他不介意让这种态度被整个京都看见。陈长生很感谢，说谢谢你。关飞白对他说不客气。

对经历过荀梅闯神道、王破送别的这些年轻人来说，这两句话代表着一种非常重要的意思。从现在开始，我们是朋友了。

"都是你们杀的？"

关飞白指着后方的那座山梁。陈长生望向折袖。折袖没有说话，因为他不爱说话。陈长生没办法，只好自己解释了一遍。

"过去这些年，人熊族与魔族一直暗中勾结，只是去年看着我方势盛，才重新靠拢过来，底子就不干净，容易被人驱使。"关飞白看着他问道："问题在于，究竟是谁要杀你？"

陈长生说道："我们要去汶水。"

很简单的一句话，关飞白便懂了，沉默片刻后问道："那个家伙没事吧？"

124 · 来自西方的神秘强者

"不知道。"陈长生摇了摇头，说道，"已经半年没有音讯了。"

关飞白沉默了一会儿，忽然说道："我跟你们一起去。"

陈长生有些吃惊，折袖也抬起了头来。从青藤宴到大朝试再到天书陵观碑直至后来去寒山参加煮石大会，唐三十六和关飞白只要见面便会争吵，剑拔弩张得厉害，为何他却要去汶水？

看着二人的眼神，关飞白有些不自在，说道："我要去取笑他没用不行吗？"

"行，随便你。"陈长生笑着说道。

折袖摇了摇头，心想都已经过去了这么些年，怎么都还是小孩子习气。

陈长生又道:"拥蓝关那边怎么办?虽说你们离山剑宗依然听调不听宣,但总不好擅自离开。"

关飞白说道:"事先便说好了,办完这件事情后我就会回离山,到下个城镇我让驿站带封信回去便成。"

陈长生有些意外,问道:"你原来准备回离山?"

"二师兄这时候应该已经离开拥雪关了,我们所有师兄弟都会回去。"

"因为魔族撤军?"

"有这个原因,主要是大师兄要回离山。"

听到这句话,陈长生沉默了一会儿,问道:"这些年,你们师兄去哪儿了?"

在世人眼前,他已经消失了整整三年,但秋山君已经消失了整整五年时间。秋山君究竟去了哪里,这是所有人都很好奇的事情。

"我们也不知道。"

关飞白看着陈长生想要说些什么,最终什么都没说。任谁来想,秋山君的消失必然与他有关,更准确地说,与他和徐有容的那份婚约有关。陈长生沉默了很长时间,说道:"我没有见过秋山君,但如果他真如你们形容的那般,我相信他绝对不会因为情伤避世。"

夜色极深时,星光最明。站在峰顶可以看清楚地面很多风景。

在汉秋城外,以这道山岭为界,世界分成了两半,一边是河水灌溉了无数年形成的沃野,在隆冬时节,依然保留着些许绿意,没有什么荒凉的感觉;一边则是毫无生机的由石头构成的山谷与戈壁,荒凉到了极点。

想要去汶水,从哪边走都可以。罗布不知道陈长生是怎么选择的,他这时候更想知道的是,山林里的那些追杀者,会怎么选择。

那些追杀者里面有很多高手强者,一部分来自唐家,一部分来自吴家,一部分来自木拓家,还有一部分来自他的家族。简单点说,这些人是四大世家的精锐力量。如果陈长生真的被这些追踪者截住,谁都无法预料最后的结局。

星光下的山林充满了一种非真实的虚幻美感,接下来发生的事情,让罗布也觉得有些不真实。

来自四大世家的追杀者,没有选择任何一条道路,在收到前方数骑斥候回报后,经过一番商议,沿着原路撤了回去。

罗布对这些世家谨慎保守的行事风格非常了解，稍一思忖便猜到可能发生了什么事情。

这些追杀者无法确认陈长生选择了哪条道路，想要继续追击便需要分兵。听上去这似乎是道很简单的算术题，一分为二便是，但世家之间的尔虞我诈让这道题变得复杂起来。而且他们没有信心只用一半人手便能把陈长生杀死。

更重要的问题是，斥候回报时的手势很清楚，南方沿河的道路上情形有变。那么他们必须要考虑，这是不是国教设下的局？

罗布看了眼北方在星光下白得有些刺眼的石山戈壁，转身向山岭下方走去。借着夜林的遮掩，他很快便来到了那条河边。在夜色里，他沿着河水沉默地行走，一直走到朝阳初升，晨光落下，把蜿蜒的河流涂成了一条银色的腰带。

这条河是汶水的支流，向南而去，与北方那片石山戈壁比起来，相对微暖。但毕竟是深冬，河水依然深冻，上面承着厚厚的雪。前方河道向右折去，突出的山崖间，生着一丛蜡梅。罗布走到那丛蜡梅旁，一抬眼便看见了远方河面上的那些人。

河面上的冰雪被撕开了很多道口子，向着四周蔓延而去，约有数十丈，每道口子的末端都躺着一个黑衣人。冰雪上残着血迹，黑衣人们昏迷不醒，不知生死。看着这个画面，便能推想出，先前那一刻的交手，是怎样地惊天动地。可以想见，黑衣人们的对手又是多么地强大。

还有两道身影站立着，在寒冷的雪河上。一名正是罗布在汉秋城里看见过的那名青衣怪客，脸上依然戴着铜制的面具，看着异常恐怖。

更恐怖的是他身上流露出来的气息。

自天空落下的雪花以及从河道里平拂过来的寒风，在接近他身躯的时候，便自然避开。在这种层次的战斗里，青衣怪客无法遮掩自己的气息，更无法隐藏自己的境界。

罗布微微挑眉，右手下意识里握着了腰畔的那把剑。即便他出剑，也不可能是那名青衣人的对手，但他只有握住这把剑，才能平静，确保不被对方发现。

那名青衣人竟然是位神圣领域的强者！大西洲的隐藏实力，果然超出了中土大陆很多人的猜想。

更令人震惊的是，青衣人如此强大，在今晨这场战斗里，居然是输了的一方。

一道鲜血从他的肩头淌落，他脸上的铜面具也缺少了一小块。

谁能够战胜一名神圣领域强者？在雪河对面，那人也穿着件青色的长衫，但相对更淡，而且也更朴素。他没有戴面具，直面着风雪与这个世界，神情淡然。他的眉毛耷拉着，双肩也有些塌，看着很是寒酸。

风雪来到他的身前，不停地吹拂着，袖管微动，竟是空的。

三年前，他自断一臂。他用剩下的那只手握着一把铁刀。风雪缭绕，不知畏惧。雪下的流水，却已经断了。

"没想到，居然就有机会领教天凉王破的刀道。"青衣怪客声音微哑说道。

王破神情平静地说道："我也没有想到，能够有机会一睹大西洲高手的风采。"

125·大西洲的野望

青衣怪客没想到他一眼便看穿了自己的来历，沉默了会儿，说道："没想到现在大陆的强者水准都这么高了，观星客当年去我们那边的时候远不如你，铁树更不如你，难道说你们这边更适合修行？"

他说的观星客与铁树，都是与大西洲有很深关系的强者。铁树本来就是大西洲人。

"你与铁树有旧？"王破问道。

青衣怪客说道："确实是故识。"

王破静静地看着他，问道："你要替他报仇？"

青衣怪客笑了起来，声音还是那般沙哑。

"报仇？当年铁树被我追杀到了海里，最后被观星客所救，他不会想我替他报仇吧？"

三年前京都一战，铁树死在王破的破境一刀之下，但谁都不会否认铁树的实力。当年在大西洲的时候，铁树尚未突破那道门槛，但也是极具天赋的强者，竟被此人追杀得如此之惨，想来此人在大西洲必然辈分极高，名气极大。

王破想着此人先前的感慨，说道："不是中土更适合修行，只不过我们这边修道者众，竞争难免激烈。"

青衣怪客沉吟片刻后说道："有理。那依你看来，我如今的境界实力在中土大概在什么位置？"

王破说道："应能排进前十。"

大陆辽阔，强者无数，王破这样的刀道大家，亲口认证此人能够排进前十，可以想见此人确实不凡。然而，这句话只换来了青衣怪客的一声叹息。

"只是前十吗？"

青衣怪客感慨说道："偏安一隅，平静喜乐，终究不是修道正途，必会落后。"

王破说道："平静喜乐，亦所愿也。"

"落后便会挨打，封闭终会腐朽，我们还是应该回来。"青衣怪客看着王破的眼睛说道。

王破沉默了很长时间，说道："我对这件事情没有想法。"

大西洲的人族如果想要重新回到中土大陆，必然是件大事，会惹出很多的麻烦纷争。因为哪怕回来的只是很小一部分强者，依然需要地盘，需要资源。

但从太宗皇帝到天海圣后再到如今，从与妖族结盟再到南北合流再到东西合璧，这是大势所趋。因为需要对抗魔族，直至彻底消灭魔族，人类必须团结起全部的力量。

在大西洲生活的毕竟都是人族，在很多人族强者看来要比白帝城里的妖族更值得信任，更应该亲近。至于妖族本身，当年或者担心大西洲势力重归大陆会影响到他们的地位，但现在他们的皇后来自大西洲，应该不会太过警惕。

有资格决定这件事情的人很少，大周皇帝、教宗、圣女、白帝夫妇，现在还要加上商行舟。像王破这样的强者，当然也有一定的发言权。以往王破是支持的，但现在他的想法有所改变。

很明显，无论是当年牧酒诗险些成为教宗继承人，还是此时这位大西洲的神圣领域强者带人试图截杀陈长生，都可以看出，商行舟与大西洲之间通过牧夫人达成了某种协议。

如今大周朝廷与国教之间对峙之势日趋严峻，彼此盯着彼此，朝廷想要悄无声息动用真正强者去杀教宗，已经非常困难，但大西洲则是原先棋盘之外的力量。如果陈长生真按原计划沿河行走，如果王破没有来，大西洲方面还真有可能杀死他。

王破不接受这样的事情。

"既然你对此事并无想法，何必要出现在这里？"

青衣怪客看着他说道："国教必然早有准备，并不需要你出头，或者说是教宗陛下想用这个方法逼你表明立场？"

"没有想法，不代表没有立场，我的立场一直都没有变过。"

王破说道："当初在天海与皇族之间，在朝廷与苏离之间，以及现在他们师生之间，我向来持正确的立场。"

青衣怪客问道："何谓正确？"

王破说道："教宗陛下是个好人。"

什么是正确的立场？如何判定是与非？原来就是简单的好与坏。

但人都是会变化的，那么如何判断？不能看一世，那便看一时，只要在此时此刻他是好的，那就足够了。比如那年在魔域雪原身受重伤的苏离，比如一年多前在战场上被海笛重伤的陈长生，都不应该被自己的世界如此对待。

青衣怪客沉默片刻后问道："如果要杀他的是唐家呢？"

王破想起了三年前京都的那场风雪。他与铁树坐在桌子的两边，唐家二爷说了四个字。

恩重如山。那又如何？他依然连刀带鞘打到了二爷的脸上，他依然以刀破鞘斩了铁树。恩重如山便还恩，挟恩图报则是另一回事。

青衣怪客明白他的沉默，摇头说道："当初是唐家老二，如今他要进汶水，你要面对的是老太爷。"

很多年前，王破曾经在汶水里做过好些年的账房先生，唐老太爷像对亲生儿子一样的对待他、培养他。他已经很多年没有回过汶水，那么今年会回去吗？就像青衣怪客说的那样，整个大陆都想知道，如果他真的回到汶水，又该怎样面对那位老太爷呢？他即便再强，心志再坚，难道还能对唐老太爷举刀？

看着王破的身影消失在雪河下游，罗布沉默了很长时间，手指在蜡梅花丛里轻轻移动，没有发出任何声音。换作他，也不知道该怎样处理这种局面。那名青衣怪客也离开了。罗布离开河畔，跟了上去，始终离着约两三里的距离。

这位大西洲的神秘来客，明显是位神圣领域的强者，想要跟踪对方而不惊动对方，是非常困难的事情，甚至可以说是找死。但罗布没有停下脚步的意思，因为他想查出整件事情的真相。就像当年，为了得到那把钥匙，他冒着极大的危险与雪老城里的年轻强者们周旋了数月时间。

而且他有信心能够不被那名青衣怪客发现。雪河两岸满是早已死去的冬草，上面涂着霜色，与阪崖马场四周的草很像，看上去就像无数把剑堆在一起。他在霜草间行走，仿佛要与四周融为一体，因为他也是一把剑。

126·汶水里的万片金叶

世间用剑者多，但现在提到剑道修为，一般人都会认为以陈长生最高。因为陈长生学过无数剑法，有无数剑，还随苏离学过剑。事实上，罗布会的剑法虽然没有陈长生多，但剑道修为绝不在陈长生之下，甚至还要隐隐更胜一筹。

不知道过了多长时间，雪河骤断，那是一处极陡峭的河道，上下落差有十余丈。冰雪覆盖着原野与河道，在河道断裂的那处，冰层下方的河水奔涌而出，发出轰鸣的声音。

青衣怪客走到河道中间的一处巨石上。河水如瀑布，混着冰块与残雪，从巨石两旁倾泻而下。牧酒诗坐在巨石的最前端，看着并不干净，有些浑浊的河水，不知道在想些什么。

青衣怪客与牧酒诗说了几句话。罗布隐身于霜草之间，静静看着那方。

相隔太远，水声太大，他无法听清楚二人在说些什么，但他可以把此时的场景画下来。炭笔在白纸上移动着，发出轻微的摩擦声，很快便出现了雪河、乱瀑以及巨石上的两个人。

青衣怪客忽然转过身来，向着河畔的山林里望了一眼。罗布拿着炭笔的手有些僵硬。

离开戈壁，陈长生继续往汶水城行走，只不过现在身边不只有南客，还多了折袖与关飞白。

他很清楚，南方那条道路必然有很多麻烦，而进了汶水城后，还将面临更多麻烦。无论是他还是折袖，都没有说为什么要去汶水。就像当初，他在国教学院外击败周自横后便上了马车向着北兵马司胡同而去。当时，他和那个家伙也没有说过要去做什么。

那时候，他们是要去周狱接人，现在一样，他们要去汶水城接人。那个家伙在汶水城里，已经很久没有消息。

不管在路上遇着的这些人是不是真的敢行刺陈长生，总之，很多人不想他去汶水。然而他一定要去汶水。

新国三年冬，很寻常无奇的一个晴天，冬云骤散，阳光难得明媚，陈长生一行人来到了汶水城外的原野上。

当他远远能够看到汶水城的时候，汶水城便已经看见了他。可以很肯定地说，到了此时，整个汶水城都知道他来了。但没有任何事情发生。无论是城门处的那些唐家侍卫，还是沿途所见的商贩行人，看到他们都没有流露出任何异样的情绪。更准确来说，那些侍卫与商贩看都没有看他们一眼，包括通关文书在内。

汶水城很繁华，街巷相接，四通八达，尤其是南北穿城而过的那条主街，比起京都的朱雀大街或者洛阳的东神大道都丝毫不差，可容八辆马车并行，极为宽敞，气势恢宏。

但当陈长生等人出现后，这条街却忽然间显得有些拥挤。不是他们刻意拦阻那些车辆与行人的脚步，而是那些车辆与行人离他们还有十余丈的时候便开始变道。很明显，行人与车辆都在绕着他们，或者说远远躲着他们走。他们就像是河里的一块大礁石，把河水都挤到了两边。

除了巷口那几个好奇的孩童，还是没有人看他们一眼，却又远离着他们，仿佛他们是洪水猛兽。

气氛很诡异，陈长生甚至有种感觉，就连那些食肆里飘出来的香味，都不敢靠近他们的身边。

折袖望向长街尽头那片白墙黑檐的建筑，沉默不语。那片建筑隔他们还有很远，但那种古老的历史意味便已经扑面而来。那里就是天下闻名的唐家祠堂，据说比京都皇宫的历史还要悠久。关飞白也在看那片建筑，右手大拇指、食指与中指缓慢地摩挲着有些旧的剑柄，眼睛微眯，不知道在想什么。

如果离宫传来的消息没有错，那个家伙这时候就应该被关在那里。

南客什么都没有想，用两根手指牵着陈长生的衣袖，只是觉得有些饿了，想吃肉。

陈长生抬步向前走去。人群很自然地分开，留下街道中间，就像被神圣力量分开的海洋。陈长生没有走到长街尽头那片白墙黑檐的建筑，在某处便停下了脚步，然后转身走上石阶。石阶后有一条幽静的通道，通道的深处是一片林子，林子深处里有一座道殿。正是国教在汶水城的主教殿。

道殿的门缓缓关闭。陈长生等人再也看不到了。街上的商贩行人忽然停下了脚步,然后望向道殿紧闭的门。

一片安静里,只能听到远处传来的几声狗吠还有孩子的哭闹声。这画面更加诡异,就像是雪老城里那些很难看懂的哑剧。不知道过了多长时间,人们收回了望向道殿的视线,继续向前行走,回到各自的生活里。

道殿的门紧闭着,残着雪的树林沉默着。没有人知道里面正在发生的事情。直至暮色降临。

街上的行人不再望向树林里的道殿,带着某种刻意,但在别的地方,还有无数双眼睛看着这里。

汶水穿城而过,其中一段水势平缓,景致幽美,正好在道殿的后方。在对岸有七名商贩、六个侗役、三个算命先生、两个卖麻糖的老人和一个买脂粉的小姑娘一直看着道殿后园。还有一位满脸胡须的军官,偶尔也会往那边看一眼。

夕阳的光线落在如镜般的水面上,化作无数团火,仿佛燃烧的天空。那些光线接着反射而回,落在他的脸上,胡须仿佛变成了燃烧的灌木丛。

罗布想起了唐家著名的汶水三式。那三记剑招都有一个很好听的名字,分别是——晚云收,夕阳挂,一川枫。当年那位唐家前贤或者正是在这个地方看到这样的风景,心有所感,才会创造出如此绝妙而美丽动人的剑法?

道殿的后园幽静异常,人影都看不到一个。忽然间,有琴声响起,淙淙如水,很是好听。他转头望去,只见一名盲琴师,正坐在汶水畔拨动琴弦。

虽已暮时,西边洒落的光线反而更加明亮,有些刺眼,但那名盲琴师感受不到这一点,不像别人那般用手遮着光,而是眯着眼睛,随着琴声轻轻摆着头,显得极为享受,陶醉至极。

看着这幕画面,罗布走到琴师身前扔下几块碎银子。听着碎银落下的声音,那位盲琴师心情更加愉悦,眉毛仿佛要飞起来般,手指拨弦的动作变得更快,曲风却是陡然一转,变得低沉了下去,不再是河面上的万千金叶,而是远方落日下的城关旧人。

127 · 道殿内外的夜唱

罗布站在琴师身畔听了会儿,忽然随着琴声唱了起来。琴师奏的是首不出名的曲子，他唱的词在世间则极有名。

　　而且他的声音极为粗豪，与汶水城里的柳荫残雪相较起来别有一番风味，顿时吸引了很多人的注意。

　　　　我一剑西来
　　　　你衣群褰动
　　　　那么小小的可爱
　　　　流过庭院
　　　　我在寺中抄经
　　　　而明天要练拳易筋……
　　　　春山爱笑
　　　　明天我的路更远
　　　　马蹄成了蝴蝶
　　　　弯弓射箭，走过绿林
　　　　我是那上京应考而不读书的书生
　　　　来洛阳是为求看你的倒影

　　那位盲琴师弹了很久，罗布也唱了很久，河畔围着的人越来越多，盲琴师身前堆着的铜钱与碎银子也越来越多，借着最后那抹暮色，闪耀着令人心喜的光泽。

　　暮色越来越浓，直至变成夜色，汶水两岸的商铺与客栈点起了灯火，星星点点落在水里。忽然，人群里响起了震惊的议论声，所有人的视线都离开了盲琴师与罗布，投向了对岸。那里是道殿的后园。

　　罗布微微挑眉，转身向那边望去。只见道殿大放光明，殿顶的流云缓缓地旋转，已经到了最高处，雅正高韵的礼乐缓缓而起。

　　这是宣示。教宗陛下，来到了汶水。

　　河畔的人们再次停下动作，就这样静立在原地，就像白天正街上曾经出现过的画面一般。七名商贩不再吆喝，六个衙役垂下了手里的铁链，三个算命先生睁开了眼睛，两个卖麻糖的老人手里用来裹糖的纸在夜风里轻轻战抖，那个买脂粉的小姑娘脸色雪白，仿佛已经涂了五层。

"没想到居然是个聪明人。"

看着对岸的无限光明，听着道殿里传来的礼乐声，罗布在心里想着："或者你的身边有个聪明人。"

汶水城的历史无比悠久，唐家的历史更是比陈氏皇族、梁家都还要更加久远。

做为四大世家之首，世间最富有的家族，汶水唐家统领着无数行业——运输、军械、粮食、矿山，只要是真正重要的行业里，总能看到唐家低调却无法忽视的身影，而这便奠定了唐家在整个大陆的地位。

到今天为止，没有任何人知道唐家到底拥有怎样的力量，因为直至今日今时，没有任何势力能够逼得唐家使出自己全部的力量。所以谈到唐家，人们只能用一个最含混的方式来描述，那就是底蕴。

底蕴在底，就像汶水底那些谁都数不清楚的水草，世人只知道在那里，却从来没有亲眼看见过，只能进行想象与猜测，所以唐家变得越来越神秘，也越来越可怕。

但总会有些侧面的证明，比如从来没有人敢在汶水里游泳或者捞鱼，比如无论是当年的太宗皇帝陛下，还是后来权势滔天的天海圣后，对待唐家的态度都是以怀柔安抚为主，因为下汶水容易溺死，而动唐家则必然天下大乱。

陈长生是当代教宗，是大陆身份最尊贵的人物，但即便是他，对唐家也没有办法。

如果离开松山军府之后，他便亮明身份，要来汶水城，唐家可以想出无数方法，把他礼貌地拒之城外。所以他只能隐藏身份，像一名普通旅客那般来到汶水城，哪怕汶水城早就已经知道了他的到来。

但现在他已经进了汶水城，如果他还想像前些天那般行事，试图通过暗中的行动救出被关在祠堂里的唐三十六，唐家真有可能让他直接消失在夜色下的汶水里——因为这里就是汶水。

所以，道殿里光明大作，流云直上穹顶。他直接向整个汶水城亮出了身份。汶水再如何幽深，河底的水草再如何恐怖，难道还敢把他如何？这是很简单直接的宣告，在罗布和很多人包括唐家看来，却充满着智慧。

但事实上，这个决定与陈长生没有太多关系，他只是按照信里说的在做。

这半日道殿显得如此安静,也不是他与人们在商议讨论,而是因为他有别的重要的事情要做。

到处都是青郁的树木,在这寒冷的冬季里,很明显,道殿里有某种阵法正在不停地给大地提供着热量。即便在京都离宫,这都是过于奢侈的行为,唯独在汶水城,并不显得很特异,因为这座城实在是太过富有了。

树林里有条幽静曲折的石道,从正午时分开始,石道两侧每隔数丈便站着一位主教,神情谦卑而严肃。越往深处去,石道两侧的主教位秩便越高,待到后殿神门外,更是站着四位红衣主教。神门里种着一株梨花,梨花下是后殿的门,汶水大主教便站在门外。

数年前,陈长生曾经来过汶水,也就是在后殿住着。当时的他已经被教宗陛下任命为国教学院院长,整个大陆都知道他将是日后的教宗,大主教自然招待得极为殷勤,但也没有像今日这般。

对离宫来说,汶水城当然是最重要的地方,出任这里的大主教也必然是美差。国教这些年并不安稳,这位大主教能够在这里做这么多年,自然也不是寻常人物,但他就这样安安静静地候在门外,哪怕时间移走,也没有流露出任何不耐的神色,甚至就连脚都没有动一下,显得格外谦卑,甚至要低到尘埃里去。

因为现在陈长生已经是教宗了。虽然很明白这个事实,但看着大主教似乎被刻意漠视,那几位红衣主教不敢腹诽,难免还是有些不舒服。

能让他们觉得稍微安慰的是,折袖与关飞白也被拦在了后殿的门外,这时候正在树林里发呆。狼族折袖与离山关飞白,当然都是名人,他们与教宗之间的关系,也是举世皆知。他们都不能进殿,更何况其余。

从正午开始,后殿的门便再也没有开过,里面也没有任何声音传出,谁都不知道陈长生在里面做什么。直到暮色最浓的时候,河畔的树林与殿顶仿佛同时燃烧了起来,然后一道真实的热意传了出来。那是由真实的火产生的热度,而不是来自道殿地底的阵法,梨树上的青叶微微卷起。

大主教终于抬起头来,望向紧闭的殿门,脸上流露出紧张的情绪。

关飞白用衣袖擦掉额头上的汗水,不知道是因为热还是紧张。

"这在炼的就是朱砂丹？"

他的声音也变得有些干涩，又非常低，因为担心别人听到了。折袖也不知道殿门里的情形，但他服过朱砂丹，知道味道，点了点头。得到他的确认，关飞白吸了一口气。在北方雪原，这一年被谈论最多的就是朱砂丹，他当然也知道这种传说中能够活死人、生白骨的神药。但他这时候不是因为震惊而倒吸凉气，而是因为确定了另外那个传言的真实性。原来朱砂丹真是陈长生炼制的，难道还真是用的他自己的血？

半年前，离山剑堂一位师伯，与二十一魔将在黑山军府外一场血战，断臂而归，流血将尽，圣光术都失去了效用，在最后的危急时刻，全靠着一颗朱砂丹才重新活了过来。

想到这一点，关飞白真的不知该用怎样的态度去面对陈长生了。

后殿的门终于开了，一道热浪涌了出来，梨树上的青叶簌簌直落，仿佛来到了盛夏。

南客扶着陈长生从里面走了出来，他的脸色有些苍白，看上去就像重病初愈。汶水大主教赶紧上前迎着。陈长生把手里的那个小瓷瓶递到他身前。小瓷瓶里自然是无比珍贵的朱砂丹。这一年多时间里，陈长生每隔一个月，会给前线的军士提供一瓶朱砂丹。他的血是有限的。

按时间来说，这个月的朱砂丹应该在十余天前便已经炼制出来、发放完毕。但他在雪岭上被魔君重伤，流了很多血，其后一直在阪崖马场养伤，根本没有可能做到。

他一直没有说过什么，但其实有些着急，因为他知道，在拥蓝关、拥雪关、在蓟州、在黑山，在很多地方，有很多重伤将死的将士正在等待着朱砂丹的出现，那些人才是真正地着急。

所以离开汉秋城的时候，他便已经暗中传书汶水，让这边的道殿做好了相应的药材准备，待今日抵达汶水，也顾不得其实伤势还没有完全复原，便开始了药物的炼制。

现在这瓶朱砂丹终于炼制出来了，接下来要做的事情自然就是送到前方的军府里去。

在最早的时候，这件事情是由国教英华殿负责，后来则是交到了唐家的手里。如今他在汶水,却没有继续交由唐家办理的意思,因为雪岭那夜的所有事情都是唐家引出来的,而且唐家明显并不在意他通过朱砂丹释放的善意。

陈长生说道:"派人连夜送到汉秋城,找到槐院的主事,怎么分放,他们知道。"

很安静,大主教没有接话,也没有接过那个小瓷瓶的意思。不是他敢不遵圣谕,又或者在权衡得失,而是太过震惊。这句话里有几个很重要的信息,其中一个信息必将震动整个大陆。

王破重回了天凉郡。不管他的人是不是回来了,但槐院既然到了,也就等于他到了。谁都知道,槐院就是王破。

但真正令大主教震惊的,还不是这个消息,而是小瓷瓶本身。派人连夜送到汉秋城,这中间足够做很多手脚,如果他想做的话。大主教的脸色不停变幻,一时红一时白,最后归于平静。他伸手接过小瓷瓶,最轻微的战抖都没有。

"必不负陛下所托。"

折袖看着陈长生苍白如纸的脸色,说道:"血能自生,但长时间如此,对修行会有很大影响。"

陈长生说道:"我每日食用很多灵果地参,问题不会太大。"

折袖说道:"若要成圣,便是大问题。"

陈长生沉默了会儿,没有接话。

折袖盯着他的眼睛,说道:"难道她就没有阻止你?"

陈长生知道他说的她不是徐有容也不是那封信的主人,而是小黑龙。想着最开始时那场激烈的争吵,他笑了笑。

折袖说道:"和救那些人相比,你自身的强大,对这个世界来说更加重要。"

陈长生把目光在门外那树梨花上停留了片刻,说道:"我明白这个道理,但是……如果一开始我就没想到这件事情也罢了,可是现在我明明知道自己只需要每个月流些血便能救回数十条人命,却不这样做,真的很难。"

一直没有说话的关飞白说道:"有道理,换作是我,也会觉得为难。"

折袖在严寒残酷的荒原上长大,对南方这些名门正宗弟子的想法无法理解,摇了摇头,不再多言。

"先前你炼药的时候,道殿已经向汶水宣告了你的降临。"

关飞白望向陈长生说道:"我不理解的是,就算亮明身份,唐家再也不敢动你,但你又能有什么办法把唐棠救出来,就算你亲自去拜访,他们不让你见,你又能如何?教宗也没办法闯祠堂。"

"我也不知道,明天先看看情况。"

陈长生看了眼夜空,只见繁星点点,明天应该是个晴天。

白昼晴暖,夜里却是风大,自北方群山拂来的冬风,顺着汶水进入城内,在道殿四周徘徊不去。梨树微摇,青叶再落,看着有些凄凉,似乎预示着有可能变天。

第二天清晨,变化来了。

不是突然落下了一场纷纷洒洒的雪,也不是起了一眼令人双眼迷离的风,而是响起了无数道雷。

蹄声如雷,晨光骤破,大地震动,原野不安,汶水城响起警讯,已经数百年没有关闭过的城门以难以想象的速度合拢。城墙上各式各样的守城神弩转动着方向,对准了北方的原野,无数道肃杀强大的气息向外散溢而出,说明在城门里、城墙内甚至地底,有无数座阵法开始运行起来。

只看那些守城神弩的数量、阵法的密集程度,还有破空而起的飞辇,便知道,汶水城的防御能力极其强大,严重地超出了规制,甚至完全不逊于洛阳城。

更令人感到凛然的是,无论是城门处的士兵还是反应更快的唐家侍卫,又或是那些最普通的商贩走卒,虽然被远方如雷的蹄声惊吓得脸色剧变,但依然并不慌乱,遵守着秩序,以很快的速度全部退回了城内。

很明显,过去的无数年里,汶水城虽然没有面临过刀兵之灾,却从未忘战。

且不说唐家深不可测的底蕴,只凭这座坚城与这些训练有素的军民,任谁来攻都要付出极惨重的代价。即便是最血腥残酷暴戾的魔族狼骑,也不敢凭着一口气便直接冲杀过来,必然会停在那数百座神弩的范围之外。

果然,如雷般的蹄声渐渐停止,那片黑潮停在了数里之外的原野上。

129 · 春风入老城

那片黑潮停在远处的原野上,即便是唐家特制的千里镜,也很难看清楚这些骑兵究竟是什么来历。

没有过多长时间，有百余骑离开了队伍，向着汶水城疾驰，竟是完全无视城上的那些神弩。看着这幕画面，纵使平日里演练过无数次，守城士兵与唐家侍卫还是紧张起来，毕竟他们从来没有真实的经验。

城主在下属们的陪伴下匆匆赶至城头，衣衫都没有穿齐整，更不要说穿戴盔甲。看着远方那片如潮的骑兵，还有越来越近的百余骑，城主的脸色越来越苍白。

眼看着那百余骑已经进入了神弩的攻击范围，他却不敢下令发起攻击，汗水如浆一般涌出。他望向那些唐家侍卫，惊慌喊道："主家呢？主家怎么没有来人？"

汶水城的城主由朝廷亲自任命，但他自己非常清楚，自己永远都不可能是这座城的主人。这座城的主人从无数年前开始，就只有一个姓氏，那就是唐家。从警讯响起到现在，已经过去了一段时间，就算反应再慢，唐家的人也应该到了才是。为何直到现在，城墙上只有那些侍卫，却看不到一位唐家的大人物？

一位幕僚盯着那越来越近的百余骑，想到一种可能，低声说道："主家没动静，说明必然无事。"

城主听着这话，觉得好生有道理，擦掉脸上的冷汗，颤声问道："那……来的究竟是什么人？"

时间流转，百余骑兵来到汶水城前。

没有战斗发生，因为城墙上的人们很快便知道了对方的身份。来到汶水城的并不是魔族的远征军，而是两千名护教骑兵。他们的任务是护送三位圣堂大主教进入汶水城。三位圣堂大主教来到汶水城的原因更加简单——随侍教宗陛下。

无论汶水城里的军民对今天清晨这场突如其来的动静有多么地不愉快，他们也没有任何理由把对方拦在城外。

——两千护教骑兵绝大多数都留在了原野上，没有任何敌意。

刚刚关闭没有多长时间的沉重城门，又缓缓开启。两座大辇在百名骑兵的护送下，在无数双情绪复杂的眼光注视下，走进了汶水城。

桉琳大主教与城主隔着帷幕说了几句话，没有出辇的意思。街上的民众有的好奇看着辇里的身影，有的跪下不停地祝祷，很是虔诚。

凌海之王与白石道人依然坐在一座辇里。

"唐家的反应很快，不好攻啊。"

凌海之王的视线穿过帷幕，落在稍远处城墙上那些明显不是朝廷军队的唐家侍卫身上，面无表情说道。这句话里隐藏着很多深意，白石道人微微一笑，没有说什么。

凌海之王看了他一眼，说道："汶水城从来没有遭遇过战火，为何唐家如此警惕小心，甚至不惜严重超越规制设置神弩阵法，还养了这么多私兵？难道说……他们想反？"

这句话的意思更加明确，白石道人敛了笑容，还是没有说什么，因为他不知道该如何接话。

两千护教骑兵护送着三位国教巨头来到了汶水城。他们的理由非常充分，因为要保证教宗陛下的安全。谁都没有办法说什么。

但是没有人会忘记这件事情里的关键之处，那就是离宫并没有事先通知汶水城。不问而取是为偷，不问而至是为袭。

两千护教骑兵突然出现在汶水城外，如雷般的蹄声撕裂晨光。虽说没有出事，但整个汶水城在那天清晨，都感到了紧张与不安。

千年之前，魔族大军南侵，把洛阳城围了很长时间，前锋离京都只有三百余里，却从来没有打到过汶水城。

再往更久远些的历史里望去，群雄争霸的混乱年代，大陆处处烽烟，民众流离失所，千里焦土，却唯独汶水城没有受到过任何攻击，就这样安安静静地注视着天下的动荡。

无数年来，这是汶水城第一次亲眼看到军队。国教这么做究竟是什么意思？向唐家和朝廷示威？担心教宗的安全？又或者是想要恐吓汶水城里的某些人？

身为钦差的中山王离开松山军府后，没有即刻回京，而是代表皇帝陛下巡示北方诸军府，收到这个消息的时候，他正在拥蓝关，第一个想到的问题不是这些，而是国教中人居然没有去葱州？

那日凌海之王等三位国教巨头，带着两千护教骑兵，以雷霆之势杀到松山军府，借着教宗遇刺一案，极其强硬地夺走了松山军府神将的位置，很大程度上是因为他们来得太过突然。

那两千余骑国教骑兵一直驻扎在浔阳城周边，去往松山军府的路途上多是荒原，能够瞒过朝廷的视线可以理解，问题是那三位国教巨头何时出的离宫，京都方面竟然没有一个人知道。

朝廷自然不会允许这样的事情再次发生。三位国教巨头带着两千国教骑兵离开松山军府后，行踪一直在大周军方的掌控之中，所有人都知道，他们正在向葱州军府前进。这也是朝中很多人都预料到了的事情。

国教摆出如此大的阵势，自然不可能只为了松山军府这一个位置。葱州军府偏西，条件艰苦，又极其重要，最关键的是，这里是薛醒川当年崛起的地方，即便他已经死去了三年时间，朝廷进行了多次肃清，依然不可能把他的影响力完全清除。无论从哪个角度看，葱州军府都应该是国教的下一个目标。

谁能想到，三位国教巨头和两千名护教骑兵，竟是连夜翻越了那片死气沉沉的石山戈壁，突然出现在了汶水城外！

国教方面究竟想做什么？难道那位年轻的教宗陛下真的发了疯，准备屠汶水城？中山王终于开始思考这些事情，神情越来越冷峻。他根本不会相信这种荒诞的推论，因为他很确信，那位年轻的教宗陛下做不出来这种事情。而且两千骑兵就想屠汶水城？这也太过低估教宗陛下的智商和唐家深不可测的实力了。

便在这时，军府外的街道上忽然响起一阵欢呼声。

中山王微微皱眉，问道："何事？"

过了片刻，府外的声音没有停歇下来的意思，反而越来越响亮，似乎整个拥蓝关都在欢庆什么事情。

建熙神将走进军堂，声音微沉说道："刚收到的消息，新一批的朱砂丹明天开始分发。"

中山王的眼神越来越幽深，心想教宗陛下智商如何不知，但气度确实非凡。

汶水乃是世间有数的古城，时值深冬时节，残雪黄叶相映，景物更显幽深。

看着斑驳古旧的城墙，看着那些历经数百年风雨而不变的招幌，任谁都能感受到其间厚重的历史。想着城里的那个世家，这份厚重历史意味上更会添上几抹沧桑而强大的感觉。

即便是凌海之王，进城后情绪都不像往常那般暴躁，变得有些沉默寡言。他掀起窗帘，先看到了街畔那些或站或跪的民众，然后看到了一片水光。汶水城比京都偏北，穿城而过的这条名河在寒冬时节却依然不曾结冰，其间自有源源不尽之意。只有河畔那些染着霜的草,与两三朵明显已经冻毙的小黄花,证明天时难逆的道理。

到了道殿外,车辇停下,凌海之王顺着林间那道石阶向里走去,白石道人与桉琳大主教随在他的身后。幽静石阶的尽头,便是后殿的神门。门里种着一株梨树,树下站着一位年轻人。

凌海之王不喜欢这个年轻人。从来都不喜欢。哪怕后来知晓对方国教正统传人的身份,他还是无法理解自己无比尊重的教宗陛下为何会指定此人为继承者。在他看来,这个年轻人虽然谈不上懦弱,但还是缺少锋锐之气,死气沉沉,毫无趣味。没有趣味,便意味着无爱憎;没有强烈的爱憎,便不会懂得什么叫责任。

直到此时此刻,他看到梨树下的身影,才隐约明白了些什么。原来不是死气沉沉。是平静无波。

这个年轻人就像是一条小溪。溪水可能有些浅,但很清澈,可以看见水底的游鱼以及每个人自己。溪水看着很柔弱,却又最为坚韧,哪怕是最锋利的剑,也无法斩断。溪水看着很平静,事实上却蕴藏着难以想象的澎湃力量,可以开山辟地,西流至海。

就像汶水城,谁都知道他不应该来,或者说不便来,但他还是来了。凌海之王终于明白了教宗陛下的选择。

他平静拜倒。白石道人与桉琳对视一眼,神情微异,然后也随之拜倒。

那个年轻人转过身来,说道:"起来吧。"

清风徐来,无数朵细小白花从树上落下,洒在他的身上,留在他的肩上,看着就像是新雪,无比干净。到处都是白色的小花,落满一地。现在是寒冷的深冬,却有如此美景,为何?可能是因为昨天他在道殿里炼丹,园内骤暖,生机勃勃。于是,忽如一夜春风来,满树梨花尽开。

130 · 掌落石出

凌海之王对着梨树下的陈长生行礼,然后起身。

整个过程都很迅速。与普通情形相比,他站起的速度有些过快,可以理解为动作简洁,也可以理解为不用心。很多人,尤其是离宫里的大人物们都知道,凌海之王一直不喜欢教宗陛下,隐有敌意。白石道人与桉琳用余光看到这一幕,并不觉得意外。

凌海之王站起来了，白石道人与桉琳还保持着行礼的姿势，双方之间便有了高度的差距。就像满树梨花与陈长生之间的相对位置一样。清风徐拂，无数白花飘落，落在陈长生的头顶或者肩上。

凌海之王的右手也飘落了下来，向着身旁的白石道人头顶而去。寒风呼啸而起，青树摇摆，梨花乱舞。风势竟然波及到了远处的汶水，水里天影大乱，水底的那些水草拼命地摆动着，仿佛变成了无数条蛇。凌海之王的出手太过突然，殿前的所有人都反应不过来。

桉琳的余光里只看到那道如闪电般的掌影，震惊异常，想要阻拦，却已经来不及了。

然而，白石道人对此似乎早有准备。他依然保持着拜倒的姿势，右掌不知何时却已经离开了地面，如水面上的浮萍被风吹动般，翻了起来。啪的一声轻响，两只手掌在白石道人的头顶相遇。

殿前的青石地面震动起来，向着下方沉陷了约数寸！神门被呼啸的狂风带动，发出喀喀的声响，似乎随时可能倒塌。

凌海之王的身体微微摇晃，向后退了两步，无数精纯的气息，自神袍里宣泄而出，在空中撕裂出无数道裂痕。白石道人站了起来，脸色变得极其深红，仿佛有无数细密的血滴，要从肌肤下面溢出来。

桉琳更加震惊，因为这次对掌的结果，完全出乎了她的意料。凌海之王与白石道人的境界差相仿佛，都是聚星巅峰。就算白石道人一直有所警惕准备，但凌海之王这一记落掌非常突然，完美契合殿前的天地法理，可以说是毕生最强一击，然而却无法重伤白石道人只是稍占上风，这是为何？桉琳感受着白石道人的身体散发出来的神圣气息，想到某种可能，脸色微显苍白。

白石道人没有流血，但他知道自己在凌海之王阴险的全力偷袭下还是受了不轻的伤，必须立即离开。他很了解场间的这些人，现在是离开的最后机会。

凌海之王需要时间回复真元震荡，桉琳刚刚醒悟，战意未起，刚从殿里走出来的那个年轻人满身凌厉剑意，想来应该是离山剑宗的年轻高手，但离山剑宗并不擅长追杀之术，应该也没办法拦住自己。

至于那位……他看了眼梨树下的陈长生，心想你重伤未愈，就算动用万剑，又如何拦得住我？他冷哼一声，身法骤疾，变成了冬日里的一缕轻烟，便向道殿外疾掠而去。做为国教巨头里身法最隐秘、速度最快的那个人,他的推算没有错,这时候场间没有人能够拦住他。但是他并不知道一件事情,从松山军府到汶水城,陈长生的身边还有两个人。

那缕轻烟在满园青树里穿行,却始终无法出去,因为无论他去何处,总会有一个小姑娘出现在前面。白石道人被迫现出身形,看着面前那个小姑娘,眼里满是震惊的神色。这个小姑娘面有稚意,眼神呆滞,仿佛不会思考一般。

——那你怎么就能知道我下一步会去哪里,为什么这么快?

更令他感到不安的是,先前在树林里飞掠的时候,他总觉得自己的颈后有一道寒冷的风。似乎有人始终跟在他的身后……他知道自己必须出全力了。

一道神圣的气息从他的道袍里生出,无数洁白的光线从他的掌间溢了出来。那是一块无比浑圆的白石,去过寒山天池的人,或者能够认出来,这是一枚天石。这块天石的周边镶嵌着极其复杂的黑金阵法,看着极为美丽,可谓是人类与自然的巅峰相遇。

这便是国教重宝——落星石。

看着这幕画面,桉琳证实了自己的猜想,变得异常愤怒。白石道人能在凌海之王的全力偷袭下依然保住大部分实力,就是因为他掌心里的这颗落星石。

这颗落星石是由白石道人掌握的国教重宝,桉琳、凌海之王等人也都各有一件。这些堪比神器的重宝是离宫阵法的重要组成部分,对国教来说非常重要。除非教宗陛下谕令,任何人,当然也包括分执重宝的国教巨头,都不能够把这些重宝带出离宫。白石道人偷偷把落星石带在身边,无论是何意图,都罪同叛教!

桉琳挥动右手,衣带离身而去,带起无数梨花,便要把白石道人围住。

"你们以为这样就能留下我吗?"白石道人盯着身前的那个小姑娘喝道。

事实上,他的这句话也是对身后那个如鬼似魅的人说的,也是对桉琳说的,更是对陈长生说的。就在说话的同时,他把手里的落星石砸向了地面。

看到这幕画面,桉琳暗道不好,顾不得衣带未能成阵,向着树林里疾掠而去。

落星石落在地面上,没有发出任何声音,那些花瓣与树叶都没有颤动分毫。一道仿佛来自远古的沧桑力量,忽然出现了。无数寒风向着落星石灌注而去,地面上的花瓣树叶也随之而去。落星石仿佛变成了一个大旋涡,把接触到的所有事物都吞噬了进去,就连周遭的天地法理都开始扭曲。

一个无比幽深的黑洞出现在地面上，看着只有一丈方圆，却又仿佛无边无垠。落星石悬浮在其间，散发着幽幽的光芒，仿佛是真实的星辰。风与花与叶依然在不停地向里面沉陷，然后消失无踪。

　　"拦住他！"桉琳急声喝道。

　　落星石不愧是堪比神器的国教重宝，竟然生生地破开空间，打开了一条不知通往何处的通道！

　　白石道人面无表情看了她一眼。落星石这时候已经释放出了完全的气息，无论是他身前的那个小姑娘还是身后那个如鬼似魅的人物，都已经无法拦住他。他向那个幽暗的通道里走去。如果没有意外，下一刻，他会出现在数百里之外的原野上。

　　然而，意外就在这时候发生了。他的脚明明已经落在了幽暗的通道里，为何依然感觉是踩在了泥土上？

　　为何鞋底甚至传来了花瓣与树叶的触感？

131·如山！如海！如旗！

　　白石道人面露震惊之色，向着四周望去，只见自己还是在道殿外，树林里。那个小姑娘依然在眼前，那道寒冷的气息依然在颈后。这是怎么了？明明落星石已经破开了空间，为何自己还在原地？

　　白石道人望向自己的脚下，脸色忽然变得苍白起来。落星石依然静静地悬浮在黑色的空间里。但那个黑色的空间正在以肉眼可见的速度变小。一道不知道从何处传来的、带着神圣意味的力量，正像水波一般，不停地拍打着那个黑色空间。

　　落星石对天地法理的扭曲，完全失去了效果，花瓣与树叶不再继续沉陷，而是停留在了原地。就像他也没有办法进入那条通道，只能留在原地一样。这道道水纹般的力量是从何处来的？为何如此神圣庄严？为何就连落星石都承受不住？

　　白石道人霍然转身，视线顺着地面上的水纹向远处望去，最终落在神门后，那棵梨树的下方。陈长生静静站在梨树下，静静地看着他，似乎根本不担心他会逃走。他的手里握着一根神杖。那是代表着国教最高神圣意志的杖。神杖的底端在泥土里，很浅，却坚不可撼。无数神圣气息，以神杖为中心，向着道殿四周蔓延而去，就像是水波一般。树林里的花瓣与青叶，缓缓地飘了起来，离地三尺，便不再继续上升。河底的水草缓缓地飘了起来，离水面三尺，便不再继续贪恋天光。

动静之间，自有一种无比和谐的美感。美的极致是肃穆，星海便是肃穆的，而肃穆便是神圣。整座道殿以及四周的树林与河水，都变成了一片星海。任何神圣力量遇着这片星海，都会成为其间的一部分，沉溺或者说沉醉，直至消失或者说共生。

落星石是国教重宝，是离宫无数代贤者的智慧成果，遇着教宗的神杖，哪里还会有任何战斗的意志？

白石道人清楚地感知到落星石正在与自己道心分离，终于想明白了其中道理，脸色更加苍白。此时国教强者云集，他即便落星石在手，也只能想着如何脱困。如果落星石都被夺走，哪里还有幸存之理？

他再顾不得那么多，强行主动切断了与落星石之间的联系，承受着神道反噬带来的伤害，咽下那口腥甜的血水，真元狂运，把一身道法催至极限，斜斜穿过那个小姑娘的身边，化作一道狂风向树林外掠去。

桉琳屈指一弹，那道衣带迎风而动，带起无数花瓣，欲迷人眼。白石道人没有被迷眼，却被遮住了视线。更重要的是，那条衣带与卷起的无数花瓣，仿佛把树林里的方位做了某种改变。

当花瓣散去后，白石道人看到的并不是通往林外的石阶，而是凌海之王那张冷酷至极的脸。凌海之王最先偷袭得手后便悄然退后，其后再也没有出手，一直等到了现在。他哪里会再给白石道人机会。

他挥动手里蓄势已久的铁尺，向着花瓣后的白石道人砸了过去。黝黑的铁尺上仿佛有无数星光在这一瞬亮了起来。

一声闷响。铁尺破开白石道人的防御，狠狠地落在他的肩头。他的肩骨顿时断成两截，幽府受震，再也无法控制住，向着天空里喷了口鲜血。

就在他准备暴起真元，强行突破凌海之王的时候，忽然觉得腰间一凉。这道凉意他很熟，所以他觉得很恐怖。先前这道凉意一直跟在他的身后，仿佛有只鬼在对他的颈不停地吹气。现在，这道凉意却来到了腰间。

一声极其轻微的闷响。就像那个极老套的比喻。一只盛满酒的皮囊被刺穿了。一截剑尖从白石道人的腹部穿了出来。

这把剑的剑尖并不锋利，反而像是被锐器斩断后的残面，上面有着一些很复杂的图案与花纹。那些图案与花纹被血染红后显得格外妖异。

按道理来说，像白石道人这样的至强者，就算被一剑穿腹，也还能有战斗力。但不知为何，他这时候急剧地变得虚弱起来，仿佛那把剑上带着无数魔气，正在不停地吞噬着他的生命。白石道人低头望向腹部，看着那把剑，茫然的眼神里出现了无数震惊，发出痛苦而绝望的喊声。

他在道典的图上看过这把剑，他认识这把剑。——消失了数百年的魔帅旗剑！

神威如海！铁尺如山！魔剑如旗！

白石道人再如何强悍，连续遭受如此恐怖的三次攻击，终于再也无法支撑，口喷鲜血，半跪于地，放弃了抵抗。他艰难地抬起头来，发现那个小姑娘还站在自己的身前，神情木讷。从始至终，这个小姑娘都没有出手，但无论他去往何处，她始终会出现在他的眼前。这种不出手比出手更加令人感到恐惧。

这个小姑娘是谁？怎么会拥有如此恐怖的速度与身法？白石道人盯着她的脸，忽然想到了一种可能，眼里流露出不可思议的情绪，转身望向神门内，厉声喊道："你竟然敢把她带在身边！"

陈长生没有回答他的话，收起神杖，对关飞白轻声致谢。凌海之王偷袭的那一刻开始，关飞白并不清楚发生了什么事情，但他下意识便站到了陈长生的身前，握住了剑柄。因为他知道陈长生重伤未愈，而且失血过多，需要被重点保护。到这个时候，他隐约明白了些什么，握着剑柄的手有些微微战抖。

这一切发生得太过突然。哪怕剑意如山般沉稳的他，忽然发现自己亲身参与了国教的大事件，也难免有些紧张。

桉琳听到白石道人的话，隐约明白了些什么，望向那个神情木讷的小姑娘，欲言又止。

凌海之王肯定也猜到了，但根本没有受白石道人那句话影响，面无表情问道："你既然猜到我们已经发现，居然还敢跟着进城，是道尊还是唐家保证了你的安全？又或者是你以为落星石在手，便可以肆意妄为？"

白石道人的前襟上到处都是血迹，看着有些凄惨，但他的态度依旧强硬，沉声道："我确实没有想到，神杖能镇压落星石，看来这就是教宗用来驭使六殿的手段，但又能如何？你们总不能当场就杀了我？"

132 · 议 罪

他是文华殿大主教，在国教里的地位极其崇高。依照道典法则，像他这样层级的大人物，就算违背教律，要被施以惩处，也应由教宗陛下于光明正殿里召开大会，当众宣读罪状，再由流云殿定罪。当年教宗陛下把牧酒诗逐出离宫，就是这样做的。

当今的教宗陈长生已经三年没有回京都了，就算他为了给白石道人议罪回到京都，国教里说不定也有人会站在白石道人一方，至少会要求免除死罪，更不要说商行舟就在京都，他又怎么会看着白石道人去死。

陈长生没有对白石道人这句话做任何评价，只是静静地看着他，问道："为什么？"

他离开京都已经三年，离宫承受着非常大的压力，草月会馆、苔所等六殿即便封殿，也无法阻止那些压力随风潜入。南北合流之后，大周朝廷愈发势盛，更关键的是，商行舟本来就是国教正统传人，是真正的圣人。教宗与梅里砂大主教回归星海后，整个国教再也找不到比他辈分更高、资历更深的人，就连教宗陈长生都是他的学生。

在这种情况下，国教里有些人怎么可能不生出别的心思来呢？

在他原先想来，最有可能拜到师父身前的人应该是司源道人或者凌海之王，因为他们之间有过旧怨，却没想到竟然是白石道人。要知道白石道人当初是那份遗诏的见证者之一，向来沉默低调，看不出来任何叛教的可能。

"为什么？因为我要替国教的前途考虑，要替人族的利益考虑。"白石道人盯着陈长生的眼睛说道，"国教并非一人之教，而是亿万信徒之门，绝不应该以教宗陛下一人的意志为转移，除非你是真正的圣人。很遗憾的是，你的天赋虽然高，甚至有可能成为史上最年轻的真圣人，但你我都清楚，道尊不会给你这种机会，你也知道自己不可能再拥有这样的机会，所以三年过后，你无法继续沉默，只好站出来开始搅风搅雨。"

陈长生沉默了一会儿，说道："我以为，国教内部有很多人一直期待着我重新站出来。"

"那些人都是些蠢货。"白石道人毫不掩饰自己的鄙薄之意，看了凌海之王一眼。很明显，以凌海之王、司源道人为首的曾经的国教新派，一直持着相对激进的态度，希望陈长生能够尽快以教宗的身份君临天下。

白石道人继续说道："教宗陛下当年为何会选你为继承者？因为他觉得你这个师侄和他很像。而如今当你站了出来，开始凭借教宗的权威、凭借所谓谋略，试图通过这些手段在这场与朝廷的战争里获胜，那么你就和他老人家越来越不像了，反而你越来越像你的师父。而如果你想成为一个和你师父一样的人，你又怎么可能胜得过他？"

说到这里，他望向凌海之王与梓琳喝道："你们到底有没有想过这个问题？国教为何要因为他那些不知何来的逆师之念而陷入万劫不复的境况？既然如此，为何我们不干脆迎道尊为教宗陛下？！"

道殿外一片安静，神门里的青树在风里轻轻摇摆，把昨夜催开的最后一点小白花甩了下来。

陈长生的目光落在远处树林外那些若隐若现的教士身影上，沉默片刻后说道："你可能不是很了解我。"

白石道人没有想到会听到这样的答案，微怔片刻，然后再度变得冷漠强硬起来，说道："无所谓，你现在尽可以解除我大主教的职位，甚至像对付牧酒诗一样，废了我的传承。但道尊重归离宫的那一天，我会在那里等你。"

梓琳沉默了，凌海之王说道："我与你共事数十载，从未发现，你是如此愚蠢的一个人。"

白石道人神情冷漠看了他一眼，说道："你想安我怎样的罪名？谋害教宗陛下？就像在松山军府那般？"

凌海之王说道："罪不是被人安的，而是自己犯的。"

白石道人看着他面无表情说道："不要忘记，这里是汶水。"

汶水，是唐家的地盘。

国教势力再大，想要当场格杀白石道人，也没有可能瞒过唐家的眼睛。这也就意味着，如果陈长生想要维护教律的尊严，现在只能把白石道人拿下，甚至断了他的传承功法，却不便当场处死他。

这个时候，树林里响起脚步声，汶水主教来到了道殿前，手里拿着一封信。主教低着头，看都没看一眼满身是血的白石道人，也没有流露出任何异样的神情,如惯常那样平静而谦和。

"陛下,您等的信到了。"

陈长生接过信拆开,拿出信纸看。

凌海之王与梭琳望了过去,关飞白与折袖也望了过去,就连此时生死未定的白石道人也看了过去。他们都知道,一直有人在与陈长生通信,从松山军府之事到来汶水的行程,全部是由写信的那人所拟定。众人都很好奇,写信的人究竟是谁。

只有南客对此不感兴趣,依然按照陈长生的吩咐,站在白石道人的身前,盯着他的眼睛。

陈长生看完信后,不知道在想什么,沉默了一段时间,然后把信递给了凌海之王。

白石道人冷笑说道:"故作神秘……那人在信里说了些什么,难道提前就预见了此时之事?"

凌海之王的视线离开信纸,落在他的脸上,目光有些诡异。白石道人忽然觉得身体有些微寒。

凌海之王说道:"你猜对了,那人说我们必须杀了你,以此立威。"

白石道人闻言色变。他不知道写信的那个人究竟是谁,但知道最近一段时间,国教的很多事务,都出自那人的手笔。最关键的是,通过这些天的观察,他非常确定,陈长生对那人非常信任,可以说是有言必依。

便在这时,树林外出现了一名教士的身影。汶水主教前去询问,片刻后回来,向陈长生低声回报道:"唐家二爷前来拜访陛下。"

133 · 狠狠红

道殿前的众人闻言微惊,白石道人则是精神一振。

陈长生昨日便入了汶水城,傍晚时分,汶水道殿便奏乐昭告天下,唐家却始终没有任何反应。偏偏这个时候,唐家来人了,而且来的正是传闻里已经手握唐家大权的二爷。很明显,唐家在道殿里有眼线,知道白石道人已经事发。唐家二爷这样的重要人物立刻前来拜访,就是要保住白石道人的性命。

众人望向陈长生,想要知道他的决定——是按照信里说的那样,以教宗的名义直接杀死白石道人立威，还是依照教律将此事押后，同时避免与朝廷、唐家之间的矛盾激化？

关飞白望向陈长生的侧脸，不知道他会怎样选择，也不知道自己希望他怎样选择。你已经是真正的教宗，还是当年那个初入京都的少年道士？

陈长生忽然抬头望了眼天色。此时离清晨并不远，朝阳在汶水的那头，离水面也不远。

红色的朝霞涂满了远方的天空，云朵仿佛都在燃烧，和暮色并无两样。他想起几年前在国教学院，在很相似的暮色里，他和唐三十六在大榕树下的那次谈话。然后他想起还是在国教学院里，在暮色褪去后的夜色里，他和唐三十六在大榕树下的又一次谈话。总之那几年，从那间叫李子园的客栈开始，他和唐三十六有过很多次谈话。

在那些谈话里，他们聊过很多事情，不是过往的回忆，而是对将来的展望。暮色里，国教学院的湖里泛着金光，那尾吃得太饱的锦鲤向着腐烂的黑泥里渐渐沉去。他们不要这样活着。

当时轩辕破在湖的那边用自己的熊腰砸树。唐三十六对他说，不管秋风还是春风，我们还年轻，那就由着性子过。

现在轩辕破回了白帝城，早已没了音讯。唐三十六也没办法再由着自己的性子想骂谁就骂谁、想骂人十八代祖宗就绝对不会只骂十七代，因为现在他被关的祠堂里供的都是他自己的祖宗。

在另外那次夜色里的谈话，唐三十六对他说你以后是要做教宗的。他说教宗不好当吧？唐三十六说当然不好当。唐三十六还对他说，国教学院以后就是他做教宗的根基，所以才会对国教学院重新招生如此热衷。这个家伙早就已经把现在的事情想到了，一直都是这个家伙在帮他安排处理很多事情。

现在轮到他自己来做决定、处理，才发现原来确实很不好做。

陈长生收回视线，转身向道殿里走去。他表明了自己的态度，非常明确。

白石道人非常震惊，爆发出了全部的力量，如狂风一般疾掠，向着神门里他的身影追去，想做搏死一击。然而他根本没有办法碰到陈长生。南客依然站在他的身前，神情痴呆地盯着他。在他的眼里，这个小姑娘就像个真正的恶魔。

三声沉闷的响声，凌海的铁尺、桉琳的衣带、折袖的魔剑，近乎同时落在了白石道人的身上。白石道人倒在了神门的门槛外，全身骨头断裂，血水灌进肺部，幽府破碎，再难站起。他的眼睛里满是绝望的神情，临死前的大恐慌与不甘尽数化作一声厉啸，便要进唇而出。他要通知树林外的唐家二爷，快来救我！

遗憾的是，他没能发出这声厉啸。就在他的嘴刚刚张开的那瞬间，一块抹布便被闪电般塞了进去。汶水主教不知何时来到了他的身边。他的左手把一块抹布塞进了白石道人的嘴里。同时，他的右手握着一把短剑刺进了白石道人的胸口。

场间很安静，剑锋入体的声音显得那般惊心动魄。小半截剑身露在外面，平静如镜，散发着淡淡的圣洁意味。汶水主教此时的神情也是这般平静，这般圣洁。

白石道人瞪圆了双眼，喉咙里发出嗬嗬的声音，伸手想要抓住主教的衣服，却没能抓住。他不停地抽搐着，挣扎着，就像离开了汶水，无法呼吸，快要死去的鱼，却无法脱离控制。

汶水主教看着神门里陈长生的背影，轻声说道："陛下请休息片刻，我相信唐家二爷应该有耐心多等一段时间。"

他说话的时候，一手握着抹布捂着白石道人的嘴，一手拿着剑扎着白石道人的胸口。白石道人在他的手下还在挣扎抽搐。

他的声音却没有任何战抖，还是那样地平静，甚至显得有些谦卑。

桉琳不忍再看，转过身去。凌海之王却流露出欣赏的神色，甚至有些隐隐赞叹。神门缓缓合拢。

在快要关闭的时候，关飞白看到那名汶水主教拖着白石道人向着树林里走去，其间又很随意地向着白石道人的身体捅了几剑。是捅，不是刺。因为刺是比剑，而捅是宰杀。

关飞白的眼角微微抽动。这一次，与亲眼目睹国教大事件无关。他知道，能够被国教派至汶水城做了这么多年主教，这位主教必然不是普通人。但他怎样也想不到，也很难接受，这个看上去如此平静谦和高洁的主教，在某些特定时刻，居然像疯子一样。

如果国教里面有很多这样的人，不，哪怕只有几个，那也太可怕了。

白石道人是文华殿大主教，真正的国教巨头，毫无疑问，也是商行舟大计里很重要的一个人。

今天,他就这样死了,死在汶水城的道殿里。对方受了如此大的刺激,必然会有所反应,尤其这里是汶水,幽深不知其深的汶水,唐家的汶水。白石道人的死无疑表明国教和陈长生的态度,他们已经做好与唐家完全翻脸的准备。

谁都知道,汶水唐家是大陆首富,四大世家之首,但事实上唐家的隐藏实力要远远超出人们的想象。唐家的历史太过悠长。

三年前天书陵之变,唐家便在其间起了至关重要的作用,只不过没有几个人知道。如果不是唐家想方法破了皇辇图,天海圣后现在说不定还高坐在皇位之上。

如今天机阁的暗中实力被洛阳长春观接收,其余的大部分产业归了唐家,唐家的实力更加可怕。像唐家这样的势力,自然是所有人都想获得的臂助,无论国教还是朝廷,都是如此。

按道理来说,就算这几年唐家明显更加亲近朝廷,国教也不应该表现出如此激烈的态度。这便不得不说,写信的那个人很了解陈长生。他或者她知道,陈长生必然要把唐三十六从那间祠堂里接出来。

那么不管国教对唐家的态度再如何温和,只要这件事情不会改变,终究他都要与唐家翻脸。

134·一张蒲团

既然迟早都会翻脸,何不从一开始便用最强硬的姿态去面对?如果这是一盘棋局,松山军府只是随意落子,代表着离宫重新向整个大陆发出声音。而落在汶水城的第二手便是胜负手,甚至可以说是生死手。写信的那人,就是要借唐三十六这件事情,让陈长生摆出最强硬的态度。这个态度是给唐家看的,但不是给唐家二爷看的。

虽说长房已经失势,但唐家终究还是唐老太爷的唐家。写信的那人,赌的就是唐老太爷在国教最强硬的态度面前,会做出怎样的决断。

现在最大的问题在于,这些年唐家的情形已经证明,唐老太爷明显支持二房。换句话说,在商行舟与陈长生师徒之间他已经做出了选择,而且像唐老太爷这样的人物又怎么会因为国教的态度强硬而改变自己的态度?

在唐老太爷之前，国教首先需要面对的是唐家二爷。这位据说已经完全掌握唐家的中年人，毫无疑问是大陆最有权力的男人之一。但在这座安静的道殿外，他看上去就像个普通的中年人。

或者是因为从汶水主教今日面对他时并没有像平日里那般谦卑，更没有什么谄媚的表现，主教似乎真的把他当作了一个想要拜见教宗陛下的普通中年信徒。

清晨时，三位国教巨头与百骑入了汶水城。其后不久，道殿里传出了很多声音。

唐家二爷便是那时来到了石阶前，表示要拜访教宗陛下。主教大人帮他进行了通报，然后说教宗陛下刚刚醒来，正在梳洗，需要一段时间。

这是很正常的事情，虽然唐家二爷知道必然是借口，但也只有在石阶下方等着。但他没有想到，这一等便是整整半日时间，晨光驱散了林里的雾气，然后变成冬日里少见的温暖阳光。随着时间的流逝，站在唐家二爷身后的两名供奉还有那些跟班，脸色变得越来越难看。教宗来了汶水，唐家当然应该主动派人前来拜见，可是为何要二爷等这么久呢？这是要给唐家下马威？如果不是唐家二爷始终保持着沉默，说不定他们早就已经闹将起来。要知道这里是汶水城，从某种意义上来说，唐家的家主才是真正的皇帝。

无论是当年的太宗皇帝陛下，还是凶名赫赫的天海圣后，他们的旨意在这座城里从来都没有家主的一句话好使。在他们看来，二爷代表着唐家，就算是教宗也不能这般羞辱！

唐家二爷背着双手站在石阶下已经整整半日，不要说怒意，就连不耐烦的神色都没有在他脸上出现过。

但这不代表他的心情也一样平静。事实上，他这时候的心情非常糟糕。

三年前的天书陵之变，他在其间扮演了极为重要的角色，普通民众并不知晓，但有资格知道的人们都知道了。从那一刻开始，他便成为了这个大陆举足轻重的大人物。虽然他还没有成为汶水城的主人，但谁都知道，那一天并不遥远。而且现在无论是家族生意还是诸房内务，老太爷都交给他在处理。他已经是汶水城事实上的主人。

尤其是随着半年前唐三十六被关进了祠堂，再也没有人敢质疑这一点，就连雪老城也不敢质疑。就算月前去京都陛见，他也可以直接上殿，根本不需要通传！现在还有谁敢把他故意晾这么长时间？

"在雪岭里没有杀死你，真是件令人遗憾的事情，结果还让你进了汶水。白石那个蠢货，怎么就被发现了呢？不过就算你来了汶水，除了像小孩子一样耍耍脾气，你还能如何？教宗大人……难道就真的很大吗？"

唐家二爷看着树林深处那座道殿的檐角，神情平静地想着一些大逆不道的话。待他想到最后那句时，觉得很是有趣，自己好生风趣，唇角微微扬起。如果是往日，在他身旁的汶水主教必然会极其识趣地逢迎一句二爷因何发笑。

但今天不一样，汶水主教看着他认真说道："唐先生请勿失仪。"

唐家二爷的笑容骤然消失，再也无法保持平静，生出了一层霜意。

就在所有的耐心都即将消失的时候，道殿里终于传来了通传的声音。唐家二爷与人们走上石阶，穿过幽静的冬林，来到了神门外，抬眼便看见了那棵梨树。梨树下没有身影，地面上没有雪也没有如雪般的小白花，青石板刚被人用水洗过，湿漉而干净，可能先前有血？

满天的云彩与温暖的冬日阳光没有消失，离夜色降临还早，但殿里已经点燃了很多灯火。站在神门外向里望去，偶尔会产生一种错觉，仿佛那里是一片浩瀚的星海。

唐家二爷向神门里走去。两位供奉以及唐家侍卫们准备随之而入，却被拦了下来。

汶水主教看着唐家众人平静地说道："树林里也请不要到处乱走，不然也会死的。"

就在他们说话的时候，有数十名教士来到了后园河畔，两根粗重的铁链渐渐浮出水面，拦住了河面。因为唐家的某些规矩，城里的汶水上基本没有船，但道殿方面还是做了完全的准备。

唐家二爷看着殿里如星海般的灯火，沉默片刻，举手示意随从停下。越过那道高高的门槛，来到了幽静的殿前，他看到了凌海之王与桉琳。两位大主教站在殿前的石阶上，看着就像是两尊神像。

唐家二爷与他们见礼，然后慢慢张开了嘴。他在笑，却没有声音。

这是他惯有的神情，有时会让人觉得滑稽，有时会让人觉得异常恐怖，但无论何时，都充满了对这个世界的嘲讽与恶意。

凌海之王面无表情看着他，就像看着一个白痴。桉琳微微点头回礼，便不再理他。

唐家二爷渐渐敛了笑容，说道："用两位大主教看门，以前有哪位教宗陛下这样做过吗？"

说完这句话，他不待回答，轻拂衣袖，推开殿门便走了进去。殿里点了无数盏灯，光线很明亮，落在他的脸上。他和唐三十六生得有些相似，容颜英俊，只是眉眼间更加淡漠。

下一刻，那抹淡漠终究还是消散了，变成了难以言说的情绪。道殿中间，摆着一个蒲团。这自然是用来给人跪的。

135·我怀念的

那张蒲团不新也不旧，不厚也不薄，就是道殿或者祠堂里的常见样式。唐家二爷看着那张蒲团，没有说话。

跪倒的时候，有蒲团隔在膝头与坚硬的地面之间，会比较舒服。问题是他要跪谁？当然是教宗陛下。

无数盏灯如星辰悬于夜空，一个年轻人站在其间。唐家二爷没有说话，也没有听到别人说话。殿内的安静持续着。

唐家二爷的眼睛渐渐眯了起来。他终于动了，走到蒲团前，双手掀起前襟，缓缓跪倒。他的动作很慢，很细致，从掀起前襟，到膝盖微弯，到身体前倾，用了很长时间。

这段时间足够他想了很多事情。听说很多年前，前代教宗陛下也来过汶水，父亲何时行过如此大礼？你与唐棠平辈相交，那我就是长辈，你怎么受得了我的礼？就算你不喊我一声二叔，至少也应该说一声免礼。

这段时间真的很长，对唐家二爷来说，更可以称得上漫长。足够他想这么多事情，自然也足够光影里的那个年轻人说话。可为什么直到现在还没有听到你的声音？他甚至在想自己是不是听漏了？还是说对方的声音太轻，或者太过含混？

不，道殿里如此安静，再轻的声音，也能够听得很清楚。比如此时此刻，他的膝头终于与蒲团相遇，绵软的蒲团发出一声轻响。

但在他的耳里却像是惊雷一般，惊心动魄。

唐家二爷就这样跪在了陈长生的身前。

直到这种情况真的发生了,他自己还有些不敢相信。他不敢相信陈长生居然真的没有发话让他免礼。他不敢相信陈长生就这样平静地受了自己的大礼。

膝盖与蒲团相遇的声音消失了,殿里所有的声音都消失了,无比安静,只能听到灯火被微风拂动。

唐家二爷跪在蒲团上,心情越来越寒冷,表情却越来越淡然。然后,他站了起来。跪时如玉山将倒,起时如朝阳出水,干净利落,毫不犹豫。他自己站了起来。很明显,这是圣前失礼,但他这时候很愤怒,所以决定不予理会。

他看着陈长生神情漠然说道:"见过教宗陛下。"

不是拜见,只是见过。道殿里依然安静,无数盏灯火被微风拂动,发出哗哗的声音,像极了山里的松海。

陈长生静静地看着唐家二爷,看了很长时间。这是他第一次看到对方。无论是天书陵之变,还是雪街杀周通,他与这位传说中的唐家二爷,都没有遇见过。唐家二爷和唐三十六很像,容颜英俊,气质漠然,自有贵气,只是眉眼间多了一抹阴沉。

"看到你,很自然会想到他。"陈长生说道,"我和他已经很长时间没有见面,越是如此,越发想念他还在我身边的时候,他那时候帮我做了很多事。"

唐家二爷问道:"比如?"

陈长生向前走了一步,便从变幻的光影里走到了唐家二爷的身前。

"比如……现在他会对你说,我让你起来了吗?你就这么起来了?"

做为有史以来,极罕见未能踏入神圣领域的教宗,陈长生天赋再高,境界实力终究还是有限。

唐家二爷很清楚这一点,然而看着从光影星海里走出来的这个年轻人,看着他神情平静的脸,听着他的这句话,却觉得有一道难以形容的压力扑面而来,仿佛山峦无数,又如同星海浩瀚,落入汶水,在他的意识里激起无数波澜!

直到此时,他才意识到,无论境界实力如何,陈长生现在是教宗,那么,他就是在面对一位教宗。这种意识让他觉得非常不舒服,就像陈长生用唐三十六的口吻说出的这句话一样。我让你起来了吗?如果今天唐三十六在场,他真的会这样说，绝不会给任何面子，甚至可能更加刻薄。

唐家二爷的眼睛再次眯起。他自然不会再跪，微嘲一笑，没有说话。没有如果，唐三十六被关在祠堂里，他不可能再出现在你的身边。

"蒲团是我让人准备的。"

陈长生看了眼地上那张蒲团，抬起头来望向唐家二爷继续说道："因为我希望你们也有为他准备比较软实的蒲团，在老宅里被关了两年半，又被关进祠堂里半年，以他的性子肯定被罚跪了很长时间，没有蒲团会比较难熬。"

唐家二爷面无表情说道："他是我唐家子弟，自然有家中长辈照料，不劳教宗大人关心。"

陈长生说道："他是我的朋友，没有办法不关心。"

听着这句话，唐家二爷的眉挑了起来，说道："教宗大人就只会关心这些小事？"

陈长生说道："对我来说，这事很大。"

唐家二爷沉声说道："难道比离宫的未来更大？"

陈长生说道："我想，或者这便是唐老太爷和你的误会，我来汶水城与离宫无关，只是为他而来。"

唐家二爷微嘲道："是吗？难道教宗大人您只想把他带走，而对我唐家没有别的任何要求？"

陈长生说道："正是如此。"

"教宗大人觉得这件事情很好笑吗？不然怎么会说这样的笑话？"

唐家二爷觉得好生荒唐，心想难道你以为说这样的话，便能说服整个世界相信国教对唐家没有任何想法？他越想越觉得陈长生的言行很好笑，于是大笑了起来。

一般用来形容大笑总会在前面加上"哈哈"两个字或者"放声"两个字，因为大笑当然应该有声音。但谁都知道，唐家二爷的笑没有声音，无论微笑还是大笑。他只是张着嘴，看上去就像雪老城里的哑剧演员，演着荒诞的剧情，无声地尽情嘲弄他人以及这个世界。

这是陈长生第一次看见唐家二爷传说中的无声笑容。他不觉得滑稽，也没有感觉可怕，只是觉得很难看，而且很痛苦，就像一只等着被喂食、颈子却被铁索系死了的肥鹅。

"我更加想念我那位朋友了,如果他这时候在,可能会说……你哑了吗?不然怎么会笑得这么辛苦呢?"

说这句话的时候,陈长生没有任何嘲讽的意味,而是带着淡淡的想念。

136 · 我不准,太阳便不能落山

唐家二爷渐渐敛了笑容,看着他说道:"教宗大人真的想羞辱我们唐家?"

陈长生的目光凝视着殿外某处,说道:"我没有想过要羞辱谁,但那个家伙经常会故意曲解我的意思以满足他自己的恶趣味,比如现在,他肯定会说我羞辱的是你,和唐家无关,因为你有什么资格代表唐家呢?"

这是最重要的一句话。虽然这句话是陈长生借唐三十六的名义说出来的,但很明显也是他想说的话。

国教不同意二房继承唐家,甚至根本不想与二房进行任何对话谈判,还是坚定地站在长房一边。

这是早就已经判断清楚的事情。但在今日之前,唐家二爷难免还是会设想一些别的可能。在朝廷明显势盛,唐家长房明显失势的情况下,离宫有没有可能放弃原有的想法,试图拉拢他这个唐家的真实当家人?

如果这种情况真的发生了,唐家的位置会更重要,也会更自如,可以获得更多的好处。现在陈长生的这句话,直接宣布了这种可能性不复存在。唐家二爷不怎么失望,但再次感受到了那道压力。这意味着,他想要成为唐家的家主,便首先需要过陈长生这一关。

他虽然很自信,而且有朝廷与商行舟的全力支持,但这次,他的对手是整个国教。

"我不是想羞辱唐家,事实上,也不是想羞辱你。我只是真的不喜欢你这种笑容。"

陈长生的声音还是那样地平静,就像他这时候的表情一样。当面说这样的话,会显得有些不礼貌,但至少坦诚。

"王破也不喜欢这样笑……当年他在老宅第一次看见我这样笑的时候,就恨不得往我脸上砸一拳。"

唐家二爷说道:"但哪怕到了今天,他已经是神圣领域的强者,可我依然

还是这样笑，他还是拿我没办法。教宗大人，如果你真不喜欢我这样笑，那么就把眼睛闭上，或者试着习惯。"

和陈长生的那句话相比，他的态度更加无礼而且强硬。这句话的意思很清楚也很简单。唐家的事情离宫不要想着插手，也没有能力插手，那就请装作不知道，或者……忍着。

汶水道殿不管是正殿还是后殿都很宏伟，可以与离宫诸殿媲美。因为无数年来，汶水城里的唐家为国教奉献了太多财富。或者正是因为这个，那些唐家供奉与随从，看着道殿并没有什么敬畏的心情，反而有种看自家产业的骄傲感。

唐家二爷已经进入后殿很长一段时间，却没有声音传来，两位供奉的表情渐趋严峻，那些随从更是恨不得冲进去。如果不是两位大主教守在殿外，如果不是教宗陛下在殿内，如果还是平日，唐家的人还真做得出来这种事情。

两位供奉对视一眼，看出彼此眼中的警惕不安，不易察觉地向树林外传递了一个信息。树林里没有破风声响起，但隐隐有数道极轻微的气息波动，就连道殿的阵法都没有发现。汶水主教带着数十名教士与数量更多的骑兵守在这里。冬林深处的某棵树上，折袖抱着魔帅旗剑，闭着眼睛，似乎在养神，神识却始终跟着那几道气息。

如果唐家真敢冒天下之大不韪出手，两位供奉带着的人手绝对无法冲进道殿，因为凌海之王与桉琳在那里，而隐藏在树林里的这些人手，应该也会在很短的时间内便死干净。唐家自然不会做出这样愚蠢的行为，他们真正的准备应该在别的方向。

道殿后园在汶水畔，对岸是一道长堤，堤后是酒楼与民宅。相隔两百余丈的上下游两处民宅房门紧闭，里面光线幽暗，有很多人隐身于其间，还有数个沉重的铁箱子——铁箱子里装着破山斧，这种唐家设计的军械在战场上往往用来砍断狼骑锋利而坚硬的前爪，今天则是准备用来斩断汶水上那两根粗重的铁链。当铁链断后，已经平静了多年的汶水将会涌入十余艘铁甲船，船上安装着十余座神弩。

通往道殿的下水管道里这时候已经布满了一种黑色黏稠的油状物，不知道是做什么用的。

斜阳映照在酒楼上，二楼处风景更好，可以看得更远。罗布坐在栏边，对着落日饮着酒，在心里默默计算着唐家二爷进殿了多长时间。国教的强者很多，按道理来说，就算唐家准备了很长时间，也能够应付。问题在于，那些并不是唐家全部的实力。

罗布望向楼下。夕阳挂在汶水里，晚云收进夜幕间，岸边的树仿佛都变成了红枫。

一位盲琴师在水边弹琴。七名商贩、六个衙役、三个算命先生、两个卖麻糖的老人和一个买脂粉的小姑娘在街上。就像昨天一样。看着这些画面，罗布沉默不语，心想唐家的实力果然深不可测。

难道那个家伙今天真的会遇到麻烦？

"既然如此，你来见我做什么？"陈长生看着唐家二爷问道。

唐家二爷说道："这里是汶水城，我身为主人当然要过来问候，看看有什么招待不周的地方，这是礼数。"

陈长生安静了一会儿，说道："我知道了。"

这便是批阅完毕，送客的意思。唐家二爷自然不会就这样离开，他还没有见到想要见到的那个人。

"您有一个朋友在汶水，巧的是，我也有个朋友在离宫，他叫白石。"

他对陈长生说道："不知道他这时候在哪里，故友难得重逢，我想请他饮杯酒。"

陈长生说道："很遗憾，这杯酒他无法喝，因为他已经死了。"

他很平静，就像是在讲述一件很寻常的事情。唐家二爷却再也无法保持平静，慢慢变色，然后再次无声而笑。这一次，他的笑容里有些看不分明的意味，还有更多的寒意。

"那教宗大人有没有想过，您的那位朋友可能也已经死了？"他盯着陈长生的眼睛问道。

陈长生还是很平静："不会，因为我还没有死。"

这就是底气。他是教宗。只要他活着，那么谁敢杀死他的那位朋友？

唐家二爷盯着他的眼睛，盯了很长时间，忽然说道："教宗大人或者有所不知，我那位大兄弟身患重病，缠绵病榻两年有余，无药可治，随时可能死去，而这病……很有可能是遗传的。"

陈长生说道："那为何你没有得病？所以在我看来，这病不能是遗传的，我那位朋友不会生病。"

唐家二爷的声音变得更加寒冷："病这种事情谁能说得准呢？"

陈长生盯着他的眼睛，一字一句说道："我说得准，我不准他生病，他就不能生病。"

137 · 汶水底的水草

忽然风停了，有云遮住了落日，夜色仿佛提前来到，水面上的金线渐渐淡去。在很短的时间里，汶水两岸便变得冷了数分，无论是那些紧闭的民宅还是那两根铁链，都透着股凶险的意味。

罗布坐在酒楼上，听着盲琴师的琴音，缓缓闭上了眼睛，右手落在剑柄上，轻轻地摩挲着。面对唐家深不可测的实力，即便是他也没有任何信心，如果是以往，他最多只能想办法示警，但现在他想试一试。因为以前他用的剑是山下小镇上铁匠铺里用几两银子打造的普通青钢剑，而现在他已经换了一把剑。此剑在手，他便能踩霜草为剑，化身为剑，即便面对神圣领域的强者，也能保持道心通明。

他闭着眼睛，听着楼下传来的琴音，听着水拍岸石的声音，听着铁链与水面接触然后分离的声音，感知着天地间的所有。忽然，他的耳朵微动。他睁开眼睛，往河水里望去，目光越来越深，看到的地方也越来越深，最终落在水草里。他觉得那片水草有些奇怪，比旁边的水草颜色要深些，但看不出来有什么别的特异之处。

这时，河畔那名盲琴师似乎也听见了些什么，望向了汶水里，便忘记了手上的动作。琴声戛然而止，很是突然。

河水两岸诡异的气氛，也突然间变得有些不一样了。上下游的那些铁甲船悄无声息地退走。那两间民宅里变得空空荡荡。树林里那些气息消失无踪。道殿前的唐家供奉以及随从变得沉默了很多。只有七名商贩、六个衙役、三个算命先生、两个卖麻糖的老人和一个买脂粉的小姑娘还有街上，似乎永远都不会离开。

殿门被推开，唐家二爷走了出来，脸色非常难看。他看都没有看凌海之王与桉琳一眼。白石道人的死，说明国教的立场异常强硬，不可改变。

顺着石阶向外走去，有棵大树，折袖站在树下。

唐家二爷知道他想说什么，神情漠然道："你能活到今天不易，不要随便说话。"

折袖面无表情说道："你这样的弱者能活到今天，更不易。"

唐家二爷缓缓挑眉，神情不变，内心实则已经无比愤怒。当年在京都雪街上，王破曾经对他说过，当他放弃修行，开始学习谋略、追求权势的那一刻起，便成为了弱者。今天，他再一次被人如此评价，而且对方还是个晚辈。

越是愤怒，他表现得越是淡然，看着折袖问道："你很想死吗？"

折袖没有回答他的问题，说道："不要对那个家伙暗中下手。"

唐家二爷盯着他的眼睛说道："其实我一直不明白，你这样的狼崽子怎么会和那个败家子成为朋友。"

"我和他不是朋友。"折袖沉默了一会儿，继续说道，"他是我的雇主，所以你不要动他。"

唐家的人都撤走了，夜色深沉，汶水两岸静悄悄。

陈长生来到岸边，凌海之王等人跟在左右，南客按照他的吩咐，留在了道殿里。

星光落在水面上，泛起无数片银鳞，即便眼力再好，也很难看清楚水底的动静，更不要说深处的那些水草。

唐家长房大爷，也就是唐三十六的父亲身体向来不好，尤其是最近几年愈发严重。这是大陆很多人都知道的事情，包括陈长生在内，没有人对此起过疑心，就连唐三十六在以前的信里也没有提过。

但今天他听了唐家二爷的那番话后，总觉得有些不对。

"虽然直到今天也没弄清楚是什么病，但确认应该不是中毒。"

桉琳大主教说道："以前青曜十三司和南溪斋都派过人来看了。"

汶水主教看了眼陈长生的脸色，压低声音说道："禀报陛下，南溪斋合斋之前……那位曾经来过。"

合斋就是闭关，这些年来圣女峰只有一次闭关需要专门提起，那么他提到的那位身份自然也呼之欲出。桉琳露出惊讶的神色，凌海之王微微挑眉，因为离宫根本不知道这件事情。陈长生更是吃惊，心想为何她没有告诉自己？

汶水主教低声说道："那位不让我们说。"

如果唐家长房大爷不是生病而是中毒，应该能被天凤真血治好。徐有容当时想必也是这样想的。

如今长房大爷依然缠绵病榻，眼看着便要不好，那就说明他确实没有中毒，而是生病。唐老太爷的态度改变，应该与此事有非常直接的关系。

陈长生知道徐有容为什么会来，因为她知道唐三十六是他最好的朋友，对此他很感激。他想了想之后，还是决定明天去长房看看。

不是他不信任青曜十三司和徐有容的能力，只不过他想看看凭借自己的医术能不能改变一下那位长辈悲伤的结局。而且他总觉得这件事情并不是这般简单——在唐家二爷说过那句话后，在汉秋城柳宿里遇到那个小怪物后。

"去查一下长生宗里一个叫除苏的弟子，此人修行的功法很诡异，藏匿得再严实，应该也有人听说过。"

他对凌海之王和桉琳分别说道："你写信催一下南溪斋，我让她们查的事情有没有结果。"

桉琳并不知道他给南溪斋写信的事情，不解问道："何事如此着急？"

陈长生说道："我想知道黄泉流的功法传承到底落在何处，有没有可能在南边。"

凌海之王联系到他先前说那个叫除苏的长生宗弟子修行的功法很诡异，神情骤变。桉琳的脸色也变得有些苍白，喃喃说道："难道长生宗敢做出这等疯狂的事情？"

"我没有证据。"陈长生沉默了会儿，望向汶水主教说道，"你找人查一下唐家与此事有没有关系。"

凌海之王三人领命而去。关飞白提着剑从道殿里走了出来。他不是想和陈长生聊天，只是觉得现在陈长生的身边不能没有人。

看着星光下的河水，陈长生静思无语。他确实没有证据，唯一的线索，就是当时在雪岭里魔君说过的那番话。魔君说得很清楚，那名年轻阵师是长生宗一个叫除苏的小怪物，是商行舟与唐家的手段。

那天在汉秋城清晨厨房里，他和南客遇到的那个黄泉流的怪物浑身是毒，邪怖至极，当时他没有想到，事后才记起魔君的那句话，把这两件事情联系在一起。问题在于，魔君的话无法当作证据，谁都知道，他的话可能是挑拨离间的手段。

陈长生思考着这些问题,并不知道在如水银般的河水深处,一团水草正在轻轻飘舞。这团水草与四周的水草颜色有些不一样,忽然间飘离了河底,慢慢地靠近了河岸下方的岩石,看着就像是一团被水化开的泥,没有发出任何声音。

138·汶水畔的暗杀

岸下岩石间有很多道缝隙,其中一道与道殿地底的下水道相连。白天的时候,唐家已经派人破坏了那里的阵法,在里面洒了很多黑色黏稠的油状物质。那团如稀泥般的东西,缓缓地流过那道缝隙,来到道殿的下水道里,继续向前方挪动,依然没有任何声音,而且不知道这事物的表面是什么物质组成,竟没有沾上一点那些黏稠的黑油。

陈长生的视线落在对岸。他不知道白天的时候,对岸非常热闹,有很多衙役、摊贩、算命先生,水畔有位弹琴的盲琴师,酒楼里很热闹,罗布在那里喝了两罐美酒。他没有察觉到,自己身后的土地微微隆起,两株带着霜色的野草已经越过了自己的脚背。

黑色的泥土像悄无声息盛开的花瓣一般绽开,一只覆着鳞甲与毛发的丑陋的手从地底伸了出来。天地间的生机发生了极微妙的变化,陈长生的感知何等敏锐,立刻便察觉到了异样。

然而他的反应终究还是慢了一步。他没有来得及动用最快的耶识步,或者用晚云挂把自己送去远方。那只丑陋而恐怖的手,已经从地底伸出,死死地握住了他的脚踝。一道难以言说的气息,从那只手里散出,顺着他的脚踝,向着他的身体里侵袭而去。

陈长生只觉得自己仿佛落入了火山口,被无比灼热的岩浆包裹,肌肤上的每一处都刺痛无比,甚至有些发麻。这是错觉,因为那道气息并不炽热,而是极度寒冷。那道极为阴寒污秽的气息,冲进了他所有的经脉,然后开始侵蚀他的血肉。

更可怕的是,那道阴寒污秽的气息,仿佛有某种生命力一般,变成薄膜状的事物,把他的三百六十五处气窍全部包裹了起来,这也就意味着,他气窍里的那些星辉力量,在短时间里根本无法冲破出来。

下一刻,那道气息直接冲进了他的胸腹,把他的幽府冻成了一片雪山。所有这一切，都发生在极其短暂的时间里。从树上落下的黄叶，刚刚离开枝头不到一寸的距离，星光都来不及闪烁一下。陈长生便被制住了，无论呼吸还是心跳都仿佛要被冻凝。不要说动手反击，他甚至就连发出声音都做不到。地底那个偷袭者的手段太过阴险，那道气息太过寒冷阴毒。

如果是别的修行者，哪怕是聚星巅峰的大强者，在没有任何准备的情形下，忽然遇到如此可怕的偷袭，遇到已经无数年没有在世间出现过的阴毒手段，都有可能出事，然后悄然无声地死去。

陈长生就会这样死去吗？在无数强者的保护下，在国教的道殿里，在这如银般的星光下？关飞白提着剑走出道殿，离陈长生还有十余丈距离。最关键的是，除了感觉到夜风忽然有些微寒，他并没有发现任何问题。道殿的阵法，也没有察觉到那个阴险偷袭者的到来。

陈长生的呼吸变慢了，从被偷袭开始数起，他的第二次呼吸之间的间隔要长了七倍。同时，他的心跳也变慢了，同样从被偷袭开始数起，他的第二次心跳要比第一次心跳来得晚了很多倍。

如果这样发展下去，也许他的下一次呼吸永远都不会到来，也许他的心跳将会就此停止，然后死去。这是陈长生离死亡极近的一次，但并不是最近的那次。

自从十岁开始，他的生命便一直与死亡的阴影相伴，无论在北新桥底，在寒山湖畔，还是在天书陵顶，他都遇到过更危险的局面，所以哪怕如此清晰地看到了死亡的威胁，他依然没有慌乱。更重要的是，他有过很多次类似的经验，如何应对阴寒的气息。他被吱吱的龙息吹过很多次，这些年，他时而变成洞底的雪雕，时而变成冷宫湖里的冰块。玄霜巨龙的龙息于世间最为寒冷，那名偷袭者的气息虽然更加阴毒，但在这方面还是有些不如。

从某种意义上来说，陈长生是这个世界上与阴寒气息对抗最多的人，无论是精神还是肉体，他的耐受力都要远远超过正常人，就算是那些神圣领域的强者，也不见得在这方面比他更强。

在那名偷袭者看来，此时的陈长生应该肉身与神识尽数被冻住，便是思维都应该停止，更不要说反击。

陈长生这时候确实已经不能动弹，但还可以想。只要能够想，便没有谁能够困住他。便在极度缓慢、将要停止的呼吸与心跳里，他微微动念。无数剑从藏锋剑鞘里鱼贯而出！无数凌厉的剑意，笼罩住了汶水畔的后园。无数剑光向着四周狂斩，星光骤碎，霜草骤断，地面上出现无数道深痕的剑痕，微硬的泥土翻溅得到处都是。

道殿里的阵法终于被触动，一道清光自殿檐之上生出，把整座道殿以及后园全部笼罩于其间。

无数道剑光里，隐隐传来一声闷哼，同时响起一道嗤啦声响，仿佛有什么东西断了。草地不停地隆起，仿佛地底有什么东西正在试图远离。那道阴秽的气息，没有了源头，陈长生不再有性命之虞，但暂时还不能移动，依然危险。

群剑飞舞而回，悬于他的身体四周，布成了一座密不透风的剑阵，发出嗡嗡的振鸣。

远远看着站在水畔的陈长生，关飞白已经察觉到了异样。陈长生呼吸频率与心跳的变化，不可能瞒得过他的通明剑心。然后，他看到了草地上的那些黑土，以及那只诡异地握住陈长生脚踝的手。长剑出鞘，他便向那边掠了过去，心情却是紧张到了极点，因为他发现有可能来不及。

便在这时，无数剑光出现在草地上，斩得星光与霜草俱碎，同时逼得那名偷袭者现出了身形。看着草地上的那道隆起，关飞白长剑离手，向那处斩落。

汶水畔的夜色里亮起一道白色的剑芒。满天星光顿时黯淡了数分，霜草偃，黄叶碎。

139 · 锋芒必露

关飞白的这一剑看似很简单，实际上却是离山剑法里威力最大的剑招之一。

当年离山剑宗掌门，也就是苏离的师父在洛阳之战里见到太宗皇帝的霜余神枪后，悟出一记剑法。这一剑乃是战场之剑，出手便如破天之枪，堪为万人敌，名为锋芒。不是锋芒毕露，而是锋芒必露，有锋芒便必须要天地看见。狂风呼啸而作，河面出现无数波浪，碎草狂舞，声势无比惊人。

关飞白两年前在雪原战场上聚星成功，如今是聚星中境的修为，虽然是世人皆知的剑道天才，毕竟年纪尚浅，以他现在的境界，想要施展出如此威力的山门秘剑其实尚有不足。但他毫不犹豫地动用了此剑，根本不理会自己极有可能被剑意反噬。

因为他这时候很生气，而且有些后怕。如果不是陈长生有万剑护身，今夜岂不是会在他的眼前死去？

深冬寒夜，被一道凌厉至极、锋芒毕露的剑意割开，仿佛生出一道白虹。

草地里发出一声沉闷而又暴烈的闷响，无数泥土被掀翻至空中，一道灰色的瘦小身影也被震了出来。那个人驼着背，很矮小，穿着黑衣，正是陈长生在汉秋城里遇到的那个怪物。一道清晰而深刻的剑痕，出现在那个怪物的腹部，他的左手也断了两根手指，应该是先前被陈长生的剑斩断。然而无论是腹部的剑伤，还是断指处，流下来的都不是血，而是一种灰色的液体。

看着关飞白，那个怪物发出一声凄厉的低嚎。这声嚎叫里充满了痛楚的意味，更有着疯狂的杀戮冲动。

锋芒一剑刺伤那名怪物的同时，关飞白的剑心生出一抹警兆以及清楚的剑识回馈。那个怪物的肌肤以至身躯都极为坚韧，像是覆上了某种软甲，又像是糊着无数粒泥，非常滑溜，很难受力。

他不惜被剑意反噬施出的最强一剑，居然也只能在这个怪物的身上留下一道剑口，而不能重伤对方！

看着那个怪物向自己扑了过来，关飞白神情微凛，却毫无惧意，战意再升。他手里的长剑已经在刚才的暴烈一击里粉碎，现在双手空空，但这并不意味着他就失去了战力。

堂堂神国七律，怎么能输这个大老鼠一样的丑陋怪物。一道极为锋锐又无形的气息，在他的小臂上显现出来，夜风遇之而碎。不愧是离山剑宗的剑道天才，他竟然练成了剑罡！

那个怪物习惯了不见天日的生活，如果是平时，眼见着偷袭陈长生失败，道殿阵法已显，国教的强者肯定正在赶来，他肯定会转身就走，毫不留恋，不会让自己冒任何风险。但今夜不行，他有些无法控制自己的情绪。

先前被"锋芒"所伤，他便开始愤怒，当他发现伤到自己的是离山剑法，对手是一名年轻的离山剑宗弟子时，他的怒火更加猛烈地燃烧起来，他的眼睛变得猩红一片，灵魂最深处的烙印发烫，烫得他只剩下了一个念头。

苏离必须死！与苏离有关的人都必须死！离山剑宗的人更要全部死光！狂

风呼啸间，那怪物破夜空而至，带着腥臭污秽的气息，带着恐怖的威压！

无论在汉秋城还是先前偷袭，这怪物都是在暗中出手，然后试图逃遁，始终没有暴露过全部的实力，直至此刻，他决意杀死关飞白，才展现出来了真正的境界修为，竟然强大到了这种程度！

关飞白的唇角溢着鲜血，那是剑意反噬的结果，也是伤后还要强行运行剑罡的结果。看着那道恐怖的阴寒身影，他很快便判断出来，自己不是对手，但那又如何？

他这时候站在陈长生身前。只要他站在这里，对方便不能伤到陈长生。

至于自己，他相信对方就算想要击败自己，也要付出足够的代价。是的，做为最悍勇暴烈的离山剑宗弟子，他第一次出手选择了最强的一击，这一次他准备选择最狠的一击。

离山剑宗法剑最后一式！他准备以命换命，以伤换伤。他坚信就算自己受的伤再重，那个怪物也不可能完好无损地离开，那么今夜就休想再离开。

陈长生刚刚震碎冻凝身心的冰霜，便看到了这幕画面，喝道："不要！"

他并不完全了解那个怪物的强大与手段，但他非常清楚那个怪物浑身都是剧毒。关飞白如果要以伤换伤，结局可能会并不如他想象那般，他甚至有可能会死。陈长生醒来的时间晚了片刻，只来得及喊了一声，却无法做什么。

关飞白右手如剑一般斩落，剑罡破风无声，看都没有看一眼那个怪物如触手般闪电弹出的手指。眼看着便是两败俱伤的结局，甚至更加惨淡，谁能改变这一切？

一道娇小的身影从道殿里破窗而出。此时，那道娇小身影离场间还有数十丈远，按道理来说绝对没有可能赶到。但那道身影的速度已经超过了所谓道理的范畴，就像是一道真正的闪电。那道闪电诡异地避开夜风里的草屑与泥土，准确无比地劈中了那个怪物。

更准确的形容是——那道娇小的身影直接在夜空里撞到了怪物的身上。

夜空里迸出一声闷响，草屑与泥土再次飞舞。那名怪物被直接撞到了数十丈外的草地上，不知道断了多少根骨头。那道娇小的身影落在了陈长生和关飞白的身前，身体摇晃了一下。正是南客。

那名怪物知道南客的速度多么可怕，再不敢做任何停留，转身便往草地里钻去。南客知道如果让这个怪物进入土遁，便再难以抓住它，毫不犹豫准备再次追击。但就在她准备掠起的时候，身体再次摇晃了一下，明显是在前次撞击里受了不轻的伤。

这时，另一道身影从夜空里的高树上跳了下来。折袖赶到了。看着场间画面，他想都未曾想什么，更未曾推演计算，只是按照他惯有的战斗方式冲了过去。他像颗陨石一样从树上跳了下去，轰向草地上刚刚出现的那个洞。轰的一声巨响，大地震动不安，河水翻滚生浪，草屑与落叶还有泥土再次翻飞，遮蔽星光，场间一片昏暗。

尘土渐落，露出了草地上的画面——只见地面上出现了一个大坑，坑深约摸丈许，隐约可见坑底有水波。

140·难眠之夜只好顺水而行

折袖看着草地上的深坑，不知道在想什么。

陈长生和南客、关飞白走了过去，只见草地上散落着一些灰色的肉块，看着很是恶心，想必是那个怪物留下来的。

道殿后园如此大的动静，自然惊动了很多人，奉命去办事的凌海之王与桉琳以及汶水主教都赶了过来。没有人开口说话，只是看着陈长生。

陈长生说道："如果我没有料错，这个怪物就是我刚才让你们去查的除苏。"

凌海之王问道："长生宗？"

陈长生沉默了会儿，说道："我怀疑是前代长生宗宗主临死前斩尸的结果。"

凌海之王等人见识广博，听着"斩尸"二字，再联想到陈长生刚才提过的那种阴毒道法，神情微变。

关飞白更在意另外一个问题，看着陈长生问道："除苏？是哪两个字？"

陈长生说道："应该就是你想的那两个字。"

先前听着除苏这个名字，关飞白便觉着有些奇怪，不知为何生出一股寒意，此时终于明白了因何而来，沉声说道："原来直到今天长生宗还是没有忘记当年的仇恨，就凭这么个怪物也想对付师叔祖？"

折袖说道："这个怪物的境界力量很强，道法精纯，气息邪恶，最麻烦的是一身阴毒与速度，还有遁地的能力，随时随地都可能出现在我们的附近，用来偷袭暗杀，非常可怕。"

他是雪原上最可怕的隐匿者、暗杀者，现在，连他都承认那个怪物很危险。听着这话，场间陷入了沉默。

道殿有阵法保护，还有关飞白在旁，那个怪物居然能够悄无声息地靠近陈长生，发出阴险的偷袭。更可怕的是，其后在关飞白、南客、折袖三人的连续强击之下，那个怪物也只是受了伤，并没有当场殒命。

要知道这三人虽然年纪不大，但在当今年轻一代的修行者里，绝对是最强悍的存在。这个怪物想要对付苏离自然远远不够，但如果他隐藏在众人附近随时准备出手，确实很难防范。

"以后大家都各自小心一些。"陈长生望向关飞白说道，"尤其是你，以后遇着除苏的时候，不要轻易动用那些以伤换伤的杀招，我虽然没有接触过，但能感觉到他身上的阴毒很麻烦，我也不见得能够解掉。"

这说的是先前，关飞白准备用离山剑宗法剑最后一式与对方硬拼。

"我以后会谨慎些，你呢，有没有受伤？"关飞白望向陈长生的脚踝。

陈长生说道："没事。"

他的脚踝上先前还残留着些黑色的絮状物，现在早已枯死，被夜风一拂便消散无踪。

关飞白又望向南客，心想先前你直接撞到了那个怪物的身上，难道不担心中毒？紧接着，他想起了她的真实身份，才明白自己想多了。越鸟血脉乃是世间至毒之物，又怎会怕别的阴毒。

凌海之王忽然看着陈长生严厉说道："还请陛下行事更加谨慎，切不可如先前那般。"

先前陈长生把他们派走做事，却没有让南客近身保护，孤身一人站在水畔静思。在他看来，这非常不明智，更是对国教亿万信徒的不负责任。

陈长生明白他是好意，说道："不用担心，我是伤势尚未痊愈，气息感应稍慢，才会为其所趁，以后不会了。"

说完这句话，他望向了河水对岸。道殿里发生了如此大的动静，对岸还是那样的安静，没有一个人出现。只有远处传来了几声犬吠。

沿河建筑的影子落在街上，落在水面上，不知道隐藏了些什么。

可能是因为汶水城的酒太真，也可能是因为夕阳晒得人太暖于是变懒，罗布在酒楼喝完酒之后没有离开，直接在楼后的客栈里住了下来，一觉便睡到了夜深，然后不知因何醒了过来。

他走到酒楼侧巷的阴影里，看着不远处的河水，想要确认白天的感觉是不是错觉。他没有看到那团水草，因为那时候，那团水草已经靠近了对岸，顺着岩石间的缝隙进入了道殿的地底。

随后发生的事情，全部落在他的眼里。那个怪物确实有些出人意料地凶残可怕，就连他都下意识地握住了剑柄。

他最开始没有出手，是因为很好奇陈长生的真实水准到底如何。他没有想到，随后会看到自己的师弟。他还是没有出手，因为他相信自己的师弟。当然这也是因为他确信自己能够掌握整个局面。

星光下的汶水像一条被铺开的银带，很宽。如果陈长生或者师弟真的遇着不能解决的危险，他的剑自然会过去，无视这条河的宽度。

接下来发生的事情，他也没有想到。陈长生和师弟他们竟然没能把那个偷袭的怪物抓住或者杀死。那个怪物居然能够土遁，而且速度如此惊人，只是瞬间便消失在了汶水深处。所有的这些没想到，最后变成他的无奈与沮丧。

他只是半夜睡不着觉，起来随便散散心，然后准备接着回去美美地睡个回笼觉。结果，偏偏让他看到了这样一场热闹，而且那怪物最后的去向只有他看见了。

那么，他只能跟上去。

那个怪物在水底深处，借着泥沙的掩护，悄无声息地向前，速度依然很快。罗布在街畔的民宅之间飞跃，借着檐影与夜空里偶尔飘来的云遮掩自己的身影，同样悄无声息，速度很快。到最后，他也没能追上那个怪物，只是看着汶水里荡起一道轻微的涟漪，转向右方的水道，消失在一片庄园里。

他取出炭笔与画纸，把最后看到的那幕画面画了下来，庄园上方的星空与里面的无数灯火，都是那样地真实。那片庄园真的很大，里面的建筑外表看着很普通，那种清贵的意味却掩之不住。然后他注意到，自己在另外一片庄园的侧门外。两片庄园隔河相对，都有无数灯火，即便夜深，依然不显冷清。他向庄园里走了进去。

或者是因为这座庄园的主人病重将死，少主人被囚禁在祠堂里的缘故，人心已散，戒备不是太森严。尤其是外围的那些民宅与小院，不时有人声传来，略显嘈杂，与之相比，正中间那片华美的庭院要显得幽静很多。

在那片华美的庭院里，他看到了满脸忧虑的老年忠仆，看到了面色凄苦的婢女。接着，他听到了角门处传来的争吵声。

"你们脑子清楚点！大爷已经要死了，谁还敢和二爷争？"

"教宗？这里是汶水唐家，谁的面子都不用给！"

"不要以为教宗来了，长房就有了靠山，不然那个败家子怎么还在祠堂里跪着？"

141 · 教宗来看望长房的人们

罗布静静地听了一会儿，这种悍奴欺主的故事，在所有的家族里都很常见。

狗向着主人狂吠，声音越来越高，或者是因为它疯了，更大的可能是因为它要投靠新的主人。为了向新主人证明自己的忠诚，这些狗绝对不介意对着原先的主人狂吠，甚至狠狠地咬上几口。

他没有理会角门处那几个浑身酒臭的管事，飘落在那片华美的庭院里，来到主屋的窗前。即便已经夜深，屋子里依然亮着灯，或者是因为屋子的主人已经睡了太久，眼看着便要长久沉睡，于是不想睡的缘故。

产自涿州的贝油不会有任何烟气，不会薰着眼睛，光线也很美丽，落在那个中年人的脸上，涂成一片金色。中年人很消瘦，眼窝深陷，再加上这满脸金色，看着仿佛并非活人，而像是某种祭品。

罗布站在窗外，静静地看着床上那名中年人，握着剑柄的手指无声地轻敲着，速度越来越快，直至快要看不清楚。

如果南溪斋的弟子们看到这幕画面，或者能够联想到圣女用命星盘推演时的动作。是的，他也是在推演，只不过用的不是命星盘而是剑。最终他也没能在这片庭院里发现任何异样，没能推算出任何问题，看起来确实不是中毒。如果真的是病，师妹都治不好，自己当然更治不好。

罗布带着几分遗憾与歉意离开了这片庄园，回到了汶水岸边。看着河对岸的那片庄园，他默然想着，既然这边是长房，那么对面便是二房？

教宗陛下到汶水的第一天，炼了一瓶朱砂丹。第二天，随侍至此的国教巨头白石道人失踪，教宗陛下接见了唐家二爷，夜里遇到了一场暗杀。第三天，他带着很多人出了道殿，神辇顺着汶水向上行去，在无数民众不安的视线注视下来到一片庄园外。

这片庄园属于唐家长房所有，病重的唐家大爷从老宅搬回来已经有半年时间了。半年前也正是唐三十六被关进祠堂的日子，不知道这两件事情之间有没有关联。

如果是前些天，庄园的大门必然是紧闭着的，那些仆役散在四处聊着主人家的闲话，但今天不一样，当教宗陛下的神辇还有数里远的时候，庄园这边便收到了消息，最初的慌乱之后，一切恢复了平静。

中门早已开启，管事与仆役们跪在两侧，恭谨至极，鸦雀无声，处处可见世家规矩。但陈长生还是觉得哪里有些不对。不是因为河对岸的柳树下隐隐有人正在望着这边，而是空气里的味道有些不对。

南客跟在他的身边，像小狗一样嗅了嗅，说道："有灰。"

刚刚从唐家老宅匆匆赶来的管事，还未来得及说些什么，便听见了这话，不由神情微变。

陈长生看着脚下由汉白玉砌成的直道，看着上面残留的湿痕，知道刚刚清扫完毕。之所以刚刚清扫，当然是为了欢迎他的到来，但也可以推断为，平日里的清扫做得并不用心。陈长生没有说什么，向庄园里走去。

进入那片华美的庭院，他看到了一位衣饰简洁却依然贵气十足的妇人，从眉眼上便能看出应该是唐三十六的母亲。看着进入庭院的人群，尤其是最中间的那个年轻人，妇人声音微颤说道："信妇林素妍拜见教宗陛下。"

说完这句话，她便向陈长生拜倒下去。

陈长生哪里会受这一拜，说道："唐夫人免礼。"

唐夫人自然不会就此起身，依然向下跪去。好在事先陈长生便料到可能会如此，早已做了安排。

庭间清风忽起，众人什么都没有看清，便只见教宗陛下身旁那个小姑娘出现在了唐夫人的身边。南客扶着唐夫人的手，唐夫人自然再也无法跪下去。

看着这幕画面，那位唐家老宅管事的神情不变，心里却生出一些不安来。很多人都知道，昨日唐家二爷去道殿拜访，教宗陛下受了他的跪拜。教宗陛下对长房和二房之间的态度有差，是谁都能想到的事情，可是表现得如此直白，又是什么道理？

陈长生没有接受唐夫人行礼，反而以晚辈的身份问候了数句。直到此时，唐夫人才知道原来传闻里的那些事情都是真的，当年国教学院送回来的那些信也是真的。教宗陛下与她的儿子真的很亲近，甚至亲如兄弟。

"我想去看看伯父。"陈长生说道。

唐夫人哪有不依的道理，便准备在前面引路。忽然有道咳嗽声响了起来。

唐家老宅管事咳了两声，先看了唐夫人一眼，然后望向陈长生，神态谦卑说道："大爷病得厉害，陛下圣体要紧，若要是有何不妥当，那真是我唐家的罪过，还请陛下……"

话没有说完，意思很清楚，唐家不希望陈长生去见长房大爷。陈长生以前见过这位老宅管事，多年前那把黄纸伞，就是这位管事交到了他的手里。今日重逢，管事态度依然恭敬，更胜当年，但内里却有些隐隐的防范意味。陈长生没有说话，只是静静地看着他。

那名老宅管事顿觉压力陡增，但还是强自说道："青曜十三司的教习们来看过，便是……圣女峰那位也亲自来看过，都没什么法子，陛下何必徒惹伤怀？"

唐夫人看了管事一眼，没有出言驳斥，但袖子微微战抖起来。

陈长生忽然问道："道尊来看过吗？"

老宅管事以为自己听错了，怔怔不知如何言语，心想道尊何等样的身份，怎会为了医治大爷离开京都来汶水？

陈长生又问道："那皇帝陛下来过吗？"

老宅管事更是糊涂，心想皇帝陛下日理万机，又怎会来此？

"世间只有他们的医术比我更好，既然他们都没有来，那谁比我更有资格说这病能治不能治？"

说完这句话，陈长生便随着唐夫人向内宅里走去，再也没有理会此人。凌海之王带着数十名教士留了下来，把唐家的人拦在了外面。老宅管事仗着自己的身份想要跟进去，也没能成功。

凌海之王面无表情盯着他，说道："你很喜欢咳嗽？继续啊。"

老宅管事在汶水城里的身份地位极高，但对着国教巨头还能如何？眼看着陈长生的身影消失在内宅的转廊里，他又急又气，竟是真的咳了起来。

陈长生知道青曜十三司的教习和徐有容都来过汶水，亲自替长房大爷看过病，但他还是决定亲自来看一眼。

正如刚才他对那名老宅管事说的话，他在医道方面有绝对的自信。就算所有人都断定长房大爷不是中毒，而是患了不治之症，他依然要亲眼看过才会相信。他看着那名昏睡不醒的中年男子，想要在眉眼间找到些唐三十六的痕迹，却发现有些难。可能是因为过于消瘦的缘故，也可能是因为满脸金色。

他坐到床边开始搭脉，半刻钟后，取出金针刺入对方的经脉里，开始进行更细微的观察。这一次时间用得比较长，直到了冬日中天，他的手指还是握着金针的尾部，进行着一种极富韵律感的颤动。

房门紧闭，把所有的画面隔绝在里面，谁都不知道里面正在发生什么。

南客站在门前，面无表情，一动不动。无论是唐夫人亲自端来的锦凳，还是大丫鬟双手奉上的珍茗，她看都没有看一眼，更别说说话。

最开始的时候，看着教宗陛下进了大爷的房间，长房的人们都忍不住面露喜色。在他们想来，教宗陛下能炼制活死人的朱砂丹，医术必然是极高明的，就算圣光术不能救活大爷，喂大爷吃颗朱砂丹也成啊。然而随着时间流逝，人们渐渐变得焦虑起来，有些胆大的丫鬟想偷偷瞧一眼，却被南客的眼光吓得退了回去。

不知道过了多长时间，紧闭的房门终于开了，陈长生从里面走了出来。唐夫人迎了上去，先前一直表现很平静的她，至此时再也无法压抑情绪，满脸紧张，又带着些希冀的神色。看着唐夫人的神情，陈长生把想说的话收了回去。

经过这么长时间的金针探微，他对唐家大爷身体的情况已经有了非常全面的了解，但了解得越多，他越觉得奇怪。唐家大爷身体里确实没有任何毒素的残留，也没有任何中毒的症状，只是经脉渐渐枯萎，生机正在不断地消逝。

问题在于，他找不到病因，那么自然没有办法治，而且还有一点很奇怪的地方——他在唐父肝经主窍的深处，隐约感知到了些阴寒的气息，只不过那道气息非常淡，无法追源，有可能是多年前的旧疾，也有可能是……

"唐家大爷以前腰部受过伤吗？"他向唐夫人问道。

唐夫人认真地回忆了一番，摇头说道："受伤的次数不少，但还真没伤过腰部。"

陈长生忽然注意到南客的小脸上有些困惑的神情，问道："怎么了？"

南客看着他说道："我好像闻到了什么味道。"

陈长生心道难道果然如此？转身带她进了房间，说道："仔细闻闻。"

南客像小狗一样对着空气不停地嗅着，脚下不停地移动，越来越靠近床。最后，她在床边停了下来，望着陈长生点了点头。陈长生明白了她的意思。

唐夫人非常聪慧，虽然不明白南客的具体的意思，却懂了，脸色顿时变得雪白一片，身体微微摇晃。陈长生看着她摇了摇头。唐夫人的脸上流露出坚毅的神情，稳住心神，也稳住了身体。

这时二门外忽然传来了一些号哭声，听声音有男有女，有老也有少。

"青天开眼啊，大爷您终于有救啦！"

"教宗陛下恩德齐天，我胡三愿意给您做牛做马！"

"大爷啊，你快醒过来啊！"

听着这些声音，内宅丫鬟们的脸上露出不耻的神情，几位管事妈妈更是愤怒至极，要不是想着教宗陛下在此，只怕要骂出声来，恨声说道："这些无耻之徒哪里是真关心老爷，只不过是怕老爷被陛下救活了收拾他们！"

陈长生在道庙里长大，哪里见过世家老宅里的这些险恶，不由微怔。

"这半年棠儿在祠堂为父亲诵经祈福，我又急着给大爷治病，对下人难免疏了管教，惊扰了陛下，实是不敬。"

唐夫人带着歉意说道，请他去了隔厢的书房里暂歇。书房里很安静，听不到远处传来的那些毫无真情实意的哭声。除了唐夫人和他，只有南客跟了进来。

没有外人在场，唐夫人终于流露出了真实的情绪，眼睛微红说道："感谢教宗陛下的恩德，还请陛下救大爷一命，这唐家的产业尽可以让给二房，我只想大爷能活着，棠儿能够被放出来。"

陈长生说道："您放心，一切都以大爷和唐棠的安危为重。"

唐夫人看着他的眼神确认是真话，才真的放下心来，说道："今日或者还要借陛下如海神威。"

陈长生明白她的意思，说道："夫人但用无妨。"

回到道殿的时候，时间已经近暮，夕阳照在汶水上，陈长生再次来到水畔。后园草地已经修复如新，完全看不出来昨夜那场暗杀的痕迹。

桉琳大主教、关飞白等人紧紧跟在他身边，再也不愿意昨夜那样的情况再次出现。

没有过多长时间，凌海之王回来了，也带回了最新的消息。唐夫人以冲撞教宗陛下的名义，直接杖死了三名二等管事和十余名家丁，逐走了七八个婆子。行刑的时候，凌海之王就站在旁边，什么话都没有说，于是没有谁敢说话。那名唐家老宅管事的脸色难看到了极点，最终还是保持了沉默。

听完唐家长房发生的这些事情，关飞白觉得很是郁闷。他和荀寒食等大多数离山剑宗弟子一样，都是贫寒出身，对除了大师兄之外的所有世家子弟都有些天然的抵触心理，所以当初在京都青藤宴上，看见唐三十六的做派便不喜。

他没有想到，寒门有寒门的苦，世家也有世家的苦，而且相对而言更加黑暗，亲人之间更加冷酷无情。试想如果唐家大爷真的病死，唐三十六被囚祠堂，唐夫人这个寡母以后的日子该多么难熬？

"得想办法快些把那个家伙弄出来。"他看着陈长生说道。

陈长生想得更多一些。除了把唐三十六从祠堂里救出来，还要把唐家大爷的病治愈。只不过要解决这两件事情，终究还是要看唐家的态度。

他对汶水主教说道："安排一下，我明天要见唐老太爷。"

143 · 那一代老人

就像天海家从来都不能够代表天海圣后一样，在陈长生看来，唐家二爷当然也不能代表唐家。如果他想要弄清楚唐家的态度，便必须亲自见唐老太爷一面。

主教难得地流露出为难的情绪，说道："按道理，他确实应该来拜访您，可是唐老太爷从来不见外客，除非他想见谁，圣后娘娘当年派莫雨亲自来汶水想宣他进京，老太爷……连圣旨都没接。"

陈长生说道："你误会了，我是说明天去老宅拜见唐老太爷。"

主教很是吃惊，心想您是教宗陛下，就算从唐家少爷处论是晚辈，也没道理主动去老宅，这岂不是失了身份？凌海之王的脸色也有些难看，准备出言阻止。

陈长生没有给他们机会，说道："把话传过去，我等回音。"

这时候人们才隐约明白，教宗陛下是想要通过此事，判断些什么。主教领命而去，没有过多长时间，唐家老宅便回了话。正如众人预料的那样，唐老太爷没有同意。

老宅那边给出的理由是——偶感风寒。谁都知道，像唐老太爷这样的大人物，怎么会染上风寒，这自然是借口。当然，唐家老宅肯给出这个借口，已经算是给了教宗陛下很大的面子。换作别人，哪怕是像无穷碧或者相王这样的所谓大人物，唐老太爷说不见就是不见，哪里需要什么理由。

但陈长生并不认为唐老太爷是给自己面子。他在河边静静地思考了很长时间，然后笑了起来。晚霞涂满了天空，也照亮了他依然年轻的脸，笑容很是干净，令人可喜。他这时候的心情真的很好。

在阪崖马场的时候，他确定要来汶水，从那一天开始，他就一直在担心一件事情。他担心唐老太爷心意已定，他担心唐家二爷做的这些事情是唐家的集体意志。现在看来，他不需要担心这件事情了。因为唐老太爷不敢见他。

当初在国教学院里陈长生对林老公公说过，后来对教宗师叔也说过，他的师父商行舟不敢见他。他所说的不敢，并不是说师父畏惧他，或者说怯于面对他，而是指商行舟不愿意看到他，从而必须面对不想面对的一些问题。

他今天认为唐老太爷不敢见自己，也是相似的意思，并不意味着唐老太爷不敢面对他，而是因为唐老太爷不想面对他的一些问题，不愿意被他说服，而这恰恰说明唐老太爷自己也清楚有被陈长生说服的可能。

"准备一下，明天你们随我一起去老宅。"

陈长生看着众人说道，又对关飞白说道："你受了伤，留在道殿里。"

众人很不理解，心想唐家老宅不是已经拒绝了请求，老太爷不肯见你，难道还能硬闯不成？

"老太爷偶感风寒，所以不便见客，哪怕我是教宗，也不方便。"

陈长生说道："但刚好我也是一名医生。"

教宗陛下也没办法硬闯唐家老宅，现在多了一个医生的身份，难道就能有所不同？

就算这位医生最擅长医治风寒，那又如何？终究还是要先行知会才行。当天夜里，道殿便把教宗陛下明日准备去看望唐老太爷的意思再次传给了唐家老宅，并且明确说了教宗陛下非常关切老太爷的身体。

第二天清晨，陈长生等人在国教骑兵与教士们的护送下，离开了道殿。直到教宗神辇出现在汶水城那条直街上时，唐家老宅依然没有确认的消息传来。陈长生没有再做任何等待，吩咐辇驾继续前行。

昨天他去庄园看望了唐家的长房大爷，今天则是要去老宅看望医治老太爷，他带着国教准备好的无数珍稀药材，更带着无数的善意，难道唐家会因此而愤怒，把通往老宅的道路封死？像这般没道理的事情，不是这种千世之家能够做得出来的事情。

无论唐家里的很多人怎样不想他去老宅，不想他与唐老太爷相见，此刻也只能眼睁睁看着教宗的神辇缓缓行过长街，经过那片黑檐白墙的祠堂，离老宅越来越近，而没有任何办法。

唐家祠堂的门紧闭着，被关在里面的那个家伙此时在做什么？陈长生没有看祠堂的门一眼，却自然会想着这些事，然后他想起来，这时候天时尚早，以那个家伙怠懒的性情，只怕这时候还在睡觉，根本不知道自己和折袖正从他的门前经过。

到唐家老宅的时候，会不会也只能看到紧闭的大门？这是凌海之王等人现在最担心的事情，看起来似乎也是极有可能发生的画面。陈长生则不担心会吃闭门羹。

谁都不理解，既然唐老太爷不愿意见他，为何他会显得如此自信。想来收到消息的唐老太爷，也会对此很好奇。

唐家老宅在汶水城的最南边，从道殿过去距离很远，要走很长一段时间。

城门早就已经关闭了，更准确地说应该是昨夜城门关闭之后，便再也没有开启过，虽然早就过了那个时间。

除了国教的车辇与骑兵，街上再也看不到任何人，唐家没有派管事前来，连个指引都没有。长街寂静无声，只能听到战马从容的蹄声以及车轮碾压青石的声音。

有阵风从街后的河面上吹来，拂出了一张旧纸，看那张纸上满是凝着的油迹，可能是包肉的纸。一只黑狗从侧巷里跑了出来，低头嗅了嗅那张纸，没有什么兴趣，转身离开。陈长生注意到那只黑狗已有老态，但依然皮毛光滑，养得极好，颈间有只项圈，明显是家养的。

"在汶水城里没有看见过野狗。"

他想到这点，觉得有些奇怪。按道理来说，像汶水城这般富庶的地方，野狗在这里应该活得很舒服才是。难道是因为他的到来，汶水城把所有的野狗全部赶跑了？

凌海之王想起多年前第一次来到汶水城时产生的相同疑问，说道："这里没有野狗。"

陈长生问道："为何？"

凌海之王说道："或者被收回家中养着，或者被杀掉，或者被吃掉，总之，没有野狗。"

这句话听着是很平实的叙说，又似乎隐藏着很多深意，让听到的人觉得有些莫名的寒冷。

陈长生心想从某种意义上来说，唐老太爷和他的师父商行舟真是很相似的两个人。

那一代人都很像。是的，三年前天机老人死了，教宗死了，今年魔君也终于死了。除了云游不知何处的王之策，那代人里便只剩下了商行舟与唐老太爷。那一代是哪一代？是经历过当年万里焦土、民不聊生、魔族入侵、洛阳被围，生死存亡只在数日之间的那一代人。

正是因为经历过那么多苦痛与悲壮，承受过现在的人类无法想象的压力，所以那些人意志无比坚毅，如孤峰顶的坚岩，如生在岩石里的青松，无论面对如何凄惨甚至绝望的境遇都不会放弃，依然沉着面对，始终怀抱理想。

同样是因为他们经历过太多，见过太多残酷而黑暗的历史，所以他们毫无意外地成为了最坚定的现实主义者、最冷酷的权谋家，阴险的手段与广博的胸怀还有远大的目标在他们日渐衰老的身躯里和谐相处、毫不冲突。

最后，他们成为了世界上最值得尊敬、需要被敬畏，令所有生命都畏惧的老人。今天陈长生要见的唐老太爷，便是这样的人。

唐家老宅在城南。与世人想象不同，老宅的面积并不是那般大，远不如长房与二房那两片庄园,而且不在汶水边,依着一座有些低矮的山丘而建,看着有些普通,没有任何出奇之处。

陈长生等从道殿一路行来,始终没有看见人影,到这里终于看到了人。昨日在庄园里见过的那位老宅管事,神态谦卑地站在街边,在他的身后则站着另一位老者。那位老者眼神淡漠,有如秋日的天空,神情漠然,气息敛而不发。看着那名老者,折袖的眼眸深处骤然生出一抹猩红,南客的手松开了陈长生的衣袖。

做为场间对危险感知最敏锐的两个人,折袖和南客第一时间感觉到了这名老者的可怕程度。

凌海之王的脸色也变得异常凝重,沉声说道:"半步神圣!"

如果不是苔所里有画像,他甚至会以为这位老者便是教宗要见的唐老太爷。这位老者的境界着实有些深不可测。

陈长生等人并不知道,这位是唐家硕果仅存的三名老供奉之一。当年天书陵之变,在那般重要的时刻,这位老供奉一直随在唐家二爷身边,可以想见他在唐家的地位和实力。

然而,这位境界已经半步神圣的老供奉,今天在唐家老宅只是位引路者。汶水唐家的隐藏实力到底有多深?

到了此刻,凌海之王才发现,世人对唐家的想象哪怕再如何夸张,似乎都依然不及事实那般惊人。他生出很多警惕,很担心陈长生此行的安全。然而,无论是他还是折袖、南客都没能跟着陈长生走进唐家老宅。因为那位老供奉面无表情地看了他一眼。然后,陈长生摇了摇头。

144 · 老宅古井,咸菜清粥

迎面是一道很简陋的木门。但门上的石檐却修得极为讲究,而且夸张,甚至要比门本身的高度还要高,从上到下排着无数道匾。

陈长生抬头望去,隐约看到了很多眼熟的落款。那些落款属于历代皇帝陛下以及历代教宗。有周朝的皇帝,有前朝的皇帝,还有更久远的、他只在书里读过的皇帝陛下的名讳。那些教宗的名讳他更熟悉,发现最下面的那位教宗陛下,正是自己的师祖。

排在最下方的那位皇帝陛下是太宗皇帝。没有天海圣后,也没有前代教宗。

很明显，在唐家老宅里那位老人逝去之前，做为同代人的前代教宗以及他不喜欢的天海圣后尚无资格留下印迹。

那位唐家老供奉站在一旁，没有什么神情变化，也没有催促的意思。对唐家的这些老人们来说，这样的场景在过去的无数年里，已经发生过无数次。这便是唐家真正的底蕴，因为这些都是看得见的历史，无比真实，甚至显得有些真切。

天空里忽然落下雪来，雪势并不大，在老宅四周飘舞着。陈长生不知从哪里拿出一把旧伞撑开，向院子里走去。看着那把旧伞，那位唐家老供奉的神情终于发生了些变化，眼睛微眯，却看不出到底在想什么。

老宅的正门很简单，正院也同样如此。平整的青石铺在地面，被无数年的风雨洗过，被无数人的脚踩过，光滑得仿佛镜子一般。当你走在上面时，很难不联想到当年太宗皇帝也在相同的地方走过，你此时踩着的那块青石周独夫可能也踩过，你看到的那口老井，或者王之策也喝过里面的水。那苏离当年走进小院时，有没有打伞呢？

唐家老供奉停在了院门处。陈长生撑着旧伞走上石阶，来到屋前，望向里面。屋里屋外隔着一道高高的门槛。他站在槛外。老人在槛内。

事实上，那人头发已然全白，但看着其实并不老。只不过他的眼神仿佛院里的老井，似乎世间任何事情都无法掀起波澜。这便是唐老太爷吗？

千年来，整个大陆最神秘的当然是魔族军师黑袍。对很多人来说，汶水城里的唐老太爷也同样神秘。

世人只知道唐老太爷是大陆最有钱的人，即便天机老人在世时，也远远不如他。世人也知道唐老太爷是大陆最有权势的人之一，即便是天海圣后拿他也没有什么办法。世人还知道唐老太爷是大陆最长寿的人，远在太祖皇帝年间，便已经有人见过他。但没有人知道，唐老太爷到底有多少钱，到底掌握着多么可怕的力量，以及到底多少岁了。而且直到今天，也没有人知道唐老太爷的真实境界实力到底如何。当年天机阁都没能查到，当然，就算查到了也不敢说。

当上家主之后，唐老太爷便再也没有与人交过手，至今已有数百年。

有人分析，唐老太爷必然早就已经踏入神圣领域，只不过不在意也不需要俗世浮名，故而世人不知。不然，他凭什么撑得起汶水城头顶这片天，凭什么与圣人分庭抗礼，八方风雨里的大多数遇着他都要执晚辈礼？

当然也有很多人反对这种看法，认为唐家是靠着难以想象的财富与根深脉远的势力才能在大陆上拥有如此超然的地位，而唐老太爷只不过擅于治家罢了，并不像人们想象的那般强大。

无论是哪种猜想，终究都是猜想，而且看起来，永远都不会得到证明。依然没有人知道唐老太爷究竟是个什么样的人。除了汶水城里的一些老人和唐家老宅的少数后人，甚至没有人知道唐老太爷的模样。

在京都国教学院的时候，陈长生曾经听唐三十六说过很多次唐老太爷。在唐三十六的叙述里，他的祖父是一个慈祥的、有趣的、喜欢把独孙抱在膝头给他讲过去的故事的老头儿。

唐三十六眼里的祖父自然不可能是真正的唐老太爷，或者说不可能是全部的唐老太爷。更何况，现在的唐老太爷又有了一个孙子。

几年前陈长生去汉秋城的时候，曾经路过汶水，唐老太爷送了他一份礼物，但没有见他。今天是他第一次看见唐老太爷，即便是他，难免也有些紧张。但他没有表现出来。

他平静地把旧伞上的雪花抖掉，把旧伞收好搁在墙壁上，然后跨过门槛，走进了屋子。无论动作还是神情，他都非常自然，就像是回家一样。

唐老太爷更自然，因为这里本来就是他的家。唐老太爷在吃稀饭，吃得很香，能够清楚地听到声音。桌上除了粥盆，还摆着几碟小菜，看着都很普通。

没过多长时间，唐老太爷把碗里的粥喝光了，拿起毛巾擦了擦嘴，对他说道："有句俗话，叫老太爷喝稀饭——无耻下流，我最近比较注意保养，就是不想应了这句话。"

陈长生怔了片刻才听明白这句话的意思。他看了眼盆中剩着的白粥，想了想说道："如果想要固齿，不能吃太硬，但顿顿食粥也不妥。"

唐老太爷把手巾搁回桌上，说道："又不嫌命长，怎么会天天喝稀饭？这只是早饭。"

陈长生没有顺着这句话接，说道："为养生计，早饭熬些小米粥或燕麦是极好的，稻米反而容易伤胃。"

唐老太爷看了他两眼，问道："你很擅长这些？"

陈长生神情平静地说道:"我的医术可能还不如师父,但养生方面他不如我。"

唐老太爷看着他说道:"既然自承医术不如你师父,为何要来见我,还要说给我治风寒?"

陈长生说道:"治病救人是医者应该做的事情,而且我是教宗,更应该做。"

唐老太爷神情不变,说道:"你觉得你师父没资格治病救人?"

陈长生同样神情不变,说道:"名不正则言不顺,言不顺则事难成。"

这句话很有意思,如果让相王等人听着这句话,应该会品味更长时间,试图品出更多的意思。

145 · 牌桌与茶杯

唐老太爷看着他的眼睛说道:"哪怕他教出一个皇帝,一个教宗,也依然没有资格?"

陈长生平静说道:"既然一个做了皇帝,一个做了教宗,何不让他们自己去做。"

"西宁镇那间旧庙,所有的书都给了我,别的都留给了师兄,家业再大,终究也要传给后辈的。"

陈长生继续说道:"更何况这是天下,并不是师父他一个人的家。"

唐老太爷没有说话。那位老宅管事不知道从什么地方走了过来,用最快的速度把桌上的碗盘收走,没有发出任何声音。稍后桌上多了一个茶壶,两个杯子,但壶中的茶没有倒进杯子里。

陈长生对唐老太爷正式行礼,以晚辈的身份,然后不待回应便自己走到桌边坐下。他举起茶壶把唐老太爷面前的杯中倒满,再把自己面前的茶杯倒满。他感觉仿佛回到了当年,回到了百草园里的那张石桌旁,最后的紧张也随之消失,真正地平静下来。

唐老太爷清楚地感知到他的心境变化,露出一抹欣赏的神色。

"家天下这种词我也不喜欢。"他对陈长生说道,"但你觉得自己现在有资格,有能力治天下?"

治是治病,也是治理。

陈长生说道:"我相信师兄有这个能力,至于我也在学习。"

唐老太爷沉默了很长时间，忽然说道："你走进老宅时，最初的感觉是什么？"

陈长生很认真地想了想，说道："比想象中普通，即便是门上那些匾额，感觉也很刻意，刻意显得普通。"

对普通的家族来说，哪怕是对那些名门正宗来说，唐家老宅门上那些匾额，都是无上的荣耀。但对唐家来说，这些荣耀显得有些刻意，因为唐家不需要这些，这些反而会冲淡唐家的神秘感，用陈长生的话来说，就是显得普通。

唐老太爷说道："因为老宅本来就是很普通的一个院子，之所以不普通，是因为唐家的历代家主都住在这里。"

陈长生明白了老太爷的意思。很多人以为唐老太爷的神秘是因为他从来没有与人交过手，因为唐家太可怕，根本没有人敢对他有丝毫不敬，他的真实境界可能并不像传说中那般可怕。

今天唐老太爷对陈长生说的这番话却很明确。唐家之所以如此可怕，就是因为唐家的历代家主都很强大，包括老太爷自己。

陈长生说道："但您愿意在老宅见我，说明您至少愿意听我说几句话。"

唐老太爷说道："我已经很多年没有见过外人了，你是我这些年来在老宅见过的第五个外人。"

陈长生知道这五个人里必然有苏离和王破，只是不知道当年莫雨来汶水的时候有没有见到唐老太爷，如果没有的话，那还有两个人是谁？

"徐有容。"唐老太爷说道，"我与她的关系不错，今天我愿意见你，很大程度上是因为我很好奇，她喜欢的人究竟是什么样子。"

这一次陈长生真的吃惊了，他昨夜才知道徐有容闭死关之前曾经专门来汶水替唐家长房大爷看过病，没有想到她与唐家之间还有这层关系，不解的是虽说徐有容是南方圣女，有足够的身份与唐老太爷对话，但双方之间差着无数岁月，完全找不到任何相通之处，为何老太爷会说与她关系不错？

唐老太爷说道："世间有无数种关系，友情亲情同袍之情商道盟友……这些关系各有各的不便，各有各的纠结，每多虚伪或者退让，唯有一种关系最为真实简单，能够清楚地看到对方的想法，而不需要太费脑子。"

陈长生请教道："是何关系？"

唐老太爷放下茶杯，轻轻敲打了两下桌面，说道："牌友。"

陈长生怔了很长时间。他才注意到唐老太爷身前这张桌子并不是普通的餐桌,桌形四方,由最名贵坚硬的铁梨木制成,桌面极其光滑,但如果仔细观察能够看到上面留着很多细密的纹路,可以想象应该是被一些偏硬的事物经年累月磨出来的。然后他发现桌子的四边原来各隐着一个扁状的小匣子,这是用来放银票和铜钱的。

原来这是一张牌桌。唐老太爷在这张桌上不知道打了几百年的牌,不知道换了多少牌友。也不知道从什么时候开始,他有了一个新牌友。那是一个来自南溪斋的小姑娘。

"有容喜欢玩牌?"陈长生觉得有些难以想象。

"不止喜欢,而且玩得特别好,连我都算不过她,我好些次都动了心思,是不是要把破儿唤回来。"

唐老太爷的眼神就像院里的那口老井,平静无波却深不见底:"但明显你不喜欢玩牌,更不擅长玩牌,既然如此,我建议你从一开始就不要上桌。"

说完这句话,他端起茶杯,也未理会茶水烫或是凉,缓缓饮了。端茶便是送客,把杯中茶都饮了一半,客人应该知难而退。陈长生不这样想。他通读道藏,知天文地理、无数剑法,就是不知难字如何写。

他看着唐老太爷说道:"您可能真的不知道,我想要说些什么。"

唐老太爷不再说话。任狂风呼啸,古井底怎会起波?唐老太爷不想听,谁又能逼着他听?

"您喝了我的茶。"陈长生说道。

唐老太爷说道:"那又如何?而且这是我的茶。"

陈长生说道:"在西宁旧庙的时候,煮茶分茶都是师兄在做,这些年来,我只给一个人倒过茶。"

唐老太爷有些感兴趣,问道:"谁?"

陈长生想着百草园里的那几个夜晚,心情有些复杂,说道:"圣后娘娘。"

146·立雪

整个大陆都知道,就算是天海圣后,当年对唐老太爷也还是颇尊重。

陈长生从唐三十六那里知道得更清楚,唐老太爷在老宅里天天骂天海家,但很少会涉及娘娘本人。天海圣后下旨召唐老太爷进京,唐老太爷不接旨,看似强硬，也从侧面说明了些问题。唐老太爷不喜欢天海圣后，在他眼里她就是个妖后。可是天海圣后一直让他很忌惮，甚至在某些方面让他感到佩服。

陈长生说道："我想用这杯茶，换您听我说两句话。"

如果一开始的时候，他进入老宅，便自顾自把那两句话说出来，自然也能让唐老太爷听见。但听见不代表能听得进去。他想要唐老太爷认真地听自己这两句话，必须要听进去。听进耳朵里，听进心里。唐老太爷依然没有说话，或者这代表了默允。

"唐家大爷不是生病，而是中毒。"

这是陈长生说的第一句话。唐老太爷神情不变，就像是没有听到。

"唐家二爷与魔族有勾结。"

这是陈长生说的第二句话。唐老太爷微微眯眼，然后很缓慢地把茶杯搁回到桌面。

他看着陈长生，声音里没有任何情绪："教宗陛下的剑果然锋利，轨迹也很清楚，但你今天就不该出剑。"

这两句话确实就是剑。这是陈长生准备了很长时间的两记慧剑。这是他从苏离处学得的剑法。唐老太爷与苏离相识多年，关系密切，又怎会识不破？于是，教宗陛下这四个字第一次从老太爷的嘴里说了出来。从这一刻开始，再没有什么长辈与晚辈、清粥与小菜、斟茶饮茶、牌友故交。

"我不是主动出剑，而是被动防御。"陈长生没有因为唐老太爷的态度变化而如何，平静地说道，"雪岭那夜，是唐家先出的剑，后来在汉秋城，还有昨夜都有人想要杀我，既然如此，我没有不应的道理。"

唐老太爷很简洁地说了两个字："证据。"

就算陈长生是教宗，没有证据也不能随意指责唐家什么。这里是唐家老宅，不是松山军府，他的对手不是朝廷里的那些王爷与神将，而是唐老太爷。

"我没有证据。"陈长生不等唐老太爷表态，继续说道："除了魔君的一句话，我没有任何证据，而魔君的话当然有可能是挑拨离间，但是我有证人，魔族公主南客，她现在有些痴呆，更不会说谎。"

唐老太爷的眼睛眯得更加厉害，不像老狐狸，而像是山里被风吹雨打多年、风化得很厉害的片状页岩。

"那么教宗陛下想要我答应你什么呢？"

"我需要一个时辰。"

"时间都是属于自己的。"

"我需要的是汶水城的一个时辰。"

陈长生看着唐老太爷说道："我会在一个时辰里把长生宗那个怪物找出来，而他就是证据。"

什么叫作汶水城的一个时辰？他没有说透，但意思很清楚，在这一个时辰里，他希望唐家能够把汶水城的控制权交给国教方面，当国教方面进行搜索甚至追杀的时候，唐家不能插手。

毫无疑问，这是很异想天开甚至很荒唐的想法。无数年来，不管是太宗皇帝陛下还是天海圣后，都从来没有真正地控制过汶水城。现在陈长生却想做到这件事情，哪怕只是极短暂的一个时辰，也绝对不可能被唐家接受。谈判的结局，从一开始的时候似乎就已经注定了。但陈长生依然提了出来，因为他希望那位前辈已经改变了唐老太爷的一些想法。遗憾的是，他希望看到的事情并没有发生。

"三天前他就坐在你现在的位置，和你说了意思大概相同的话，我没有同意。"

唐老太爷看着他面无表情说道："除非教宗陛下你能劝他改了姓氏，不然此事没有任何讨论的必要。"

陈长生沉默片刻后说道："哪怕您明明知道唐家内部有问题，明明知道证据就在汶水城里？"

"你觉得我在乎这些？教宗陛下，你还太年轻，不知道我们这些老人见过多少阴暗甚至黑暗的事情，我不想相信，就不会相信，如果你要改变我的主意，就要拿出相应的代价。"

唐老太爷看了门外的那把旧伞一眼，说道："只是让我怀旧那是远远不够的。"

陈长生沉默了一会儿，说道："我希望您能够再考虑一下。"

唐老太爷说道："我已经做了决定。"

陈长生说道："您不用着急，我可以等。"

唐老太爷说道："我不喜欢自己的宅子里有外人在。"

陈长生说道："我可以在老宅外面等。"

唐老太爷说道："请便。"

陈长生起身向屋外走去，跨过门槛，拿起那把旧伞，走进院中。与唐老太爷谈话的这段时间里，雪落得越来越大，青石地上积了厚厚的一层，踩上去有些松软，很舒服。

陈长生撑起旧伞，在那位老供奉的带领下，走出了老宅。凌海之王等人迎了上来。陈长生摇了摇头。

凌海之王等人的神情没有什么变化，因为事先他们便已经想到，唐老太爷不可能答应那个要求。教宗陛下的那个要求，虽然从道理上来说，确实是直接掀开黑幕、找出主使者的最好办法，但是……

如果主使者就是唐老太爷怎么办？就算不是，汶水城就是唐家，唐家就是唐老太爷，教宗陛下想要掀开汶水城上的重重幕布，岂不是等于想要掀起唐老太爷的衣衫往里面看个究竟？唐老太爷怎么可能答应。

凌海之王等人准备把陈长生迎回辇上，回道殿再做商议。陈长生再次摇了摇头，转身朝向唐家老宅，就这样站在了雪地里。无数双目光落在他的身上，先是疑惑不解，然后迅速转为震惊。教宗陛下准备就这么站在雪中，等着唐老太爷改变心意吗？

147·风雪里，接过你的伞

桉琳大主教上前，把大氅披在陈长生的身上。

时间渐渐流逝，风雪没有减缓的迹象，反而越来越烈，汶水城里白茫茫一片，气温急剧降低。伞上的雪积得越来越厚，陈长生握着伞柄的手还是那样稳定，没有任何战抖。当然他也没有离开的意思。深色的教宗袍，白色的大氅，微旧的纸伞，这幕画面其实很好看。

但看着眼前这幕画面，无论是国教方面还是唐家方面的人都越来越焦虑。一道紧张的气氛渐渐笼罩老宅四周，就连后方那座山都变得有些寒意逼人。到现在为止谁也不能确认陈长生的真实心意。他是想用诚意感动唐老太爷？还是以教宗陛下的身份威慑整个唐家？不管是哪种，如果他继续在风雪里站下去，那么总有一刻会出事。

就在老宅外的气氛变得越来越紧张的时候，就在凌海之王的脸色越来越阴沉的时候，就在唐家老宅管事的脸色越来越苍白的时候，忽然有一道声音传入了众人的耳中。那是军靴踏着松软雪面的声音，簌簌然，很好听。

一名军官从雪街上走了过来。那个军官满脸胡须，胡须上满是雪碴，看不清楚真实的年龄。在无数强者的注视下，在漫天风雪里，他就这样随意地走了过来，一直走到了陈长生的身边。然后，他伸手把陈长生的伞接了过去。

很多年前，陈长生在周园的最高处，在呼啸的狂风里举着伞，撑着将要崩落的天空。

下一刻他便出现在了数万里之外的魔域雪原上，远远都能够看到雪老城的影子。当时，他还保持着半跪的姿势举着伞。

有脚步声传来，然后响起一声轻噫。

"噫，有把剑。"

那人把他手里的黄纸伞拿了过去。然后那人从伞里抽出了一把剑。一位魔将倒下。天空里的阴影都出现了一道裂口。

很多年后。在汶水城的风雪里，陈长生又撑着那把伞。又有脚步声在身后响起。那人没有说话，直接把他手里的伞拿了过去。在这一刻，陈长生产生了某种错觉，是不是那人回来了。然而并不是。这次来的人他也认识。

不知道为什么，当罗布接过那把伞后，陈长生觉得轻松了很多，仿佛卸下了很多重量。落落当年在国教学院里对他说过，白帝曾经告诉她，她会幸福开心地生活着，因为天塌下来的时候，会有高个子顶着。他比落落高，所以无论是面对魔族的暗杀，还是别的时候，他都要替她撑起一片天。

在周园里也是如此。直到有比他更高的人出现。直到有人接过他手里的伞。

在魔域雪原上，是苏离接过他的伞。今天，则是罗布接过了他的伞。罗布当然不能与苏离相提并论。但他天生就有那种气质。

无论是事情、责任还是剑或者伞，只要交到他的手里，你就可以放心了。

他这时候终于明白了，为什么苟寒食、关飞白、折袖甚至唐三十六提到此人时，总会是那样的态度。他也明白了为何在阪崖马场后来对方忽然改变了对自己的态度。

想到这一点，陈长生的心里难得地生出了羡慕的情绪。他不是羡慕罗布，而是羡慕那些认识罗布很久并且可以与罗布成为朋友的人。比如苟寒食、关飞白等离山剑宗弟子，甚至是折袖、唐三十六。他们是同窗，他们就算现在还不认识，将来也可以成为朋友。他和罗布却永远没有这种可能了。

罗布举着旧伞向唐家老宅里走去。陈长生沉默不语，国教的人们自然不会做什么。很奇怪的是，唐家的人也没有阻拦的意思。风雪飞舞间，他的身影消失在门后。

唐老太爷看着他，说道："没想到你会来。"

罗布以晚辈的身份行礼，说道："您知道，我向来最喜欢凑热闹。"

唐老太爷淡然说道："如果你父亲知道你会出现，大概不会开心。"

罗布无奈说道："我经常做让父亲大人不快的事情，说起来还真是不孝啊。"

唐老太爷对他的态度明显要比对陈长生的态度更随意，随意说道："如果他真觉得你不孝，怎么不把你赶出家门？怎么每次喝多了的时候，就把你小时候的那些字拿出来到处炫耀？"

罗布苦笑着说道："父亲的炫耀，往往就是儿子的献丑啊。"

唐老太爷忽然说道："既然你也觉得你父亲很让人头疼，要不要干脆跟着我姓？"

罗布更加无奈，说道："我又不是王破，您老人家就别逗我了啊。"

唐老太爷说道："你不觉得你家的姓很怪吗？"

罗布笑了笑，说道："秋山哪里怪了？我觉得挺好啊。"

秋山这个姓氏不常见，但很出名。因为四大世家之一的那个天南名门便叫作秋山家。因为秋山家有个非常出名的人物叫秋山君。他是离山剑宗掌门的亲传弟子，更是直接继承了苏离的衣钵，乃是神国七律之首，真龙血脉。

在过去的那些年里，他一直是无数少女心中的偶像，年轻一代修道者无可置疑的领袖。无论从哪个方面来看，他都是无可挑剔的，近乎完美。然后，他失踪了五年。

除了三个人，没有人知道这五年时间他在哪里。京都奈何桥落了那场雪后，他隐姓埋名去了北方，在风雪满天的荒原上，与魔族作战，整整五年。罗布，就是秋山君。他是阪崖一大将，也是离山一棵松。

刚才唐老太爷在与陈长生的谈话里提到过，这些年来，他在老宅只见过五个外人。这些年来，人类世界最出色或者说最具潜力天赋的人物，刚好也是五个人。苏离、王破、徐有容、陈长生，还有一个当然就是秋山君。而且因为家族之间的关系，他是除了王破之外，进老宅次数最多的那个人。

"你来做什么？"唐老太爷问道。

秋山君说道："师叔祖当年与您的那个约定，今天我想取走。"

148·秋山啊……

唐老太爷静静地看着他，看了很长时间，就像看一个怎么也看不出来哪里好看的怪石头。

秋山君微笑说道："这个请求很怪吗？"

唐老太爷说道："确实很怪，因为站在门外的是陈长生，不是徐有容。"

秋山君说道："我觉得陈长生的要求很有道理啊。"

唐老太爷说道："为什么？"

秋山君笑着说道："你家老二给老大下毒啊。"

唐老太爷嘲弄说道："你又知道？"

秋山君说道："我没看出来，师妹也没看出来，但他是陈长生啊，商行舟的学生啊，我不信他信谁啊？"

唐老太爷的眼睛依然微眯着，眼神像极了院子里的古井——幽深，而且因为落雪变得越来越寒冷。从他唇间发出来的声音，也是那样地寒冷，令人有些毛骨悚然。

"就算是真的又如何？太宗皇帝陛下把他的亲兄弟都杀干净了，一样打造出了个太平盛世，成了千古明君。"唐老太爷面无表情地说道，"我家老二就算把我也毒杀了，只要家业不败，那就是好样的。"

听着这话，秋山君渐渐敛了笑容，静静地看着老太爷的眼睛。

"可是你家老二勾结魔族啊。"

从走进唐家老宅与老太爷对话开始，秋山君的语气一直都显得很随意自然，像极一个乖巧可爱的晚辈。

他的很多句话都是用"啊"字来结尾。不孝啊。献丑啊。挺好啊。有道理啊。

江南的年轻男女说话的口音很好听，咿咿呀呀啊啊。当他说出这句话的时候，依然用的"啊"字结尾，但这一次的感觉却截然不同。北方的风雪太大，想要把军令传得远些，必须要大声地喊才能让同袍听到。跑啊！冲啊！杀啊！

快来救人啊!

秋山君这句话不是说出来的,而是喊出来的:"你家老二勾结魔族啊。"

他的神情很严肃,意志很坚定,声音如钢似铁,非常明亮,可以穿破风雪,让活着的同伴与死去的同伴听到。今日的风雪再大,也无法掩住他的声音,老宅四周的所有人都听到了。

相信过不了多长时间,整个汶水城都会听到,然后,整个大陆都会听到。

老宅里异常安静,死寂一片,雪落亦是无声。

唐老太爷眯着眼睛,看着秋山君,沉默了很长时间,忽然说道:"很痛快吗?"

秋山君已经恢复了平静,说道:"感觉不错啊。"

唐老太爷说道:"需要做到这种程度吗?"

秋山君说道:"有些事情,如果不想办法喊破,那么便有可能永远不会被人听到。"

唐老太爷说道:"你觉得整个世界都必须相信你的话?"

秋山君说道:"我用了二十年的时间来守护我的名望,现在想起来,可能就是为了这个世界相信我一次。"

唐老太爷没有说话。说到"名望"二字,没有人及得上秋山君。很多年来的很多事情以及很多人早已证明了这一点。在离山,无论是苏离还是掌门说话都没有他好使。在天南,就算是王破也没有秋山君能够令人信服,因为王破毕竟是天凉郡人。

秋山君说道:"当年师叔祖没钱,所以这把黄纸伞一直留在了汶水,后来那件事情后,你答应师叔祖只要看到这把伞,便答应他一个要求,陈长生不知道这件事情,但我知道。"

唐老太爷的视线落在他手里的那把旧伞上。

"这把伞与以前那把终究还是有些不一样。"

"是的,差了些东西。"

秋山君伸手从腰畔的剑鞘里抽出一把剑。这把剑湛若秋水,显见不凡。看着这把剑,唐老太爷的眼瞳微缩,即便是他这样的大人物,也有些惊异。

"他居然没有把这剑带走?"

"师叔祖把剑留给了我,把伞留给了陈长生,现在我们两个人都来了,便等于他来了。"

秋山君把剑插入旧伞的柄里。没有任何声音，仿佛这剑本来就是这伞的一部分。见伞如见人。

陈长生再次进入老宅的时候，发现罗布已经走了，但那把伞还在。看着那把旧伞，他沉默了会儿，心想确实比苏离前辈强，没有把伞拿走。

"你要汶水城的一个时辰，我给你。"

唐老太爷看着他面无表情说道："但是不能用国教的人，只能用我唐家的人。"

因为当年的那份约定，他答应了陈长生的请求，但很明显他不可能任由国教的教士在唐家各房的宅院里搜索，更不可能允许国教的骑兵在汶水城里横冲直撞，这是唐家的底线。

问题在于，无论是陈长生还是国教里别的大人物都不了解唐家各房的具体情况，就算在唐老太爷的命令下，唐家的力量表面上都听从他们的调配，又如何能够保证唐家的人真的愿意出力？

总而言之，用唐家的人查唐家的事，这怎么看都很荒谬，甚至可笑。但唐老太爷绝对不会再做任何让步了。

陈长生说道："汶水城的这一个时辰不用给我。"

唐老太爷说道："那要给谁？"

陈长生说道："我有一个朋友。"

唐老太爷的眼睛眯了起来。

陈长生看着他说道："您曾经给过他二十年时间，现在连一个时辰都不愿意给了吗？"

唐家祠堂很老，和老宅一样老，比京都皇宫还要老。无论是每隔三年便会重新粉刷一次的白墙，还是每隔七年便会精修一次的黑檐，哪怕看着再如何崭新，也无法完全掩去砖缝檐片之间散发出来的那些古远沧桑气息。

祠堂里摆放着很多牌位，案上点着很多香烛，前方还有一个蒲团。那个蒲团也很旧。不知道是不是因为环境的原因，坐在蒲团上的年轻人脸上也多了几分沧桑感。他脸上的胡须长短不一，看着很乱；头发更乱，衣服也有些脏，可以用蓬头垢面来形容。他的眼睛以前很明亮,甚至锋锐逼人,但现在已经尽数归于死寂。他的嘴唇还是那么薄,然而曾经的刻薄与痛快,已经尽数归于沉默。

被关进这里后,他整整半年没有说话。空旷而幽静的祠堂里,他的身影是那样地孤单。

149 · 祠堂里不说话的那个人

在国教学院里面对林老公公的时候,哪怕面对自己的师父商行舟的时候,又或者是在雪岭,在别处,直至昨夜在道殿面对唐家二爷的时候,每当遇着那些让人郁闷的大人物和长辈时,陈长生总会想起那个朋友。

那是他从西宁镇来到京都后遇到的第一个朋友,也可以说是他人生里的第一个朋友。他和那位朋友的结识,其实有些莫名其妙。那是天道院招生的时候,很多洗髓成功甚至坐照境的考生排着队等着被检验,还完全不懂修行是什么的他,看到了一个穿着青衣的少年,然后那个明显是修道天才的少年说他也是个天才。那个少年去李子园客栈,找到陈长生,吃了一顿饭,然后两个人便成为了朋友,就是这么简单。

那位朋友叫唐棠。他当时在青云榜上排名第三十六,所以给自己改了名字叫作唐三十六。从那时候到现在,青云榜与点星榜不知道换了多少次,他的名次自然也在不停发生变化,但他却再没有换过名字。或者是因为他最喜欢的那段青春岁月里一直都是用唐三十六的名字活着的。

之所以在很多时候陈长生会想起唐三十六,想念唐三十六,除了因为他是自己的朋友之外,也是因为对他和国教学院来说唐三十六一直扮演着非常重要的角色。他和苏墨虞、折袖、轩辕破不擅长做的事情,唐三十六都很擅长;他们说不出口的话,唐三十六都能很轻易地说出来;他们不好意思做的事,唐三十六从来不知道什么叫作丢脸。

换句话说,正是因为唐三十六的存在,他在京都的那几年才能过得如此轻松顺意。唐三十六是个最能让自己人痛快让对手痛苦的人。

因为他是唐家的独孙,特别有钱,毫无忌讳,自从加入国教学院后,他再也没有扮演过翩翩贵公子——飞扬至极,嚣张无比,跳脱无双,在神道上骂哭过小姑娘,在百花巷里踹过残废——就没有什么事是他不敢做的。他的身上拥有陈长生最缺少的那些东西。那就是飞扬嚣张跳脱之下隐藏着的真正热血、青春、自我。

天书陵之变时，唐三十六被强行带离京都回了汶水，至今已经有三年。除了在老宅里的两年半时间，他在祠堂里已经被囚禁了半年。那些飞扬嚣张佻脱似乎都没有了。那些热血青春自我更加不知所终。

他蓬头垢面，不修边幅，衣衫肮脏，眼神木然，仿佛死人，闭嘴不言，仿佛哑巴。在他的身上只能看到麻木、死气沉沉，那意味着放弃与绝望。任谁看到现在的他，大概都会觉得他是个乞丐或者苦修士。

没有任何人能把他与当年那个站在花丛中，接受无数京都少女爱慕眼光的贵公子联系在一起。但陈长生不会，因为他比谁都了解自己的这个朋友，比谁都相信自己的这个朋友。

他相信就算发现太阳落到深渊里再也无法爬起来、世界即将毁灭，唐三十六也不会躲进被窝里哭泣，而是会把京都的红倌人全部喊来开一场无遮大会，然后带着他觉得有资格和自己一起奋斗的那些年轻人们，带着超乎想象数量的金银财宝以及几车蓝龙虾，骑着最快的马向着太阳落下的地方追去，还要对天空不停骂着最脏的话，唱最鑫的歌。

如果陈长生看到祠堂里的画面，便会知道自己的想法是正确的，而且自己的那些担心也是多余的——昨夜在道殿里，他对唐家二爷说过，很担心唐三十六在祠堂里有没有好的蒲团，会不会因为跪得太久伤了膝盖。

唐三十六根本就没有跪。哪怕他的身影再如何孤独，再如何蓬头垢面，再如何死气沉沉，反正他没有跪。他没有跪在蒲团上，而是坐在蒲团上。并且是箕坐。就是那种最不雅的坐姿。他的腿张开着，用胯下对着前方的……无数牌位。那些牌位是唐家的列祖列宗，是他的祖宗。那又如何？你们要关我，那就不要指望我还敬你们。

唐三十六，当然还是以前的唐三十六。是的，被关进祠堂之后，他便与外界完全隔绝了音讯，不要说无法再给陈长生写信，便是与他说话的人都没有。

按照唐老太爷的吩咐，严禁任何人与他说话，祠堂里除了一个负责洒扫庭院的哑仆，再也没有人。也就是从那一天起，唐三十六就不说话了。所谓无声的反抗，没有谁能做得比他更彻底。

无法知晓外界的消息，不知道父亲的病如何，母亲又如何，当然是很令人焦虑的事情。但也给了唐三十六足够多的时间来思考以及修行。

或者是因为祠堂太过安静，没有任何人打扰的缘故，或者是因为父亲的病情加重，眼看着便要不治的原因，他只用了半天时间，便思考清楚了两年前都没想明白的事——老太爷这样做的原因。

唐老太爷当家的数百年里，最出名的事情是什么？是他的眼光。无论是当年的苏离还是后来的王破，都已经证明了唐老太爷拥有一双能够识人的慧眼。

后来唐老太爷把黄纸伞送给将入周园的陈长生，自然不会只是因为陈长生与唐三十六之间的友谊，而是因为唐老太爷像看重苏离与王破一般看重陈长生，而且这笔投资对加强唐家与国教之间的关系有很大的好处。

为什么他会忽然改变主意？首先，唐老太爷与商行舟是真正的同道中人，之间有维系了数百年的隐秘友谊。最初他默许唐三十六与陈长生交好，暗中帮助国教学院，有很大程度上是因为陈长生是商行舟的学生。如今陈长生与商行舟师徒陌路，唐老太爷自然就要考虑应该支持哪一边。

从唐家内部来看，唐老太爷要解决的问题是继承权的归属。商行舟和朝廷支持二房。陈长生和国教毫无疑问支持长房。

在天书陵之变里，唐家二爷的表现非常出众，而且唐三十六更清楚，二叔的冷酷强硬，要远比父亲当初的温和之道，更得老太爷的欣赏。更关键的是他父亲已经病重，无人可医，如果选择长房，便等于选择唐三十六。

一个年富力强、手段强大的儿子，一个颇具潜力、但羽翼未丰的孙子，怎么选？向过往的历史里望去，往旧纸书上随便扫两眼，便知道应该怎么选。

150·我以祠堂做牌场

选择后者，唐家极有可能会赢来一场动荡，甚至可能分裂，而最终还是前者获胜的机会较大。

那么这道选择题就非常简单了。唐老太爷决定支持商行舟，自然就要放弃陈长生。唐老太爷决定把唐家传给二房，自然就要开始打压长房。

如果唐三十六是个庸碌之辈，或者这件事情会相对简单些。但他不是，而且他有一个朋友，是当代的教宗陛下。所以唐老太爷只能把他关进祠堂。

他有可能被幽禁一辈子，直到数十年或者百年后变成一个满头白发的疯子。当然，更大的可能是，当商行舟重新收服国教，除掉陈长生之后，他会被赐上一碗毒药。是的，毒药，匕首，白绫，土坑，不管是哪种手段，终究就是一死。

如果是前些年，唐三十六当然不认为老太爷会这样做。现在的他已经明白，所谓慈祥的祖父只是一种假象，或者说幻觉。

唐老太爷把他抱在膝盖上，说着那些久远的故事，描绘着未来的华彩，无比宠溺，这当然是爱。但他爱的并不是他怀里、膝上的这个小男孩，而是唐家的未来。

现在，唐老太爷替唐家安排好了新的未来，也有了一个新的孙子。那么，为了唐家的未来，他当初有多么宠爱唐三十六，现在便有多么冷酷。从想明白这件事情的那一瞬间起，唐三十六便再也没有指望过祖父能放自己出来。

他不想被幽禁在祠堂里一辈子，也不想无声无息地死去。他想要离开这里，但他没有做过任何尝试。因为在他被关进祠堂后的第二天，便有很多父亲的忠心下属试图把他救走。那些人都死了，事后，长房死了更多人。他只能更加沉默。

无论是墙外扔进来的石头里夹着的纸条，还是盛菜的碟子底部刻着的暗记，他都只能假装看不到。渐渐地，再没有顽童往墙里扔石头，也没有风筝在天上出现。祠堂的正门，也已经很久没有开过。

哪怕保养得再好，很长时间没有开启的门再次打开的时候，总会发出一些难听的吱吱声。祠堂的正门开了，一道寒冷的冬风夹杂着雪花飘了进来。唐三十六坐在蒲团上盯着最上面那排牌位某处，没有回头。

那位唐家老供奉走到他的身后，说道："老太爷有话对你说。"

没有什么久别之后的闲叙，没有嘘寒问暖，就连前情提要都没有。老供奉看着他的后背，脸上没有任何表情。

"你需要查清楚二爷有没有下毒，有没有与魔族勾结这两件事情。"

"你有一个时辰，在这段时间里，整个唐家都是你的。"

唐三十六没有转身，依然静静看着阴暗的祠堂里那些像牌子儿一样的牌位。不知道过了多长时间，他终于说话了。时隔半年时间第一次开口，他的声音有些微哑，而且发音有些生硬。

"那家伙来了？"

老供奉说道："是的。"

唐三十六还是没有转身，问道："他和老太爷说了些什么？"

老供奉沉默了一会儿，重复了一遍先前老宅里陈长生与唐老太爷的对话，一个字差错都没有。然后他说道："你已经浪费了两盏茶的时间。"

"这里是唐家，如果我要做事，哪里需要这么多时间。"

唐三十六伸了个懒腰，有灰尘从衣服里进出。这个懒腰他伸得非常舒展，甚至隐隐可以听到喀喀的声音。然后，他从地上爬了起来，拍了拍屁股上的灰尘，从祠堂里拎出一把太师椅坐了上去。现在的他依然蓬头垢面，依然浑身灰尘，但是他的眼睛里已经不再淡漠，而是明亮至极，甚至显得有些锋利。

再没有什么死气沉沉的感觉，他的身上充满了不知从何而来的生机。看着这幕画面，唐家老供奉微微眯眼。

"那个长生宗的怪物叫除苏？名字很嚣张啊，我很欣赏。"唐三十六伸手从哑仆的手里接过一碗茶，喝了口后继续说道，"他如果这时候已经离开汶水，我到哪里抓去？"

老供奉不知道想到了些什么事，表情有些怪，说道："从他进城的第一天开始，老太爷就派人盯着了，他走不了。"

"那还用我做什么？"唐三十六把食指伸进茶碗里蘸了点茶水，对着身后那些密密麻麻的牌位弹了弹，说道，"至于第二条非常简单，大供奉你就不用操心了，我自有办法向老太爷证明二叔和魔族之间的关系。"

老供奉面无表情说道："那这时候您要做什么？"

"把七叔喊过来，把十六叔喊过来，把嘉尔巷的舅老爷请过来。"

唐三十六看似很随意地说道："好久没看见这些亲戚了，别说，还真有些想。"

老供奉不知道他为什么要见这几个人，和要查的这两件事情又有什么关系。守在祠堂外的人们也不知道。

但唐老太爷说得很清楚，这一个时辰的汶水城，全部由唐三十六负责处理。不要说他只是想见这几个人，就算他想把全族的人喊到祠堂来，也得照办。

哪怕今天的雪有些大，也没有人敢违逆唐老太爷的意志。没有用多长时间，那三个人便来到了祠堂。看着坐在太师椅里的唐三十六，三人的心情很是复杂，不知道该以怎样的态度来面对他。

教宗来到汶水城，祠堂的门便开了，听说老太爷还给予了唐三十六重权，这究竟意味着什么？难道眼看着便要失势的长房，又要重新翻身了吗？

"没别的事，老太爷难得给了我一个时辰放风，说我想做什么都可以。"

唐三十六看着他们说道："所以我喊你们三个过来陪我打牌。"

三人有些吃惊，对视了一眼，然后望向老供奉。

唐三十六看着老供奉说道："什么事情都可以做，自然也包括打牌咯？"

老供奉面无表情，说道："是。"

牌桌很快便准备好了。翠绿的玉竹麻将子儿摆得整整齐齐，看着很舒服。

"看着就觉得赏心悦目，七叔你说是不是？"

唐三十六用指腹轻轻摩挲着牌的背面，感慨说道："不知道这寒冬腊月的，竹园里的风景怎么样。"

包括他的七叔在内，牌桌上其余三人只是看着眼前的牌，没有回应，也没有反应。

"让枫堂的人过去看看，把竹园封起来，里面的卷宗和一个人都不能丢。"唐三十六看着牌说道。

老供奉没有说话，不仔细看也看不出来地微微点了点头。祠堂外有无数老宅的管事下属等着，随之而去。

听到这句话，那位七叔终于忍不住抬头看了唐三十六一眼。

唐三十六没有任何反应，摸了张牌，继续说道："云组去静寓，川堂去合泗，我要静寓的地图，合泗的账单。"

到此时，牌桌上剩下的两个人也终于抬起了头来。

151·一声喊乱了风雪

老供奉面无表情对着祠堂外点了点头。

祠堂里的牌局继续着，唐三十六一面摸牌打牌吃牌碰牌，一面不停说话。大概三两句闲话里会有一句是指令，对整个唐家的指令。

他的指令非常清楚，非常精准，清楚到哪怕最愚笨的下属也知道自己的任务是什么，精准到目标地的哪间屋子哪张桌子以及哪个抽屉。

随着他的声音在祠堂里回荡，桌上其余三人的神情变得越来越凝重，老供奉的眼睛都眯了起来。无论老供奉还是牌桌上的其余三人或者是在祠堂外候命的管事，都没有想到唐三十六被囚祠堂半年时间，更是被老太爷隔绝于家族生意三年时间，对唐家的内部情况依然如此清楚。

最令老供奉感到意外的是，唐三十六对唐老太爷管理唐家的手段非常了解，哪怕是最隐秘的那些手段。——云组、川堂、枫堂这些唐家的执事组倒也罢了，他怎么会知道松十三药行是老宅的法堂之一？

老供奉看了桌上三人一眼，忽然觉得今天的事情有些麻烦。看起来唐三十六是随便挑了三个各房的长辈，但老供奉当然知道其中的深意。这三人不是唐家二爷用来管理唐家事务的人手，但在私底下则扮演着更重要的角色，因为他们三人是用来制约那些管理者的手段。唐老太爷让老供奉来祠堂，是要确保在这一个时辰里，如果二房承受不住压力开始反击，只能使用别的手段，而不能动用强力手段对付唐三十六。这样唐三十六才能放手做事。

老供奉忽然发现，唐老太爷和自己似乎都有些低估了唐三十六。如果真的让唐三十六无限制出手，以他现在展现出来的对唐家的了解，或者真用不了一个时辰的时间，他便能把二房的力量一扫而光。

到时候就算无法找到唐家二爷下毒以及与魔族勾结的证据，又能如何？

"不能杀人。"老供奉对唐三十六提醒道，"这是老太爷的交代。"

唐三十六手里拿了一张牌正准备扔出去，忍不住摇了摇头，说道："真是不吉利，棺材。"

啪嗒一声，那张麻将牌落在了乌黑发亮的桌上，原来是张八筒。

七叔的脸上挤出一抹笑意，说道："胡了。"

唐三十六没有任何沮丧，看着老供奉说道："不能杀，总可以用刑吧？"

听到"刑"字，桌旁的人们脸色都变得苍白起来。七叔伸手准备把八筒拣到面前，闻言便僵在了半空里，看着好生尴尬。

风雪里的汶水城，依然很清静，所有的商家以及普通民众，都按照族里的吩咐躲在家里。不知道从什么时候开始，有很多穿着唐家执事服的男子，从老宅从药行从很多地方离开，顶着风雪向某处走去。

竹园、静寓、合泗甚至汶水畔的二房庄园，都被围了起来，无数账本被从箱柜里翻出，数十名管事与掌柜被赶到了门外的风雪里，双手被一根很细的草绳系住，等着稍后被审问或者释放。

被检抄的这些地方都是唐家的核心产业，这几年基本上都是由唐家二爷亲自打理，早就已经换上了对他忠心耿耿的管事掌柜，这些人在汶水城地位很高，哪里受过这种待遇，很自然闹了起来。

最激烈的一次冲突发生在汶水畔的二房庄园里。哪怕隔着很猛烈的风雪，管事掌柜也能看到河对岸那些探头探脑的人影。应该是长房的人。

想着今天被对方看了热闹，管事掌柜们更是觉得好生羞恼，对着前来检抄的那些人痛骂不休。如果换作平时，无论是枫组的人，又或者是那些他们今天才知道是归老宅所有的松十三药行的管事，哪里敢对他们如此无礼，至少也会做些解释，然而今天这些人却仿佛变了一张脸，就像不认识他们一般。

与被检抄的杂书房直线距离不到两里的庄园某处，有间更为清幽的书房。书房的窗用的是最透明的琉璃，纵使冬日被掩在雪云后，屋里依然光线充足，没有任何阴晦的感觉。

唐家二爷站在窗前，看着那些飞舞的雪花，缓缓张开嘴，无声地笑了起来。

最近这段时间的混乱让整个汶水城都感到了紧张与不安，更不要说二房的人们，但他很平静。因为他管理唐家已经三年时间，他知道更多的事情，包括老宅里的那两场谈话，以及父亲与陈长生之间协议的具体内容。

下毒？只要抓不到除苏，便没有任何证据，而长生宗万年底蕴到今天就剩下了这么一个黄泉流的怪物，又哪里是那般容易被抓住的，他知道父亲只是被陈长生和国教逼住了，不得不做些姿态出来。

真正麻烦的反而是那声穿透风雪的喊声。我与魔族勾结？唐家二爷无声的笑容渐渐变得寒冷起来，心想这真是莫大的羞辱，却也是难以洗清的脏水，离山剑宗居然也掺合到这件事情里来了，秋山君的这声喊还真是狠辣到了极点。

"你真是养了一个好儿子。"他看着窗外的风雪说道。

原来，书房里一直都有人。秋山家主前些天便悄悄来了汶水城，一直住唐家二房的庄园里。

"能把二爷你逼到这种程度，我那个儿子当然不错。"他看着唐家二爷的背影说道，带着毫不掩饰的欣慰的笑容，完全没有任何惭愧或者说歉意。

唐家二爷没有转身，声音却变得寒冷起来："你自己家的事情，自己处理好。"

秋山家主站起身来，微笑说道："我秋山家与你唐家不一样，虽然我是家主，但我那儿子说的话可比我好使。唉，我本来是想帮帮他，看来反而又是给他添麻烦了，我还是赶紧走吧。"

说完这句话，他竟然就真的走了。看着窗外雪地上那道清晰的足迹，唐家二爷渐渐眯起了眼睛。他很清楚，随着秋山家主的离开，所谓的四大世家联盟一事，也就此告止。

真是个老狐狸。老狐狸他并不怕，他从小就开始与各种各样的老狐狸打交道。问题在于，像秋山家主这样不要脸的老狐狸，他还是第一次见到。

管事匆匆进入书房，把庄园前面的情况汇报了一番，然后犹豫问道："是不是要把重要的东西藏一藏？"

唐家二爷说道："看来我那个大侄子，这三年并没有虚度，已经掌握了很多东西，既然如此还能怎么藏，且让他们闹去，最终不过是闹剧罢了。"

管事闻言微惊，然后生出极大的不解。在他和唐家很多人看来，就算唐三十六负责的这次抄检最终也没办法获得任何证据，但这次抄检本身已经说明了些很重要的问题。

唐老太爷对二爷的信任，已经被动摇了。而且很明显，哪怕二爷已经打理唐家事务三年时间，表面上看起来已经成为了唐家的主人，但事实上只需要老太爷说句话，老宅里出来些人，这座汶水城以及整个唐家依然还是老太爷的。

唐家二爷知道管事在想什么，知道所有人都在想什么。但他没有解释，也懒得解释。他只是静静看着窗外的风雪，无声微笑。那笑容里有说不出的嘲弄。

第五章

唐三十六已经走进了幔布里,脱了个精光。热雾蒸腾,隐见人影,水声清楚至极。

城里的少女们羞红了脸……

152 · 一把火烧了桐庐

祠堂里的动静、汶水城内外那些商铺宅院里正在发生的事情，逐一被报告到了老宅里。

负责汇报情况的是那位老宅管事，他说话的速度很快，但口齿很清楚，确保屋里的所有人都能听明白。

现在这间屋里，除了唐老太爷和陈长生，还有折袖与南客，他们也是来讲故事的，刚刚讲完雪岭的故事以及那片石山的故事。

"被他最先喊到祠堂里的那三个人，表面看起来没什么，事实上是老二很倚重的臂膀。"

唐老太爷对陈长生说道，就像是一位说书先生，"没想到我这孙子被关了三年时间，原来依然有人在给他传消息，而且眼睛很毒。他的手段也算利落，先把老二的眼口鼻先蒙住，再以雷霆之势散掩而去，不过终究还是太过常规。"

陈长生不知道该说些什么，他对这些事情不是很了解更不擅长。没有过多长时间，老宅管事再次来到屋外，把祠堂发生的事情讲了一遍。

"你说他在做什么？在祠堂里打牌？"

唐老太爷的眼睛微眯，看不出来喜怒。

沉默片刻后，他忽然对陈长生微笑说道："教宗陛下有没有兴趣陪我玩几把？"

陈长生对玩牌没有兴趣，他甚至都不知道玩法。

不过好在对自幼通读道藏剑心早慧的他来说，想要学会只需要很短的时间，至少用不着一个时辰。

玩牌需要四个人，南客和折袖也坐了下来。折袖也需要现学，南客虽然在雪老城里陪几个姐姐玩过，也不擅长。于是这场牌局理所当然进行得非常慢。

就在他们洗牌砌牌的时候，祠堂与汶水城的消息不停地传进老宅，传到了牌桌的旁边。

"大少爷让枫组去了竹园。"

"云组去了静寓，据说找到了几份地图。"

"川堂去了合泗，大少爷要的账目却始终没有找到，屋后的雪地里有烧焦的痕迹。"

风雪里的汶水城有两张牌桌。一张在祠堂，一张在老宅。事实上，今天的牌局是两个人在玩。唐三十六以及那位没有上牌桌的唐家二爷。

随着回报的消息越来越多，唐老太爷打牌的速度越来越慢，脸上的表情也越来越复杂。有欣慰，有遗憾，有警惕，有不安，也有一抹很难看到的决然。

不知何时，一个穿着灰袍的枯瘦老人来到了门外，没有发出任何声音。那个枯瘦老人神情平和，看着就像一个与世无争的退休官员。

但折袖与南客都感觉到了强烈的危险，哪怕唐老太爷就坐在牌桌上首，依然做好了变身的准备。凌海之王与桉琳也不顾唐家老宅众人的阻拦，强行来到了屋外的小院里。因为他们也感觉到了极端的危险。

这么多强者，竟然没有一人发现这个枯瘦老人是什么时候出现的，又是如何悄无声息地走进了老宅。凌海之王看着这位枯瘦老人的侧脸，觉得有些眼熟，似乎在哪里见过一般，却又想不起来。即便是唐老太爷，对这位枯瘦老人的出现，也表现出了诧异的情绪。

"雪这么大，你怎么来了？风湿没事吗？"

枯瘦老人摇了摇头表示没事，却没有说话。如果不是不能说话，那便是惜字如金。

老宅管事有些不安地看了枯瘦老人一眼，一面擦着额上的冷汗，一面颤声说道："大少爷要用刑堂。"

听到这句话，唐老太爷沉默了会儿，把准备打出去的那张牌收了回来。

"让他用，不过一个时辰，只要不把祠堂烧了，随便他做。"

老宅管事身体一颤，很明显没有想到，唐老太爷居然真的会答应唐三十六的要求。

陈长生看了眼门外的凌海之王，想知道刑堂是什么，凌海之王不易察觉地摇了摇头，表示离宫对此没有任何情报。

枯瘦老人向唐老太爷行了一礼，然后向陈长生点了点头，便离开了老宅，自始至终都没有说一个字。

祠堂里的牌局应该在继续，老宅的牌局也重新开始。就在唐老太爷赢了第一局的时候，那位管事又来了。这一次他额上流的汗更多，声音更加战抖。

"大少爷……要用五样人。"

老宅四周忽然变得异常安静。唐老太爷面色微变，把一张牌重重地拍到牌桌上，怒道："他是真准备把祠堂拆了吗？"

管事已经很多年没有见过老太爷发这样大的火。至于陈长生等人更是没有见过，吃惊之余更是好奇，"五样人"这个名字好奇怪，究竟是什么？

唐老太爷的怒火渐渐平息，眼神幽深说道："让他用。"

没过多长时间，那名管事再一次来到屋前，这一次他的衣衫已经全部被汗水打湿。

"桐庐……桐庐被烧干净了，大少爷命令肥大女婿亲自点的火。"

"桐庐是老二最喜欢的一间书房，里面有他这些年用私房银子买的很多书画。"唐老太爷对陈长生说道。

很奇怪，这一次唐三十六直接派人烧了唐家二爷的书房，老太爷的反应却很平静。很明显，在他看来唐三十六这个可能激化矛盾，点燃二房怒火的举动，远没有刑堂与五样人更重要。

随后又有新的消息从祠堂里传了过来。这一次的消息有些无足轻重，准确来说只是件琐事。

管事说道："大少爷说肠胃不是太舒服，所以让人去城外鸡鸣庵抬了一桌素斋。"

听到这句话，唐老太爷摸牌的手指微微颤了颤，然后不知是想到何处，沉默了很长时间。

最后他把面前的牌推倒，对陈长生说道："不打了。"

老宅里的牌局就此结束，祠堂那边的牌局不知何时才会结束。

陈长生忽然想明白了一件事情。原来这并不是唐三十六与唐家二爷的牌局，而是唐三十六与唐老太爷的牌局。通过先前发生的这些事情，唐三十六证明了自己知道老太爷手里的所有牌，而且他能把这些牌打得非常好。比如刑堂与五样人。

只是鸡鸣庵的素斋又是怎么回事呢？

153 · 刑 房

汶水城西南有十二座非常大的粮库，据说可以保证大周朝六个郡一年的供给。如果汶水城被围，这些粮食足够城里的军民撑上数百年时间。可以想见这些粮库里究竟有多少粮食。

粮库最重视的事情当然就是防火，所以这些粮库都在汶水不远的地方。虽然是隆冬天气，站在粮库里仿佛还能听到远方的流水声。事实上，并不是流水的声音，而是流血的声音。

在最深处的那座粮库里，没有一颗粮食，无比宽敞甚至可能说宏伟的库房空空荡荡，只有数十个人。有七个人被脱光了衣服，挂在运粮的铁索上，鲜血不停地从他们身上流淌而下，砸在地面上。他们已经受了无数种酷刑，非常凄惨，便是被宰杀的年猪也要比他们幸福很多。

那些行刑者都很年轻，有几个人甚至还是少年，他们的神情都很专注，没有因为眼前的画面而有丝毫分神，脸上没有流露出任何同情或者说怜悯，只是偶尔会出现一些腼腆的神情。这些年轻人都是唐家刑堂的成员，有一个相同的老师，就是这时候坐在椅中的那位枯瘦老人。也就是不久前在老宅里出现的那位枯瘦老人。

七名囚犯被放了下来，身体上已经没有一块完好的皮肤，血更不知道流了多少，但还活着。问题在于，他们这时候恨不得自己从来没有活过。

"画个押吧，然后送你们上路。"

枯瘦老人终于说话了，声音就像他的神情一样平和，特别寻常普通。但对地上那七个浑身鲜血的囚犯来说，老人的声音就像深幽里传来的恶魔嚎叫，又像是星海之上神国鲜花在盛开。

已经奄奄一息的他们拼命地爬动着，争先恐后地向前爬去，在粮库地面上带出数道血痕，爬到老人的身前，用已经有些模糊的目光找到笔与纸，用最快的速度画押，然后不停地哭喊着魏爷爷赶紧杀了我吧……

一道黑烟从庄园里生起，随后是若隐若现的火光，然后传来了骂声。唐家二爷最喜欢的桐庐，被肥大女婿带着人亲自点燃，烧成了一片焦土。

庄园就在汶水畔的柳树后，但桐庐的位置相对深远，所以这场火影响不到河水里的生命。雪花落在水面上，瞬间消失，鱼在水底的水草里缓慢地游动着。

这里是城南，唐家长房与二房隔河而居，最为清贵的地方。这里远离道殿与长街，没有客栈，也没有酒楼。那么自然也就没有行人，没有热闹。连长房那些看热闹的下人仆妇也被唐夫人命人抓了回去。

就在下一刻，冷清的汶水边忽然变得热闹起来。七名商贩、六个衙役、三个算命先生、两个卖麻糖的老人和一个买脂粉的小姑娘忽然出现。谁都知道，这些人不是普通人。衙役可以管商贩，算命先生可以与卖麻糖的老人聊两句，但商贩里没有卖脂粉的，小姑娘又朝谁买去？他们刚好是五样人。

唐三十六向唐老太爷要的五样人。没有人知道，唐家最可怕的不是那些私兵，也不是此时在祠堂里的那位半步神圣老供奉，甚至不是刑堂。而是无人知晓的这些人。

唐老太爷听到唐三十六的要求后大发雷霆，是他发现唐家真正的秘密与杀招被别人知晓后的自然反应。虽然那个别人是他的亲孙子，依然让他有些无法接受。由此可以想见，这些人对唐家的重要性。

从陈长生进入汶水城道殿的那一刻开始，这些商贩、衙役等五样人，便一直在对岸。他们要盯着的是国教里的这些强者，随时准备出手，同时也在盯着河水深处那团水草。

就像那位唐家老供奉对唐三十六说的那样，那个叫除苏的怪物看似行踪神秘难测，实际上一直在唐家老宅的掌握之中。今天这些商贩、衙役和算命先生，要做的事情便是按照唐三十六的要求，把除苏逼出来，然后抓住，或者杀死。

长生宗虽然已经凋敝，但万年底蕴有如一座高山，若往地下望去，便是一道难以见底的深渊。除苏便是这道深渊里最可怕的产物，就凭这些气息普通的商贩衙役，能够战胜他吗？

七名商贩卸下货框，从里面取出拨浪鼓之类的小玩意儿，拿出转糖的针，竹子做的蜻蜓，开始组装。他们的神情很平静，甚至显得有些木讷，但他们的动作却非常熟练，简洁而迅速。在很短的时间里，那些转糖针、拨浪鼓与竹蜻蜓被组到了一处。那是一块缩小了数百倍的沙盘，上面的建筑与行廊非常逼真，就像是最高明的匠人在核桃上雕出来的景物。

商贩们的手放在沙盘边缘，七道意味不同却自然相合的气息灌注了进去。两名算命先生走了过来，盯着那些缩小的屋宅与行廊，手里握着的长幡在风雪里微微飘动。不知道过了多长时间，风雪依旧，那幡却静止了下来，可能是因为心静，又或者是因为已经算出了结果。一个血点，在沙盘建筑里的某一处缓缓显现出来。那便是除苏此刻的位置。

除苏在庄园里某个偏僻的角落里。这里是花园，他在假山的最深处，即便是冬天，洞里依然有些湿气。这让他觉得很舒服。

他知道今天陈长生去了唐家老宅，他甚至知道那个离山剑宗的弟子留在了道殿里。如果换作以前，他肯定会悄悄潜入道殿，把那个离山剑宗弟子杀死，但他没有这样做，因为他总觉得这是国教设下的局。

他蹲在假山深处的洞口，四周满是青苔的石上，竟仿佛融为了一体。看着不远处冒起的黑烟以及传来的热度，他的眼睛里流露出烦躁与冷酷的神情。

除苏不知道唐家老宅里发生了什么事，但知道唐家二房出了问题。不过他并不担心，就算陈长生真的说服了唐老太爷，他也不相信有人能够抓住自己，无论速度还是地遁之术，都让他拥有极强的信心，若真被强者找到，走了便是。

这个时候，他忽然感觉到天空里的风雪发生了某种变化。不是说风雪的速度或者说形状发生了什么变化，而是隐藏在里面的天地气息生变，隐显杀机。

154 · 七名商贩与六名衙役

他的眼瞳急剧缩小，变成绿豆一般，涌出无限警惕与愤怒。

有人发现了自己。他不知道对方是谁，又是用什么方法在如此大的庄园里确定自己的位置，但做为黄泉流的传人，他对危险极为敏感，甚至就连折袖与南客在这方面都要稍逊于他，他清楚地感觉到了不好的征兆。

不需要任何思索，他就像野兽一样按照本能行事，便要运用遁地道法离开。一声闷响在假山深处响起，满是青苔的石头被撞裂开来，滚落开来。除苏没能离开，还站在原地，头脸与身上到处都是石屑与泥土，神情微惘。

这是怎么回事？

就在那两名算命先生确认除苏的那瞬间，攻击便已经开始了。七名商贩的手腕上都有一串铜钱。细绳无风而断，带着碎雪，落在沙盘里，砸在了那些仿佛是真实的，只是缩小了无数倍的亭台楼榭上。

同时，另外那名算命先生手里的幡陡然笔直。风雪呼啸而作，大幡被吹得招展翻飞，仿佛一面大旗。

汶水里骤然生出无数波浪，就连最深处的水草也开始狂舞起来，无数鱼儿惊恐地四处躲避。一道从地底生出的震动迅速传到了地面，汶水两岸的地面剧烈地震动起来。神奇的是，地面上的那些庄园建筑没有受到任何损坏。

庄园里响起无数声惊叫。先前还在不停痛骂着什么的人们，抱着脑袋到处乱跑。

唐家二爷站在那片已经被烧成焦土的废墟前，想象着前一刻桐庐的清幽美景，依然一动不动。他知道这道震动意味着阵法启动。

然后他回头望向某处，自言自语道："居然连五样人都来了，父亲你究竟在想什么呢？"

看起来他并不关心除苏的死活，甚至不在意除苏是否会被捉住，这是为什么？

唐家留在汶水两岸、沉寂多年的繁复阵法启动，一道道久远而沧桑的气息从地底生出，把庄园层层笼罩。

发现无法遁地而走后，除苏反应奇快，化作一道灰影，便向着庄园远处疾掠而去。他的速度已经发挥到极致，就算南客到来，最多也只能缀住他，而无法比他更快。但他依然无法快过大阵的扩展速度。当他来到数里外的庄园外围时，那道光面已经从地面升到天空，形成了完整的半圆，再没有任何缺口。

除苏想也未想便向着那道光面撞了过去，想要凭借无比强韧的身躯与堪比闪电的速度直接撞过去。嗤的一声轻响，一道青黄色的烟雾从他的身体表面迸射而出。

除苏痛哼一声，退了回去，低头看了一眼自己的身体，只见他与阵法光面接触过的地方，出现了一道深刻的伤痕，有浓稠的汁液正在不停涌出，滴落在青石板上发出嗤嗤的声音，很快便腐蚀出一些小洞。

他抬头望向眼前这道光面，知道很难正面突破，不由发出一声愤怒的厉嚎。

既然很难正面突破这座阵法，那么如何破阵？自然是杀死操控这座阵法的人。

狂风呼啸而起，青黄色的烟雾被吹散，向着四周飘去，已经淡了无数倍。然而那些在隆冬季节依然盛开着的花，遇之而萎，瞬间便被毒死。

除苏从原地消失。片刻后，他便来到了庄园的另外那边。也就是汶水边。他看着河对岸那些商贩与算命先生，满是阴冷意味的眼睛里闪过一抹诧异的神情。

那些人的气息明明很普通寻常，为何却能操控如此可怕的阵法，破了自己的匿迹道法，把自己困在了这里？在现在这般紧张的时刻，他没有更多的时间去思考这个问题，只想着如何能够越过汶水，杀死那些人。阵法笼罩着汶水两岸，那道隔绝天地的光面，在数里外的庄园深处。

按道理来说，他可以非常轻易地过河，对那些操控阵法的人发起攻击。但他看得很清楚，感知得更加清楚，威力最大的光明阵眼，恰好就在汶水之上。

他是黄泉流的传人，是前代长生宗宗主斩尸后留下的恶念化身，浑身阴毒，身魂俱秽，过河必然会触发光明阵眼。到那时，他就要迎接这座阵法全部力量的攻击。他再如何骄纵冷血，也不敢以自己的身躯去硬抗唐家的大阵。他必须想出别的方法。

如果是别的流派，像他这般天生阴毒污秽的人物，绝对没有什么样办法能够瞒过光明阵眼。但他出生之后修行的便是最正宗、最古老的道门正宗神术，刚好拥有这种能力！一声意味难明的、隐约像是道偈般的字句，从他唇齿间缓缓道出。

他盘膝坐下，结莲花印，神态庄严。他满是黑毛与鳞片的双手，迎向了风雪狂舞的天空。一道难以言说的神圣气息，从他变形的瘦小身躯里渐渐溢出，直至把他全部包裹起来。就像是炽烈的岩浆，裹住了一块黑色而寒冷的石头。任谁来看，都只能看到明亮红热、无比光明的表面，绝对无法看到里面真实的画面。

除苏消失在汶水上空的无限光明里。就像一片雪落在了雪原上，一滴水流进了海洋。

万道光线洒在河面，纵然外面风雪如泣如诉，汶水却仿佛来到了暮时，温暖至极。但除苏的消失，却让这幕画面多了些说不清楚的变化。那种感觉很诡异，就像是鬼入深幽，再也无法找到。更可怕的是，如果除苏借万道光线遮掩，悄无声息靠近对岸，那些商贩与算命先生又如何能够逃得过他的偷袭？

不知道为什么，那些商贩与算命先生明明亲眼看着沙盘上的那个血点消失了，同时除苏消失在光明里，有可能向着自己而来，神情却依然漠然，或者说木讷，根本没有任何担心的感觉。或者是因为他们当中有一样人也是鬼。

鬼入深幽，极难寻觅，如果找的同样也是鬼呢？世间并没有真正的鬼，但对很多人来说，衙门便是地狱，衙役便是索命的鬼。

六名衙役出现在河边，相隔十余丈而立。他们的身上缠着铁索，左手握着水火棍。无论铁索还是水火棍都已经很陈旧，不知道用了多少年，上面满是锈痕与血气，显得杀气腾腾，同时又无比阴森。

河面上的万道光线落在他们的身上，依然无法驱散衙役们身上阴森的杀气。

155 · 五样绝世手段

忽然，六名衙役解下身上的铁索，向着河面上的光明里套了过去。看似什么都没有的光明里，忽然响起金属撞击的声音，然后响起一声怒号。很明显，那声怒号里充满了意外与震惊。

六道铁链在空中变得无比笔直，剧烈地颤动起来。铁链的一端在光明里，另一端被衙役们握在手中。衙役们沉默不语，开始向后退去，同时不停收回铁链。岸上的青石板在他们的官靴下不停碎裂，仿佛铁链那头系着十分沉重的事物。

河面上的万道光线微微黯淡了片刻。一个瘦小的黑色身影渐渐出现在河上的空中。六根铁链分别系住他的四脚与颈还有那根不知何时破裤而出的尾巴。

除苏竟然被这些衙役从光明里生生抓了回来！

无比寒冷的气息沿着铁链侵袭到除苏的身躯里。他感知得非常清楚，虽然同样无比寒冷，但铁链传来的这些气息与自己的先天阴毒并不是一回事。铁链传来的气息更加肃严，带着官气，阴森的表象里充溢着毫不掩饰的杀机。这些衙役的阴森杀气并不及除苏的阴秽寒意强大，却更加坚韧，除苏竟是一时之间无法脱离那些铁链。

他知道自己面临着极其危险的局面，如果不能在最短的时间里断开这些铁链，被铁链里传来的阴森杀机锁定神魂，汶水两岸的这座大阵稍后便会降下雷霆，直接灭杀了自己。

一声阴戾至极的啸叫在水面上响起，六道铁链剧烈地震动起来，仿佛就要断裂一般。嘶啦声响,除苏的黑衣骤然碎裂,两道极为丑陋的灰色肉翼破空而出,在风雪里快速地扇动着。无数带着阴秽气息的黑烟从他的双翼里生出。他以难以想象的速度向着岸边那六名衙役扑去。

黑烟笼罩着他的身体,看不清楚他的面容。谁都知道这些黑烟里是世间最阴秽的毒,只要沾到一点便会死去。

那六名衙役的神情却没有任何变化,左手紧紧地抓着铁链,右手拿着水火棍便向空中打去。衙役们的棍法看着并不如何精妙,但棍势之间隐着某种玄妙的感觉,竟有些像国教学院的倒山棍。国教学院的倒山棍说的是戒律,是规矩,是院规。这些衙役的棍法既然与倒山棍有联系,自然也是一脉相承,说的还是戒律,是规矩。只不过他们的水火棍执行的不是院规,而是家法。

唐家的家法。院规如山,家法同样如山。说要打你,便一定要打你。棍如山落,哪怕你快若闪电,魅如烟雾,又如何能躲过?

轰轰轰轰!连续数声爆炸声响起,岸前的天空里风雪骤散,出现了十余团白色的气旋。

有几团白色的气旋在除苏的身周暴开。仿佛变长了无数倍的水火棍,准确无比地落在了他的身上,发出极其沉闷的撞击声。一口黑血从他的嘴里喷了出来,扭曲变形的脸上满是痛苦与愤怒的神情。

他这时候必须能承受住这些如山般落下的棍,不然便再找不到取胜的机会。

水火棍击中坚硬身躯的闷响在汶水上密集地响起,无比光明的阵眼里到处喷洒着黑血。他终究还是撑了下来,穿过层层棍影来到了岸边,距离那六名衙役只有数丈距离,只需要伸手便能把对方秒死!就在这时,那六名衙役做了一个谁都没有想到的动作——他们松开了手里的铁链,似乎完全不在意除苏会就此脱困,然后他们把手里的六根水火棍竖了起来,变成了一道栅栏,护着自己向后退去。

这些衙役居然退了?那岸边谁来对付除苏杀死那些负责控制阵法的商贩与算命先生?无数阴秽至极的黑色毒雾,随着除苏的到来,迅速在岸边弥漫,水里的水草与游鱼触之即死。

就在这些黑色毒雾快要波及到那些商贩与算命先生的时候,忽然被撕裂了开来。就像是最深沉的夜色忽然被人从高空撕去了两片。撕裂这片黑雾的,是两个非常普通的拳头。河畔有两个卖麻糖的老人。

就在除苏刚刚到来的瞬间，他们把身前摊子上的青布拉好，不让麻糖沾惹半点灰尘，然后走了出来。他们屈膝，沉腰，静意，握拳，击出。就这样平平淡淡，寻寻常常，没有任何修道高手的风范，更像是乡村里卖艺的拳师。只有真正的修道强者，才看得懂这两拳的妙处。平平淡淡，说明他们把这事当作了粗茶淡饭。寻寻常常，意味着他们把这当作寻常事。

这就是真正的中正平和。而且他们用的是最正宗的皇家功法！无限光明从他们的拳上散发而出。

与阵法里的光明阵眼不同，他们拳头上面散发出来的光线没有神圣的意味，只是热烈。他们的拳头散发着无穷无尽的热量，看上去就像两轮烈日！随除苏而至的阴秽黑雾，瞬间被撕裂出无数道碎片。河面上到处都是烧蚀的嘶啦声。

"焚日诀！怎么会有皇族的人！"

除苏惊骇至极的喊声在黑雾深处响了起来。他的脸上以及衣服上已经烧蚀出了无数道细洞，看上去就像麻糖上均匀洒着的芝麻。无数道黑血从那些细洞里向外喷出，看着异常血腥恐怖。

风雪里的惊呼变成了痛苦而暴怒的厉啸，听上去就像是受了伤的远古妖兽。

他怪叫着向两名老者扑了过去，带着满天黑血。这些黑血都是他的真血，蕴藏着比黑雾浓郁无数倍的毒素。就算他此刻的对手真有可能是皇族中人，用的是最正宗的焚日诀，也无法抵抗这些黑血。两名老者的神情变得凝重起来，哗的一声，伸手解下长衫，准备再次出拳。

就在这个时候，一个小姑娘从他们的身边走了过去。无论是除苏还是两名卖麻糖的老人，在这样紧张凶险的战斗关键时刻，都忘记了场间还有一个小姑娘。那个买脂粉的小姑娘。

她在汶水城里已经买了很长时间的脂粉，虽然不是每次都遇着脂粉摊子，或者在脂粉铺前，但总之已经买了很多。她把那些脂粉洒到了天空里。红的白的粉的，桃花的桂花的还有最廉价的栀子花的。河面上顿时变成了脂粉的世界，无数种香味混在一起。除苏的身法再快，又如何能够避开弥漫天地间的这些粉末，又如何能够避得开香气？

香气袭人。脂粉与香气落在了他的身上。他的眼瞳里出现了骇异的神色，然后被染成了红的白的粉的。他甚至觉得自己的神魂与血水都变得香了起来。他发现自己居然中毒了！这怎么可能？

156 · 一个弹琴的老人

小姑娘洒出来的这些脂粉，当然是毒。除苏是黄泉传人，斩尸之遗，浑身阴秽寒毒，按道理来说，不会害怕任何毒。但那些脂粉不是普通的毒，而是唐家的毒。

如果是商行舟这些真正的老人看到这幕画面，一定会想起更久远的一些历史。偏于西南的唐家，能够在无数神圣领域强者的注视下，平平静静地度过这么多年的岁月，靠的是什么？历代唐家家主为何如此神秘可怕？因为唐家最擅长的手段，最可怕的手段就是毒。只不过随着时间的流逝，已经快没有人记得这一点。

感觉着经脉正在急剧委顿，感觉着真血正在不停流逝，除苏真要疯了。这些衙役、商贩、算命先生无论境界还是实力，在他看来只是寻常普通。

便是那两个会焚日诀的老人和那个用毒的小姑娘，如果在平时，他也有办法应付。但他们彼此之间的配合，却是那样地和谐，没有任何漏洞，竟没有给他任何反击的机会，直接把他困入了危险的境地里。

这种感觉真的令他异常恼火，愤怒，而且痛苦。一声尖叫从他满是污血的唇间迸发出来。河水表面生起无数细密的涟漪，被毒死的鱼与蛇寸寸断裂。无数黑血向着四处喷溅，然后被他用长生宗最正宗的神术化作黑雾。黑雾被风吹成无数缕，每一缕都仿佛有生命般扭动起来，变成蛇，然后渐渐现出面目。它们面目起始模糊，然后清楚，脸廓眉眼渐清，獠牙骨爪渐显，或者狰狞或者冷酷，皆是阴鬼。

无数血雾化作的阴鬼，手持利刃，向着岸上的那些人们逼了过去。六道铁链上出现无数刺耳的切削声，水火棍上出现无数道黑色的火星。

算命先生的幡迎风飘荡，商贩们的手已经落在了沙盘里。两名卖麻糖的老人再次准备出拳，小姑娘的手甲又握住了一把脂粉。

就在除苏准备动用最强大的手段，哪怕身魂俱碎，也要把岸上这些人尽数杀死的时候，河畔忽然响起了一道琴声。

这道琴声不及魔君在雪岭里奏出的琴音，但同样摄人心魄。如果朱夜还活着，今日听到这道琴声后的第一反应同样还是必须想尽一切办法逃走。

这道琴声曾经在道殿对面的岸边响起过。操琴的是一位盲琴师。不知道什么时候，那位盲琴师来到了场间，来到了岸边。盲琴师抬起头来，向除苏看了一眼。他的眼睛里没有黑瞳，只有眼白，映着满天的黑血与阴鬼，略显灰暗。

明明知道对方看不见自己，但除苏却觉得自己的身体以至精神世界都被看穿了。无数恐惧涌进了他的心脏，险些让他的心脏就此停止跳动。

他再不敢做任何反击，以最快的速度挣脱那五根铁链，转身跳进了汶水里。

琴声连绵而起，在风雪里传向远方。琴弦动时，天地之间自有感应，轻柔的雪花变成最锋利的飞刀。河面上的天空里响起无数凄厉难听的悲鸣，无数阴鬼惨叫连连，被切割成了最细的碎片。雪花被染成了灰黑的颜色，落入河水里，再也无法看见。就像落入河水里的除苏一样。

光线照耀着汶水，已经看不到除苏的影踪，只能看到水面上的一道残影。他的速度太快，甚至比影子消失的速度还要快。

盲琴师看着远方，没有理会，枯瘦的手指继续拨弄着琴弦，音调却发生了变化。现在他奏的曲子叫作《黄河》，那天傍晚秋山君曾经唱过。琴声仿佛实物，落在了河面上，水滴溅起，仿佛金液。

那道残影被悄然无声地切断。不知何处传来一声凄厉痛苦的惨叫。一根断尾伴着黑血，从天空里落了下来。

原来除苏并没有隐匿在河水里，而是再次隐藏进了光明阵眼中。清脆的金属撞击声里，一根铁链抛入空中，把那根断尾索住。小姑娘伸手把脂粉洒在断尾上，如同做菜，又像是腌制。

在铁链重重束缚里，依然不停挣扎，仿佛活物的那根断尾，渐渐静止，至此才真的死去。一名卖麻糖的老人走上前来，用包糖的牛皮纸，把那根断尾包住。做完这些事后，他们望向盲琴师。

衙役、商贩、算命先生、卖麻糖的老人、买脂粉的小姑娘，就是唐家的五样人。但他们并不是全部。他们是五样人里的五样，除此之外，还有一个人。那个人是他们的老师，也是他们的领袖。

"西三里。"

七名商贩依然在主持阵法，风吹幡动，算命先生再次找到了除苏。衙役们背着铁索，拿着水火棍，准备继续追杀。卖麻糖的老人与买脂粉的小姑娘也开始收拾东西。他们的脸上没有什么表情，很平静。既然盲琴师出手，除苏再如何擅长隐匿，手段阴毒无双，终究也是一个死字。

盲琴师没有动。佣役商贩们、老人与小姑娘都望向了他。

"够了。"

盲琴师闭上眼睛，继续奏琴。

时间的速度并不是完全一致的，对不同心情的不同人来说如此，对一个事件里的前后来说也是如此。随着时间界限的靠近，时间的流速往往会加快很多。

唐家老宅里的牌局已经停止。祠堂里的牌局也已经进行到最后。一个时辰快到了。桌旁的三个人明显越来越紧张，额头上的汗水越来越多。

"十六叔，你和十七叔是孪生兄弟，感情向来亲密，我想你肯定想为他报仇。"

唐三十六看着当中一人说道："但你需要弄清楚，他不是魔君杀的，也不是教宗杀的，而是二叔杀的。"

听到这句话，唐十六爷神情骤变，盯着他说道："证据。"

唐三十六说道："当初因为朱砂丹的事情，英华殿有位主教被逐出了离宫，你应该知道这个人。"

唐十六爷的脸色渐趋阴沉，说道："他陪着十七去了高阳镇。"

唐三十六看了眼手里的牌，说道："他没死。"

唐十六爷说道："无论是谁动的手，哪怕是……二哥，他也没道理还活着。"

唐三十六抬起头来看了他一眼，说道："这说明了一个道理，自杀总是要比杀人更困难一些。"

唐十六爷霍然起身，说道："把他给我。"

唐三十六重新低下头开始理牌，说道："那就要看十六叔愿不愿意把我要的东西给我了。"

157 · 两位老供奉的真身

嘉尔巷的舅老爷擦了擦额头的汗，说道："棠哥儿你是不是误会了什么，我一个外姓可没胆子掺合到家事里来。"

唐三十六看着他笑了起来，说道："我说舅爷爷，都这时候了，大家不能把事情弄得简单些吗？宁十卫是你亲外甥，被你阴了这么一道，你觉得你老婆会放过你？赶紧想辙吧。"

不等最后的唐七爷开口，唐三十六便敛了笑容，看着他认真说道："七婶被二叔睡了这么多年，你不知道吗？"

唐七爷的脸色变得极其难看，然而出人意料的是，片刻后他又平静了下来。

"我当然知道你知道，但以前除了我之外没有更多的人知道，现在我把这件事情说破了，你还能装不知道吗？"

唐三十六用怜悯的眼神看他一眼，说道："现在这事怎么解决？帮我把二叔干掉，是你唯一的选择。"

那位唐家老供奉一直站在牌桌旁。无论这场牌局里的谈话涉及到任何秘辛，他的表情都没有变化。但到最后，他看着唐三十六的眼神里，欣赏的神情终究还是多了起来。

今日被他喊到祠堂里来的这三位长辈，平日里在唐家并不是很起眼，只有很少人才知道，他们才是唐家二爷真正的左膀右臂，而他与这三位长辈的谈话，心思并不深刻，手段也谈不上多么了不起，但是……非常合适。

他知道这三位长辈最怕什么，最在乎什么，最真实的性情是什么。这种了解才是最可怕的事情，也是要成为唐家家主最必需的素质。

一个时辰终于到了。汶水城离开了唐三十六的手，重新回到了唐老太爷的手里。祠堂的门重新关闭，也不知道会不会有再次打开的那一天。

三位长辈怀着各自不一样的情绪离开，桌上最后一局牌还没有打完。

唐家老供奉没有走，依然站在唐三十六的身后。他在等着唐家老宅的消息。那个消息，将会决定他应该如何做。这与对错无关，只与胜负有关。商贾之道便是如此。赢家通吃，输家走人。

如果唐三十六赢了，他就会活着离开。如果他输了，因为陈长生的关系，想来不会死，但应该再也没有离开的那一天。

唐家老宅的牌局结束得更早一些，在老太爷听说唐三十六派人去城外的鸡鸣庵要了一席素斋的时候。事实上，直到一个时辰结束，那席素斋还在鸡鸣庵的后厨里，没有来得及做好。

风雪落在老宅的小院里，没有任何声音，就像那位枯瘦老者的到来一样，不会惊动任何人。凌海之王盯着枯瘦老人的脸，愈发觉得有些眼熟。枯瘦老人走进屋里，数双视线投了过来。即便是折袖都感觉到了些紧张，不是因为枯瘦老人的身份，而是随后他要说的话。

陈长生不紧张，只是在默默做着准备，如果接下来的事情无法让唐老太爷改变主意，那么他只好动用别的手段。他不想动用那个手段，虽然在汶水城外，他有一位很强大的帮手，但他不想事情发展到那一步。但无论如何，他不会让唐三十六继续被关在唐家的祠堂里。

那位枯瘦老人先对唐老太爷行礼，然后对陈长生行礼，就像先前第一次出现在老宅时那般。陈长生不知道枯瘦老人的真实身份，但看着唐老太爷对他的尊重，知道此人必然来历不凡，认真回礼。

唐老太爷问道："结果如何。"

枯瘦老人神情淡然说道："教宗大人没有说错，大爷确实是中了毒，是二爷安排的，我已经派人去长生宗要解药。"

听到这句话，陈长生和折袖对视一眼，终于放松了些。

唐老太爷没有什么太大的反应，沉默了会儿后说道："辛苦你了。"

他没有问枯瘦老人具体的事情，比如证据，比如动机。仿佛无论那位枯瘦老人说什么，他都会相信。

凌海之王在屋外愈发觉得好奇，这个枯瘦老人到底是谁，唐家的刑堂又是什么，为何会如此得到唐老太爷的信任？

枯瘦老人向老宅外走去。看着他的背影，凌海之王终于想起来了此人是谁，脸色微变，说道："你是魏尚书？"

听到这话，桉琳也神情骤变，向那名枯瘦老人望了过去。枯瘦老人就像是没有听到，脚下也未作任何停留，很快便消失在了老宅外的风雪里。

陈长生不知道魏尚书是谁，看凌海之王与桉琳的反应如此大，心想应该是个很了不起的人。但他这时候没有机会询问，因为枯瘦老人刚刚离开后，又有人来到了老宅。像枯瘦老人的到来一样，同样悄然无声，无论是两位国教巨头还是陈长生等三人，都没有注意到。来的人是位盲琴师。

盲琴师没有理会屋里的其余人等，也没有对陈长生行礼，直接对唐老太爷说道："那个怪物藏在二爷的庄园里，确实是黄泉一脉，修行的是长生宗功法，不是好物。"

唐老太爷沉默片刻后说道："没道理留不下来。"

这句话的意思很清楚，在老太爷看来，既然盲琴师出手，无论那个怪物再如何棘手，也没有办法逃走。

盲琴师沉默了很长时间，说道："有些不忍。"

唐老太爷闻言也生出了些感慨，说道："前尘往事已然不存，何必还要记着。"

盲琴师说道："那是师弟的最后一缕神魂，总想能多在世间留得些时间。"

陈长生听着这番对话，片刻后才想明白其中意思，很是震惊。按照他的判断与分析，除苏是黄泉一流的传人，最大的可能便是长生宗前代宗主斩尸的结果。

这位盲琴师说那是师弟的最后一缕神魂……难道说他的师弟就是长生宗的前代宗主？那岂不是说这位盲琴师就是那位宗主的师兄？那他就是长生宗辈分极高甚至可能是唯一的前代长老？

如此人物居然藏在唐家里做供奉？

158 · 以方便之名

盲琴师离开屋子，背着琴向门外走去。桵琳也已经认出来了他的身份，脸色微白，没有说话，行了个晚辈礼。

凌海之王还没有从先前的震惊中醒来，又再次被震惊。长生宗乃是国教南派祖庭，他和桵琳身为国教大主教，对长生宗的了解自然要超过陈长生。

他们知道这位盲琴师曾经是长生宗的大长老。当年苏离单剑闯长生宗，寒潭畔血流成河，不知多少人死去。后来还活着的那几名长老，在当时其实只是不起眼的二代长老，真正能够代表长生宗实力的第一代长老死伤殆尽，据事后查看，只有两名最强大的长老因为闭关而逃过了此劫，但最终也是消失无踪。

谁能想到，这位长生宗的大长老居然来到了唐家？

"魏尚书是前朝刑部尚书，现在委屈在我家管着刑堂。"唐老太爷对陈长生说道，"当年他做尚书的时候，周通刚好通过木柘家的那案子起势，按照娘娘的意思拜在了他的门下。周通后来的那些手段，都是跟他学的，只是两人理念不同，魏尚书很不喜欢他，哪怕周通有圣后撑腰，依然被魏尚书收拾得极惨，直到后来先帝眼睛失明，朝堂之事尽握于娘娘之手，情形才发生了逆转。"

陈长生问道："发生了何事？"

"魏尚书应该算是周狱真正意义上的第一个囚犯。"

唐老太爷没有说得太具体，继续说道："我请苏离去京都把他救了出来，然后尚书就一直留在了汶水城里。"

陈长生沉默片刻后问道："那位呢？"

唐老太爷说道："当年苏离上长生宗，他看在我的面子上留了两条人命。"

陈长生大概明白了。那两个活下来的长老现在也在汶水城里。一位便是先前的盲琴师，还有一位便是此时在祠堂里的那位老供奉。

"这些便是我欠苏离的人情，他要我答应一件事情，今天我把这个人情还给了他。"

唐老太爷看了一眼那把旧伞，说道："就是你要的一个时辰。"

陈长生想着那位已经很久没有见的前辈，生出些怀念。

唐老太爷最后说道："这份人情是因他们三人而起，还人情的时候还是他们三人，一饮一啄之间，看来果有定数。"

这些话是他对今天这件事情的解释，同时也是在打发时间。唐老太爷和陈长生在等人。一个最重要的人——唐家二爷。

唐家二爷伸手掸掉肩上的雪，对唐老太爷笑着说道："今儿这牌局老爷子赢了多少？"

他的神态很自然，声音很平静，就像平日里每次回到老宅一样，还是那个懂事却又很擅长逗老爷子高兴的二儿子。

但今天老宅里不止有唐老太爷，还有陈长生和别人。

"我确实和长生宗之间有协议，想要杀死陈长生。"

唐家二爷很平静地说道："阴谋杀死教宗，听着是很大的罪名，不过我不认为这有错。"

是的，这件事情被人知晓后，必然有罪，但站在唐家的立场上看，并不是错。风雪里的老宅，今日要议的也不是罪，而是对错。这个对错也不是世人眼中的对错，而是唐老太爷眼里的对错。不要说他与长生宗勾结，事实上包括秋山家在内的很多势力，都很想陈长生死，那又如何？

屋外，凌海之王与桉琳的神情变得很凝重。因为很明显，唐老太爷同意他的看法，意图杀死陈长生，并不算什么事，虽然现在收拾起来比较麻烦。

那么对唐家大爷下毒的事情呢？唐老太爷同样不会在意。

就像一个时辰前他对陈长生说的那样，对他那一代深受太宗皇帝陛下影响的老人来说，只要唐家二爷能够让唐家的家业不败，甚至更进一层，不要说毒杀自己的兄长，就算是弑父又算得了什么？

陈长生问道："那你怎么解释魔君替换除苏出现在松山军府？你与雪老城之间又是什么关系？"

屋里变得非常安静，门外的风雪声仿佛大了很多，有些令人心烦意乱。

唐老太爷说道："一个时辰弄出这么多动静，棠儿有没有查出什么？"

回话的是那位老宅管事。他的神情有些不安，似乎没有想到祠堂那边的回话是这样的。

"大少爷最开始说，想要证明二爷与……魔族之间的关系很简单，只需要一句话就行。"

"喔？我很好奇什么话只需要一句便能证明我的儿子与魔族勾结。"

唐老太爷面无表情说道。

老宅管事抬头看了老太爷一眼，犹豫片刻后说道："大少爷说不需要证据，自由心证便是，老太爷您如果愿意相信二爷是清白的，那他就是清白的，如果您不愿意相信二爷，那么自然就知道他不是清白的。"

屋子里变得更加安静，很长时间都没有说话。没有人能比唐三十六更了解自己的祖父。哪里需要什么证据，哪里需要自己或者陈长生做什么，所有的一切都在唐老太爷的掌握之中。最终能够做出决定的人只能是他，那么有些事情做起来还有什么意义？

唐家二爷微笑不语，因为他也很了解自己的父亲。

"那他弄出这么多事情来做什么？"唐老太爷问道。

老宅管事声音微颤应道："大少爷说，他只是看那几位长辈不顺眼，另外家里有脏东西该清理的顺便都清理一番，再就是……他要把二爷最喜欢的桐庐烧掉，让他心疼。"

听到这句话，想着已经烧成焦土，再也无法回复原样的那片庭院，唐家二爷的唇角微微抽动，再也无法保持笑容。

"我应该相信你吗？"唐老太爷看着自己的儿子问道。

唐家二爷平静应道："当然。"

唐老太爷看着他的眼睛，问道："那么，松山军府那边又是怎么回事？"

唐家二爷微笑说道："我没有与雪老城之间有过任何协议，我也没有见过谁，只是黑袍通过长生宗找到了我，我知道他们想做什么，便顺手行了个方便，当然，我那时候只以为他们要杀陈长生，不知道他们的真正目标是魔君。"

在场的人都听出来了，他没有撒谎，也没有做任何隐瞒。如果一切真如他所说，那么与魔族勾结的罪名，还能够成立吗？不知道别人会怎么想，但对屋子里的这些人来说，依然成立，因为……

折袖说道："方便是不行的。"

你给了魔族方便，那么便会让我觉得很不方便。屋子里再次变得安静。

159 · 二爷有话说

"你们来汶水城根本不是想查什么，只是想通过这件事情展现自己的力量，动摇我在父亲心中的地位，如今离宫不支持我，圣女峰不支持我，槐院不支持我，离山不支持我，现在就连秋山家也不再支持我。又说我与魔族勾结，坏我名声，就算我不在意，事后无人敢提，但父亲必然要考虑这些。"

唐家二爷望向陈长生说道："其实你比世人和信徒印象中要聪明很多，还有秋山还有我那位侄儿，你们虽然年轻，但手段着实不差，我自问老辣，但现在看起来，确实被你们弄得比较狼狈，想要破解当前的局面会有些麻烦。"

陈长生说道："我能不能理解为，你现在已经承认了自己与魔族勾结？"

唐家二爷笑了起来，依然没有发出声音，然后敛了笑容，像看着白痴一样看着众人，说道："我当然不会承认与魔族勾结，而且就算有又如何？难道你们以为，真能灭掉魔族全族？最终还是会停战，怎样才能获得长久的和平？贸易与交流罢了，而我只不过提前做些工作罢了。"

众人闻言沉默，老宅再次变得安静。

不知道过了多长时间，陈长生说道："你的看法其实有道理，但是现在这种情形下，你这样做不对。"

"有什么不对？我父亲从小就教育我们，唐家是商人，商人就是商人，要的就是挣钱。"

唐家二爷看着他微讽说道："难道有哪种钱会更脏一些？"

这时一道声音响了起来。

"有时候，商人不能只是商人。"

说话的是唐老太爷。他的视线落在屋外的风雪里，不知道是不是想起了很多年前洛阳城的那场大雪。

"有些事情，数百年之后你来做，或者是对的，但现在做，你就是错的。"

唐老太爷的话，便是这件事情的结论。很明显，唐家二爷没有想到父亲会说出这样的话。他静静地看着唐老太爷，没有愤怒，也没有绝望，只是这样看着。然后他再次无声而笑，依然充满了嘲讽与恶意，只不过这一次还多了些疲惫与释然。结论已经做出来了，那么结局会是什么？

接下来的事情，是唐家内部的事情，凌海之王与折袖等人退出了老宅，屋子里除了唐老太爷父子，就只剩下了陈长生。

唐老太爷看着唐家二爷说道："小时候我对你们说过很多话，有些话你记到了今天，比如先前你说的那句话，那么你还记不记得我曾经对你们说过，无论唐家还是秋山家又或是吴家木柘家，为何能够延续这么多年，而从来没有家道中断？"

唐家二爷望向屋外的风雪，说道："因为我们这些家族从来没有发生过内乱。"

唐老太爷没有在意他背对着自己，说道："不错，像我们这样的家族，无论外面有再大的风雨都可以不用在意，但如果从内部开始朽烂那便危险，想想天凉郡的那几家极盛之时仿佛烈日在空，如今都已渐凋，只有陈家坐在皇位上，也因为内斗而几度险些灭族，所以我们这四家最是警惕此事，为此想了无数种方法。我曾经以为我的方法是正确的，在棠哥儿执家之前不让你们各房有后，以此断了你们的念想，也断了那些可能投向你们的窥视目光。"

唐家二爷转身看着自己的父亲，面无表情说道："但您有没有想过，这对我们很不公平？"

"不错，确实很不公平，但现在你没有资格说这个话。"唐老太爷同样面无表情说道，"因为我后来改了主意，想要把这家传给你，你现在也有了后代，所以我不理解，你为何还要对你大哥下毒。"

唐家二爷沉默着，没有说话。

唐老太爷说道："当然，就算下毒也无所谓，正如你所说，我们唐家就是商贾，为了钱什么事情不能做？"

唐家二爷知道父亲的这段话肯定还没有完，所以依然保持着沉默。

"但你太急了。"

唐老太爷看着他语重心长说道："在做这些事情之前，你有问过我一句吗？甚至有试探过我的心意吗？"

唐家二爷无法再保持沉默，因为他真的很想笑，于是他笑了起来，说道："需要吗？"

不知道被他的态度还是这句话激怒，唐老太爷面色骤冷，沉声呵斥道："你说呢？这是你的唐家还是我的唐家？将来必然是你的唐家，但现在这还是我的！既然是我的唐家，你有什么资格瞒着我做出这么多事情来！"

唐家二爷静静地看着他，沉默了很长时间，然后微嘲说道："果然如此。"

不知道他是自嘲还是嘲弄这个世界。

唐老太爷说道："你说什么？"

"说什么都没用，说什么都是假的，父亲你需要的根本不是道理，只是敬畏，你只想保持自己的神秘，天天躲在老宅里打牌，自然有这些儿子管事替你打理家业，如果做好了便表扬两句，如果做坏了，麻烦了，就当块抹布一样扔掉。"

唐家二爷看着自己的父亲，感慨说道："是啊，除了关心唐家是不是你的唐家，你还需要关心什么呢？"

唐老太爷微微眯眼说道："那是因为你做了我不能忍受的事情。"

"不能忍受？"唐家二爷的声音忽然拔高起来，"你刚才不是说，只要家业不败，毒死你也无所谓吗？"

唐老太爷面无表情说道："我可以这么说，但你不能这么做，难道这你都不懂？"

唐家二爷冷冷说道："因为太狠？商院长器重我，愿意用朝廷的力量支持我，不就是因为我和你很像，都是那么狠。"

唐老太爷的眼睛眯得更加厉害，沉默半晌后说道："你今天最让我失望的就是这句话。"

唐家二爷的脸上满是嘲讽的意味，没有应声。

唐老太爷说道："我与商相识数百载，是真正的同道中人，我知道他的强大，精神上的强大，而当你说出这句话时，意味着你在精神上已经臣服于他，唐家只能与他合作，如果这样下去，你会把唐家给葬送掉。"

听到这句话，唐家二爷的眼睛也眯了起来。

"那你呢？你真想过把唐家交到我的手里吗？"

他的声音也低沉了下来，但并不平静，仿佛蕴含着多年的恨意："是的，这三年你想过，但最终你下决心还是因为我用毒把大哥弄废了，因为你寄予厚望的那个孙子愚蠢到非要站在陈长生的那边，你是迫不得已才选了我。"

唐老太爷说道："这个家不给你还能给谁？"

"给谁？"唐家二爷神经质般笑了起来，极其罕见地发出了声音："哈哈哈哈……给谁？"

他愤怒地喊了起来："难道你以为我真的不知道，那个家伙三天前来过老宅？这件事情你告诉我了吗？没有！因为你怕我和朝廷对他下手，因为这里是汶水城！你还对他抱着希望是吗？这么多年了，你还是觉得我不如他是吗？但你不要忘记他姓王，不姓唐！到底谁才是你儿子啊！"

160·城外有轿至

陈长生一直没有说话，只是静静地听着。唐老太爷父子之间的对话，也没有瞒着他的意思。于是他听到了很多秘辛，不是唐家实质上的秘辛，而是这对父子内心深处的秘辛。尤其是听到最后这段话，他有些吃惊，但这并不代表他对这件事情完全一无所知。

事实上，令唐家二爷嫉恨难安的那人之所以三天前会出现在老宅，本就是应他的请求。

"你既然知道他也来了，那你还有什么机会呢？"唐老太爷说道。

唐家二爷恢复了平静，淡然说道："他不肯改姓，便没有资格管我唐家的事。"

唐老太爷面无表情看着他说道："如果是我让他来管呢？"

唐家二爷沉默片刻后说道："我请人把他拖在了外面，他来不了。"

唐老太爷说道："即便如此，你还能做什么？"

唐家二爷平静说道："我能做的事情不多，但至少还可以把我那位好侄儿杀了。"

说这句话的时候，他太过平静，仿佛在讲述一件很寻常的事，所以无论是陈长生还是唐老太爷都没有在第一时间反应过来。

"如果棠哥儿死了，父亲你除了我，就没有别的选择了。"

这一次唐老太爷和陈长生听清楚了他的话，然后同时想起了道藏里的一个故事。那个故事太过久远，没有实据，更像是传说，或者神话。

相传在远古时代，曾经有一个异常强大的帝国，某天皇帝在巡视前线的时候忽然病亡，随行的皇后与太子被一场天降的暴雨滞留在了荒原上，而留在京都的那位皇子在他的姐姐以及大臣们的支持下伪造遗诏，抢先登基，帝国陷入内乱之中。

便在那时，世间所有的国家一齐向着那个帝国发起了战争，局势非常危险。数十日后，皇后娘娘与太子在一位顾命大臣的保护下回到了京都。

支持新帝的公主殿下以及朝中大臣表示愿意为此事付出足够的代价，希望双方能够抛弃前嫌，团结所有力量，对抗外部的侵略势力。当时新帝的势力依然强大，为了大局，这似乎是唯一的出路，但那位顾命大臣并不这样想。

就在那天清晨的大朝会上，那位顾命大臣直接一刀砍掉了新君的头颅。然后他对那位公主殿下以及忠于新君的大臣们说，现在帝国只有一位皇帝了。你们不知道应该替帝国选择怎样的未来？那我就帮你们排除一个待选项，这样你们就不需要焦虑痛苦煎熬了。因为唯一的选择就是最好的选择。

此刻唐家二爷说的话以及他将要做的事情，与道藏里提到过的那个神话故事，在某种程度上是一样的。

如果唐三十六死了，唐老太爷还能有什么别的选择呢？当然，首先他要做到对自己说过的话负责。

"你觉得自己有这个能力吗？"唐老太爷盯着唐家二爷的眼睛说道。

唐家二爷想着先前收到的那些情报，那座粮仓里发生的画面，河畔的五样人，略有些失神。

"是的，直到今天我才知道自己从来就没有真正地了解我自己所在的家族。"

他看着父亲说道："唐家就像您一样，依然还是一口深不见底的老井，但我毕竟是唐家的人，我很清楚祠堂那边没有任何布置，只要我的人过去，便一定能够杀死他。"

然后他望向陈长生说道："当然也要感谢教宗陛下的到来，汶水城已经紧张了两天，今日大乱更是陛下您的手笔，不过越是混乱不堪，我越容易趁乱安排一些事情。"

陈长生没有说话，直接站起身来。

唐老太爷看着唐家二爷说道："你觉得自己还能调得动人？"

今天发生的事情已经证明了，唐家依然是唐老太爷的唐家，不管唐家二爷暗中经营了多少年，只要唐老太爷发话，那些平日里对唐家二爷忠心耿耿的部属，依然不敢随便动一步，甚至就连呼吸都不敢大声。

"如果是唐家的人，我自然调不动。"

唐家二爷平静说道："好在商院长送给了我一批很好的刺客。"

大陆最好的刺客属于哪方势力？以前的天机阁。现在的天机阁，大部分的产业已经归了唐家所有，但那些暗夜里的力量却是归了朝廷。更准确地说，那些暗夜里的可怕力量现在由洛阳长春观负责处理。这些当然是秘密，但不可能瞒过唐老太爷和陈长生。所以他们知道唐家二爷没有撒谎，也不是在虚张声势。

如果天机阁的刺客趁着混乱潜入了汶水城，这时候已经进了祠堂……陈长生向屋外走去。

唐家二爷看着他说道："来不及了。"

陈长生停下了脚步。老宅一片安静，近乎死寂。谁都没有想到，唐家二爷，直接动用了如此雷霆手段。现在回想起来，先前他的沉默，甚至无能的表现，自然都是让唐家老宅和国教方面放松警惕的伪装。

唐老太爷的眼睛异常幽深，可能是因为他知道，这一次他的孙子真的会死了。唐家老供奉还在祠堂。但唐家二爷提都没提。

这意味着什么，唐老太爷非常清楚。

唐家二爷看着陈长生的背影说道："教宗陛下你今天可能也要死了，有没有做好心理准备？"

如果唐三十六死了，陈长生一定会想办法杀死唐家二爷。已经没有别的选择的唐老太爷，只能站在自己的儿子这边。国教与唐家之间必然会发生战争。那么唐老太爷会怎么做？

答案不问而知。

王破在汶水城外的鸡鸣山上站了三天时间。

风雪至,他是故人。不是因为近而情怯,故不敢入。

三天前他进过城,去过老宅,与唐老太爷长谈了一次,但没能说服对方。没能说服对方,还能如何?难道真的一言不合便拔刀相向?

唐老太爷冷眼看世界已经数百年,哪怕对自己的亲生儿子都极冷酷,唯独对他极好,无可挑剔。无论如何,他都不可能向唐老太爷出手。当然,就算他出手也不见得是唐老太爷的对手。即便是他,到现在也不知道老宅那口井到底有多深。但他站在城外,便是对陈长生的支持,如同压阵一般。

不过此时感应着老宅处的动静,看着祠堂方面隐隐发生的骚动,他还是没有下山。因为有两座轿子来到了鸡鸣山上。

161 · 祠堂里的暗杀

一座轿子里坐着位道姑,左手的臂弯里搁着一把拂尘。那拂尘明显是这两年才修好的,很新。道姑的眉眼看着也不如何老,却总给人一种老气沉沉的感觉,而且拥有一种惹人厌憎的奇怪气质。

王破就很厌憎她,如果不是因为她夫君的缘故,两年前他就会斩断她的一条臂膀。

当然,除了王破这样的人物,没有谁敢对那个道姑流露出任何厌憎的情绪。因为这名道姑的脾气非常暴戾,因为这名道姑叫无穷碧,前代八方风雨之一,神圣领域的强者。

另一座轿子里没有人。原先坐在轿子里的人,这时候站在王破的身边。那是位很肥胖的中年男子,穿着明黄色的衣衫,腹间的肥肉从腰带上耷拉下来,看着有些滑稽。

但同样没人敢取笑他。因为他是相王,大周朝廷最有权势的王爷,拥有无数军队与大臣的支持。而且就在不久前,他终于突破了那道门槛,成为继先帝之后,陈氏皇族第一个进入神圣领域的真正强者。

后一件事情,直到今天为止,还没有几个人知晓。直到他从京都来到汶水城,坐轿上了鸡鸣山,走到王破身边与之并肩,眼前一片大好江山。

王破说道:"没有想到。"

相王感慨说道:"我也没有想到。"

风雪笼罩着汶水城,也笼罩着祠堂。黑色的屋檐积起了雪,白得很好看,白墙却没有更白,反而被庭院里的雪光一映,显得灰暗些。

在时断时续、时密时疏的风雪里,天空里洒下的光线不停地变化着,时暗时明。便在明暗之间,风雪里出现了很多人影。

刺客们穿着白色的衣裳,蒙着脸,就像风雪一样,带着浑身的寒意,很难被人发现。在他们出现的第一时间,便被唐三十六发现,那是因为他们不在意被他发现。唐三十六的眼睛眯了起来。

寒风拂在他的脸上,没能让热度消减,因为长时间不洗而油腻的头发却飘了起来。他的感觉有些不好,因为画面不够美,也因为味道不好闻。

他看着祠堂庭院里的那些白衣刺客,挠了挠头,说道:"你们这么多人群殴我一个?太不公平了。"

那些白衣刺客自然不会回答,面无表情地看着他。唐三十六抬头望向那名老供奉。

他这时候坐在蒲团上,老供奉站在他的身旁,如果他要把老供奉的脸看得更清楚些,便需要把头高高地抬起。你可以说他这时候很像引颈待戮的鸭子,也可以说他像骄傲的大鹅。是的,无论这些借风雪潜入祠堂的刺客们气息多寒冷,多可怕,但都不可能是老供奉的对手。但这些刺客明显并不在意,而且视线只是落在他的身上,那么便只有一种解释——唐家二爷要杀唐三十六。信心从何而来?

因为这位留在祠堂里的老供奉是他的人。

老供奉说道:"抱歉,少爷。"

老供奉举起右手,向他的头顶拍落。风雪骤疾,祠堂深处的烛火剧烈地摇晃,最前面几排直接熄灭,十余张牌位从架上滚落,在地面砸碎成了数截。

唐三十六动了。蒲团在他身下散成无数碎片,一道明显带着剧毒的烟气弥漫而起。他连滚带爬,向着满是积雪的庭院里爬去。

很明显,祠堂里没有任何唐家的防御力量,但他提前做过准备。只不过他当时没有想到,要杀自己的人居然会是唐家的供奉。蒲团里的毒烟当然很厉害,却又如何能够毒死对方?

老供奉当年是长生宗的一代长老，真元深厚至极，境界早已聚星巅峰，堪称半步神圣。不要说唐三十六现在是聚星初境，就算他突然爆发出了十倍的实力，又如何能够挡得住这一记暴击？

他连滚带爬向庭院里奔去，又如何能够离开掌风的笼罩范围？老供奉掌落如山。祠堂庭院里的风雪仿佛受到了一种无形力量的牵引，风静，雪落之势骤缓。

眼看着老供奉的手掌，便要落在唐三十六的头顶，忽然，庭院里的风再次刮了过来，雪花纷纷落下。一道剑光，在风雪之中出现。这道剑光极为明亮，照亮了庭院里的蜡梅雪凳还有那些刺客的眼睛。这道剑闪亮又极为阴森，敛没了所有的气息，仿佛沾染了百余日的落叶与灰尘，与祠堂已经融为了一体。

从天空落下的几片雪花忽然变成了红色。那是被血染红的。老供奉的脸上流露出不可思议的神情。

掌风呼啸而起。剑光无声而行。祠堂里的烛火顿时全部灭了。密密麻麻的牌位纷纷倒落。梁柱与墙壁上出现了无数掌印与剑痕。嗤的一声轻响，祠堂再次归于寂静。

老供奉站在祠堂前的石阶上。他的左掌被一把剑贯穿，鲜血流淌。他的左胸上也出现了一道深刻的剑痕，鲜血渐溢。

他的右掌与对方的左掌叠在一处。他的对手是个穿着仆人衣服的男子。那男子很寻常，找不到任何特点。

过去的五年时间里，这男子的双肩一直耷拉着，就像此时城外鸡鸣山上的王破。但今天却不行，因为他的左手腕直至肩部，已经被老供奉的掌力给震碎了。这人是谁，对着唐家老供奉居然战出了一个两败俱伤的结果！哪怕是偷袭，这依然让人难以相信。

老供奉隐约记得此人，应该是祠堂里的那名哑仆。这时候他当然知道，对方绝对不可能是一个普通的哑巴仆人。而且对方不是老太爷安排的唐家高手，因为唐家所有的秘密他都知道。那么这名装作哑仆，在唐家祠堂里洒扫庭院半年的高手究竟是谁？能成功偷袭一名半步神圣的强者，必然是非常专业的刺客，而且境界必然相差不多。

聚星巅峰？这种境界的刺客，当今大陆只有一位。

老供奉知道了对方的身份，眼瞳微缩，喝道："动手！"

这自然是对那些白衣刺客说的。但在这个最关键的时刻，他忘记了一件很重要的事情。白衣刺客们向着庭院里的唐三十六掠了过去，剑意凌厉而阴森，比深冬的雪还要寒冷无数倍，令人不寒而栗。飘舞的风雪间，出现了无数道寒冷的剑光，随后密集响起利刃破体的声音与闷哼的声音。鲜血洒在庭院里的积雪上，格外地刺眼。数具刺客倒在血泊中，已经没有了呼吸。

这几名刺客水准很高、警惕性特别强，但他们怎么也没有想到，偷袭来自于同伴。凌厉而阴森的剑意，笼罩着唐家祠堂的庭院。

那名哑仆退回到庭院里。那七名白衣刺客走到他的身旁。

162 · 群 杀

看着这一幕，老供奉生出了一抹悔意。他已经猜到了那名哑仆的身份，怎么就没有想到，这些刺客都曾经属于天机阁，都是此人的下属。

老供奉深深地吸了口气，望着那名哑仆喝道："刘青，来战！"

不愧是半步神圣的前代强者，纵然被偷袭受了重伤，依然声如雷霆，威严至极。寒冷的冬风吹拂着他的头发，狂乱至极。是的，那名哑仆便是刘青，曾经的天机阁刺客组织首领。在苏离和那位神秘的刺客先后消失之后，他便是这个大陆最可怕的刺客。只有他才能成功偷袭如此强大的人物，只是也付出了很重的代价。

唐三十六站起身来，望向刘青问道："还行吗？"

刘青没有说话，面无表情地点了点头。

"战你个头啊战！"唐三十六掸掉身上的雪屑，看着石阶上浑身鲜血的老供奉说道，"现在轮到我们群殴你了。"

说完这句话，他意气风发地挥了挥手。刘青与七名刺客向着石阶上杀了过去。

同时，祠堂的门被推开，有更多的人涌了进来。凌厉而阴森的剑意不时在祠堂的墙上留下痕迹。弩箭与暗器在风雪里发出呜咽的响声。到处都是鲜血，白色的院墙看来需要再次粉刷了。

不知道过了多长时间，杂乱的声音终于消失，祠堂恢复了安静。非常地安静，能够听到雪花落地的声音，也能够听到人们急促的喘息声。

到处都是血，所有人都带着伤，唐三十六也不例外，断了两根肋骨。为了吸引老供奉的注意力，他不允许自己退到最后方。事实证明他的做法是有效的，围攻的众人一个都没有死。

老供奉死了，靠着祠堂里的香案，身上到处都是伤口，血已经流尽，看着异常凄惨。他的眼睛还睁着，里面还隐约能够看到些悔意与惘然。

来援的那些人都是唐家长房的人。

这半年时间，再没有扔进墙里的石头，也没有划破天空的风筝。但既然哑仆是刘青，唐三十六自然与长房保持着密切的联系。祠堂附近的民宅，早已经被长房暗中控制，只等着需要动手的那一刻。

但唐三十六确实没有想到，老供奉居然变成了二叔的人。今天如果不是刘青在这里，他必死无疑。

唐三十六让长房的人退出祠堂，望向刘青说道："偶像兄，这半年辛苦你了。"

当初去寒山参加煮石大会时，他第一次见到这个传说中的刺客。当时刘青想让陈长生去做刺客组织新的首领，陈长生当然没答应。唐三十六很想做，想和刘青取得联络。陈长生很清楚他想打什么主意，所以没有同意。

但唐三十六被关进祠堂后，情况发生了变化，陈长生的想法自然也不一样。于是，唐三十六和刘青联系上了。

刘青面无表情说道："收钱办事而已。"

唐三十六忽然问道："有没有做我唐家供奉的想法？"

刘青看了他一眼，说道："等你做上家主再说。"

这半年时间为了保护唐三十六的安全，刘青在祠堂冒充哑仆，自然不能说话。无论人前人后还是庭前院后或是独居暗室，哪怕睡觉后，他都没有再说一个字。这是很不容易的一件事情。

也就是从那一天开始，唐三十六不再说话。有些唐家人以为他是因为绝望而如此，有些人以为这意味着沉默的对抗。没有人知道他只是想清静自省一段时间，顺便陪陪刘青。

唐三十六望向那些受伤的刺客，说道："我做家主后，奉养你们一辈子。"

这些刺客原先归属天机阁，现在则是朝廷的臣属，今日因着刘青的命令出手，等若谋逆，必然会迎来朝廷的全力追杀。虽说他们习惯了在黑夜里生活，但若长年如此，谁愿真会做只孤魂野鬼？

唐三十六的话很直接，虽说现在看来有些遥远，但终究是承诺。那些刺客向他点了点头，用眼神请示刘青，便消失在了风雪里。

刘青对唐三十六问道："接下来做什么？"

唐三十六望向重新关闭的祠堂大门，沉默片刻后说道："等。"

刘青看了他一眼，没有说什么，也离开了祠堂。所有人都散了。祠堂里只有他，还有满地死人。他走到石阶上，把老供奉的尸体从香案前移开，从案下拿了张新的蒲团。风雪悄无声息地落在庭院里。他坐在蒲团上，看着门外的雪景，神情平静地等着最后的结局。

祠堂里发生的事情，很快便传回了老宅。

陈长生看着门外的雪景，脸上的神情渐渐松快，就像挣脱了厚雪的腊梅，光泽喜人。

老宅管事看了看唐家二爷，低下头说道："大少爷给二爷带了句话。"

唐家二爷没有说话，看着桌上那些散落的牌子，不知道在想什么。

唐老太爷说道："这孩子又要说什么俏皮话？"

听到这句话，陈长生转身看了唐老太爷一眼。从称谓上可以很明显地看出，老太爷对唐三十六的态度已经发生了变化。

祠堂里那场刺杀现在还没有人知道具体的细节，但想来必然血腥而冷酷。包括唐老太爷在内，谁都以为唐三十六会被唐家二爷杀死，陈长生虽然知道刘青一直在唐三十六身边，也觉得局面极其危险。但祠堂这场暗杀的结局，却与所有人的想法截然相反。

老宅管事低声说道："大少爷说，刺客还是要自己养的才好用，别人给的终究不是你自己的，就像本事一样。"

这句话听着有些乱，本事具体是指什么本事？

别人听不懂，但唐家二爷能听懂。知道祠堂里的结局，他哪怕心情再如何震惊，但依然保持着表面的平静。直至此时，听到唐三十六说的这句话，他再也无法自持，脸色瞬间变得苍白起来。

哪怕你再如何聪慧过人，擅长阴谋，如果自己的实力不够，只能利用别人来为自己做事，那么迟早会出问题。

他想到三年前王破在雪街上说的那番话，前天折袖在道殿说的那番话，神思不禁有些恍惚，心想自己这些年难道真的错了吗？

魏尚书没有来，来的是刑房那些神情腼腆的年轻人。唐家二爷被带走了。没有人知道他会被关进何处，什么时候能够再次出现在世人的眼前，又或者今夜便会死去。就像是老供奉在祠堂里看着唐三十六时想到的那番话一样。唐家行的是商贾之道，赢者通吃，败者便什么都不会剩下，就是如此。

又像是唐三十六带给唐老太爷的那句话，自由心证，哪里需要什么证据，又哪里真正讲过道理。

163 · 走出祠堂

陈长生和国教众人回到了道殿。

风雪没有停，落了整整一夜。他也等了整整一夜。唐家没有任何动静，也没有任何动荡的迹象。三年来，唐家二爷事实上掌管家族生意与诸房内务，毫无疑问是这座城市最重要的人物。但他的消失似乎没有对这座城市造成任何影响。这再一次证明，汶水城永远是唐家的城，而唐家永远是唐老太爷当家。

令国教众人和陈长生感到不安的是，整整一夜时间过去了，祠堂的门依然紧闭。唐三十六还没有被放出来。

清晨第一缕光落在汶水上时，最后一片雪花也同时落下，然后雪便停了。风雪的停止是那样地突然，以至于所有人都没有任何心理准备，就像唐家老宅送了封信到道殿无人知晓一样。

城里的街巷上积着厚厚的雪，反射着红暖的朝霞，看着就像燃烧的草地。陈长生与国教一行人再次来到老宅外，这一次他受的待遇要比昨天隆重很多，唐老太爷亲自在院子里等他。

"本应去道殿拜会教宗大人，只是风寒未愈，老朽之身不堪。"唐老太爷对陈长生说道。

无论神态还是语气都没有任何诚意，当然也不需要诚意，彼此都知道只是做给别人看的。

陈长生顺着说道："长房大爷的病不知道如何了？"

这里的病自然说的是毒。

唐老太爷说道："昨日便已经有人去长生宗请高人前来医治。"

这里说的医治自然是指唐家已经确认长生宗有解药，以唐家的能力自然能够搞到。听到这句话，陈长生终于放下心来。除苏身上的黄泉流毒，虽然无法毒到他和南客，但他和南客也没有自信能够替别人排毒。说话之间，二人已经来到了屋里，所有视线都被隔绝在外，自然不再需要虚伪的客套，直接进入了正题。

"如果能解毒自然最好，即便不能解毒也无所谓，死便死吧。"唐老太爷神情淡漠地说道，"老二也没想明白这一点，就算昨天他把棠哥儿给杀了，我也不会选他。"

因为他有很多儿子，而且他应该还能活几十年甚至上百年，还有时间教育培养出来一个合格的家主继承者。

陈长生并不相信唐老太爷的话。如果昨天唐三十六真的被杀死，唐家必然会面临陈长生和国教的反击，哪怕为了获得商行舟与朝廷的支持，他也会把唐家二爷推到家主的位置上。

但陈长生明白唐老太爷为什么要这样说。唐老太爷要他知道，在昨天那种局面下，他可以不把唐家给二房，那么在今天的情形下，他依然可以不给长房。

因为陈长生与唐三十六的关系太亲密，长房与国教之间的关系也一直太过亲密。唐老太爷废了二爷的家主之位，但还是选择站在商行舟和朝廷那边。

他看着陈长生问道："你是不是想不明白，我为什么会如此坚定地支持你的师父？"

陈长生想着昨天清晨在街上看到的那条狗，沉默片刻后说道："大概能明白一些，因为你们是同道中人。"

"'同道'二字用得很好，因为很多年前，洛阳解围后，我与你的师父商还有寅确实是同道回的京都。"

唐老太爷望向庭院里那口井，视线落在井沿的积雪上。

"那几年我在各地游历，知道我是唐家的大少爷，无论前朝还是道门又或是那些反王，谁敢对我有丝毫不敬，根本没有机会体会什么世道艰险。我本以为人世间的事大概便是如此，即便有的人可能会活得艰难一些，但与我又有何关系？我终究是那个锦衣玉食、无人敢惹的贵公子，然而谁能想到洛阳城却被魔族围了，围了整整三个月，其间无数惨事……到最后，谁还会理你会是唐家大少爷呢！"

唐老太爷微微眯眼，眼角偶尔皱纹，带着些自嘲，更多的却是沉痛。

烽火连三月，洛阳城里连传讯的红鹰都被某些强者偷偷宰来吃了，更不要指望哪里还有树皮。魔族在城外奸杀掳掠，零星的人族乱兵在城内因为绝望而疯狂，魔族在渭河两岸到处吃人，洛阳城里人也在吃人，水里随处都是白骨。

哪怕是心志冷硬如他，当年的那些画面，他也不想再做更多的回忆。当然，他更不想看到那样的画面重新出现在自己的眼前。

"不能乱，是我这辈子最在意的三个字。"

"消灭魔族，我这辈子最想做成的就是这件事情。"

"唐家足够强，有选择的资格，那么在国教和朝廷之间怎么选？"

"我选最强的那边。"

"什么叫作强？除了谁的拳头更大，还在于谁出拳更稳。"

唐老太爷看着陈长生说道："你的拳头现在还不够大，至于稳，更比你的老师差太多。"

陈长生知道这便是唐老太爷的最终态度，没有对此再发表意见。

"我没有别的话要说了，我只想把他带走，我来汶水本来是要把他接走，而不是想说服唐家改变主意。"

那天在道殿，他也是这般对唐家二爷说的。只不过唐家二爷不相信他的话，回以无声而嘲讽的笑容。唐老太爷的眼光比自己的儿子不知道要到哪里去，自然看得出来陈长生说的是真心话。整件事情就是这么简单，年轻人做事就是这么简单。

唐老太爷想起无数年前和商与寅从洛阳离开的旅途上发生过的那些有趣的事情，沉默了很长时间。他们那一代人现在差不多都已经死了，即便活着的他与商行舟也已经垂垂老矣，但他们毕竟年轻过。

"我答应你。"唐老太爷看着他说道："说来，他这时候应该已经出来了。"

今天的汶水城要比前几天显得热闹很多。唐家二爷不知被关到了哪里，二房失势，查账与清洗正在同步进行中，但沿街的商铺已经开启，行人也多了起来。

祠堂前的正街上，这时候更是人声嘈杂，唐家长房的管事与掌柜还有下人们，护着唐夫人等在门外。

忽然，祠堂沉重的木门缓缓开启。唐三十六从里面走了出来。就像很多年前他从天书陵里走出来时一样，蓬头垢面，满身灰尘，瘦削了很多，仿佛受了很多苦。但他的眼神变得更加明亮，神情要比往日平静很多，气质沉稳。

看着自己的儿子，唐夫人的眼睛微湿，强行压抑住情绪，不敢哭出声来。接下来发生的事情，向人们证明了，他还是以前的那个唐三十六。不管被关祠堂半年后，他的神情和气质与以往已经有了很多不同。

他向人群问道："那个老不死的呢？"

164 · 现在该我来谈谈了

整座汶水城都被这句话震惊了。祠堂外鸦雀无声，寂静仿佛坟墓。片刻后，终于有人醒过神来。

唐夫人掩住眼里的那抹惊惧，快步走到他身前，扬起手便准备打下去。一个响亮的耳光，或者能让老太爷听说这件事情后不至于那么生气？唐夫人这般想着，咬着牙打了下去，不想因为悔意而手软，从而被人看出问题，用的力气极大。唐三十六微笑看着她，没有闪避。啪的一声，唐夫人的手掌落在了唐三十六的脸上，发出清脆的响声。

唐三十六的左脸以肉眼可见的速度红了起来，只不过因为很多天没有洗脸，满是尘垢的缘故，不是太过显眼。但他的脸上依然带着笑容，很诚挚的那种，没有半点勉强，更没有任何情绪。

唐夫人怔住了，带着悔意责备道："怎么就不躲？"

"孩儿不孝，这半年让您担心了，又没能在父亲床前侍候，该打。"

唐三十六上前把母亲抱进怀里，轻声说道："您先回家等我，我还有些事情要去做。"

时隔半年才终于见着面，唐夫人哪里舍得，但她知道教宗这时候在老宅里，儿子要做的事情必然重要，不能拦。

"至少也得先回家洗洗，吃些饭再说，我已经让小厨房里备好了你最喜欢的蛋饭。"唐夫人看着他明显瘦了很多的脸，心疼地说道。

"在祠堂里这半年也没人敢短了我的吃喝，就算馋，老宅那边的厨房儿子也是吃惯了的。"

唐三十六看着母亲的眼睛，微笑说道："把那件事情彻底办完，大家也都轻松些。"

说完这句话,他望向街上的人群。长房的管事掌柜们还有数十名仆妇满脸喜意。至于那些贴身服侍他多年的丫鬟嬷嬷们,更是已经泪水涟涟。

"哭什么哭?还真以为自个儿是水做的吗?"

他看着那些丫鬟们说道:"还不赶紧安排少爷我洗洗。"

听着这话,那些掌柜管事们不由想起好些年前,汶水城里经常看到的情景。

他们心想难道那情景今天又要重现了吗?脸色不由变得极为精彩。

丫鬟们齐声应了声是,便自有做惯了这件事情的仆人从车上搬下了十余卷不便宜的杂色绢,又拿来了各式木棍,不多时功夫便在祠堂门前,用幔布隔出了数丈方圆的一块空地。

那些极能干的仆妇则是毫不客气地敲开或者说砸开了邻近的一家铺子,熟门熟路地把铺子后院工坊里备着的热水全部取了出来,那些丫鬟则是早从自家车上取出了木桶与各式洗漱用具,匆匆向幔布里赶去。

唐三十六已经走进了幔布里,脱了个精光。热雾蒸腾,隐见人影,水声清楚至极。城里的少女们羞红了脸,转过身去,却又忍不住时时回头瞄两眼。唐夫人有些无奈地叹了口气,脸上却满是欣慰的神情。那些管事掌柜与看热闹的民众,先是惊得无法言语,然后都笑了起来。汶水城这等风景,真是已经有好些年没有见到了。

没有用多长时间,幔布便被撤掉。先前那个蓬头垢面、瘦削憔悴的年轻男子,此时已然变成了一位翩翩贵公子。

街上少女们的眼睛变得无比明亮。一名丫鬟上前用双手捧着把剑来到他的身前,仔细地替他系在腰间。那把剑看着有些古旧,但系在他身上,却像也刚刚被水洗过一般,锋锐逼人。正是汶水剑。

唐三十六脚踩登云靴,腰系汶水剑,离了祠堂,走到老宅前。人群在街上远处便停下了脚步,没有人敢跟过来。

他看都没看一眼上面那些历代帝王与教宗留下的匾额,更没有理会那名神态无比谦卑的管事。他推开老宅的门,走了进去,就像回家一般自然。事实上,这里本来就应该算作他的家。他在这里生活了很多年,整个汶水城,除了老太爷再没有谁比他更熟悉这里。进了老宅的小院,他便开始跟人打招呼,像主人那样打招呼。

他拍了拍凌海之王的肩膀，说道："来了啊。"

他又对桉琳大主教说道："还住得惯吗？"

他看到南客后愣了愣，转身对老宅管事说道："还不赶紧把爷爷最好的茶叶拿出来泡上，愣在这儿干吗呢？你知道这位是什么身份吗？我虽然没见过她，但一看这清奇的眉眼便能认出来，你想死啊？"

他看到折袖，点了点头，没有说话。

最后他看到关飞白，双眉顿时如剑般挑了起来，说道："你怎么也来了？"

陈长生担心除苏会偷袭关飞白，让他昨天一直留在道殿，现在除苏被逐出了汶水城，再加上关飞白知道唐三十六可能会被放出来，所以专程来老宅这里等着，没料到数年不见，这家伙还是像以前那般讨嫌。

"我不能来吗？"关飞白的双眉也像剑一般挑了起来。

正当他以为唐三十六会像以前那样继续针锋相对的时候，唐三十六却笑了起来，说道："远来是客，我欢迎至极。"

紧接着他话锋一转，敛了笑容，把折袖拉到身边，说道："以后我们上离山，你也得欢迎。"

关飞白摇了摇头，心想自己还在担心这个家伙会不会被关出问题来，现在想来真是多余。

厚厚的布帘落下，小屋自成一统，所有的视线与井沿上的积雪都被隔在了外面。

牌桌上的牌子很散乱，有的立着，有的倒下，有的正面朝天，有的不给人看，隐约还是昨天的残局。陈长生与唐老太爷相对而坐，隔着牌桌。

唐三十六走到桌边，望着陈长生说道："你谈清楚没有？"

陈长生点点头。唐三十六没好气说道："那还不赶紧把位置让开。"

"你们家的椅子，我能拦着不让你坐？"陈长生无奈起身，坐在旁边的椅子上。

唐三十六坐到他原先的位置上。就是与唐老太爷相对的那个位置。这个位置当然是有意义的。他进屋后便把陈长生赶走，坐在这个位置上，当然有深意。

"现在轮到我们来谈谈了。"

唐三十六看着唐老太爷说道。在说这句话的时候，他眼神里的情绪很复杂。

有孺慕之情，有伤感与难过，有担心与不舍，有厌憎与寂寞。当这句话说完的时候，这些复杂的、难以言说的情绪，尽数消失，只剩下一片漠然。

165 · 新的牌局

唐老太爷说道："你个小崽子又有什么好谈的。"

唐三十六笑着说道："老家伙，你以为这场牌局就结束了吗？"

不知道为什么，看着唐三十六的笑容，陈长生只觉得很寒冷，然后有些替他难过。他从唐家祠堂里出来后，说的第一句话便是那个老不死的呢？"老不死"与"老家伙"这两个词比较起来，当然是前者表示的怨念更重。他现在用的是后者，不代表怨念渐轻，而只能说他的态度已经越来越冷漠。

冷漠，是因为无情。唐老太爷太过无情。表面上看起来，昨日发生的所有事情，当然都要归功于唐老太爷的英明与决断。他在知晓自己的二儿子与魔族勾结后，大义灭亲。

但唐三十六不这样想。他在祠堂里一言不发地想了整整半年时间，早就已经把所有的事情想得清清楚楚。他已经把自己的祖父看得透透彻彻。

如果陈长生没有来汶水，他的父亲必然会死，他也一定会被幽禁至死。无论是下毒，还是争势，很多事情表面上看起来都是唐家二爷做的，但唐家是谁的唐家？如果不是唐老太爷一直保持着沉默，这些事情会发生吗？更不要说，把唐三十六幽禁在祠堂里，本来就是老太爷亲自下的命令。

如果要说这件事情有什么主谋，唐老太爷才是真正的主谋。

只不过唐老太爷没有想到，为了自己的这个孙子，国教会摆出如此强硬、甚至近乎玉石俱焚的态度。出现在汶水城里的陈长生，根本不像是一个成熟稳重、以国教以及天下黎民为重的教宗陛下，更像是个被热血冲昏了头脑的莽夫。

唐老太爷也没有想到，南溪斋和离山剑宗也会随之表现出如此决然的立场，尤其是后者更是导致了秋山家的退缩。他更没有想到，这些年轻人会这样直接地把牌推倒了，让很多人看到了这场牌局的真相。

翠竹做成的牌子不停地摩擦着，碰撞着，发出很好听的声音，然后渐渐变得整齐起来。

唐三十六洗牌的手法很娴熟，还没忘记与陈长生聊几句闲话："我从小就一直很想在这屋子里玩会儿牌，但这个老家伙总说我还小，不给我这种机会，其实要说玩牌的本事，他哪里是我的对手。"

在知道徐有容曾经与唐老太爷是牌友之后，陈长生便一直很想知道为何唐三十六没有见过她，这时候听着这句话，才知道原来还有这段故事。当年在唐老太爷的眼里，唐三十六只是个小孩子，当然没资格进屋。

"你真觉得自己有资格下场跟我玩牌？"

唐老太爷没有动手，右手抚摩着手杖，静静地看着唐三十六问道。唐三十六没有敬老的意思，只把自己身前的牌码好了，没有理会桌上其余的散牌。

他说道："昨天我和二叔玩的那局牌不错吧？"

唐老太爷说道："那是因为我给你的牌好。"

唐三十六说道："最后那把牌可是我自己的。"

这两句话都没有说错。无论是刑堂和魏尚书，或者是五样人，还有老宅里的那些隐藏力量，都是唐家最好的牌。

当这些牌落在唐三十六的手里时，唐家二爷也没有太多反抗的力量，所以唐家二爷很干脆地没有反抗，而是把所有希望寄托在最后的雷霆一击里，却没有想到，唐三十六还是准备了一手特别漂亮的暗牌。

唐老太爷面无表情说道："没有我的牌，你早就输光了，哪还有机会撑到最后一局？"

"有道理。"

唐三十六抬起头来，说道："那我今天不用家里的牌，用我自己的牌与你战一场。"

说这句话的时候，他直视着老太爷的眼睛，或者说平视，总之非常没有礼貌，而且强硬。

唐老太爷带着嘲弄之意说道："你这个小崽子又能有什么好牌？"

唐三十六说道："他的牌就是我的牌，谁敢说那些牌不好？"

然后他转头望向陈长生问道："借来用用没问题吧？"

陈长生说道："又不是书，你想用就拿去。"

"装什么大方。"唐三十六嘲弄说道，"当年想拿你剑看看，你都不干，紧张得跟什么似的。"

这说的是当年李子园客栈里的旧事。二人相视一笑，没有再争论什么。唐老太爷没有笑，神情第一次变得凝重了起来。

这场唐家祖孙之间的牌局，只有一个旁观者，那就是陈长生。他虽然没有参战，但事实上并不是纯粹的旁观者，因为他的牌都在桌上，都在唐三十六的身前。

这局牌不是用的京都打法，也不是汶水城里流行的血战到底，也不是离山剑宗弟子们最喜欢玩的血流成河。唐三十六选择的玩法非常符合他自己的性格，也可以让陈长生这个初学者能够更方便地看懂——比大小。

啪啪啪的声音在安静的屋子里不停地响起。那是翠竹牌子儿与坚硬的老梨木牌桌碰撞的声音。那些牌子被扔到桌面上，静静地躺着，就像在草甸上袒着肚皮晒太阳的龙骧马。

待一声令下，这些兵马便能阵列于前，冲锋不歇。红中是染红的军旗，在风里猎猎作响，那是国教骑兵，是松山军府，是葱州军府。二条是铁枪，那个被朝廷追杀了三年时间，却反过来杀了好些朝廷高手的画甲肖张。

还有刀，还有龙，还有虎，还有亿万信徒。幺鸡是孔雀，同样也是凤凰。

唐三十六手里的牌都翻了过来。陈长生有些不安地问道："这个形容，她们俩都不会高兴吧？"

唐三十六说道："落难的那啥不如那啥……就是个形容，何必这么认真，再说了，你给我挑张像凤凰的牌出来？"

陈长生昨天才把牌子儿认全，哪里挑得出来，只好不说话。这很好笑，但唐老太爷依然没有笑，神情比先前还要凝重。唐三十六已经打完了手里的牌，唐老太爷还没有动过。

无数张麻将牌，代表着彼此的势力，如果只以牌面实力而言，最后谁胜谁输，还说不清楚。如果唐老太爷与两个晚辈摆牌讲道理，他一定会赢。但是，唐家肯定会输。

166 · 最了不起的败家子

不过除了牌面上的实力，还有很多隐藏在桌下的实力，往往会在最关键的时刻，发挥最重要的作用。比如三年前的天书陵之变，如果不是唐家出手，商行舟真的很难控制住京都的局面。

"你是唐家的子孙，应该清楚，唐家最强的地方在哪里。"唐老太爷看着唐三十六说道。

"又是那些老掉牙的话吗？"唐三十六满脸无所谓地说道，"当时二叔在京都里不停地在我耳边唠叨，要我学会敬畏，而我们唐家最值得敬畏的地方就是历史，换句话说，就是因为我们唐家在这个大陆上活的时间最长。"

唐老太爷说道："确实是些老掉牙的话，但老话往往都是正确的。"

"我没有说这些话不对，时间与历史当然值得敬畏，甚至想想就觉得可怕。"

唐三十六看着老太爷说道："活得时间越久，便会知道越多的秘密，唐家在这个世界上已经活了无数年，当然知道无数的秘密，藏着无数的潜手，这也就是所谓底蕴？"

唐老太爷说道："不是这般简单，但可以这样理解。"

唐三十六看着他平静说道："如果以时间为标尺，那么无论是秋山家还是吴家木拓家，包括这千年来的梁陈王朱，他们都不如唐家，我打出来的这些牌当然也不如，但你忘了一件事情。"

"什么事情？"

"我还有一个朋友。"唐三十六拍了拍陈长生的肩膀，继续说道，"历史、时间、底蕴……唐家所有人都把这些词天天挂在嘴边，我真是听腻了，真以为这样就天下无敌？难道你们都忘了有个叫道门的地方？"

道门就是道门，不是什么地方，现在是国教。国教不是世家，却比所有的世家更古老，包括唐家。国教不是宗派，却是最大的宗派，包括长生宗。谁能比国教存在的时间更久，历史更长，底蕴更深？唐家？在国教的面前说这些，难道不是个笑话？

"你把我关在祠堂这半年时间，我刚好可以思考一些问题。"

唐三十六从袖子里取出一个卷宗摘到桌上，对唐老太爷说道："有些问题是需要想清楚的，现在已经清楚，有些问题是为未来做准备，这些便是我的准备，你可以看看。"

卷宗上面写满了密密麻麻的小字，只怕已经超过了万数。唐老太爷看着那些文字，脸色变得越来越冷，眼睛越来越眯。屋里一片安静，只能听到卷宗翻动的声音。

陈长生看了唐三十六一眼,心想到底写了些什么东西?唐三十六没有理他,依然静静地注视着老太爷,双手下意识里握紧,指间有些微白。

"你觉得整个局势会像你想象的这般发展?"

唐老太爷终于看完那份卷宗,缓缓抬起头,看着唐三十六面无表情问道。

唐三十六说道:"我是唐家独孙,再没有比我更了解唐家的人,如果由我来主持对唐家的攻击,应该差不多是这样。"

陈长生隐约明白了卷宗上面写的是些什么内容。

唐老太爷沉默了很长时间,说道:"我承认你对家里的生意已经了解了很多,也承认你的这些计策确实很阴险毒辣,但既然你是唐家独孙,为何能够对自己的家族如此冷酷无情?你可以说服自己吗?"

唐三十六说道:"我会告诉自己这是在向你学习,唐家家主不就是应该如此冷酷无情吗?"

唐老太爷问道:"那你有没有想过,如果唐家毁了,人族会如何?"

"我总觉得唐家最大的问题就是自恋。"

唐三十六说道:"做为一个人,自恋在某种程度上可以增加魅力,比如我。但做为一个家族太过自恋却不是好事,因为那样容易错误地估计自己的重要性,从而在与对手的谈判中犯下错误。我希望您不要犯这种错误,唐家并不像那几房的叔伯想象的那般,如果崩坏便会牵连着整个人类世界随之崩坏,百业不兴,民众流离失所,到处乱七八糟。"

唐老太爷盯着他的眼睛说道:"问题是你如何肯定这种局面不会出现?"

唐三十六说道:"出现又如何?有我在,只要朝廷与国教没有昏头,混乱的局面最多持续一年半时间。"

唐老太爷的眼神越来越寒冷,说道:"但这一年半时间里会饿死多少人,你想过吗?"

唐三十六静静地看着他,看了很长时间,然后说道:"我可能在祠堂里被活活饿死,这件事情您想过吗?"

至此时,唐老太爷终于感到了威胁。因为唐三十六用来威胁他的,是他最为在意的事物——唐家千秋万代,传承不断。

而且唐三十六成功地证明了自己拥有这种能力,至少是拥有毁灭唐家的可能性，并且他真的做得出来。

唐老太爷终于知道了祠堂里的半年时间对自己这个曾经性情散漫却又阳光开朗的孙子带来了怎样的变化。

"如果你真的这样做，你的牌位将没有资格进入祠堂，名字也会在族谱上抹掉。"

"唐家破败的第一天，我就会把祠堂烧掉，已经住了半年，你觉得我死后还想住进去？"

"那千古的骂名呢？哪怕你葬在离宫里，人们路过你的坟前，也会往你的墓上吐唾沫。"

"如果我那时候能从墓里爬出来，自然会吐回去，如果不能，又何必在意。"

"做一个史上最大的败家子对你来说就这么有意思？"

"很有意思啊，你又不准备把这个家给我，那我把这个家败了又如何？"

世人形容豪迈往往会用千金散尽还复来这种词语。但做败家子做到这种程度，才是真正的豪气。

"如果你把唐家给我，那就是我的，我会好好守着。如果你不把唐家给我，那总有一天，我会让它败在我的手里。"

唐三十六看着老太爷说道，神情很认真，和玩笑没有任何关系。很明显，他这句话里的"败"字是两个意思。

唐老太爷看着他的眼睛说道："或者我一早就应该杀了你。"

唐三十六说道："现在也不迟。"

唐老太爷沉默了很长时间，说道："有道理。"

陈长生比老太爷沉默了更长时间，自始至终都没有怎么说话，到这个时候，他终于开口了。

他看着唐老太爷摇了摇头，说道："不行。"

167·太阳落山之前以及之后

陈长生根本不知道唐三十六来老宅要做什么，不知道他为什么要和老太爷玩这局牌。直到后来唐三十六说出了自己的要求，他才明白了过来。

陈长生带着国教众人，冒着风险来到汶水城，摆出了最强硬的姿态，才改变了唐老太爷的想法。唐三十六被从祠堂里放了出来，唐家二爷不知道被关去了哪里。

如果是寻常人物，大概会对陈长生和屋外的那些人表示感激，然后想着日后如何回报便是。但唐三十六不是寻常人，不走寻常路，他非常清楚，这样的情意只有用唐家才能够偿还。

老宅很安静。井沿的积雪被阳光融化，顺着井壁淌落，悄无声息。

唐老太爷面无表情说道："如果国教最终输了这场战争，你就算再如何了解唐家，手里没了牌，又如何能够威胁到我？你既然在祠堂里想了半年时间，不可能没有想到这点，那么，你究竟想要什么？"

"我要二叔死，立刻死，今天太阳落山之前必须死。"

唐三十六看着唐老太爷的眼睛，平静说道："然后我要唐家在这场战争里保持中立。"

唐老太爷沉默了很长时间，说道："如果我说不，卷宗上的那些文字就会被你变成真实的手段？"

唐三十六说道："不错。"

唐老太爷看着桌面上那些翠绿的竹牌，微微皱眉说道："你这把牌真是打得乱七八糟。"

唐三十六说道："我和陈长生都是年轻人，屋子外面那几个也是，牌技当然不如你们老辣。但我们随时有掀桌子的勇气，因为我们可以再来一局，但你们不行，因为你们已经老了。"

唐老太爷看着唐三十六忽然说道："你有没有想过，也许昨天之后，我已经准备让你做家主？"

纯粹从家族利益出发，昨天那件事情之后，现在看起来，唐家最好的继承人当然就是唐三十六。如果商行舟与朝廷胜了，唐老太爷还有足够的时间改变唐三十六的看法，或者直接改变家主的人选。如果陈长生与国教胜了，唐老太爷只需要把唐家交到唐三十六的手里，汶水城便不会受任何影响。

陈长生没有想过这些事情，这些事情对他来说，有些复杂。他不擅长处理人世间的那些纷繁是非，只擅长看人。国教学院里的那些日子让他非常清楚，唐三十六不想当家主。但唐三十六必然想过这些问题，那他今日的态度为何会如此激烈？

"就算我当家主也是多年后的事情，我更关心的是最近这几年家里的态度。"

唐三十六说道："而且单方面的承诺永远没有双方彼此威胁之下达成的协议牢固。"

唐老太爷说道："你不相信我？"

唐三十六说道："已经发生了这么多事情，相信这种词你听着难道不可笑吗？"

"从你生下来的第一天开始，你就是我选中的下一代唐家家主，不要忘记，是你，而不是你的父亲！为了你能够接任家主，我做了多少事？唐家付出了多少？结果你呢？居然愚蠢地因为所谓情意，非要站在他这边！"

唐老太爷越说越是生气，声音越来越高，说最后一句话时，直接指向了陈长生。陈长生默默地向旁边移了移，避开了那根手指头。

"愚蠢的情意吗？如果没有这份情意，我现在还在祠堂里装哑巴。"

唐三十六也终于愤怒了起来，喊道："如果陈长生不是我的朋友，三年前我就死了！"

唐老太爷看着他怒道："难道你还以为我真的会杀你？"

唐三十六冷笑道："你当然会杀我，反正只需要洗干净双手，再吃几桌素斋，你就觉得自己毫无罪孽！"

这是"素斋"这个词第二次在唐家老宅出现。昨天祠堂处传来消息，唐三十六要人去鸡鸣庵抬了一席素斋。只不过素斋还没有做好，所有的事情都已经结束了。就像昨天一样，听到"素斋"这个词后，唐老太爷的脸色变得异常难看，双手微颤。

不知道过了多长时间，唐老太爷终于平静下来，问道："味道如何？"

"那桌素斋是在夜里送进祠堂的，已经冷了。"唐三十六沉默了一会儿，说道，"味道普通，又不是真的肉，不如以前的澄湖楼，也不如国教学院的食堂。"

唐老太爷沉默了很长时间，说道："是吗？我死之后，也不知道还有没有人愿意吃。"

"爷爷，这就是我们最大的区别。"

今日这场漫长的谈话进行到此时，唐三十六终于第一次喊出了这两个字。但这两个字并没有让屋里的气氛变得温暖起来，反而更加寒冷，就像他接下来的声音。

"是的，为了培养我做唐家的家主，这二十几年里，你确实待我极好，家族确实付出了很多,但你想过没有……那些不是我想要的,也不是家族里所有人都愿意接受的,比如诸房无后这件事情!"

唐三十六愤怒说道:"是的,我唐家自有修道天赋,寿元绵长,将来您千年之后,我完全执掌家业,诸房想怎么生就怎么生,那些弟弟妹妹比我小很多,再也无法威胁到我……但您有没有想过这样做太狠了?"

"四婶那年偷偷怀了个孩子,借口母亲病重回娘家藏了五个月,结果还是被你知道了,你要四叔逼着四婶药掉了那个孩子!你有没有想过,四婶有多痛苦?与之相比,长房收到的那些仇视眼光又算得了什么呢?"

"至于鸡鸣山的素斋……你不用担心,因为我不是你。"

唐三十六有些失望地看了老太爷一眼,起身向屋外走去。陈长生也走了。屋里只剩下唐老太爷一个人。他一个人坐在桌边,不知道在想什么。那些翠绿竹牌,就这样静静地躺在桌面上,再也没有谁动过。

阴云重聚,夜晚的河面很安静,很暗沉,如果是以前,这里的河面应该映照着很多灯火。

唐三十六坐在河边看着黑漆漆的对岸,想着以前的那些日子。陈长生也在,今天他再次来到唐家长房的庄园做客,不过不是以教宗的身份,而是做为一个朋友。

就在不久前,老宅传来消息,唐老太爷答应了唐三十六的要求,不知道是因为那局牌,还是因为年轻人展现出来的敢于掀翻牌桌的决心。又或者,只是因为鸡鸣庵的素斋。

唐三十六忽然问道:"想知道这个故事吗?"

陈长生说道:"如果你想说的话。"

168·看那边黑洞洞

"我有个小姑被养在那座庵里,爷爷想给唐家留条后路,也可能想保证她的安全,不敢让任何人知道。但小的时候他喜欢把我抱在膝上和我讲很多故事,这个故事也在里面,他以为我当时年龄小,却不知道我什么都记得。"唐三十六看着河那边的庄园,有些出神地说道。

陈长生看了他一眼，问道："你那时候多大？"

唐三十六说道："差不多一岁。"

陈长生说道："你居然能记得那么小的时候的事情？"

唐三十六说道："可能我比较早慧。"

陈长生感慨说道："这未免也太早了些。"

"我是谁？我可是天才。"

这是很值得发笑的话，但无论陈长生还是唐三十六都没有笑。

沉默片刻后，唐三十六继续说道："我不知道老太爷是和谁生下的那个女儿，但他这辈子大概就只喜欢那个女人，所以他真正疼的人就是那个女儿。正因为真的疼爱，所以我知道老太爷不会让她做家主，我也不是忌惮她，才要把这件事情挑破。嗯，是的，我只是想用鸡鸣庵里的那个女子威胁爷爷。"

陈长生不知道该说什么。唐三十六看了他一眼，问道："是不是觉得我现在很冷血无情？"

"白石道人死了……我下令做的。"

陈长生忽然说了件看似不相关的事情，视线落在了暗沉的河面上。昨天唐家五样人与除苏在这里一场大战，毒血四溅，河水两岸到处都是阴秽的毒气。唐家已经开始清理，但还是死了很多鱼。他和唐三十六的眼力都很好，哪怕环境再如何幽暗，也能看到那些死鱼沉在腐黑的河泥上。

当年在国教学院，唐三十六对他说不要沉到泥里去，那么现在呢？

陈长生说道："我们这样算不算变成当年自己最厌恶的那种人？"

唐三十六说道："如果那样能改变一些什么，也是好的。"

陈长生问道："比如？"

唐三十六指着对岸说道："如果你不这样做，现在河那边的黑暗便会落在我们的身后。"

这段河的两岸分别是唐家长房与二房的庄园，对岸没有任何灯光，黑漆漆的看着有些阴森。

从昨天到此时二房不知道死了多少人。就像唐三十六说的那样，如果他们输了，这些悲惨的遭遇便要轮到长房来承受。

唐三十六说道："谢谢你。"

陈长生说道："不客气。"

按照唐三十六的要求，在太阳落山之前，唐家二爷死了。

第二天清晨，他亲自去验的尸，确认没有任何问题。

国教方面派出了凌海之王，据他回来后向陈长生汇报，唐三十六当时沉默了很长时间，不知道在想什么。

吃完陈长生亲手煎的药后，唐家长房大爷的病情稳定了很多，但还没有从昏迷中醒来。那些阴毒已经深入脏腑，想要彻底清除很麻烦，必须从长生宗方面着手。

唐家已经派人去了长生宗，据说可能那位盲琴师也在暗中同行。唐三十六还是不放心，决定亲自去一趟。

陈长生也要去南方，有几件很重要的事情需要处理。南北合流达成协议已经三年时间，国教南北两派重新合并也出现了某种可能性。国教南派里，现在长生宗已然凋敝，没有什么实力，只能在私下做些小动作，离宫需要说服的便是圣女峰。按照陈长生与徐有容之间的关系，这件事情还真有成功的可能，国教还真有可能重现当年的盛况。对国教来说，这当然是好事，但对朝廷来说，却不见得如此。

众人出了汶水城，便到了离别的时刻。

首先离开的是关飞白。按道理来说，离山与长生宗都在天南，他完全可以与陈长生等人同行，但他收到消息说大师兄不日便会归山，难免有些着急——前天陈长生去老宅的时候，他因为受伤留在道殿，不知道某人曾经在老宅外出现过。

陈长生已经隐约知道了些什么，对关飞白说道："见着你师兄了，替我带声好。"

关飞白以为他说的是苟寒食，没有多想，自然应下，然后望向折袖说道："如果你的病能治好，随时可以来离山，没人会拦你，但如果你的病还是治不好，注定横死，那么就不要来祸害小师妹，我们不会让你们见面。"

折袖没有什么神情变化，就像是没有听到这句话。

陈长生拿了一把剑递到关飞白身前，说道："你的剑断了，我为你挑了一把，也不知道合不合适。"

那天夜里在道殿后园，关飞白那把只值几钱银子的剑被除苏打断，陈长生一直想着要为他弄把剑,之所以前两天没有给他,除了关飞白有伤在身,也是因为他不想离山剑宗因为自己的事情被拖到唐家这摊子烂事里。

谁都知道,陈长生的身边有很多剑,而且都是很好的剑。关飞白看着那把古意盎然却又不失锋锐之气的剑,眼睛微微明亮。

这把剑也同样来自周园,出自剑池,名为破军,取的便是力破万军之意,非常适合他的性情。出乎意料的是,关飞白没有立刻接受,沉默片刻后说道:"这件事情我没有出什么力,而且我们已经欠了你太多人情,不能再欠了。"

他说的是离山剑宗的师伯被朱砂丹救了一命,还有数年前陈长生送苏离万里南归的旧事。因为大师兄和那份婚约的事情,因为小师妹与折袖之间的事情,离山剑宗的弟子们很不愿意欠陈长生人情。不然,将来他们还真不好意思和陈长生翻脸。

"如果真觉着有所亏欠,昨天之后也还清了。"

陈长生说的是昨日老宅外的那幕画面——如果不是罗布拿着黄纸伞和唐老太爷说了些什么,唐老太爷绝对不会把汶水城交出来一个时辰,自然也就不会有后面的那些事情。关飞白不明白他在说什么,不肯接剑。

唐三十六说道:"一把剑值当什么?我拿了他几百把剑也没觉如何。"

关飞白说道:"那是因为世上很少有人像你这样厚颜无耻。"

唐三十六说道:"这叫作潇洒……把剑拿着吧,将来真要翻脸的时候,你别用这把剑就是。"

关飞白想了想,说道:"倒也有道理,将来若真有那天,你记得提醒我。"

169 · 庵外桃花说别离

第二批离开的人数最多。

最终唐老太爷同意在朝廷与国教之间的这场战争里置身事外,这已经是离宫能够获得的最大好处。凌海之王与梅琳大主教带着城外的数千国教骑兵,要回京都处理新的局面。

凌海之王问道:"陛下何时归来?"

陈长生说道:"应该回来的那天,就会回来。"

凌海之王与梅琳大主教走了,城北的原野上升腾起无数道烟尘,渐渐要把这座老城掩住。

看着远处的画面，唐三十六忽然说道："不要相信老太爷会一直保持中立，那天除苏是被故意放走的。"

陈长生已经知道了那天汶水畔战斗的具体情况，点了点头表示了解。唐家的五样人很可怕，而且是在汶水城里，除苏再如何厉害也没道理能够逃走。

"那位盲琴师既然是长生宗硕果仅存的长老，手下留情也说得过去。"

说话的人是汶水城主教。做为国教安置在汶水城里的头号人物，在今次的事件里，他扮演了极为重要的角色，发挥了很多作用。唐家应该不会就此事迁怒于他。可如果他继续留在汶水城道殿，想必唐家会觉得有些碍眼，陈长生与凌海之王已经商定稍后离宫会派出一位新的主教前来汶水就职，怎么安排原先的这位主教便成了问题。

从道理上来说，汶水主教替国教立下如此功勋，理应回京都拥有一个更加清贵的位置，但他亲手杀死了白石道人，回到京都一定会被国教里某些人视为眼中钉，会遇到很多麻烦，所以陈长生直到现在也还没有下定决心。

"现在要走了，你想好没有？"陈长生对主教问道。

汶水主教说道："卑职就想随侍陛下左右。"

唐三十六说道："这位置倒确实比离宫里的任何位置都强。"

对国教中人来说，最好的位置是什么？当然就是教宗陛下身边最近的位置。无论教宗是在天南还是在地北，或是荒僻西陲，只要能够长年留在他身边，那么必然会得到最大的好处。

汶水主教神态谦卑地微微一笑，没有反驳唐三十六的说法，说道："您说得有理。"

唐三十六看着他问道："这个位置是通往别的位置的捷径，那你最终想要的位置是什么呢？"

汶水主教很认真地说道："此生无望神圣，就想着回归星海之前，能做一任大主教便好。"

唐三十六很感兴趣，问道："哪座圣堂？"

"草月会馆。"

汶水主教回答得很快，很明显他平日里已经想了很长时间。

听着这答案，唐三十六忍不住笑了起来。草月会馆是离宫六殿之一，宣文殿大主教的居所。前一任宣文殿大主教牧酒诗被教宗逐出国教后，草月会馆始终无主。

汶水主教的目标倒是来得非常实在，而且有道理。

"我很欣赏你。"唐三十六说道，"请问高姓大名？"

对方是国教在汶水城的最高代言人，而且已经在汶水城里生活了很多年，但他还真的不知道对方叫什么。

汶水主教微笑着说道："老太爷以前喜欢叫我小户，您也可以这么叫。"

唐老太爷可以这么叫，唐三十六却没有这个资格，有些不确定问道："小胡？"

"户，农户的户。"陈长生说道，"他叫户三十二。"

听到这名字，唐三十六的眼睛都亮了起来，颇有惺惺相惜的感觉，说道："好名字，是排行还是房数？"

"小时候我住的地方遭过一次地震，整个镇子最后只剩下了三十二户，我家全死光了，就活了我一个，我是被三十二户一起养大的。"主教平静说道，"我叫这个名字是想提醒自己，活着是很不容易的事情，所以不要早死。"

一行人离开汶水城，向着东南而去，迎面便能看见一座山。即便是隆冬时节，前两日一直下雪，那座山依然青色十足。这座山并不高，青树掩映之间，还可以看见十余丛桃花正在盛开。应该是山上有温泉，又或者是类似汶水道殿那样的阵法。

看着山上的桃花青树，陈长生想着在雪岭里的这一年除了有些寂寞很是平静喜乐，有些挂念小黑龙。不知道此时的她在往西的旅途上是否顺利。

青枝桃花之间，隐隐可见道观檐角。唐三十六望着那处，沉默不语。

陈长生问道："这就是鸡鸣山？"

唐三十六没有说话，点了点头。如此说来，他的那位小姑便应该在那座道观里。

"见过吗？"陈长生问道。

唐三十六摇了摇头，片刻后又点了点头。

"小时候不懂事，心里又一直记着这件事情，偷偷去山上看过，然后遇着了……"

遇着之后又发生了什么事情？对方有没有认出他的身份？有没有交谈？

只有这一次相遇,还是其后又有多次看似无意、实则刻意的相遇?他说到这里便没有再继续,为了道观里那个女子的安全或者说平静生活,最好不相见,也不要提起,以后也不会再相遇了吧?

向东南行去三十余里,汶水流进了恨河,再也没有了自己的名字。

做为大陆最著名的河流之一,恨河发源于云墓深处,流经天南肥沃的原野,再穿过绵延千里的落梅群山,接纳了更多的支流,气势已然极为恢宏,但如果沿着河流上溯而行,来到峡谷里,才会看到真正壮丽的风景。

陈长生等人行走在峡谷里,两岸高峰入云,山林极密,人迹罕见,只能听到猿猴鸣叫的声音,不用担心被人跟踪,也不用在意安全问题。这里不是北疆,不可能遇到魔族强者,也很难集结大量的军队,也不像汶水城有无数强者。

越往上游去,峡谷越是险峻,河水的流势愈发陡急,水势却未稍缓,很是惊人,轰隆如雷的声音不绝于耳。随着旅程的继续,峡谷里渐有人烟可见,但往往也要行走半日,才能看见几户人家,绝大多数时候,眼中所见尽是野地。

户三十二在出任汶水主教之前,曾经在这片峡谷里传教多年,对这一带的风土人情极为了解,一路讲解,陈长生与唐三十六听着他的解说,看着两岸的风光,自然不会觉得无趣。南客一脸懵懂地跟着众人,牵着陈长生的衣角,也不知道能不能听懂那些话,折袖的视线则是一直警惕地注视着山林里的任何动静,根本没有听这些闲话的兴趣。

只要有人便一定会有国教的信徒,便会有消息传来。在一个野渡处他们收到了最新的消息。

据说前两天,有人在奉阳城外看到了一个浑身湿透的怪物杀了两个牧羊童,然后吃了。

听到这个消息,陈长生沉默了很长一段时间。

FIGHTER of The DESTINY